박정희 다시 태어나다

행복우물

박정희 다시 태어나다

2007년 4월 30일 초판 1쇄 발행
2007년 5월 30일 초판 2쇄 발행
2007년 6월 30일 초판 3쇄 발행
2007년 7월 30일 초판 4쇄 발행

지 은 이 다니엘 최
펴 낸 이 최대석
펴 낸 곳 행복우물
등록번호 제307-2007-14호
등 록 일 2006년 10월 27일
주   소 136-060 서울 성북구 돈암동 609-1 한신아파트 상가 동관 706호
전   화 02-921-0491
팩   스 02-921-0493
이 메 일 danielcds@naver.com

정가 13,000원

ISBN 89-959482-00-03810

지면(紙面)을 통하여나마 천수를 누리시게 됨을 축하드리며,
삼가 이 책을 박정희, 육영수 두 분의 영전(靈前)에 바칩니다.

Contents

제 1 부 서해교전 (1992)

"아, 꽃다운 젊은이들 다섯 명의 목숨이 또 사라졌어. 도대체 언제
까지 이렇게 당하고만 있어야 하나…"

제 2 부 경제발전과 나라사랑 (1991 ~ 1992)

"대한민국 국민여러분, 지금까지 저를 사랑하셨듯이 앞으로도 변함없이 우리 사회의 가난한 사람들, 무의탁 노인들, 병든 사람들, 소년소녀 가장들, 나환자들, 정신질환자들, 장애인들, 또 나라를 위하여 희생하신 분들과 그 유가족들, 그 밖에 많은 우리의 어려운 이웃들을 돌보아 주시기를 바랍니다. 그것이 곧 하나님의 사랑을 실천하는 길이며 우리 모두가 하나 되는 길인 것입니다."

제 3 부 그 다음 대통령들

■ 김종팔 대통령 (1993 ~ 1997)

"아니, 정 회장님, 이럴 때 소떼를 몰고 북한을 가신다고요?
도대체 정신이 있으십니까?"

■ 김영산 대통령 (1998 ~ 2002)

"도대체 시위대에게 경찰이 맞아죽는 나라가 이 지구상에 어디 있습니까?
공권력에 맞서는 시위는 절대 안 됩니다. 경찰관이 생명에 위협을 느끼는
상황이라면 발포라도 하세요. 모든 책임은 대통령인 내가 집니다."

■ 김대정 대통령 (2003 ~ 2007)

" 본인은 대통령 직에 취임할 당시 보다 공무원 숫자를 10% 줄였습니다. 그
리고 공기업은 모두 298개중에서 52개를 민영화 했습니다. 아직도 못다
한 부분이 많지만 그 일은 또 다음 정부에서 잘 해 주실 것으로 믿습니다."

제 4 부 아, 님 떠나네! (2007년 5월 ~ 8월)

"아! 지금 일본의 고이즈미 총리가 한국의 정신대 대표 할머니에게
무릎 꿇고 사과하고 있습니다. – CNN World News"

일러두기 ■■■

(1) 이 책은 가상소설이다.

(2) 박정희 전 대통령은 1979년 10월 26일에 서거하셨으며, 육영수 여사님은 1974년 8월 15일에 돌아가셨다. 이 책에는 두 분 모두 2007년에 돌아가시는 것으로 표현하였다.

(3) 서해교전은 2002년 6월 29일에 발발하였으나 이 책에서는 1992년에 있었던 사건으로 전개하였다. 그러나 그 내용에 있어서는 그간 언론에 발표된 모든 자료와 관계자들과의 인터뷰등을 통하여 최대한 사실에 가깝게 표현하려고 노력하였다.

(4) 정주영 회장의 소떼 방북사건 등도 약간의 시간상의 차이는 있지만 되도록 현실감 있게 묘사하는데 주안점을 두었다.

(5) 이 책의 등장인물들 약 200명 중 박정희 대통령, 육영수 여사, 김정일 국방위원장 등 몇몇을 제외하고는 모두를 가명으로 처리하였다.

제1부 서해교전

:: 등산곶의 밤

'내래 래년에는 그 녀성동무래 결혼해서 살아야갔어. 언제까지 이렇게 홀아비로 지낼 수도 없는 거이고. 아, 몸매만 좋은 거이 아니고 또 량심(良心)은 얼마나 고운가 말이디. 등산곶에서도 그만한 사람 흔티 않아요, 암 해주에서도 흔티 않고말고…"

1992년 5월 1일, 황해도 등산곶에 자리잡은 서해함대 제8전대의 어느 경비정 기관실. 아까부터 어둠 속에서 속삭이며 움직이는 두 명의 그림자가 있었다.

"야, 이 머저리동무야!, 좀 날래 하라. 어케 이래 느리네?"

머리가 닿을 듯한 천정에서는 20촉짜리 전등이 희미하게 비추고 있었다.

"이 빠이뿌래 좁아서 잘 나오지 않습네다. 잠시만 기다리시라요. 이제 거반 다 돼 갑네다. 이거이 기름구멍이 영 작아설랑은…"

"기래가꾸 9시까지 돌아올 수 있갔네?"

"이제 다 됐습네다. 다 찼단 말입네다."

이때 기관실 문이 열리더니 손전등을 든 장교가 들어오면서 나직한 말로 재촉해댔다.

"아, 날래들 좀 하잔 말이다. 이거이 영 답답하구만!"

밖에서 망을 보던 한 명이 더 이상 참지 못하고 밑으로 내려온 것이었다.

"어? 포장 동지래 누가 보면 어케 할라고 전등을 켜고 기러십네까? 자, 이제 다 끝났으니끼니 이거나 들고 날래 먼저 나가시라요."

잠시 후 이들은 기름 두 통씩을 들고 경비정 밖으로 나왔다.

"야, 조심하라. 넘어지면 크게 다치니끼니…"

앞에서 손전등을 비추며 나가는 장교가 뒤따라오는 두 명을 돌아보면서 하는 말이었다. 이들은 조심조심 손전등의 불빛에 의지해서 경비정의 계단을 내려가기 시작했다. 이들이 타고 있는 684호 경비정은 '청진급'이라고 하는 82톤 정도의 고속정으로 벌써 배의 나이가 30년이나 된 고물 배였다. 이들이 밖으로 나오자 차안에서 시동을 걸고 대기하고 있던 하급병사가 얼른 뛰어나와서 그의 손에 든 기름통을 넘겨받았다.

"자, 날래 가자우!"

차가 정문에 도착하자 정문을 지키던 경비병들이 이들의 차를 제지하였다.

"야, 동무래, 여기 전대장(戰隊長) 동지의 통행증 있다, 보라우. 전대장 동지 심부름 가는 거니끼니 다치지 말라."

경비병이 통행증을 들고 초소 안으로 들어가자 이내 초소에서 중위 계급장을 단 초소장이 밖으로 나왔다.

"아, 포장 동무. 수고하십네다. 날래 다녀 오시라요."

중위가 경비병과 함께 경례를 부치며 철문을 열어주자 이들은 어둠을 뚫고 차를 몰아서 등산곶의 비포장도로를 한참 동안 달렸다. 차는 어느 야트막한 야산을 끼고 돌아 마침내 한 허름한 흙벽돌 집 앞에 멈추어 섰다. 차에서 내린 대위가 대문을 두드렸다. 대문이랄 것도 없고 널빤지 몇 장을 못 박아 만든 초라하기 짝이없는 문을 한 집이었다. 잠시 후 안에서 신을 끄는 듯한 소리가 들리더니, 50대 초반의 초라한 몰골을 한 중늙은이가 희미한 전등불 아래 반색을 하며 얼굴을 내밀었다.

"아, 군관동무, 어서 오시라요."

반백의 머리에 양 볼이 푹 들어갔다. 필시 영양부족 때문이리라. 순간 대위는 불만이 가득 찬 말이 입 밖에까지 나오려는 것을 애써 참았다.

'이놈의 빌어먹을 공화국, 주민들 량식(糧食)도 해결해주지 못하는 놈의 공화국, 어서 날래 망해 버리라우!'

"기래, 오늘은 얼마나 가지고 오시었음메?"

"어, 기게 기러니끼니… 스피아깡 여섯 개밖에는 못 가지고 왔다."

대위가 약간 미안해하는 투로 말하자 그는 알겠다는 뜻으로 고개를 끄덕였다. 이들이 말하는 '스피아깡'이란 육이오 전쟁 때 미군들에게서 노획한 5갤런짜리 기름통을 가리키는 말이었다.

"기래도 여섯 통이면 많이 가지고 온 거라요. 아까 낮에 온 어뢰정 근무하는 동무들이래 달랑 두 통 들고 왔습네다."

그 말에 대위는 가슴을 쑥 내밀면서 옆에서 호기심어린 눈으로 지켜보고 있던 중사와 하급병사에게 보란 듯이 한 마디 했다.

"야, 그깟 코딱지만한 신흥급 어뢰정(魚雷艇)하고 우리 청진급 전투정하고 같네, 우리 배가 그 아이들 배보다 두 배는 크단 말이디, 암 기렇고 말고. 기건 기렇고… 얼마나 줄 수 있네, 오늘은?"

"뻔하지 않습네까? 어데 한두 번 장사 하시나요? 인삼주 두 병하고 담배 네 곽입네다. 요즘은 기것들도 너무 구하기가 어려워스레…"

주인이 시선을 뒤로 돌리면서 말하자 그가 작게 화를 내면서 투덜댔다.

"야, 기거 가디고 어드렇게 초소장한테 고이고 또 정치위원한테 고이고 하네? 그럼 우린 뭐 남는 게 있네? 기러디 말고 하나씩만 더 달라."

대위의 하소연에 주인은 마지못해 하면서 대꾸했다.

"기럼 '백승' 담배 두 곽 더 드리갔습네다. 날래 기름통들 이리로 가지고 오시라요."

주인의 말에 그가 하소연인지 협박(脅迫)인지 모를 말로 부탁했다.

"동무, 기러디 말고 인삼주도 하나만 더 주구레. 여기 저기 고일데가 많다니끼니 그러네… 자꾸 기렇게 나오면 다음부터는 아예 중국 배들하고만 거래를 할 요량이니끼니 알아서 기라우."

원래 이들은 주로 중국 어선과 기름이나 배의 보급품을 바꾸어 먹는 거래를 해 왔었다. 그런데 최근에는 거의 두 달이나 작전이 전혀 없으니 배를 끌고나가서 중국 어선들을 만나보고 싶어도 만날 수가 없는 것이었다. 술도 중국제가 훨씬 더 맛있고 담배도 중국제가 더 독했다. 그러나 무엇보다도 좋은 점은 중국 어부들은 가지고 있는 물자가 훨씬 더 다양하고도 풍족했다. 이제는 주인도 단골을 하나라도 놓치면 안 되겠다는 심산에서 기분을 쓰는 척하며 흥정을 마무리지었다.

"그러면 군관 동무 말씀대로 하갔습네다. 다음 번에는 좀 더 많이 가져다 주시라요, 아시갔습네까?"

"기래, 기래. 아 누군 기러고 싶디 안칸? 원체 감시가 자심해서 힘들다는 거이디…"

주인이 집안으로 들어가더니 준비한 누런 봉투꾸러미를 들고 나왔다.

"여기 인삼주 세 병하고 담배 여섯 곽입네다. 이거 뭐 이래서 남는 거이 있나. 우리도 이 기름 가디고 만수대 구역 칠골장까지 가서 또 바꾸어야 된다는 말이디요."

투덜대는 주인을 뒤로하고 대위 일행은 얼른 차에 오르더니 곧바로 어둠 속으로 사라졌다. 어두운 밤길을 이들은 전조등도 켜지 않은 채 달렸다. 요즘은 특히 보위부원들의 불심검문(不審檢問)이 심해서 이렇게 밤길을 불도 켜지 않고 운전하는 것이었다.

부대로 들어오면서 대위는 정문의 초소장에게 담배 두 곽을 쥐어 주고 정문을 무사히 통과하였다.

"내래 정치위원한테 갔다 올끼니 우리 오늘 밤에 분한있게 한 번 놀아 보자우. 날래 애들 다 불러 모으라우야."

그가 숙소에 도착하자마자 인삼주 한 병을 들고 방문을 나서면서 함께 다녀온 일행을 돌아보고 큰 소리로 하는 말이었다.

잠시 후 그의 방에는 여섯 명이나 되는 인원이 움직일 틈조차 없이 빽빽하게 모였다. 조금 전 기름을 바꾸고 돌아온 리영철 대위는 8전대 소속 청진급 고속정 684호에서 85mm 주포(主砲)의 포장을 맡고 있는 인물이고 조익수 상위는 연료입출고(燃料入出庫)를 맡고 있는 창고장이었다. 함께 다녀 온 림영호 중사는 이곳에 전입온 지 겨우 한 달이 조금 넘었는데, 오자마자 85mm 주포의 탄약사수라는 직책을 부여받았다. 오늘 운전을 하고 온 리기동 하급병사는 이제 군에 입대한 지 일년밖에 안 된 신출내기로 탄약조수를 맡고 있었다. 정인술 중위는 부포장으로서 관측장교를 맡고 있으며, 리영철 대위의 부관이나 마찬가지였다. 한쪽 구석에 쪼그리고 앉은 박연군 하사는 85mm 주포의 정비를 맡고 있었다. 청진급 고속정에는 모두 24명의 해병들이 승선하고 있는데 리영철 대위는 그 중 여덟 명을 부하로 거느리고 있었다. 나머지 네 명은 이미 잠이 들었다고 했다. 벌써 밤 10시가 넘었던 것이다. 조익수 상위는 원래가 그의 직속부하는 아니지만, 기름 빼 먹는 작업을 원체 오랫동안 함께 해 왔던 터라 언제나 친형제처럼 죽이 잘 맞았다. 리영철 대위의 방은 겨우 한 사람이 이불 깔고 자면 될 정도의 좁은 독방이었다. 나무로 짜 만든 책상 하나와 의자가 있고 그 옆에 옷 상자가 하나 있고 그 위에는 이불을 개어서 올려놓았다. 그는 아내와 두 아이들을 해주에 두고, 부대에서는 독신 초급장교들이 쓰는 방을 하나 배정받아서 쓰고 있었다. 이 684호의 경비정에는 소좌가 정장을 맡고 있지만, 해병들은 특별히 리영철 대위를 좋아했다. 원래 대위 정도 되면 결혼해서 아이들도 한 둘씩은 있기 때문에 가족들을 먹여 살리려는 욕심에 보급품을 빼돌려서 다른 물품으로 바꾸어도 자기 가족들에게 필요한 것만 챙겨가는 게 보통이었다. 그렇지만 그는 집에 있는 가족들 생각보다는 함께 근무하는 해병들을 더 좋아했다. 그래서 틈만 나면 기름이나 부식을 빼돌리고 바꾸어 온 술로 이렇게 자기 방에서 술 파티를 하곤 했다.

"야, 인삼주 한 고뿌씩 쭈욱 가리우라!"

리영철 대위가 술을 한잔씩 따라주면서 말하자 모두들 컵을 들고는 큰 소리를 질러댔다.

"좋구나야!"

"기래 림영호 중사 네 얘기 좀 들어 보자우. 동무래 어케 이곳까지 오게 됐드랬어?"

머리카락이 거의 다 빠지고 눈썹도 없는 이상한 모양의 림영호 중사가 인삼주를 한 잔 먹자 기분이 좋아졌는지 거침없이 이야기를 시작했다.

"다 이야기 하갔시요. 내래 원래 영변에 있는 131 지도국에서 경비중대에 있었디요. 부대경비도 서고 연료봉(燃料棒) 교체도 했디요. 그거 교체하는 거이 원래 우리 일이 아닌데 상급에서 시키니 어케 뺄 수 있습네까? 18살에 그곳 가서 5년을 있었으니 오래도 있었디요. 동무들도 잘 아시갔디만 그곳이 '원자력부대' 아니갔습네까? 기런데 제가 보니까니 저보다도 더 오래된 동무들이 모두 다 이상하게 머리도 빠지고 또 어떤 동무래 결혼해서 아이를 낳았는데 아새끼래 손가락이 없고 발가락도 자라다 만 아이가 나온 게 아니갔시요? 기래서 그 동무뿐만이 아니라 다른 동무들 얘기도 부대 안에 입소문이 파다하게 퍼졌드랬시요."

"야, 기거이 원자력 때문이라는 거 모르는 동무들이 어데 있네? 여기서도 소문들어서 다 아는데…"

리영철 대위의 말에 림영호 중사는 계속 말을 이어갔다.

"기래서 생각했시요. 여기서 더 있다가는 쥐도 새도 모르게 병신되어서 나가갔구나. 또 나뿐만이 아니라 자식새끼 낳아도 병신 나오갔구나. 기렇다고 연료봉 교체하러 들어가라는데 안 갈 수도 없고. 그게 다 흑연(黑鉛) 갈아 끼울 때 방사능 쪼여서 기렇게 된다는 소문이라요. 기래서 기 다음부터는 집에도 부탁하고 해서 계속 뇌물로 고여서 부대 정치위원 동무하고 부대 간부들 몇 명을 감심(感心)시켰드랬지요. 기래서 원래는 군수공업국 소속인데 이렇게 아주 멀리 서해함대로 배치받게 된 정황입네다."

"이야, 기거이 어드렇게 기렇게 될 수 있네? 군수공업국에서 해군으로 어케 발령이 나냔 말이디?"

20대 중반의 부포장 정인술 중위가 호기심어린 눈으로 물어보는 말이었다.

"아 기거이 우리 공화국에서 뇌물(賂物)로 안 되는 거이 어데 있간? 부포장 동무래 '고이면 통한다'는 말 아직 모르고 있구만 기래. 야, 그 백승 담배 하나 달라!"

리영철 대위가 혀를 쯧쯧 차면서 딱하다는 표정으로 정인술 중위를 쳐다보며 하는 말이었다. 그의 말이 끝나기가 무섭게 어린 티가 얼굴에서 채 가시지 않은 박연군 하사가 얼른 담배를 꺼내서 리영철 대위에게 건네더니 공손하게 두 손으로 담뱃불을 붙여주었다. 중국제 플라스틱 일회용 라이터였다. 리영철 대위는 담배를 한 모금 쭉 빨더니 허공에 대고 내뿜으면서 좌중을 둘러보며 호기있게 말했다.

"야, 거 오징어도 뜯고 창란젓도 먹고 기래. 기거이 힘들게 구해온 거라니끼니 그러네."

이들은 너무도 귀한 오징어를 상급자가 먹기도 전에 먹을 수 없다는 듯이 서로 눈치만 보고 있었다.

"야, 야, 어서 찢어먹으라우."

리영철 대위가 먼저 한 쪽을 찢어먹자 모두들 조금씩 맛을 보았다.

"야, 동무들이래, 여기 림영호 중사 말이다. 나와 같은 신의주 출신이라는 거이다. 기러니끼니 앞으로 서로 잘 대해 주라마, 알갔디?"

일행을 바라보면서 리영철 대위가 한 마디 하자 모두가 힘차게 '네, 알갔습네다!' 하고 대답했다.

"야, 너 꽥꽥상위, 림 중사보고 '머저리새끼', '미련퉁이' 하디 말고 잘 좀 봐 주라마. 기건 기렇고 너 요즘 딴집살이 한다면? 그 얘기 좀 해 보라."

조익수 상위를 가리키면서 말을 하라고 재촉하자 조 상위는 얼굴이 벌겋게 달아오른 채로 수줍은 듯이 더듬거렸다. 북한에서는 중위와 대위의 중간에 끼어 있는 상위를 가리켜 '꽥꽥상위'라는 별명으로 불렀다. 대위나 소좌처럼 고급 지휘관도 아니고 그렇다고 아예 말단인 소위나 중위도 아닌, 아주 어중간한 위치 때문에 항상 신경질적으로 '꽥꽥' 거리며 다닌다고 해서 붙여진 별명이었다.

"기거이 어케 이런 곳에서…"

"아, 상위 동무, 한 번 해 보시라요. 기래 아주머니 몸매는 어땠시오?"

아직 얼굴에 여드름투성이인 리기동 하급병사가 졸라대자 조익수 상위는 마지못해 하는 듯이 하면서 이내 술술 이야기보따리를 풀어나갔다.

"여기서 한 30분쯤 걸어가면 거기 방교리라는 동네 말이야, 산속에 폭 박혀 있는 방아다리라고 하는 동네인데, 거기에 작은 집들이 이십 여 채 있디. 그 중에 내가 자주 만나는 녀성동무래 서른두 살인데 남편이 어부라 삼년 전에 바다에서 풍랑 만나서 죽었시요. 기래서 정분 트고 지내는데, 아이 둘이 있어. 방도 좁은 단칸방인데 바로 옆에서 8살, 4살짜리 아새끼들이 함께 자니끼니 그거이 하기가 여간 어려운 게 아니야요. 하여간 몸매도 좋고 엉덩이짓도 아주 일품이라니끼니."

"야, 기러면 한 번에 얼마씩 주고 하네?"

리영철 대위가 침을 꼴깍 삼키고 눈을 게슴츠레 치켜뜬 채 물어 보는 말이었다. 천정에 매달려 있는 30촉 짜리 전등이 가끔씩 꺼졌다 켜졌다를 반복했다. 북한의 전력사정이라는 것이 항상 이 지경이었다. 정인술 중위가 잔뜩 이마를 찌푸리면서 천정을 쳐다보았다.

"한 번에 1딸라씩 줍네. 뭐 기래도 요즘에는 정분이 나서 어떤 때는 기냥 자고오기도 하디요."

"야! 기냥 자고 올 정도면 아주 단단히 정분(情分)이 났습네."

입을 반쯤 벌리고 누런 이를 드러낸 림영호 중사가 조익수 상위를 부러운 듯 바라보면서 맞장구를 쳤다. 림영호 중사는 술을 두어 잔 마시자 머리카락과 눈썹이 빠진 시름에서도 완전히 벗어난 듯한 모습이었다.

"아새끼들이 다 잠들고 나야 하니끼니 밤 12시나 돼서 해야 한단 말이디. 기리고 그 녀성동무도 날이 밝으면 로동가야 하니끼니 밤새 지낼 수도 없다는 거이야. 기래서 항상 내래 12시에 갔다가 2시쯤 온다니끼니. 올 때는 얼마나 안 떨어지려고 기러는지 참 가슴이…"

조익수 상위가 말을 마치려 하자 옆에서 듣고 있던 부포장 정인술 중위가 창란젓을 젓가락으로 집으면서 이야기를 재촉했다.

"아 기거이 다 끝난 겁네까? 기러디 말구 좀 더 풀어 보시라요."

리영철 대위가 조익수 상위에게 인삼주를 한 잔 더 권하면서 눈짓을 했다.

"기래, 좀 더 해 보라야. 아 호상간(互相間)에 오고 간 말도 있을 거이고… 그래 그 에미나이 몸매는 어드렇네?"

조익수 상위가 큰 비밀을 털어 놓는다는 듯 인삼주를 한 입에 털어 넣더니 말을 이어 나갔다.

"기 녀성동무래 몸도 포동포동하고 여간 예쁜 거이 아니야요. 아, 기러니끼니… 두 달 전인가 봅네다. 38절이었디요. 그 날은 련삼일째 아주 눈이 많이 왔단 말입네다."

"맞아요. 3월8일 국제부녀자절 말이디요? 그 때 참 눈이 많이도 왔시요."

옆에서 림영호 중사가 맞장구를 치자 조익수 상위는 더욱 기분이 좋은지 거침없이 말을 이어나갔다.

"내래 발빠져 가며 고생고생 끝에 찾아 갔디요. 아 그 녀성동무래 그런 눈밭에 내가 찾아 갔으니 오죽 감심했갔시요? 그 녀자가 알몸으로 내 위에 올라가더니 가랭이를 벌리고 한참 그 짓을 해대는데, 아, 그만 너무 소리를 질러대는 통에 어린아이가 깨어 버렸시요. 8살 먹은 계집아이가 벌떡 일어나서는 우리를 멀뚱히 쳐다보고 있는 겁네. 그러더니만 그냥 또 픽 쓰러져서 잠이 드는 거라요. 아, 그 때 얼마나 놀랬더랬는지. 기런데 그 아이래 우리 뭐 하는지 몰랐갔지요? 녀성동무는 그냥 아새끼래 잠결에 깬 거니끼니 신경쓸 거이 없다고 하긴 하던데…"

조익수 상위가 몸을 앞으로 구부리면서 오징어 다리를 하나 집어 들더니 은근히 걱정스런 투로 물어보는 말이었다.

"아니 기러믄 전등불도 안 끄고 그 짓을 했단 말입네까?"

"아 불 끄는 거이 문제입네까? 어서 날래 해야디요."

옆에서 정인술 중위와 림영호 중사가 서로 입에 침을 튀겨가면서 주거니 받거니 했다.

"야, 조 상위, 그거이 일 없다. 어린아이들은 원래 기렇게 자다가 정신 나가서 깨고 또 자고하는 거니끼니 마음 쓸 거 하나도 없다이."

리영철 대위의 말에 모두들 고개를 끄덕이며 한마디 씩 했다. 마치 모두가 공범자라도 된 듯이 근심스런 표정들이 역력했다.

"기래요, 일없갔디요."

"아새끼래 잠자다가 혼이 빠져서 일어나 앉은 거이니…"

이제 밤 1시가 넘었다. 이들과 헤어져 밖으로 나온 조익수 상위는 숙소로 향하는 발걸음을 멈추고 잠시 밤하늘을 쳐다보았다. 머리 위로는 등산곶의 밤 별들이 무수히 쏟아져 내리고 있었다.

'내래 래년에는 그 녀성동무래 결혼해서 살아야갔어. 언제까지 이렇게 홀아비로 지낼 수도 없는 거이고. 아, 몸매만 좋은 거이 아니고 또 량심(良心)은 얼마나 고운가 말이다. 등산곶에서도 그만한 사람 흔티 않아요, 암 해주에서도 흔티 않고말고…'

바르셀로나의 추억 ::

  1992년 6월 24일, 제25회 세계 올림픽이 열리고 있는 스페인 제2의
도시 바르셀로나는 가는 곳마다 인파가 넘쳐나고 있었다. 일년 사시사
철 관광객으로 북적대는 도시에서 올림픽까지 개최하게 되었으니, 이
도시의 풍경을 한마디로 표현하라면 그야말로 '차고 넘치는' 모습이
었다. 윤영하 대위와 이제 갓 결혼한 부인 이미선 양, 이들은 신혼여행
지를 이곳 바르셀로나로 결정하였다. 신혼여행도 즐기고, 관광도 즐기
고, 또 올림픽 응원도 열심히 하고, 그야말로 1석3조의 효과를 노린 것
이었다. 이들이 네델란드의 암스텔담을 거쳐서 이곳으로 들어온 지도
벌써 열흘이 넘었다. 이제 두 사람은 오늘의 축구경기를 마지막으로

지난 12일간 온갖 추억이 담겨있는 이곳 스페인과 프랑스를 뒤로하고 한국으로 떠나야만 한다. 윤영하 대위가 26일까지는 부대에 복귀(復歸)해야 되기 때문이었다.

"오빠, 그래도 난 맨 처음 갔던 데 말이야. 그 왜 가우디가 건축하다 죽었다는 파밀리아 성당, 거기가 이번 여행에서 제일 추억에 남는 것 같아. 요셉, 마리아, 예수로 이어지는 성스러운 가족을 의미한다는 그 성당 말이야. 오빠, 내 말 듣고 있어?"

길가의 노천카페에서 간단하게 스파게티를 먹으며 미선이가 윤 대위에게 물어 보는 말이었다. 윤 대위는 잠시 무슨 생각을 했는지 깜짝 놀라면서 미선이를 돌아보았다.

"오빠, 양고기 안 먹고 지금 무슨 딴 생각했지? 하여튼 오빠는 잠시라도 틈을 주면 안 된다니까… 1분만 틈을 주어도 곧 바로 혼(魂)이 다른 데로 가 있어요. 또 부대 생각했지? 내 다 알아."

미선이 윤 대위의 코를 손으로 콕 찌르면서 하는 말이었다.

"응? 응, 그래, 잠깐 부대 생각했어. 요즘 꽃게 철이라 사실은 내가 휴가 나오면 안 되는데…"

"됐어, 오빠가 안 나오면 나 혼자 어떻게 결혼해. 기왕 휴가 나온 거 그냥 잊어버려. 이제 내일 새벽이면 비행기 타고 돌아갈 텐데 뭐, 또 그런 얘기 했단 봐라."

샐쭉해 진 미선이를 달래야 되겠다고 생각했던지 윤영하 대위는 미선에게 바짝 다가가면서 사랑스런 표정으로 말을 받았다.

"그래, 그 가우디 정말 대단한 사람이야. 나도 그 성당 사진으로 보고 말로만 들었지 정말 대단하더라. 1877년부터 공사를 했다고? 그런데 앞으로도 100년을 더 해야 한다고? 야, 미선아, 그러니까 그런 훌륭한 예술품이 나오는 거야. 밖에서 보는 것하고 안에서 보는 것하고는 또 얼마나 다른 감동을 주던지…"

윤 대위가 아까 길거리에서 산 양고기 케밥을 한 입 먹으면서 진지하게 하는 말이었다.

"흥, 오빠, 이제는 제 정신이 돌아온 모양이네?"

미선이의 모습에 윤 대위는 더할 나위 없이 즐거운 표정을 짓더니, 다시 한번 확인하듯 물어보았다.

"미선아, 넌 어떤 게 좋았는데?"

"응, 아까 얘기했던 그 성당, 정말 너무 감동했어. 멀리 밖에서 볼 때는 마치 우리나라의 잣나무 같았어. 큰 잣나무 몇 그루가 서 있는 것 같은 느낌, 그런데 안으로 들어가니까 이건 또 거대한 통나무의 내부에 들어 온 것 같더라니까?"

"그래? 그렇게 봤니? 난 밖에서 볼 때는 옥수수 몇 개를 다 먹고 거꾸로 세워 놓은 것 같았어. 그리고 안에 들어갔을 때는 종유석 동굴에 들어온 느낌이었어. 옛날에 아버지가 미국에 영사(領事)로 계실 때 부모님과 함께 가 보았던 워싱턴 근교의 루레이 동굴에 다시 온 듯한 느낌이더라니까?"

"오빠는 먹는 것 좋아하니까 옥수수 생각한 거고, 나는 나무와 꽃을 좋아하니까 잣나무 생각한 거고. 이거 우리 앞으로 궁합이 잘 맞을지 모르겠네, 호호호!"

카페 안에 있던 스페인 청년들과 미국인지 유럽인지에서 관광 온 듯한 청년들 대여섯 쌍이 이들 한국인 한 쌍을 호기심 있게 지켜보고 있었다. 이들의 붉은 악마 응원복 차림 때문이었다.

"그리고는 또 어떤 게 좋았어?"

"응, 피카소 박물관도 좋았고, 또 뭐니뭐니해도 밤 기차로 파리에서 마드리드까지 열세시간 자면서 여행했던 날 있지? 그날 밤 너무 좋았어."

"응, 나도. 떼제베 타고 밤새 달리고 또 달리고, 자고 깨어도 또 달리고 하던 추억. 얘기도 참 많이 했었지?"

"그런데 난 그 때 함께 탄 독일남자 있지? 그 남자 때문에 너무 놀랐어. 갑자기 위 침대에 올라가더니 옷을 홀딱 벗는 거야. 속에 팬티도 안 입었더라니까? 내가 보고 있는데도 아무렇지도 않게 그냥 씩 웃더니 담요 속으로 들어가더라고. 그 때 얼마나 놀랬는지…"

"미선아, 난 그 때 아쉽게도 바로 그 밑 침대에 있어서 그 놈 옷 벗는 것 보지 못했어. 나도 봤어야 하는 건데, 하하하! 이건 농담이고, 내가 맨 처음 파리에 갔을 때, 그 때 열두 살이었나? 열세 살 이었나? 하여튼 아빠가 그 때 파리 대사관에 계셨는데, 아, 부모님과 함께 차를 타고 가는데 젊은 청년들 셋이서 길 옆 큰 나무에다 대고는 오줌을 싸는 거야. 옆으로 차들이 수도 없이 지나가는데 말이야. 그 때 얼마나 놀랬다고. 그런데 나중에 보니까, 다른 사람들도 아무렇지도 않게 길거리에다 오줌 누더라. 그냥 거기 사람들은 그런데."

"오빠는 부모님 따라서 이곳저곳 많이 여행 다녔지? 모두 몇 나라나 다녀 보았어?"

"응, 몇 년씩 있은 곳은 미국, 프랑스, 영국, 그리고 저기 아프리카의 모로코야. 그 때는 아빠가 모로코 대사로 계셨지. 그리고 잠시 여행 다녀온 곳들은 한 열 나라쯤 될까?"

"와, 그러면 모두 열네 나라나 되네? 여기까지 하면 열다섯 나라? 오빠 좋겠다. 부모님 따라서 여기저기 많이 다녀 봐서… 난 외국여행이 이번이 세 번째야. 대학 다닐 때 친구들이랑 일본 배낭여행 다녀오고 그리고 4학년 때 어학연수 한다고 미국에서 여섯 달 있었지."

"그리고 또 무엇이 좋았는데?"

윤 대위가 미선이에게 더욱 바짝 다가가면서 눈을 들이댔다. 미선이의 얼굴에서는 화장품 냄새가 향긋하게 풍겨져 나오고 있었다. 스파게티 냄새도 났다. 어쩌면 스파게티 냄새는 이 집에서 나는 것인지도 몰랐다.

"응, 암스텔담에서 여기 바르셀로나에 올 때까지, 그 이베리아 항공사의 작은 비행기 타고 올 때 말이야, 창 밖으로 보이는 풍경이 너무 좋았어. 하늘이 얼마나 파랗던지… 아무리 그래도 아까 말한 그 파밀리아 성당, 거기 예수님의 발가벗은 모습, 너무 감동이었어. 가슴이 그냥 찡! 하더라니까."

"너 중동지방에 가 보면 하늘이 얼마나 파란지 알아? 여기 스페인보다도 더 파래. 그냥 파란 물감을 풀어 놓은 것 같다니까? 적도가 가까워서 그렇다나 봐. 그런데, 파리는 별로였어?"

"아니, 파리도 좋았어. 나는 거기 루브르 박물관 하루밖에 못 있었던 게 너무 아쉬워. 한 삼일 정도 있었으면 좋았을텐데. 그렇지만 세느강은 별로더라. 별로 낭만적이지도 않고, 에펠탑도 그저 그렇고."

"응, 원래 그래. 우리나라 사람들이 괜히 프랑스를 좋게 생각해서 그렇지 사실 알고 보면 뭐 그렇게 멋있는 나라도 아니야. 그렇지만 유럽이나 미국 사람들의 공통적인 점은 옛날 것을 굉장히 아끼고 사랑한다는 거야. 그래서 어느 곳을 가든지 박물관, 박물관이야. 우리나라는 서울같이 큰 도시에도 박물관이 몇 개 없잖아? 나는 외국 다니면서 박물관들이 제일 부럽더라."

"그래, 오빠는 군인이 되지 않았으면 역사학자가 됐을 거야. 아니면 철학자? 잠시만 틈을 주면 깊은 사색(思索)에 빠지니까. 사실은 사색도 아니지. 공상(空想)이야 공상, 호호호!"

깔깔대는 미선이를 보면서 윤 대위는 미선이를 더 많이 사랑해 주어야 하겠다고 생각했다.

"그래, 나도 이제 한국에 돌아가면 너처럼 열심히 교회에 나갈 거야. 우리 부인이 좋아하는 일이라면 뭐든지 할 테니까. 그래야 좋은 남편이라면서? 자, 이제 빨리 가자. 잘 못하면 늦겠다."

윤영하 대위는 미선이의 손을 잡고 자리에서 일으켜 주었다. 이들이 밖으로 나와서 서둘러 도착한 곳은 바로 밤 10시부터 한국과 잉글랜드와의 축구 8강전이 열리는 바르셀로나 올림픽경기장이었다. 경기장 매표소에 도착하니 오후 5시가 약간 넘었는데도 벌써 표를 사기 위한 긴 행렬이 500m도 넘어 보였다.

"야, 미선아, 우리도 여기 서 있자."

"와, 되게 많다. 우리 차례 오기 전에 다 팔리면 어떻게 하지?"

"아니야, 여기 경기장 수용인원이 50,000명이라니까 충분히 우리 차례까지 오고도 남아. 걱정 마."

군데군데 한국 사람들이 줄을 서 있는 모습도 눈에 띄었다. 줄을 서서 몇 시간씩 기다리면서도 이들 외국사람들은 무엇이 그리 좋은지 계속 깔깔대며 웃고 즐거워하는 모습이었다. 마치 기다리는 시간 자체를 즐기는 것 같았다. 드디어 밤 8시가 조금 넘어서야 이들은 바르셀로나 국립경기장에 입장할 수가 있었다.

"야, 저 쪽에 한국 사람들 응원석 있다."

윤 대위가 오른 쪽 스탠드를 가리키며 말했다. 벌써부터 붉은 악마들의 함성이 스타디움을 뜨겁게 달구고 있었다.

"대~한민국 짜작짝 짝짝, 대~한민국 짜작짝 짝짝"

"어서 오세요. 신혼부부신가?"

50세 쯤 되어 보이는 중년 부부 두 분이서 반갑게 이들을 맞이해 주었다.

"여기로 와요. 우리는 서울 종로에서 왔어요!"

아저씨가 반갑게 응원도구를 내려놓더니 손을 내밀었다.

"네, 해군대위 윤영하입니다!"

윤 대위는 자신도 모르는 사이에 거수경례를 하고는 그 옆자리에 앉았다.

"여기는 제 처 이미선입니다!"

"안녕하세요?"

"그래 신혼이신가봐!"

아주머니가 인사를 받으면서 하는 말이었다.

"네, 2주 전에 결혼했어요. 여기로 신혼여행 왔지요!"

아주 크게 소리를 질러야만 옆 사람에게 겨우 들릴 정도로 축구경기장은 뜨거운 응원 열기(熱氣)로 가득차 있었다.

벌써 8시 30분이 다 되었지만 이곳은 우리나라의 오후 다섯 시 정도 쯤 된 듯한 느낌이다. 아직도 온 세상이 환하다. 아마도 햇빛이 강해서 그런 모양이다.

"그래 몇 살이우?"

아주머니가 큰 소리로 입에 나팔을 만들어서 물어보는 말이다.

"네, 저는 31살이고요, 얘는 26살이에요. 다섯 살 차이지요!"

"아, 다섯 살 차이, 그거 참 좋네. 우린 일곱 살 차인데!"

"대~한민국 짜작짝 짝짝! 대~한민국 짜작짝 짝짝!"

6월 14일, 오후 4시, 신촌에 있는 연수대학교 새천년관 대강당, 오늘은 제1회 윤동주 시 문학상 시상식이 있는 날이었다.

"오늘 수상작은 우수상으로 이병일 군의 '담배꽃'이 선정되었고, 가작으로는 송인덕 양의 '오래된 저수지', 그리고 황도현 군의 '자유3'이 선정되었습니다. 수상자들은 단상으로 올라 와 주시기 바랍니다."

이들이 단상으로 올라가서 연수대학교 총장으로부터 상장과 트로피를 받아들자 여기저기서 카메라가 터졌다. 저 뒤쪽 편의 30여명은 학교에서 온 친구들인지 소리 높여 이름을 연호하고 있었다.

"이병일! 이병일! 이병일!"

이어서 시상자들이 자기의 시를 낭송하는 순서가 있었다.

"담배꽃"

노란 티셔츠를 입고 단위에 선 이병일 군은 이런 상을 여러 번 받아 보았는지 프로처럼 능숙하게 시를 읽어 나갔다.

"꽃물에 젖지 않는 바람의 입김타고

꽃대 올라온 그 자리에

총총하게 환해지는 진분홍 담배꽃이 눈뜨고 있다.

꽃받침이 푸른 그림자를 벗어내기 전에

푸근한 잠에서 하늘 한 폭을 스르르 열어!

찰박거리는 연한 향기를 풍기고 싶었을 것이다."

이병일 군의 시는 그 이후로도 1분간이나 계속되었다. 시 낭송이 끝나자 힘찬 박수소리와 함성이 울려퍼졌다. 이병일 군에게는 상금 100만원이 부상(副賞)으로 주어졌다.

이번에는 밝은 장미꽃무늬 원피스를 입은 송인덕 양이 등장하였다.

"오래 된 저수지"

송인덕 양은 잠시 떨리는 가슴을 진정시키려는 듯 심호흡을 한 뒤에 시를 읽어 내려갔다.

"늦봄이 은사시 나무의 몸을 빌어

하얀 보풀들을 날려대면

나도 무언가 멀리 보내고 싶어

내 안의 바람을 앞세우고 방죽을 걷는다."

송인덕 양의 시는 전체 발표시간이 2분은 족히 넘을 것 같은 꽤 긴 서정시였다. 낭송이 끝나자 왼쪽 편에 단체로 모여 있던 20여명의 청년들이 우렁찬 고함소리와 함께 1분이 넘게 박수를 쳐댔다. 박수 소리가 모두 끝나기를 기다려서 맨 마지막으로 단상에 오른 사람은 황도현 하사. 해군하사의 늠름한 모습에 장내에 있던 축하객들이 함성을 지르며 일제히 격려의 박수를 보내 주었다.

"해군 오빠, 너무 멋져~"

그들은 황 하사의 친구나 친척이 아니지만 카메라의 셔터를 눌러대면서 황 하사의 수상을 마음껏 축하해 주고 있는 것이었다.

"자유 3"

장내는 물을 끼얹은 듯이 조용해 졌다.

"자유를 찾아 헤매이는 건 자유롭지 못하기 때문이다.

 하지만 그렇게 자유를 찾아 헤매이는 게

 또 다른 것들을 억누르고 있는 것은 아닐까?

 두렵다…

 자유에의 집착,

 자유롭기 때문에 생기는 많은 집념

 집념에의 집착…

 구속,

 행복에의 구속.

 행복하기 때문에 생기는 많은 불만,

불만에의 구속!
나는 오늘도 구름위 파아란 하늘을 쳐다본다.”

시상식이 끝나자 이들은 옆의 건물로 이동해서 총장, 부총장 그 밖에 많은 사람들과 함께 식사를 했다. 윤동주 시인의 6촌 동생인 가수 윤영주 씨가 오늘의 이 시상식을 축하해 주러 왔다. 시상식에 온 사람들은 옛날의 유명가수인 윤영주씨와 함께 사진을 찍는 등 마냥 즐거운 표정들이었다.

"도현아, 많이 먹어라."

옆 자리에 앉아 있는 누나가 LA갈비를 가득 담은 접시를 동생의 앞에 놓아주었다.

"병태야, 철호야, 너희들 참 멋있어졌구나?"

누나가 앞자리에 나란히 앉은 두 명의 친구들을 바라보면서 대견해 했다. 다른 세 명의 수상자들은 그 가족들하고 친구들하고 수십 명씩이 왔는데 황도현 하사는 달랑 누나와 나래, 그리고 두 명의 친구들뿐이어서 약간은 초라해 보였다. 그의 어머니는 상봉동에서 조그마한 구멍가게를 하고 계시고 아버지는 플라스틱 재생용품을 만드는 공장에서 일하고 계신다. 힘든 살림에 할머니의 병 수발까지 하려니 황 하사의 가정은 여간 어려운 게 아니었다. 보름 전에 연수대학교에서 윤동주 시 문학상 수상자로 선정되었다는 소식을 들었을 때는 마치 온 세상이 내 것인 양 너무나 즐거웠다. 그래서 부랴부랴 부대에 휴가신청을 냈고 어제부터 5일간의 특별휴가를 받아서 오늘 이곳 시상식장에 나온 것이었다.

"누님, 애 기계공학 때려치우고 아예 시인으로 데뷔하라고 하세요. 황도현 시인, 참 멋있잖아요?"

철호의 말에 병태가 맞장구쳤다.

"야, 임마. 이 자식 벌써 등단한 거야. 이제 여기서 수상했으니까 시인으로 등단한 거라고. 너 책 보면 저자들 약력에 써 있잖아? '이상 문학상으로 등단' 그런 것과 똑같은 거라니까? '윤동주 시 문학상으로 등단' 이렇게 말이지."

숭실대학교에서 기계공학을 전공하는 기계공학도인데도 황 하사는 유난히 시를 좋아해서 언제든지 책방에 갔다하면 그가 사는 책은 늘 시집이었다.

"나래는 요즘 어떻게 지내니?"

병태와 철호의 칭찬에 기분이 좋아진 누나가 한껏 밝은 표정으로 나래에게 묻는 말이었다.

"나래씨도 더 예뻐졌는데요, 뭘."

여기저기 넙죽대며 참견하기 좋아하는 병태가 끼어들었다. 병태는 지방의 한 대학교에서 화학을 전공하다가 지금은 군대 대신 공익근무요원으로 구청에서 근무 중이었다.

"네, 열심히 공부하고 또 아르바이트도 하고 그래요."

누나의 질문에 나래는 약간 부끄러운 듯 얼굴을 붉혔다. 벌써 도현이와 여러 번 만나고 또 집에도 놀러 왔던 터라 누님은 나래를 마치 한 식구마냥 친하게 대해주었다.

"그렇구나. 너 이제 내년 2월에 졸업이지? 오늘 이 상은 문학을 전공하는 네가 받아야 하는데… 기계공학하는 아이한테 뭐 이런 상이 필요할까?"

누나는 나래가 상을 받지 못한 것이 못내 아쉬운 모양이었다. 나래도 응모를 했다는 얘기를 들어서 알고 있기 때문이었다.

"네, 지금 아르바이트로 일하는 출판사에서 내년에 졸업하면 정식사원으로 그냥 근무하래요. 월급도 많이 올려 준다고요. 그래서 생각해 본다고 했죠"

나래가 새우튀김을 하나 집으면서 밝게 말하자 누나가 약간은 원망스러운 표정을 지으며 한 마디 했다.

"왜 생각해 본다고 해. 그냥 그렇게 한다고 그러지. 요즘 취직하기가 얼마나 힘든데…"

식사가 끝나자 부랴부랴 먼저 일어서는 누나를 병태와 철호가 차로 모셔다 드리겠다며 함께 따라 나갔다. 친구들은 내일 저녁에 명동에서 다시 만나기로 했다. 이제 황 하사는 나래와 단 둘이만 남게 되었다.

"누님 왜 그렇게 빨리 가서?"

"으으응, 그거. 화장품 가게 가서 일해야지."

"그래도 이야기도 좀더 하고 가셨으면 좋았을 걸."

황 하사는 언제나 어머니처럼 이런저런 것 다 신경써 주는 누나가 너무나 고마웠다. 황 하사는 8살 위로 이 누나가 있고 두 살 밑으로 동생이 있는데, 누나는 7년 전에 결혼해서 벌써 여섯 살 난 아들과 네 살 난 딸을 두고 있었다. 가정이 어려워 누나는 고등학교를 나오고 몇 년간 직장 생활을 하다가 지금의 매형을 만나서 곧 바로 결혼했다. 매형은 부동산 중개업을 하고 있는데, 누나도 어려운 형편에 한 푼이라도 벌어야 한다며 아파트 안의 상가에서 작은 화장품 코너를 운영하고 있었다. 매형은 성격이 호탕한 사람이라 누나가 동생을 도와주는 것에 대해서 전혀 불평을 하지 않았다. 사실 부동산 중개업이라고 해 보았자 항상 고정적인 수입이 있는 것도 아니고 해서, 사무실 임대료와 함께 일하는 여자 실장 월급을 주고 나면 남는 게 별로 없다고 하는 소리를 몇 차례 들었다. 그런 속에서도 누나는 화장품 가게를 하면서 그곳에서 번 돈만큼은 꼬박꼬박 저축해 두었다가 6개월에 한 번씩 동생들 등록금이 나오면 자진해서 내주었던 것이다.

"자기 아까 시 멋지더라. 무슨 큰 의미가 있는 것 같기도 하고… 낭송하는 모습도 아주 의젓하던데?"

황도현 하사를 바라보는 나래의 얼굴에는 자랑스러움이 가득 넘쳐났다. 둘은 나란히 손을 잡고 벤치에 앉았다.

"응, 그 시, 불교의 금강경에 나오는 말에서 힌트를 얻은 거야. 응무소주 이생기심(應無所住 而生其心)이라는 말인데, 풀어서 설명하면 '마땅히 어디에도 머무름이 없이 마음을 써야한다'는 뜻이지. 즉, 마음이라는 것이 어느 곳에 머무는 순간 인간의 고통이 시작된다는 거지. 더 짧게 얘기하면 '어디에도 집착이 없다면 고통도 없다'는 말이야. 어느 곳, 또는 무엇인가에 집착을 하기 때문에 인간의 고통이 시작된다는 뜻이지."

"그래. 나도 도현씨의 말에 동감해. 우리들의 욕심이 우리 스스로를 구속한다는 말."

나래는 잠시 심각한 표정을 짓더니 고개를 들고는 황 하사를 다정스럽게 바라보면서 말했다. 벤치 주변에 만발한 장미꽃에서는 달콤하고 매콤한 장미향이 은은히 풍겨왔다.

"그런데 자유라는 거 있잖아. 사람들은 모두 다 그렇게 고독한 거 아닐까? 왜 릴케도 말했잖아, 인간은 고독을 먹고 산다고… 자유를 찾아 헤맨다고."

제법 시인다운 나래의 말에 황 하사는 나래의 어깨에 손을 얹고는 먼 앞쪽을 바라보면서 말했다.

"그래, 그럴 거야. 그렇지만 너 바다에 나가 봐. 밤바다에 나가보면 정말 고독이란 게 무엇인지, 자유가 얼마나 소중한 것인지 알 수 있어. 캄캄한 밤바다에서 출렁이는 소리를 듣고 있노라면 우리 바다사람들만이 느낄 수 있는 그런 고독같은 거. 그러니까 내 시는 일종의 고독

속에서 자유를 찾아 헤매는 사람들의 절규라고나 할까? 그런 거야. 찾아 떠돌아다니지만 우리들이 우리 스스로를 구속하여서 자유롭지 못한 현대인들의 마음이지. 'Solitude in Multitude' 라고나 할까?"

"그게 무슨 말이야?"

"응, '다중(多衆)속의 고독(孤獨)'이라는 말이야. 현대인들은 많은 사람들 속에서 묻혀 살면서도 항상 '자기만이 혼자'라는 외로움을 느낀다는 거지."

"내가 누님한테 전화드려서 집에 가서 미리 밥해 놓고 조카애들 밥 먹인다고 해야겠다. 도현씨도 집으로 갈 거지?"

나래가 공중전화 박스 쪽으로 걸어가면서 물어보는 말이었다. 벌써 저녁때가 다 되었는지 캠퍼스에는 공부를 끝내고 집으로 향하는 학생들의 발걸음이 많아졌다.

"그래, 같이 집에 가자. 책방에 들렀다 갈 시간은 안 되겠구나."

"아, 누님이세요? 저 나랜데요. 지금 상도동으로 도현씨 하고 가려고 하거든요? 제가 고기 사 갖고 먼저 들어가서 애들 밥 먹이고 청소 좀 하고 있을게요. 빨리 일 끝내시고 오세요."

두 사람은 137번 버스를 타고 상도동으로 왔다. 집 앞 슈퍼에 들러서 삼겹살 두 근과 상추와 쑥갓을 샀고 또 아이들이 좋아하는 아이스크림도 샀다. 황 하사는 이렇게 요모조모로 신경을 써 주는 나래가 너무 좋았다. 이제 23살로 겨우 한 살이 어릴 뿐인데 어쩌면 저렇게도 자상(仔詳)하고 생각이 깊을까? 하는 생각을 하면서 누나의 아파트로 향했다. 누나의 아파트는 211동으로 단지의 맨 뒤쪽에 있었다. 언덕길을 올라가면서 황 하사는 옆에서 나란히 걷고 있는 나래를 보면서 심각한 표정으로 이야기했다.

"아까 슈퍼에서 꽁게 보니까 우리 부대 생각나더라. 이제 꽁게철이 다가오니까 우리 부대 무척 위험해. 우리 부대가 연평도 쪽 맡고 있잖아? 휴가 나오기 전에도 북한 경비정들하고 몇 차례 교전할 뻔했어. 그놈들이 아예 요새는 우리를 시험하려고 NLL을 일부러 막 넘어와요. 다행히도 우리 참수리 고속정이 그놈들 배보다는 원체 속력도 빠르고 또 장비도 우수하니까 괜찮기는 하지만 어떤 때는 섬뜩하다니까? 이러다가 서로 발포하면 그게 바로 전쟁이 되는 거구나 하는 생각에 말이야."

그 말에 나래는 생긋 웃으며 별로 대수롭지 않다는 투로 대답했다.

"그냥 내버려 두면 안 되나?"

"야! 최나래, 이 바보야! 어떻게 그냥 내버려 두니? 우리 쪽 경계구역을 침범해 왔는데. 너 휴전선을 넘어 온 북한군 탱크를 그냥 내버려 둔다는 게 말이 되냐?"

잔뜩 흥분한 듯한 황 하사의 말에 무안해 진 나래는 어쩔 줄 몰라 했다.

"내 얘기는 바다에는 철조망이 없지 않느냐는 거지. 그러니까 그냥 내버려 두면 되돌아갈 것이고, 그러면 아무 흔적도 남지 않을 것 아니냐 하는 말이야."

"하여튼 여자애들하고는 무슨 말을 못해요. 뭘 알아야 서로 얘기가 통하지. 그건 그렇고, 너 내일 나하고 상봉동 집에 같이 가자, 응?"

나래는 황 하사의 화를 풀어 주어야겠다는 생각에 얼른 대답했다.

"그래, 나도 어머님하고 아버님 찾아 뵌 지 꽤 오래 됐네. 같이 가. 그리고… 아까 상금으로 탄 거 50만원, 그거 어떻게 할 건데?"

"응? 나도 그렇게 많이 받게 될 줄은 몰랐어. 넌 어떻게 했으면 좋겠어?"

황 하사가 기분이 좋아져서 나래를 보면서 대답했다.

"응, 내 생각인데… 내일 상봉동 갈 때 부모님께 30만원 드리고 10만원은 오늘 누님 드리고 나머지 10만원은 우리가 갖고 있다가 쓰자."

"그 10만원 도영이 주면 어떨까?"

황 하사가 대학에 이제 갓 입학한 동생을 생각하며 하는 말이었다.

"그래, 그렇게 하지 뭐. 우리 용돈은 나도 좀 있으니까."

누나는 4년 전에 이 상도동의 33평짜리 아파트를 많은 융자를 끼고 사서 이사왔다. 황 하사는 대학에 합격하여 3학년을 마칠 때까지 여기에서 살았다. 그리고 지금도 황 하사의 방은 여전히 그냥 그대로 있고, 누나는 아들과 딸을 한 방에서 재우고 있는 것이다. 방으로 들어서자마자 나래는 황 하사의 방과 아이들의 방을 열어 본 후 곧장 옷소매를 걷어붙이더니 베란다와 창문을 열고 마루바닥과 방을 청소하기 시작했다. 엎드려서 걸레질을 하고 있는 나래의 등 뒤로 간 황도현 하사가 나래의 겨드랑이를 끌어안았다.

"아이, 일도 못하게, 왜 이래? 빨리 저리 비켜. 나 청소해야 된단 말이야!"

황 하사가 몸을 놓으려고 하지 않자 나래는 얼른 돌아앉으며 황 하사를 정면으로 쏘아보았다. 그러더니 짓궂은 웃음을 지으면서 황 하사의 얼굴을 손가락으로 콕 찌르더니 한마디 했다.

"입술만이야. 더 이상은 절대 안돼. 알았지?"

둘은 누가 먼저랄 것도 없이 서로 끌어안더니 깊은 키스를 나누었다. 나래의 몸을 끌어안은 황 하사의 숨결이 점점 거칠어지기 시작했다.

"아, 안 돼. 더 이상, 절대로…"

이 때 현관에서 벨이 울리더니 문이 벌컥 열리면서 아이들이 뛰어 들어왔다.

"외숙모!"

"오, 지우 왔구나. 어서 와, 우리 지우 잘 지냈어?"

나래가 지우의 볼을 쓰다듬어 주자 뒤에 있던 지은이가 샘이 났는지 얼른 나래의 품에 안기며 종알댔다.

"외중모, 외중모…"

"어머나! 우리 지은이가 더 예뻐졌네? 그래 오늘 유아원에서 뭐 배웠지?"

나래가 지은이를 꼭 끌어안아 주고는 입맞춤을 했다. 지은이는 네 살로 아직 아기의 티를 벗지 못한 어린애이다. 부부가 맞벌이를 하다보니 아침에 유아원에 데려다 주고 나면 저녁 여덟시나 돼야 집에 돌아오는 것이다.

지우를 끌어안고 베란다 쪽으로 간 황도현 하사는 창 밖을 내다보면서 잠시 깊은 생각에 잠겼다.

"어서 빨리 나래와 결혼하고 싶은데. 내일 아버지 보면 내후년엔 나도 제대하니까 결혼하게 해 달라고 말씀드려야지. 우리도 아들 하나 딸 하나씩 낳아야지, 누나네처럼. 나를 닮은 아들, 나래를 닮은 딸. 나래가 벌고 나도 아르바이트 하면서 학교 다니면 되지 뭐."

한강쪽에서는 6월의 밤바람이 시원하게 불어오고 있었다.

:: 공화국의 영웅이 되라

"내래 지난 번에 함대사령부에서 지시한 거이 있디? 그거이 잘 생각
   해서 하라마… 더 이상 질질 끌지 말라!"
"네, 알갔습네다. 최고사령관 동지의 말씀 잘 받들어 모시갔습네다!"
"암, 기래야디, 기러믄 동무래 수고하라."
"우리 해군은 최고사령관 동지의 어뢰알이 되갔습네다!"
"기래, 어뢰알이라… 하하하! 좋았어, 공화국의 어뢰알, 하하하!"

 1992년 5월 20일, 평양시 형제산구역 서포지구에 위치한 조선민주
주의인민공화국 해군사령부. 사령관 김윤신 대장은 오늘 하루 종일
내내 서해함대 8전대의 지휘관들을 개별 면담하고 있는 중이었다. 벌
써 오후 5시, 점심도 먹는 둥 마는 둥 하고 16명 째의 지휘관 면접이었
다. 밖에서 똑똑! 하고 문을 두드리는 소리가 들리더니 문을 열고 들어
온 사람은 호랑이 눈썹에 소좌 계급장을 달고 있는, 키가 180은 넘을
것 같은 40대 초반의 우락부락한 군인이었다.
 "소좌 김은광 대령하였습네다!"
 힘차게 거수경례를 하는 부하를 맞은 편 자리에 앉으라고 했다. 김은
광 소좌는 정면으로 바라보이는 대동강의 일몰(日沒) 광경에 잠시 눈

이 부신 듯 눈살을 조금 찌푸리더니 곧 맞은 편 소파에 앉았다. 김윤신 대장은 차분한 어조로 김은광 소좌를 지그시 바라보면서 물어 보았다.

"기래 동무래 몇 호를 맡고 있네?"

"네, 684호 전투함 함장입네다!"

대답하는 목소리에 우렁찬 힘이 들어가 있었다. 누구 앞이라고 주저하겠는가? 해군의 최고사령관으로 별을 네 개나 달고 있는 김윤신 대장, 2주 전 김정일 최고사령관 동지가 오셨을 때는 함께 나란히 앉아서 공연을 관람하던 분이었다. 그런 해군사령관이 지금 일개 소좌에 불과한 자신을 만나자고 호출한 것이다. 남들은 자기가 타고 있는 배를 청진급 고속정이라고 하면서 자신을 '정장'이라고 불렀지만 정작 본인은 '함장'임을 고집하고 있는 고집불통의 사나이였다.

"기래, 기 배에는 모두 몇 명이나 있디?"

"네, 24명이 전투하고 있습네다."

"지난 번 연평해전 때도 많은 공을 세웠다던데…"

"아닙네다. 부끄럽습네다. 다시 한 번 기회를 주시면 죽기를 각오하고 싸우갔습네다!"

사실 재작년에 있었던 연평해전에서는 공은커녕 자칫 잘못했으면 침몰될 수도 있었던 절체절명(絶體絶命)의 위기를 겪은 터였다. 한창 전투 중에 함정에 기름이 떨어져서 엔진 하나에 시동이 꺼졌던 것이다. 다행히 세 개의 엔진 중 2호 엔진이 꺼져서 가운데 스크루만 멈추었기에 망정이지, 그렇지 않았더라면 고스란히 서해 귀신이 되었을 뻔했던, 정말 자신에게는 너무나도 치욕적(恥辱的)인 순간이었다. 30년 전 러시아에서 만든 청진급 고속경비정은 엔진마다 별도의 연료탱크가 붙어있는 특이한 구조였다. 오히려 그런 구식 함정의 구조가 자기와 해병들을 살려준 것이었다.

'빌어먹을 놈의 인민군 해병 간나 새끼들…'

속으로, 필경 몰래 기름을 빼내다 팔아먹었을 부하들을 원망하고 있던 중, 김윤신 대장의 다음 질문에 퍼뜩 정신을 차렸다.

"무슨 장비가 있나?"

"네, 85mm 주포 1 문과 15mm 기관포 2문이 있습네다."

"또 출전하면 이번에도 잘 할 수 있갔나?"

"네, 기필코 남조선 괴뢰놈들을 바다에 수장(水葬)시키고 오갔습네다!"

"암, 기래야지. 기래서 내래 동무를 특별히 보자고 한 연유라우.

이제 돌아가도 된다."

"알갔습네다. 이 몸이 부서지는 한이 있어도 충성을 다하갔습네다."

"보름 전 우리 최고사령관 동지가 오셨을 때 동무도 공훈합창단 공연에 참석했드랬지비?"

"네, 기렇습네다. 김정일 최고사령관 동지께서 하사하신 선물꾸러미도 잘 받았습네다. 우리 해병대원들이 모두 감심하고 있습네다."

김정일이 2주전에 서해함대 사령부를 공연단과 함께 방문하고 난 후 전 장병들에게 사탕봉지를 돌린 것을 두고 하는 말이었다.

"기래, 됐다. 날래 가 보라우."

"충성을 다 하갔습네다!"

"동무!"

김윤신 사령관은 돌아가려는 김은광 소좌를 불러 세운 후 불타는 듯한 이글거리는 시선으로 잠시 쏘아보더니 딱 한마디를 내뱉었다.

"이번에도 실패하면 각오하라!"

"네, 알갔습네다!"

문을 닫고 나오던 김은광 소좌는 문득 뻣뻣해진 목덜미를 손으로 쓰다듬어 보았다. 김윤신 해군사령관은 지난번 연평해전 때 자신의 배가 어떻게 전투했는가를 속속들이 알고 있었던 것이었다. 계단을 걸어 내려오면서 다리가 후들거려서 겨우 난간을 붙들고서야 마당까지 내려왔다. 대기하고 있던 하급병사가 얼른 차에서 내리더니 김은광 소좌에게 문을 열어주면서 걱정스런 얼굴로 말을 걸었다.

"함장 동무, 무슨 일이 있습네까?

"일없다. 날래 돌아가자우!"

김윤신 사령관은 잠시 피곤한 듯이 소파에 깊숙이 허리를 묻고는 눈을 감았다. 바로 2주 전에 김정일 최고사령관 동지께서 이곳 해군사령부를 방문하여 함께 나란히 앉아서 공훈합창단의 연극과 노래를 관람하였다. 그리고는 전 장병들에게 사탕 한 봉지씩을 선물하였다. 그러나 한편 섭섭한 점은, 불과 다섯 살에서 열 살 사이의 어린아이들이 부른 노래 '위대한 장군님'과 '조국은 부른다'를 듣고 난 김정일 위원장이 100명의 합창단원 전원에게 일제(日製)도시바 색(色)텔레비죤을 한 대씩 선물한 것이었다. 파격(破格)도 너무나 파격이었던지라 해군사령관인 자신조차도 입을 다물지 못했다. 물론 옆자리에 앉아 있었기 때문에 '최고사령관 동지의 한량없는 은혜'라느니 하면서 입발림 말을 하긴 했지만 색텔레비죤은 우리 해군의 지휘관들 중에서도 고급 지휘관들만이 겨우 보유하고 있을 정도의 고급 호사품(豪奢品)이기 때문이었다.

'우리는 목숨을 걸고 나라를 지키고 있는데 그깟 코흘리개 아이들 노래 몇 곡에 색텔레비죤을 100대씩이나 풀어 주다니… 그리고 우리 해병들에게는 사탕 한 봉지씩이라.'

그나마 그 사탕 선물봉지도 나중에는 모자라서 어떤 해병들은 받지도 못했다는 보고였다.

'사탕 한 봉지씩이라…'

벌써 보름이나 지났건만 섭섭한 마음은 좀체 풀리지 않고 계속 마음 속에 앙금으로 남아 있었다. 그러나 공화국 해군에서 영웅이 나와야 한 다고 강조하며 평양으로 돌아가신 김정일 위원장에게 최선을 다하여 그 지시에 보답을 하는 것은 또한 해군을 책임지고 있는 본인의 엄연 한 의무였다.

"그 색텔레비죤을 우리 지휘관들에게 선물로 하사했더라면, 우리 아 이들은 죽으라면 죽는 시늉도 할 텐데. 이놈의 모순투성이인 공화국.'

그는 일부러 고개를 세차게 흔들면서 현실로 돌아왔다. 그리고는 소 파에서 몸을 일으켜 창가로 다가갔다. 해군사령부 건물은 5층으로 지 어졌는데 이 건물은 북한 해군 전체를 지휘하는 해군사령부의 총본부 일 뿐만 아니라, 김윤신 대장 자신의 직접 관할하에 있는 서해함대 사 령부의 본부 건물이기도 했다. 해군사령관의 방은 5층의 제일 오른편 에 자리잡고 있어서 대동강과 서해바다가 가장 잘 내려다보였다. 지금 막 해가 지려는지 서쪽 하늘은 낙조(落照)가 마치 이글이글 불타오르 는 장작불 같았다.

'기래, 기깟 조선해병 아새끼들, 한 두세 척 바다에 쓸어 넣는 거이 야…'

작전은 가장 적당한 때에 하라고 했다. 그것도 너무 늦지 않은 때 에… 그러려면 꽃게철인 6월이 제일 적당했다. 남조선 해군 아이들이 꽃게잡이 어선보호에 신경을 쓰느라고 정상적인 경계임무를 제대로 하지 못하고 있을 때를 노려서 한방 때리면 될 것이었다. 그 역할은 우 리 공화국해군 서해함대의 8전대가 제일 적임이었다. 남조선과 가장 가깝게 위치해 있을 뿐더러 함정도 가장 최근의 것들로 무장한 함대이기 때문이었다. 비록 대부분의 함정이 30년씩은 되었지만… 그래서 지금 아침부터 서해함대의 최정예라고 하는 8전대의 60척 중에서도 가장 전투력이 뛰어난 고속정 여덟 척을 선별해 내는 작업을 하고 있는 중이었다. 함정의 전투력이나 지휘관의 충성도를 파악하는 가장 빠른 방법은 지휘관들을 일일이 면담하는 방법이 최선이었다. 그들의 눈동자만 보아도 모든 것을 알 수 있으니까. 잠시 후 부관을 부르더니 다시 대기하고 있는 정장(艇長)을 들여보내라고 지시하였다.

"847호 정장 한기출 상좌입네다!"

들어 온 지휘관은 키가 작달막하지만 다부진 체격을 하고 있는 40대 중반의 군관이었다.

"응, 게 앉으라우. 기래 귀관의 배는 얼마나 빠른가?"

"네, 최고속도 33노트까지 달릴 수 있습네다."

"장비는 어드런 거이 있디?"

김윤신 대장은 일부러 이런 저런 것을 물어 보면서 이들의 군인정신을 파악하고 있는 것이었다.

"스틱스 미사일을 4기 장착하고 있습네다. 기리고 57mm 함포도 한 문 있습네다."

"기러면 스틱스 미사일은 몇 분 안에 쏠 수 있네?"

"네, 남조선 괴뢰놈들 배를 파악하고 나면 1분 내에 잡을 수 있습네다."

"1분이라… 좋아, 좋았어. 암 기래야지. 번개처럼 빠르게 잡아야 하는 거이야, 하하하."

기분이 한껏 좋아진 김윤신 사령관은 잠시 자기 자신을 뒤돌아보았다. 김윤신 대장은 올해 환갑을 넘긴 61세의 나이이다. 6.25 전쟁이 터지던 해인 1950년 8월에 인민의용군에 징집(徵集)되어 군 생활을 시작한지 올해가 1992년이니까, 벌써 42년이나 되었다. 러시아에서 군사학교를 다닌 3년을 빼고는 줄곧 해군에서만 근무하였다. 이제는 해군의 사령관으로 또한 서해함대의 사령관으로 북한의 전체해군을 지휘하는 최고의 자리에 있는 자신이 스틱스 미사일이 생산된 지 20년이 넘었다는 사실을 모를 리 있겠는가? 그리고 수동으로 조작해야 하기 때문에 목표를 발견하고 나면 발사까지 최소한 3분 이상 걸린다는 사실도 누구보다 잘 알고 있었다. 그러나 그러한 현실보다는 미사일고속정장 한기출 상좌의 대답이 더 마음에 들었다. 그런 정신상태라면 이번 작전에 내보내도 될 것 같았다.

"기래, 돌아가 있으라우. 내가 별도로 연락할 테니끼니."

"네, 알갔습네다. 사령관 동지!"

그로부터 열흘 후, 그러니까 5월 30일, 황해도 등산곶에 위치한 북조선 서해함대 8전대 본부. 여덟 명의 함장 및 정장들은 8전대장인 박희철 소장과 함께 지휘관 식당에서 식사를 하고 있는 중이었다. 올해 59세의 박희철 소장, 그는 해군경력으로는 타의 추종(追從)을 불허하는 베테랑 중의 베테랑이었다. 그는 러시아의 푸른제 아카데미를 수석 졸업한 후 해군에서 고속정의 정장으로 근무하던 중, 북한 해군들 중에서도 최고의 엘리트들에게만 유학이 허용된다는 러시아의 블라디보스토크에 있는 해군대학에서 또다시 2년간을 유학하는 행운을 누린 사람이었다. 상좌 때는 승조원 수만도 50명이나 되는 로미오급 잠수함의 부함장으로 3년간을 자청하여 근무했던 경험도 가지고 있었다. 식사를 시작하기 전부터 식당 안팎은 철저(徹底)한 통제가 이루어진 가운데 박희철 소장은 여덟 명의 지휘관들에게 백두산호랑이술을 한 잔씩 따라주며 모두 건배를 하자고 제의하였다.

"위대한 조국건설을 위하여!"

"위대한 지도자 김정일 최고사령관 동지를 위하여!"

"침략자 미제 원쑤 놈들을 쳐부수자!"

박희철 소장의 선창에 따라 모두들 구호를 따라 외친 후 이들은 단숨에 술잔을 비웠다. 술잔을 테이블에 내려놓은 후 박희철 소장은 여덟 명의 지휘관들을 천천히 돌아보면서 무겁게 말을 꺼냈다.

"에, 여러 동무들, 동무들이 이번 작전에 나갈 여덟 명의 지휘관으로 뽑혔다. 우리 공화국 해군을 대표하는 함정이라는 자부심으로 모두들 배의 명예를 걸고 싸우라. 얼마 전에 다녀가신 위대한 지도자 김정일 최고사령관 동지께서는 우리 해군에서 영웅(英雄)이 많이 나와야 한다고 특별히 강조하셨다. 이번 작전에 여러분들이 최고의 전투력을 가진 지휘관으로 뽑혔으니끼니 모두 다 조국을 위하여 목숨을 바칠 각오로 열심히 싸우라. 싸우고 이겨서 돌아오면 여러분들은 공화국의 영웅이 된다우. 만약에 전사하게 되면 여러분들은 평양의 애국렬사릉에 묻히게 될 것이고, 기리고 여러분들의 자녀들은 만경대 혁명렬사유자녀(革命烈士遺子女) 학원에서 공부하게 될 것이다. 이 점 명심하고 훈련에 훈련을 거듭하여 최상의 전력상태를 유지하라우. 여덟 명이 다 나가게 될지, 그 중 몇 명만 나가게 될지, 또 언제 출동하게 될지는 아무도 모른다. 기러니끼니 만반의 준비를 갖추어 놓고 있으라는 말이디. 알갔나?"

"네, 잘 알갔습네다. 전대장 동지!"

이들의 힘찬 대답에 박희철 소장은 흡족한 미소를 지었다.

이들 여덟 명의 감회는 그야말로 감개무량(感慨無量), 바로 그것이었다. 한 달쯤 전에는 평생에 한 번이나 만나볼까 말까 하는 김정일 최고사령관 동지를 해군사령부의 공훈합창단 공연에서 만나 보았으며, 공연이 끝난 후에는 함께 기념촬영도 했다. 열흘 전에는 해병들의 우상이라는 김윤신 해군사령관을 독대(獨對)하였으며, 게다가 또 오늘은 맹장 중의 맹장이라는 박희철 전대장과 함께 술자리를 하고 있는 것이었다. 해군 생활만 20년씩이 넘은 고참 지휘관들이지만 이들에게는 이번 한 달간 일어났던 일들이 정말 꿈만 같았다. 이들은 모두 목이 찢어지라고 큰 소리로 충성을 맹세하였다. 그러나 아무리 부하들을 다그치고 또 독려(督勵)해도 기름을 몰래 빼서 팔아먹는 일, 보급품을 슬그머니 시장에 내다 파는 행위, 지휘관이 보지 않으면 적당히 시간만 때우는 적당주의는 도저히 어떻게 해 볼 도리가 없는 전군에 만연(蔓延)된 풍조였다. 이들 지휘관들이 아무리 충성을 외쳐댄들 30년 된 고물배가 신형으로 둔갑될 수도 없는 것이었고, 40년 가까이 된 전차포가 손으로 돌리지 않고 자동으로 목표를 조준할 수도 없는 노릇이었고, 또 20년이 넘은 스틱스 미사일이 컴퓨터로 조작될 수도 없는 터였다. 이들의 충성은 그야말로 헛구호에 지나지 않는 '열정'이었고 부하들의 사기, 열악한 보급, 노후한 장비 등은 엄연한 '현실'이었다. 이제 이들 지휘관들은 이런 열정과 현실이 교차하는 한계상황 속에서, 언제 어떤 명령이 내려올지를 초조하게 기다리며 하루하루를 보내고 있는 것이었다.

6월 27일, 아직 먼동이 트기도 전인 이른 새벽, 김정일 군사위원장과 연결된 1호 전화기에서 요란한 벨이 울렸다.

"네, 해군대장 김윤신입네다."

"오, 나야!"

"네, 최고사령관 동지, 무고(無故)하십네까?"

"오, 기래, 내래 동무한테 확인할 거이 있어 전화했디."

"네, 말씀하십시오."

"지금 스페인에서 올림픽 축구하고 있는데 말이디. 엊그제 남조선 아이들이 잉글란도를 깨 버렸다는 거이디. 기래서 내일모레 포르투갈하고 4강뎐을 한다는 거 아니갔어?… 동무도 보았드랬나?"

수화기를 통해서 김정일의 '씩씩' 거리는 가쁜 숨소리가 울려 나왔다.

"아닙네다, 최고사령관 동지. 저는 보도만 접했드랬습네다."

"응, 기래, 알고는 있구만. 기래서 내래 그 아새끼들이래 어케 잉글란도를 깼는디는 모르갔디만, 기렇다면 내일모레 4강뎐이 있다는 거이 아니갔어? 기러니끼니 내래 지난 번에 함대사령부에서 지시한 거이 있디? 그거이 잘 생각해서 하라마. 더 이상 질질 끌지 말라!"

"네, 알갔습네다. 최고사령관 동지의 말씀 잘 받들어 모시갔습네다!"

"암, 기래야지, 기러믄 동무래 수고하라."

"우리 해군은 최고사령관 동지의 어뢰알이 되갔습네다!"

"기래, 어뢰알이라, 하하하! 좋았어, 공화국의 어뢰알. 하하하!"

너털웃음을 터뜨리며 전화통화는 끝이 났다.

진땀을 흘리며 전화기를 내려놓는데 옆을 보니, 부인이 인삼차를 담은 찻잔을 들고 서 있었다.

"음, 고맙구래."

말없이 돌아서는 안해를 바라보면서 김윤신 대장은 곰곰이 생각에 잠겼다.

'6월 29일이 제일 적당하갔어… 남조선 아이들이 축구에 정신없을 때 한 방 때린다.'

6월 27일 오후 3시, 조선인민군 서해함대 8전대장 박희철 소장은 해군사령부로부터 전화를 받았다.

"사령관 동지래 전화입네다."

잠시 후 교환의 목소리가 사라진 후 굵직한 음성의 김윤신 대장의 목소리가 수화기를 타고 나왔다.

"8전대장 별일 없네?"

"네, 잘 하고 있습네다."

박희철 소장은 일부러 대답에 잔뜩 힘을 주어서 말했다.

"어, 내래 전화한 거이 별일 아니다. 그 왜 우리 개성에 놀러 가기로 한거 있디 않아? 그거이 내일 모레 가면 어드렀나 해서 말이디. 이제 꽃도 아주 좋고 하니끼니 선죽교(善竹橋)도 보고 두 세 곳 유람도 하고 오자는 거이디. 동무래 어드렇게 생각하네?"

"알갔습네다. 기러면 부하 아이들은 몇 놈이나 데리고 갈까요?"

"그거이 뭐 너무 많으면 행차가 복잡하지 않갔어? 기러니끼니 대여섯 놈만 데리고 오라. 내가 지난번에 데리고 왔으면 좋갔다고 했던 아이들 중에서 말이디. 나야 여기서 단촐하게 갈테니끼니."

"네, 알갔습네다."

"가서 개 한 마리 확실히 잡아먹고 놀다 오는 거이디, 하하하. 기래, 부대래 별일 없디?"

"네, 기렇습네다."

"기래, 그러믄 내일 모레 아침 일찍 보자우, 먹을 것들 잘 챙겨서 오라마."

"네, 기렇게 하갔습네다."

전화를 끊고 나서 잠시 생각에 잠겨 있던 박희철 소장은 684호 경비정을 비롯한 여섯 명의 고속정 정장들을 불러서 대기시키라고 부관에게 지시하였다.

'여섯 대면 충분하디. 기래, 이번엔 개 한 마리 확실히 잡아먹고 오는 거이야…'

박희철 소장은 김윤신 대장의 음어(陰語)에 주의를 집중하면서 구체적인 작전계획을 가다듬었다.

'교전일은 내일 모레, 그러니까 6월 29일이다. 목표는 한 대 확실하게 격침(擊沈)시키는 것이다.'

6월의 밝은 햇살을 받으면서 눈부시게 빛나는 신록이 아름다웠다. 숲 속에서는 연신 새들이 지저귀고 있었다. 등산곳에도 이제 완연히 여름이 찾아온 풍경이었다. 멀리 바라다 보이는 앞바다에는 늦게 출항하는 바다고기배 두어척이 어디론가 나아가는 한가로운 모습이 눈에 들어 왔다.

30분 쯤 지나자 여섯 명의 지휘관들이 동시에 들이닥쳤다.

"전대장 동지, 부르셨습네까?"

이들은 일제히 경례를 올려붙이며 부동자세로 서 있었다.

"기래, 동무들이래 이제 출동 준비를 해야 하갔다. 이제는 즉시라도 떠날 수 있도록 모든 배에 기름과 탄약, 기리고 보급품들을 철저히 챙겨 놓으라우. 다들 이상 없갔디, 동무들?"

"네, 기렇습네다!"

"기리고, 이거이 아주 중요한데… 만약에 교전(交戰)이 붙으면 확실하게 한놈을 격침시키라우. 무슨 말인디 알갔어? 이놈 저놈 집적거리지 말고 한놈만 목표로 삼아서 꼭 격침시키도록 하란 말이다. 집중공격을 하란 말이다."

오른 쪽 주먹을 움켜쥐고 눈을 부릅뜨고 지시하는 박희철 소장에게 여섯 명의 정장들은 일제히 힘차게 대답했다.

"알갔습네다! 전대장 동지!"

:: 해군은 바다에서 죽는다

1992년 6월 29일 새벽 1시 45분.

"대~한민국, 짜작짝 짝짝!. 대~한민국, 짜작짝 짝짝!"

대청도 해군 제2함대 제52전대 본부, 식당에 마련돼 있는 80인치 대형 TV 스크린 속에서 한국과 포르투갈의 92년 스페인 올림픽 축구 준결승전이 이제 거의 다 끝나가고 있었다. 승부는 2:1, 전반을 1:0으로 지고 있다가 후반 들어오자마자 황보간 선수가 30m 거리에서 총알과도 같은 중거리 슛을 성공시켜 1:1의 팽팽한 접전이 계속되고 있는 중이었다. 이번에도 무승부를 만들어서 다시 승부차기로 이기나보다 하고 장병들이 기대에 들떠 있을 때, 느닷없이 포르투갈의 골잡이 피구 선수가 문전에서 헤딩으로 슛을 성공시킨 것이었다. 한국팀은 사력(死力)을 다했으나 아직까지도 그 한 골을 만회하지 못하고 있었다. 이제 남은 시간은 겨우 1분 30초, 여기에 지체시간 약 1분 정도를 더해 봤자 채 3분도 남지 않았다. 응원을 하고 있는 300여명의 52전대 장병들은 목이 쉬는 것도 아랑곳하지 않고 계속 목청껏 '대한민국'을 외치고 있었다. 오늘 이 경기에서 이겨야 만이 프랑스와 가나의 승자와 다시 결승에서 맞붙을 수가 있는 것이었다. 이번 올림픽축구경기에서 한국이 4강까지 올라온 것은 그야말로 기적 중의 기적이었다. 전 세계 매스컴도 한국의 이런 실력이 어디에서 나온 것인지 연일 특집 프로그램을 통하여 한국팀의 경이적(驚異的)인 팀 전력을 분석하는 데 열을 올리고 있었다. 아프리카의 가나가 4강까지 올라온 것도 역시 놀라운 일이기는 했으나 가나는 팀 선수들 중 절반 이상이 프랑스의 프로구단에서 활약하고 있었으며 또 4명의 선수는 영국의 프리미어리그와 독일의 분데스리가에서 뛰고 있었기 때문에 충분히 그럴만한 실력이 있다는 평가였다. 그러나 한국은 지금까지 월드컵에 4회 연속 진출한 사실만을 빼고는 무엇 하나 내세울 것이 없는, 그야말로 약체 중의 약체 팀으로 평가돼 왔다. 한국팀은 여태껏 단 한번도 세계 32강의 문턱을 넘은 적이 없었다. 그러나 이번에는 달랐다. 한국팀은 이번 바르셀로나 올림픽에서 온 세계의 이목(耳目)을 집중시키며 32강, 16강, 8강의 경기를 모두 무승부 끝에 승부차기로 이기고 올라와 온 세계를 흥분의 도가니로 몰아넣었다. 실로 놀라운 체력을 가진 팀이었다. 드디어 전후반 90분이 모두 끝나고 결국 한국은 포르투갈의 장벽을 넘지 못하고 2:1로 패하고 말았다.

"대~한민국, 짜작짝 짝짝, 대~한민국, 짜작짝 짝짝!"

종료 휘슬이 울렸어도 경기장을 떠나지 않고 바르셀로나의 하늘이 떠나갈 듯이 외쳐대는 3,000여명 대한민국 붉은 악마들의 외침에 힘을 보태려는 듯, 여기 대청도에 모여 있는 해군병사들도 함께 목이 터져라 대한민국을 외쳐댔다.

"대~한민국, 짜짝짝 짝짝, 대~한민국, 짜짝짝 짝짝!"

방으로 돌아온 윤영하 대위는 바로 4일전까지도 스페인을 관광하면서 함께 지냈던 부인 미선이를 생각하면서 침대에 누웠다. 지난 보름동안 신혼여행을 겸한 스페인 올림픽 응원을 떠났던 것이었다. 바르셀로나 경기장에서 8강전 잉글랜드와의 경기에 목이 터지라고 응원했던 추억은 너무나도 큰 감동이었다. 더군다나 한국팀이 승부차기 끝에 5:4로 이기자, 옆자리의 교포부부를 끌어안고 함께 춤을 추며 기쁨의 눈물을 흘렸던 장면은, 며칠이 지난 지금도 생각만 하면 가슴이 벅차오곤 하였다. 벌써 새벽 2시, 이제 내일의 작전을 위해서 잠시 잠을 자 두어야 했다.

'미선아, 잘 자라…'

새벽 5:30분, 어김없이 해군 서해함대 제52전대에는 기상나팔이 울려 퍼졌고 전 장병들은 연병장에 모여서 아침체조와 함께 '해군의 다짐'을 소리높이 부르짖었다.

"우리는 영예로운 충무공의 후예(後裔)이다."

제52전대장 정관욱 대령의 선창에 모든 장병들이 따라서 복창을 했다.

"우리는 영예로운 충무공의 후예이다."

"하나, 명령에 죽고사는 해군이 되자."

"하나, 책임을 완수하는 해군이 되자."

"하나, 전우애로 뭉쳐진 해군이 되자."

"하나, 전기를 갈고 닦는 해군이 되자."

"하나, 싸우면 이기는 해군이 되자."

그는 특별히 해군들의 정신교육에 중점을 두고 있었기 때문에 반드시 아침 기상시간만큼은 병사들과 함께하면서 본인이 직접 '해군의 다짐'을 선창하며 병사들의 정신력을 점검하고 있는 것이었다. 육군처럼 철조망이나 눈에 보이는 전선이 없는 해군으로서는 언제 어디서 적과 마주치더라도 결코 겁을 먹지 않고 싸울 수 있는 정신력이 제일 중요하기 때문이었다. 6시 15분, 체조를 마치고 막 식당에 들어와서 식사를 하고 있는데 식당에 있는 비상벨이 울렸다. 식사를 하던 장병들은 벨소리를 듣자마자 남아있는 밥을 허겁지겁 한 입에 쑤셔 넣고는 밖으로 뛰어나갔다. 뒤늦게 식당에 들어오려고 하던 병사들은 얼른 배식대로 뛰어가더니 우유와 빵을 하나씩 들고는 다시 식당 밖으로 날아가듯이 사라졌다.

참수리 357호 마스트에 올라간 윤영하 대위는 모든 대원들이 승선했는지 여부를 점검했다. 배의 난간에 섰던 부장(副將) 이희안 중위와 갑판장 이해연 상사가 배위로 뛰어 들어오는 장병들을 일일이 파악하고는 보고했다.

"27명 전원 승선 완료하였습니다."

"각 부서 출항 준비!"

함내방송 IMC를 통하여 윤영하 대위의 출항명령이 떨어졌다.

조타장 한상국 하사는 힘있게 키를 잡았다. 속도계의 RPM이 무섭게 올라가기 시작하더니 이내 참수리는 힘차게 앞으로 내닫기 시작했다. 참수리 고속정 357호는 참수리 358호와 함께 편대장인 김창 소령의 지휘를 받고 있었다. 참수리 고속정 232편대는 기지인 대청도를 뒤로 하고 동남쪽 방향의 우도를 향하여 앞으로 나아가고 있는 것이었다.

"232편대는 들으라. 지금 적의 경비정 두 척과 어선 10여척이 우도 인근의 NLL을 1해리 이상 월선(越船)하였다. 우리 편대는 NLL 사수(死守)를 위하여 출동한다. 우리의 뒤를 따라서 256편대가 오고 있다. 전원 오늘의 작전에서 최선을 다 하도록!"

358호에서 지휘하는 편대장 김창 소령의 명령이 하달되었다.

윤영하 대위는 이렇게 이른 아침 출항을 할 때면 바다안개가 너무 좋았다. 바다에서 피어오르는 물안개를 뚫고 앞으로 나아갈 때의 쾌감이란 그 무엇과도 비교할 수가 없는 것이었다. 고속정의 선수가 번쩍 들리는 것과 동시에 몸이 뒤로 젖혀지면서 앞으로 내닫는 참수리만의 독특한 느낌, 마치 옛날에 청평 댐에서 모터보트를 탈 때의 그 기분 같다고나 할까? 그러나 무려 10,800 마력의 육중한 엔진에서 쏟아져 나오는 넘치는 힘과 배수량 148톤의 육중한 선체는 그깟 오락용 모터보트에 비할 바가 아니었다. 할리 데이비슨의 소음처럼 경쾌한 엔진소리와 매캐한 디젤 냄새, 그는 참수리의 모든 것들을 너무나 사랑했다. 좌우로 우리 어선들 20여척과 옹진군청에서 나온 어업지도선이 참수리 고속정을 보고는 반갑게 손을 흔들어 주었다. 이들에게 거수경례로 감사를 표하고는 358호에 뒤떨어지지 않으려고 전속으로 항진해 나갔다. 이들 해군 2함대 52전대의 참수리 고속정 편대가 맡고 있는 지역은 지도상으로 보면 북한의 개성과 해주보다도 훨씬 더 위쪽에 위치해 있는 우리나라 해안 방어의 최북단 전략 요충지(要衝地)인 셈이었다. 동남방향으로 2시간을 달리자 멀리서 우리 대한민국의 어선과는 확연히 구분되는 북한의 어선 10여척과 그 뒤에서 청진급 고속정 한 척과 미사일 고속정 한 척이 이들과 한 덩어리가 돼서 남하(南下)하는 것이 눈에 들어왔다.

"북한 어선과 경비정은 들으라! 지금 귀측은 NLL을 월선하였다. 즉

각 후방으로 물러나 주기 바란다!"

"다시 한번 반복한다! 즉시 NLL 북쪽으로 후퇴하라! 만약 불응하면 사격하겠다!"

358호에서 최영술 대위가 점멸등을 깜빡이면서 경고방송을 2회 반복 했는데도 별다른 반응이 없자 편대장 김창 소령이 무선을 통하여 위협사격을 하라는 명령이 하달되었다. 다행히 육안으로도 식별할 수 있는 북한의 청진급 고속정에서는 85mm 주포를 하늘로 향하고 별다른 움직임이 없었다. 주포를 하늘로 향하고 있다는 것은 교전할 의사가 없다는 뜻이었다. 함정의 고유번호로 봐서 이놈들은 서해함대의 육도 기지로부터 출항한 고속정들임이 분명했다. 두 대의 참수리로부터 40mm 기관포가 불을 뿜었다. 이어서 쌍렬(雙列) 벌컨포가 초당 100발씩을 발사하면서 탄환을 쏟아내자 북한 어선들은 혼비백산하면서 선수(船首)를 뒤로 돌려 부지런히 북한 해역으로 돌아갔다. 이들의 제일 후미에 있던 미사일 고속정 한 척도 재빨리 선수를 돌리며 청진급 고속정의 뒤를 따라서 달아났다. 함교에서 이들이 달아나는 모습을 지켜보는 윤영하 대위의 이마에는 어느덧 땀이 흘러 나왔다. 서해에서의 근무라는 것이 항상 이렇게 피를 말리는 작전의 연속이었다. 헤드셋을 통하여 이상 유무를 보고받고 아무런 이상이 없음을 확인한 윤영하 대위는 잠시 여유를 갖고 마스트를 내려와서는 갑판의 앞쪽에 있는 20mm 발칸포 사수인 조천형 하사를 찾아가 격려했다. 탄피를 정리하고 있던 조 하사가 얼른 정장을 보더니 경례를 했다.

"필승!"

"음, 수고했다."

탄피 정리가 끝나자 조천형 하사는 기름걸레를 들고는 시벌컨 포의 포신을 정성스레 닦았다. 마치 자기 애인이라도 되는 양. 잠시 후, IMC

스피커에서 윤영하 대위를 찾는 소리가 들려왔다.

"정장님, 함교로 올라와 주십시오."

마스트로 뛰어올라간 정장 윤영하 대위에게 곧 바로 편대장 김창 소령의 작전지시가 떨어졌다.

"침로를 서북방향으로 잡고 우리는 연평도 쪽으로 나간다. 연평도 앞 2해리 지점에서 지금 상황이 발생하였다. 전속으로 항진하라!"

윤영하 대위는 조타장 한상국 하사에게 곧바로 편대장의 명령을 복창했다.

"방위각 공삼공(0-3-0) 기관 전속항진!"

한상국 하사의 복창소리와 동시에 참수리 고속정은 힘찬 엔진소리를 내면서 서북쪽을 향하여 앞으로 나아갔다. 시속 35노트, 70km 가까운 무서운 속력이었다. 양 옆으로 물보라를 일으키면서 300m 앞서 가는 358호를 뒤따라가는 윤영하 대위는 오늘의 작전이 결코 순탄(順坦)치만은 않을 것 같다는 불길한 예감이 들었다. 최근 들어 북한의 경비정들이 NLL을 침범하는 경우가 많아졌으며, 더군다나 요 며칠 사이에는 NLL을 넘어 올 때도 포신을 하늘로 향하지 않고 그냥 수평상태로 유지하면서 내려오고 있는 경우가 많이 있었던 것이었다. 3주 전에 스페인 휴가를 떠나기 바로 전날에도 북한 경비정 684호와 30m 거리까지 가깝게 조우했던 적이 있었다. 그 때도 놈들은 갑판위에서 히죽히죽 웃으면서 85mm 주포를 이쪽으로 겨누어서 가슴을 섬뜩하게 하더니만, 또 무엇인가를 불쑥 꺼내더니 우리 쪽의 배를 향하여 집어 던졌다. 우리 수병들이 수류탄인줄 알고 모두 엄폐물 뒤로 몸을 숨기자 이들은 깔깔거리며 우리를 조롱하였다. 확인해 보니 김장용으로 절여놓은 무우를 우리에게 집어던진 것이었다. 우리 해군들이 수치심에 몸을 떨면서 곧바로 20mm 발칸포를 당기려고 하는 것을 가까스로 윤영하 정장이 제지시킨 적이 있었다. 그 이후로는 우리 해군들이 북한의 경비정, 특히 청진급 684호를 만나기만을 학수고대(鶴首苦待)하고 있었다. 어떻게든 보복을 해서 해군의 명예를 회복시키고 싶었던 것이었다. 그 때 윤영하 대위가 이들을 자제(自制)시켰기에 망정이지 자칫 잘못했더라면 곧바로 교전까지도 갈 수 있었던 아찔한 순간이었다. 벌써 시간은 오전 10시가 넘었다. 얼굴에는 바닷물이 말라붙어서 허연 소금이 된 채로 서해의 아침햇살을 받아 반짝이고 있었다. 멀리 오른쪽으로 북한 서해함대의 8전대 전대본부가 있는 등산곶이 보였다. 앞으로 30분 정도를 달리자 과연 북한의 어선 20여척과 경비정 대여섯 척이 시야에 들어왔다. 레이더로는 식별할 수 없었으나 육안으로 보니 북한의 청진급 684호가 제일 앞에서 작전하고 있는 것이 확연하게 보였다.

'684호, 잘 만났다, 이놈들…'

참수리 357호의 승조원들은 이를 갈면서 앞으로 다가오는 684호를 노려보고 있었다.

"이상하군, 경비정이 제일 앞장서 있다니…"

윤영하 대위는 순간적으로 이상하다는 생각이 들었다. 보통 우발적(偶發的)으로 NLL을 침범하였다면 어선들이 앞장서고 경비정은 그 뒤를 따르면서 그들을 올바르게 인도해야 하는 것이 순서일 텐데, 오늘은 어선보다도 경비정이 맨 앞에서 달려오고 있는 것이었다. 이때까지도 북한 경비정과 어선들은 우리 해군의 몇차례에 걸친 경고방송에도 아랑곳하지 않고 계속 남쪽으로 밀고 내려오고 있었다. 이때 앞서 가던 편대장 김창 소령의 지시가 무선을 타고 들려왔다.

"우리 편대는 차단기동에 들어간다. 357호는 358호와 간격을 유지하며 차단기동에 임하라."

윤영하 대위는 최근에 바뀐 해군의 교전수칙이 마음에 안 들었다. 경고방송, 시위기동, 차단기동, 경고사격, 격파사격의 5단계로 돼 있는 교전수칙을 다 따르자면 벌써 이 쪽은 위험에 노출되어서 피격(被擊)되기 딱 좋은, 아주 위험하기 짝이 없는 수칙이었기 때문이었다.

"네, 357호 차단기동 들어가겠습니다."

차단기동(遮斷機動)이란 이쪽을 향하여 오고 있는 배의 앞을 가로막는 행위였다. 육지에서의 육탄전과도 같은 개념으로, 이쪽 배의 옆구리를 적의 정면에 노출시켜 적선의 진행을 가로막는 가장 위험이 많이 따르는 작전이기도 했다. 만약 적이 전속력으로 돌진해 온다면 이쪽 배는 그 충격으로 두 동강이가 날 수도 있는 것이었다.

오전 10시 24분, 북한 서해함대 제8전대 684호 경비정. 갑판에서 주포 앞에 앉은 리영철 대위는 옆에서 호기심어린 눈으로 지켜보고 있는 림영호 중사에게 포의 핸들을 조작하면서 자랑스럽게 설명해 주었다.

"보라우, 이번 참에 내래 뭔가를 보여 주갔어. 이거이 이래 뵈도 쏘런제 땅크에서 뽑아 온 땅크포란 말이디. 이 대포 한방이면 남조선 아이들 배 단번에 박살난다이. 두고 보라마."

포를 이리저리 움직이면서 리영철 대위가 설명하자 옆에서 있던 관측장교인 정인술 중위가 앞 쪽을 가리키면서 말했다.

"저 쪽에 남조건 괴뢰 아이들 배가 오고 있습네다."

"음, 저건 참수리 358호야, 그리고 그 뒤에 있는 놈이 357호디."

앞장선 배건 뒤따라오는 배건 다 이쪽을 향하고 있어서 배의 번호가 잘 보이지 않았다.

"어케 그것을 아십네까?"

림영호 중사가 입을 헤 벌리면서 물어보자 그 쪽을 힐끗 보고는 대꾸

했다.

"아 내래, 이 배에서만 벌써 4년을 있었다이. 여기 등산곶 앞 바다에서는 8년을 있었지비. 기러니끼니 남조선 아이들 배 척 보면 어떤 배인지, 또 어떤 놈이 어떤 놈하고 다니는지 다 알 수 있지. 저놈하고 한 편대는 357호야 보라우, 보이디?"

과연 리영철 대위의 말대로 양측의 거리가 가까워오자 드디어 357이라는 배의 표식번호가 선명하게 눈에 보였다. 이제 양측간의 거리는 겨우 1,000m 정도로 가까워졌다. 이때 갑자기 358호와 357호가 물보라를 심하게 일으키면서 이쪽 배를 향하여 전속력으로 달려드는 듯하더니, 선수(船首)를 돌려서 북측 684호와 북한 경비정들의 앞을 가로막았다.

"간나새끼들. 기래, 차단기동하겠다는 거이군…"

리영철 대위가 갑판 바닥을 향하여 침을 퉤하고 뱉더니 옆을 돌아보면서 거침없이 소리질렀다.

"자, 지금부터 정조준하고 가다가 명령만 내리면 한 방에 잡는 거이야. 아무도 우리 땅크포를 맞고도 살아남을 놈은 없다니끼니. 야, 너 탄약조수, 포 쏘고 나면 날래 탄약 다시 집어 넣는 거야. 이건 실제 전쟁이라구."

잠시 후 함장 김은광 소좌의 명령이 무선을 통해서 들려 왔다.

"오늘 목표는 저 357호다. 357호를 잡으라우! 집중 사격 하라아~"

이어서 리영철 대위의 지휘하에 있는 85mm 주포에서 섬광(閃光)이 번쩍하며 동시에 귀를 찢는 발사음이 들렸다.

오전 10시 25분, 마스트에 서서 쌍안경을 통하여 이쪽으로 내려오고 있는 북한 측 경비정을 바라보고 있던 357호 정장 윤영하 대위가 쌍안경을 내려놓으면서 명령했다.

"양현 전속항진, 684호의 앞을 가로막는다."

이제 684호와의 거리는 불과 800m 정도밖에 되지 않았다. 아! 그런데 가까이에서 보니 놈들의 85mm 주포가 이쪽을 향하여 정조준되어 있는 게 아닌가? 그리고 그들은 심각한 얼굴로 이쪽을 손가락질하면서 사격자세를 취하고 있는 모습이 육안(肉眼)으로도 선명하게 보였다.

"적선과의 거리는?"

"700 야드입니다. 자동사격을 할 수 없는 거리입니다."

"실전 전투준비, 사격제동장치 수동으로 풀고 전포 사격준비!"

"전포 연발모드 사격준비 완료!"

함내에 실전을 알리는 요란한 경보음과 동시에 대원들의 복창이 이어졌다.

'아, 저놈들이 분명히 일을 벌이려고 하고 있구나, 먼저 쏘아야 하는데…'

북한의 684호 뒤로는 같은 청진급의 427호 경비정과 소주급의 847호 미사일 고속정 등 여섯 척의 북한함정이 편대의 간격을 유지하며 따라오고 있었다.

'먼저 쏴야 하는데…'

윤영하 대위는 해군의 교전수칙을 원망하면서 부하들이 모두 제자리에서 최선을 다해주기만을 바랄 수밖에 없었다. 최근에 바뀐 해군의 교전수칙에는 '선제발사 금지' 라는 조항이 있었던 것이었다. 순간 이쪽을 향하여 300m 정도까지 접근한 북한측 함선으로부터 뭔가 번쩍하는 불빛이 보인다 싶더니 이어서 '쾅'하며 배가 휘청했다. 북한 측의 선제공격에 당한 것이었다. 첫 번째 85mm 포탄이 조타실을 강타했다.

"당황하지 마라. 침착하게 사격해!"

윤영하 대위는 소리소리 질러가면서 대원들을 독려하였다. 약 10초 정도가 지나자 우리 측에서 반격이 이어졌다. 이 때 함교의 유리창이 '와장창!' 소리를 내면서 깨어져서 파편조각들이 어지럽게 날리면서 바닥으로 떨어져 내렸다 윤 대위는 거의 같은 시각에 자기 가슴에서 피가 튀는 것을 본 것도 같았다. 순간적으로 '맞았다'는 느낌이 들었다. 옆을 보니 부장 이희안 중위가 놀란 눈으로 쳐다보면서 뭐라고 고함치고 있는 것 같았다. 갑자기 숨이 콱 막히는 느낌이 들면서 온 세상이 하얗게 보였다. 그리고는 몸이 밑으로 폭삭 주저앉는 것이었다.

'일어나야해, 지휘를 해야지…'

그러나 생각뿐, 몸은 전혀 움직이지를 않았다. 바닥을 보니 붉은 피가 가슴에서부터 콸콸 흘러나왔다.

'아, 미선아, 어머니, 내 부하드…을…'

그것이 끝이었다. 멀리 아주 아득하게 무슨 소리가 들리는 것 같기도 했다.

"쾅!"

'이건 우리 배의 40mm 함포 발사 소리야…'

힘들게 눈을 떠보니 이희안 중위가 한손으로는 자기의 몸을 부축해 주면서 또 한손으로는 마이크를 잡고 열심히 소리쳐대고 있었다.

'그래 부장, 지휘를 부탁해…'

윤영하 대위는 자신의 몸이 멀리 굴속으로 빠르게 빨려 들어가는 듯한 느낌이 들면서 갑자기 졸음이 쏟아져 내렸다. 눈꺼풀이 자꾸만 감겨왔다.

의무병 박동혁 상병이 윤영하 대위를 찾은 것은 함포소리가 들린 후

1분 정도가 지나서였다. 마스트로 뛰어올라간 박동혁 상병의 눈에 뜨인 윤영하 대위는 이미 가망이 없어 보였다. 포탄파편에 앞가슴을 정면으로 맞은 것이었다. 정장의 몸을 함교계단 밑으로 끌고 와서 심폐소생술(心肺甦生術)을 시도했지만 방탄조끼 밑으로 흘러내리는 피는 마치 수돗물이 나오듯이 끝이 없었다.

같은 시각 오전 10시 25분, 참수리 고속정 357호 전갑판, 40mm 포탑 속에서 서후원 하사가 40mm 주포의 사격통제장치를 풀어 놓은 채 684호의 움직임을 예의 주시하고 있었다. 바로 이 때 부사수 김명주 상병이 갑자기 손가락질을 하면서 소리 질렀다.

"아니 저 새끼들이 뭐하는 거야?"

손가락 끝을 보니 적의 85mm 주포가 우리 배의 좌현 옆구리 쪽을 향하여 방향을 트는 것이 보였다.

"야, 빨리 정조준 해서 한 방 갈기자!"

서후원 하사가 다급한 목소리와 함께 작동 스위치를 누르며 684호의 85mm 주포 포탑을 향하여 40mm 기관포를 정조준하였다. 그러나 교전수칙을 위반하고 먼저 쏠 수는 없었다.

'설마 저놈들이 쏘기야 할까?'

이 때였다. 684호에서 번쩍하는 불빛과 함께 선미 부분에서도 일제히 찢어지는 듯한 함포사격 소리가 들렸다.

"늦었다. 발사, 발사 해!"

이때 우지끈! 하는 소리가 들리더니 함교 부분에서 파편이 튀어서 전갑판 위로 낙엽처럼 떨어져 내렸다. 684호에서 두 번째 포를 발사하려고 할 때 벌써 옆에 있던 참수리 358호에서 발사한 포탄과 서후원 하사가 발사한 포탄이 동시에 684호의 포신 부분을 명중시키고 파편이 튀면서 근처에서 전투하던 대여섯 명의 북한군 병사들이 날아가고 나뒹굴구는 장면이 목격되었다. 이 때 서후원 하사의 포는 벌써 3발 째를 발사했다. 한 발은 포탑을 맞혔고 나머지 두발은 684호의 우현을 뚫고 들어갔다.

같은 시각 오전 10시 25분, 참수리 고속정 357호 후갑판. '쿵' 하는 북한 측 85mm 주포의 발사음을 듣는 순간, 함교에서 윤영하 정장의 목소리가 무선을 타고 들려왔다.

"전원 사격개시!"

곧바로 20mm 발칸포를 조준하고 있던 황도현 하사는 방아쇠를 당겼다. 북한 측의 주포 발사와 거의 같은 시간이라고 느꼈다. 마치 젊은이의 오줌줄기 같이 시원하게 뻗어 나가는 쌍렬식 발칸포에서 쏟아져 내린 탄피가 순식간에 바닥에 수북이 쌓였다. 이때의 기분이 최고였다. 분당 6,000발이나 발사되는 쌍렬식 기관포, 2 ~ 3분만 쏘아도 한 가마니는 될 듯한 탄피, 멀리 4km 앞까지도 뻗어 나갈 수 있는 탄알 줄기들, 발칸포를 쏠 때의 기분은 마치 야구를 할 때 외야에서 있는 힘을 다해서 포수를 향하여 공을 던질 때의 그 외야수의 기분과도 같은 시원함, 바로 그것이었다.

"쾅!"

순간 머릿속이 텅 비었다는 느낌이 들었다. 북한 측의 35mm 포탄이 황도현 하사의 머리를 강타한 것이었다. 함교 밑의 갑판에서 정장 윤영하 대위의 죽음을 목격하고 후갑판으로 돌아온 박동혁 상병은 황도현 하사의 머리가 날아가며 포탑의 방탄유리에 황 하사의 피가 뿌려지는 것을 목격하고는 다리의 힘이 풀리면서 그대로 주저앉아 버렸다.

"황 하사님!"

목에서 피가 마치 분수가 솟아오르듯이 뿜어져 나왔다. 몸은 옆으로 기울어져 있어도 황도현 하사의 오른손 손가락은 여전히 20mm 발칸포의 방아쇠에 걸려져 있었다.

"황 하사니임~"

박동혁 상병은 벌써 갑판 위를 이리저리 다니면서 여러 발의 포탄파편을 맞아 온 몸이 만신창이가 된 상태였다. 다리는 관통상을 당한 것 같았다. 오른쪽 어깨에도 총알이 박혔는지 감각이 없었다. 박동혁 상병은 피가 흐르는 다리를 질질 끌면서 함교위로 올라갔다. 1년 후배인 권기영 상병이 걱정되었기 때문이었다.

"기영아!"

윤영하 대위를 대신하여 열심히 고속정을 지휘하던 이희안 중위는 함교를 내려와서 조타실로 향했다. 조타실은 이미 유독성 가스로 가득 찼고 전기도 나간 캄캄한 상태라 누가 있는지도 보이지 않았다. 누군지의 몸에 걸려서 넘어지고는 무엇을 짚고 일어섰다. 한상국 하사의 허리부분이었다. 순간 물컹하는 뜨거운 것이 잡혔다. 한상국 하사도 어느 사이에 적의 포탄에 맞았는지 벌써 숨이 끊어져가는 상태였다. 포탄 파편이 배를 뚫고 지나간 것 같았다. 모든 내장이 파열돼서 어떻게 손을 써 볼 엄두가 나질 않았다. 조타실 바닥이 피로 흥건하게 고여 있었다. 그런 상황에서도 한상국 하사는 이희안 중위를 걱정했다.

"부장니임… 어서 여기를 빠져 나가세요… 질식사아… 합니다. 저 절대로 안 죽…"

포 소리와 총소리에 섞여서 잘 들리지도 않지만 아마도 한상국 하사가 마지막 힘을 다해서 하는 말인 것 같았다.

"조타장! 죽으면 안돼~"

이희안 중위가 한상국 하사의 허리에서 흘러나오는 피를 지혈시켜보려고 손을 허리에 대고 울부짖었다. 이런 상황에서도 한 하사는 키를 잡은 손을 놓지 않았다.

이희안 중위는 다시 몸을 질질 끌면서 함교로 올라갔다. 이 중위의 발목에서도 검붉은 피가 줄줄 흘러나오고 있었다. 오른쪽 발목 부분이 날아간 것이었다. 박동혁 상병은 구급낭(救急囊)을 뒤져 보았다. 그러나 압박붕대나 지혈대는 이미 동이 난 지 오래였다. 의무실까지 갔다 오면 되겠는데 쏟아지는 포탄과 파편에 무사히 다녀 올 수도 없을뿐더러, 이런 상태로 계속 피를 흘린다면 이희안 중위의 생명도 위험하기 때문이었다. 박 상병은 우선 자신의 허리에서 혁대를 풀어서 그것으로 이 중위의 오른쪽 종아리 윗부분을 두 번 감아서 힘껏 묶고는 지혈을 시켰다. 이 때 권기영 상병이 박동혁 상병에게 왼손을 들어 보이면서 도와달라고 소리쳐댔다. 목소리는 들리지 않았지만 매캐한 화약 냄새와 연기 속에서도 권 상병의 왼손가락이 모두 절단된 것이 눈에 띄었다. 구급낭에서 얼른 약을 꺼내어서 발라준 후 위생붕대로 왼손을 묶어서 피가 흐르는 것을 막았다. 위생붕대는 아직도 세 개가 남아 있었다.
"기영아, 넌 꼭 살아야 해!"
권 상병은 알았다는 듯이 고개를 끄떡이면서 오른 손만으로 K2 기관총의 탄창을 갈아 끼우더니 앞 쪽을 향하여 사격을 계속해댔다.
"이 개새끼드을~"
"두루루룩…"
권 상병의 왼쪽으로 탄피가 어지럽게 튀어 올랐다.
박동혁 상병은 이제 얼마나 파편을 맞았는지 알 수도 없었다. 온 몸에 유리조각이 수없이 박힌 것 같았다. 함교의 방탄유리가 깨어지면서 그 파편이 마스트의 온 바닥에 널려 있었던 것이다. 그는 자기가 부상을 당했다는 사실보다는 계속 자기 몸을 움직여서 부상당한 동료들을 치료해야 한다는 생각뿐이었다. 다시 전갑판으로 내려오니 조천형 하사가 포대에서 열심히 적을 향해 발칸포를 쏘아대고 있었다. 박동혁 상병과 눈이 마주쳤다고 느꼈던 바로 그 순간에, 조천형 하사의 포탑이 깨어지면서 검붉은 연기가 포탑에서부터 쏟아져 나왔다. 간신히 포탑으로 기어간 박 상병은 열린 포탑의 문으로 손을 넣어 조천형 하사를 끄집어냈다. 순간 혹하는 뜨거운 연기와 고기굽는 냄새가 그를 엄습했다. 조 하사의 온 몸은 불에 새까맣게 그을려서 차마 눈뜨고 쳐다보기가 무서웠다.

"동혁아, 고맙다. 우린 자랑스러…언 대한 해… 쿨럭쿨럭!"

말을 하기가 힘든 듯 기침을 해대는 그의 입에서 울컥하고 검붉은 피덩어리가 쏟아져 나왔다.

"조 하사님! 조 하사님!"

조천형 하사의 몸 위에 엎드려 울고 있는 박동혁 상병의 등 뒤로 또 무슨 파편이 떨어졌는지 등허리가 째지는 듯한 고통이 엄습했다. 박 상병은 부상의 고통으로 인해서 갑판에 벌렁 누워버렸다. 이 때 또다시 우박처럼 파편이 쏟아져 내려왔다. 바로 앞에 있는 20mm 발칸포의 포탑에 포탄이 작렬하고 그 파편이 튀어나온 것이었다. 그 파편들 중 일부가 박동혁 상병의 내장을 파고들었다. 그리고는 정신을 잃었다. 아득히 저 멀리로 헬리콥터의 프로펠러 소리가 들려오는 것도 같았다.

오전 10시 26분, 옆에 있는 참수리 고속정 358호 함교. 정장 최영술 대위는 전 대원을 독려하면서 북한 경비정들과 악착같이 맞서고 있었다. 오늘의 전투는 북한경비정 여섯 척이 참수리 357호 하나를 목표로, 마치 동네에서 한 아이를 가운데 두고 '돌림 빵'을 치는 것 같은 양상으로 전개되고 있었다. 그들은 같이 앞에서 맞서고 있는 358호나 약간 뒤에서 함께 응전하고 있는 253호, 232호등 다른 참수리 고속정들은 거들떠보지도 않았다. 오로지 357호 한군데로만 모든 화력(火力)을 집중하고 있었다.

'357호를 구해야 돼. 윤 대위를 구해야 되는데…'

"야, 40미리, 388호 잡아, 388호!"

전 갑판을 향하여 열심히 무선으로 명령을 내리는데 들었는지 못 들었는지 포대에서는 대답이 없었다. 잠시 후 40mm 포가 684호의 옆에 비스듬히 서 있던 청진급 고속정 388호를 향하더니 곧바로 분당 20발의 맹렬한 속도로 불을 뿜기 시작했다.

"잘 한다. 계속해, 계속!"

이 때 전갑판 쪽에 나와서 684호의 마스트를 향하여 K-2 소총을 조준하고 있는 병사의 모습이 보였다. 잠시 후 K-2에서 불이 번쩍 하는 것 같더니 684호 함교의 유리가 깨어지면서 지휘관 인 듯 한 장교의 몸이 뒤로 젖혀지는 광경이 눈에 들어왔다. 이쪽에 있는 최영술 대위를 향하여 몸을 돌리면서 엄지손가락을 치켜 올리는 여유를 부리는 사람은 다름 아닌 박경주 하사였다. 그는 함대사격대회의 조준사격부분에서는 늘 1등을 놓치지 않는 저격수 였다.

"박 하사. 잘했다. 저 388호 함장 새끼도 잡아!"

오전 10시 26분, 북한 소주급 미사일고속정 847호. 20년 전에 소련에서 생산한 스틱스 함대함미사일 4기를 장착하고 있는, 배수량 265톤의 중형 미사일고속정이다. 정장 한기출 상좌는 앞서 있던 청진급

684호 고속정에서 불이 번쩍 하면서 포격소리가 들리자마자 미사일 사수 신훈철 대위에게 미사일발사 명령을 내렸다.

"미싸일 발사 준비하라. 목표는 저 뒤 8km 후방에서 따라오고 있는 남조선 괴뢰의 제천함이다. 발사 준비되면 보고 하라우!"

4분 후에 미사일 발사수로부터 보고가 들어왔다.

"1호 발사관 발사준비 됐습네다."

"발사하라!"

또 조금 있자 2호 발사관으로부터도 보고가 왔다.

"2호관도 날래 발사하라!"

조금 더 지나자 미사일 고속정의 함교 오른 쪽에 있는 1호 미사일발사관의 개폐구가 열리면서 거대한 스틱스 미사일이 하늘로 연기를 내뿜으면서 발사되었다. 발사까지 걸린 시간은 대략 5분, 미사일사수 신훈철 대위와 조원 16명은 입력데이터와 좌표를 톱니바퀴연산자로 조작하면서 드디어 발사에 성공한 것이었다. 잠시 후 다시 한 번 배가 기우뚱 하더니 왼쪽에 있는 2호 미사일도 발사되었다. 정장 한기출 상좌는 쌍안경을 눈에 대고는 미사일이 날아가는 방향을 느긋한 마음으로 바라보고 있었다.

"기래, 가라, 가서 제천함 기 새끼래 때려 잡으라우."

정장 한기출 상좌가 오른손 주먹을 하늘로 뻗으면서 힘차게 외쳐대는 소리였다. 500kg의 거대한 스틱스 미사일이 흰 연기를 뿜으면서 하늘로 치솟아 올라가더니 방향을 곧바로 남쪽으로 틀어서 날아가는 모습이 보였다. 바로 이 때에 참수리 358호와 357호 고속정에서 40mm 함포가 불을 뿜었다. 순식간에 함포 여덟 발을 뒤집어 쓴 소주급 미사일고속정은 오른쪽으로 기우뚱 하는 듯 하더니 균형을 잃었다.

"우현에 포탄 세발이 명중 됐습네다. 배가 침수(侵水)되고 있습네다."

밑에서 다급한 보고가 올라왔다. 이어서 남조선 해군의 제천함에서 쏘는 것인지 진해함에서 쏘는 것인지 모를 함포에 의해 고속정 주변에 거대한 물보라가 계속 꼬리를 물고 일어나고 있었다.

"배를 돌릴 수 있갔나?"

"최선을 다해 보갔습네다."

조타를 맡고 있는 정철민 하사가 무선을 통해 큰 소리로 대답했다. 그러나 배는 아무리 조타수가 애를 써도 출력이 나오지를 않고 푸득거리기만 할 뿐이었다.

"간나 새끼들 포에 맞다니. 스틱스 미싸일이래 어캐 됐네?"

"두발 모두 공중에서 요격됐습네다. 반항공포에 당한 것 같습네다."

부장이 쌍안경을 눈에서 떼면서 대답하는 말이었다. 제작된 지 20년이 넘은 스틱스 미사일이 지금도 발사관에서 날아가는 것만도 사실 기적에 가까운 일이었다. 500kg의 미사일 중량이 말해주듯, 스틱스 미사일은 구형에다가 속도도 느리고 정확도도 떨어졌다. 맞기만 한다면 호위함이건 구축함이건 단 한방에 박살이 나기는 하겠지만, 문제는 속도와 정확도가 떨어져서 거의 대다수가 목표물에 도달하기 직전에 미사일, 함포, 발칸포 따위의 대공무기에 의해서 요격되는 것이었다.

"기관포 사수 동무들은 뭐 하고 있네? 날래 기관포로 쏴서 저 남조선 참수리 새끼들 잡으라우!"

미사일 고속정장 한기출 상좌는 신경질적으로 부장을 돌아보며 고래고래 소리를 질러댔다.

오전 10시 26분, 북한 청진급 고속정 684호 전 갑판, 첫 방을 멋지게 발사하여 참수리 357호의 조타실을 명중시킨 리영철 대위와 사수들이 일제히 함성을 지르면서 제2탄을 장전하려고 하는 바로 그 순간에,

쾅!하는 폭발음이 작렬(炸裂)하더니 리영철 대위와 림영호 중사 그리고 정인술 중위, 이렇게 세 명을 동시에 날려 버렸다. 몸이 1m는 공중으로 뜬 것 같았다. 바닥에 떨어지면서 머리가 포신에 맞은 것인지 바닥의 철판에 부딪친 것인지 순간적으로 망치로 머리를 맞은 것 같은 땡! 하는 기분이 들었다. 그리고는 곧 바로 무슨 불꼬챙이 같은 것이 허리를 쑤시고 지나가는 듯한 통증을 느꼈다. 참수리 357호와 358호에서 쏜 40mm 보포스 단장포(單裝包)의 첫 번째 포탄 한 발씩이 청진급 고속정의 85mm 주포 포탑에 명중한 것이었다.

"내래 맞았네?"

위에서 내려다보고 있는 조익수 상위를 힘들게 쳐다보면서 하는 말이었다.

조익수 상위가 무어라고 계속 고함을 쳐대는데 무슨 소리인지 잘 들리지를 않았다. 옆구리에 손을 갖다대니 무슨 뜨거운 것이 물컹하고 잡혔다. 간신히 고개를 돌려 아래를 내려다보니 내장 창자가 밖으로 꾸역꾸역 쏟아져 나오고 있었다.

'내래 죽었구만…'

졸음이 오는 것을 간신히 참으면서 자기 머리를 무엇엔가 고여 주고 있는 조익수 상위를 바라보면서 마지막 말을 했다.

"조 상위, 콜록 콜록!"

"동무래 그 등산곳 아주머니래… 결혼해서 살라마. 우리 또… 저 세상… 콜록 콜록!"

파편에 짓뭉개진 왼쪽 손목에서는 붉은 피가 계속 흘러나오고 있었다. 왼쪽 손목이 망치로 계속 두드리는 듯이 아파왔다. 하늘 위로 피어오르는 화약연기가 구름인 양 뭉게뭉게 올라가고 있었다.

'우리 포대원 동무들이래 다 죽었을까?'

북한 청진급 고속정 684호를 지휘하고 있는 김은광 소좌의 이마에서도 피가 흘러내려서 코와 입이 온통 피투성이가 되었다. 김은광 소좌는 그 육중한 몸을 이리저리로 민첩하게 움직이면서 목이 터져라 고래고래 소리를 질러가며 부하들을 지휘하고 있었다.

"야, 85mm 주포 뭐하고 있네? 날래 쏘란 말이다. 땅크포에 몇 명 더 붙어야 되갔구나. 어서 날래 땅크…"

순간 컥!하는 외마디 소리를 내뱉으면서 김은광 소좌의 목이 뒤로 젖혀졌다. 참수리 고속정에서 쏜 K-2 소총탄 한 발이 정확히 김은광 소좌의 목을 관통한 후 뒤의 함교 철판에 부딪히고는 핑~ 소리를 내면서 바닥에 떨어졌다. 순간 목에서 검붉은 피가 분수처럼 뿜어져 나와서 앞의 유리창에 뿌려졌다. 얼굴에 튄 피를 손으로 닦으면서 정치지도담당 부정장 리철제가 얼른 마이크를 집어 들었다.

"이제부터 내가 지휘 하갔다. 조타수, 날래 배를 돌려 보라. 이거이 도저히 안 되갔구만…"

그러나 조타수가 아무리 애를 써도 청진급 684호 경비정은 제자리만을 맴돌 뿐 앞으로 나아가지를 못하고 있었다.

오전 10시 40분,

"참수리 232편대, 현재 상황은 어떤가?"

52전대 본부로부터 357호의 옆에 있던 편대장함 358호로 무전 연락이 빗발치듯 날아왔다.

"적의 전면적인 공격으로 피해가 막심합니다. 지금 357호의 좌현과 함교, 조타실 부분이 명중되었고 육안으로 식별하기는 갑판으로 올라와서 싸우고 있는 대원들 중 사망자와 부상자가 다수 있는 듯합니다. 특히 화재로 인한 피해가 큰 것 같습니다. 여기서도 교신(交信)은 되지 않습니다."

편대장 김창 소령의 보고였다.

"알겠다. 제천함과 진해함이 이미 현장에 도착했다. 참수리들, 힘을 내라!"

전대장 정관욱 대령과의 무선 교신이 끝나기가 무섭게 북한 경비정 근처에 대형 함포탄이 터지면서 물보라가 일어났다. 뒤따라 온 제천함과 성남함의 76mm 오토브레다 함포 2문에서 분당 80발씩의 함포를 사격하고 있는 것이었다.

오전 10시 51분, 북한의 388호 청진급 경비정이 드디어 684호 경비정을 예인해서 등산곶 기지로 귀환하고 있었다. 또 다른 경비정 한 척은 소주급 미사일고속정 한 척을 예인해서 벌써 1해리 정도를 끌고 가고 있었다. 이 때 대연평도 우리 공군 헬기부대에서 발진한 CH-47 대형헬기 두대가 참수리 고속정 357호 위를 선회하고 있었다. 이미 선체가 약간 기울어진 357호의 갑판 위에는 부상병들과 전사자들이 즐비하게 널려 있었다. 헬기에서 들것과 함께 병사들이 로프를 타고 내려와서 사망자와 중상자들을 차례차례 헬기에 싣고 나르기 시작했다. 최대 40명까지 수송할 수 있는 이 헬기로 참수리 357호 고속정의 대원들 중 중상자들을 거의 다 옮겨 실었을 때 배는 서서히 바다에 침몰하기 시작했다. 358호로 옮겨 탄 몇몇 대원들을 통하여 참수리 357호의 참상(慘狀)이 전해지기 시작했다. 북한 측은 이상하게도 옆과 뒤에서 합동작전 중이던 다른 참수리 고속정 253호와 232호, 그리고 327호와 365호에는 몇 발 발사하지 않고, 오로지 357호에만 발사를 집중하였다는 보고였다. 같은 편대의 358호도 몇 발을 맞긴 했지만, 매우 경미한 피해를 입었을 뿐이고 선체도 비교적 건재했던 것이다.

오전 11시 58분, 참수리 고속정 357호가 침수되어 막 바다에 가라앉으려는 그 시각에 경기도 분당의 국군수도통합병원, 대형 치누크 헬기 두 대가 바람을 일으키며 헬기장에 착륙하고 있었다. 밑에서 대기하고 있던 응급요원들이 헬기가 땅에 닿자마자 머리를 감싸 쥐고는 재빨리 헬기 옆으로 뛰어가더니 헬기에서 환자들을 응급실로 황급히 실어가고 있었다. 헬기에서 함께 내린 해군 위생병들과 군의관들이 뒤따라가면서 그들의 링거 병이 흔들리지 않게 붙들고 뛰어가는 모습이 상황의 위급함을 말해주고 있었다. 사망자들은 참수리 357호의 정장인 윤영하 대위를 비롯하여 조타장 한상국 하사, 병기사 황도현 하사, 발칸포 사수 조천형 하사, 그리고 기관사 서후원 하사 이렇게 모두 다섯 명이었다. 그러나 네 명의 시신 밖에는 없었다. 끝내 한상국 하사의 시신은 찾지를 못했던 것이었다. 아마도 배의 조타실에서 장렬한 최후를 맞이하였으리라. 손에는 키를 움켜쥐고…

일시에 밀어닥친 30여명의 중상자들을 치료하기 위해 병원의 모든 의사들이 소집되었다. 수술환자가 너무 많아서 인근의 수도 서울대학교 분당병원에서도 외과의사 10여명이 지원되었다. 다리를 절단하는 수술을 받아야 하는 이희안 중위, 사타구니를 관통당한 통신장 이철규 하사. 그의 엉덩이에는 파편이 20여개가 박혀 있었다. 온 몸에 심한 파편상과 화상을 당한 이해연 상사, 황창규 중사, 머리와 오른쪽 팔을 수술해야 하는 정창영 하사, 왼쪽 다리와 등에 박힌 총탄을 제거해야 하는 고경탁 병장, 김승한 병장, 권기영 상병, 등등 중상자들은 끝이 없었다. 이들이 고통을 참지 못해 외쳐대는 신음소리, 군의관들의 다급한 외침소리, 위생병들과 간호사들의 부산하게 움직이는 소리… 이런 고함소리와 비명소리로 조용하던 국군수도통합병원은 순식간에 아수

라장으로 변해 버렸다.

　오후 12시 20분, 토요일이라 모처럼 일찍 퇴근하여 만삭인 아내와 집에서 TV를 보고 있던 내과전문의 이봉규 대위는 병원으로부터 긴급연락을 받았다. '모든 의사들은 병원으로 복귀하라' 는 것이었다. 이봉규 군의관은 내과의사까지도 비상소집한다는게 이상하다고 생각하며 집을 나섰다. 거실에 틀어 놓은 TV에서는 '서해에서 북한 경비정과 교전발생, 사망자 다수…' 라는 자막방송이 계속 흘러나오고 있었다. 병원에 도착하여 보니 상황은 여간 심각한 것이 아니었다. 헬리콥터에 의해서 후송된 해군장병들 30여명 대다수가 엄청난 중상을 입고 있었기 때문이었다. 그 중에서도 박동혁이라는 상병은 온몸에서 성한 데라고는 단 한 군데도 없는 사람처럼 보였다. 이봉규 군의관은 옆 자리에서 다리 절단수술을 받기 위해서 대기하고 있던 어느 환자에게 물어 보았다.

　"이 병사는 어쩌다가 이렇게 됐어요?"

　'중위 이희안' 이라는 환자명패가 붙어있는 침대위에서 수술을 기다리던 환자가 대답을 해 주었다. 오른쪽 다리에 큰 부상을 당했는지 다리를 온통 칭칭 감고 있었다. 그는 고통에 얼굴을 잔뜩 찡그리면서도 알고 있는 상황을 비교적 자세히 알려주었다.

　"얘, 우리 참수리 357호 고속정의 의무병인데, 오늘 오전 교전에서 부상자들 구하러 다닌다고 뛰어다니다가 저렇게 만신창이가 됐어요…"

　그의 머리 위로는 20여개의 링거병, 약병, 그 밖에 여러 가지 의료기구들이 마치 거미가 사방에 발을 뻗어놓고 있는 것처럼 주렁주렁 매달려 있었다. 그 모양은 흡사 SF 영화에서 나오는 인조인간(人造人間)

을 막 실험하려고 하는 장면 같기도 했다. 응급실 안에서 그 이야기를 듣고 있던 7 ~ 8명의 군의관들도 모두 눈시울을 붉혔다. 그리고는 누가 먼저랄 것도 없이 서로의 얼굴을 쳐다보면서 고개를 끄덕였다.

'너는 우리들이 반드시 살려 낸다.'

그로부터 한 달간 30여명의 의사들은 정말 혼신의 힘을 다 해서 달려들었다. 국군수도통합병원의 모든 분야의 전문의들이 박 상병을 살리기 위해서 총동원된, 그야말로 한국판 '라이언 일병 구하기' 작전이 시작된 것이었다. 몸에 박힌 200여개의 총탄과 파편들을 제거하고 오른쪽 다리를 절단하기 위해서 일반외과와 정형외과 의사들이 동원되었고, 3도 화상을 처리하기 위해서 피부과 의사들이, 혈압이 떨어지고 호흡곤란증세가 발생하자 그것을 필사적으로 저지하기 위해서 순환기(循環器)내과 의사들도 가세하였고, 방광에까지도 파편이 파고 들어가서 그 파편을 제거하기 위해서 비뇨기과 의사도 동원되었다. 밤마다 전쟁의 환청에 시달리는 증세를 치료하기 위해서는 정신과 의사까지도 동원되었다. 이봉규 군의관은 속으로 생각해 보았다.

'아마도 내가 평생 죽을 때까지 의사생활을 한다고 해도 박동혁 상병만큼 저렇게 처참하게 다친 모습을 다시는 보지 못할 거야.'

1992년 7월 3일 오전 10시, 평택의 해군 제2함대사령부. 지난 6월 29일 서해교전에서 전사한 다섯 명의 영결식이 거행되었다. 연병장 앞의 넓은 벌판에는 공사가 끝난지 얼마 안 되어서 그런지 아직 잔디가 띄엄띄엄 나 있었다. 오늘 영결식에는 유가족들과 박정희 대통령을 비롯한 3부 요인, 김종오 청와대 안보수석, 장정길 해군참모총장, 그밖에 많은 관계자들이 참석하였다. 침통한 표정으로 단상에 오른 정병철 해군소장, 해군 제2함대의 사령관으로 오늘 부하들의 영결식에 사회를 맡게 된 것이었다. 정병철 해군제독에 의해서 간단한 개식사, 고인들의 약력보고, 그리고 이어서 고인에 대한 경례의 순서가 있었다. 이때부터 장내에는 흐느끼는 소리가 들리기 시작하더니, 단상 오른쪽에 도열하고 있던 승려들의 아미타경 독경 소리가 점차 커지자 마침내 흐느끼는 소리는 통곡으로 변해 버렸다. 유가족뿐만이 아니라 함께 근무했던 해군 장병들도 울음을 주체할 수가 없는지 여기저기서 울음소리가 울려 나왔다. 이어서 마이크 앞에선 김종팔 국무총리가 박대통령의 메시지를 대신하여 읽어 나갔다.

"… 신이시여, 어찌하여 밝은 대낮에 이렇게 우리들의 꽃다운 젊은이들이 그 꽃을 마음껏 피워보지도 못하고 떠나야만 한단 말입니까? 우리는 도대체 언제까지 이렇게 당하고만 살아야 한단 말입니까?"

김종팔 국무총리는 이제 조사의 끝부분을 읽어 내려가고 있었다.

"이제는 우리가 결단할 때입니다. 그들의 숭고한 죽음을 결코 헛되이 하지 않기 위해서라도, 또다시 이런 허망(虛妄)한 죽음이 없도록 하기 위해서라도, 이제 우리는 결단할 때인 것입니다."

김종팔 국무총리가 메시지를 읽는 5분 동안 박 대통령은 단상에 앉아서 미동도 하지 않은 채로 꼿꼿이 정면만을 바라보고 있었다. 육영수 여사도 옆자리에서 하얀 소복을 입고 휠체어에 앉은 채로 정면을 응시하며 손수건을 꺼내어 눈물을 닦는 모습이었다.

다음으로 추모사가 이어졌다. 먼저 나온 사람은 함께 작전에 참가했던 참수리 358호의 정장 최영술 대위였다. 해군의 특수부대 UDT 출신인 그는 참수리 358호의 정장으로 근무하면서도 용감한 군인, 따뜻한 군인의 정신을 잃지 않고 살아온 사람이었다. 그는 깁스를 한 왼쪽 팔을 어깨에 붕대로 걸어 맨 채로 마이크 앞에 섰다.

"… 님들이 사랑하던 조국의 바다, 그 바다는 오늘도 여전히 출렁이고 있습니다. 마치 아무것도 모르는 것처럼… 그러나 우리는 압니다. 님들께서 그렇게 목숨을 초개(草芥)같이 버려가면서도 지키려고 했던 것, 그것이 바로 우리들이 가장 소중하게 생각하고 간직해 왔던 '자유' 라는 것을. 우리 모두는 님들의 뒤를 이어 죽음으로 이 바다를 지켜낼 것입니다. 자유를 위해서, 대한민국을 위해서, 그리고 사랑하는 우리의 가족들을 위해서…"

  이어서 유가족의 대표로 나온 이미선씨. 하얀 소복을 입고 그녀가 나오자 유가족들로부터 훌쩍거리는 울음소리가 더 커지더니 통곡이 넓은 식장 여기저기에서 흘러나왔다. 손수건으로 눈물을 닦으면서 마이크 앞에 선 이미선씨가 떨리는 손으로 '남편에게 보내는 편지'를 읽어나가기 시작했다.
  "사랑하는 나의 남편, 자랑스러운 대한민국 해군소령 윤영하님, 당신을 사랑합니다. 우리가 함께 백 년 동안 사랑하면서 살아가자고 약속한 것이 채 한 달도 되지 않았는데 이제 오빠는 이 세상에 없네요. 이 슬픔을 저 혼자 어떻게 감당하라고 그렇게 훌쩍 떠나셨나요? 스페인에서 '대한민국'을 외치면서 열심히 축구를 응원하던 그 때의 추억만 가지고 어떻게 앞으로 백 년을 기다리라고 떠나셨어요? 너무나 청천벽력(靑天霹靂)같은 오빠의 전사 소식을 듣고는 실신했지요. 그리고 또 깨어나서 까무러치기를 몇 번. 차라리 꿈이었으면 하고 아무리 간절히 기도해도 이것은 엄연한 현실… "
  이미선 씨는 잠시 복받쳐 오르는 슬픔을 주체하지 못하고 어깨를 들먹이면서 오열(嗚咽)했다. 그러기를 2분, 3분. 어느 누구도 선뜻 나서서 부축해 줄 수도 없고 또 달래 줄 수도 없는 상황. 단상에 있는 사람들도 또 연병장에 앉은 사람들도 모두 흐느끼며 훌쩍거리기만 할 뿐.

그러나 그는 다시 침착하게 마음을 정리하더니 나머지 원고를 읽어 나갔다.

"오빠는 떠나면서 저에게 큰 선물을 안겨주고 가셨어요. 오빠, 기뻐해 주세요. 뱃속에 아기가 생겼대요. 바로 어제 병원에서 의사선생님이 그러셨어요. 임신했다고요. 저 절대로 오빠 곁을 떠나지 않을 거예요. 아기가 아들이라도 좋고 딸이라도 좋아요. 아들이라면 이 다음에 해군을 시킬 거예요. 오빠처럼 훌륭한 해군을 만들겠어요. 딸이라면 해군에게 시집보낼 거예요. 오빠처럼 늠름하고 잘 생긴 해군의 아내가 되도록요. 오빠 안심하고 하늘나라에서 기다리세요. 제가 이 다음에 오빠 곁을 찾아갈 때까지요. 그때 가서 우리 못다한 사랑 하면 되지 않아요? 저는 앞으로 해군 장병들 돌보면서, 그들을 위해서 기도하면서 평생을 살아갈 거예요. 저는 자랑스러운 대한민국 해군소령 윤영하의 아내니까요. 오빠, 그래도 오빠가 없는 이 세상은 너무 허전…해….."

마지막 부분에서 통곡을 할 때는 모든 사람들이 다시 한번 함께 울었다. 단상에 앉은 박 대통령도 해군참모총장도, 유엔군사령관도 손수건으로 계속 눈물을 닦고 있었다. 이어서 헌화와 분향, 그리고 조총과 묵념의 순서가 있었다. 모든 식을 마치고 폐식사가 끝나자 왼편에 도열해 있던 해군사관 생도들과 해군부사관 생도들 120명이 해군군악대의 반주에 맞추어서 힘차게 '해군'이라는 노래를 부르기 시작했다. 마치 오늘의 이 우울한 분위기를 일순간에 날려 버리려는 듯이.

"야야야 야야, 야야야 야야, 내 얼굴이 검다고 깔보지 마라. 이래뵈도 바다에선 멋진 사나이, 커다란 군함타고 한달 삼십일, 넘실대는 파도에 청춘을 맡겼다… 사나이 태어나 두 번 죽으랴."

1960년대 후반에 유행했던 연속극의 주제가를 오늘을 위하여 이들이 지난 3일간 자발적으로 연습하여 이 자리에서 부르는 것이라고 했다. 떠나가는 선배들에게 아무런 염려하지 말고 저 세상에서 편히 잠드시라는 후배 해군들의 힘찬 각오와 함성이었다. 운구행렬이 대전 국립현충원을 향하여 움직이려고 하자 그때까지 참고 있었던 유가족들, 특히 아버지들의 오열과 통곡이 시작되었다. 남자로서 참고 참았던 눈물이, 드디어 이제 아들들을 저 세상으로 보낸다고 생각하니까 걷잡을 수없이 폭발한 것이었다. 윤영하 소령의 아버지 윤두오씨, 조천형 중사의 아버지 조상군씨, 황도현 중사의 아버지 황은대씨, 한상국 중사의 아버지 한진북씨, 서후원 중사의 아버지 서영선씨 이들 다섯명의 아버지들이 어깨를 들먹이며 울어대자 해군 서해함대 사령부의 연병장은 순식간에 눈물바다를 이루었다. 하늘도 이들의 가는 길을 슬퍼해주는지 점차 서쪽하늘로부터 검은 구름이 몰려오면서 바람이 불어오더니 천둥소리와 함께 굵은 빗방울이 떨어지기 시작하였다.

:: 북한을 꽁꽁 묶어라

청와대로 돌아온 박정희 대통령은 동쪽 정원을 바라보며 말없이 서 있었다. 시각은 3시 반, 앞뜰에 피어있는 장미꽃을 바라보는지 아니면 우거진 나무들을 바라보는지, 오후 2시에 도착한 후 한 시간 반 동안을 그렇게 뒷짐을 진채로 미동도 하지 않고 창밖을 뚫어지게 응시하고 있는 것이었다. 잠시 후 뒤로 돌아서 책상에 앉은 박 대통령은 비서관에게 김종팔 국무총리를 불러 달라고 부탁했다. 20분쯤 지나자 밖에서 차 소리가 나더니 비서관으로부터 김 총리가 도착하였다는 보고가 왔다.

"음, 임자, 자리에 좀 앉지…"

벌써 40년 동안 대통령을 가장 가까이에서 모셔온 김 총리는 박 대통령의 눈만 보아도 무슨 생각을 하고 있는지 다 아는 정도가 되었다. 필시 오늘 서해함대에서 있었던 영결식 때문에 마음이 편치 못해서 고민하고 계실 것이었다.

"우리가 참 많이도 참았지?"

김종팔 국무총리에게 손수 끓인 녹차를 한 잔 내려놓더니 박 대통령은 김 총리를 바라보면서 천천히 입을 열었다.

"임자, 생각해 봐. 1.21사태, 울진삼척지구 무장공비, 한국항공 858기 폭파, 아웅산 묘지에서 폭탄테러로 17명을 죽이더니, 이제는 서해 바다에서 우리 젊은이들을 또 5명이나 죽여?… 임자는 어떻게 생각해?"

"보복을 하고 싶어도 전면전(全面戰)으로 번질까 봐 하지 못하는 것 아닙니까?…"

"바로 그거야. 그러니까 이놈들이 무슨 일이든 거리낌 없이 일을 벌인단 말이야. 사람을 죽이는 일도 서슴지 않고…"

박 대통령은 이내 결심한 듯이 오른 손 주먹을 꼭 쥐고는 김 총리를 뚫어져라 쳐다보면서 단호하게 말했다.

"내가 결심했어. 이번에는 절대로 그냥 넘어갈 수 없어. 임자 왜 옛날 판문점에서 미루나무 절단한 사건 알고 있지?"

"예, 북한 아이들이 미군 장교들을 도끼로 찍어 죽인 사건에 대한 보복 작전이었지요."

"그래, 그 때 북괴놈들이 조금만 대항을 했더라도 곧바로 전쟁으로 가는 건데, 그 놈들이 그 때는 또 우리의 그런 결심을 알았는지 조용히 물러가더라고? 그러나 지금 생각해 보면 그 작전은 너무 소극적이었어…"

"김 총리, 내일 오전에 시간이 되나?"

"내일 오전에는 7.4 남북공동성명 기념식에 가서 기념사를 읽도록 돼 있습니다. 각하 대신에요."

"아, 세종문화회관에서 있는 행사 말이지?"

요즘 웬만한 행사는 거의 다 김종팔 총리가 참석하기 때문에 내일의 행사도 원래는 박 대통령이 참석해야 하는 것이지만 김 총리가 대신 가기로 했던 것이었다.

"나 내일 오전에 국방장관과 합참의장 좀 만나보려고 해요. 이번에는 절대로 그냥 넘어갈 수 없어. 만약에 이번에도 우리가 참고 죽어지내면 이놈들이 앞으로 또 어떤 일을 벌일지 몰라. 그런데 김 총리, 나 한 가지 이상한 게 있어."

김종팔 총리는 물끄러미 박 대통령을 바라보면서 무슨 일일까 하고 의아해 하였다.

"북한 함정하고 300m도 안될 정도로 가깝게 붙어 있었다던데 왜 우리가 선제사격(先制射擊)을 못 했을까? 우리 쪽이 무기는 더 우수하지 않아? 내가 테레비나 신문을 보니까 저쪽의 선제공격에 우리 쪽 피해가 컸다고 하던데 그게 이상하단 말이야. 합참에서 온 보고서에도 그랬고. 우리 해군들이 겁을 먹었나? 김 총리는 뭐 집히는 게 없어?"

김 총리가 턱을 만지면서 잠시 머뭇거렸다.

"그게… 저도 사실은 좀 이상했습니다만… 아직까지 잘 모르겠습니다."

"하여튼 나도 좀 확인해 봐야겠어. 이번 참사는 뭔가 좀 석연치 않은 데가 있단 말이야…"

박 대통령과 헤어져서 돌아오는 김종팔 총리의 머릿속은 여간 복잡한 게 아니었다. 사실은 우리 해군의 피해가 그토록 커진 이유가 분명히 있었다. 박 대통령 모르게 변경된 해군의 교전수칙 5단계, 즉 경고방송, 시위기동, 차단기동, 경고사격, 격파사격과, 그리고 가장 결정적으로 해군에게 족쇄(足鎖)가 된 '선제사격 금지 조치'가 바로 그것이었다. 그러나 이 일은 박 대통령에게 보고하지도 않고 내각회의에서 안보장관들끼리만 합의한 내용이었다.

1992년 7월 4일, 청와대 1층 접견실에는 박 대통령과 서동철 국방장관, 채명선 합참의장, 김종오 안보수석이 자리를 함께 하였다. 이들과 차를 나누며 잠시 한담(閑談)하는 사이에 인터폰으로 비서실에서 연락이 왔다.

"중앙정보부장 도착하였습니다."

"음, 들어오라고 해요."

잠시 후 정영근 중앙정보부장도 자리를 잡았다. 먼저 박 대통령이 한 사람 한 사람을 쳐다보면서 입을 열었다.

"내가 오늘 보자고 한 것은… 이번에 서해교전 결과를 보고받고 참으로 애석(哀惜)한 마음을 금할 길이 없었어요. 그리고 어제 하루 종일 생각에 생각을 거듭했지요. '도대체 언제까지 이렇게 당하고만 있어야 하나' 하는 생각에 어제 밤도 잠을 설쳤어요."

일행은 묵묵히 박 대통령의 말에 주의를 집중하여 듣고 있었다.

"도저히 이번 일은 그냥 넘어갈 수 없는 일인데… 그보다도 내가 먼저 뭐 하나 물어 봅시다. 국방장관이 대답해 주면 좋겠군. 왜 이번에 서해교전이 일어났을 때 우리 해군이 선제공격을 못했는지가 궁금해. 북한 측의 함포 사격에 먼저 당했다고 했는데, 대부분의 사망자들도 그 때 발생했다고 들었단 말이지. 그런데 왜 우리가 먼저 쏘지를 못했는가 말이야. 우리 포가 훨씬 더 신식이고 성능도 우수할 텐데."

"저… 그게…"

서동철 국방장관이 잠시 머뭇머뭇하자 박 대통령은 날카로운 눈매를 합참의장에게 돌렸다.

"그러면 합참의장이 대답해 봐요."

채명선 합참의장이 헛기침을 한 번 하고는 곧 바로 결심한 듯이 몸을 고추 세우더니 답변을 했다.

"우리 해군의 교전수칙에 '선제사격 금지'라는 조항이 있어서 그랬습니다."

순간 박 대통령의 눈에 노기가 서리는 듯하더니 국방장관을 올려다보면서 질타(叱咤)했다.

"장관, 이게 어찌된 일인가? 누가 선제사격을 하지 말라고 했나? 이게 해군에서 스스로 만들어 낸 규정인가?"

서동철 장관이 흰 머리를 한번 쓰다듬으면서 머뭇거리더니 답변했다.

"작년에 내각회의에서 협의하여… 그렇게 훈령을… 내려보냈습니다."

"뭐라고? 그렇다면 해군 장병들 입장에서는 북한 함정 앞에 몸을 드러내 놓고 '나를 먼저 죽여 주시요' 하는 꼴이 아닌가 말이야. 어떻게 나도 모르는 사이에 그런 규정이 만들어졌지? 정보부장도 뭐 아는 거 있어요?"

정영근 중앙정보부장이 자신없는 말투로 답변했다.

"그게… 남북화해무드를 깨지 않으려고요."

박 대통령은 자리에서 일어나더니 창가로 가서 잠시 창밖을 내다보고는 다시 자리에 와서 앉았다.

"알았어. 대략 돌아가는 스토리를 어렴풋이 알겠어."

박 대통령은 분을 삭이려는 듯이 녹차를 한 모금 마셨다. 찻잔을 든 손이 파르르 떨리는 것을 일동은 애써 못 본 체 했다.

"그래 그건 그렇고, 이번에 우리가 이렇게 당했는데 그냥 또다시 당할 수만은 없지 않아? 그래서 내가 여러분들을 오라고 한 것인데… 보복을 하자고 보복을. 해군에서 주축이 되어서 보복을 하는 거야."

박 대통령의 단호한 말에 합참의장이 조심스럽게 말을 꺼냈다.

"그러다가 혹시 전면전으로 확대라도 되면…"

채명선 합참의장의 답변에 박 대통령이 탁자를 치면서 고함을 쳤다.

"바로 그거야. 그것 때문에 우리가 계속 지금까지 당하고만 있었어. 그런 걱정은 하지 말고 해군보고 보복작전 계획을 수립하라고 해. 그래서 다음 주가 됐건 그 다음 주가 됐건 준비가 되면 다시 만나자고. 해군총장보고 직접 와서 브리핑하라고 하란 말이야. 만약에라도 전쟁이 나게 되면 나부터 여기 청와대에서 죽을 테니까!"

그로부터 2주일이 흘러서 7월 17일이 되었다. 용산에 있는 국방부 소회의실, 박정희 대통령을 비롯한 김종팔 국무총리, 김종오 청와대 안보수석, 서동철 국방부장관, 채명선 합참의장, 정성화 육군참모총장, 유병헌 한미연합사 부사령관, 장정길 해군참모총장, 주용복 공군참모총장, 전두봉 해병대 사령관 그리고 정영근 중앙정보부장이 참석했다. 박 대통령의 왼쪽 옆에 자리한 서동철 국방부장관이 큰 키를 하고는 단상 앞에 서서 인사말을 시작하였다.

"오늘의 이 작전 계획은 해군이 주도하였습니다. 이 작전의 기본 가정은 '절대로 확전은 되지 않는다'는 점을 밑바닥에 깔고 있습니다. 그러면 지난 열흘간 해군에서 심사숙고(深思熟考)하여 마련한 계획을 들어 보겠습니다."

국방부장관이 자리에 앉으면서 해군총장을 눈짓으로 부르자 장정길 해군참모총장이 브리핑 차트 앞에 서더니 떨리는 음성으로 브리핑을 시작했다.

"먼저 저희 해군이 이렇게 엄청난 작전 계획을 수립할 수 있게 되어서 한편으로는 무한한 영광이요, 또 다른 한편으로는 자칫 이 작전으로 인하여 우리나라가 다시 전쟁의 소용돌이에 빠지지 않을까하는 걱정도 들었습니다. 그러나 우리 해군은 합동참모본부를 통하여 하달된 대통령각하의 명령에 따라 이 작전을 수립하였습니다."

장정길 해군참모총장은 다른 사람들의 표정을 조심스럽게 살핀 후에 발표를 계속해 나갔다.

"이 작전의 기본 구상은 옛날에 러시아에서 차관 상환용으로 현물 입수한 민스크 급 항공모함 한 척을 동해의 북한 수역인 원산 앞바다에까지 끌고 가서 폭파시키고 온다는 것입니다. 민스크 급 항모는 배수량 44,000톤의 중형 항공모함이나, 현재는 함내(艦內)에 무장은 모두 없어진 상태이고 자체 기동도 하지 못하는 고철덩어리에 불과한 배입니다. 이 항모를 끌고 북한 해역까지 올라가기 위해서 세 척의 예인선(曳引船)을 동원할 계획입니다. 10만 마력의 엔진을 장착한 터그보트 한 척이 앞에서 끌고 나머지 두 척은 뒤에서 밀고 가는 형식입니다. 예인선에 승선할 특수요원들로서 우리 해군의 최정예 제1항모전단 해난구조대(SSU) 대원들이 대기하고 있습니다."

박 대통령은 흡족한 듯이 간간히 수첩에 메모를 해 가면서 브리핑을 지켜보고 있는 모습이었다.

"선단의 맨 앞에는 시링크스 대잠(對潛) 헬기들이 나설 것입니다. 그리고 그 뒤를 이어서 4,800톤의 소해항모(掃海航母)가 시드래곤(Sea Dragon) 소해헬기 8대를 싣고 뒤따를 것이고요. 그 뒤는 이번 작전의 희생물인 민스크 급 폐항공모함이 한 척, 그리고 그 후위로는 우리 대한민국 해군이 보유하고 있는 유일한 항공모함인 부산함이 따를 것입니다. 배수량 24,000톤인 부산함은 EH-101형 조기경보기 2대, 시해리어II 함재기 24대, 대잠수함 헬기 8대, 구조헬기 2대, 그리고 기타 함재기 4대 등 총 40대의 항공기를 탑재하고 있습니다. 그리고 이를 호위할 전함이 1척, 호위함이 2척, 초계함이 4척, 그 밖에 수송선과 보급선등 총 30여 척의 선단으로 구성된 동해함대의 제1항모전단 소속 함정들이 출동하게 될 것입니다."

장정길 해군참모총장은 박 대통령 앞의 브리핑이 처음인지라 몹시 긴장하는 모습이었다.

"폐 항공모함의 폭파는 1만3천톤 급의 전함인 세종대왕함에서 175mm 함포 2문으로 포격을 하여 격침시킬 예정이며, 동시에 거제 도와 백령도의 해군기지에서도 현무III 미사일을 각 1발씩 발사하여 미사일의 성능시험까지도 겸할 예정입니다. 거제도에서 발사된 현무 III은 동해안을 따라서 이동할 것이고요, 백령도에서 발사된 미사일은 한반도의 허리를 가로지르면서 원산 앞바다까지 날아가게 될 것입니다. 과연 북한이 미사일 요격능력이 있는지도 테스트 해 볼 수 있는 좋은 기회입니다."

그는 다시 일행을 둘러보더니 이제는 자신감이 붙었는지 결론을 힘차게 이어 나갔다.

"저희들의 이번 작전의 1차적인 목표는 북괴의 전의를 꺾어 놓자는 것입니다. 그리고 2차적인 목표는 세종대왕함과 부산함 등 최근 1년 내에 실전 배치된 우리나라 해군의 무기체계와 성능을 시험하는 것입니다. 그것도 북한해역 깊숙한 곳에서 말씀이지요."

장정길 해군참모총장의 브리핑이 끝나자 잠시 실내에 조명이 모두

꺼지고 이번 작전에 참가할 함정들의 모습이 대형스크린에 나타났다. 박정희 대통령이 자리에 앉은 채로 유병헌 한미연합사 부사령관을 바라보면서 질문을 던졌다.

"이 작전에 미국의 태평양함대를 끌어들일 수는 없을까?"

"외교적인 노력을 기울인다면 가능할 것입니다. 마침 다음 달에 제7함대가 일본의 오키나와 항에 도착할 예정이니까 우리가 조금만 노력하면 가능하다고 봅니다."

이 때 옆에서 듣고 있던 김종팔 총리가 가세했다.

"그래요. 미국은 지난번 판문점 도끼만행 사건에 대한 보복을 사실상 아직까지도 제대로 하지 못해서 자존심이 많이 상해 있을 거예요. 우리가 부탁하면 미7함대가 충분히 배후세력이 되어 줄 수도 있을 것입니다."

김 총리의 설명에 박 대통령도 동의한다는 뜻으로 고개를 끄덕였다. 이 때 주용복 공군참모총장이 해군참모총장에게 질문을 던졌다.

"아까 해군총장께서 브리핑하실 때 보니까 이번 작전을 원산 앞바다 마양도 근처에서 하신다고 하던데, 그렇다면 북한의 아주 깊숙한 곳에까지 들어가는 매우 위험한 작전입니다. 만약에 북한의 해안포대에서 발포를 하거나 공군기가 출동한다면 우리 해군은 치명적인 위험에 노출될 텐데 이 문제는 어떻게 검토를 해 보셨는지요. 자칫 잘못하면 우리 장병들을 사지(死地)에 몰아넣을 수도 있다는 말씀이지요."

주용복 공군참모총장의 질문에 채명선 합참의장이 대신 답변하였다.

"사실 그 부분이 제일 심각한 문제입니다. 제한적인 전투나 공중전이라면 문제될 것도 없지만, 전면전이라면… 그런 것을 염두에 두자니 아예 작전 자체가 불가능하고… 그래도 해군과 함께 고민하여 만든 이 작전은 '확전(擴戰)은 없다'라는 가정 위에 수립된 것입니다. 이 점은 대통령 각하께서 어떤 외교적인 방법을 동원해서라도 꼭 가능케 해 주시겠다고 약속하신 것이니까 저희들로서는 각하의 그 약속을 믿을 수밖에요."

이 때 박 대통령이 계속 침묵을 지키고 있는 육군참모총장을 보면서 한마디 하라고 고개짓을 했다. 정성화 육군참모총장이 천천히 입을 열었다.

"지난번 서해교전에서 우리 해군장병들이 다섯 명씩이나 죽고 또 30여 명이 부상당했을 때, 저도 그 영결식에도 갔었고 또 부상자들이 입원해 있는 수도통합병원에도 다녀왔습니다. 그 직후에 사실은 저희 육군이 주도가 돼서 제한적이지만 보복전을 한 번 하면 어떨까 하는 생각을 했습니다. 동해안 쪽에 있는 12사단과 특전사령부가 합동작전을 해서 휴전선에 배치된 북괴군 전연사단 중에서 1개 중대 정도를 괴멸(壞滅)시키고 조기에 전투를 끝내는, 제한적인 보복전을 생각했었지요. 매번 이렇게 당하고만 있을 수는 없으니까요. 그리고 저희들이 합참에 보고는 하지 않았지만 실제로 그런 협의를 몇몇 참모들과 의논을 한 적도 있고요. 그런데 이번에 이렇게 해군이 주도가 돼서 보복작전을 한다고 하니까 어쨌든 반갑습니다. 작전이 잘 될 수 있도록 우리 육군도 한 몸이 돼서 돕겠습니다."

조용히 듣고 있던 박정희 대통령이 이제는 결론을 낼 때가 되었다고 생각했는지 좌중을 한 번 둘러 본 후 헛기침을 두어 번 하고 나서는 카랑카랑한 목소리로 이번 작전에 대한 평가를 하였다.

"작전계획은 아주 잘 되었어. 문제는 어떻게 하면 저들을 꽁꽁 묶어 놓느냐 하는 거야. 그렇지 않고 만약에 저들이 대항해 오더라도 아주 소규모의 교전으로 끝내고 이번 작전을 마칠 수 있느냐가 관건이지. 그러려면 결국은 외교력이야. 미국의 제7함대를 이번 작전에 끌어

들여야 하고 또 미국과 일본을 설득해야 해. 그리고 이 작전에서 중국, 중국의 역할이 제일 중요한데…"

박 대통령은 앞에 놓여있는 물을 한 잔 마시더니 하던 말을 계속했다.

"중국을 설득해서 그들이 북한에 압력을 행사하게 만드는 거야. 이 일은 우리 외교팀에서 할 테니까 여러분들은 해군을 도와서 이번 작전이 차질없도록 준비해 줘요. 자칫 잘못하면 지난번의 다섯 명이 아니라 훨씬 더 많은 사람들이 목숨을 잃게 될지도 모르는 위험한 도박을 지금 계획하고 있는 거라고."

박 대통령은 양 주먹을 두어 번 꼭 쥐어 보더니 다시 모든 참석자들을 한 사람씩 돌아보면서 결론을 내렸다.

"전쟁은 결국 외교야 외교. 외교력으로 결판이 난다는 말이지. 아 참, 여기 군의 최고지휘관들이 모인 자리에서 그런 말을 하면 안 되지. 그렇지만 내 얘기는 외교력이 그만큼 중요하다는 게야. 다들 다르게 듣지 말고. 내가 다음에 다시 부를 때까지 작전계획을 다듬고 훈련에 임해 주도록, 이상!"

7월 19일, 다시 청와대 박 대통령의 집무실, 침통한 표정으로 네 사람이 앉아 있다. 박 대통령과 서동철 국방부 장관, 이종섭 통일부 장관, 그리고 정영근 중앙정보부장이었다.

"북한에 그렇게 물자를 퍼 주는 것은 내가 이해할 수 있어요. 어차피 모든 국민들의 공감대(共感帶)가 형성된 사안이고 또 국회에서 결의까지 된 사항이니까. 그리고 나도 원칙적으로 반대를 하지 않았어요. 그런데 문제는 왜 전투를 하고 있는 장병들에게까지 그런 '선제사격 금지'라는 이상야릇한 훈령을 내려 보내었느냐 하는 거지요. 이 발단이 도대체 어디에서부터 시작된 겁니까?"

"……"

일행은 모두 묵묵부답이었다.

박 대통령이 노기 띤 음성을 거두지 못하고 계속하여 몰아붙였다.

"그 훈령이라는 것이 도대체 어느 누가 주도가 돼서 내려보낸 겁니까?"

"……"

"그렇게 우리 장병들을 사지로 몰아넣을 수가 있느냐는 거야. 우리가 먼저 위험을 느끼고 선제사격만 했어도 이런 일은 일어나지 않았을 것 아닌가? 사망자 수가 훨씬 더 줄어들었을 것 아니냐고. 지금 병원에 있는 장병들 중에도 중상자가 많다고 하던데, 앞으로 그 애들 중에서 또 몇 명이 더 죽을지 누가 알아!"

박 대통령의 고함소리는 밖에까지 울려 나왔다. 밖에서 일을 보던 비서실 직원들이 서로의 얼굴을 보면서 걱정스레 왔다 갔다 하고 있었다.

"알았으니 다들 돌아가 봐요!"

회의는 단 5분 만에 끝이 났다. 박 대통령은 이들을 내보내고 나서 혼자서 방 안을 왔다 갔다 했다. 그렇게 서성이기를 20여분, 벌써 재떨이에는 담배꽁초가 수북하게 쌓였다.

"내가 잘못했어. 장관들을 임명할 때 내가 한 사람, 한사람 아주 신중하게 골랐어야 하는 건데…"

퇴임을 얼마 앞두고, 이제는 장관 임명을 각료들의 협의 후 추천하는 방식으로 해 보는 것도 좋겠다 싶어서, 작년에 그 첫 번째 케이스로 두 명의 장관을 각료회의에서 추천이 올라온 대로 재가(裁可)했던 것이었다. 그러자 어느 사이에 각료회의의 분위기가 서서히 비둘기파 중심의 온건론 쪽으로 기울고 있다는 소문이었다. 그러더니 급기야는 이번에 서해에서 큰 사고가 발생한 것이었다.

그로부터 2주후, 이종섭 통일부 장관이 교체되고 그 후임에 강영운 장관이 임명되었다.

1992년 7월 20일, 최관수 외무부장관이 미국을 향하여 떠났다. 그 다음날 김종팔 총리는 하와이로 휴가차 떠났다. 그 다음 날 박근화 양이 싱가폴을 향하여 떠났다. 현재 미국 하버드 대학교에서 국제관계학 박사과정을 공부하고 있는 그녀는 여름방학을 맞이하여 한국에 와 있었는데, 이번에 도시국가의 모델케이스인 싱가폴에 들러서 며칠 머물면서 그 발전상을 직접 견학해 보고 온다는 것이었다. 그리고 그 다음날에는 박태중 새공화당 총재가 일본으로 떠났다. 최관수 외무부장관과 김종팔 총리에게는 미국측을 설득하라는 밀명(密命)이 떨어졌고 박근화 양은 아버지의 친서를 휴대하고 싱가폴에서 하루 이틀을 머문 뒤 적당한 시기에 중국으로 극비리에 잠행(潛行)한다는 계획이 세워져 있었다. 박태중 총재에게는 일본의 정계 지인들을 만나서 이번 원산폭파작전의 불가피성과 당위성을 일본측에 호소하고 일본의 암묵적인 동의를 받아 오라는 임무가 부여되었다.

7월 23일, 중국 베이징의 영빈관인 조어대(釣魚臺). 호수가 내려다보이는 2층 특실에서 중국의 장쩌민 주석과 한국의 박근화 양이 저녁식사를 겸한 비밀회동을 갖고 있었다. 1만 평도 넘을 것 같은 인공호수를 가운데 끼고 있는 조어대는 옛날에 중국의 황제가 거주하던 궁궐을 그대로 본뜬 듯, 정말 그 풍광이 일품이었다. 모든 식기는 금으로 도금되었고 시중을 들고 있는 종업원들의 복장도 옛날 궁중의 예복을 그대로 입고 있었다. 장쩌민 주석과 박근화 양은 이번의 만남이 네 번째였다. 그동안 중국 측에서 한국의 새마을운동에 관심이 많다며 새마을운동과 관련된 강의를 해 주면 좋겠다는 부탁을 해서 박근화 양이 두차례에 걸쳐 중국의 차세대 지도자 300여명을 대상으로 강의를 한 적이 있었고, 그리고 작년에 제주도에서 한중정상회담이 있었을 때 몸이 불편하신 어머니를 대신하여 영부인의 대리인 자격으로 참석한 적이 있었다. 그 때도 여름방학 기간 중에 한국에 보름간 와 있을 때였다. 식사는 비교적 간단하게 나왔다. 왕탕 수프와 돼지고기 요리가 장쩌민 주석에게 나왔고, 게맛살 수프와 상해요리라는 해물요리가 박근화 양을 위해서 준비되었다.

"그래서 우리가 무엇을 해 드리면 되겠습니까?"

장쩌민 주석이 박근화양을 다정스레 쳐다보면서 말을 건넸다. 이미 서해교전에 대하여는 중국도 나름대로의 정보를 갖고 있었기 때문에 장쩌민 주석은 식사 도중에 상당 부분 한국의 입장에 동의한다는 언질을 했던 것이었다.

"우리가 지금까지 당한 것은 한두 번이 아니에요. 저희 아버님의 친서를 통하여서도 읽으셨겠지만, 이제는 저희들도 더 이상 이렇게 계속 당할 수는 없어요. 우리 온 국민이 하나가 돼서 어려운 북한을 돕느라고 쌀이다 비료다 하면서 모든 물자를 아끼지 않고 지원해 주고 있는데, 이렇게 느닷없이 군사도발을 해서 또 아까운 젊은이들을 죽음으로 몰고 가면 우린들 어떻게 견디겠어요? 주석님도 한번 생각해 보세요. 저희가 매년 북한에 제공하는 쌀이 30만 톤이 넘어요. 30만 톤이면 1톤짜리 트럭으로 30만대 분이에요. 쌀 20kg 들이 포대로 무려 1,500만 포대나 되고요. 그 쌀이면 우리나라 굶는 사람들 문제 다 해결할 수 있어요. 우리가 그런 것 모두 아까워하지 않고 다 주고 있지 않아요? 이젠 정말 저희들의 인내심도 한계에 도달했어요."

협상에서 '흥분은 금물'이라는 교훈을 아버지로부터 귀에 못이 박히도록 들어왔던 터이었다. 그래서 말을 마친 후 일부러 천천히 차를 한 모금 마시면서 차의 맛을 음미해 보았다. 차의 향이 아주 진했다. 중국 운남성에서 재배한 차라고 했다. 그리고는 찻잔을 유심히 살펴보았다.

'중국 사람들의 세공술이 뛰어나다고 하더니 과연 대단하구나. 어쩌면 이렇게 아름다울 수가 있을까?'

장쩌민 주석도 고개를 돌려 호수 위로 떨어지는 낙조를 바라보면서 잠시 여유를 갖는 모습이었다.

'지난 번 만났을 때보다도 더욱 논리적이 되었군. 미국 하버드에서 박사과정에 있다고 하더니 과연…'

"그것보다도 이건 개인적인 질문인데 박근화양은 결혼은 하지 않으실 작정이신가요?"

장 주석은 박근화양의 붉은색 투피스와 노란색 브로치가 참 잘 어울린다고 생각했다. 중국 사람들의 국민성을 배려하여 붉은색 옷을 입고 나온 성의가 한편으론 대견하기도 했다.

"저는 아직 생각없어요. 조국 대한민국이 저의 남편이라고 생각해요."

갑자기 장쩌민 주석이 온 실내가 떠나갈 듯이 큰 소리로 웃어댔다.

"하하하! 박근화양, 결혼은 남자와 여자가 하는 겁니다. 상대를 잘못 고르셨어요, 하하하."

그는 웃음을 거두더니 곧바로 진지한 표정을 지었다. 고개를 한껏 앞으로 내밀고 조용히 물어보았다.

"이번에 한국정부가 계획한 일이라는 게 어떤 겁니까? 아까 박 대통령 각하의 친서를 보니 '근화양을 잘 도와서 이번 일이 성사되게끔 도와주셨으면 좋겠다'라고만 되어 있던데."

"그런가요? 저는 그 친서에 우리의 계획이 소상하게 적혀져 있는 줄 알았는데… 우리에게 몇 년 전에 러시아에서 현물상환으로 들여온, 지금은 고철덩어리에 불과한 폐항공모함이 한 척 있어요. 그것을 원산 앞바다까지 끌고 가서 폭파시키고 오려고 합니다."

말을 마치고 박근화 양은 장쩌민 주석의 표정 변화를 유심히 살폈다. 과연 대국의 지도자답게 그의 표정에는 어떠한 변화도 일어나지 않고 있었다. 잔잔한 미소 그대로 전혀 표정을 읽을 수 없는 것이었다.

"그러면 북조선이 가만있겠습니까?"

"그래서 제가 이곳까지 와서 주석님께 부탁을 드리는 것이지요. 저희들은 예나 지금이나 전쟁을 원치 않고 있어요. 그렇다고 해서 계속 이렇게 당하고만 있을 수도 없고요. 그래서 이번에 이 '원산폭파작전'을 구상하게 된 것이지요."

"그러면 구체적으로 우리 중국이 어떤 조치를 취해주기를 바라십니까?"

"북한에 영향력을 행사해 주세요. 북한 군부를 꽁꽁 묶어 주세요. 물론 쉽지는 않겠지만요…"

장쩌민 주석은 심각한 고민에 빠졌다. 북한과의 관계만 생각한다면 당연히 이 제안은 일언지하에 거절하는 게 마땅했다. 그러나 한국은 중국의 3대 교역 파트너이니 실리(實利)를 외면할 수가 없는 형편이었다. 그리고 또 앞에 마주하고 있는 박근화 양은 지금부터 앞으로 20년 정도는 충분히 한국을 이끌어갈 지도자가 될 것임에 틀림없었다. 비록 그것이 최고의 자리이건 또는 야당의 리더이건 그런 것이 중요하지는 않았다. 이번까지 모두 네 번째의 만남을 통하여 매번 만나 볼 때마다 일취월장(日就月將)하는 그녀에게서 충분히 그럴만한 자질을 느꼈던 터였다. 더군다나 지금은 대한민국을 30년 넘게 이끌어 온 최고 지도자의 딸로서, 대통령 밀사의 자격으로 와 있지 않은가?

'어떻게 해야 하나?…'

장 주석의 표정이 심각해지는 듯 하더니 이제는 거의 다 저물고 붉은 빛만 가득한 저녁노을을 묵묵히 바라보고 있었다. 그렇게 또 몇 분이 지났다.

"잘 아시겠지만 우리 중국과 북조선은 상호군사우호조약이 맺어져 있습니다. 만약에 어느 일방이 외국으로부터 공격을 당하면 즉각 공동으로 대응하도록 말이지요. 이 조약은 1950년부터 지금까지 잘 지켜져 오고 있습니다."

"알고 있습니다. 저희들도 북한이 대응공격을 한다고 해서 그것이 겁나거나 하는 것은 아니에요. 단지 무고한 인명이 살상되는 것을 원치 않기 때문이지요."

"만약에 우리 중국 정부가 대한민국에 협조해 드릴 수 없다면 어떻게 하실 작정이십니까?"

"그대로 작전을 강행할 거예요. 사상자가 많이 나겠지요. 그렇지만 전면전으로까지 확대되지는 않을 것으로 생각합니다. 그것이 저희 정부의 판단이에요."

박근화 양의 주저 없는 답변을 들으면서 장쩌민 주석은 차를 한 모금 더 마시더니 찻잔을 조용히 내려놓았다. 시중을 들고 있던 궁중예복을 입은 아가씨가 마치 나비처럼 사뿐히 다가오더니 장 주석과 근화 양의 찻잔에 차를 채우고는 소리없이 사라졌다.

'단호함까지라… 아버지와 어머니의 장점만 유전(遺傳)됐군 그래…'

"박근화 양은 어디서 그렇게 중국어를 배우셨습니까? 아주 잘 하시네요."

회담의 중요부분은 영어로 하고 또 쉬운 부분은 중국어로 하는 것을 두고 하는 말이었다.

"뭐 그냥 테이프도 듣고, 개인교습도 받고, 또 책도 읽고 하면서 열심히 공부하고 있습니다."

"그래요? 그나저나 그렇게 된다면 북조선과의 신뢰관계에 그만큼 금이 갈 텐데, 그렇다면 대한민국 정부는 저희 중국에 무슨 선물을 주실 건가요?"

이제 드디어 본론이 나왔다고 생각했다. 잠시 뜸을 들인 후 대답했다.

"저희들이 3년이나 4년 쯤 후에 해안선을 따라서 운행하게 될 자기 부상열차를 위한 선로를 건설하려고 해요. 지금으로는 시속 500km를 생각하고 있는데 그보다 더 빨라질지 어떨지는 모르겠어요."

박근화 양은 한국의 기술력을 과시해 보려는 심산에서 고속철의 속도 부분은 다분히 의도적으로 한 말이었다.

"인천공항에서부터 서해안 목포, 남해안 거제도와 부산, 그리고 포항을 거쳐서 동해안의 강릉과 고성까지 연결되는 것이지요. 중국도 제가 듣기로는 상해, 심천을 비롯한 연안지역만 경제개발이 이루어지고 있지 내륙지방은 전혀 손을 못 쓰고 있다던데. 그렇다면 우리나라의 해안순환고속철도 건설에 중국의 유휴인력을 저희들이 정책적으로 받아들일 수도 있겠지요. 연간 한 1만 명 정도쯤은…"

그 소리를 듣고 있던 장쩌민 주석이 갑자기 박장대소(拍掌大笑)를 했다. 한참을 웃어대던 장 주석은 박근화 양을 쳐다보면서 짓궂은 질문을 하였다.

"근화 양, 지금 중국의 인구가 얼마인지 알고 계세요? 15억입니다. 15억!"

15억 명 중에서 그깟 1만 명 정도 일자리를 갖게 되는 것이 무슨 도움이 되겠느냐는 뜻이었다. 한참을 더 웃고 난 장쩌민 주석은 곧바로 몸가짐을 단정히 했다.

"1만 명이 됐건 3만 명이 됐건 뭐 그것이 그리 중요한 건 아니고, 앞으로 한국과 중국이 더 많이 협조해야 하겠지요. 그리고 사실은 저도 북한 군부에서 자꾸 그런 도발을 하는 것이 못마땅합니다. 솔직히 우리도 갈 길이 바쁜데 자꾸만 북조선 군부 쪽에서 그러니까 신경이 쓰이지요. 그렇지만 그렇다고 해서 우리가 선뜻 북한에 대고 무어라고 할 수도 없는 노릇입니다. 제 말뜻 아시겠지요?"

그리고는 또 2 ~ 3분이 지났다. 장쩌민 주석은 뭔가를 골똘히 생각하는 눈치였다. 이해득실을 따지는 것일까? 그는 차를 한 모금 더 마시더니 이윽고 입을 열었다.

"우리 중국과 북조선은 매우 밀접한 관계입니다. 그런 정도를 가지고 우리를 설득하시려고 했다면 아마도 판단착오를 하신 듯합니다."

박근화 양은 순간적으로 머릿속이 혼란스러웠다. 아까는 무엇인가 이야기가 잘 진행되어 나가는 듯싶더니, 이제는 또다시 원점으로 온 듯한 느낌이었다.

'여기서 두 번째 보따리를 풀어야 하나? 말아야 하나?'

"저도 사실은 혼자서 결정할 수 있는 일이 별로 없습니다. 그리고 이번 일은 자칫하면 우리 중국의 42년 맹방(盟邦)을 한 순간에 적으로 돌릴 수도 있는 엄청난 일이기도 하고요…"

장쩌민 주석의 고뇌하는 모습이 눈에 확연히 잡혔다.

"저희가 지금 중국에서 추진 중인 '푸른 중국 만들기 운동'에 적극적으로 참여해 볼까 하는 생각도 있는데요. 고비사막 인근에서 시작된다는 황사를 막기 위한 운동 말씀이에요."

박근화 양은 말을 던지면서 장 주석의 표정변화를 다시 한번 살펴보았다. 순간 그의 얼굴에서 어두운 그늘이 잠시 사라지는 듯한 표정을 볼 수 있었다.

"사실은 우리도 그 사업이 꼭 필요한 사업인 줄은 잘 알고 있어도 돈이 좀 모자라서 제대로 추진을 못 하고 있지요. 그 사이에 점점 더 사막화는 심해지고 있지요. 얼마 전에 전인대(全人大)에서는 중국 전 국토의 18%가 사막화(沙漠化)가 되었다는 심각한 보고가 있었지요."

박근화 양은 이야기의 실마리를 찾았다는 듯이 더 구체적으로 이야기를 진전시켜 나갔다.

"저희들이 알기로는 중국 측에서 15년간 총 70억불의 예산을 배정했다고 들었어요. 그래서 저희도 같은 70억불을 투자해서 중국 땅에 함께 나무를 심어나가면 어떨까 해요. 15년간 우리도 같은 70억불을 내겠어요. 방법은 우리가 허베이성(河北省)이나 네이멍구(內蒙古) 자치주 중 하나를 맡아서 하는 방법도 있겠지요. 일종의 책임조림사업인 셈이지요. 우리는 옛날에 이미 영일만지구 녹화사업을 했던 경험이 있습니다. 그러면 아마도 중국에서 예상하고 있는 15년 사업을 7년이면 충분히 해 낼 수 있지 않을까 싶어요. 우리나라 속담(俗談)에 '백짓장도 맞들면 낫다'는 말도 있거든요."

어차피 중국의 사막화를 강 건너 불구경 하듯 할 수는 없는 노릇이었다. 연구소에 따라서는 황사로 인한 연간 피해액을 3조원이라고도 하고 또 어떤 곳에서는 5조원이라고도 했다. 그러나 황사에 의한 피해는 이제 시작에 불과했다. 앞으로 몇 년 후에는 황사로 인한 피해가 얼마가 될지 전혀 예측할 수조차 없는 상황이었다. 그리고 그 피해는 오히려 당사국인 중국보다도 우리 한국이 제일 컸다. 그렇다고 보면 지금 당장은 엄청난 돈이 투입되긴 하지만, 이 참에 중국과 합동으로 한다면 두 배 이상의 시너지 효과를 거둘 수도 있는 초대형 환경운동이었다. 그리고 이 사업은 일단 벌여놓고 보면 일본을 설득하기도 그리

어려운 일이 아니었다. 한국과 일본 그리고 중국 셋이서 힘을 합친다면 15년의 사업을 5년으로 충분히 단축할 수도 있는 일이었다. 박근화 양은 다시 한 번 곰곰이 생각해 보았다.

'이 일은 우리 후손들을 위해서도 반드시 해야만 하는 사업이야. 만약 지금 서두르지 않는다면 앞으로 10년 후엔 한국에 큰 재앙이 될 거야.'

예산을 배정받기 위해서 국회와 국민들을 설득하는 작업이 결코 만만치는 않을 터이지만, 결국 누군가가 나서서 물꼬를 터주어야만 하는 일이 아닌가? 장쩌민 주석의 표정에 잠시 놀라는 듯한 모습이 보였다.

'대단하군. 우리가 생각지 못한 방법까지도 제시를 하다니. 정말 놀라워…'

의자에서 몸을 고추 세운 후 장 주석이 근화 양을 정면으로 뚫어져라 바라보았다. 그의 표정이 분홍빛 넥타이와 어우러져서 한결 더 부드럽게 보였다.

"좋습니다. 그렇지만 이번 사안은 저 혼자 결정할 수가 없어요. 이번 작전을 그렇다고 이곳저곳에서 함부로 의논할 수도 없겠지요. 그래서 내가 생각해 본 건데, 적어도 우리 중앙공산당 7인 최고회의에서만이라도 협의를 해서 동의를 구해 내야 하겠어요. 모두가 다 제 뜻대로 움직여 줄 수 있는 사람들은 아니지만, 어쨌든 이렇게 직접 찾아 오셔서 성의껏 의논해 주시는데, 꼭 한국 측에서 원하는 대로 되도록 노력해 보지요. 그리고 사실 그 작전은 북조선의 자존심에만 상처가 나는 것뿐이지, 엄밀히 따지고 보면 북조선 측에 별다른 손해가 있는 것은 아니니까요. 그건 그렇고 박근화 양은 소주와 항주지방을 다녀오셨습니까?"

박근화 양도 모처럼 활짝 웃으면서 대답했다.

"아닙니다. 아직까지 그곳 구경을 한 적이 없습니다."

"그렇다면 내일부터 한 삼일 간 다녀오시지요. 제가 알아서 조치하겠습니다. 그리고 떠나기 전, 그러니까 7월 27일 쯤 다시 한 번 식사 자리를 마련하겠습니다. 제가 박 대통령 각하께 드릴 조그마한 선물도 하나 마련하지요."

장쩌민 주석이 도와줄 것 같은 믿음은 갔다. 그러나 그 말만 믿고 돌아가기엔 이번 작전의 규모나 파급효과가 너무나 엄청났다.

"제가 중국정부의 약속을 어떻게 확인하면 될까요?"

박근화 양은 최대한 예의를 갖추어서 물어 보았다.

"우리 중국은 약속을 하면 지킵니다. 정 못 믿으시겠다면 제가 암호문을 하나 보내 드리지요. 베이징에 있는 귀국 대사관을 통해서 말입니다. 그런데 그 작전은 언제쯤으로 계획하고 계십니까?"

"네, 제가 듣고 오기로는 8월 12일부터 15일 사이에 진행할 것이라고 들었습니다."

"8월 12일이라… 그러면 제가 7월 31일까지는 암호전문을 보내 드리겠습니다."

장쩌민 주석은 양복상의에서 수첩을 꺼내더니 수첩에 '7월 31일'이라는 날짜와 '선물 두개'라는 글을 적으면서 박근화 양에게 또렷한 어조로 약속을 했다.

"암호 전문에는 '선물 두개 잘 받았느냐?'는 말이 나갈 겁니다. 그러면 저희들이 북조선 측에 대한 조치가 다 끝난 것으로 아셔도 됩니다."

박근화 양도 똑같은 메모를 수첩에 한 후 감사하다는 인사를 하였다.

"너무 걱정하지 마십시오. 우리 중국이 아직 그만한 영향력은 있습니다. 하하하!"

호쾌하게 웃는 장쩌민 주석과 헤어진 시간은 저녁 여덟시였다. 아까 다섯시에 만났으니까 벌써 세 시간을 함께 이야기한 것이었다.

1992년 7월 28일, 평양의 조선인민군 최고사령관 앞으로 전문이 수신 되었다. 발신처는 중화인민공화국 공산당 7인 최고위원회의 명의였다. 내용은 7월 30일, 팽더후이 군사부위원장이 평양을 방문할 예정이니 오후 세시에 회의를 소집해 달라는 전갈이었다. 그 회의 참석대상자의 명단도 함께 적혀 있었다. 인민무력부장 김일천 차수, 인민군 총참모장 김영출 차수, 인민군 총정치국장 조병록 차수, 당 작전부장 오극열 차수, 그리고 리명순 대장, 현해천 대장, 박재강 대장등, 김정일 최고사령관을 포함하여 여덟명이라고 못 박았다. 해당 장성들의 회의 참석여부를 오늘 중으로 회신해 달라는 내용과 함께 팽더후이 군사부위원장은 당일 회의를 끝내고 여섯 시 비행기로 베이징으로 다시 귀환할 예정이니 불필요한 의전행사는 하지 말라는 것이었다. 다분히 내용도 강압적(强壓的)이고 상대를 무시하는 전문이었다.

7월 30일 오후 2시, 평양의 순안공항에 내린 팽더후이 군사부위원장은 곧바로 중국대사관 측에서 준비한 차에 올라 김정일 위원장의 집무실로 향했다. 간단하게 수인사를 마친 김정일 위원장은 네 명의 차수와 세 명의 대장을 소개하였다. 팽더후이 군사부위원장도 북경에서부터 함께 온 류쉬펑 당중앙위원회 군사 부서기를 소개하였다. 이들은 이미 여러 차례 만난 적이 있는 양국의 최고위급 군사 책임자들이었다. 자리에 앉자마자 의제를 꺼낸 팽더후이 부위원장은 곧바로 본론으로 들어갔다.

"우리 중화인민공화국을 대표하여 한 달 전에 있었던 서해해전에 대하여 우리 측의 유감을 표명합니다. 앞으로 다시는 그런 일이 없기를 바랍니다. 우리 중앙당 7인 최고위원회에서 결정된 결정문을 가지고 왔습니다. 저는 그냥 읽어만 드리겠습니다."

1. 중국 정부는 1992년 6월 29일에 있었던 대한민국과 조선민주주의인민공화국 간의 서해해전을 유감으로 생각하며 다시는 그런 사태가 없기를 희망한다.
2. 적어도 올해, 즉 1992년 12월 31일까지는 쌍방간에 적대적 행위가 없기를 바란다. 이러한 적대적 행위란 그 귀책사유가 어느 쪽에 있고를 불문한다. 만약에 불가피하게 그런 자위조치(自衛措置)를 취할 필요가 있을 시에는 사전에 우리 중국 정부의 양해를 구할 것을 강력히 권고한다.
3. 우리 측의 이러한 경고에도 불구하고 만약에 또다시 불미스러운 사건이 발생한다면 중국 정부는 취할 수 있는 한 모든 조치를 강구하여 북조선을 제재할 것이다.
4. 위의 조치를 성실히 이행하기 위하여 여기 회의에 참석한 모든 책임자들이 오늘 회의록에 서명해 줄 것을 요구한다.

이렇게 인사를 하고, 읽어주고 서명을 받기까지 걸린 시간은 단 12분이었다. 팽더후이 부위원장은 서둘러서 서명한 서류를 류쉬펑 부서기에게 건네주더니 자리를 뜰 채비를 하고 있었다. 미처 가지고 나온 차를 한 잔 마시지도 않고… 멍하니 바라보고 있는 김정일 위원장에게 약간은 미안했던지, 팽더후이 부위원장은 일어서려다 말고 다시 자리에 앉아 차를 마셨다. 김정일 위원장이 몹시 불쾌한 듯 팽더후이 부위원장을 바라보면서 한마디 내뱉었다.

"기래, 그 조치라는 거이 무엇입네까? 한 번 들어나 보십시다. 만약에 우리 측에서 불응할 경우의 조치라는 거이 무엇인지."

"저는 오늘 이 내용만 전달하고 오라는 지시를 받았습니다. 다른 것은 모릅니다. 제가 그래도 조금 더 말씀드릴 수 있다면 '중유공급 중단' 같은 것이 아닐까요? 오판(誤判)하지 마십시오. 이번 사태에 대하여 우리 중국 정부의 입장은 아주 강경합니다. 이것은 그래도 제가 저쪽에 앉아있는 조병록 차수와의 오랜 교우관계를 고려해서 특별히 드리는 충고의 말씀입니다."

"기래요… 알갔습네다. 기렇게 잘 알았다고 가서 전해주시구래."

"그러면 저는 돌아가겠습니다."

깍듯이 인사를 하고 나서는 팽더후이 부위원장에게 일곱 명 모두는 일어나서 문밖의 엘리베이터까지 전송하였다. 김정일 위원장은 자리에서 일어나지도 않은 채로 악수만 하고 이들 중국 대표단 일행을 보냈다.

"아니, 최고사령관 동지, 우리 북조선이래 주권국가가 맞습네까?"

다혈질로 소문난 김일천 인민무력부장이 자리로 돌아오자마자 탁자를 손으로 탁! 내려치면서 하는 말이었다.

원산폭파작전 ::

　1992년 7월 22일, 경상북도 영덕군 후포면의 깊은 계곡, 해발 810m 의 칠보산 자락을 끼고 자리 잡은 해군 제1항모전단 해난구조대 (SSU) 본부가 있는 곳이다. 제1팀장 안지연 대위는 지하요새에서 36 명의 팀원들에게 이번 작전의 개요(概要)를 설명해 주고 있었다. 안지 연 대위의 등 뒤로 보이는 태극기 밑에는 '조국이 부르면 우리는 언제 든지 죽는다!' 라는 섬뜩한 구호가 백골표시와 함께 붙어 있었다. 대원 들 모두가 지옥훈련만 5년 이상씩 한 이들은 눈빛만 가지고도 상대방 을 제압할 수 있는 사람들로, 이들은 해상침투, 수중폭파, 암살, 테러와 같은 훈련은 기본이고 경비정, 초계함의 운항, 헬기의 조종까지도 가능한 해군의 최정예 만능 특수요원들이었다.

"제군들 잘 들어라. 이번 원산폭파작전에 우리 제1항모전단 해난구조대의 3개 팀 중에서도 우리 팀이 선발되었다. 이제야말로 여러분들이 짧게는 5년, 길게는 7년씩 갈고 닦은 실력을 유감없이 발휘할 때다. 우리는 폐 항공모함을 예인하는 임무를 부여받았다. 우리들이 이번 작전에서 가장 노출이 심하고 방어장비 또한 전무하다. 만약에 적이 우리 함대를 노린다면 그 일차적인 목표는 바로 우리가 될 것이다. 왜냐하면 우리를 공격함으로써 폐항모를 끌고 가는 것이 불가능하기 때문이다. 그래서 이번에는 세 대의 예인선으로 폐항모를 끌고 간다. 한 대는 앞장서서 끌고 갈 것이고 나머지 두 대는 뒤에서 항모를 밀고 갈 것이다. 세 대 중에서 한 대가 피격되더라도 나머지 두 대로 항모를 목표지점까지 예인해 갈 수 있도록 취한 조치이다. 그리고 가장 위험할 것으로 예상되는 선두 예인선에는 내가 승선하겠다. 나와 함께 목숨을 걸 대원은 지원 바란다."

말이 끝나자마자 모두가 함께 가겠다고 손을 들었다.

"모두 다 갈 수는 없고 저기 조준형 중사, 그리고 김헌 중사 그리고 나, 이렇게 우리 셋이서 1번 예인선을 운행하자. 조 중사와 김 중사는 아직 결혼도 하지 않았고 또 딸린 식구도 없으니 비교적 홀가분할 것이다."

"그렇지만 팀장님, 예인선 한 척에 최소한 다섯 명은 있어야 합니다." 부관을 맡고 있는 하동준 준위가 걱정스러운 듯이 하는 말이었다.

"적의 해안포대에 가장 먼저 노출될 수 있는 것이 본관의 판단으로는 1번 예인선이다. 따라서 그 희생을 최소한으로 줄이자면 결국은 우리 셋이 가는 것이 최선의 방법이다. 조 중사, 김 중사, 자신있나?"

"네, 자신 있습니다!"

"그럼 됐다. 출발 날짜는 위에서 다시 명령이 내려올 것이다. 그 때까지 예인선의 정비에 만전을 기하도록, 그리고 하동준 준위는 전 대원들의 유서와 유품을 받아서 내일 아침까지 SSU 본부에 제출하라. 이상!"

1992년 8월 12일 오전 9시, 드디어 '원산폭파작전'이 개시되었다. 맨 앞에는 우리 해군이 보유한 시링크스 대잠헬기 4대가 적의 잠수함이 있는지를 샅샅이 훑어나가고 있었다. 뒤를 이어 대형 소해함인 춘천함이 여섯 대의 소해(掃海)헬기를 앞세우고 바다에 기뢰가 부설돼 있는지를 탐지하면서 앞으로 나아가고 있었다. 12대의 시드래곤 헬리콥터를 탑재한 춘천함은 작년에 건조된 배수량 4,800톤의 소해용 항공모함이었다. 소해장비를 끌고 앞장서 나가고 있는 모습이 마치 헬기가 바다에 그물을 내려서 끌고 가는 모양과 흡사하였다. 그 뒤로는 러시아의 폐항공모함인 노브로시스코호가 세 대의 예인선에 의해 서서히 원산 앞바다의 갈마반도를 향하여 나아가고 있었다. 세 대의 예인선과 두 대의 쾌속정에 승선한 SSU(Salvage Ship Unit) 대원들은 이번 작전에서 이 항공모함을 예인해 가는 임무 외에도 어망제거 등 장비나 기계가 할 수 없는 일을 하면서 이번 작전의 길을 열어주는 첨병(尖兵)과도 같은 역할을 맡도록 되어 있었다. 안지연 대위는 맨 앞에서 항공모함을 끌고 가는 예인선에 승선하였다. 무려 10만 마력짜리 엔진에서 나오는 디젤엔진 소리는 귀마개를 하지 않으면 고막이 터져버릴 것 같은 엄청난 소음을 내면서 힘차게 돌아가고 있었다. 그 뒤를 부산함을 중심으로 한 한국해군의 제1항공모함 전단이 그 위용을 드러내며 따라오고 있었다. 24,000톤급 항공모함에서 이륙한 조기경보기와 정찰기들이 바쁘게 이 해역을 왕래하고 있었다. 그 뒤 4km 후방에는 미국의 핵 추진 항공모함 더글러스 맥아더 호를 가운데 두고 수십 척의 군함들이 한 무리를 이루면서 동해 바다를 새까맣게 덮고 따라오고 있었다. 미국이 자랑하는 더글라스 맥아더 호는 진수한 지 1년차인 최신형 핵추진 항공모함으로 미국의 니미츠급 항공모함 중에서도 가장 최근에 실전 배치된 항공모함이었다. 만재 배수량 10만 4천 톤에 달하는 이 거대한 항공모함은 두 대의 원자로로 26년 동안 연료 공급 없이 운항이 가능한 배였다. F-22 랩터 함재기 24대, F-14 톰캣 함재기 48대, EA-6B 프라울러 전자전기 6대, E-2C 조기경보기 2대 등 무려 90대나 되는 항공기를 적재하고 있는 그야말로 떠다니는 비행장이었다. 항모에서 근무하는 승무원 수만 해도 무려 5,680명이나 되었다. 핵 항모에서 발진한 E-2C 조기경보기 두 대가 10,000m 상공에서 북한 측의 이동상황을 손바닥 들여다보듯 해상관제소로 보내주고 있었다. 오늘 이 작전에 동원된 한미연합해군의 함정 수는 총 65척, 항공기는 총 153대로, 이는 최근 10년 동안에 있었던 단일작전으로는 세계 해군역사상 가장 많은 숫자였다.

한국 해군의 자존심이라고 불리는 부산함의 함교에 자리 잡은 천병구 대령과 박정선 제독, 그들의 가슴은 뜨거운 전의로 불타오르고 있었다. 재작년에 서해에서 있었던 연평해전에서 북한함대를 무찌른 공로로 천병구 중령은 대령으로 진급하면서 대한민국 해군의 유일한 항공모함인 부산함의 함장을 맡는 영예를 누리게 되었으며, 당시 서해함대사령관으로 연평해전을 총 지휘했던 박정선 소장은 중장으로 진급하면서 동해함대사령관 겸 제1항모전단의 전단장으로 발령을 받게 된 것이었다. 그리고는 이것이 그들의 첫 번째 작전이었다. 우리 해군의 강력한 화력을 북한 측에 보여주어 그들의 전의를 꺾어 버리는 것. 이것이 이번 작전에 임하면서 동해함대 제1항모전단에 내려진 합동 참모본부의 명령이었다. 대한민국에 단 한 척밖에 없는 항공모함을 이끌고 전 세계가 주목하고 있는 가운데 작전을 수행한다고 생각하니, 그들의 가슴 벅찬 감회는 말로 표현하기 어려운 것이었다. 24대의 시해리어II 함재기들도 출격준비를 마치고 명령만을 기다리고 있는 상태였다. 시해리어II 기종은 작년에 영국에서 제작된 최신형 수직이착륙기(垂直離着陸機)로 구형 시해리어기의 최신 개량형이었다. 항모선단의 맨 앞에 있는 대잠헬기들은 벌써 북한의 금강산 앞을 20km 정도 통과하였다는 보고였다.

"이제부터는 북한 영해이다. 모두들 전투준비하고 각자 위치에서 대기하라. 갑판의 함재기 조종사들은 좌석 대기하라."

부산함 함장 천병구 대령의 명령이 하달되었다. '좌석대기'란 비행기 조종사가 자기 비행기 안에 앉아서 출격명령을 기다리는, 초비상 출격준비자세인 것이었다.

오늘의 이 작전을 위하여 이미 전군에는 일주일 전부터 비상대기령인 태프콘II가 발령되었다. 모든 장병들의 휴가와 외출외박이 금지된 것은 물론 외출, 외박, 휴가를 나간 장병들에게도 모두 원대복귀 명령이 떨어졌으며, 전군에 무기와 실탄이 지급되었다. 태프콘II는 태프콘의 5단계 중에서도 두 번째로 전쟁에 가까운 준전시상태를 가상한 동원태세인데, 이의 발령을 계기로 이미 작전통제권은 한미연합사령부로 옮겨진 상태였다. 그러나 이러한 군의 상황과는 아랑곳하지 않고 서울이나 전국 어디에서도 전쟁의 분위기를 느낄 수는 없었다. 미국에 가서 동분서주한 김종팔 총리와 최관수 외무부장관, 서동철 국방부장관 등의 각별한 노력으로 미국정부도 한국의 이번 작전을 전폭적으로 지원해 주기로 결정하였다. 특히 미7함대가 이번 작전에 참가하게 된 것은 스틸웰 주한유엔군사령관과 한미연합사의 유병헌 부사령관의 공이 절대적이었다는 후문(後聞)이었다. 장장 12km에 배열된 한미연합해군 2개 항모전단의 늠름한 모습, 이제 오전 11시, 선두 소해항모는 벌써 북한의 통천을 훨씬 지나쳐서 함경남도의 접경에 진입했다는 보고였다. 그러나 아직까지도 북한 측으로부터는 아무런 공격이나 방해의 조짐도 보이지 않고 있었다.

같은 시간, 강원도 통천시 20km 북방에 자리 잡은 북한군 제105해안포여단의 제1포대본부, 아까부터 포대경(砲臺鏡)으로 밖을 내다보고 있던 제1포대장 리억희 상좌는 분을 참지 못해서 씩씩거리고 있었고, 그 옆에서는 정치지도담당 강원철 부포대장이 열심히 포대장을 설득하고 있는 모습이었다.

"동무래, 내래 이거이 어드렇게 참고 있갔느냐는 말이다. 동무도 눈이 있으면 보라. 저 남반부 괴뢰놈들 하고 미제 원쑤 놈들이 저렇게 새까맣게 밀고 올라오고 있는데 우리래 이렇게 멀그렇게 당하고만 있어야 한다는 게 말이 되는가 말이디."

"아 그래도 상부에서 절대로 대응하지 말라고 엄명이 있었으니끼니 조금만 참아 보시자요."

"내래 도통 모르갔구만. 우리 북조선인민군대가 어케다가 이렇게까지 됐는지…"

그는 분을 참지 못하고 연신 상부에 보고를 하라고 통신부관을 다그쳐댔다.

"네, 부대장 동지래. 벌써 여덟 번이나 보고를 했습네다. 여단사령부에서는 조금만 더 기다리라고 똑같은 말만 되풀이하고 있습네다."

통신부관 유인수 중위도 답답하기는 마찬가지라는 듯 얼굴을 붉히면서 포대장에게 항변했다. 열흘 전에 제105해안포여단에서는 여단장(旅團長)이 전체 지휘관회의를 소집하였다. 그는 이 자리에서 아주 엄숙한 말로 상부의 명령을 하달하였는데, 그 내용인즉, 앞으로 여단장의 허락 없이는 일체의 포사격이나 대응작전을 중지한다는 것이었다. 회의에 참석한 대대장, 정치위원, 참모장, 보위부장 등 모두가 어이없어하고 있을 때, 여단장은 침통한 표정으로 회의를 끝내면서 '올 연말까지만 한시적'이라는 말을 한번 더 강조하였다. 만약 불응하는 지휘관이 있다면, 그 지휘관은 지위고하를 막론하고 공개총살형에 처한다는 상부의 강력한 지시도 아울러 전했다. 생각하면 생각할수록 울화통이 치미는 조치였다.

"에이, 간나 새끼들!"

누구에게 하는 욕인지 모를 소리로 화를 벌컥 내면서 포대본부 밖으로 나온 포대장 리억희 상좌는 쓰리쿼터를 타고는 휭~ 하니 산 하나를 돌더니 제3포반의 벙커로 들어갔다.

"형님 동지래, 어인 일이십네까?"

경례를 하면서 맞이하는 장교는 제3포반장 소좌 한인택이었다. 리억희 상좌가 지휘하는 제1포대는 4개의 포반이 있는데, 제3포반의 포반장인 한인택 소좌와는 같은 평안도 덕천 출신이라 형님동생하고 지내는 사이였다.

"야, 거 백승담배 하나 주라마. 내래 분통이 터져서 못 참겠다는 거이디. 저 남조선 아새끼들이래 저렇게 새까맣게 밀고 올라오는 것 좀 보라!"

제3포반의 벙커는 더 높은 곳에 위치해 있어서 쌍안경으로 보니 남한 함정들의 번호까지도 아주 선명하게 보였다.

"저도 분해서 미치갔습네다. 그저 상부의 지시만 없으면 저 남조선 괴뢰놈들과 미제 원쑤 놈들의 배를 한 방에 바다에 쓸어 넣는 거인데…"

"야, 이거 어케 해 볼 도리 없네?"

리억희 상좌가 한인택 소좌의 코 앞에 고개를 바짝 들이대고 물어보는 말이었다.

"기러면 절보고…"

"기래, 바로 기거야. 기래서 내래 여기까지 올라 온 거이 아니갔어?"

"기렇디만 만약에 잘못되면 내래 공개총살인데…"

"야, 남조선괴뢰 아이들한테 포 쏜 거이 무어이 잘못됐다고 총살까지 시키갔네. 기거는 기냥 겁주려고 하는 말이고, 기껏해야 로력(勞力)봉사 한달 정도 아니갔어? 내래 또 잘 무마시켜 볼 거니끼니 한두 방 갈겨 버리라!"

"기래도…"

"아, 이 아새끼래 참 겁이 많은 놈이구만. 내래 지금까지 사람을 잘못 보았어!"

"아니 형님, 기런 거이 아니고…"

한인택 소좌는 땅바닥을 쳐다보면서 망설이는 눈치였다.

"……"

잠시 후 그는 결심했다는 듯이 고개를 번쩍 쳐들며 말했다.

"알갔습네다. 기러면 한 두어 방 냅다 댕겨 보갔습네다. 우리 아이들은 죽으라면 죽는 시늉까지 하니까 문제 없습네다. 뒷 처리나 잘 해 주시라요."

"기래, 저 앞에서 항공모함을 끌고 오는 놈 보이디? 그 놈을 쏴라. 기래야 못 끌고 올 거이 아니갔어? 기럼 나는 간다이. 딱 두 방씩만 갈기라. 너무 많이 쏘면 나중에 책임추궁 할 때 할 말이 없단 말이다."

오전 11시 15분, 드디어 북한 해안포대에서 포격이 시작되었다. 해안포대에서 함정까지의 거리는 대략 25km. 해안포대의 122mm 포에서 발사된 포탄 네 발은 이쪽 함정까지 날아오지 못하였고 152mm 포 2문에서 발사된 네 발 중 한 발이 우리 해군소해정 바로 뒤에 따라오고 있던 항공모함 1번 예인선에 명중하였다. 600톤 급의 예인선에 타고 있던 안지연 대위와 조준형 중사 그리고 김헌 중사 이렇게 세 명의 SSU 대원은 순식간에 형체도 없이 날아가 버렸다.

해안포대의 대포발사와 동시에, 미해군 항모 더글러스 맥아더 호에서 발진한 EA-6B 프라울러 전자전기(電子戰機) 두 대가 F-14 톰캣 전폭기 8대의 호위를 받으며 적의 해안으로 접근했다. 프라울러 전자전기의 강력한 AN/ALQ-99 전술방해시스템에 의하여 105해안포대의 모든 레이더와 통신장비는 그 즉시로 무용지물이 되어버렸다. 두 대의 전자전기는 GM-55 HARM 대 레이더 파괴미사일 4기를 날려서 적의 해안포대에 설치된 레이더시설을 쑥대밭으로 만들어 놓았다. 잠시 후 한국해군의 항모 부산함에서 출격한 시해리어II 12대와 제7함대에서 발진한 F-22 랩터 전폭기 16대가 해안포대의 지하벙커를 벙커버스터 미사일로 초토화(焦土化)시켰다. 사실 프라울러 전자전기로 적의 모든 레이더와 통신망이 무용지물이 된 상태에서 적 해안포대를 괴멸시키는 것은 식은 죽 먹기였다. 우리 해군의 시해리어II 1개 편대는 방향을 약간 북쪽으로 돌려서 2km 후방에서 한미연합해군의 항공기들을 향하여 열심히 고사포를 쏘아대는 인민군 제129반항공포

(反航空砲) 대대를 타격하기 시작하였다. 총 36대에 달하는 함재기들의 집중공격을 받은 인민군 제105해안포여단은 순식간에 괴멸되고 여기저기에서는 시꺼먼 연기만이 올라오고 있을 뿐이었다. 저 멀리 보이는 제129 반항공포 대대에서도 이제는 더 이상 고사포가 발사되지 않고 있었다. 통천 앞바다의 공중에서는 미해군의 E-2C 호크아이 조기경보기 두 대가 열심히 적의 이동상황을 해상관제소로 보내주고 있었다. 이 때까지 북한군 측에서는 제105해안포 여단과 제129반항공포 대대를 제외한 어떠한 부대의 움직임도 관측되지 않고 있었다.

두 대의 예인선 바로 뒤에서 따라오고 있던 SSU 팀원들은 팀장의 피격 장면을 목격하자마자 쏜살같이 쾌속정을 몰아서 선두예인선의 주변을 샅샅이 뒤지기 시작했다. 18명의 SSU 대원들이 동해바다 속으로 깊숙이 잠수해 들어갔다. 팀장과 동료들의 시신 중 일부라도 건져내기 위해서였다.

미해군 제7함대 항공모함의 내비게이션 브릿지(Navigation Bridge)에는 더글러스 맥아더호의 함장인 제임스 린치 대령과 제7함대 제2항모전단 전단장인 매튜 리지웨이 2세 소장이 함대를 내려다보면서 명령을 내리고 있었다. 리지웨이 소장의 아버지인 매튜 리지웨이 육군대장은 6.25 전쟁 당시 주한 유엔군 사령관으로 대한민국을 위기에서 구한 인물이었다. 유엔군과 한국군이 계속 밀려서 낙동강까지도 위험하게 되었을 때 홀연히 유엔군 사령관의 직책을 맡게 되어, 발령을 받는 그날로 일본으로부터 날아와 가슴에 수류탄을 두 개씩 달고 전선을 누비면서 병사들에게 자신감을 심어주었던 전설과도 같은 인물. 이제 그의 뒤를 이어 그 아들 리지웨이 2세 해군소장이 7함대의 더글러스 맥아더 항모전단을 이끌고 '원산폭파작전'을 수행하고 있는 것이었다. 그가 이 작전에 참가하면서 받은 미 합참으로부터의 전문은 '응전이 있으면 괴멸시키라(If responded, then strike out!)'는 단호한 명령이었다. 또한 리지웨이 2세 제독은 북한은 절대로 대응하지 못할 것이라고 굳게 믿고 있었다. 이 정보는 다양한 채널을 통하여 입수한 것이었기 때문에 상당히 그 신빙성이 높았다. 그래서 그동안의 해군관례를 깨고 항공모함 더글러스 맥아더 호에 승선하고 있는 미국의 CNN 방송팀에게 생방송까지도 허용하였는데, 그의 예상을 뒤엎고 북한의 해안포대에서 여덟 발이나 되는 포탄을 발사한 것이었다. 다행히도 미국 측의 피해는 없었지만 한국 해군의 예인선이 한 척 침몰되고 거기에 승선하고 있던 세 명의 장병들이 사망하였다는 보고였다.

'이 사태를 어떻게 해석해야 하나?'

리지웨이 제독은 먼 앞 바다를 바라보며 깊은 생각에 잠겼다. 이 작전이 단순히 한미연합해군의 무력시위(武力示威)만으로 끝나기를 바랄뿐, 남북한 간의 전면전으로 확대되지 않기를 바라는 마음은 그도 역시 마찬가지였다. 옆에서는 제임스 린치 함장과 작전관들이 열심히적 해안포대 섬멸작전을 지휘하고 있었다.

같은 시각 청와대. 김종오 안보수석과 전황을 지켜보던 박정희 대통령은 침통한 표정으로 예인선의 침몰소식과 승선하고 있던 안지연 대위를 비롯한 세 명의 전사소식을 들었다.

'외교작전이 실패한 것일까?…'

외교력으로 꽁꽁 묶어놓아서 절대로 이런 일이 일어날 리 없다고 확신하고 시작한 작전이었다. 그래도 혹시나 만약의 사태에 대비하여 김종팔 총리를 비롯한 정부운영 태스크 포스(Task Force) 팀을 대전

계룡대 인근의 지하 벙커로 이미 이동시켜놓았고, 혹시 있을지도 모르는 청와대의 피습에 대비하여 모든 준비를 철저히 해놓고 실시한 작전이었다. 그렇지만 북한의 반격이 있으리라고는 전혀 예상하지 않았었다.

'북한이 반격을 했다?'

박 대통령은 깊은 고뇌에 빠져서 집무실을 왔다 갔다 했다.

'해안포대에서…'

그러나 이제는 어떻게 해 볼 도리가 없었다. 결과는 하늘에 맡기고 그냥 계속 진행하는 수밖에.

다행히도 북한 측에서는 더 이상의 대응은 없었다. 가끔씩 항모전단의 앞 10km 상공에서 정찰기들이 정찰활동을 할 뿐, 조직적인 대응이나 잠수함의 활동도 아직까지는 없어 보였다. 침몰된 예인선과 장병들의 주검을 뒤로하고 항모전단은 유유히 원산 앞 바다까지 들어갔다. 해군 SSU 대원들은 좌우 예인선의 출력을 조정함으로써 노브로시스코 호를 힘겹게 목표방향으로 밀면서 나아가고 있었다. 앞에서 쾌속정에 승선하여 항모의 방향을 잡아주고 있는 SSU 대원들은 조금 전에 목격한 팀장 안지연 대위의 죽음에도 전혀 겁먹지 않고 열심히 예인선과 무선교신을 하며 폐 항공모함을 유도해 가고 있었다. 이제 갈마반도와 이쪽 항모전단과의 거리는 불과 30km 정도밖에 남지 않았다.

원산 앞바다 갈마반도 동남방 22km 지점, 해저에서 작전 중이던 인민군 동해함대 제13잠수함전대 소속 로미오급 잠수함 288호의 함장실, 함장 장옥철 대좌는 어뢰(魚雷)발사수 리운호 대위를 불러서 이번에 해야 할 일을 다시 한번 작은 목소리로 확인시켜 주고 있었다.

"동무래 나와 함께 김정숙 해군대학 출신 아잉가 말이다. 기러니끼니 우리래 목숨을 걸고 저 남조선괴뢰 아이들에게 뭔가 보여 주자우."

"어떤 놈을 목표로 삼을까요? 명령만 내리시라요."

흥분한 듯 리운호 대위가 주먹을 쥐면서 물어보는 말이었다.

"지금 음파로만 파악해 봐도 남반부 아이들 이래 물 반, 고기 반 아이 갔어? 군함들로 바다가 바글바글하단 말이디. 기러니끼니 기왕이면 큰 놈으로 하나 잡자우. 네 번째 있는 놈이 크기로 식별해 봐서는 세종대왕함 같은데, 그 놈을 때리자."

"알갔습네다. 내래 날래 내려가설랑 발사하갔습네다. 우리 어뢰 두발 이면 그깟 놈들 끝장입네다."

"동무래 데리고 있는 아이들 믿을 수 있갔디? 항거하는 놈이야 없디 않갔는가 말이다. 이거이 어케 적과 싸우는데도 이놈 저놈들 눈치를 봐야 하는디 참 모르갔구만…"

"아 기런 넘려는 놓으시라요. 우리 아이들이래 내 명령 하나면 죽고 사는 아이들입네다."

리운호 대위가 막 함장실을 나서나마자 정치지도담당 부함장 박운태 상좌와 맞닥뜨렸다.

"동무래, 나좀 보자."

"일 없습네다!"

리운호 대위가 평소 사이가 좋지 않았던 박운태 상좌를 무시하고 그냥 지나치려하자, 박운태 정치지도원이 그의 어깨를 잡아서 돌려 세우더니 눈을 똑바로 들여다보면서 잡아먹을 듯한 표정으로 한 마디 했다.

"허튼 수작들 하디 말라. 함대사령관 동지의 명령을 어기면 공개총살 된다이! 내래 남조선 괴뢰 아이들 저렇게 놀다 가는 거이 좋아서 이렇게 있는 줄 알아? 하지만 어카갔어? 당 정치지도국의 명령은 명령이니끼니 따라야 하디 않갔어? 절대로 경거망동해서 공개총살 당하고 리운호 동무의 가족이래 삼대가 몰살당하는 짓거리 하디 말라. 내래

운호 동무를 생각해서 하는 충고니끼니 그리 알라우…”

한바탕 준절히 꾸짖고는 바람이 나도록 휙 뒤돌아서 가는 정치지도원을 멍하니 바라보고 있는 리운호 대위의 눈에서는 눈물이 흘러 내렸다.

‘3대가 멸족이라니…’

그는 통로의 철판 벽에다 머리를 쿵쿵 처박았다. 동해의 150m 깊은 바다 속인지라 마치 망치로 쇠 절구통을 쿵쿵 내리찍어대는 듯한 소리가 물 밖에서 보다도 몇 배나 더 크게 들렸다.

이 때 약 2km 남방 상공에서 대잠수함 초계 작전을 수행 중이던 한국해군 제1항모전단 소속의 P-3C 오라이언 대잠초계기 902호의 음탐수(音探手) 김지수 대위가 전술통제사 한웅진 소령에게 보고했다.

“방위 3-3-2, 거리 1.2마일, 수심 460피트 지점. 적 잠수함의 내부에서 발생한 것으로 추정되는 충돌음(衝突音) 5회 탐지, 잠수함은 로미오 급으로 추정되고 함 내에서 수리작업 중이거나 아니면 승조원들 간의 몸싸움인 것 같습니다.”

“알았다, 오버.”

바다 속에 뿌려 놓은 소노부이(Sonobuoy)로부터 탐지된 잠수함의 음향이 증폭(增幅)되어서 P-3C로 전달된 것이었다. 이 오라이언 대잠초계기는 수많은 소노부이와 자기장을 바다 속에 뿌려 놓고는 인근 바다 속 북한 잠수함대의 움직임을 샅샅이 잡아내고 있는 중이었다.

“어뢰를 발사할까요? 홍상어 두 발이면 간단히 제압할 수 있습니다.”

대잠수함 요격용인 홍상어 어뢰는 일단 발사하면 명중률 90% 이상을 자랑하는 초정밀 무기로 지금까지 함정에서 사용해오던 청상어의 항공기용 변형이었다. 대잠작전항공기에서 잠수함을 타격하기 위해 개량된 어뢰인 것이다.

"아니야, 우리의 목표는 폐항공모함 폭파야. 더 이상의 불필요한 확전(擴戰)은 불허한다."

전술통제사 한웅진 소령이 신속하게 명령하였다.

이 때 기장의 목소리가 헤드셋을 통하여 수신되었다.

"나 기장이다. 우리도 함대를 따라서 철수한다."

기장 박윤환 소령의 말에 12명의 기내 요원들은 모두들 긴 한숨을 내 쉬었다. 지난 네 시간 동안의 피를 말리는 '원산폭파작전'이 이제 막 끝나가고 있는 것이었다.

한 낮의 한 시가 조금 넘은 시각, 한미연합해군의 선두에 섰던 소해함과 두 대의 예인선이 크게 오른 쪽으로 선수를 돌리더니 남쪽으로 방향을 틀어서 되돌아오기 시작했다. 이제 맨 앞에는 고철 덩어리인 항공모함 노브로시스코호가 남았고 그 뒤로는 한국해군의 동해 제1항모전단, 미해군 제7함대의 더글러스 맥아더 항모전단이 줄을 이었다. 두 척의 예인선, 대잠수함 작전 헬기와 P-3C 오라이언 대잠초계기, 그리고 소해함이 동해 항모전단의 후방으로 완전히 돌아오자마자, 그 때를 기다렸다는 듯이 13,000톤급 전함인 세종대왕함에서 175mm 함포 2문이 일제히 불을 뿜었다. 동시에 구축함, 호위함 등에서도 치열한 함포사격이 시작되었다. 약 5분간에 걸친 일제 사격에 이제 노브로시스코 호는 화염에 휩싸여서 서서히 좌현 쪽부터 기울기 시작하였다. 이 때 바다 위 30m 상공을 가로지르는 비행물체가 있었으니, 멀리 서해안의 백령도 해군기지에서 발사된 현무III 미사일이었다. 개성 상공을 통과하며 한반도의 허리를 가로지른 미사일은 정확하게 노브로시스코 호의 좌현 앞부분에 명중하였다. 함정의 갑판에 올라와서 구경을 하고 있던 해군 장병들은 원산 앞바다가 떠나갈 듯한 힘찬 함성을 지르면서 미사일의 명중을 축하하였다. 이제 항모는 좌현 쪽의 절반이 물에 잠겼다. 이 때 또 한 발의 현무Ⅲ가 동해 쪽으로부터 바다를 가로지르면서 노브로시스코 호의 우현에 명중하였다. 거제도 해군기지에서 발사한 현무Ⅲ가 울릉도 동쪽을 돌아서 노브로시스코 호의 우현을 강타한 것이었다. 미사일 두 방과 수많은 함포 탄에 만신창이가 된 노브로시스코 호는 그 형체를 알아볼 수 없을 정도로 파괴되어 이제는 마스트 부분까지 물에 잠기고 있었다. 해군 제1항모전단의 박정선 제독은 합참으로 작전성공 보고전문을 띄웠다.

"참수리 동해에 날다!"

 1992년 12월 31일 오전 10시, 여기는 평택의 해군 제2함대 사령부. 대강당에 모인 1,000여명의 장병들은 올 한 해를 생각하면서 깊은 감회에 빠져있었다. 6월 29일 갑작스런 북한의 도발로 다섯 명의 사망자와 30여명의 전우들이 중상을 입었다. 중상자 중에 또 한 명이 죽어서 서해교전의 전사자는 모두 여섯 명이 되었다. 그리고 그 보복작전으로 우리가 원산폭파작전을 벌여서 그 와중에서 또 세 명의 소중한 전우들이 사라졌다. 오늘 장병들의 이런 분위기를 아는지 1992년도 2함대 종무식(終務式)에는 이례적으로 김종오 청와대 안보수석과 장정길 해군참모총장이 참석하였다. 그 결과, 해군 2함대 장병들의 사기는 한껏 고무돼 있었다. 동해안의 제1함대도 있고 남해안의 제3함대도 있는데 해군 출신인 안보수석과 또 해군참모총장께서 이곳을 찾아주신 것은 우리 제2함대에 대한 사랑이 지극한 것이라고. 이제 국민의례, 애국가 제창, 기념사, 해군의 노래 제창, 그리고 해군 우수부대에 대한 표창 순서도 모두 끝이 났다. 이 때 정병철 2함대 사령관이 마이크 앞에 나섰다.

"사랑하는 우리 해군 제2함대의 장병 여러분, 오늘 1992년의 마지막 날에 소중한 분을 이 자리에 모시겠습니다. 그 분께서 편지를 읽으실 때 여러분들은 잘 경청(傾聽)해 주시면 감사하겠습니다."

이어서 등장한 사람은 50대의 부인이었다. 하얀 소복을 곱게 차려입은 그분은 옷소매에서 편지를 꺼내 들더니 테이블에 앉아서 편지를 읽기 시작하였다.

"사랑하는 나의 아들 동혁아, 이제 네가 세상을 떠난 지 오늘로 꼭 100일째가 되는구나. 네가 부상당한 후 지난 여섯 달 동안 이 에미는 통한의 세월을 보냈단다. 단 하루도 편안한 밤을 보낸 적이 없구나. 내가 이렇게도 너를 사랑하는지 정말 몰랐었다. 내 아들아, 지난 6월 29일, 네가 서해바다에서 북한 경비정과 싸움이 붙었을 때, 큰 부상을 당하고 수도통합병원에 입원했다는 소식을 들었을 때, 엄마는 몇 번을 실신했는지 모른단다. 병원에 가서 너의 모습을 보았을 때 그 때는 정말 내 정신이 아니었구나. 온 몸에 수십 개의 링거병과 주사기 호스를 연결한 너의 모습을 보고 나는 간절히 기도했단다. 이것이 제발 내 아들이 아니기를, 이것이 제발 꿈이기를… 그러나 그렇게 링거 줄에 의지하고 3일간을 혼수상태에 있으면서도 너는 정말 초인적으로 잘 버티어 주었다. 그리고 3일 후에 깨어나자마자 너의 첫마디, '엄마 내 다리 어디 갔어?' 그때 내 가슴은 다시 한번 찢어졌단다. 어디 없어진 것이 네 왼쪽다리 뿐이겠니? 성한 데라고는 네 머리와 왼 손 뿐이었으니…"

이제는 일 계급 특진하여 병장으로 추서(追敍)된 박동혁 군의 어머니는 복받쳐 오르는 울음을 주체할 수 없는지 손수건으로 연신 눈물을 훔쳐 내더니 다시 마음을 차분하게 하여 나머지 편지를 읽어 나갔다.

"왼쪽 다리는 절단하고, 대장은 파열되었고, 소장은 일곱 군데를 잘라서 이어 붙였고, 배는 아예 개복시켜서 여기저기에 반창고를 붙여 놓았고, 허리는 끊어졌고, 배 밑으로는 인공항문을 했고, 오른쪽 다리 조차도 신경이 모두 끊어져서 감각도 없다고 하고, 여기저기 화상에다 가 아직도 네 배 속에는 파편이 100여개가 더 남아 있다고 하더구나. 그 모습을 보면서 나는 네 아버지를 얼마나 원망했는지 모른단다. 원 리원칙밖에 몰라서 조금도 융통성(融通性)이 없는 꽉 막힌 분이라고, 그래서 아들을 이 지경으로 만들어 놓았다고. 위생병이라면 배 속에서 안전하게 피신해 있을 수도 있었을 텐데, 남들보다 덜 위험할 수도 있 었을 텐데 하면서 말이지. 부상병들 치료해 준다고 여기저기 총탄 속 을 다니다가 이 지경이 되었으니 네가 요령이 없는 것이 아니고 무엇 이겠니? 누가 그러더라, 군대는 요령이라고."

어머니는 잠시 흰 소복 옷소매로 흘러내리는 눈물을 닦았다.

"그러나 밤마다 환청에 시달리면서도 열심히 살아남으려고 발버둥 치던 네 몸부림도 뒤로하고, 또 온 가족의 밤샘기도도 모두 소용없이, 너는 지난 9월 20일, 23살의 나이를 마지막으로 이 세상을 떠났구나. 치기공과 나와서 치과기공소(齒科機工所) 차리면 돈도 많이 벌 수 있 다고, 그러면 이 엄마 행복하게 해 줄 수 있다고 밝게 웃던 네 모습, 이 제는 보고 싶어도 다시는 이 세상에서 볼 수가 없구나."

박동혁 병장의 어머니는 이제 마지막 부분을 읽기 시작했다. 아까보 다 떨리는 목소리가 많이 진정되었다.

"내 아들아, 그러나 이제 난 네가 자랑스럽단다. 이제 와서 생각해보 니 네 아버지께서는 너에게 아주 좋은 것을 가르쳐 주신거야. 결코 비 겁하지 말라고, 언제 어느 곳에 있던지 당당하라고 그리고 요령피우는 사람 되지 말라고. 그래서 네 목숨을 잃긴 했지만, 그래도 난 내 아들 이 대한민국의 명예로운 해군으로 살다갔다는 사실이 자랑스럽구나.

여기 너의 선배, 동료, 후배들 많이 모인 자리에서 내가 이 편지를 네게 보낸다. 사랑하는 나의 아들 동혁아, 조금만 더 기다리렴, 머지않아 엄마가 네 곁으로 갈 때까지…"

:: 북한원조 전면중단

  1992년 8월 15일 광복 제47주년 기념식장, 장소는 장충동의 국립극장. 아침부터 초대받은 사람들이 질서 정연하게 기념식장 안으로 입장하고 있었다. 입장을 모두 마치자 국민의례를 하고 이어서 국립극장 전속오케스트라의 반주에 맞추어서 무학여자고등학교 학생들 80명이 '광복절노래', '조국찬가', '아 대한민국' 등 3곡을 불렀다. 합창단원들이 자리에 앉자 이어 힘찬 박수가 울려 퍼지면서 사회자의 소개로 박정희 대통령이 단상 앞으로 나왔다. 박 대통령의 복장을 바라본 사람들은 깜짝 놀랐다. 평상시의 양복차림이 아니라 군복에 군모를 쓰고 나온 것이었다. 별 4개가 달린 군복을. 다시 살펴 보니 단상에 앉은 사람들 대부분이 군복 차림이었다. 어깨와 모자에 별이 주렁주렁 매달려 있는 군복차림. 서동철 국방부 장관도 별 4개, 김종오 청와대 안보수석도 별 4개, 채명선 합참의장도 별 4개, 정성화 육군참모총장도 별 4개, 주용복 공군참모총장도 별 4개, 장정길 해군참모총장도 별 4개, 전두봉 해병대 사령관은 별 3개. 그러나 더 자세히 살펴보니 그 뿐만이 아니었다. 단상 바로 앞에는 많은 예비역 장성들이 별을 반짝이며 옛날 군복을 입고 나왔다. 아마도 40명이나 50명은 되는 듯 싶었다.

'원래 광복절 기념식에는 3부 요인들과 독립유공자들이 단상에 앉아 있었는데 오늘은 많이 이상하네?…'

사람들이 모두 이런 생각에 잠겨 있을 때 박 대통령의 목소리가 장내에 울려 퍼졌다.

"친애하는 국민여러분, 오늘은 우리나라가 광복을 맞은 지 47주년이 되는 날입니다. 본인은 대한민국의 최고 지도자 자리에 앉아 있은 지난 30년간 단 한 시도 이 나라의 안위(安危)에 대한 생각을 잊어 본 적이 없습니다. 그리고 이 땅에 평화가 정착되기를 바라는 마음에서 본인이 할 수 있는 최대한의 노력을 기울여 왔습니다. 그래서 남북회담을 했고, 또 주위의 비난을 받아 가면서도 북한에 일방적으로 물자를 지원해 주었습니다. 그렇게 하다보면 언젠가는 북한도 대화의 장으로 나오고 전쟁을 포기할 것이라는 믿음 때문이었습니다. 그러나 본인은 오늘 이 자리를 빌어서 그 동안 나의 그런 노력들이 실패했음을 솔직히 인정하지 않을 수 없습니다. 지난 15년 간, 우리나라에 아직도 밥을 먹지 못하는 사람들이 많고, 또 겨울에 연탄이 없어 찬 방에서 지내는 사람들이 많음에도 불구하고, 북에 대한 원조만큼은 정말 국민들의 귀한 세금을 아까워하지 않고 계속 주고 또 주었습니다. 그러나 국민 여러분, 그래서 우리에게 돌아온 것이 무엇입니까?"

"북한은 나를 죽이려고 특수부대를 보냈고, 강원도 산골마을에서는 무장공비들이 '공산당이 싫다'고 하는 어린아이의 입을 칼로 찢어 죽게 만들었습니다. 또 한국항공기를 폭파시켜서 200여명의 무고한 승객들을 죽게 했습니다. 버마의 국립묘지에서는 우리 국무위원들 17명을 폭탄으로 숨지게 했으며 바로 지난 6월에는 서해에서 해군 고속정을 격침시켜서 우리의 젊은이들 다섯 명의 소중한 생명을 앗아 갔습니다. 이제는 그것도 모자라서 핵무기를 개발했다고 하면서 '서울 불바다' 운운하고 있습니다. 진정 북한의 소행이 이것뿐입니까?"

박 대통령은 잠시 말을 중단하고 휠체어에 조용히 앉아 있는 육영수 여사를 힐끔 돌아보았다.

"뒤에 있는 나의 내자(內子)를 보십시오. 바로 18년 전, 본인을 암살하려고 조총련계 젊은 청년을 보내어 저렇게 다리까지 못쓰게 만들어 버렸습니다. 아내의 다리를 볼 때마다 저의 가슴은 미어지는 듯합니다."

극장 안에 앉아 있는 사람들은 모두 긴장한 표정들이 역력하였다. 옆사람이 침을 삼키는 소리만이 들릴 뿐.

"사랑하는 대한민국 국민 여러분, 우리가 언제 북한의 김일성 주석을 암살하려고 군인들을 보냈으며, 우리가 언제 김정일 군사위원장을 제거하려고 폭파단을 보냈습니까? 우리가 언제 북한 비행기를 떨어뜨리려고 그들의 비행기에 폭약을 설치한 적이 있단 말입니까? 언제 우리가 북한에서 잠자고 있는 어린아이의 입을 칼로 찢고 온 집안 식구들을 무자비하게 몰살시킨 잔인무도(殘忍無道)한 범죄를 저지른 적이 있었습니까?"

박 대통령은 주먹을 불끈 쥐고 국립극장 안을 둘러보면서 외쳤다.

"언제? 언제? 언제?…"

잠시 마음을 진정시켜야 되겠다고 생각했던지 박 대통령은 물을 한 모금 마신 후 다시 천천히 입을 열었다. 톤이 아까보다 많이 내려간 듯 하였다.

"이제 모든 것은 자명해 졌습니다. 광복 47년이 지난 오늘까지도, 육이오 전쟁이 끝난 지 39년이 지난 오늘까지도, 우리가 아끼며 절약하여 동포들을 생각하며 보내고 또 보내주어도, 저들의 태도는 조금도 바뀐 것이 없다는 사실입니다. 그러면 국민여러분, 우리는 이제 어떻게 해야 하겠습니까? 그 대답은 북한에서 해야 합니다."

여덟 대의 방송국 카메라맨이 국립극장 안의 정적을 가르며 바쁘게 돌아가고 있었다.

"나는 이 자리에서 분명하게 선언합니다. 오늘부터 북한에 제공되던 모든 식량, 비료, 의약품 등 일체의 원조물품 제공을 전면 중단합니다. 여기에는 종교차원의 구호품이나 민간차원의 금강산 관광도 모두 포함됩니다."

박 대통령은 좌중을 한번 둘러보고는 더욱 엄숙한 어조로 발표문을 계속 읽어 나갔다.

"다시 한 번 강조합니다. 이제 북한이 테러를 하면 우리도 테러를 할 것이고, 북한이 암살단을 보내면 우리도 암살단을 보낼 것입니다. 북한이 핵무기를 쏘겠다고 하면 우리도 핵무기를 날릴 것입니다. 이에는 이로, 눈에는 눈으로 대응할 것입니다. 그 분명한 증거를 우린 이미 보인 바 있습니다. 바로 3일전, 8월 12일에 있었던 '원산폭파작전'입니다. 미7함대와 공조(共助)한 이번 작전에서 우리나라의 안지연 대위를 비롯한 해군장병 세 명의 소중한 생명이 또 사라졌습니다. 그러나 그런 값비싼 대가를 치르면서도 우리는 우리의 분명하고도 확고한 의지를 보여 주었습니다. 이번 작전에서 북한의 해안포대를 우리가 초토화(焦土化)시킨 것이 그 분명한 증거입니다. 북측에서는 이번 전투로 인하여 발생한 사망자가 100명이라고도 하고 120명이라고도 합니다. 그러나 그런 것은 우리에게 중요하지 않습니다. 분명한 것은 '도발하면 응징한다'는 우리의 확고한 신념입니다."

박 대통령은 이제 완전히 정상을 되찾았는지 아주 차분한 어조로 연설을 마무리 해 나갔다.

"그러나 국민 여러분, 행여라도 오해는 하지 마십시오. 내 마음의 저 깊은 곳에는 평화를 간절히 갈망하는 마음이 지금도 도도히 흐르고 있습니다. 이 마음은 여러분이나 저나 조금의 차이도 없을 것입니다. 본인은 지금 이 선언문을 낭독하는 바로 이 시간에도, 북한의 태도가 변화하기를 간절히 바랍니다. 그래서 진정 남과 북이 서로 협력하는 평화로운 한반도가 되기를 염원하는 바입니다. 그것은 또한 세계 모든 자유를 사랑하는 인류들이 우리 대한민국에 바라는 공통된 희망이기도 합니다. 지금까지 우리들이 양손에 당근을 들었다면 이제는 한 손에는 당근을, 다른 한 손에는 채찍을 들 것입니다. 어느 손을 선택할지는 오로지 북한 측에 달려 있습니다. 감사합니다."

이 날의 8.15 선언문이 나가자 국내외의 여론이 비등했다. 야당 측에서는 11월에 있을 제14대 대통령 선거에 미리 군사위기를 조장함으로써 여당에 유리한 상황을 만들려는 공작정치(工作政治)의 극명한 사례라고 하면서 정부를 강도 높게 비판했다. 일부 국민들도 그러한 극단적인 표현을 할 필요가 있었느냐며 회의적인 사람들도 많이 있었다. 그러나 KGS와 아침일보가 전국의 성인남녀 2,200명을 대상으로 긴급여론조사를 실시한 결과, 대다수의 국민들은 우리들의 인내심에도 한계가 있다는 사실을 분명히 보여준 성명이었다며 반기는 눈치였다. 3일간 ARS 방식으로 진행된 이번 조사에서는 '이번 원산폭파작전과 8.15 북한 원조중단 조치가 정치공작이라고 보는가?' 라는 질문에 '전혀 그렇지 않다' 라고 응답한 사람들이 72.5%나 되었으며, '약간 그렇다' 라고 응답한 사람들은 9.3% 밖에 되지 않았던 것이었다. 특히 '이제는 채찍이 필요할 때' 라는 의견에 많이 동감하는 분위기였다. 1950년부터 지금까지 우리도 참 많이 참아오지 않았던가?

외신들의 보도가 이채로웠다.
'한국, 이제 채찍을 들다.' ———— 미국 워싱턴포스트
'북한 더욱 고립될 듯' ———— 일본 요미우리
'대한민국의 인내심 마침내 폭발하다.'———— 중국 신화사통신

:: 휴전선 후방으로 옮기기 제안

1993년 1월도 다 저물어 가는 28일 금요일 오전, 창밖을 쓸쓸히 바라 보고 있던 박 대통령은 비서실장에게 김종필 대통령 당선자를 불러 달 라고 부탁하였다. 간밤에 내린 눈으로 청와대 동쪽 뜰도 흰 눈이 소복하 게 쌓였다.

'장거리포(長距離砲)가 문제야. 휴전선에서 쏘면 단 1분 만에 서울 에 떨어진다는 장사정포가…'

혼자서 입속으로 중얼거리면서 서재를 한 바퀴 돌고 나서는 머리를 흔들며 짐짓 과거 속으로 빠져들었다.

어릴 때 구미 상모리에서 이렇게 눈이 많이 오는 날이면 친구들과 썰매를 메고 또 빗자루를 들고 논으로 향했던 그 시절. 논에 가서 눈을 깨끗이 쓸고 나면 그 밑바닥에서 반짝반짝 빛나는 얼음을 깨어먹던 그 시절.

'그 위에서 썰매도 타고 팽이도 돌리면서 너무 너무 즐거운 때가 있었지. 썰매를 타다가 목이 마르면 눈을 한 줌 집어 먹기도 했고, 또 얼음을 꼬챙이로 찍어서 우적우적 씹어 먹어도 좋았지. 벌써 내 나이 76세, 아직도 마음은 어린아이 그대로인데 이제 사람들은 나를 할아버지라고 부르고 있으니…'

이런저런 생각을 하고 있을 때 김종팔 대통령 당선자가 도착하였다. 깍듯이 머리를 숙이며 인사를 하는 모습은 30년 전이나 지금이나 한결같다. 오늘은 아주 밝은 청색 양복에 붉은 색과 초록색이 들어가 있는 넥타이를 하고 왔다.

"임자, 요즘 무척 바쁘지? 정권인수팀 구성하랴?"

박 대통령의 질문에 김종팔 당선자는 선 채로 대답하였다.

"네, 각하. 그렇지만 그렇게 뭐 크게 뜯어고치는 것은 아니고, 정권의 계속성을 유지하면서 좀 참신한 인물들로 바꾸는 정도니까요."

박 대통령이 서재를 한 바퀴 돌면서 혼잣말처럼 중얼거렸다.

"휴전선, 휴전선…"

김종팔 총리는 무언가 또 큰 계획을 의논하시려나 하는 생각을 해 보았다. 박 대통령은 큰 결심이나 계획을 이야기하기 전에는 항상 서재를 이렇게 빙빙 돌곤 하셨던 것이었다.

"임자, 차 한 잔 할 텐가?"

"네, 녹차 한 잔 하지요."

잠시 후 비서실에서 차를 들여 오자 박 대통령은 결심한 듯 말을 꺼냈다.

"임자, 내가 왜 작년에 북한에다가 일체의 원조물자 지원을 중단한다고 한 것 알고 있지요?"

"네, 지금까지 잘 지켜지고 있습니다."

"그래서 말인데, 지금 북한은 어떤 상태일까?"

"글쎄요. 굉장히 어렵지 않겠습니까? 중앙정보부나 통일부에서도 같은 보고를 해 오고 있습니다."

"사실은 작년에 우리가 그 선언을 하면서 북한에다가 무엇을 어떻게 해 달라는 얘기는 하지 않았거든? 물론 저들이 우리가 무엇을 원하는지는 잘 알고 있을 거라는 생각은 들었지만 말이야. 그래서 내가 이번에 다시 북한에 이런 제안을 하면 어떨까 하는 생각을 해 보았는데…"

김종팔 당선자는 대답 대신 물끄러미 박 대통령을 쳐다보았다.

"임자는 우리 수도서울에 최대의 위협이 되는 무기가 무어라고 생각해?"

"휴전선에 배치돼 있는 포병부대 아니겠습니까?"

김 당선자가 말하자 바로 그거라는 듯 박 대통령이 무릎을 치면서 이야기했다.

"그래, 장사정포야, 장사정포. 그것들의 사정거리가 40km 정도라니까 한방에 우리 강북지역까지 날아올 수 있단 말이지. 더군다나 그놈들은 산속에 터널을 파 놓고 포를 숨겨 놓아서 파괴하기도 여간 어려운 게 아니고… 그래서 내가 생각한건데 북한에다가 휴전선을 뒤로 옮기자고 제안을 해 보는 거야."

"휴전선을 뒤로 물러요?"

김종팔 당선자가 의외라는 듯 대답하자 박 대통령이 앞으로 더욱 바짝 앉으며 설명했다.

"아마도 내 생각에 북한도 조만간 우리에게 대답을 하긴 해 줘야만 자기들도 살지, 자기들이 이렇게 계속 버티면 결국은 자멸(自滅) 아니면 전쟁, 둘 중의 하나를 선택해야 할 텐데, 임자 같으면 어느 쪽을 택하겠어?"

"전쟁은 힘들겠지요? 우선 중국에서 기름을 대 주지 않는다고 할 테니까요."

박 대통령이 더욱 자신 있게 큰 소리로 말을 하였다.

"그래, 바로 그거야. 자기들이 핵무기를 개발했다고 떠들어 대지만 그것도 결국은 만에 하나 우리 남한에 쏜다고 했을 때는 북한은 100발, 200발의 핵폭탄 세례를 받아서 아주 이 지구상에서 그 흔적이 없어질 거야. 만약에 북한이 핵무기를 쏜다면 전 세계 어느 나라도 북한을 지지해줄 나라는 없어. 특히 중국은 지금 한참 경제개발에 불이 붙었거든. 그런데 북한보고 전쟁 잘 일으켰다고 할 것 같아? 어림도 없다고."

박 대통령의 말에 김 당선자도 동감이라는 듯 응수했다.

"제가 미국을 가 보아도 날이 다르게 Made in China가 늘어나고 있습니다. 이제 웬만한 쇼핑센터는 아예 100% 중국제라니까요? 아주 고급 백화점만 미제나 일제, 영국제, 프랑스제를 팔지, 모든 가게들이 아예 중국제품으로 도배를 했어요."

"그럼. 전쟁은 결국 장비와 탄약이 있어야 하는 거고, 그 중에서도 기름이 없이는 못해. 정보부에서 북한의 전쟁유류 비축분(備蓄分)이 한 달분 정도 될 거라고 예상을 하더라고. 그것 가지고는 중국에서 도와주지 않으면 못하는 거야."

박 대통령은 잠시 녹차를 마신 후 눈을 들어 창밖을 바라보았다. 점심시간인지 여직원들이 청와대 정원에 나와서 한가로이 눈을 던지며 뛰어다니고 있었다.

"그래서 김정일이한테 제안을 하는 거지. 휴전선을 현 위치에서 20km씩 후방으로 옮기자고. 그러면 40km의 군사 완충지대(緩衝地帶)가 생기잖아? 결국은 북한의 장사정포를 20km 더 후방으로 옮기는 효과도 있고."

"그렇지만 그렇게 할까요? 그러면 결국 휴전선 일대에 그동안 힘들여서 파 놓은 지하요새도 모두 못쓰게 된다는 얘기이고, 또 새로 진지를 구축하려면 엄청난 돈이 들어갈 텐데요. 아마 군부 측의 반발이 거셀 겁니다."

"임자, 꼭 그렇지만도 않아. 우리 쪽에서 제안하기에 따라서는."

"……."

"우리가 아주 큰 보상을 하겠다고 제안하는 거야. 물론 막후(幕後)에서 말이야. 겉으로 하는 제안은 무조건 휴전선만 20km 후방으로 옮기라고 요구하면서, 막후에서는 아주 엄청난 지원을 해 주겠다고 제안하는 거지. 가령 북한 주민들이 잘 먹고 살 수 있게 생필품 공장들을 무상으로 지어주고, 발전소도 지어주고, 비료공장도 지어주고, 당장 피부로 느낄 수 있는 식량도 주고, 또 테레비도 한 10만 대쯤 주고 말이야."

"그렇게나 많이요?"

김 당선자가 너무 어마어마하다는 듯, 기가 막혀하는 표정을 짓자 박대통령이 걱정 말라는 듯이 말을 계속 이어나갔다.

"그럼, 생각해 봐. 만약에 이 제안을 받아들인다면 그것이 무슨 의미인지는 뻔하지 않아. 결국은 전쟁을 포기하겠다는 말이야. 북한에서 전쟁을 포기하겠다고 순순히 나오는데, 또 그런 증거를 실제로 보이면서. 그런데 우리가 못할게 무엇이냐고."

"왜 하필이면 20km 입니까?"

김 당선자의 질문에 박 대통령은 기다렸다는 듯이 테이블 밑에서 1/5000 짜리 지도를 꺼냈다. 휴전선 부근의 지도였다. 지도에는 박 대통령이 그렸는지 붉은 사인펜으로 여기저기 점선(點線)과 실선(實線), 그리고 별 표시가 되어 있었다.

"20km만 후방으로 옮기면 장사정포의 피해에서 벗어날 수 있어. 240mm 방사포라는 것은 포탄의 무게만도 90kg 라니까 거의 미사일 수준이라고 보아야 해. 그렇지만 그것도 사정거리는 40km밖에 안 된다는 말이지. 그래도 152mm나 172mm 포의 피해는 벗어날 수 없겠지. 하지만 북한의 포병화력의 대부분이 102mm나 122mm 이니까 대구경포들은 몇 문 안 돼. 큰 피해가 없다고."

김 당선자는 과연 각하가 포병출신답다는 생각을 해 보았다.

"그래서 임자를 보자고 한 것은, 도대체 이 문제를 누구와 상의해야 하나 하고 나 혼자서만 끙끙 앓고 있었던 거야. 임자가 처음이라고. 지금까지는 나 혼자 구상만 한 거지. 원체 보안을 요하는 사항이니까. 이 문제를 의논하자면 누구누구와 상의를 하면 될까?"

박 대통령이 도움을 요청하는 시선으로 김 당선자를 바라보았다.

"우선 안보관계 장관들이 필요하겠지요? 중앙정보부의 도움도 있어야 하겠고요. 그리고 경기도지사와 강원도지사도 함께 있어야 하지 않겠습니까?"

"도지사들도?"

박 대통령이 의외라는 듯이 물어보자 김 당선자가 녹차를 마신 후 대답했다.

"경기도나 강원도의 땅이 그만큼 줄어드는 것이고요, 또 그 정도 휴전선이 후퇴를 하려면 아무래도 해당 도지사가 도내의 사정을 제일 잘 알지 않겠습니까? 경우에 따라서 어떤 곳은 절대로 넘겨 줄 수 없는 땅이 있을지도 모르지요."

"어떤 땅?"

"저는 지금 막 각하의 말씀을 들어서 아직 머리가 잘 정리되지 않았습니다만, 가령 도지사의 입장에서라면 경기도 서부지역 김포 같은 곳은 인구도 밀집돼 있고 또 지금 막 신도시가 건설되고 있는 상태 아닙니까? 그리고 국방장관의 입장에서라면 절대로 양보할 수 없는 지역이 있을 수 있겠고요. 예를 들면 서해안의 백령도나 연평도 같은 섬지역들이 해당되겠지요. 또 다른 문제는 군사정전위원회의 대표가 미국측인데 그들과의 외교적인 문제도 있고."

"맞아, 바로 그것들이야. 내가 고민했던 문제들을 임자가 다 지적을 해 주었구먼. 내 생각은 우선 터뜨려 보고나서 수습하자는 거지. 우리가 옮기자고 하는 것은 휴전선뿐이니까, 해안선은 포함되지 않는다고 우기면 될 것 같고, 또 미국과의 문제는 잘 설득하면 되지 않을까? 결국은 미국도 한반도에 평화가 정착된다는데 반대할 이유야 없지. 그렇게만 된다면 주한미군도 지금보다 훨씬 더 안전해 질 수 있고. 그러나 김포반도와 문산 같은 데는 아마도 일부가 포함돼야 할 것 같아. 그렇다고 해도 우리가 이 땅들을 북한에 넘겨준다는 게 아니고 그 지역들이 비무장(非武裝)인 채로 남아 있게 된다는 것이니까 국민들을 설득하기는 어려울 것 같지 않아."

박 대통령은 잠시 녹차를 한 모금 마신 후 이야기를 계속했다.

"이렇게 대원칙을 세워 놓고 일단 교섭을 하면서 하나하나 문제를 풀어 나가자는 거지. 제안도 해 보기 전에 '여기를 빼자' 또는 '저기는 10km 밖에 못 물린다' 하면 결국은 제안 자체를 할 수 없는 일이고. 그것은 또 애당초 목표한 장사정포를 사정거리 밖으로 밀어버리기 위해 휴전선을 옮긴다는 본래의 취지를 달성할 수도 없고."

"……"

"그래서 내 생각은 말이야. 우선 관계 장관들과 협의한 후에 의견일치를 보면 먼저 우리 쪽 제안을 던져 놓고 북에서 어떻게 반응하는지 보고 난 후, 또 그때에 가서 대응하자는 거지. 아마도 그게 최선일 것 같아."

"군 측에서도 반대가 만만치 않을 텐데요?"

"그렇겠지? 우선 20km 후방으로 내려오면 그렇게 많은 군이 주둔할 땅이 없으니까. 결국은 감군(減軍)으로 가야 하겠지. 그것도 또 그때 가서 생각해 보는 거야. 우선은 휴전선을 20km 씩만 후방으로 옮기면 한반도는 평화로운 땅이 될 수 있어. 문제는 북한이 우리의 요구를 들어 주느냐 하는 건데, 그래도 내 판단으로는 70% 이상은 가능성이 있어."

"각하의 구상이 그러시다면 가급적 빨리 협의를 하는 것이 좋지 않겠습니까?"

"그래서 다음 주에는 한 번 모일 작정이야. 몇 번 모여야 하겠지? 의견 조율(調律)에 시간도 필요하고, 그리고 임자가 앞으로 이 일을 얼마나 뚝심있게 밀고 나가느냐가 아주 중요한데… 임자, 끝까지 버틸 자신 있나?"

"그렇게 의견이 모아진다면 계속 가야겠지요. 중간에 풀어주면 결국은 시작하지 않은 것만도 못하고요."

그 다음 주, 박 대통령은 청와대에서 김진성 강원도 지사와 손학기 경기도 지사를 불러서 차를 마시며 한가하게 이야기를 나누고 있었다.

"그래, 김 지사는 강원도에 요즘 도로 닦느라고 정신이 없다면서요?

도지사가 벌써 세 번째인가요?"

김진성 지사가 박 대통령으로부터 그런 이야기를 듣자 신이 나는지 장황하게 설명했다.

"네, 강원도가 전국에서 소득수준이 거의 꼴찌 아닙니까? 그 이유가 산이 많다보니 교통이 불편해서 수도권과 지척(咫尺)인데도 멀게 느껴졌기 때문이라는 판단을 했습니다. 그래서 우선은 사통팔달의 도로망을 확충하는 게 급하다고 생각하고 요즘 네 개의 도로를 동시에 닦고 있습니다."

회색 줄무늬가 들어 있는 검은 색 양복에 붉은 넥타이를 맨 김 지사는 60의 나이인데도 10년은 젊어 보였다.

박 대통령은 옆자리에 앉아있는 손학기 지사를 보면서 말을 건넸다.

"손 지사는 일년에 절반을 외국에서 산다고 하던데?"

손학기 지사는 대통령과 이렇게 면담하는 것이 재미있는지 연신 싱글벙글 했다.

"네, 각하, 저는 취임 전부터 늘 공장이나 기업체를 경기도 내에 최대한 많이 유치하는 것이 저의 목표라고 생각했습니다. 그래서 1년에 거의 절반 정도를 외국 출장을 다니면서 보내고 있지요. 경기도의 간부들과 동행할 때도 있고 때로는 기업체의 간부들과 동행할 때도 있습니다."

"그래서 얼마 전에 에이지필립스 공장도 파주에 세우고 또 뭐더라 그 몇 메타 주식회사라던가? 왜 화성 쪽 어딘가에 세우고 있는 미국공장 있지?"

박 대통령이 기억이 나지 않는다는 듯 손을 이마에 갖다 대자 손학기 지사가 재빨리 말을 받았다.

"네, 각하, 3메타 주식회사입니다. 미국의 아주 큰 대기업이지요. 이제 내년에 공장이 완공되면 최소한 1만 명 이상이 일하게 될 겁니다."

손 지사는 머리가 희끗희끗하지만 아직 50대 후반의 나이라서 무척 젊고 씩씩해 보였다. 핑크빛 넥타이가 손 지사의 젊음을 강조해 주고 있었다. 박 대통령은 두 사람이 땀을 연신 닦자 일어나서 석유스토브를 껐다.

"그래, 그렇게 열심히들 하니까 우리나라가 이렇게 발전하는 거지. 이제는 지방자치 시대라 중앙에서 뭐 크게 간섭할 수도 없고. 어쨌든 앞으로도 계속 수고들 해 주어야 하겠어요."

"네, 각하. 잘 알겠습니다."

두 사람이 대답하자 박 대통령은 탁자 밑에서 1/5000 지도를 꺼내 앞에 펴 놓고 천천히 입을 열었다.

"두 분, 도지사들 잘 들어 보세요. 만약에 강원도와 경기도 땅을 휴전선에서 20km 씩 정부에서 수용한다고 하면 무슨 문제가 있을까? 그러니까 쉽게 생각하자면 휴전선이 현 위치에서 20km 정도 후방으로 내려온다는 말이지."

"네?…"

두 사람은 너무나 의외의 사안이라 어안이 벙벙한지 잠시 서로를 바라보며 말이 없었다. 오늘 박 대통령의 호출이 있다기에 도정(道政)에 관해 무슨 궁금하신 게 있나 하는 정도로 생각하고 현안이 될 만한 문제를 정리하느라 어제 밤을 꼬박 새웠는데, 막상 이곳에서 접한 문제는 전혀 상상도 하지 못한 질문이었기 때문이었다.

"내가 지금 구상하는 것은 이 일대에 대규모 국립공원을 조성하면 어떨까 하는 생각이야. 그래서 강원도와 경기도 땅의 일부, 그러니까 정확히는 휴전선에서 20km 씩을 우리 정부가 사들이면 어떻겠느냐 하는 거지. 주민들이 어떤 반발을 보일지, 또 무슨 다른 문제는 없는지 그것을 알고 싶다는 거지."

두 사람이 서로 쳐다보며 말이 없자 박 대통령이 강원도 지사를 먼저 지명하여 물었다.

"김 지사 생각을 말해 보지?"

"우선 돌아가서 실무자들과 의논을 해 보아야 하겠습니다. 저 혼자서는 어떻게 답변을 드릴 수가 없습니다. 한 2, 3일 만이라도 시간을 주시는 게…"

김 지사가 죄송하다는 듯이 손을 비비며 말하자 옆의 손학기 지사도 비슷한 대답을 했다.

"저도 같은 의견입니다. 그렇지만 지금 당장 생각해 보기로는 전혀 불가능한 것 같지는 않지만, 어쨌든 실무국장들하고 의논을 해 보아야 시원한 답변을 드릴 수가 있겠습니다."

"음, 가서 상의들을 해 보아. 그리고 다음 주 수요일에 이곳에서 다시 만나서 얘기를 하자고. 그때까지는 의견교환이 다 되겠지요?"

박 대통령이 다짐하듯 말하자 두 사람은 서로를 쳐다보며 대답했다.

"네, 알겠습니다."

다음 날 오전에 다시 회의가 열렸다. 오늘은 1, 3군 사령관들과 육군 참모총장 그리고 국방장관이 모였다.

박 대통령의 질문에 우선 서부전선을 책임지고 있는 이희승 1군 사령관이 입을 열었다.

"서부전선 쪽에서는 그렇게 20km를 후방으로 옮기고 나면 군부대를 다시 배치할 만한 지역이 없어집니다. 각하도 잘 아시겠지만 서쪽은 대개 인구 밀집 지역이기 때문에 휴전선에서 20km 후방이라면 김포, 고양, 의정부, 포천으로 연결됩니다. 이 지역에 다시 몇 개 사단이 주둔할 수 있는 땅을 마련한다는 것은 현실적으로 불가능합니다."

이희승 사령관은 잠시 허공을 쳐다보더니 또 생각났다는 듯이 더 추가했다.

"그리고 김포반도의 해병기지 대다수가 20km 범위에 들어갈 것으로 생각됩니다. 해병대의 애기봉 기지를 포함해서 일산의 통일전망대와 함께 말씀입니다."

박 대통령이 이번에는 장태원 3군 사령관을 보면서 질문했다. 장태원 장군은 13년 전에 있었던 군부 쿠테타를 효과적으로 무혈 진압하는 데 큰 공을 세운 사람이었다.

"그쪽도 마찬가지인가?"

"저희 지역은 인구밀도가 상대적으로 낮으니까 어느 정도 여지는 있겠습니다만, 역시 만만한 작업은 아니라고 봅니다. 특히 포병부대의 지하벙커 구축에 많은 시간과 비용이 들겠지요."

정성화 육군참모총장이 차분한 어조로 말을 받았다.

"또 미군이나 우리 군의 전방 통신시설도 모두 다시 설치해야 하는데 그 비용도 엄청나고요."

박 대통령은 정성화 육군참모총장의 말에도 일리가 있다는 표정으로 고개를 끄덕이더니 자세를 고쳐 앉으며 잠시 생각에 잠겼다. 그리고는 이들에게 앉자마자 본론을 너무 곧바로 얘기한 것 같아 미안한 생각이 들었다. 잠시 부드러운 표정을 지으면서 어깨를 뒤로하고 편히 앉으라고 권했다. 그러나 이들은 원래 야전에서 생활해 온 사람들이라 항상 이렇게 앉아있는 게 습관이 되어 있었던 것이었다.

"자, 천천히 차들 마시면서 얘기하지. 그래, 요즘, 예하(猊下)에는 별다른 문제들 없고?"

1군 사령관을 바라보며 던진 질문이었다.

"네, 이제 막 사단급 동계 훈련이 끝나서 모두들 한 숨 돌렸습니다."

"그래, 서부전선에는 1사단, 그 '전진사단' 말이야. 원래 강군이지. 그렇지?"

"네, 이번 사단대항 기동훈련에서도 1등을 했습니다."

"그쪽은 어떤가?"

장태원 사령관은 3군도 질 수 없다는 듯이 씩씩하게 답변했다.

"네, 각하, 이번 3사단 특공대의 1,000리 행군에서 아홉 명이 고립돼서 그들을 구출하느라 아주 혼났습니다. 철원에서 시작해서 소백산을 돌아오는 행군인데 소백산 쪽에 갑자기 폭설이 와서 1개 분대가 고립 됐지요. 그들 구출에 큰 애를 먹었습니다. 다행히도 그들이 헬기도 못 뜨는 상황에서 잘 버티어 주고 해서 인명 피해는 없었지만 정말 큰일 날 뻔했던 훈련이었습니다."

박 대통령은 알고 있다는 듯이 빙그레 웃으면서 격려했다.

"그래요, 나도 보고를 받았지요. 그 분대장이 조원들을 잠들지 못하게 끝까지 격려(激勵)했다는군. 그런 상황에서 잠들면 죽는 거잖아? 비상식량도 다 떨어지고 통신도 두절된 상황에서 산토끼 두 마리로 9명이 삼일 동안을 버티었다는 얘기, 나도 들었어. 참 장하네, 백골부대 장병들."

박 대통령은 이들과 대화를 통해서 충분한 의견을 들었으므로 이들을 돌려보내야 하겠다고 생각하였다.

"그래, 참 수고들 많이 하고 있군 그래. 내가 조만간 잠시 들러 볼 거야. 나도 마음은 늘 전방에 있는 장병들하고 함께 있지만 여기 일이 좀처럼 놓아 주지를 않아. 내 뜻 장병들에게 가서 잘 전하고…"

박 대통령이 일어나서 악수를 권하자 모두가 부동자세로 '충성' 구호를 외치면서 악수를 받았다.

"그리고 나가면서 내가 조그만 선물 하나씩 준비했어. 그 왜 유명하다는 '종로복떡'이라는 거, 가지고 가서 아내들하고 먹으라고. 아내들한테 잘해 주어. 그 사람들 얼마나 고생이 많나."

"네, 감사 합니다. 각하!"

"음, 육군총장, 잘 가시요. 아, 그리고 국방장관은 나와 잠시만 더 이야기 하지."

박 대통령은 함께 나가려고 하는 국방장관을 불러 세웠다.

"네, 각하."

자리에 앉자 서동철 국방장관이 박 대통령에게 조심스럽게 말을 건넸다.

"아무래도 야전군 사령관들에게 이야기 한 것은 좀… 육군총장만 부를 걸 그랬습니다."

"아니야, 그 사람들 별로 이 이야기 염두(念頭)에 두지 않을 거야. 그보다, 국방장관, 지난 번 원산폭파작전 말이야. 그 이후로 군대 내의 상황은 어때?"

작년 8월에 있었던 원산 앞바다까지 폐항공모함을 끌고 가서 폭파시키고 돌아온 작전을 가리키며 하는 말이다.

"네, 각하, 그 일로 우리 군의 사기가 아주 충천(衝天)해 있습니다. 전 장병들이 '그깟 핵무기 쏠 테면 쏘라'고 하고, 또 '우리도 모두 죽을 각오가 돼 있다'고 하면서 일전불사의 각오랍니다. 옛날에는 장병들이 매우 의기소침(意氣銷沈)해 있다는 보고를 자주 들었는데 이번에 아주 멋지게 한 방 날렸다고, 장병들의 사기가 최고조에 달해 있답니다."

"그래요, 하지만 참 위험한 작전이었어요. 다행히도 우리 외교팀이 열심히 돌아다녀서 북한 측을 꼼짝 못하게 해 놓았으니까 망정이지,

그렇지 않았으면 정말 전쟁으로 갈 뻔했지요. 그 해군 특공대 안지연 대위 팀도 정말 용감했고. 그렇지만 그 친구들 전사한 것이 너무 원통해. 결국은 그 세 명의 소중한 희생이 우리 군의 사기(士氣)를 그렇게 올려놓은 거야.”

박 대통령이 시선을 창 밖으로 옮겼다. 주름이 잡힌 눈가에 이슬이 맺히는 것을 서 장관은 못 본 체 했다. 잠시 후 박 대통령은 국방장관을 향해 오른 손을 번쩍 들어 보이면서 물어 보았다.

“내가 왜 이렇게 비쩍 마른 줄 알아?”

“……”

“아내의 말에 의하면 그때 그 고민할 때, 내가 하루에 담배를 네 갑씩이나 피우더라는 거야. 뭐 재떨이를 비우면서 담배꽁초를 세어 보았다나? 사실 난 잘 몰랐는데 그때 한 사나흘을 내가 거의 식사도 하지 않았다더군.”

“정말 큰 결단을 하셨습니다, 각하.”

“이번 일이 성공하면 정말 우리나라에는 평화가 찾아 올 거야. 전쟁에 대한 두려움없이 살게 될 날이 온단 말이지. 그러면 진지를 새로 파고 통신시설을 새로 만들고 하는 것은 2차적인 문제야.”

박 대통령의 의중을 어렴풋이 짐작하는 서 장관은 앞으로 이 일이 제대로 성사되어도 자신이 넘어야 할 산이 첩첩산중(疊疊山中) 이라는 생각을 해 보았다. 틀림없이 감군 논의가 활발할 것이고, 또 그 일이 잘 마무리되려면 부하 장성들을 잘 다독거려야 하고.

“장관, 이 일은 당분간 절대 비밀로 하시오. 지금까지 이 일을 의논한 사람은 그 세 사람들과 김 총리, 아니 김종필 당선자뿐이야. 그럼 이만 가 보시오. 장관도 오늘 여러 일정이 있을 테니까.”

“네, 각하, 돌아가겠습니다.”

일어나면서 박정희 대통령이 악수를 청하자 서동철 장관이 손을 내밀었다. 서 장관은 박 대통령과 악수를 할 때면 늘 미안한 생각이 드는 것이었다. 박 대통령과 키 차이가 너무 나서 마치 어른과 어린아이가 마주 서있는 기분이었다. 그렇지만 각하의 강인함과 당찬 모습에 늘 압도(壓倒)당하는 자신의 왜소함을 느끼면서, 사람의 외모란 껍데기에 불과하다는 생각을 해 보았다.

제2부 경제발전과 나라사랑

:: 동서고속철도

산과 들이 온통 푸른색으로 변해가며 바람도 살랑살랑 불어오는 아주 청명한 1991년 6월의 어느 날 아침, 이 날의 동서고속철도 기념식은 좀 특이했다. 올해로 세 번째 맞이하는 이 행사는 매년 인천공항역이나 북서울역에서 했었는데 오늘은 멀리 강원도 고성에서 거행된다고 했다. 고성이 어디인가? 강원도의 최북단 바닷가 마을이 아닌가 말이다. 오전 10시로 돼 있는 기념식 행사에 맞추기 위해서 초대받은 사람들은 이른 새벽에 집을 나서야 했다. 박정희 대통령 일행은 항공편을 택했다. 비행기에서 내릴 때 보이는 설악산과 동해안의 풍경은 정말 한 폭의 그림을 보는 것 같았다. 비행기 안에서 박 대통령은 아래를 내려다보면서 옆에 수행하고 있는 김정열 비서실장에게 말을 건넸다.

"임자, 정말 그림이지 않소? 참 아름다워."

"네, 그렇습니다. 특히 이 지역이 경치가 빼어난 곳 아닙니까."

"이 비행기는 사람도 많이 타지 않으면서 실내도 넓고 참 편안하구면."

오늘 타고 내려오는 대통령 전용 2호기를 가리키며 하는 말이었다. 대통령 전용 1호기는 미국 보잉사의 747기를 개조해 만든 것으로 주로 외국을 방문할 때 사용하고, 국내를 여행할 땐 주로 이 P-80 전용기를 이용하였다. 이 비행기는 국내의 오리온항공에서 만든 것으로 100% 국내 기술진이 만든 항공기인데, 한 번 급유로 서울에서 제주도를 왕복할 수 있는 기종이었다. 박 대통령 일행은 9시 정각에 속초공항에 도착했다. 작년에 확장 개항한 속초공항은 관광전용 국제공항으로 사시사철 관광객들로 붐볐다. 대통령을 태운 일행이 속초공항을 빠져나와 7번 고속국도를 타고 고성 쪽으로 향할 때, 길옆에 있던 농어촌 사람들과 관광객들이 대통령 일행을 알아보고 손을 흔들어 주었다. 요즘 들어 박 대통령은 경호문제에 대하여 매우 관대해졌다.

"나 같이 늙은 사람 죽여서 무엇하겠어? 이제 내후년 2월이면 모든 일 끝내고 시골로 내려갈 사람을… 그러니까 경호문제로 사람들과 접촉하는 것 너무 어렵게 하지 말아."

이렇게 늘 입버릇처럼 말씀하시니 정말 요즘 경호실 직원들은 죽을 노릇이었다. 경호규범(警護規範)에 나와 있는 말대로 '있는 듯 없는 듯, 보이는 듯 보이지 않는 듯' 대통령을 경호해야 하기 때문이었다. 십몇 년 전에만 해도 장충동 국립극장에서 문세광이라는 조총련계 재일동포(在日同胞) 청년이 권총으로 박 대통령을 저격한 사건이 있지 않았던가? 그 때에 박 대통령은 무사하셨지만 영부인께서 왼쪽 허벅지에 관통상을 입고 큰일을 모면한 적이 있었다. 12시간의 대수술 후에야 겨우 목숨을 건지시긴 했지만, 그때의 후유증으로 지금도 휠체어를 타고 다니셔야만 하는 것이다.

대통령 일행은 9시 45분에 기념식장인 고성초등학교 교정(校庭)에 도착하였다. 특별히 군악대나 의장대와 같은 거창한 환영행사는 없었으나 인근의 12사단 장병들이 대통령을 맞이하겠다고 자진하여 요청하였기 때문에, 경호실에서는 그들의 참가를 허락했다. 12사단 을지부대 장병들 300명이 고성초등학교 입구 150m 전방에서부터 받들어총 자세로 대통령을 맞이하였다. 대통령과 육 여사는 일일이 그들에게 손을 흔들며 답례해 주었다. 행사는 10시 정각에 시작되었다. 먼저 태극기에 대한 경례가 있었다. 이어서 고성초등학교와 거진초등학교 학생들 200명과 참석자 모두가 함께 부르는 애국가 제창 순서가 있었다. 다음으로 고성군의 함영구 군수가 강원도민을 대표하여 박정희 대통령 각하를 환영한다는 간단한 환영사를 읽어 내려갔다. 이윽고 단상에 오른 박정희 대통령은 기쁜 표정으로 청중들을 둘러보며 기념사를 시작하였다.

"친애하는 고성군민 여러분, 그리고 강원도민 여러분, 오늘 동서고속철도 개통 3주년 기념식을 이 자리에서 거행하게 됨을 대단히 기쁘게 생각합니다. 특별히 오늘은 우리 대한민국 행정부가 여러분들, 이 시골에 계신 분들께 무슨 좋은 기념될 만한 것이 없을까 하고 고민하던 중, 오늘의 기념식을 우리나라의 최북단이요, 또한 제일 동쪽에 위치한 이 한적한 곳, 고성에서 거행하기로 결정하였습니다. 특별히 오늘의 기념식은 중앙에서 많은 귀빈들이 내려오기보다는, 강원도의 도민들을 많이 모시고 하는 것이 더욱 뜻이 있겠다 싶어서 강원도민을 중심으로 초대를 하였습니다. 그리고 우리 장병들도 함께 위로해 주자는 의미에서 인근 12사단에서 자발적으로 참여를 원하는 장병들 300명을 이 자리에 초대하게 된 것입니다."

박 대통령은 잠시 눈을 들어 첩첩이 보이는 산들을 한 번 둘러보고는 다음 말을 계속해 나갔다.

"친애하는 강원도민 여러분 그리고 국민여러분, 오늘 이 동서고속철도 개통 3주년에 즈음하여 본인이 느끼는 감회는 매우 각별합니다. 그 이유 중 하나는 이 고속철도가 지난 3년간 아주 큰일을 해 냈다는 데 있습니다. 그동안 많은 외국 관광객들이 강원도가 아름답다는 말을 하면서도 막상 찾아 가기는 많이 불편하다고 이야기를 했습니다. 그러나 이제는 관광객들이 인천국제공항 터미널에 도착하여 엘리베이터를 타고 3층만 밑으로 내려가면 이 동서고속철도를 만나게 되는 것입니다. 그들은 곧바로 이 철도를 타고 20분이면 서울에 도착하고 1시간 후면 진부령 즉, 설악산의 북쪽에 도착하는 것입니다. 인천공항에 내린 후 불과 1시간 30분이면 강원도 고성 항에 도착하여 신선한 해물을 먹을 수도 있고, 또 시설 좋은 5성급 호텔에서 바다를 내려다보며 휴식을 즐길 수도 있게 되는 것입니다. 또 관광객들은 본인이 원하면 인천공항에서 1시간 15분 거리에 있는 양구에 내려서 설악산의 아름다운 산세(山勢)를 동으로 바라보면서, 낚시와 래프팅과 산림욕을 즐길 수도 있는 것입니다. 재작년에 인제의 설악산 초입에 대규모의 위락단지가 세워짐으로 해서, 강원도 관광은 이제 우리나라 사람들만의 관광이 아닌, 세계 모든 사람들이 즐기는 관광 상품이 된 것입니다. 이곳에 다녀간 사람들이 이구동성(異口同聲)으로 대한민국의 강원도가 스위스의 알프스에 못지않다고 칭찬하는 이면에는 이런 좋은 시설과 더불어 우리네 한국 사람들 특유의 넉넉한 인심이 또 한 몫을 했다고 믿어 의심치 않습니다. 그러므로 이제부터 여러분들은 '감자바위'라 든가 하는 자기비하(自己卑下)적인 말은 입에도 담지 마시고, 세계인 의 관광지로 우뚝 선 강원도의 도민이라는 자부심을 갖고 생활해 주시 기를 간곡히 부탁드립니다. 또한 이곳에 엄청난 투자를 감행(敢行)하 여 세상을 깜짝 놀라게 한 산성그룹과 대호그룹의 임직원 여러분들에 게도 감사를 표합니다. 우리 정부와 도민과 업계의 이러한 합창이 오 늘날 대한민국을 세계 10대 관광대국으로 만들었다고 나는 말씀드리 고 싶습니다. 끝으로 불편한 몸에도 불구하고 이렇게 이곳까지 휠체어 를 타고 동행해 준 내자에게 감사를 드립니다. 직접 찾아가지 않으면 강원도민 여러분들이 실망할지도 모른다면서 굳이 저와 함께한 우리 아내가 너무나 자랑스럽습니다. 감사합니다."

기념사가 끝나자 운동장 안팎을 가득 메운 3,000여명의 청중들로부 터 우렁찬 박수가 터져 나왔다. 박수는 5분간 계속되어서 육 여사가 휠체어에서 손을 여러 번 흔들고 나중에 손수건을 꺼내어 눈물을 닦을 때까지도 계속됐다. 군중들은 '박정희'와 '육영수'를 연호(連呼)하면 서 두 분 내외를 환영했다. 이들의 방문은 실로 강원도민들에게는 너 무나 큰 격려였다. 지금은 고속철도를 타면 1시간 남짓 정도면 서울까 지도 갈 수 있게 되었지만, 고속철이 생기기 전에 이곳은 그야말로 오 지(奧地) 중에 오지가 아니었던가? 이곳에 우리나라에서 제일 지체 높으신 두 분 어른께서 오셨다는 사실이 너무나 고마웠다. 군 장병들 도 말로만 듣던 대통령 내외분을 가까이서 뵈었다는 사실이 꿈만 같았 다. 저렇게 늙으신 몸을 이끌고 이곳저곳을 다니시며 국민들에게 희망 을 심어주는 대통령을, 장기 집권을 한다고 무작정 반대만 했던 학생 시절이 후회도 되고 또 휠체어에 몸을 싣고 불편한 중에도 자상한 웃 음을 잃지 않으시면서, 내내 있는 듯 없는 듯 조용히 앉아 계시는 육 여사에게서는 마치 집에 계신 할머니를 대하는 것같은 인상을 받았다. 기념식의 끝 순서로서 공로자 표창이 있었다. 대통령 표창으로는 강원도 고성의 대호호텔 총지배인과 동서고속철도 고성역장이 상장과 부상을 받았다. 대호호텔 총지배인은 관광객도 별로 없는 대호금강산호텔에 총지배인으로 부임한 후 호텔을 전 세계에 홍보하여 왔으며, 종업원들이 서울이나 대도시로 돌아가려고 하면 사비를 털어가면서까지 달래고 또 달래서, 1년 이직률 5% 미만의 세계적인 호텔로 만든 사람이었다. 그 공로로 작년에는 World Travel 잡지의 표지 모델로도 등장하는 영예를 얻기도 했다. 모든 행사가 끝난 뒤에 사회를 맡은 함영구 고성군수가 예정에도 없던 '고향의 봄' 노래 제창을 제안했다. 첩첩산중(疊疊山中) 시골의 군수로 있으면서 직접 대통령을 모시고 오늘과 같은 큰 행사에서 사회자로 지명될 줄이야 누가 알았겠는가? 본인으로서는 일생일대의 최대의 영광이니 본인의 기분도 많이 들떠 있었을 것이었다. 고향의 봄을 부를 때는 참석자 모두가 감격의 눈물을 흘렸다. 한민족은 원래 눈물이 많은 민족이라고 했던가? 단상에서 박 대통령이 12사단장을 옆으로 부르자 사단장 문흥구 소장이 대통령 앞으로 다가 와서 차렷자세를 하고는 경례를 했다.

"응 사단장, 수고가 많아요."

"네, 아닙니다, 각하!"

"내가 부대를 방문해서 장병들을 격려해 주고 싶지만 지금 돌아가서 곧바로 만날 사람들도 있고 또 해야 할 일이 많아요. 그래서 내가 섭섭한 마음을 금할 길 없어서 여기 오면서 햄버거를 준비해 갖고 왔어요. 그 뭐라던가 이름이?"

"네, 각하, 버거퀸 햄버거입니다."

옆에 있던 박흥조 수행비서관이 얼른 대답했다.

"그래, 그것이 맛있다고 해서 내가 15,000개를 준비해 왔거든? 임자가 장병들에게 나누어 주게. 우리 국민들이 수고하는 아들딸들 생각하면서 보내온 거라고 꼭 전해 줘."

"네, 감사합니다, 각하."

"그럼 나는 가네. 근무 잘 하고, 장병들 안전사고 나지 않게 잘 돌봐주게. 자네도 몸조심 하구. 자네가 지휘하는 을지부대가 전군에서도 제일 강한 부대라고 보고 받았어. 얼마 전에 총장 만났는데 그러더군."

"네, 각하, 충성!."

문흥구 소장의 눈시울에 순간 눈물이 핑 돌았다. 눈물을 닦는 사단장에게 박 대통령이 등을 두드리면서 한 마디 했다.

"이봐, 자네 별 두개 단 장군이잖아, 힘 내."

야전을 지키면서 왜 힘든 일이 없을까만은 요즘 들어 부대원들을 통솔하기가 어렵다는 것을 자꾸자꾸 느끼는 것이었다. 부하장교들도 마찬가지 어려움을 호소해 왔다. 한 가정에 아들이 하나 아니면 많아야 둘이니까, 부모의 사랑이 너무 지나쳐서 장병들이 너무 나약하다는 푸념들이었다. 이제는 과거처럼 두드려 패서 군기를 잡을 수도 없으니, 잘 달래면서 훈련을 시켜야하는 고충(苦衷), 윗사람을 우습게 아는 풍조(風潮), 참으로 힘들지만 그래도 강한 군대를 만들어야 한다는 일념으로 대대급 훈련에도 사단장이 직접 앞장서서 1 ~ 2km를 함께 뛰곤 하였다. 그러다 보니 눈코 뜰 새 없이 바쁘고 또 이제는 50을 넘긴 나이에 체력도 달렸다. 그러나 부하 장교들이나 사병들이 '우리 사단장님 최고!' 라며 환호성을 지를 때면 힘든 고생은 곧바로 기쁨으로 변하고 마는 것이다. 강한 군대를 만드는 것, 또 부대장의 지시에 죽고 사는 지휘체계를 만드는 것, 그것이 나에게 주어진 임무라고 생각하면서 오늘까지 군인생활 33년을 해 왔다. 갑자기 대통령으로부터 너무나

인간적인 격려를 듣고 보니 순간 자신도 모르게 눈물이 흘러내렸던 것이다.

"임자, 오늘은 고속철도 편으로 서울로 갈까?
옆의 육 여사에게 박 대통령이 말을 걸었다.
"네, 그것 참 좋겠네요."
육 여사도 기쁜 표정을 감추지 못하는 모습이었다.
"비서실장, 박종구 경호실장에게 나 철도편으로 가고 싶다고 전해줘. 그리고 이곳까지 함께 온 사람들 모두 철도편으로 갈 필요는 없고, 각자 일정에 맞게 자유로이 행동하라고 전해 주게."
"네, 알겠습니다."
잠시 10여분 동안 의견 교환이 있었다. 그냥 차편으로 가겠다는 사람도 있었고, 각하와 함께 철도편으로 가겠다는 사람도 있었고, 또 어떤 사람들은 항공편으로 가겠다고 하는 사람도 있었다. 그 때까지도 3,000여명의 청중들은 하나도 움직이지 않고 박 대통령 내외를 전송하기 위해 웅성거리며 서 있었다. 박 대통령 내외가 단상을 내려오자 많은 사람들이 '박정희!', '육영수!'를 연호하면서 이들의 뒤를 따랐다. 박종구 경호실장을 비롯한 근접경호원들은 정말 진땀을 흘리면서 대통령 내외를 경호해야만 했다. 과거에 몇 차례나 경호 위기를 맞지 않았던가? 그 한 순간의 실수로 인해서 육 여사님이 돌아가실 뻔하지 않았던가 말이다. 경호를 하면서 가장 어려울 때가 바로 오늘과 같이 일정이 갑자기 바뀌는 경우였다. 이럴 때는 사전에 아무런 검색이나 보안조치를 취할 수가 없기 때문에 그냥 임기응변(臨機應變)으로 경호를 하는 수밖에 없었다. 이 때에 경호원들의 긴장감이란 이루 말할 수 없는 것으로, 이런 큰 행사가 끝나고 나면 어떤 경호원들은 피오줌을 눈다고도 했다.

고성역은 동서고속철도의 최종 종착역에 걸맞게 아담한 한옥 스타일의 역사(驛舍)로, 마치 절의 대웅전 또는 궁궐 같은 기분을 느끼게도 하였다. 역에 도착하니 역장과 20명의 직원들이 역 마당까지 나와 영접을 했다.

"음, 수고가 많지요?"

박 대통령이 역장에게 악수를 했다.

"영광입니다, 각하."

"그래, 하루에 몇 명이나 이 역을 이용하나요?"

"네, 보통 평일은 2,000명, 주말은 3,000명 정도 됩니다. 성수기는 보통 그보다 두 배쯤 되고요."

"음, 그럼 이 지역 경제에도 많이 도움이 되겠구먼."

"네, 저희 호텔은 주말에는 빈 방이 하나도 없습니다."

옆에서 따라오던 대호호텔 총지배인이 거들었다.

"각하, 열차가 도착했습니다. 어서 오르시지요."

김정열 비서실장이 재촉하였다.

"그래요, 그럼 수고들 해요."

박 대통령이 손을 흔들며 플랫폼을 향하여 나아가자 역에 있던 모든 사람들이 함께 손을 흔들어 주었다. 열차 맨 앞 칸에 도착하니 육 여사의 휠체어가 자동으로 들어 올려졌다. 장애인들을 위하여 열차마다 이렇게 장애인용 리프트가 설치돼 있는 것이다. 차안에 오르자 승객들이 박 대통령 일행을 멍하니 바라보고 있었다.

"대통령 내외분이십니다. 오늘 이 동서고속철도 개통 3주년 기념식을 고성에서 거행하시고 이제 서울로 돌아가시는 중입니다."

박흥조 비서관의 설명에 사람들이 그제야 알겠다는 듯 박수를 치면서 반기는 분위기였다. 사실 이 차량 60개의 좌석 중 40석 정도가 예약 돼 승객들이 타고 있었으나, 그 중 10여명에게는 청와대 비서실 직원들이 미리 양해를 구하고 다른 칸으로 옮기게 하고 이 차량의 절반인 30석을 확보해 둔 것이었다. 박 대통령 내외는 입구 쪽에 있는 장애인석에 앉았다. 한 쪽은 정상적인 2인용 의자가 있고 다른 한 쪽은 장애인이 높낮이와 방향을 마음대로 조절할 수 있는 아주 편안한 특수의자 한 개가 있었다. 그리고 그 옆자리는 그냥 비어 있어서 장애인 승객은 휠체어에 앉아서 갈 수도 있고, 또 옆의 의자에서 누워서 잠을 자며 갈 수도 있게 특별히 설계된 자리였다. 이 고속철도에는 이런 장애인용 의자가 입구마다 한 개씩, 그러니까 객차 한 량에 두 명의 장애인용 좌석이 있는 셈이었다. 육 여사는 매우 만족한 웃음을 지으며 도움을 받아 옆의 편안한 의자로 자리를 옮겼다.

　"저좀 보세요, 편안해 보이지요? 실제로 앉아보니까 의자도 폭신하고 좋아요. 곧 잠이 올 것 같아요."

　"그래요, 오늘 수고 많이 했어요. 몸도 성치 못한데. 졸리면 주무시구려."

　박 대통령은 자상한 미소를 보내며 뒤를 돌아보고 저 뒤 쪽에 앉아 있는이명복 건교부 장관을 옆자리로 불렀다.

　"이 장관, 이렇게 훌륭한 철도를 만드느라 수고가 많았소."

　"아, 아닙니다. 각하. 제 전임 장관들께서 더 많이 수고하셨죠. 저는 거의 공사가 끝날 때부터 맡았는걸요."

　"그래 이 동서고속철도에는 모두 몇 개의 역이 있어요?"

　"네, 인천공항에서 출발해서 김포, 고양, 북서울, 포천, 화천, 양구, 진부령, 고성 이렇게 9개의 역이 있습니다."

"그러면 인천공항에서부터 여기 고성까지는 몇 시간이나 걸리나?"

"쉬지 않고 달리면 한 시간이면 종착역까지 주파(走破) 합니다. 이 차의 최고속도가 시속 250km 이니까요. 그렇지만 보통 달릴 때는 안전속도인 시속 200km 정도를 달립니다. 그런데 인천공항에서 5분, 서울에서 5분 나머지역들은 3분씩 정차하니까 실제로는 한 시간 반 정도 걸리지요."

"그래? 정말 대단하군. 서해안에서 동해안까지 1시간 30분이라! 참 장한 일을 했어. 이제 우리나라도 관광대국이지?"

"그렇습니다. 각하, 세계 10위권 안에 드는 관광대국입니다."

"그래, 내가 이 동서고속철도 맨 처음 개통했을 때 인천공항역에 가 보니까 관광안내책자가 아주 잘 만들어져 있더라고. 이 고속철도의 각 역마다 어떤 관광지가 있는지, 또 온천을 즐기려면 어디에서 내려야 하는지, 낚시를 하려면 어디가 좋은지, 그런 것들이 아주 세세하게 여러 나라말로 씌어져 있더라니까. 이제는 우리나라도 하드웨어뿐만 아니라 소프트웨어도 아주 잘 발달했어. 내가 외국 다녀볼 때 늘 부족하다고 느꼈던 것들이 바로 그런 것들이었는데. 안내책자나 홍보물 같은 거 말이야."

박 대통령은 이명복 장관을 다정스레 쳐다보면서 이야기한 후 잠시 차창 밖으로 시선을 돌렸다. 열차는 어느 새 진부령 역을 지나 터널 속으로 들어가고 있었다.

"각하, 이 터널이 세계에서 가장 길다고 하는 진부령 터널입니다. 터널 입구에서 끝까지 12km나 됩니다. 굉장한 난공사였지요. 공사 때 네 명이나 귀중한 사람들이 숨졌을 정도니까요."

"역을 결정할 때 참 많은 시위(示威)가 있었지. 서로 자기네 고장에 역을 만들어 달라고. 그러나 그렇게 하다보면 고속철도의 의미가 퇴색하

게 되고 또 대도시에만 열차가 서게 되면 결국은 또 낙후돼 있는 지역
은 계속 소외되고… 그래서 내가 그냥 휴전선 부근 쪽으로, 너무 가깝
지 않게 해서, 북쪽 동네들을 발전시키라고 했지. 그래서 아홉 개의 역
들이 결정된 게야.”

“네.”

“이 장관, 한국항공그룹의 조중원 회장 이 차에 같이 타지 않으셨
나?”

“네, 각하, 저쪽에 계십니다.”

“음, 이 쪽으로 좀 오시라고 하지.”

“네, 알겠습니다.”

잠시 후 조중원 회장이 옆으로 왔다.

“앉으시지요, 잠시 얘기나 하면서 가면 좋을 것 같아서…”

“네, 각하.”

“이 고속철 공사할 때 많은 회사가 참여했지요?”

“그렇습니다. 우리 국내의 30대 대형 건설회사들이 모두 참여했지
요. 회사의 내부 사정 때문에 공사를 하지 못하겠다고 했던 두 개 업체
를 빼곤 모두 참가했습니다.”

“참 빨리, 아주 잘 끝냈어. 정말 자랑스러워. 한국의 건설회사들 말이
야.”

“감사합니다.”

“이 객차도 모두 국산이라지요?”

“네, 그렇습니다. 거의 100% 국산입니다.”

“이제는 철도차량 수출도 많이 한다지요?”

“그렇습니다. 각하, 지금은 우리나라의 새마을 브랜드 고속철과 일본
의 신간센(新幹線), 그리고 독일의 이체(ICE)가 경합을 벌이고 있습

니다."

"왜 그 뭐였던가? 프랑스에도 뭐가 있었는데…"

"아, 네 그 떼제베(TGV) 말씀이시군요."

"그래, 그래, 떼지비, 떼지비야."

조 회장은 속으로 '떼제베입니다 각하' 하고 싶은 충동을 느꼈으나 참았다. 뭐 떼제베면 어떻고 떼지비면 어떻겠는가?

"프랑스의 고속철도는 예전에는 굉장히 호평을 받고 또 가격경쟁력도 있었지만 이제는 한물갔습니다."

"왜요?"

"노사분규(勞使紛糾)가 계속되고 또 연구개발에 투자를 소홀히 하고 하다보니까 자연히 한국과 독일, 일본에 밀리게 된 거죠."

"그래, 맞아요. 노사분규가 결국은 자기 발등을 찍는 거야. 그래, 조 회장, 오늘 좋은 얘기 많이 들었어요. 박 비서관, 오후에 내 일정이 어떻게 되지요? 조 회장과 오랜만에 막걸리라도 한 잔 하면 좋을 텐데…"

박선후 의전비서관을 돌아보면서 물어보았다.

"네, 나이지리아 신임대사 면담이 세 시에 있고요, 네 시에 국무총리와 주간회의가 있습니다."

"그럼 안 되겠군. 조 회장, 다음에 내가 시간 내서 한 번 연락드리지요."

"네, 기다리겠습니다, 각하. 그럼 저는 이만."

하면서 90도로 절을 한 후 물러가는 조중원 회장에게 육 여사도 미소로 인사하였다.

이때까지 저쪽에서 슬금슬금 이쪽 자리를 엿보고 있던 20대의 여학생이 용기를 내서 대통령이 계신 자리로 오고 있었다. 중간에 여자 경호원이 본능적으로 벌떡 일어나서 가로막았다.

"저, 육 여사님과 대통령님 뵈면 안돼요?"

순간 경호원은 박종구 경호실장을 건네다 보았다. 경호실장이 눈으로 OK 사인을 보내자 재빨리 여학생의 몸을 더듬어 무기소지 여부를 확인하였다.

"가 보세요."

경호원의 허락이 떨어지자 여학생은 쏜살같이 박 대통령과 육 여사가 있는 입구 쪽의 자리로 왔다.

"안녕하세요? 저 학생인데요…"

"응, 그래. 그렇게 서 있지 말고 이 쪽에 와서 앉지 그래?"

박 대통령이 얼른 옆 자리를 권했다.

"……"

"괜찮아, 앉으라니까."

"그래요, 우리 앉아서 얘기해요."

육 여사의 다정한 목소리에 안심이 되었던지 여학생은 엉덩이를 반쯤 걸친 엉거주춤한 상태로 앉았다.

"자, 편히 앉아요."

"저… 사진 찍어도 돼요?"

여학생이 밝게 웃으면서 육 여사에게 물어보았다.

"그럼, 왜 안 되겠어?"

"학생은 어느 학교 다니나?"

"네, 한강중심대학에서 사회복지 전공하고 있어요."

"이름이 뭐지?"

"박 에스더예요."

"그래, 참 좋은 이름이군. 그런데 아까 고성에서 탔지?"

"네, 고성이 저희 집이에요. 고성군 간성읍이요."

"오, 그래, 그럼 고향집에 다녀오는 길인가?"

"네, 어머니 아버지 뵙고 어제 하루 자고요, 그리고 오늘 가는 길이예요."

"우리도 고성에서 행사하고 이제 서울로 가는 길인데."

육 여사가 다시금 다정한 미소를 지으면서 학생의 손을 잡아주자 학생은 용기를 얻었는지 다시 물었다.

"저… 정말 사진 찍어도 되나요?"

"그러엄, 여보세요, 경호원들께서 누가 사진기 갖고 계시지 않나요?"

육 여사가 복도 건너의 경호원들을 둘러보며 물어보았다.

"아니에요, 여사님, 사실은 제 친구도 함께 왔거든요. 제 친구가 디카 갖고 있어요."

여학생은 얼른 자리에서 일어나 뒤를 바라보며 소리쳤다.

"애, 정순아, 빨리 와, 카메라 갖고!"

순간 열차 안에 있던 모든 사람들의 시선이 이 여학생에게로 쏠렸다. 혹시나 대통령 곁에 갔다가 무슨 호통이나 듣지 않나 하고 은근히 마음 졸이며 지켜보고 있었는데, 이 여학생은 자기 친구보고 사진기를 갖고 오라고 소리치는 것이 아닌가? 친구가 오자 경호원들이 자기네들이 앉아 있는 의자의 가운데 자리로 와서 사진을 찍게 했다. 이 사이에 여학생은 박 대통령과 육 여사의 사이에 쪼그리고 앉아, 한 손으로는 육 여사의 손을 잡고 또 한 손으로는 승리를 상징하는 V자를 그리고 있었다. 사진을 두 컷 찍고 일어나자 그때까지도 관망만 하고 있던 다른 승객들도 하나씩, 둘씩 일어나서 박 대통령의 자리로 오기 시작했다.

"저도 한 장…"

"우리 아들하고도 한 장 찍어 주세요."

이렇게 해서 5, 6명과 사진을 찍자 다른 사람들도 계속 몰려오려고 하였다. 이 때 박종구 경호실장이 제지를 했다.

"여사님이 너무 피곤하세요. 오늘은 이만하시는 게 좋겠어요."

"아니에요, 실장님, 저 괜찮아요. 원하시는 분들 모두 보내 주세요."

육 여사가 얼른 미소로 대답했다. 이렇게 해서 그 칸 안에 있는 모든 사람들과 박 대통령 내외와의 기념촬영이 끝났다.

자리로 돌아온 박 에스더는 조용히 손을 만지작거리며 생각에 잠겼다.

'너무 마르셨어. 우리 할아버지도 저렇게 마르지는 않으셨는데…'

열차는 어느 새 포천역을 지나고 있었다. 육 여사는 조용히 눈을 감고 졸고 계시고 박 대통령은 수첩에 계속 메모를 하시다가 간간히 꾸벅꾸벅 졸곤 하셨다.

'늙으셨어, 두 분 모두 다. 흐르는 세월은 어쩔 수 없군.'

20년 이상을 박 대통령 내외분을 경호해 온 박종구 실장은 창 밖으로 시선을 던지며 생각에 잠겼다. 열차의 창밖으로는 원조이동갈비, 원조이동막걸리, 원조포천갈비 등의 간판이 어지럽게 지나갔다.

'모두가 원조(元祖)로군. 이럴 때는 '원조' 자가 붙지 않은 집이 진짜 원조라던데. 서울에 돌아가면 오늘 수고한 경호원들에게 고기를 사 주어야지.'

이런저런 생각을 하는 순간 귓속의 이어폰에서 정인영 경호차장의 목소리가 들려왔다.

"북서울역 요원 28명 배치 완료!"

:: 경부운하공사 착공

　1991년 9월5일 수요일 아침 9시 30분, 과천 정부종합청사 4동, 6층에 있는 건설교통부 대회의실. '건설교통부'라는 대형로고 앞에는 이명복 건설교통부장관, 김종팔 국무총리, 신현학 경제기획원장관 겸 부총리, 남득우 재무장관, 박충운 상공부장관이 앉아 있었다. 놀랍게도 그 옆줄에는 박정희 대통령이 정부 각 부처의 국장, 실장들과 나란히 앉아 있었다.

　"먼저 오늘 이 자리에 좌정(坐定)해 주신 박정희 대통령 각하 이하 모든 국무위원들께 감사를 드립니다. 오늘 이 회의는 원래 청와대 회의실에서 주재하기로 되어 있었으나, 각하의 특별하신 배려로 이곳 과천청사에서 열게 되었습니다. 우리 각 부처의 실,국장급 간부들이 청와대까지 가는 것이 너무 불편할 것 같다고 각하께서 직접 이 자리에 참석해 주신 것입니다. 이 자리에는 김종필 국무총리 이하 10개 부처의 장관들이 배석해 주셨으며, 오늘의 토의안건은 경부운하 공사의 착수와 진행방향의 큰 틀을 잡자는 것입니다. 먼저 이렇게 각하를 모시고 이런 자리의 사회를 맡게 된 것을 본인의 큰 영광으로 생각합니다."

사회를 맡은 이명복 장관의 개회사였다. 이어서 국민의례가 있었다. 모두가 자리에 착석한 후 참석자 전원을 일일이 소개하는 소개시간이 10여분 동안 진행되었다. 마지막으로 박정희 대통령에 대한 소개가 있었다.

"오늘 이 자리에 참석하시어서 우리의 토론과정을 지켜보실 박정희 대통령각하를 소개합니다."

일동이 모두 기립하여 박수를 보내자 박 대통령은 자리에서 일어나 고개를 숙여 인사한 후 손을 흔들어 답례하고 자리에 앉았다. 정부 각 부처의 실장, 국장급 공무원들은 이렇게 대통령과 함께 회의를 하는 것이 처음이라서 모두들 어리둥절해 있었다. 더군다나 대통령의 자리는 상석(上席)이 아니라 우리들과 같은 테이블라인의 왼쪽 끝자리가 아닌가? 옛날이라면 꿈도 꾸어 보지 못한 엄청난 파격이었다.

"먼저 현재까지의 경부운하 사업 진척상황을 간략하게 소개하겠습니다. 소개는 경부운하 기획단의 주명군 단장께서 해 주시겠습니다."

박 대통령의 맞은쪽 모서리에 앉은 주명군 단장이 일어서더니 바로 뒤에 있는 발언대 앞으로 가서 마이크를 잡았다. 뒤에 걸려있는 '경부운하 기획단'이라는, 푸른 강 위로 배가 떠가는 로고가 눈에 들어 왔다. 짙은 밤색 양복에 단풍무늬 넥타이를 매고 단정하게 머리를 빗어 넘긴 외모에서 빈틈없는 치밀함이 느껴졌다.

"인사는 생략하겠습니다. 저희 기획단은 꼭 1년 전인 1990년 8월에 발족되었습니다. 그러나 이 운하가 구상되고 계획된 것은 10년 전입니다. 그 당시 국내의 많은 학자들이 독일이나 유럽의 운하 시스템을 우리나라에도 도입하여야 한다는 개별적인 의견들이 많이 있었으며, 특히 도로나 철도, 항공에 의한 수송에는 한계가 있다는 점과, 또 우리나라와 같이 수자원이 풍부한 나라에서 내륙운송(內陸運送)을 전혀 도외시하고 있다는 데 대하여 많은 비판이 있었던 것입니다. 이런 상황에 맞춰 국내의 태종대학에서 20여명으로 구성된 운하연구회가 이 경부운하의 타당성을 검토하였으며, 그 후 수많은 세미나와 공청회, 연구발표 등을 통하여 사회적인 공감대를 형성하여 오늘의 이 자리까지 이르게 된 것입니다."

주명군 단장은 대통령과 국무위원 등 50여명의 고위 관료들 앞에서 발표를 하는 것이 약간 긴장되는지 물을 한 모금 마신 후 발표를 계속해 나갔다.

"3년 전 정부에서는 이 프로젝트를 정부의 Prime Project #1으로 채택하였고, 그 이후로 독일의 도이치연방 수로국(水路局)에 타당성 검토를 의뢰하여 '매우 경제성이 높은 사업'이라는 평가를 받은 것입니다. 그리하여 작년인 1990년에 이 사업의 실시설계를 한국수력자원공사와 독일 AIG 그룹에 발주하여 금년 초 설계를 끝내고, 올 봄 정기국회에서 '경부운하건설촉진법'이 통과됨으로써 명실공히 이 경부운하 프로젝트는 이제 본격적인 착수단계에 들어가게 된 것입니다."

잠시 좌중을 둘러 본 후 주명군 단장은 설명을 계속했다.

"이 사업에 필요한 재원은 총 16조원으로 계산되었으며 이번 가을 정기국회에서 이 사업비 중, 우선 1차년도 사업비 2조원이 배정되면 본격적인 용지매입 및 보상단계에 들어갈 것입니다. 본인은 지금까지 사업이 이만큼 추진될 수 있도록 열과 성을 다했다는 사실에 무한한 기쁨을 느낍니다. 이상 지금까지의 간략한 경과보고를 마치겠습니다."

인사를 하고 자리에 앉자 좌중에서 힘찬 격려의 박수가 있었다. 박 대통령은 발표 도중 간간히 수첩에 무엇인가를 메모하기도 하고 열심히 경청하고 있었다. 이명복 장관이 마이크를 잡더니 부연설명을 하였다.

"오늘 이 자리에 대통령 각하를 포함한 10여개 부처의 장관님들과 실,국장님들을 모시고 회의를 하는 목적은, 우선 이 경부운하 건설사업에 모두 공감대가 형성되어야 하겠다는 것이 그 첫째이고, 둘째는 각 유관부처의 적극적인 협조가 없이는 이 사업은 성공할 수가 없다는 사실을 주지시키기 위함입니다. 그야말로 이 사업은 온 국민이 함께 참여하는 국책사업이 돼야만 하는 것입니다. 사업 예산 16조원이라는 막대한 돈이 그 증거인 셈입니다. 그러자면 해당부처의 장관님들께서 적극적으로 도와주셔야 하겠습니다."

지금까지 듣고만 있던 김종팔 국무총리가 입을 열었다.

"그러면 이 사업은 언제부터 공사를 시작할 예정입니까?"

"저희들의 생각으로는 이번 10월 국회에서 예산배정이 되면 곧바로 11월 1일부터 공사에 들어가려고 합니다. 올해의 예산으로는 2조원을 신청해 놓았고요. 총 공사기간은 작업개시 후 8년으로 잡았습니다."

이명복 장관과 대각선 반대방향에 앉은 사람이 손을 들고 질문을 했다.

"건교부 항공운송 과장입니다. 지금 모든 계획이 확정된 이 시점에서 이런 질문을 드리는 것이 타당치 않다고 봅니다만, 아직도 이 사업의 적합성, 또는 시급성 문제에 대하여 회의적으로 생각하는 사람들이 많이 있는데, 과연 이 사업으로 인하여 생각한 만큼의 효과가 있을까요?"

이명복 건교부장관이 계속 답변을 하였다.

"네, 충분한 사업성이 있습니다. 이 사업의 목적은 우선 포화상태에 있는 국내의 내륙운송에 숨통을 틔워주자는 것입니다. 그래서 물류비를 획기적으로 줄여 보자는 것입니다. 배포해 드린 자료에서 보시는 바와 같이 우리나라의 물류비는 선진국들에 비해 두 배 내지는 세 배가 비쌉니다. 더 쉽게 말씀드리면 우리나라 수출업체들은, 물론 수입업체도 포함됩니다만, 우리의 경쟁국들에 비해서 두 배 내지 세 배 비싼 운임을 주고 상품을 수출 또는 수입한다는 얘기입니다. 이렇게 하면서도 우리가 세계 무역대국 5위권을 넘나든다는 것은 오로지 기적(奇蹟)이라고밖에 표현할 수가 없습니다. 이러한 사실은 이미 여러 번의 학술세미나를 통하여 발표된 바 있습니다. 이 경부운하가 순조롭게 진행되어 완성되고 나면, 현재의 화물운송비는 절반 수준으로 떨어질 것입니다. 그리고 기타 관광산업의 발달이나 환경오염물질의 감소 등 부수적인 효과는 별도로 치고라도 말입니다."

이명복 건교부장관 라인의 끝 부분에 앉아있는 사람이 손을 들었다.

"상공부장관 박충운입니다. 이번 운하 노선의 중간 기착지들에 대해서 설명해 주세요. 그리고 선정이유도 말씀해 주시고요."

"버스로 치면 차고에 해당하는 선박의 기항지는 김포와 낙동강 하구언(河口堰)으로 정했습니다. 그곳에 비교적 넓은 공지(空地)를 확보할 수 있기 때문입니다. 그리고 김포를 기점으로 해서 밑으로 내려가면 강화, 영종인데 이곳에서 항공으로 운송되는 화물을 싣고 내릴 수 있습니다. 그리고 다음 기착지는 인천이며 이곳에서 해상화물을 선적, 하역할 수 있습니다. 다시 김포에서 출발하면 여의도, 송파 등의 선착장이 있는데 김포와 송파에서는 서울의 화물을 소화할 예정이며 여의도는 주로 관광객 전용의 선착장으로 개발할 예정입니다. 한강 상류로는 양평을 거쳐서 여주, 충주를 지나게 되고 월악, 문경, 조령, 상주를 거쳐서 대구, 창녕, 물금, 부산, 그리고 최종 종착지인 하구언에 당도하게 되는 것입니다. 이 선착장 중 월악과 조령은 순수한 관광전용 선착장으로 개발할 예정이며 문경, 충주, 여주 등은 공업전용으로, 그리고 대구나 부산등은 관광, 공업 겸용선착장으로 개발할 예정입니다."

"그런데 이제 이 공사가 본격적으로 착수하게 된다는 소문이 돌면 주변의 땅값이 다시 춤을 추는 그런 문제는 없겠어요?"

머리가 하얗게 센 남득우 재무장관의 질문이었다.

"올 봄에 국회에서 통과된 '경부운하건설촉진법'에는 '용지를 보상할 경우 이 법이 발효된 시점의 공시지가(公示地價)를 기준으로 한다.'고 규정되어 있습니다. 따라서 약간의 마찰은 있겠지만 용지보상은 큰 문제가 되지 아니할 것입니다. 또 대부분의 땅이 국가소유인 하천과 하천부지이기 때문에 이 사업의 추진이 더욱 용이한 것입니다."

남득우 장관은 이해하겠다는 듯이 고개를 끄떡였다.

"건교부의 육상운송국장입니다. 이 기회에 우리 육상운송국과 함께 계획했던 내륙운하 고속도로도 함께 발표해 주시면 어떨까요?"

머리가 많이 벗겨진 50대 초반의 공무원이 설명을 요구하였다.

"주 단장이 말씀해 주시지요."

이명복 장관이 주명군 단장에게 답변을 미루었다.

"네, 저희가 이번 사업을 추진하면서 전체 예산 16조원에 공사기간은 8년으로 잡았습니다. 그러나 건설과정에서 나오는 골재채취와 모래채취로 인한 수익이 대략 8조원이 예상됩니다. 그래서 원래는 이 수입을 사업비에 반영할까하고 생각했는데, 각계의 의견을 개진(開陳)하는 과정에서 회계의 복잡성 또는 수익사업이 예상과 차질이 빚어질 경우 전체적인 사업에 차질이 생길지도 모른다는 우려 때문에, 건설공사는 순수하게 국가예산으로 충당하기로 했고요, 대신 골재수입 등으로 인한 수익금은 앞으로 신설될 경부운하건설단에서 자체적으로

운하 주변의 양 옆에 일방통행식 고속도로를 건설하여 국가에 헌납하는 방식을 택했습니다. 그래서 결론적으로 말씀드리면 정부에서 이 경부운하 프로젝트를 승낙해 주시면 결과적으로 편도 2차선의 인천─서울─내륙지방─대구─부산을 잇는 고속도로를 하나 공짜로 얻게 된다는 말씀입니다."

박 대통령의 바로 맞은 편 중간에 앉은 검은색 뿔테 안경이 유난히 큰 40대 중반의 사람이 손을 들고 발언을 신청하였다.

"상공부의 상역차관보입니다. 내륙운하에서 운항할 선박이 겨울철에 강물이 얼어서 90일 정도나 운항에 지장을 받는다는 자료를 보았는데, 만약 그 자료가 신빙성(信憑性)이 있는 것이라면 그 기능에 심각한 장애가 있는 것 아닙니까?"

주명군 단장이 이명복 장관을 쳐다보았다. 장관의 답변하라는 사인이 떨어지자 그는 곧바로 마이크를 앞으로 끌어당기더니 차분하게 대답하기 시작하였다.

"그런 주장이 일부에서 제기된 바 있습니다. 그러나 그 자료는 기본가정을 잘못하고 출발한 것이기 때문에 사실과 많이 다릅니다. 우리나라의 5대강 결빙일수는 고작해야 30일 정도인데, 그것도 강 양 언저리에만 두껍게 얼음이 얼게 되고 강 안쪽은 그다지 두껍지 않은 얼음이 언다는 것이 기상청에 확인한 저희 연구팀의 분석입니다. 그리고 이제 본격적으로 운하가 제 기능을 발휘하게 되면 한 밤중에도 매 30분마다 선박이 통과하기 때문에 아무리 추운 겨울이라도 강물이 꽁꽁 얼어붙어 배가 다니지 못하는 경우는 없을 것입니다. 이 점은 독일의 연방수로국에서 작성한 연구보고서에도 자세하게 언급하고 있습니다."

이어 한 시간에 걸친 질의응답이 지나고 시간은 벌써 12시를 넘어가고 있었다. 이명복 장관은 시계를 보면서 이제 나올 얘기는 거의 다 나온 것 같다며 회의를 끝내려고 박 대통령과 김종필 총리의 눈치를 살피고 있었다. 김 총리가 눈으로 끝내도 좋다는 사인을 보내자 이명복 장관은 마이크를 잡았다.

"오늘 이 자리를 통하여 이 경부운하 프로젝트가 이제 대장정(大長程)에 오르게 되었습니다. 아직 정식으로 기공식을 한 것은 아니지만 이 자리에 계신 모든 국무위원들과 각 부서의 간부들께서 이번 국회에서 이 프로젝트의 예산이 통과될 수 있도록 앞장서 주시기를 간절히 바랍니다. 우리 건교부 직원들은 일치단결하여 이 중차대한 국책사업을 기필코 성공적으로 완수하여 나라의 발전에 기여할 것입니다. 이제 끝으로 박정희 대통령 각하의 오늘 회의에 대한 총평(總評)을 들어 보겠습니다."

천천히 자리에서 일어난 박 대통령은 발표스탠드로 가서 마이크 앞에 섰다. 장내는 물을 끼얹은 듯이 조용해졌다.

"사랑하는 각료 여러분, 그리고 이 자리에 함께 한 각 부서의 간부 여러분, 나는 오늘 여러분들의 열띤 토론을 통하여서 이 사업이 틀림없이 성공하리라는 확신이 들었습니다. 오늘의 초심을 잃지 마시고 이 경부운하 건설공사를 빠른 시일 내에 완공하여 우리나라가 세계 5위의 경제대국임을 다시 한 번 만천하에 과시합시다. 그리고 이 자리에 참석하신 국무위원 여러분들께서는 국회와 잘 협조하여 이번에 예산이 배정되도록 하여 꼭 11월 초부터는 공사에 착수할 수 있도록 해 주시기를 당부드립니다."

이명복 장관은 김종필 총리를 보면서 한마디 하였다.

"총리께서도 한 말씀 해 주시지요."

김종필 총리가 손으로 필요 없다는 뜻으로 손사래를 쳤다.

"그러면 오늘 경부운하건설계획과 관련한 각 부처 합동회의는 이것으로 마치겠습니다. 감사합니다."

과천에서 서울로 돌아오는 차 안, 박 대통령은 창밖을 보며 생각에 잠겨 있었다. 길가에는 벌써 이른 낙엽들이 떨어져서 이리저리 뒹굴고 있었다. 김종팔 총리도 옆자리에 앉아서 생각에 잠겨 있었다. 회의가 끝나고 그냥 가야 하는데 박 대통령이 함께 가자고 하시니 거절할 수도 없고 해서 동승(同乘)한 것이었다.

'빨리 돌아가서 내일모레 프랑스의 미테랑 대통령 내외의 환영준비를 해야 하는데…'

"임자, 우리가 포항강철 그렇게 빨리 건설한 거 박태중이 공이 크지?"

불쑥 박 대통령의 질문을 받고 보니 뭐라고 대답해야 할지 얼른 대답이 떠오르지 않았다.

"아, 네, 그렇지요. 박태중 회장이 없었으면 아마도 포항강철이 아예 탄생하지 못했을지도 모르지요."

사실 그랬다. 그 어려운 여건 속에서도 그 큰 사업을 원래의 의도대로 이룩할 수 있었던 것은 상당부분 박태중 회장의 공이라고 해도 틀린 말은 아니었다.

"세상의 모든 일은 결국 그런 미친 사람들이 만들어 가는 거야. 어떤 일이든지 미치지 않으면 아무것도 해 낼 수 없다고. 나라사랑에 미치고 회사 일에 미치고… 임자, 이명복 장관도 미친 사람이지?"

"그렇습니다. 그 사람 그렇게 열심히 하지 않았으면 30대에 현재건설 사장이 될 수 있었겠습니까? 대단한 사람이지요. 또 그 사람을 발굴해 낸 정주영 회장도 대단하구요."

"맞아, 정 회장, 나 그 사람 참 좋더라고. 서로가 통하는 게 있어. 뭐 서민풍이라고나 할까?"

"나 요새 임자와 자주 만나지 못했어. 요즘 많이 바쁜가?"

자신이 바쁜 것을 어찌 다 말로 설명할까? 이곳저곳 중요한 곳은 반드시 총리가 얼굴을 비춰주어야만 했다. 그런 일이 전체 업무 중의 절반은 됐다. 무슨 도로준공기념식장이다, 공장기공식이다, 외국고위급 인사의 방문에는 꼭 김 총리가 끼어야 그래도 나라의 체면 유지가 됐다. 내일모레 만나는 프랑스 대통령도, 박 대통령은 간단한 인사만 할 뿐 기타 모든 의전절차는 김종팔 총리가 도맡아 하기로 되어 있었던 것이다.

"네, 이런 저런 일정들이 꽤 많습니다."

"내가 왜 그 임자 아코디온 소리 좀 듣고 싶어서… 언제 우리 함께 저녁 먹으면서 막걸리도 한 잔 하자고… 다음 주에도 계속 바쁠까?"

"아, 아닙니다. 제가 시간 내서 연락드리겠습니다."

차는 어느덧 광화문에 도착하여 종합청사 앞에서 총리를 내려주고 청와대로 향했다.

9월13일 목요일, 무척이나 더운 초가을 오후, 정부종합청사의 총리실. 접견실 내에는 김종팔 총리, 이명복 장관, 주명군 경부운하 기획단장, 이렇게 세 사람이 머리를 맞대고 심각한 표정으로 앉아 있었다.

"제가 드릴 말씀은 그것뿐입니다. 사실 지난 3년간 제가 이 운하건설 기획단장의 역할을 자진해서 맡은 것은, 제가 그 경부운하 프로젝트를 사회 공론화하였고 해서 일말(一抹)의 책임감을 느꼈던 것입니다. 그래서 기획단계까지는 제가 참여하겠지만, 그 이후는 정부에서 잘 알아서 해 줄 것으로 기대하고, 이제 저는 더 이상 이 프로젝트에 관여하고 싶지 않습니다."

주명군 단장의 단호한 태도에 옆에서 듣고 있던 이명복 장관이 주명군 단장의 팔을 툭 치면서 웃으며 말했다.

"아, 주 단장님. 그러지 말고 이 사업 계속 맡아서 수고 좀 해 주세요. 각하께서도 지대한 관심을 갖고 계시고, 또 총리께서도 앞으로 주 단장 하시는 일이라면 적극적으로 밀어 드리겠다고 하지 않습니까?"

"장관님, 저는 학교에도 너무 해야 할 일이 많습니다. 잘 아시지 않습니까? 우리 태종대학 이사장직 맡으면서 이제 지금까지 고생고생 해서 겨우 국내 10위권의 연구중심대학으로 만들어 놓았는데, 앞으로도 할 일이 태산 같아요. 전 제가 몸담고 있는 태종대학 정말 좋은 학교로 만들고 싶습니다. 작지만 경쟁력 있는 학교로 말씀이지요. 이제 앞으로는 특화되지 않은 대학들은 문닫아야 할 때가 분명 옵니다. 지금부터 열심히 준비해서 그 때에 대비해야 합니다. 제게 있어서 태종대학은 본업이구요, 운하사업은 부업입니다. 그리고 그 경부운하 8년씩이나 계속되는 공사에 제가 쏟아 부을 에너지도 없고요."

옆에서 묵묵히 듣고만 있던 김종팔 총리가 거들었다.

"아, 학교 일은 지금 있는 김철주 총장이 잘 하고 있지 않나요? 거기 일은 그 사람한테 맡기고 우리와 함께 일해 봅시다. 주명군 선생에 대한 각하의 관심도 워낙 크고 하니까."

"전 뭐 어떻게 더 드릴 말씀이 없네요."

9월 14일 금요일 아침, 청와대 뜰에는 주룩주룩 가을비가 내리고 있었다. 이 비가 오려고 요즘 사나흘 그렇게도 무더웠던 모양이었다.

"그래 그 사람은 안 된다는 거지요?"

"네, 제가 아무리 설득해도 학교 일 때문에 더 이상 할 수 없다고 완강하게 거절합니다. 옆에서 총리께서도 거들어 주셨는데…"

박 대통령의 질문에 이명복 장관은 자기가 무슨 큰 죄라도 지은 듯이 송구해 하였다. 창 밖을 바라보며 말이 없던 박 대통령이 한숨을 쉬면서 혼잣말처럼 중얼거렸다.

"사람이 없어, 사람이…"

"이 장관은 지금 하고 있는 일이 많으니 더 맡을 수도 없고. 새만금사업도 다음달에는 준공을 한다지만 그게 어디 완전한 준공이냐고, 우선 급한 대로 1차적으로 모양만 갖추어 놓은 거지. 앞으로 그 사업도 완전히 끝내려면 3년은 더 걸릴 텐데."

"다른 적임자는 없나?"

"그 사람만큼 운하에 대하여 전문적인 식견을 갖고 있는 사람은 없지요. 또 그렇게 열정적인 사람도 찾기 힘들고요."

이 장관의 답변에 박 대통령은 혀를 끌끌 차면서 일어나더니 서재를 왔다 갔다 했다.

"알았어요. 돌아가 봐요. 그리고 좋은 사람 있는지 더 알아보고. 자, 이 장관 수고했어요."

박 대통령이 손을 내밀자 이 장관은 두 손으로 악수를 받으면서 머리를 숙여 인사한 후 2층 대통령의 서재를 빠져나왔다. 아래층에 내려오며 보니 김정열 비서실장이 수첩에 무엇인가를 메모하고 있다가 의자에서 일어서면서 물어보았다.

"그래, 잘 됐어요?"

"아이고, 실장님, 아주 골치 아파 죽겠습니다. 마땅한 적임자가 없어요. 마땅한 사람이. 이제 공사에 착수해야 할 시점은 한 달 앞으로 다가오는데."

이 장관이 머리를 흔들면서 대답하자 김 실장은 씩 웃으면서 대답했다.

"또 좋은 사람이 있겠지요, 잘 찾아보면. 왜 이 장관이 옛날에 데리고 있던 사람들 중에 좋은 사람들 많이 있다고 하던데, 현재건설 출신들."

"말씀 마세요. 작년까지 청계천공사 한다고 얼마나 혼들이 났는지 이제 제 근처에는 아무도 얼씬하지 않으려고 한답니다."

1991년 11월 3일, 드디어 역사적인 경부운하건설사업의 기공식이 경상북도 문경 근처의 함창읍 감골 벌판에서 거행되었다. 앞에는 드넓은 영강이 펼쳐져 있고 뒤로는 오정산과 단산 등 월악산의 줄기들이 힘차게 뻗어있는 곳이었다. 이날 영강 강변에 마련된 기념식장에는 3부요인들을 비롯한 경상북도와 충청북도의 마을 유지들이 대거 초청되었다. 문경고등학교와 상주고등학교 연합밴드의 힘찬 주악이 울려 퍼지는 가운데 단위에 올라 선 이기탁 경상북도지사는 인사말을 통해서 중앙정부에서 오늘의 이 기공식을 함창, 점촌 지역에서 거행하게 해 준데 대하여 감사를 표했다.

"오늘 단군이래의 최대의 큰 공사라고 하는 경부운하 기공식(起工式)을 초라한 시골동네인 이곳에서 거행하도록 배려해 주신 중앙정부에 무한한 감사를 드립니다. 저는 이 자리에서 우리 경상북도 주민들과 충청북도 주민들을 대표하여, 그리고 대한민국 국민들을 대표하여 박 대통령 내외분께 감사를 드리며 각하를 단상에 모시는 것으로 저의 인사말을 대신하려고 합니다."

이어 단상에 선 박 대통령은 감회가 새로운 듯 넓게 펼쳐진 영강을 바라보며 인사말을 시작하였다.

"친애하는 대한민국 국민여러분, 오늘 이 자리에 참석해 주신 내외귀빈 여러분, 그리고 문경고등학교와 상주고등학교 학생 여러분, 대단히 감사합니다. 오늘 우리가 착수하려고 하는 이 공사는 우리나라 역사 이래 가장 큰 공사입니다. 아마 앞으로도 이만큼 큰 공사는 다시 나오기 어렵지 않을까 하는 생각도 해 봅니다. 단일 공사로 16조원의 공사비가 들어가는 대공사이기도 하지만, 또 공사기간만도 무려 8년이라는 엄청난 기간이 소요되는 공사이기 때문입니다. 제가 그렇게 말하는 또 다른 이유는 이 공사가 끝나면 그 파급효과 또한 우리나라 사람들의 모든 의식구조를 바꾸어 놓기에 충분한 것이기 때문이기도 합니다. 우선 현재의 물류비가 절반 이하로 떨어져서 우리나라의 산업경쟁력을 획기적으로 바꾸어줄 것입니다. 바야흐로 세계 5위의 경제대국이라는 우리의 경쟁력은 경부운하로 인하여 더 큰 날개를 달게 될 것입니다. 주변에서 호시탐탐 우리나라를 따라 잡고자 기회를 엿보고 있는 인도, 러시아, 프랑스, 영국, 캐나다, 호주 등도 이제 이 공사가 완공되고 나면 더 이상 우리와의 경쟁은 포기해야 될 것입니다. 본인은 이런 큰 공사를 이곳 역사가 흐르는 땅 문경, 상주, 예천 지역에서 거행하게 된 것을 진심으로 영광스럽게 생각합니다. 또한 오늘 이 기공식이야말로 우리 중앙정부가 우리나라 국민들을 어느 한 지역 소홀함이 없이 골고루 배려하고 있다는 증표(證票)라고 생각합니다. 주민 여러분, 이제 자부심을 가지십시오. 이 지역은 앞으로 8년 후에 이 공사가 완공되면 인천공항에서 많은 관광객들이 배를 타고 올 것이며, 또한 내륙의 공단들이 더욱 더 활기를 띠고 생산 활동에 들어가게 될 것입니다. 더더욱 이 지방의 주민들에게 다행스러운 것은 운하 양쪽을 따라서 동시에 개통될 내륙고속도로를 통하여 서울까지 두 시간, 부산까지도 두 시간에 갈 수 있다는 사실입니다. 아무쪼록 이 공사가 끝날 때까지 온 국민들이 불편하더라도 잘 참고 견디어 주셔서 우리나라를 부강한 나라로 만드는데 협조해 주실 것을 당부드립니다. 감사합니다.”

전국 각지에서 몰려 든 5,000여 명의 인파는 우렁찬 박수갈채를 보내었고, 이어서 손에 들고 있던 풍선을 하늘로 날려 보내자 하늘은 온통 오색풍선으로 뒤덮였다. 이와 때를 맞추어서 태안의 항공산업단지에서 이륙한 40대의 반디호 축하비행 편대가 오색 연막을 뿌리며 기념식장 상공을 통과하고 있었다. 박 대통령 일행이 단상에서 내려올 때 문경, 상주고등학교 학생들은 새마을노래, 아 대한민국, 충청도 아줌마, 경상도 총각 등의 대중가요를 연달아 연주하였다. 사회를 맡은 이기탁 경상북도지사는 박 대통령 일행을 이웃의 점촌장으로 안내하였다.

"각하, 오늘이 마침, 우리 점촌에 장이 열리는 날입니다. 3일과 8일, 13일과 18일 이렇게 매 5일마다 장이 섭니다. 그곳에 가서서 빈대떡을 안주 삼아 막걸리를 한 잔 하시면 어떻겠습니까?"

"응, 그것 좋지요. 임자도 괜찮으시지요?"

옆의 육 여사를 돌아보며 하는 말이었다. 박 대통령은 옛날 저격사건 이후로는 육 여사를 끔찍이 아껴주고 배려해 주어서 주위 사람들을 흐뭇하게 하였다.

"네, 저는 괜찮아요."

올해로 66세인 육 여사는 벌써 반백의 머리인데도 그 단아한 품격은 늘 그대로였다. 김종팔 총리 일행은 서울에서의 행사 때문에 헬기편으로 서둘러 떠났고, 또 대다수의 참석자들도 각기 자기의 일정에 맞추어서 떠났다. 일행이 점촌 장에 도착했을 때는 이기탁 경상북도 도지사, 제천시장, 상주시장, 문경시장, 예천군수 등 30여 명과 경호요원들이 전부였다. 그들이 점촌장에 막 다다랐을 때 장터에 있던 시골 사람들이 '박정희!', '육영수!'를 연호하며 일행을 환영해 주었다. 어떤 아낙네들은 머리에 수건을 쓴 채로 솥뚜껑과 냄비뚜껑을 두드리면서 덩실덩실 춤을 추고 있었다. 경호원들은 멀찌감치 서서 대통령 주변을 유심히 관찰하고 있고 근접경호원 몇 명만 밀착경호를 하고 있었다.

"아이고, 여사님, 여기 우리 집으로 오시이소~."

"우리 집이 더 좋습니데이."

이곳저곳에서 대통령 일행을 모시고 가려고 난리들이었다. 이 때 이기탁 도지사가 수행원들에게 무어라고 귓속말을 하자마자 수행원들이 바쁘게 움직이더니, 잠시 후 장터 한복판에 널찍하게 멍석이 깔리고 그곳에 서둘러 술상이 벌어졌다. 대통령이 자리에 앉자 모두들 그 주변에 앉고 그 서너 테이블 옆으로는 육 여사를 위해서 탁자가 마련되었다. 육 여사는 휠체어에 앉았고 수행원들은 궁둥이만 걸칠 수 있는 의자에 앉았다. 이렇게 해서 순식간에 동네사람들, 점촌장에 나온 사람들, 시장 상인들 모두가 어우러지는 잔치판이 벌어졌다. 70대 할아버지 한 분이 술동이를 들고 오더니 박 대통령 쪽 자리에 내려놓았다. 이 지사가 자리에 함께 앉기를 권하자 그는 절을 꾸뻑한 후 얼른 대통령에게 술을 권하였다.

"각하, 이 술은 지가 아주 정성들여 빚은 기라예. 한 잔 하시이소."

대통령이 흡족한 미소로 잔을 내밀자 노인이 잔이 철철 넘치게 술을 따랐다. 이어서 모든 사람들의 잔이 채워지자 예천군수가 잔을 높이 들며 건배를 제창하였다.

"자, 대통령 각하의 만수무강을 위하여 건배!"

"건배!"

"우리 대한민국의 발전을 위하여, 건배!"

"건배!"

점촌시장 바닥은 그야말로 잔치집 분위기가 되어 버렸다.

"참 이런 맛 얼마만인가? 우리 모두가 원래 시골이 고향 아닌가 말이야."

박 대통령이 좌중을 둘러보며 말을 하자 모두들 한껏 기분이 고조되어서 주거니 받거니 한잔씩 했다. 멀리서 대통령 일행을 지켜보는 사람들의 수군거리는 소리가 대통령 일행에게까지 들렸다.

"참으로 많이 마르셨데이."

"우째 조래 쪼만하시노 말이다."

"억수로 큰 일도 많이 하셨제. 그래서 진이 다 빠지신 거 아이가."

 아낙네들은 닭을 잡아서 도리탕을 해 왔다는 사람, 산나물을 가져오는 사람, 도토리묵을 가져오는 사람 등등, 모두가 기쁜 마음에 들떠 있었다. 육 여사의 주변에는 아낙네들이 모여서 서로서로 육 여사의 손을 만지려고 난리가 났다. 시장에서 닭집을 한다는 아낙이 육영수 여사에게 말을 건넸다.

"아이고마, 여사님예, 옛날에 총에 맞으신 거 때문에 이렇게 구루마를 타고 계시고마. 참으로 쥑일 놈이라카이…"

"너무 슬퍼 말아요. 그래도 이만 하기가 얼마나 다행이에요…"

 여인은 자기 말을 받아 준 육 여사가 고마운지 어깨를 들먹이며 울음을 터뜨렸다. 여인의 때가 잔뜩 낀 저고리에서 힘든 일상이 배어나와 육 여사는 시장 저쪽을 바라보며 눈물을 참았다. 그리고는 주변의 아낙네들을 둘러보며 한 마디 했다.

"자, 오늘같이 기쁜 날 왜 눈물을 보여요. 우리 모두 힘을 내서 열심히 살아야지요."

 박 대통령 일행은 중앙고속도로를 이용하여 천천히 시골 풍경을 음미하며 서울로 돌아왔다.

"김종팔 총리가 모든 일을 다 처리해 주니 내가 얼마나 편안한지 몰라. 한편으로는 그 사람에게 미안한 마음도 좀 들고."

 옆에서 듣고 있던 김정열 비서실장이 공손히 대답했다.

"네, 총리께서 참 고생이 많으시지요. 날마다 입이 부르트셔서 저도 보기에 참 안타까울 때가 많습니다."

"그렇지. 나라를 이끌어 간다는 게 얼마나 힘든 일인가? 참, 그러나 저러나 이제부터 공사가 잘 되어야 할 텐데 걱정이군."

"잘 해 낼 겁니다. 이명복 건교부장관하고 주명군 단장이 서로 팀을 이루어 하면 문제될 게 무엇이 있겠습니까?"

"그럼. 그럴 거야. 암, 그래야 하고말고."

"이제 8년만 있으면 우리나라 내륙을 잇는 운하에다가 고속도로까지 생긴다니 참 잘된 일이야. 자금조달에도 문제가 없어야 할 텐데."

"걱정 없습니다, 각하. 기업들이 원체 잘 하고 있으니까 세수확보에도 문제가 없고요. 또 우리 정부 부처들도 돈 씀씀이를 많이 줄여서 충분합니다."

"음, 그 사람 말이야, 주명군 단장, 내가 그 친구에게 이 공사를 맡기느라고 얼마나 고생한지 알아? 내가 그 친구 집에까지 찾아 가지 않았었나. 분당에 있는 뭐라던가? 그 무슨 아파트에…"

"네, 각하, '이 험한 세상' 아파트입니다."

"그래, 그래, '이 험한 세상' 아파트. 거기까지 내가 찾아 갔지 않아. 제발 꼭 좀 맡아서 완공시켜 달라고. 그래서 그 친구가 이 경부운하건설사업단의 단장이 된 거라고. 하겠다는 사람은 많았지만 모두 믿음직스럽지 못했어."

"네, 참 잘 하셨습니다. 그 사람 잘 할 겁니다."

"내가 집에까지 찾아가서 사람 쓰려고 매달려 보긴 아마 20년 전인가 21년 전인가? 그 왜 원자력박사 있지? 이휘수 박사라고. 미국 갔을 때 그 사람 집에까지 찾아가서 사정해 보고는 처음이야. 아깝게도 그 사람은 사고로 숨졌지만 말이야."

차는 어느덧 충주 근처까지 왔다. 왼쪽으로는 웅장한 산세를 자랑하는 박달산이 있고, 오른 쪽으로는 수안보의 온천지대가 있는 곳이었다.

'그 사람들이 다음, 그 다음 정부 때까지도 계속해야 이 사업이 탄력을 받고 잘 마무리 될 수 있을 텐데…'

휠체어에 몸을 싣고 ::

"여사님, 정말 엊그제 비서께서 오셔서 여러 가지 사정을 물어보고 가셨지만 이렇게 직접 오실 줄은 몰랐어요. 더군다나 이곳에서 하룻밤 묵어가신다고 하니 저희들에게는 죽을 때까지 잊지 못할 영광입니다."

신록(新綠)이 우거진 애강원의 5월은 아름다웠다. 앞으로는 넘실대는 장승포 바다와 작은 섬들 사이에 자리잡은 대호 옥포조선소가 내려다보이고, 뒤로는 애향동산(愛鄕東山)이라고 이름 붙여진 가파른 야산이 있었다. 오전 11시 30분, 육영수 여사 일행이 탄 봉고차 두 대가 거제도 애강원 앞마당에 도착했다. 뒤따라서 SDS의 취재차량들도 도착했다. 원래 육영수 여사는 이런 곳에 봉사를 다닐 때면 항상 남몰래 다니는 것이 관행이었지만, 오늘은 방송국에 미리 연락을 하여서 함께 가자고 제안했던 것이었다. 이제 머지않아 박 대통령과 함께 시골로 낙향해서 살게 될 텐데 그렇게 되면 누가 이런 불우한 이웃들을 돌보아 줄까 하는 염려 때문이었다. 휠체어에 탄 몸으로 직접 이곳 땅끝

마을 거제도까지 와서 봉사하는 모습을 방송을 통하여 온 국민들에게
보여주게 되면, 국민들이 더 많이 관심을 갖게 될 것이라는 배려가 내
포된 행사였다. 이곳 애강원은 1952년 6.25 전쟁이 한창이던 때에 버
려진 영아들을 돌보는 시설로 출발하여, 현재는 120명의 장애인들을
수용하는 복지시설로 우리나라에서 가장 시설이나 형편이 좋은 곳이
었다. 육 여사 일행이 민들레집이라 불리는 중증(重症)장애인시설 안
으로 들어가자 애강원의 보육사들과 직원들, 그리고 장애인들 60여명
이 이들을 반기며 맞이해 주었다. 애강원에 대한 대략적인 설명을 들
은 육 여사는 곧바로 빙 둘러서 있는 장애인들을 일일이 돌아가면서
손을 잡아주고, 머리를 쓰다듬어 주고 또 끌어안아 주었다. 이들은 너
무 좋은지 뭐라고 말은 하고 싶은데 잘 되지를 않는 모양이었다. 어떤
장애인은 육 여사에게 달라붙어서 떨어지지 않으려 했다. 키는 초등학
교 2학년 정도쯤 되어 보였는데, 원장의 설명을 들어보니, 올해 나이
가 28살의 청년이라는 것이었다. 잠시 후 육 여사 일행을 위해서 이들
이 준비한 프로그램이 시작되었다. 김만순 원장이 14명의 출연자들을
일일이 소개하였다.

"김대석 생활인, 임신군 생활인, 정영복 생활인, 이경희 생활인, 황재
승 생활인…"

황재승 생활인은 자기를 소개하자 너무 좋은지 돌아가지 않는 턱을 열
심히 움직이며 감사하다는 표현을 하려고 손짓발짓까지 해 가면서 애쓰
는 모습이었다. 김만순 원장은 이렇게 일일이 그들의 이름을 불러주어
서 그들이 우리와 한식구라고 하는 점을 자꾸자꾸 강조해 주어야한다고
설명해 주었다. 이어서 이들이 준비한 노래와 율동이 시작되었다.

"당신은 사랑받기 위해 태어난 사람 당신의 삶 속에서 그 사랑 받고
있지요…"

발음은 정확지 않지만 대략 그런 내용의 노래였다. 위로를 해 주려고 왔던 육 여사 일행과 방송국 직원들은 오히려 자기들이 더 위로를 받는 느낌이었다. 12시 30분에 이들의 공연이 끝나고 시설을 둘러보기 위해서 밖으로 나가려고 하자 이들 장애인들이 육 여사의 휠체어에 달라붙어 서로서로 밀어 주겠다고 한바탕 싸움이 일어났다. 제대로 걸을 수 있는 장애인들과 함께 이곳저곳을 둘러보고 난 육 여사 일행은 한시가 조금 넘어서 애강원 식구들과 함께 식탁에 마주 앉았다. 밥은 반찬 세 가지에 오징어국이 전부였다. 엊그제 육 여사 일행이 방문한다는 연락을 받은 애강원 측에서는 회의를 했다. 그래서 육 여사 일행에게 맛있는 음식을 준비해 드리자고 하는 의견도 있었으나, 육 여사가 그런 허례허식(虛禮虛飾)을 아주 싫어하시기 때문에 그냥 우리들이 날마다 먹는 그대로 대접해드리자는 쪽으로 결론이 났던 터였다. 식사가 다 끝나자 육 여사가 이곳 시설에서 봉사하는 사람들과 자리를 함께 하면서 위로의 시간을 만들었다.

"참 고생이 많으시네요. 그래 지금 이 시설에는 모두 몇 명이나 있어요?"

육영수 여사가 부드럽게 미소지으며 물어보자 김만순 원장이 자세한 현황 소개를 하였다.

"네, 지금 남자가 63명이고요, 여자가 44명입니다. 모두 정신지체 장애인들이지요. 그 중 절반은 중증장애인들이고요."

"시설이 아주 좋네요. 장애인들의 천국 같다는 생각이 들어요. 시설뿐만이 아니라 옆에서 돕고 있는 선생님들의 마음씨가 함께 어우러져서 정말 참 좋은 복지시설이구나 하는 생각을 했어요. 우리나라에도 이런 복지시설이 많았으면 좋겠다는 생각도 했고요."

육 여사의 말을 옆에서 듣고 있던 김미화 부원장이 한마디 거들었다.

"네, 저희는 시설이 우리나라에서 가장 좋은 쪽에 속하지요. 후원금도 많이 들어오고요. 그렇지만 대부분의 장애인 시설들은 너무 형편없어요. 또 주위의 관심도 별로 없고요. 이런 말씀드리기는 죄송하지만, 이런 장애인 시설이나 복지시설도 부익부(富益富), 빈익빈(貧益貧)이라고나 할까요? 좋고 깨끗한 데, 많이 알려진 데는 열심히 도와주지만, 그렇지 않고 산 속에 있다거나 시설이 떨어지는 데는 별로 사람들이 관심을 갖지 않아요. 그것이 우리나라의 현실적인 문제인 것 같아요."

"맞아요. 나도 그런 얘기를 들었어요. 그래서 일부러 오늘 여기를 선택했고 방송국에도 부탁해서 동행 취재해 달라고 했어요. 잠시 후에 우리들은 여기를 떠나서 강원도 삼척 쪽으로 갈 거예요. 그곳에 '태백원'이라는 장애인 복지시설이 있대요. 약 50명쯤 된다는데 아주 시설도 형편없고 또 도움의 손길도 거의 없다나 봐요. 그래서 오늘 밤에는 그곳에 도착해서 하룻밤 함께 자면서 그들을 도울 수 있는 일이 없나 의논해 보려고 해요. 아무쪼록 이번 방송이 전 국민들에게 우리나라의 장애인들에 대한 관심을 높여주는 계기가 됐으면 좋겠어요."

육 여사는 함께 내려 온 이광영 비서관을 돌아보며 한마디 하였다.

"우리 이 비서께서 아주 교회에 열심히 나가시는 집사님이세요. 일요일은 하루 종일 교회에서 사시고, 또 청와대에서도 특별히 새벽에 일찍 출근하는 일정이 없는 날이면 꼭 집 앞 교회에 가서 새벽기도를 하고 나오시는 분이에요. 오늘 여기 오기 전에 애강원에 꼭 들려주고 싶은 성경 말씀을 준비했다고 해요. 이 비서님?"

육영수 여사가 이광영 비서를 돌아보며 재촉하자 이 비서는 옷매무새를 단정히 한 후 헛기침을 한 번 하고는 성경을 읽어 나갔다.

"마태복음 25장의 말씀입니다. 주여 우리가 어느 때에 주의 주리신 것을 보고 공궤(供饋)하였으며 목마르신 것을 보고 마시게 하였나이까? 어느 때에 나그네 되신 것을 보고 영접하였으며 벗으신 것을 보고 옷 입혔나이까? 어느 때에 병드신 것이나 옥에 갇히신 것을 보고 가서 뵈었나이까 하리니, 임금이 대답하여 가라사대 내가 진실로 너희에게 이르노니 너희가 여기 내 형제 중에 지극히 작은 자 하나에게 한 것이 곧 내게 한 것이니라 하시고…"

이광영 비서가 성경 읽기를 마치고 땀을 닦았다. 옆에서는 두 대의 선풍기 돌아가는 소리와 카메라 찍는 소리가 요란했다.

"그래요, 제가 이번에 이렇게 멀리까지 와서 여러분들을 위로해 드리고자 결심하게 된 것은, 우리 국민들 모두가 불우한 이웃들에게 더 많은 관심을 가져 달라는 부탁에서입니다. 그리고 여러분들도 지금 이 말씀처럼 주변에 가난한 이웃에게 해 주는 것이 곧 하나님을 섬기는 일이라고 생각하시고 최선을 다해 주세요. 저는 이미 여러분들께서 그런 천사와 같은 마음씨를 가지고 헌신하신다고 알고 있어요. 또 그 현장을 직접 목격하기도 했고요."

육 여사는 앞에 놓인 수박을 한 조각 집어 먹고 말을 계속했다.

"제가 작년에 우리 그분과 함께 인도와 파키스탄을 방문한 적이 있었어요. 그 때 인도에서 마더 데레사 수녀님을 만났지요. 그 때 데레사 수녀님께서 제게 들려주신 말씀이 바로 오늘 읽어드린 그 말씀이에요. 당신은 그 말씀을 의지해서 인도의 죽어가는 사람들, 길거리에 버려진 사람들을 돌본다는 거예요. 길 옆 시궁창에서 죽어가는 사람이 곧 예수님이라는 심정으로요. 우리나라에도 그런 분들이 이렇게 많이 계시네요. 저는 참 자랑스러워요. 이렇게 자기 몸을 내던져가면서 우리들의 소외된 이웃을 보살피는 삶을 산다는 게 정말 힘들거든요."

육 여사는 일행들과 함께 애강원을 떠나려고 앞마당으로 나왔다. 멀리 앞 바다에는 뱃고동 소리가 힘차게 들려왔고, 여기저기 떠 있는 배들의 모습이 한가하게 보였다.

"경치가 참 아름답군요. 그러면 모두들 수고하세요. 우리는 오늘 중으로 삼척에 가야해요."

앞마당에는 다른 아이의 부축을 받고 오는 아이, 겨우겨우 걸어오는 아이, 진작부터 앞에 와서 한 번이라도 더 대통령 할머니를 보겠다는 아이, 오늘 온 사람이 누구인지도 모르면서 함께 덩달아 좋아하는 아이, 이렇게 해서 마당은 금세 장애인 원생들로 가득 메워졌다. 안 떨어지려고 하는 아이들을 뒤로하고 일행은 봉고차에 올랐다. 이제 강원도 삼척을 향하여 멀고 먼 길을 떠나야 하는 것이다.

SDS 취재차량으로 자리를 옮긴 이광영 비서관은 잠시 창 밖을 보면서 회상에 잠겼다. 남들은 청와대에서 육영수 여사를 모신다고 하면 굉장한 '빽'이라면서 이래저래 부수입도 적지 않게 생길 것이라고 하는데, 지금 이 비서관의 처지는 그와는 정반대였다. 공무원 중에서도 이렇게 열악한 직종은 아마 없을 것이다. 대학을 졸업하고 내무부에서 근무한 지 3년 만에 청와대로 발령이 나서 그때부터 육 여사를 모시게 되었는데, 전공이 선교학(宣敎學)인지라 하는 일이 잘 맞아서 그런 면에서는 긍지(矜持)를 갖고 있긴 했지만, 일 자체가 너무나 힘들어서 도저히 견딜 수가 없었다. 육영수 여사님이 원체 사회의 소외된 계층이나 불우이웃에 대한 관심이 많다보니 여사님을 모시고 다닌다는 일이 보통 사람들의 체력으로서는 감당하기 어려운 일이었다. 자신도 원래 체력이 강한 사람은 아니었지만 어쩌다 육 여사님의 일을 맡게 되면서부터는 그런 일에 적응이 돼서, 이제는 하루 이틀 밤을 새워도 충분히 견딜 만했다. 사람은 원래 환경에 적응하는 동물이라고 하지 않았던가? 그래서 팀원들끼리는 '우리는 택시 운전기사보다도 더 많이 뛴다'는 자조적인 말도 하곤 했다. 지난 주에 육 여사님으로부터 '우리나라에서 제일 여건이 좋은 복지시설과, 제일 열악한 곳 한 군데씩을 방문하자'는 말씀을 듣고 나서, 보건복지부의 도움을 받아 이곳저곳을 물색하여 최종적으로 거제도의 애강원과 삼척의 태백원을 선정했다. 그리고 여사님을 모시고 가기 전에 벌써 이 비서는 엊그제 월요일과 화요일 이틀간에 걸쳐서 미리 현지답사를 해 둔 것이었다. 옆자리에 앉은 김벌래 피디는 차에 타자마자 골아떨어졌다. 이제 통영을 거쳐, 진주, 마산, 김해, 양산, 경주, 포항, 영덕, 울진, 삼척의 긴 여행길이 놓여 있는 것이다.

'난 돈 같은 것은 애당초 바라지도 않았어. 그리고 이제껏 8년 동안 여사님의 수족이 돼서 참으로 열심히 모셨지. 그것이 내가 이 나라를 위해서 할 수 있는 봉사가 아닐까? 내가 없으면 여사님께서 얼마나 불편해 하실까? 이제는 여사님의 눈빛만 봐도 무엇을 원하시는지 알아차릴 정도가 되었는데…'

속으로 몇 번씩이나 전직지원서(轉職志願書)를 낼까, 아니면 아예 사표를 낼까 하고 망설여 오다가도 막상 이러한 생각을 하게 되면 다시 마음을 고쳐먹게 되고, 그러다 보니 어느덧 8년의 세월이 물 흐르듯이 지나가 버렸다.

'나만 힘든가? 경호원들은 얼마나 힘들고 옆에서 시중드는 유희송 비서는 또 얼마나 힘들까? 그래도 나는 육 여사님과 이런 저런 대화라도 할 수 있지 않은가? 경호원들은 말 한마디 없이 그림자처럼 숨어서 일 하는데…'

아내도 으레 이제는 자신을 휴일도 모르는 사람, 출퇴근 시간도 없는 사람쯤으로 생각했다.

'더군다나 지금은 다리도 불편하신데 내가 여사님의 다리가 돼 드려

야지.'

이 비서관은 창 밖을 보면서 다시 한 번 다짐을 해 보았다.

포항을 통과할 때까지도 일행은 한 번도 쉬지 않고 계속 달렸다. 흥해에 이르자 눈앞에 탁 트인 바다 풍경이 전개되었다. 일행은 그곳 경치가 좋아서 잠시 휴게소에서 쉬기로 했다. 차가 도착하자 휴게소에 있던 사람들 20여 명이 육 여사를 알아보고는 주변으로 몰려왔다. 육여사는 잠시 화장실을 다녀 온 후, 그들과 커피를 마시면서 그들의 생활을 물어보았다. 함께 여행을 온 일가족 네 명이 육 여사 앞에 와서 인사를 했다. 부산에서 설악산으로 2박 3일 휴가를 떠나는 길이라고 했다. 육 여사는 사내아이에게 몇 학년이냐고 묻고는 또 학교생활의 이런저런 것들을 물어보았다. 차량 행렬은 휴게소에서 쉬던 사람들과 휴게소 직원들의 전송을 받으며 다시 출발했다 이제 한 시간 정도만 더 가면 된다고 했다. 벌써 저녁 6시 50분, 동해안에도 서서히 어둠이 찾아오기 시작하였다. 차량 행렬은 원덕을 지나서 태백산 줄기로 들어섰는지 매우 험한 산세가 보이더니 마침내 비포장도로가 나타났다. 차가 심하게 흔들리자 육 여사가 이 차로 옮겨 탄 이광영 비서관을 보면서 물어보았다.

"이 비서님, 여기가 어디예요?"

"네, 여사님, 태백산 줄기의 응봉산입니다. 매우 높은 산이지요. 1,267m나 되니까요. 이제 20분만 더 가면 태백원에 도착합니다."

이 비서관은 이렇게 늦게 오게 될 줄은 몰랐다. 애당초 거제도에서 2시에만 떠났으면 7시까지는 충분히 올 수 있겠다고 일정을 잡았는데, 그곳에서의 출발이 약간 늦어졌고 그 결과 저녁 8시가 다 되었던 것이다. 지금부터는 비포장도로로 험한 산길을 20분 정도나 더 가야하는 것이다. 뒤에서 방송장비를 싣고 오는 두 대의 취재팀도 힘들기는 마찬가지일 것이다. 차량이 덜컹대더니 이내 바퀴가 헛돌기 시작했다. 밑바닥에 돌이 걸렸는지 헛바퀴가 계속 돌면서 돌이 차 바닥을 때리는 소리가 요란하게 들려왔다.

'제발 안전하게 도착해야 할 텐데. 10분만 더 가자, 10분만 더…'

이 비서는 속으로 기도를 했다. 여사님을 모시고 다니면서 차량 사고라도 난다면 정말 큰일이 아닐 수 없었다.

드디어 8시 30분, 비포장도로가 끝나고 언덕 하나를 넘자마자 넓은 평지가 나오더니 그곳에 작은 판잣집 세 채가 옹기종기 모여 있는 모습이 보였다. 마당에는 환하게 전깃불이 켜져 있었고 사람들 10여명이 나와서 서성대고 있었다. 차량 행렬이 언덕 아래로 내려가서 마당에 주차하자 집 안 이곳저곳에서 사람들이 우르르 몰려나왔다. 마치 피난민 수용소에서 쏟아져 나오는 피난민들 같았다. 육 여사를 부축해서 차량에서 내리게 한 사람은 이곳 태백원의 운영자인 김요셉 목사. 40대 중반의 나이에 검게 탄 얼굴이지만 눈에는 맑고 선한 기상(氣像)이 서려있었다. 육 여사의 손을 두 손으로 감싸 안은 김 목사는 빙 둘러선 50여명의 원생들에게 육 여사를 소개하였다.

"원생 여러분, 오늘 육영수 여사님께서 우리 장애인들을 위로하기 위하여 이렇게 휠체어를 타고 먼 밤길을 오셨습니다. 우리 모두 박수로 여사님을 맞이합시다."

이어서 우렁찬 박수 소리와 함께 냄비를 두드리는 소리, 꽹가리를 치는 소리 등 온 골짜기가 요란한 소리로 떠나갈 듯하였다. 큰 방으로 안내되어온 육 여사는 순간 눈물이 핑 돌았다. 방에 있는 시설이라야 나무 상자 몇 개와 벽에 걸려있는 옷가지 약간이 전부였다. 30명쯤 들어서니까 방은 더 이상 앉을 곳도 없이 꽉 찼다. 방은 진작부터 불을 땠는지 따뜻했다. 목사의 사모인 듯한 여자가 큰 눈망울에 그렁그렁 눈물을 담고 있었다. 잘 먹지 못한 듯 얼굴에는 기미가 그득했다. 원생들 중에는 육 여사를 알아보는 아이들도 있었지만 대부분은 그냥 눈만 멀뚱멀뚱 뜨고 있었다. 그들이 입고 있는 옷차림새로만 보아도 이곳의 사정이 어떤지 대충 짐작 할 수 있을 것 같았다. 가지고 온 선물보따리를 풀자 아이들의 눈이 휘둥그레졌다. 육 여사의 봉고차에서 다섯 박스, SDS의 방송차량에서 일곱 박스의 선물 보따리가 쏟아져 나온 것이다. 아이들이 추울까봐 준비해 온 점퍼를 펼쳐 보이자 아이들은 뛸 듯이 기뻐했다. 남자아이들은 회색으로, 여자아이들은 분홍색으로 준비한 것이다. 김 목사는 선물 보따리를 보더니 울음 섞인 목소리로 육 여사에게 감사하다는 말을 잊지 않았다.

"여사님, 정말 엊그제 비서께서 오셔서 여러 가지 사정을 물어보고 가셨지만 이렇게 직접 오실 줄은 몰랐어요. 더군다나 이곳에서 하룻밤 묵어가신다고 하니 저희들에게는 죽을 때까지 잊지 못할 영광입니다."

그는 흐르는 눈물을 더 이상 주체하지 못하겠는지 손바닥으로 닦고 나서는 말을 계속했다.

"돕는 손길이 너무 없습니다. 그래서 제가 이곳저곳 교회에 부탁해서 후원금 가지고 꾸려 나가지요. 그 밖에 우리 교단에서 지원해 주는 보조금이 약간 있고요."

김 목사는 연신 손등으로 눈물을 닦아 내었다.

"힘내세요. 저도 힘자라는 데까지 돕겠어요."

"여사님, 너무 시장하시지요? 식사가 준비됐답니다."

그러지 않아도 아까 도착해서부터 삼겹살 굽는 냄새에 일행은 언제 저녁을 먹나하고 식사시간만을 기다려 온 터였다. 엊그제 이광영 비서가 이곳을 방문할 때 미리 육 여사님의 금일봉을 전달했었다. 일행은 10시가 다 돼서야 식사를 마치고 이런 저런 이야기들로 꽃을 피웠다. 남자들은 사내아이들의 숙소인 이 방에서 그대로 자기로 했다. 그리고 여자경호원 두 명은 여자 아이들 14명과 함께 자기로 했고 육 여사는 김 목사 내외와 함께 별채에서 자기로 했다. 여자 원생들은 무엇이 그리도 좋은지 여자 경호원 언니들의 손을 잡아끌면서 빨리 방으로 들어가자고 난리들이었다. 삐뚤어진 입과 뒤틀린 손과 발을 가지고… 밖에서는 남자 원생들의 떠드는 소리가 들려오고, 이름모를 산새들의 울음소리만이 처량하게 들리는 태백산 속 5월의 밤은 그렇게 깊어갔다.

그 다음 주 월요일, SDS는 8시 뉴스가 끝나고 황금시간대인 8시 45분부터 15분간을 이번 SDS 특별취재팀이 육영수 여사 일행과 함께 제작한 '불우이웃, 우리의 가족입니다' 라는 프로그램을 방영하였다. 거제도 애강원에서 장애인들이 오히려 방문 팀을 위로하기 위하여 공연을 하는 모습, 먼 시골 산길을 달려서 밤 9시가 다 돼서야 태백원에 도착하는 육 여사 일행의 모습, 그리고 초췌한 모습에 50여명의 장애인들을 돌보는 젊은 목사부부, 이들 일행을 맞아 너무나도 기뻐하고 있는 원생들의 모습, 그리고 마지막에 육영수 여사의 '국민들께 드리는 말씀'이 1분 30초 동안 방송되었다.

"저의 몸과도 같은 대한민국 국민여러분, 어제와 오늘 저는 저의 모든 마지막 힘까지 다 동원하여 거제도의 애강원과 강원도 삼척의 태백원이라는 두 곳의 장애인 시설을 방문하였습니다. 이제 저는 머지않아 대통령의 아내라는 신분을 떠나서 시골에 내려가서 조용히 살게 될 것입니다. 저의 나이가 나이니만치 이제는 더 이상 몸 바쳐 사랑할 체력도 없고 또 거동하기가 너무나도 힘이 듭니다. 이제 마지막으로 국민

여러분들께 간곡히 당부드립니다. 여러분, 지금까지 저를 사랑하셨듯이 앞으로도 변함없이 우리 사회의 가난한 사람들, 무의탁 노인들, 병든 사람들, 소년소녀 가장들, 나환자들, 정신질환자들, 장애인들, 또 나라를 위하여 희생하신 분들과 그 유가족들, 그 밖에 많은 우리의 어려운 이웃들을 돌보아 주시기를 바랍니다. 그것이 곧 하나님의 사랑을 실천하는 길이며 우리 모두가 하나 되는 길인 것입니다. 제가 혼신(渾身)의 힘을 다하여 이렇게 먼 곳 두 군데를 방문한 목적은, 여러분들께서 우리의 소외된 이웃들에게 지금보다 더 많은 관심을 기울여달라는 뜻에서입니다. 국민여러분, 대단히 감사합니다."

박 대통령의 민심탐방 ::

1992년의 여름 어느 날, 한 달 전에 있었던 서해교전의 충격도 서서히 가라앉고 이제 사회는 다시 정상으로 돌아왔다. 7월 28일 그날은 한여름의 무더위가 기승을 부리는 목요일이었다. 청와대 뒤뜰에서 울어대는 매미들의 합창소리가 유난히도 시끄러운 오후, 박정희 대통령은 2층 서재에서 파리채를 들고 한가로이 파리를 잡고 있었다. 열려진 문 사이로 박종구 경호실장이 서재 안을 들여다보더니 박 대통령과 눈이 마주치자 꾸뻑하고 인사를 했다.

"응, 박 실장, 들어오지 그래."

경호실장이 자리에 앉자 박 대통령은 선풍기 바람을 경호실장 쪽으로 틀어 주고는 물었다.

"직원들이 많이 휴가를 갔나 봐. 아주 조용하군."

"네, 각하, 아마 한 삼분의 일 정도는 휴가를 떠난 것 같습니다."

"음, 그래야지. 휴가도 가야 새로운 기분으로 일들을 잘 할 수 있겠지. 그래 박 실장은 안 가나?"

"아이구, 뭐 저야 어떻게… 각하도 근무하고 계신데 휴가를 생각이나할 수 있겠습니까?"

경호실장이 손을 비비며 황송해 하자 박 대통령은 동쪽 정원을 바라보았다. 정원에 있는 30년생 은행나무의 잎이 바람에 살랑살랑 흔들렸다.

"아니야, 경호실장, 부인하고 한 번 다녀 와. 요즘 동해안 바닷가로 많이들 간다던데. 여기 일은 그 왜 정 차장 있지 않아?"

"아, 네, 정인영 차장요. 그렇지만 각하도 안 가시는데. 그것보다 각하, 제가 온 것은 지난 번에 지시하신 민정시찰(民政視察) 말씀인데요. 그래서 내일 각하의 일정이 괜찮으시다면 시내에 한 군데를 물색해 두었는데요."

"응, 어디지? 난 아마 내일 저녁 때 쯤에는 시간을 낼 수 있을 것 같은데. 잠깐만…"

박 대통령은 책상 위에 놓여있는 수첩을 확인해 보더니 좋다는 뜻으로 고개를 끄덕이고는 곧 바로 인터폰을 들더니 비서실장에게 확인하였다.

"김 실장, 나 내일 6시 넘어서 특별히 다른 일정 잡아 놓은 거 없지요?"

"네, 각하, 4시에 김연옥 서울시장과의 면담이 있는 것 말고는 그 이후 시간은 잡혀 있는 게 없습니다."

자리에 앉은 박 대통령은 경호실장을 쳐다보면서 물어보았다.

"음, 그럼 됐어. 경호실장, 내일로 하지. 내일 몇 시면 좋을까? 누구와 함께 가면 좋을까?"

"특별히 같이 동행할 분을 생각해 놓지는 않았는데요. 내일 서울시장이 오신다면 시장과 함께 가시는 것은 어떨까요?"

"아니야, 그 사람은 시민들한테 많이 알려져 있을지도 몰라. 나도 변장을 하고 가야 할 텐데. 비서실장을 좀 불러 보지?"

박종구 경호실장이 아래층으로 내려가더니 곧 바로 김정열 비서실장과 함께 올라 왔다.

"이봐요, 비서실장, 여기 경호실장이 내일 시내로 가서 민심을 파악해 보자고 하는데 누가 같이 가면 좋을까? 임자 같이 안 가겠나?"

"저는 지난 번 광주에 각하를 모시고 다녀오지 않았습니까?"

사실 김정열 비서실장은 오늘 너무 몸이 좋지 않았다. 몸살인지 아침에 일어나니 몸이 천근만근이라 하루이틀 푹 쉬었으면 좋겠는데 말씀 드리기도 어렵고 해서 참고 지내는 중이었다.

"음, 그렇지. 지난번에도 함께 다녀왔지. 그러면 누구와 함께 갈까?"

"아, 박준구 국회의장은 어떨까요? 토요일 오전에 각하와 면담 일정이 잡혀 있으니까 어디 다른 데를 가실 것 같지도 않고요. 또 각하와는 아주 절친한 사이니까 각하께서도 편안하시지 않겠습니까?"

"그 사람도 너무 테레비에 자주 나와서…"

"어차피 각하도 변장을 하시고 나가기로 한 것이니까 국회의장께서도 변장하고 모자 쓰면 관계없지 않을까요?"

박 대통령은 생각났다는 듯이 손바닥으로 응접탁자를 탁 쳤다.

"음, 그래, 육인순 민정수석과 가면 좋겠네. 왜 그 생각을 진작 못 했지? 민정시찰 가는데 민정수석이 당연히 가야지… 지금 한 번 연락해 봐요. 그 사람은 별로 테레비에 나온 일도 없고 하니까 뭐 변장할 필요도 없겠지. 아주 제격이구먼."

곧 바로 비서실장이 대통령의 책상에서 전화를 했다.

"나 비서실장이예요. 그래요. 뭐 특별한 일 없다고? 알았어요. 그러면 내일 오후 여섯시까지 비서실로 오세요. 응, 그냥 나하고 맥주 한 잔 하는 거지 뭐. 그러니까 최대한 편안한 복장으로 나오세요. 알았지요?"

"각하. 육인순 민정수석 여섯시까지 들어온답니다."

비서실장의 보고에 박 대통령은 흡족한 듯이 웃으면서 한마디 했다.

"난 사실 맥주는 별론데. 막걸리라면 또 몰라도…"

"각하, 무교동의 낙지집들이나 빈대떡 집들은 너무 장소가 좁아서 각하의 신분이 금방 노출됩니다. 아무리 변장(變裝)을 하신다고해도 목소리만 가지고도 사람들이 알아볼 수 있으니까요. 그리고 조명도 밝아서 어떻게 저희들이 해 볼 도리가 없습니다. 그렇지만 내일 가시는 데는 수백 명이 와자지껄 시끄럽고 또 모두들 얘기하는 데 정신이 팔려 있어서 옆 테이블에 누가 있는지 신경도 쓰지 않습니다. 장소가 넓어서 경호하기도 좋고요."

박종구 경호실장이 자신 있게 설명하자 박 대통령은 어린아이처럼 내일을 은근히 기대하는 눈치였다.

"어떤 얘기들이 나올지 참 궁금하군. 지난 번 광주나 부산에서 들었던 얘기와는 또 다른 얘기들이 나오겠지?"

금요일 오후 여섯시, 비서실에 온 육인순 민정수석은 김정열 비서실장과 박종구 경호실장으로부터 오늘의 일정에 대하여 자세히 듣고 있었다.

"각하는 콧수염을 붙이시고 중절모를 쓰실 겁니다. 또 맥주집의 분위기가 소란스럽기 때문에 신분이 노출될 염려는 없습니다. 민정수석은

민 상무이사, 각하는 양 회장님으로 호칭을 해 주십시오. 민 상무이사, 양 회장님 입니다."

박종구 경호실장이 민정수석의 눈을 들여다보며 재차 다짐하듯 주의를 주었다.

"아마도 각하께서는 '자네' 라는 호칭으로 부를 겁니다. 크게 어려운 일은 없습니다. 그냥 최대한 편안하게 맥주 한 잔 한다는 생각하시고 다녀오시면 됩니다."

경호실장의 설명에 민정수석은 부담스럽다는 듯 거듭 사양을 했다.

"저 말고 다른 적임자는 없나요? 각하와 동행은 왠지 좀…"

"잘 좀 모시고 다녀오세요. 높은 지위에 계시면 참 외롭고 힘든 겁니다. 모든 사람들이 다 어려워만 하니까요. 그냥 각하께서 실제로 시민들이 어떤 생각을 하는지 알고 싶으신 거니까, 그 맥주집의 분위기에 어울려서 있다가 오시면 됩니다."

저녁 7시 10분 을지로 입구 하나은행 본점의 지하에 자리잡고 있는 '오비부어' 생맥주집. 금요일 저녁이라 벌써부터 맥주집은 대기 손님이 몇 명 앉아 있었고 실내는 담배연기로 가득 차 있었다. 손님들의 떠드는 소리에 바로 옆 사람의 목소리도 크게 소리질러야 들릴 정도였다. 대통령 일행이 예약한 자리는 안 쪽 화장실로 통하는 출입구에 가까운 테이블이었다. 그 대각선(對角線) 옆 자리와 홀의 중간쯤 되는 테이블에는 경호팀들이 미리 와서 맥주를 시켜서 마시고 있었다. 한 테이블에는 정인영 경호실 차장이 김상희 경호원, 이원휘 경호원과 자리를 같이 했다. 김상희 경호원은 육 여사 전담이었다. 1988년 서울올림픽 태권도 결승에서 경기시작 3초 만에 왼발 돌려차기로 스웨덴 선수를 다운시킨 장면은 벌써 국내에서 20여 차례 이상 재방송된 명장면 중의 명장면이 되었다. 이원휘 근접경호원은 경호경력 1년의 새내기 총각경호원으로, 최근 몇 년간 국제경기에서 모든 게임을 한판승으로 장식한 대한민국 유도의 간판스타였다. 고구려대학 영문과를 졸업한 엘리트에다 잘생긴 외모까지 갖추어서 청와대 여직원들 간에는 인기 최고의 '얼짱'에다 '몸짱'으로 통하는 총각이었다. 작년에 실시된 청와대 경호원 공채시험에 합격하여 경호원이 되었다. 그 반대편 테이블에도 근접경호원 두 명과 비서실의 여직원인 신수봉양과 심재순양이 앉아서 맥주를 마시고 있었다. 자칫 남자 경호원들끼리만 한 자리에 앉아서 술을 마시고 있으면 금방 사람들의 눈에 띌까봐 김정열 비서실장이 특별히 두 명의 비서실 여직원들을 보내 준 것이었다. 박종구 경호실장은 이 건물 1층의 주차장에 세워져 있는 차 안에 경호본부를 설치하고 경호원들과의 연락망을 유지하고 있었다.

하늘색 남방에 회색바지를 입고 작은 가죽서류 가방을 든 채로 50대 초반의 귀공자 타입의 사람이 앞장서서 들어오고, 그 뒤를 70대 노인이 뒤따라 들어오고 있었다. 이곳의 종업원들은 이런 70대 노인들도 자주 보기 때문에 별로 신경을 쓰지 않는 눈치였다. 야자나무 잎사귀가 그려져 있는 남방에 흰색 바지를 입고 중절모에 콧수염을 붙이고 지팡이를 들고 들어오는 박 대통령은 영락없는 멋쟁이 노신사였다. 웨이터는 두 사람을 테이블로 안내한 후 메뉴판을 내밀었다.

"회장님, 여기 골뱅이무침 아주 매콤하고 좋습니다. 그리고 맥주는 500cc 한 잔씩 하시면 어떻겠습니까?"

민정수석의 제안에 박 대통령은 모자를 쓴 채로 고개를 끄떡여 동의를 표시했다. 500cc 맥주 두 잔이 먼저 배달된 후 5분 쯤 후에 안주가 나왔다. 박 대통령은 중절모를 더욱 눌러 쓴 후 일부러 약간 목소리를 굵게 내서 한마디 했다.

"민 상무, 한잔하세나!"
"네, 회장님."

대통령의 뒤 테이블에는 30대 중반이나 후반쯤 돼 보이는 여자 두 명이 아까부터 시끄럽게 목청을 돋우며 떠들어댔다.
"애, 너희 시어머니 정말 웃긴다, 웃겨."
한 여자는 멋을 내느라고 풀었는지 흰 브라우스의 단추 두개가 풀어 져 있었다. 고개를 약간 앞으로 숙이고 있을 때는 젖가슴이 반쯤은 보 였다.
"그래, 누가 김치 담가서 갖다 달랬니? 글쎄 김치 담가 놓았으니까 잠깐만 들르시겠다는 거야. 그래서 내가 오늘은 밖에 나갈지도 모른다 고 했더니, 애 글쎄 뭐라고 하시는지 아니? 내가 지난 번에도 똑같은 말을 했다는 거야. 그러면서 부득부득 잠깐만이면 된다는데 내가 뭐 어떻게 거기다 대고 '오지 마세요' 할 수가 있니? 그래서 아까 네 시에 왔다 가셨어, 글쎄?"
"왜 네가 한 마디 해 드리지 그랬니? 요즘 우리 며느리들은 시어머니 의 '시' 자도 싫어서 시금치도 안 먹는다고, 호호호."
"내가 정말 미쳐, 호호호!"
여자들은 무엇이 그렇게 재미있는지 연신 깔깔대며 웃어댔다.
이 때 박 대통령의 오른 쪽 테이블에서 맥주를 마시던 50대 중반의 사내들 세 명이 술을 다 마셨는지 주섬주섬 일어나더니 의자를 마구 어질러 놓고는 이내 카운터 쪽으로 걸어 나갔다. 맨 뒤에 따라 나가는 사내는 일어나면서 '끄윽~'하고는 트림을 했다.
맥주홀 내에는 음악소리, 떠드는 소리, 웨이터 부르는 소리, 맥주잔 부딪치는 소리, 에어콘 소리로 정신이 나갈 지경이었다.

"여기 에어컨이 너무 춥군. 전기를 좀 아껴야 되는데…"

박 대통령의 말에 민정수석이 얼른 대답했다.

"회장님, 요즘 이렇게 시원하지 않으면 손님들이 오지 않는답니다."

옆의 빈 테이블에 40대 초반쯤 되어 보이는 사람들 네 명이 안내되어 왔다.

"주문하시겠습니까?

종업원은 그들이 자리에 앉자마자 메뉴판을 내놓으며 주문을 재촉했다.

"야, 로찐아. 여기 소세지 구이 맛있다. 그리고 두부김치도 좋아. 괜찮니?"

한여름인데도 어디 금융기관에 근무하는지 긴팔 와이셔츠에 붉은 색 꽃무늬가 들어 있는 연분홍 넥타이를 단정히 맨 사람이 다른 세 명의 친구들을 쳐다보며 동의를 구했다.

"그래, 우린 여기 잘 안 와 봤어. 니가 알아서 시켜."

초록색 반팔티를 시원하게 입고 머리는 덥수룩한 다른 친구가 말을 받았다.

"맥주는 뭘로 하시겠습니까?"

종업원의 거듭되는 질문에 흰 와이셔츠는 귀찮다는 듯이 한 마디 툭 뱉았다.

"아, 그거, 3000cc 항아리 하나 줘요."

3000cc짜리 큰 Pot으로 주문한다는 뜻이었다.

"수환아 너는 잘 지냈냐?"

"응, 잘 지냈지, 애들도 다 잘 있지. 그런데 얼마 전에 일창이가 자기 와이프하고 왔다 갔어."

이 때 안주와 3000cc 맥주 하나가 배달되어 왔다.

재빨리 잔에 술을 채운 종수라는 친구가 얼른 부라보를 외치면서 건배를 한후 잔을 내려놓으며 반문했다.

"그으래? 일창이 개 괜찮은 모양이네? 어떻게 휴가 왔었대?"

"응, 일주일간 필리핀에서 쉬겠다고 해서 내가 호텔 두 군데 예약해 줬지. 그리고 떠나기 전날 밤은 우리 집에서 함께 잤어."

종수가 그랬냐는 뜻으로 고개를 끄떡이고는 옆의 금테안경을 쓴 친구를 쳐다보면서 물어 보았다.

"야, 영상아, 니네 회사는 어떠냐?

운동을 했는지 몸집이 아주 좋은 친구가 얼른 대답했다.

"응, 우리 회사는 그럭저럭 잘 돼. 아무래도 미국회사니까 국내회사와는 달라. 좋은 점도 꽤 있고 또 반면에 나쁜 점도 많아."

"너 거기 간 지 벌써 몇 년 됐지?"

"7년째인가?"

"페이는 괜찮냐?"

"뭐 요새는 국내회사도 많이 주니까 국내회사와 별로 큰 차이는 없을 걸? 옛날에 나 처음 갈 때는 두 배 정도 차이 났었는데… 그래도 아직 좋은 점은 근무가 자유롭다는 거야. 모든 계획을 내 맘대로 할 수 있고, 또 휴가도 내가 원하면 일년에 30일 범위 내에서 한 번에 다 쓸 수도 있고, 열 번에 나누어 쓸 수도 있고, 또 휴가 쓰기 싫으면 돈으로 받을 수도 있고."

영상이의 말에 나머지 세 친구는 부러운 듯이 쳐다보았다.

"야, 30일 씩이나?"

"그렇지만 아무래도 외국인 회사라는 게 너희도 알잖니. 나이 먹어서 계속 다니기는 좀 힘들어. 벌써 나만 해도 이젠 노털 축에 속한다. 40대 중반이면 서서히 떠날 준비해야 돼. 50대는 아예 없다고. 내 말 알아들어? 그래도 니네들은 좋은 거야. 너희들은 오십 먹어도 계속 다닐 수 있지?"

다른 세 명이 약간은 자신 없는 투로 고개를 끄떡였다.

"야, 그래도 은행에 오십 먹은 사람들 다니는 거 봤냐? 우리도 50대 초반이면 다 이거야, 이거."

종수가 엄지손가락을 아래로 향하면서 짤린다는 시늉을 하자 모두 한바탕 웃으면서 다시 건배를 외쳤다.

박 대통령은 이들의 얘기에 귀를 기울이면서 '오늘은 별로 건져 가는 게 없군' 하는 표정으로 앞자리의 육인순 민정수석을 바라보았다.

"회장님, 한 잔 하시지요."

"응, 그럴까?"

민 상무는 순간 회장님의 검은색 안경과 야자나무잎사귀 남방셔츠가 잘 어울린다고 생각했다. 이때 옆자리의 친구들은 벌써 3000cc를 다 마셨는지 3000cc를 하나 더 시키면서 안주를 추가했다.

"여기 그거 줘요. 닭고기 훈제하고 부추김치. 야, 너희들 먹고 싶은 거 없냐?"

"응, 우린 잘 몰라. 그런데 여기 과일 먹으면 어떠냐?"

필리핀에서 왔다는 친구가 메뉴판을 가리키면서 종수를 쳐다보자 종수는 좋다는 뜻으로 고개를 끄떡였다.

"그럼, 맥주 3000cc 하고 닭고기훈제, 부추김치, 그리고 과일 이렇게 가지고 오겠습니다."

종업원의 말에 미국회사에서 근무한다는 친구가 한 마디 거들었다.

"야, 안주 너무 많아. 하나 빼."

그러자 종수가 별거 아니라는 듯 손사래를 치면서 말을 가로챘다.

"됐어요. 그냥 갖다 주세요."

"네 알겠습니다."

종업원이 물러가자 종수가 한 마디 했다.

"야, 여기는 우리 넷이 아무리 먹어 봤자 10만밖에 안 나온다고. 걱정 마. 내가 낼게."

종수가 자기 가슴을 두드리며 호기를 부리자 세 사람은 한 마디씩 해댔다.

"누가 뭐 돈 때문에 그러냐?"

"배부르니까 하는 소리지."

"그래, 맥주는 너무 배가 불러."

"야, 니들 걔 누구냐? 현주, 현주 알지?"

종수의 느닷없는 말에 일동은 순간 서로를 쳐다보며 어리둥절해 했다.

"누구? 박현주?"

영상이가 잘 모르겠다는 듯 이름을 대자 종수가 답답하다는 듯 미간을 찌푸리며 계속했다.

"아니, 꺼벙이 말이야, 우리가 왜 당구장 가거나 그러면 맨날 놀렸잖아? 꺼벙이 현주."

"아, 정현주? 그래, 걔 왜?"

일행이 종수를 호기심 어린 눈으로 쳐다보자 종수가 웃으면서 설명했다.

"그래애, 꺼벙이 정현주, 그 새끼 왜 옛날에 KGS 들어갔잖아. 그런데 거기 죽이더라. 연봉이 1억2천이 넘는대. 얼마 전에 점심 때 갔는데, 아, 글쎄 점심인데도 식당에 가서 불고기 하고 소주를 시키더라고. 날 보고 먹으라고 하는데 우린 낮술은 못 먹잖아. 그래서 한 잔 받아 놓고 걔만 따라 주었지. 한 병을 그냥 앉은 자리에서 다 먹더라니까? 뭐, 자기는 피디기 때문에 이렇게 술이 한 잔 들어가야 창의성이 나온다나? 그러면서 헤어지는데 사우나 하고 가야겠다고 하더니 그 옆 빌딩에 사우나 가더라. 참 별천지가 다 있다 했지. 난 그날 융자 좀 팔아볼까 하고 갔는데…"

종수가 한심하다는 듯이 말하자 그 옆에 있던 로찐이라는 친구가 바짝 다가앉으며 거들었다.

"말마, '한국우사회'라고 거 뭐냐? 소싸움 시키는데 있잖아, 과천에 있는 거. 처남 친구가 거기 다니는데 연봉이 장난 아니야. 1억 몇 천 받는대. 그런데 연봉이 문제가 아니라 시시때때로 이런 저런 명목으로 돈이 나온대. 김장값이다, 추석 보너스다, 봄 되면 식목일 수당이다, 가을 되면 산불방지 수당이다 해서, 돈 줄 명목(名目)이 없어서 못 준대."

로찐이 부러운 듯이 입에 침을 튀겨 가면서 말을 하자 옆에서 듣고만 있던 수환이가 한마디 끼어들었다.

"우리 필리핀에도 공무원 애들 연수 나오거나 하면 골프장에서 자주 보는데 걔들 돈이 어디서 그렇게 많이 나는지 아주 잘 써. 캐디들 팁도 척척 주고. 그래서 그렇게 다들 공무원이나 국영기업체 가려고 하는구나 하는 생각이 들더라고."

"야, 니들 엊그제 신문 봤냐?"

이 때 500cc 한 잔을 단숨에 비우고 난 창호가 친구들을 죽 돌아보면서 이야기를 꺼냈다.

"수원시청 공무원들 말이야. 매일 5시, 6시에 퇴근하면서 밤 11시 까지 근무하는 걸로 해 가지고는 333억원이나 되는 돈을 야근수당으로 타 먹었대요. 5년 동안 333억원을, 더 이상 말해서 뭐하냐? 내 참 기가 막혀서."

"그러니까 눈먼 돈이야. 국민세금 가지고 돈 쓰는 기관들은 다 그렇다니까? 한국우사회 같은 데도 봐라. 국민들 노름 돈 아니냐? 그게 허가 낸 도박이지 뭐. 소싸움에 미친 사람들이 한탕 노리고 벌이는 소싸움."

로찐의 푸념에 종수가 또 건배를 제안했다.

"야, 시팔, 술이나 먹자, 자 건배!"

"부라보우, 건배!"

"난 정말 그 KGS 못마땅해. 그게 일년에 1조원이나 예산이 들어간다더라. 뭐 자기네들 말로는 TV 수신료 받아서 하는 돈이니까 세금이 아니라고 하지만 그게 왜 세금이 아니냐? 준조세(準租稅), 그거 다 세금이지. 매달 관리비나 전기요금에 붙어서 나오는 거 아냐? 왜 정부에서 방송국을 운영해야 되는 거야? 다 지들 정치에 써 먹으려고 하는 거지, 안 그래? 난 솔직히 KGS 보지도 않아요. 그 국영방송국들이 지금 세 갠가? 그걸 다 민간으로 돌려 봐라. 당장에 세금이나 TV 수신료 그만큼 안내도 될 거 아냐? 우리 국민들 부담에서 연간 1조원 이상 절약되는 거 아니냐고."

종수는 열이 나는지 또 술을 벌컥벌컥 마셨다. 잔을 비우기가 무섭게 영상이가 또 술을 따라 주면서 얘기에 맞장구를 쳤다.

"며칠 전 신문 보니까 일본에서는 똑같이 수신료로 운영되는 NHK도 종업원의 20%를 줄였다고 하더라. 우리는 그런 노력 아예 하려고 들지도 않아요."

이번에는 로찐이 침을 튀겨가면서 논쟁에 가세했다.

"대한전력이라는데도 종업원이 뭐 일만 명이라고 하던가? 그것도 왜 민간은 못 하냐? 지금이 어느 시대냐? 우리 현재그룹 봐라. 아침 7시부터 근무야, 저녁 7시, 8시까지는 의무적으로 해야 돼. 또 실제로 그렇게 일이 많기도 하고. 그런데 공무원들 5시 땡! 하면 퇴근해. 난 세금가지고 공무원들 먹여 살리는 거 정말 못 마땅해."

로찐의 말을 받아서 이번엔 수환이가 점잖게 한 마디 했다.

"내 조카가 미국은행에 들어갔는데, 아, 너 종수 은행에 있으니까 잘 알겠다. 내가 어디라고 얘기는 못하는데, 날마다 밤 12시에 집에 온대요. 아침 6시에 집에서 나와야 하고, 그래서 누나가 아주 죽을 맛이래. 토요일도 저녁때나 집에 온대요. 일요일은 가기도 하고 쉬기도 하는 모양이더라. 누나 만났더니 힘들게 수도서울대학 졸업시켰더니 취직해서 애 잡겠다고 아주 한숨을 땅이 꺼지게 쉬더라니까?"

이번에는 미국회사를 다닌다는 영상이가 또 다시 말을 받았다.

"공무원들은 근본적으로 자기네가 돈을 벌어서 먹고 사는 게 아니잖아. 국영기업체 직원들도 마찬가지고. 우리는 수익이 없으면 회사 문 닫아야 하잖아. 니네 남양화학도 마찬가지지? 너 지사에서 수익 못 내면 당장 필리핀지사 철수하라고 할 거 아니냐? 야, 너희들 우리 한국지사장 얼마나 힘든지 아냐? 날마다 미국본사에서 실적 적다고 생난리야, 난리. 내가 옆에서 봐도 참 안 됐더라. 그렇지만 공무원들이나 국영기업체 직원들은 실적 같은 거 별로 관계없어. 감사에만 걸리지 않으면 돼. 그러면 60세까지 노 프라블럼이야 노 프라블럼…"

"산업지원은행인가 하는 데도 봐라. 거기 사장은 하루 일당으로 계산하면 200만원 정도 된대요. 그래서 자기 자식들한테 말한다고 하잖아. 월급쟁이들의 천국이라고. 청원경찰도 6천, 7천 받는대요. 참 기가 막혀서. 직원들은 다 억대 연봉자들이야. 억대연봉. 거기서 뭐 그렇게 대단한 일을 하는데?"

"야, 조선은행은 더해요, 더해. 내가 며칠 전 필리핀에서 신문 보니까 조선은행에서는 개도 만 원짜리 지폐 물고 다닌다더라."

"그래, 통폐합해도 될 데가 태반이지 뭐. 대한전력이다, 대지공사다 하는 국영기업체들 다 민간이 하면 지금보다 훨씬 잘 할 수 있을 텐데."

"그런 국영기업들이 수십 개나 돼요, 아마 백 개도 넘을 걸?, 걔들이 쓰는 돈이 한 해에 정부예산하고 거의 비슷하대요. 참 그 돈을 다 국민

세금이나 준조세 가지고 때우는 거야. 물론 자기네들 말로는 자기네들도 수익사업을 한다고 하지만 그게 어디 우리처럼 피 튀는 경쟁이냐고, 다 독점이지, 독점!"

종수의 말에 영상이가 또 거들었다.

"맞아, 공무원들은 가급적 숫자를 줄여야 돼. 그래서 작은 정부로 가야지. 집에도 봐라? 버는 사람은 아버지 한 사람 뿐인데 아들, 딸, 할머니, 할아버지, 엄마, 쓰는 사람은 일곱 명 여덟 명 돼봐라. 그 아버지가 얼마나 힘들겠니?"

"야, 짜식아, 그건 적당한 비유가 아냐!"

로찐이 순간 맥주잔을 테이블에 쾅! 하고 내려놓으면서 화를 내자 종수가 얼른 영상이를 팔로 툭 치면서 주의를 주었다.

"야, 로찐 앞에서 그런 말 하지 마. 로찐은 부모님 모시고 애들도 세명이나 되는데…"

영상이가 얼른 로찐의 손을 잡으면서 사과를 했다.

"아, 로찐아. 미안하다 미안해. 내가 깜빡했구나. 하지만 어쨌든 내 생각은 공무원 숫자는 적어야 하고 세금은 더 적게 거두어야 된다는 거야. 그리고 국영기업체도 다 민영화할 수 있으면 해야 된다는 거지. 우리 같은 민간에 넘겨봐라. 그까짓 발전소 못 운영할 것 같으냐? 여기 로찐 다니는 현재그룹보고 철도나 우체국 운영하라고 해 봐. 지금보다 싼 값에 훨씬 더 잘하지."

술이 떨어졌는지 종수는 또 하나를 시키려고 종업원을 불렀다. 이 때 수환이가 시계를 보면서 그만 먹자고 했다.

"야, 종수야, 벌써 8시 반이야. 집에 가야지."

"뭐? 무슨 소리야. 우리 이거 두 개밖에 안 먹었어. 겨우 6000cc야. 한 사람당 1500cc밖에 안 돼. 야, 더 먹어. 괜찮아. 내가 오늘 다 계산할게. 여기, 3000 하나 더!"

종수의 호기에 로찐이 질 수 없다는 듯 한 마디 꽥 소리를 질렀다.

"야, 여기 술값은 내가 낸다, 오케이, 됐지?"

영상이는 못 당하겠다는 표정으로 손가락질을 하며 웃었다.

"얘는 하여튼 학교 다닐 때부터 술 참 잘 먹어. 오죽하면 별명을 로찐이라고 했겠냐? 진로를 거꾸로 해서 '로찐'이지. 야, 로찐아 너 요새 소주는 잘 안 먹냐?"

"안 먹긴 왜 안 먹어, 인마. 오늘은 니들이 맥주 먹자고 하니까 맥주로 마시는 거지."

이때 다시 술과 안주가 나왔다. 일행은 술이 거나해서 더욱 큰 소리로 건배를 외쳐댔다. 순간 주변의 모든 사람들의 시선이 이들에게 집중되었다.

박 대통령도 이들을 보면서 참 부럽다는 생각을 했다.

'저렇게들 스트레스를 풀고 사는구나. 그러니 얼마나 자유롭고 좋은가.'

이 때 박 대통령을 지켜보던 육인순 민정수석이 얼른 제안했다.

"저, 회장님, 저희도 한 잔 하고 이제 그만 자리를 뜨시지요?"

"응? 몇 시야, 민 상무?"

"네, 벌써 8시 40분입니다."

"그래, 한 10분만 더 있다 갈까, 그럼?"

옆 자리의 남자들은 이제 떠들고 마시는 것도 지쳤는지 로찐이라고 하는 친구는 아까부터 자꾸 재채기를 하기 시작했다.

"야, 이제 우리는 일어나자. 벌써 아홉시다. 애 봐라. 로찐 취했다. 가자."

"그래 가자."

영상이라는 친구의 동의에 세 명은 일어났다. 로찐만은 불만인 듯 계속 더 마시자고 하면서 친구들을 만류했다.

"야, 오늘만 날이냐? 나중에 또 한 잔 하자. 강남 쪽으로 나와."

영상이의 제안에 모두 따라 나가면서 뭐라고 한 마디씩 했다.

"나 뭐, 오늘 술값은 내가 낼게. 수환이 모처럼 필리핀에서 왔는데 내가 한잔 사야지. 어이쿠, 죄송합니다."

로찐이 따라 나가면서 비틀대다가 옆 자리의 박 대통령 일행 테이블을 살짝 건드리면서 사과했다. 이때 대각선 쪽에 있던 이원휘 경호원이 순간적으로 자리에서 벌떡 일어나려고 하자 정인영 경호차장이 손으로 앉으라는 표시를 하며 제지했다.

"회장님, 저희도 일어나실까요?"

"음, 그러지 뭐."

아까부터 이쪽을 힐끔힐끔 쳐다보던 젊은 경호원 팀도 자리에서 일어났다. 정인영 경호실 차장은 벌써 계산을 끝내고 입구 쪽에서 안을 둘러보더니 손으로 코를 닦는 시늉을 하면서 속삭이듯 한마디 했다. 손에 들고 있는 초소형 무전기로 건물 밖의 경호실장 팀에게 보고하는 것이다.

"회장님, 다 드셨습니다. 차 쪽으로 모시고 갑니다."

밖에는 이미 어둠이 깔려 있었지만 을지로의 밤은 마치 대낮처럼 밝았다. 길 옆 가로수에 붙어 있는 매미들은 시간도 모르고 악을 쓰면서 울어댔다. 건너편의 로또백화점 벽에는 멋장이 여자의 가는 허리 선이 유난히 돋보이는 '로또가을신상품초대전' 이라는 큰 사인보드가 환한 불빛을 받아 아름답게 보였다.

'벌써 가을이 왔나?'

박 대통령 일행이 차 앞에 이르자 경호원들이 얼른 에워싸면서 박 대통령을 차에 태웠다. 사람들은 그때서야 차에 타는 사람이 대통령인 것을 알고는 주섬주섬 근처로 몰려들었다. 박 대통령은 주위에 몰려 있는 시민들에게 손을 흔들고 싶었지만 아까 청와대를 떠나기 전에 경호실장으로부터 단단히 당부를 받은 터라 그냥 뒷자리에 몸을 기댄 채 앉아 있었다. 대통령이 타자마자 차는 '끼이익~'하는 타이어 소리를 내면서 쏜살같이 로또호텔을 왼쪽으로 하고 시청 앞으로 해서 청와대 쪽을 향했다. 교육문고 앞을 지날 때 박 대통령이 옆자리의 육인순 민정수석을 바라보면서 한 마디 물었다.

"요즘 사람들이 책을 안 본다면서요?"

"네, 우리나라 국민들의 독서수준이 일본 국민들의 1/4밖에 되지 않는다고 하는 통계가 얼마 전에 통계청에서 발표된 적이 있습니다."

"큰일이네. 책을 많이 읽어야 감수성도 풍부해지고 지식도 늘어나지. 테레비나 인터넷을 통한 정보는 아무래도 단편적이고 쉽게 잊혀진단 말이야."

"민정수석!"

"네, 각하!"

"아까 그 사람들 공무원과 국영기업체에 아주 많은 혐오감(嫌惡感)을 갖고 있더군."

박 대통령의 질문에 순간 민정수석은 긴장하며 잘 대답해야겠다고 생각했다.

"뭐, 꼭 혐오감이라고 할 수는 없겠지만 공무원들이 많고 하다보면 아무래도 경쟁력이 떨어진다는 뜻이겠지요. 일반적인 국민들이라면 보통 그렇게 생각할 겁니다."

박 대통령은 나지막하게 중얼거리듯 말했다.

'원산폭파 작전, 원산폭파작전…'

육인순 민정수석은 박 대통령이 무슨 질문을 하신 것도 같고 혼잣말인 것도 같아서 재차 확인할 겸 물어보았다.

"각하, 지금 무슨 말씀 하셨습니까?"

박 대통령은 순간 화들짝 놀라며 짐짓 고개를 저으면서 부정하였다.

"응? 아, 아니야. 아무 일도 아닐세."

에어컨을 너무 약하게 틀어서 차 안이 몹시 더웠다. 평소에 대통령은 에너지절약을 아주 강조하기 때문에 차를 함께 타면 보통 고역(苦役)이 아니었다. 이런 대통령의 성격을 잘 알고 있는 이대관 운전기사는 항상 에어컨을 1단으로 제일 약하게 틀고 운전을 했다. 박 대통령은 몇 년 전에 청와대 근처의 궁정동 식당에서 저녁식사를 하던 도중 김재구 정보부장이 차주철 경호실장을 향해 쏜 총알이 벽에 부딪치고 튀어나오는 바람에 왼 손을 다친 적이 있었다. 그 후로 한 동안 왼손에 깁스를 하고 다녔는데 그 사건 이후 경호실에서는 더욱 경호에 신경을 쓰게 된 것이었다. 그래도 대통령은 경호문제를 별로 대수롭지 않게 생각하시니 함께 차에 타고 있는 정인영 경호실차장은 보통 힘든 게 아니었다. 대통령 일행을 태운 차는 어느덧 청와대 본관 앞에 도착하였다.

:: 재벌회장들과의 만남

"여러분들은 이 나라의 경제를 책임지고 있는 분들입니다. 여기 계신 모든 분들이 최소한 몇 만 명에서 몇 십만 명의 생계를 책임지고 있는 대기업의 회장들입니다. 아직도 일부에서는 우리 대기업들을 '재벌'이 니 '족벌'이니 하면서 백안시(白眼視)하고 있지만, 우리나라 경제가 이 렇게 성장하게 된 것은 우리 대기업들이 정말 불철주야(不撤晝夜) 열 심히 앞장서서 뛰어 주었기 때문이라는 사실을 나는 분명히 말할 수 있습니다."

1992년 8월 30일 오후 6시, 김종필 총리가 청와대로 박 대통령을 찾아 왔다. 오늘 전국경제인협의회 주최로 대기업 회장들이 박 대통령과 김 총리를 장충동에 있는 신라호텔로 초청한 것이었다.

"각하, 이제 떠나셔야 할 시간입니다."

김 총리가 시계를 보면서 말을 건네자 박 대통령은 두툼한 서류봉투를 김 총리에게 넘겨주었다.

"음, 김 총리, 서류부터 먼저 전해 주어야겠군. 이거 중국대사 후보자, 두 명 가지고는 안 되겠어. 외무부에 좀더 사람을 물색해서 다시 서너 명을 추천해 달라고 하는 게 좋겠어요."

그리고는 잠시만 기다려 달라고 하더니 인터폰으로 비서실장에게 지시하는 것이었다.

"비서실장, 별일 없지요? 나 신라호텔에서 저녁 식사가 있어서 나가니까 비서실장은 곧 바로 퇴근하세요."

박 대통령이 청와대 서문을 빠져 나오려 하자 대기하고 있던 경호차량 두 대와 경찰 오토바이 네 대가 앞뒤로 박 대통령 차와 김 총리 차를 호위하기 시작하였다.

'김 총리가 앞으로 잘 해 주어야 할 텐데. 지금 상황으로는 세 명이 오차범위 내에서 백중세라는데, 정말 앞으로 5 ~ 6년만 이대로 계속 나간다면 우리나라는 완전히 안정궤도(安定軌道)에 도달할 텐데. 뭐 또 김영산 총재나 김대정 총재가 해도 잘 하겠지. 나라를 이끌어 가는 방식은 약간 다르겠지만…'

뒤따라 오는 김 총리 차를 돌아보면서 박 대통령은 이런 저런 많은 생각들을 하였다.

차는 벌써 동대문을 지나 울창한 숲을 왼쪽으로 끼고 달리고 있었다. 옛날에 있던 축구장과 야구장을 모두 헐어 버리고 지금은 뉴욕의 센트럴파크와도 같은 도심 숲으로 만든 '동대문공원'이었다. 차는 어느덧 장충동 로터리에 들어섰다. 저 앞으로 신라호텔의 푸르른 소나무 숲이 나타났다. 온갖 추억이 많았던 장충체육관을 산성그룹에서 몇 년 전에 매입한 후 체육관을 철거하고, 이곳에 3,000 그루의 소나무를 심고 신라호텔 정문을 이 소나무 숲의 한가운데로 통과하도록 만들어 놓았다. 한식으로 잘 지어진 호텔의 정문을 지나서 차는 본관 앞에 멈추어 섰다. 정문 앞에서 김호중 전경협 회장과 이건휘 산성그룹 회장이 박 대통령과 김 총리를 맞이하였다.

"어서 오십시오, 각하."

허리를 숙여 인사하는 두 사람과 반갑게 인사를 한 후 박 대통령은 로비를 지나 이 호텔의 33층에 있는 다이아몬드홀로 안내되었다. 남산 전체가 한 눈에 보이는 전망 좋은 방이었다. 박 대통령은 상석에 앉기를 권유하는 김호중 전경협 회장의 인도로 붉은 소나무 몇 그루가 그려져 있는 커다란 그림 앞쪽에 자리를 잡았다. 바로 오른 쪽으로는 남산타워가 한 눈에 들어오고 좀 밑으로는 국립극장이 내려다보였다. 오늘 모인 사람들은 대호 그룹의 김호중 회장, 산성전자 그룹의 이건휘 회장, 동남아건설 그룹의 최운석 회장, 에이지 그룹의 구자광 회장, 국제산업 그룹의 양경모 회장, XK 그룹의 최종현 회장, 호성그룹의 조성래 회장, 그리고 근호아시안 그룹의 박삼군 회장, 이렇게 모두 여덟 명이었다. 김호중 회장은 모인 사람이 너무 적어 미안한지 박 대통령에게 장황하게 변명하였다.

"각하, 오늘 현재그룹의 정주영 회장께서는 두바이 고속도로 입찰관계 때문에 출장가셨고요, 로또그룹의 신각호 회장께서는 일본에서 투자사절단과 회의를 하기 때문에 못 온다고 하셨습니다. 그리고 청룡양회그룹의 김성곤 회장께서는 지병치료 때문에 참석하지 못하겠다고 전해 오셨고요, 두타그룹의 박두병 회장께서도 베트남 발전소 계약건 때문에 못 오신다고 했습니다. 이렇게 많이 빠지게 돼서 너무 죄송합니다."

박 대통령은 미안해 할 것 없다는 뜻으로 옆에 앉은 김종팔 총리를 보면서 웃었다.

"임자, 대기업 회장이 얼마나 바쁜 직책인데, 일이 우선 아니겠소?"

"네, 맞습니다, 각하. 그 큰 그룹을 움직이려면 신경 써야 할 일이 어디 한두 가지겠습니까? 자, 그럼 시작하시지요."

김종팔 총리가 박 대통령을 대신하여 오늘 모임을 시작하자고 하자 김호중 회장이 자리에서 일어나서 헛기침을 두어 번 한 후에 입을 열었다.

"에, 오늘 박정희 대통령 각하와 김종필 총리를 모시고 이렇게 조촐한 술자리를 마련하게 된 것을 대단히 기쁘게 생각합니다. 오늘 이 자리는 우리 대기업들의 모임인 전경협에서 주관하였습니다. 지난 30년간 우리나라를 이끌어 오시고 이제 퇴임을 얼마 안 남겨두신 박 대통령 각하와 간단하게 술잔을 기울이면서, 그동안의 노고도 위로해 드리면서 우리 기업인들의 고충도 말씀드려 보고 하기 위해 이렇게 소찬을 마련하였사오니 부디 좋은 시간되시기를 바랍니다."

김호중 회장이 자리에 앉자, 오늘 모임의 간사를 맡고 있는 동남아건설 그룹의 최운석 회장이 한마디했다.

"그러면 먼저 박정희 대통령 각하께서 격려사를 해주시겠습니다."

박 대통령이 자리에서 일어나더니 양복 단추가 채워져 있는지 옷매무새를 확인하고는 좌중을 둘러보며 인사말을 시작하였다.

"여러분들은 이 나라의 경제를 책임지고 있는 분들입니다. 여기 계신 모든 분들이 최소한 몇 만 명에서 몇 십만 명의 생계를 책임지고 있는 대기업의 회장들입니다. 아직도 일부에서는 우리 대기업들을 '재벌'이니 '족벌'이니 하면서 백안시(白眼視)하고 있지만, 우리나라 경제가 이렇게 성장하게 된 것은 우리 대기업들이 정말 불철주야(不撤晝夜) 열심히 앞장서서 뛰어 주었기 때문이라는 사실을 나는 분명히 말할 수 있습니다. 이제 우리나라는 재작년에 수출 3,000억불을 달성하였고 아마도 올해는 5,000억불을 달성할 것으로 여겨집니다. 그렇지만 우리나라가 세계 5위의 경제대국이 되었다고 자만하지 마시고, 더욱더 수출에 주력해 주시기를 당부드립니다. 아울러 중소기업도 건실하게 발전할 수 있도록 대기업들이 적극적으로 지원해 주시고요. 이상

간단하지만 여러분들의 노고에 답하는 말이 되었는지 모르겠군요. 감사합니다."

박 대통령의 격려사(激勵辭)가 끝나자 모여 앉은 사람들과 종업원들이 힘찬 박수를 치면서 박 대통령의 격려에 화답하였다. 10명이 빙 둘러 앉은 원탁에 종업원들이 음식을 가져오기 시작하였다. 오늘의 메뉴는 양식도 아니고 중식도 아니고 일식도 아니고 그렇다고 한식도 아닌, 그야말로 잡탕, 바로 그것이었다. 각 사람들의 식성을 고려하여 신라호텔에서 특별히 준비한 것이기 때문이었다. 먼저 박 대통령과 김 총리의 식성에 맞추어서는 파전과 빈대떡이 나왔고, 이건휘 회장과 조성래 회장의 식성에 맞추어서는 생선초밥이 한 접시씩 나왔다. 그리고 김호중 회장을 위해서는 갈비구이가, 또 박삼군 회장의 식성에 맞게는 참치 샐러드가, 최운석 회장을 위해서는 양고기 구이가 준비되었으며, 그 밖에 삶은 돼지고기와 새우젓, 족발 한 접시, 두부 세 접시, 그리고 각 사람별로 시금치 국이 마련되었다. 술은 막걸리 한 주전자와 포도주 세 병, 그리고 맥주가 여러 병 마련되었다. 참석자들은 속으로 생각했다.

'아이쿠, 이거 오늘 막걸리에 포도주에 맥주에 몇 가지를 짬뽕하게 생겼네 그려.'

그러나 박 대통령이 원체 다른 사람들의 이야기 듣기를 좋아하는 분이라는 것을 익히 알고 있었으므로, 속으로는 오늘 어떤 말을 해야 할까 하고 궁리하고 있는 눈치들이었다. 이 때 자리에서 이건휘 산성그룹 회장이 조용히 일어서더니 테이블에 놓여 있는 포도주 병을 집어들고는 자랑스레 설명을 하였다.

"각하, 제가 여기 좋은 포도주를 준비했습니다. 1982년 프랑스 보르도 산 특급와인 '샤또 라투르'입니다. 한 잔 시음해 보시지요."

그러면서 손수 박 대통령의 와인 잔에 포도주를 따라 올렸다. 박 대통령은 시음을 하더니 좋다는 뜻으로 고개를 끄덕이면서 대답하였다.

"응, 맛이 아주 시큼하고 좋군 그래. 자, 우리 이 포도주로 모두 건배 한 번 합시다."

종업원들이 오더니 모든 사람들의 잔에 와인을 채워 주었다. 박삼군 회장이 자리에서 일어나더니 힘찬 소리로 건배(乾杯)를 외쳤다. 이어서 모든 사람들이 방이 떠나갈 듯이 '건배!'를 외치면서 와인 잔을 비웠다.

박 대통령이 대호그룹의 김호중 회장을 보면서 먼저 말을 건넸다.

"그래, 김 회장께서는 요즘도 그렇게 일년에 절반 이상을 외국에서 보내십니까? 게다가 또 연수대학의 총동창회장직도 맡고 계시다면서요? 정말 몸이 몇 개라도 모자라겠구면."

"네, 전 그게 아예 체질화되었습니다. 벌써 그런 식으로 40년 가까이를 살아 왔으니까요."

"각하, 그 '세계경영'이라는 거 좀 들어 보십시오. 정말 대단합니다. 김 회장님, 각하께 그 경영비법 좀 설명해 드리세요."

김 총리가 옆에서 거들자 김호중 회장이 부끄럽다는 듯이 사양하였다.

"에이, 그게 뭐 그리 대단할 게 있나요. 다시 한 번 건배를 하시지요."

김호중 회장의 제안에 맞추어서 일동이 모두 '건배!'를 소리치며 잔을 높이 쳐들었다. 박 대통령과 양경모 회장, 그리고 최운석 회장은 막걸리 잔을 들었고, 김 총리, 김호중 회장, 박삼군 회장은 맥주 잔을 들었다. 이건휘 회장, 구자광 회장, 최종현 회장과 조성래 회장은 포도주 잔을 들었다. 일행이 모두 '부라보!'를 힘차게 외치면서 한 잔씩을 마시고 술잔을 테이블에 내려놓자, 조성래 회장이 안주로 건포도를 몇 알 입에 털어 넣고는 김호중 회장을 재촉하였다.

"저도 많이 들었어요. 그 세계경영이라는 거. 비법 좀 설명해 보시라니까요? 아, 여긴 안 되겠구먼, 경쟁사의 회장들이 다 앉아 있으니, 하하하!"

김호중 회장이 조 회장의 지원사격에 자신을 얻었는지 설명을 하기 시작하였다.

"뭐, 대단한 것은 아니고요. 제가 직접 뛰면서 그룹의 모든 에너지를 다 결집하여 패키지(Package)로 딜(Deal)을 하는 것입니다. 그러니까 이번에 베트남에서 성사된 건을 하나 예로 들면, 그쪽 정부의 고위 관료들과 마주 앉아서 호치민시 북쪽에 신도시를 하나 건설하는데, 단순히 주택단지만 짓는 것이 아니고, 발전소도 하나, 종합병원도 하나, 호텔도 하나, 국립대학도 하나, 그리고 거기에다가 앞으로 도시가 완공되면 사용할 버스 200대와 택시 300대까지, 이렇게 한 묶음으로 협상을 하는 것이지요. 발주처 쪽에서는 이곳저곳 국제입찰을 하지 않아도 한 번에 다 해결이 되니까 좋고, 또 신도시 하나가 일관성 있게 건설되어서 좋고. 그러니까 여러 가지로 장점이 많지요. 저희 쪽에서도 입찰 장소마다 일일이 쫓아다니면서 수고하지 않아서 좋고, 또 인력이나 장비를 융통성 있게 사용할 수 있어서 좋고, 아무튼 여러 가지로 장점이 많은 전략입니다."

"그래, 그것 참 멋있겠어. 그래 대호그룹에서 발전소까지도 다 짓나?"

박 대통령의 질문에 김 회장은 신이 나서 설명하였다.

"아닙니다. 각하, 저희는 발전소를 지을 능력이 없지요. 그래서 그것은 제가 두타그룹에 넘겨주었습니다."

"아, 그러면 커미션을 받으셔야지요, 김 회장님 하하하!"

옆에 앉아있던 XK 그룹의 최종현 회장이 너털웃음을 웃으며 김호중 회장에게 하는 말이었다.

"멋있어. 마치 옛날 몽골의 기마군단을 보는 것 같아."

박 대통령이 파전을 한 입 먹으면서 칭찬하자 이번에는 바로 옆자리에 앉아 있던 이건휘 회장이 조용하게 들릴 듯 말 듯한 음성으로 말을 건넸다.

"대단한 체력이세요. 저는 체력이 딸려서라도 그렇게는 못 합니다."

"왜요? 이건휘 회장님께서는 훌륭한 인재를 발굴(發掘)해 내는데 탁월한 안목이 있으시지 않습니까?"

김종팔 총리의 말에 박 대통령이 옆에서 거들었다.

"이 회장! 이 회장 선친과 옛날에 함께 일할 때가 엊그제 같은데 벌써 이렇게 세월이 많이 흘렀군. 그 때가 1960년대 초였지. 5.16 혁명하고는 경제를 일으켜야 하겠는데 어디서부터 시작을 해야 될지 막막하더라고. 그때 이병철 회장님께서 많은 도움을 주셨어요. 울산에 공업단지를 만들자, 또는 종합상사를 만들어서 수출의 견인차(牽引車) 역할을 하도록 하자. 이런 것들이 다 선친(先親)의 아이디어였다니까! 이 회장, 이제는 선친 때보다 사업을 몇 십 배나 더 키워 놓았지요?"

이 회장은 조용히 앞을 응시하며 나직하게 답변했다. 귀를 잘 기울여야 들을 수 있을 정도였다. 모두들 옆으로 귀를 쫑긋 세우는 모습들이었다.

"네, 각하, 반도체 분야에서는 세계1위에 확실히 진입한 것 같은데 아직도 넘어야 할 산이 많습니다. 일본의 소니가 저렇게 추락(墜落)하는 것 보십시오. 우리도 잠시 자만심에 빠지면 금세 세계 2류, 3류 기업으로 떨어지고 맙니다. 그래서 항상 제가 '세계일류'를 고집하는 이유가 거기에 있습니다."

"나는 이건휘 회장의 말 중에서 그 뭐라고 했더라? 응, '자식과 마누라 빼고는 다 바꾸라'고 한 말, 정말 멋지더라고."

박 대통령이 이건휘 회장에게 와인을 따라주면서 하는 말이었다.

"네, 맞습니다, 각하. 요즘 이렇게 치열한 국제무대에서는 그런 발상(發想)의 전환이 없이는 살아남지 못합니다. 정말 명언입니다."

국제산업 그룹의 양경모 회장이 바로 맞은 편에 앉아 있는 이건휘 회장을 바라보면서 엄지손가락을 치켜세웠다.

"이 회장님, 어떤 날은 생선초밥 서너 개만 드시고도 하루, 이틀을 버틴다고 하시는데 그러고도 체력이 감당되십니까? 그렇게 며칠씩을 꼼짝 않고 생각만 하신다면서요? 저는 뭐 원체 먹는 것을 좋아해서 그렇게는 못 살 것 같은데…"

동남아건설 그룹의 최운석 회장이 이건휘 산성전자 회장을 바라보면서 하는 말이었다.

"언젠가 정말 산성전자가 소니를 인수하는 날이 왔으면 좋겠어요. 최 회장님도 리비아에서 대수로 공사 지금까지 한 20년 되지 않았나요?"

김종팔 총리의 질문에 최 회장이 집었던 양고기 무침을 얼른 내려놓더니 답변했다.

"네, 18년째 진행하고 있습니다. 건설공사라는 게 계속 일관되게 공사를 맡겨야 발주처나 시공사나 다 이익이 되거든요. 한 공사하고 장비와 인력 철수하고, 또 딴 곳에 가서 공사하고, 또 장비투입하고. 이래서는 수지타산(收支打算)이 맞지 않습니다. 다행히도 제가 그쪽 리비아의 카다피 수상과 개인적인 친분관계가 있어서 리비아대수로 공사를 1차, 2차, 3차까지 계속해서 하고 있습니다."

"아, 내가 옛날에 몇 년 전인가? 리비아에 가서 최 회장 만났던 게?…"

에이지 그룹의 구자광 회장이 말을 더듬었다.

"네, 4년 전입니다."

"4년 전에 리비아에 갔을 때 최운석 회장이 마침 그곳에 있어서 그 대수로 공사 현장이라는데 가 보았더니, 정말 대단하더군요. 사람 몇 명은 들어갈 것 같이 큰 수로관(水路管)을 북쪽의 벵가지에서부터 남쪽의 트리폴리까지 연결한다는데, 아마 잘은 몰라도 우리나라 서울서 부산까지보다도 더 멀걸요? 정말 대단했습니다. 나도 한국사람이라는 자부심이 막 넘치더라고요."

박 대통령의 잔에 술이 떨어지자 박삼군 회장이 얼른 일어나서 막걸리 주전자를 들고 곁으로 오더니 박 대통령의 잔에 막걸리를 가득 채워 올렸다.

"각하, 정말 고생 많이 하셨습니다."

"음, 그래, 박 회장도 한잔 하지. 무엇으로 할 텐가?"

박삼군 회장이 제일 막내이기 때문에 박 대통령은 하대를 한 것이었다.

"네, 전 맥주가 좋습니다."

박 대통령은 두 손으로 잔을 들고 있는 박삼군 회장에게 맥주를 가득 채워준 후 좌중을 둘러보며 말했다.

"그래, 내가 왜 올 봄에 구소련 5개국과 러시아를 다녀왔잖아? 그 때 공항에서 내리는 곳마다 우리 한국기업체들의 간판이 제일 먼저 눈에 띄더라고. 얼마나 반가웠던지! 나도 정말 자부심이 생기더라니까? 우리가 이제 이만큼 해 놓았으니까 우리 후손들도 또 열심히 해서 우리나라를 번영(繁榮)시키겠지. 자, 다들 다시 한 번 건배할까?"

박 대통령은 기분이 좋은지 먼저 건배를 제의하였다.

"건배, 부라보!"

일동의 합창이 방안에 울려 퍼졌다.

"각하, 저도 작년에 중남미 3개국을 우리 투자사절단과 함께 다녀오지 않았습니까? 그 때에 근호아시안 그룹에서 전용기를 내주어서 우리들 120명의 인원들이 얼마나 편안히 다녀왔는지, 정말 너무 좋았습니다. 비행기 안에서 각 회사마다 이메일을 보낸다, 팩스를 보낸다, 전화를 한다, 다음 방문국 서류를 챙기고 사업계획을 작성한다, 하면서 얼마나 열심히 일들을 하던지, 정말 우리 공무원들이 민간기업체에서 많이 배워야 한다고 생각했지요. 그 때 우리 투자사절단 일행이 그렇게 747 전세기를 타고 가니까 각 나라에서 우리를 보고 대하는 태도가 확실히 다르던데요?"

"그럼, 이제 우리나라가 항공기까지 수출하고 있는데. 그 왜 뭐라고 했던가? 반딧불?"

"아닙니다, 각하. 반디호입니다. 그 비행기 저희 근호아시안 그룹과 한국항공그룹이 공동으로 제작하고 있지요. 태안공장에서요. 이제 소형항공기 시장에서는 저희들이 벌써 세계시장의 50%를 점유했습니다."

박삼군 회장의 답변에 박 대통령이 어린아이와도 같은 천진한 웃음을 지으면서 말했다.

"그래, 모두 그렇게들 열심히 하니까 우리가 이만큼 사는 거지. 아, 말이 그렇지 세계5위의 경제대국이라는 게 어디 쉽냐고? 앞으로도 정말 열심히 하지 않으면 곧 바로 인도나 러시아, 브라질 이런 나라들한테 뒤질 거야. 게다가 프랑스도 있고 영국도 있지 않아? 또 캐나다와 호주는 얼마나 자원대국인가? 오늘 한국항공그룹의 조중원 회장이 보이지 않아 섭섭하군."

"유럽 에어버스사와 항공기 구매계약 체결한다고 어제 떠나셨습니다."

김호중 회장이 답변하자 박 대통령은 알았다는 듯이 고개를 끄덕였다.

벌써 밖은 어두워져서 남산 타워의 둥그런 불빛이 아름답게 빛을 발하고 있었다. 이때 XK 그룹의 최종현 회장이 박 대통령께 퉁소를 불어주실 수 없겠느냐고 제안하였다.

"각하의 퉁소 솜씨가 일품이라던데 한 번 연주해 주시면 안 될까요?"

박 대통령이 파안대소(破顔大笑)하며 옆의 김 총리를 가리키더니 한마디 했다.

"내가 무슨 연주야, 연주는. 나보다는 여기 김 총리가 아코디언에 일가견(一家見)이 있지. 임자, 안 그래요?"

박 대통령의 말에 김 총리는 잠시 수줍은 듯 말을 머뭇거리다가 이내 여러 사람들을 둘러보며 제안하였다.

"오늘 우리가 각하의 그간 노고를 달래 드리려고 이 자리에 모였는데, 사실 나도 각 사람마다 악기를 한 가지씩 가지고 나와야 한다고 해서 아코디언을 갖고 오긴 했지만… 우리 그러면 다 같이 대통령 각하께서 좋아하시는 황성옛터를 연주해 보면 어떨까요?"

"네, 좋습니다. 좋아요."

일행은 모두들 자리에서 일어나서 뒤에 놓았던 가방에서 주섬주섬 악기를 하나씩 꺼내들기 시작하였다.

박 대통령은 퉁소를, 김종팔 총리는 아코디언을, 박삼군 회장은 바이올린을, 최운석 회장은 색소폰을, 조성래 회장은 기타를, 김호중 회장은 작은 북을 하나 준비해 왔고, 구자광 회장은 탬버린을, 최종현 회장은 비올라를 꺼내 왔다. 양정모 회장은 트라이앵글을 꺼내들었다.

"이 회장님은 아무 것도 안 가지고 오셨나 봐요?"

최종현 회장이 옆의 이건휘 회장을 바라보면서 묻자 이 회장은 알 듯 모를 듯한 미소를 지으면서 양복 안 주머니를 뒤져서 하모니카를 꺼내 여기 보란 듯 흔들어 보이더니 입가에 대고 두어 번 불어보는 것이었다. 잠시 조율하는 시간이 지나자 박 대통령의 퉁소에 맞추어서 실내에는 황성옛터의 가락이 애잔하게 흘러나왔다. 최운석 회장의 색소폰 소리가 더욱 처량하여 듣는 사람들의 심금(心琴)을 울렸다.

'…끝없는 꿈의 거리를 헤매어 왔노라.'

2절까지 모두 마치자 잠시 자리가 숙연(肅然)해 졌다. 박 대통령의 눈가에 맺힌 이슬을 보았기 때문이었다. 입구 쪽에서 시중을 들던 웨이터 두 명도 눈물을 닦는지 손등으로 눈가를 훔쳤다. 박 대통령이 얼른 눈치를 채고 좌중을 둘러보며 제안을 했다.

"자, 자! 우리 이번에는 여기 김종팔 총리가 좋아하는 '나그네 설움'을 한 번 멋지게 연주해 보자고. 오늘 우리 작은 오케스트라야, 오케스트라, 하하하!"

이어서 김 총리의 아코디언이 먼저 나오고 곧 바로 퉁소와 바이올린, 비올라의 처량한 음색이 실내를 감싸 돌았다. 구자광 회장, 양정모 회장, 최운석 회장, 이렇게 세 사람은 아예 악기를 내려놓고 목청껏 노래를 따라 부르고 있었다.

"오늘도 걷는다마는 정처 없는 이 발길… 지나온 자욱마다 눈물 고였다."

정말 그랬다. 이들은 정처 없이 걷고 또 걸었다. 무엇 때문에? 돈 때문에? 아니다. 나라를 위해서 일해야 한다는 그 사명감이 더 컸으리라. 비행기 안에서 새우잠을 자고, 또 국교가 없는 나라에 무턱대고 들어가서는 호텔을 잡지 못해 일본인 상사 직원의 방에서 겨우 도움을 받아 하룻밤 신세를 지고, 사우디아라비아의 감옥에 갇히기도 하고. 혹한(酷寒)의 나라에서 때로는 혹서(酷暑)의 나라에서 이들이 고생한 것을 어떻게 다 말로 표현하랴. 가족들과 함께 오순도순 식사를 하는 날이 일 년에 며칠이나 되었던가? 마지막에 이들은 누가 먼저랄 것도 없이 서로서로를 부둥켜안고 울었다. 때로는 자기들을 몰라주는 가족들과 직원들과 국민들이 원망스러워서, 또 마치 세상에 자기 홀로 서 있는 것 같은 고독감에, 이들은 울고 또 울었다. 내일 아침 신문과 방송에는 오늘의 이 모임을 악의적으로 보도하는 기사가 나올지도 모를 일이었다.

'박 대통령, 대그룹 회장들과 호텔에서 술 파티!'

:: 다음 대선주자들과 함께

　1992년 9월, 추석이 며칠 앞으로 다가오자 벌써부터 이번 추석에도 풍성한 보너스잔치가 예상된다고 온 나라가 술렁이기 시작하였다. 이런 분위기는 얼마 전 스위스의 IMD에서 발표한 세계경쟁력 순위에서, 올해도 대한민국이 세계 5위의 경쟁력을 유지할 것이란 보도가 나오면서부터 시작된 것이었다.

　9월 12일 오후 1시 30분, 청와대 본관 1층 연회장(宴會場)에는 모처럼 박 대통령과 세 명의 유력한 대선후보(大選候補)들이 모였다. 이들은 20여분 쯤 전 본관 접견실에서 만나 잠시 차를 한 잔 한 후, 이제 점심식사를 겸한 간담회를 하기로 되어 있는 것이다. 오늘 점심에는 김종팔 새공화당 후보, 김영산 민주한국당 후보, 그리고 김대정 평화당 후보 이렇게 세 명의 대선후보들이 초청되었다. 200평 쯤 되는 청와대 본관 1층 연회장은 필요에 따라서 회의장으로도 쓰이고, 세미나 발표장으로도 쓰이고, 또 연회장으로도 쓰이는 다목적의 공간이었다. 박 대통령 일행은 동쪽 편의 밝은 창가 쪽에 자리를 잡았다.

"오늘 점심은 칼국수입니다. 괜찮으실지 모르겠군요."

박 대통령의 말에 김영산 총재가 반색을 하면서 대답했다.

"저야 뭐 원래 칼국수를 좋아합니다. 아주 잘 하셨습니다."

김영산 총재의 붉은 색 줄무늬가 들어있는 넥타이가 돋보였다.

"김대정 총재께서는 어떠실지…"

"저도 아무거나 잘 먹습니다. 너무 그런 거에 신경 쓰지 마세요."

박 대통령이 김대정 총재를 바라보며 질문하자 김 총재가 밝게 웃으며 대답하는 말이었다. 김대정 총재는 짙은 밤색 양복에 꽃무늬가 들어있는 넥타이를 매고 왔다. 김종팔 총재는 그간 박 대통령과 여러 차례 식사를 하면서 서로의 식성(食性)을 잘 알고 있는 터인지라 본인에게는 다시 물을 필요도 없다는 뜻으로, 김대정 총재가 말을 할 때 같이 고개를 끄덕여서 동감을 표시했다.

"제가 오늘 이렇게 세분 총재님들을 모시고자 한 것은 이제 두 달 후면 다음 대통령 선거가 있게 되는데, 이참에 미리 당부드릴 말씀이 있어서요. 뭐 사전 업무 인수인계라고나 할까요?"

열어 놓은 창문으로 청와대 정원의 바람이 시원하게 불어왔다. 박 대통령이 잠시 시간을 둔 후 계속하여 말을 이어갔다.

"사실 누가 뭐래도 이제 차기 대통령은 세 분 중에 어느 한 분이 되시지 않겠습니까? 뭐 군소정당(群小政黨)의 후보들도 여러 명이 있긴

제2부 경제발전과 나라사랑 229

하지만, 그 사람들 중에서 누가 대통령에 당선되리라고는 아무도 생각하지 않을 테니까요. 그래서 말씀인데…"

이 때 주방에서 칼국수가 배달되어 왔다. 호박을 썰어 넣고 김이 모락모락 나는 칼국수는 제법 먹음직스러워 보였다. 김영산 후보는 잠시 식사기도를 했고 김대정 후보도 성호를 그었다. 그리고는 일행은 누가 먼저랄 것도 없이 '후룩후룩' 소리를 내면서 열심히 칼국수를 들기 시작했다. 박 대통령의 말에 귀를 기울이지 않고 칼국수를 먼저 먹은 것이 미안했던지 김영산 민주한국당 후보가 고개를 들고 박 대통령을 보면서 말했다.

"네, 각하, 계속 하시지요."

박 대통령은 젓가락을 그릇에 놓아둔 채로 잠시 식사를 멈추고 말을 계속 이어나갔다.

"제가 부탁드리고 싶은 말씀은 뭐 별로 대단한 것이 아닙니다. 어느 분이 다음 대통령이 되시더라도 몇 개의 국책사업(國策事業)들은 차질 없이 계속 진행되는 것이 중요하다는 점을 말씀드리려고요."

김대정 후보도 잠시 식사를 중단한 채 박 대통령을 주목하였다. 주변에는 오늘의 이 장면을 취재하기 위하여 온 기자들 20여명이 연신 카메라로 사진을 찍고 있었다.

"제일 먼저 부탁드리고 싶은 것은 북한에 제안해 놓은 '원조중단' 조치를 되도록 풀지 말았으면 하는 것입니다. 확실하게 북에서 호응하는 태도를 보이기 전까지는 일체 원조를 해주지 말라는 말씀입니다."

박 대통령의 왼쪽 옆자리에 앉아 있던 새공화당의 김종팔 후보가 잠시 끼어들었다.

"각하, 식사를 다 마치시고 말씀 하시지요."

"음, 그게 좋겠군."

박 대통령이 소리를 내면서 후딱 칼국수를 해치우더니 손수건으로 입을 닦고 하던 말을 계속해 나갔다.

"그래서 만약에 북한 측에서 응답이 있으면 우리도 그에 상응하는 조치를 취하는 게 좋겠다는 말씀입니다. 두 번째는 경부운하 공사 말씀인데, 그것이 자그마치 8년 공사입니다. 그러니까 무엇보다도 사업의 계속성이 중요하다는 말씀이지요. 그래서 내 생각은 현재의 사업 책임자들인 이명복 건교부장관과 주명군 운하사업단장을 계속 유임(留任)시켜서 사업을 최대한 빨리 끝낼 수 있게 해 달라는 부탁입니다. 세 번째 부탁은, 국민들의 세금을 대폭적으로 줄여 달라는 말씀입니다. 사실 나는 그동안 경제개발에만 매달려 있다보니 이 부분을 잘 챙기지 못했거든요. 요 근래에 내가 민정시찰을 다녀보니 세금이 너무 많다는 불만들이 많이 있습디다."

박 대통령은 세 명의 후보들의 표정을 유심히 살핀 후 다음 말을 계속 이어 나갔다.

"그리고 마지막 부탁은 지난 7월에 우리 근화가 저의 특사자격으로 중국에 가서 장쩌민 주석을 만났었지요. 그때에 약속하기를, 앞으로 중국에서 하는 '푸른 중국 만들기' 사업에 우리가 적극적으로 참여하겠다고 했지요. 70억불을 투자해서 중국의 사막화를 방지하고 중국의 녹화사업을 돕겠다고요. 사실 그 때의 그 약속으로 지난 8월에 있었던 원산폭파작전이 성공한 것이기도 하지만, 어차피 이 일은 우리나라의 심각한 황사피해문제를 보더라도 우리가 발 벗고 나서야만 할 일이고요. 그래서 어느 분이 집권을 하시더라도 잊지 마시고 이 사업이 계속적으로 잘 추진될 수 있게 해 달라는 말씀입니다. 특별히 지난 8월15일 광복절에 북한에 제의해 놓은 '휴전선 후방으로 옮기기 제안'이 꼭 실천될 수 있도록 각별히 신경써 주세요. 그래야만 우리 국민들이 더 이상 전쟁의 공포없이 안심하고 생업에 종사할 수 있지요. 부탁합니다."

"그것뿐이십니까?"

김대정 후보가 의아(疑訝)하다는 눈빛으로 물어보는 말이었다.

"예. 그것뿐이지요. 뭐 사소한 안건들이 있긴 하지만 그것은 굳이 부탁드리지 않더라도, 어느 분이 다음 대통령이 되시더라도 다 잘해 주실 것 같고…"

박 대통령이 밝은 표정으로 말하자 일행은 모두 안심하는 분위기였다.

사실 오늘 대통령과 회동이 있다는 연락을 받고나서 각 진영에서는 청와대의 초청에 응해야 하느냐 말아야 하느냐로 참모들 간에 설왕설래가 있었던 것이다. 11월에 있을 대통령선거를 위한 정부와 여당의 정치공작일 수도 있는데, 공연히 참석해서 부담을 안을 필요가 없지 않겠느냐고, 참석반대를 주장하는 측도 꽤 많이 있었다. 그러나 막상 만나보니 별다른 부탁이라고 할 수도 없는 사안(事案)들이었다. 그래서 모두들 한 숨 돌렸다는 표정들이었다.

"뭐, 그런 것이라면 저도 그래야 할 것이라고 생각했습니다. 북한에는 이번에야말로 단호하게 대처해야 한다는 게 우리 당의 생각이고, 또 대운하 공사는 당연히 그 사람들이 계속해서 끝을 보게 해야지요. 자꾸 책임자가 바뀌면 사업추진이 잘 될 수가 있겠습니까? 세금 문제에 관해서는 저는 각하보다 더 절박하게 느끼고 있습니다. 그리고 그 중국과 합작으로 하는 녹화사업(綠化事業)도 우리 후손들을 위해서 반드시 해야만 하는 사업이고요. 요즘 황사로 인한 피해가 도대체 얼마인지 집계조차 못 하고 있는 형편 아닙니까?"

김영산 후보의 열띤 호응에 박 대통령은 반색을 하면서 말을 받았다.

"그래요? 그렇게까지 이해해 주시니 참 고맙습니다. 그러면 김종팔 후보께서는 어떻게 생각 하시나요?"

박 대통령이 김종팔 새공화당 후보를 지긋이 바라보면서 물어보는 말이었다.

"저도 지금 김영산 총재께서 말씀하신 것과 동감입니다."

이 때 김대정 후보가 손바닥을 앞으로 펴 보이면서 말을 했다.

"저는…"

"네, 말씀하지요."

박 대통령이 말을 재촉하자 김대정 후보는 잠시 주위를 둘러본 후 더 낮은 목소리로 말을 이어갔다.

"다른 것은 별 문제를 제기하고 싶지 않지만 북한에 관해서만은…"

"……"

일행이 모두 말없이 김대정 후보의 얼굴만을 쳐다보자 김대정 후보는 약간 긴장했는지 물을 한 모금 마신 후 천천히 입을 열었다.

"저는 북한에 대한 원조중단 문제를 재고(再考)해 봐야 한다고 생각합니다. 지금 북한이 100만이 굶어 죽었네, 200만이 죽네 하고 아우성을 치는 판국에 아무리 그래도 같은 민족인 우리가 모른 체하고 원조중단을 계속 해 나간다는 것은 아무래도 동포로서의 의무를 다하지 못하는 것 같다는 생각입니다."

박 대통령의 표정이 굳어지는 듯하자 옆자리에 앉아있던 김영산 후보가 언성을 높여가면서 말을 가로챘다.

"아, 우리가 아무리 도와줘 봤자 그기 우리 동포들한테로 배급되지를 않고 다 군대로 들어간다니까 문제가 있는 것 아닙니꺼? 지는 야당의 입장이지만 정부의 '대북 원조중단' 조치는 잘 한 것이라고 봅니다. 조금만 더 밀어 붙이면 틀림없이 무슨 대답이 올 것 같다는 생각도 들고예."

김영산 후보가 급한지 사투리까지 섞어 가면서 반박을 하자 김종팔 후보도 동감이라는 듯 고개를 끄덕이며 간단하게 한마디 했다.

"아마도 1, 2년 내로 틀림없이 우리의 요구에 응할 겁니다."

박 대통령은 창 밖의 나무를 보는지 시선을 창쪽으로 향한 후 잠시 동안 말이 없었다.

"어찌 되었건 간에 북한과의 문제에 대해서는 저뿐만이 아니라 우리 당의 입장도 그러니까요."

김대정 후보가 고개를 숙이고 재차 확인하듯 하는 말이었다. 잠시 생각에 잠겨 있던 박 대통령이 마침내 결심한 듯이 김대정 후보를 똑바로 응시하면서 말했다.

"오늘은 꼭 이렇게 해 주십사 하는 게 아니라 저의 생각을 말씀드린 것뿐입니다. 참고로 해 주셨으면 하는 거지요. 그렇게 된다면 정책들이 더 확실한 효과를 볼 수 있겠구나 하는 생각에서요. 저야 뭐 이제 몇 달 후면 청와대를 떠날 사람인데 뭐라고 강요할 수는 없지요. 단지 '선임자(先任者)의 나라를 사랑하는 충정' 정도로만 이해해주시면 감사할 뿐이지요."

이 때 김영산 후보가 주먹을 꼭 쥐면서 결의를 굳히듯이 한 마디 했다.

"세금 문제뿐만이 아니라 전체적인 공공부문에 대한 구조조정이 있어야 합니다. 물론 당사자들이야 싫어하겠지만, 국민 전체를 생각한다면 일대 수술을 단행해야 한다고 생각합니다. 지금 우리 대한민국은 공공부문이 너무나도 비대(肥大)해 있어요."

이들의 격의(隔意)없는 토론은 무려 세시 반까지나 계속되었다. 서로 간에 약간의 의견충돌은 있었으나, 서로가 상대방의 입장을 존중해 주려는 태도를 보였다는 것이 멀리서 지켜보면서 취재했던 기자들의 공통된 의견이었다.

농촌으로 돌아가리라 ::

'한 50평쯤 되는 한옥 짓고 싶어요. 그 정도면 우리 실컷 살 수 있잖아요? 당신은 사랑방에서 손님들 맞이하세요, 저는 그분들 위해서 음식 준비하지요. 또 때때로 우리 아이들도 내려오지 않겠어요? 양지바른 마루에서 가끔씩 낮잠도 자고 싶어요. 사실 당신에게 말은 못 했지만, 저 잠 한 번 실컷 자 보는 게 소원이었어요. 이제 머지않아 그 꿈이 이루어지겠네요. 어서 빨리 그날이 왔으면…'

1992년 10월 초순. 이제 한 여름의 더위는 완전히 물러가고 아침저녁으로는 제법 서늘한 바람이 불어오기 시작했다. 벌써 강원도 산골마을에는 서리가 내렸다는 이야기도 들려왔다. 아침 일찍부터 육영수 여사는 마냥 들떠 있었다. 그동안 육 여사가 몇 번이나 박 대통령을 끈질기게 졸라서 충청도나 강원도의 시골로 내려가서 살자고 했는데, 그 요구가 마침내 받아들여진 것이었다. 박 대통령은 경상북도의 구미나 대구 정도를 생각하고 있었던 것 같았다. 누구나 늙으면 자기 고향을 그리워한다고 하지 않던가? 그래서 지난 한 달간 청와대의 비서관들이 전국 지방 관청으로부터 경치 좋은 곳을 추천 받은 결과, 최종적으로 전라남도 영암군의 월출산 기슭, 충청북도 옥천군의 궁촌리 마을,

경상북도 고령군의 가야산 자락, 그리고 강원도 영월군의 주천강 부근으로 그 후보지가 압축되었다. 이른 아침부터 육 여사가 밤잠을 못 이루면서 들떠 있었던 이유는, 바로 오늘부터 2박 3일간 네 군데의 후보지를 박 대통령과 함께 현지답사(現地踏査)를 하기로 예정되어 있었기 때문이었다.

'아, 우리끼리만의 여행이 언제 있었던가?'

물론 외국을 다니기도 했고, 또 진해의 해군기지 내에 있는 요양소에 가서 휴식을 취한 적은 있었지만, 그것은 어디까지나 대통령의 업무 중 일부이었거나, 국정구상(國政構想)을 위한 휴가였지, 정말로 지금처럼 모든 것 다 잊어버리고 두 사람만의 오붓한 시간을 갖는 여행은 이번이 처음이었다.

'아마도 32년 전이었던가? 5.16 혁명을 하시기 전에 우리 가족이 한번 경기도 북쪽의 산정호수로 여행을 떠난 적이 있었지? 그 때 근화가 8살이었던가? 호숫가에다 텐트를 치고 그이는 낚시를 한다고 하고 나는 저녁을 준비한다고 했었지? 그 때 버너를 쓸 줄 몰라서 쩔쩔매고 있을 때 그이가 오셔서 버너를 켜 주셨어. 왜 그 땐 그렇게 버너에 불 붙이는 것도 어려웠었는지 몰라? 사단 작전참모가 빌려준 것이라고 했었지. 막 펌프질을 해야 했는데 정말 너무 어려웠어. 그렇지만 재미있었지. 근화하고 근형이는 무엇이 그렇게도 좋은지 연신 깔깔대고 웃으면서 놀았지. 그 때 치만이는 왜 안 데리고 갔었더라? 그래, 너무 어리다고 엄마가 보아주신다고 했었어. 그 때가 아마 세 살이었을 거야. 결국 그이는 새벽 두시까지 낚시를 했지만 피라미 세 마리밖에는 못 잡으셨지. 왜 남자들은 그렇게도 낚시를 좋아하는지 몰라? 그 날 밤 아이들이 다 잠들었을 때, 그이가 내게 무슨 자작시(自作詩)라고 하면서 시를 읽어 주셨지. 잘 생각이 안 나는데. 그래 하늘에 반짝이는 많은 별들 중에서 내 별이 제일 빛난다고 했어. 그 분은 참 멋이 있었지. 시를 알고 음악을 알고… 아마도 군인이 되지 않았으면 훌륭한 선생님이 되셨을 거야.'

잠시 후 박 대통령이 준비가 다 되었는지 정원으로 내려오면서 따라 내려 온 비서실장에게 지시했다.

"여기 일은 임자가 잘 알아서 해요. 그리고 어려운 일은 신현확 국무총리께 보고해서 지시 받아서 처리하고. 아마도 나에게 보고할 만한 특별한 일은 없겠지? 내 다녀오리다."

김정렬 비서실장이 박 대통령과 육 여사에게 허리를 숙여서 인사를 했다. 일행은 박 대통령 내외가 탈 전용차와 앞뒤로 경호하면서 갈 경호차량 두 대가 전부였다. 대통령 승용차의 앞자리에는 이대관 운전기사와 이광영 비서가 앉아있었다. 앞좌석과 칸막이로 나뉘어 있어서 모처럼 육 여사는 옆에 앉아있는 남편의 손을 살며시 잡았다.

"아니 이 사람이?"

박 대통령은 순간 얼굴을 붉히면서 허겁지겁 손을 빼 냈다.

"아이, 왜요. 뭐가 어때서?"

"아 그래도 앞에 직원들이 보고 있는데 무슨 손이야 손은!"

육 여사는 속으로 생각했다.

'그래 이분은 원래 이렇게 수줍은 분이야. 어쩔 수 없지 뭐.'

육 여사는 일부러 큰 소리로 말했다.

"오늘 이렇게 우리끼리 여행하게 돼서 너무 좋아요. 정말 좋은 곳이 있었으면 좋겠어요. 그곳에는 지금처럼 그렇게 복잡한 일도 없겠지요?"

박 대통령은 창 밖을 보면서 조용히 대답하였다.

"그럼, 지금까지 임자를 이만큼 고생시켰으면 됐지 또 뭐가 부족해서 은퇴한 후에도 당신을 고생시키나? 이제는 모든 것 다 잊고 편안히 쉬어요."

박 대통령은 아까 손을 잡은 육 여사를 면박 준 게 미안했던지, 이번에는 당신이 살짝 육 여사의 손을 잡아주었다.

"참 좋아요. 우리끼리 이렇게 여행가는 거. 아마 30년도 넘었지요?"

박 대통령도 육 여사가 무슨 뜻으로 얘기한 것인 줄 알아차리고는 얼른 고개를 끄덕였다. 잠시도 편할 날이 없었던 지난 30년, 우리나라의 최고 통치자의 자리에 앉아서 신경 쓸 일이 정말 한두 가지가 아니었다. 하루에 네 시간씩 잠을 자도 일은 끝이 없고…

'정말 내가 어떻게 그 엄청난 일들을 다 감당해 냈을까?'

옆 자리의 육영수 여사는 작게 코를 골면서 잠이 들었다. 요즘 들어서 부쩍 앉기만 하면 졸음을 참지 못하고 깜빡깜빡 잠이 드는 육 여사를 볼 때마다 박 대통령은 아내가 너무 불쌍하다는 생각이 들었다.

'내가 너무 혹사시켰어.'

충청북도 옥천군 청성면 궁촌리, 그 땅은 첫눈에도 마음에 들었다. 뒤에 둘러서 있는 산자락이 아주 험하지도 않았고, 또 앞에 있는 작은 도랑에서는 맑은 물이 계속 졸졸졸 소리를 내면서 흐르고 있었다.

"바로 이런 곳이었어요. 제가 꿈꾸어 오던 곳이…"

육 여사는 너무 좋은지 모든 사람들이 다 들을 수 있게 큰 소리로 말을 했다. 그곳에서 한 시간 정도를 지내면서 점심으로 준비해 온 고기를 경호원들과 수행원들이 모두 함께 모여서 먹었다. 경호원들도 오늘은 홀가분한지 그렇게 크게 긴장하지 않는 분위기였다. 아무래도 이제는 대통령께서 퇴임하실 날이 얼마 남지 않았으니까, 대통령의 생명을 노리는 자들이 많지 않을 거라는 생각이 들었을 것이었다. 옆자리에서 함께 식사를 하던 박종구 경호실장에게 박 대통령은 이곳의 위치가 어떠냐고 물어 보았다.

"글쎄요. 조용하긴 한데… 정말로 각하와 여사님께서 이렇게 먼 시골에 내려와서 사실 작정이세요?"

박종구 경호실장은 아직도 미덥지 못하다는 듯이 박 대통령을 바라보면서 되물어 보았다. 주변을 둘러봐도 동네는 보이지 않고 산 속에 폭 박혀있는 느낌이었다.

"임자는 어때요?"

"네 군데를 다 돌아 본 후에 한번 생각해 보아야 하겠어요. 아마도 네 군데를 다 다녀 보면 '바로 여기다' 하는 곳이 나올 것 같아요. 지금 이곳도 너무 좋아요."

차는 다시 떠나서 호남지방으로 들어섰다. 벌써 호남지방은 분위기부터가 달랐다. 도로도 깨끗하고 차량도 큰 대형트럭들은 별로 없고 작은 승용차나 승합차가 대부분이었다. 멀리까지 시야가 쭉 벋어 있어서 참 시원하다는 느낌이 들었다. 원래 계획은 서울에서 아침 일찍 떠나려고 했는데 대통령의 일이 계속되는 바람에 10시가 넘어서야 출발하게 된 것이었다. 그리고 조금 전에 점심을 먹고 나니까 벌써 오후 4시, 이제 멀리 영암의 월출산이 보이기 시작했다. 마치 벌판에 큰 산하나만이 우뚝 솟아있는 느낌이었다. 오늘 일정은 원래 비공개로 했기 때문에 경호실에서도 도착지의 외곽경비만을 해당 경찰서에 부탁했을 뿐이었다. 따라서 충청북도 도지사나 전라남도 도지사는 박 대통령의 일정을 알 수가 없을 터이었다. 월출산이 점점 가까이 다가오면서 육영수 여사의 감탄사가 계속 울려 나왔다.

"정말 아름다운 곳이군요."

마침내 차량이 도착한 곳은 영암군 덕진면 벽계리, 이름 그대로 벽계수(碧溪水)가 앞을 흐르고 있었다.

"어머나, 저 앞에 흐르는 물 좀 봐!"

육 여사는 휠체어를 그곳 개울가로 밀어 줄 수 없겠느냐고 이광영 비서에게 고개를 돌렸다. 이 비서가 개울가까지 휠체어를 끌고 가자, 육 여사는 흐르는 물을 한동안 말없이 내려다보더니 얼굴을 들어서 먼 앞을 바라보았다. 앞에는 월출산의 기암괴석(奇巖怪石)이 마치 이곳을 내려다보듯 서 있었다. 정말 풍광이 빼어난 곳이었다.

일행이 저녁을 먹고 여장을 푼 곳은 월출산 유스호스텔이었다. 도착하자마자 이대관 기사가 한 시간 가까이 걸려 해남 시장에 가서 토종닭을 사왔다. 대통령 내외께 오늘은 자기 솜씨를 한 번 보이겠다고 장담이 이만저만이 아니었다. 함께 따라갔던 경호원들도 일행용으로 암닭을 여섯 마리나 사왔다. 오늘 밤은 닭도리탕 파티가 열리는 것이다. 이대관 기사는 무엇이 그렇게도 좋은지 연신 흥얼흥얼 콧노래를 불러가면서 저녁식사를 준비하는 데 여념이 없었다. 한 30분 정도 지나자 제법 매콤하고 구수한 닭도리탕 냄새가 진동하기 시작했다. 자리를 마련하자 박종구 경호실장, 이대관 기사, 이광영 비서, 유희송 비서 그리고 육 여사와 박 대통령, 이렇게 여섯 사람이 한자리에 앉았다. 이제 창 밖은 온통 어두움뿐이었다. 월출산 유스호스텔에는 10월초의 평일이라 그런지 투숙하는 사람들도 별로 눈에 띄지 않았다. 아래층에서 떠들고 노는 청년들은 아마도 대학생들인 것 같았다.

"각하, 여기 막걸리입니다."

이대관 기사가 또 어느새 사 왔는지 막걸리 병을 내밀었다.

"음, 그래, 자네들도 한 잔씩 하세."

박 대통령이 경호실장, 이대관 기사, 이광영 비서에게 잔을 건넸다.

육영수 여사가 옆의 유희송 비서를 보면서 한마디 했다.

"유 비서도 맥주 한잔 하지?"

순간 유 비서는 얼굴이 빨개지면서 얼른 대답했다.

"아니에요. 여사님, 저 술 못 마셔요."

"괜찮아. 내가 주는 거니까."

박 대통령이 유희송 비서에게 맥주잔을 건네자 유 비서는 두 손으로 잔을 잡았다. 술을 따를 때 잡은 잔이 떨리는지 맥주병과 술잔이 부딪쳐 달그락거리는 소리가 났다.

"아, 내가 임자에게 먼저 한 잔을 권했어야 하는 건데. 임자도 한 잔 하시구려."

육 여사는 밝은 표정으로 잔을 들더니 박 대통령 앞으로 쭉 내밀었다.

"제가 술을 안 받으면 유 비서가 혼자 민망해 할까봐 그래요."

박종구 경호실장이 술잔을 들고 건배를 제의했다.

"자, 여기까지 오시느라고 수고들 많이 하셨습니다."

"건배!"

모두가 잔을 높이 들고서 건배를 외친 후 고개를 뒤로 돌려서 술을 마셨다.

"아, 이 사람들. 괜찮대도 그러네…"

박 대통령이 고개를 뒤로 돌리고서 술을 마시는 일행에게 하는 말이었다.

"어머, 어쩜 이렇게 닭도리탕이 맛있게 됐어요? 이 기사님은 집에서도 이렇게 요리를 잘 하시면 인기가 좋으시겠네요."

육 여사가 한껏 치켜 주자 이 기사는 부끄러운 듯 겨우 대답했다.

"사실은 제가 오징어 찌개하고 닭도리탕 전문이거든요. 다른 건 잘

못해요."

"경호실장님, 제가 한 잔 드릴게요."

육 여사가 맥주병을 들고 경호실장에게 술을 따르려고 하자 박종구 경호실장이 기겁을 하면서 손사래를 쳐댔다.

"아닙니다. 여사님, 이러시면 안 됩니다."

"이 사람, 받아, 뭐 어때서. 우리 내자가 자네 수고한다고 한 잔 주는 건데."

옆에서 박 대통령이 권하자 그때서야 경호실장은 두 손으로 육 여사의 맥주를 받았다. 맥주를 한 숨에 마신 후 박종구 실장은 눈물이 나는지 손등으로 눈물을 닦았다.

"이 사람, 울긴."

박 대통령이 경호실장을 달래며 말하자 경호실장이 더듬더듬 말을 이어갔다.

"그 때 제가 몸을 던져서라도 여사님을 보호해 드렸어야 하는 건데…"

"아, 또 그 얘기세요? 저 이렇게 멀쩡하잖아요. 너무 신경 쓰지 마세요."

육 여사가 밝은 표정으로 경호실장을 안심시키려고 하자 옆에 있던 유희송 비서도 눈물이 나는지 손수건을 꺼내더니 눈가를 찍어서 눈물을 닦았다.

"자, 이 기사, 이번에는 내 잔 한 잔 받아 봐."

박 대통령이 이번에는 이대관 기사에게 술을 권했다.

"어이쿠, 각하. 이러시면…"

방으로 돌아온 육 여사는 모처럼 한 이불 속에 누워서 박 대통령의 손을 잡은 채 잠을 청했다.

'이렇게 살다가 같은 날 죽게 되면 참 좋겠다.'

밤 11시, 이제는 아래층에서 떠들며 놀던 대학생들도 지쳤는지 조용하고, 앞마당에서는 귀뚜라미 소리가 쉬지 않고 들려왔다. 멀리서는 소쩍새 우는 소리만 간간히 들려오는 영암 월출산의 가을밤은 이렇게 깊어갔다.

2박 3일간의 여행을 마치고 돌아온 박 대통령 일행은 저녁 식사 때가 되어서 모처럼 둘째 딸 근형이 가족, 아들 치만과 한 식탁에 둘러앉았다.

"어머니, 어디가 제일 좋아요?"

근형이 물어보는 말이었다.

"응, 경치는 영월군 주천면이라는 데가 제일 아름답더라. 정말 천하의 절경이더라니까? 물이 얼마나 맑든지… 그리고 공기는 또 얼마나 맑고 푸르든지 정말 그곳에서 살면 신선이 되겠더라."

"그래서 그곳으로 가서 사실 거예요?"

"아니야, 그런데 그게 이상하지 뭐냐? 그래도 뭔가 우리 고향 옥천이라는 데로 묘하게 마음이 가더라고? 처음 그 곳에 갔는데 '아, 바로 여기다' 라는 생각이 딱 들더라니까?"

"그래요. 그럼 그곳으로 합시다."

옆에서 박 대통령이 결론을 내렸다.

"아버지는 구미로 내려가고 싶다고 하셨잖아요?"

"그래도 어떻게 어머니한테 이길 수 있겠니? 너희 어머니 의견을 존중해야지. 그렇게 해요. 옥천으로 합시다."

박 대통령의 거듭되는 재촉에 육 여사는 내심 미련이 남는지 들릴 듯 말 듯한 목소리로 말을 이어나갔다.

"가야산 줄기의 동네도 참 좋았는데… 그 경상북도 고령군이라는데 말씀 이예요. 저 생각 좀 해 봐야겠어요. 며칠 생각하고 결정해도 늦지 않지요?"

그 말에 박 대통령도 고개를 끄덕이면서 동의하였다.

그 날 밤, 육 여사는 잠자리에 누워서 조용히 생각에 잠겼다.

'한 50평쯤 되는 한옥 짓고 싶어요. 그 정도면 우리 실컷 살 수 있잖아요? 당신은 사랑방에서 손님들 맞이하세요, 저는 그분들 위해서 음식 준비하지요. 또 때때로 우리 아이들도 내려오지 않겠어요? 양지바른 마루에서 가끔씩 낮잠도 자고 싶어요. 사실 당신에게 말은 못 했지만, 저 잠 한 번 실컷 자 보는 게 소원이었어요. 이제 머지않아 그 꿈이 이루어지겠네요. 어서 빨리 그날이 왔으면…'

어느 새 육영수 여사는 깊은 잠 속으로 빠져 들어갔다.

제3부 그 다음 대통령들

:: 제 14대 대통령 선거

"임자, 이번에 참 수고 많았어. 무척 힘들었지?"
"아닙니다, 각하. 그래도 제가 예상했던 것보다 결과가 좋게 나와서
얼마나 다행인지 모르겠습니다."

  3개월간의 뜨거운 선거열기도 막을 내리고 이제 제14대 대한민국
대통령으로 김종팔 새공화당 후보가 당선되었다. 밤새 시소게임을 하
던 김대정 후보와의 격차가 새벽이 되면서 더 이상 좁혀지지 않고
100만표 차이로 굳어져갔다. 최종집계는 새공화당 김종팔 후보
9,282,738표, 평화당의 김대정 후보 8,293,990표, 그리고 민주한국당
의 김영산 후보가 7,864,568표를 얻었다. 그 밖에 군소정당에서 출마
한 세 명의 후보가 100만표 정도를 가져갔다. 전체유권자 2,700만명
중에서 새공화당의 김종팔 후보는 34%의 득표율로 제14대 대한민국
대통령에 당선된 것이었다. 개표에서 드러난 선거의 양상을 보면 김대
정 후보는 호남, 특히 광주와 전남지역에서 95%라는 압도적인 몰표

를 얻었으며 인천지역에서도 많은 표를 얻었다. 3위를 한 김영산 후보
는 영남지역에서 70% 이상의 지지를 얻었으나 전국적인 고른 지지를
얻는 데는 실패하였다. 반면 새공화당의 김종팔 후보는 충청도에서
60%의 지지를 받았을 뿐만 아니라 전국적으로도 40% 대의 고른 지
지를 받았다. 그러나 김종팔 후보 역시도 호남에서의 지지율은 겨우
9%대에 불과하였다.

  애당초 평화당과 민주한국당에서는 이번에 김대정-김영산 후보가
하나로 합쳐야 승산이 있다고 하여 거의 6개월간을 후보단일화를 위
해서 물밑작업을 해왔던 터였다. 그러나 막상 선거가 가까워오자 두
후보가 서로 자신의 승리를 장담하면서 결국 각자의 길을 가기로 한
것이었다. 특히 영남과 호남의 자기고장 출신후보 밀어주기는 거의 광
적인 것이어서, 부산역 집회에서는 50만 명이 모여 김영산 후보 지지
를 부르짖었고, 광주공설운동장에서 있은 김대정 후보의 정책연설에
서는 무려 60만 명의 호남인들이 모였다. 그러나 이런 들뜬 유권자들
의 태도와는 관계없이 선거의 예측을 전문으로 하는 대한리서치, 리서
치 앤 리포트 등 여론예측기관에서는 여러 번의 여론조사를 통하여,
만약 이번선거에서 야권이 후보단일화를 하지 못한다면 정권을 잡을
가능성은 제로에 가깝다는 리포트를 각 후보 진영에 제공한 바 있었
다. 이에 자극받은 두 후보 진영의 선거참모들이 머리를 맞대고 세 차
례나 모임을 가졌으나 매번 합의도출에는 실패하였다. 두 후보 중 어
느 누구도 상대를 위하여 대통령후보를 포기하겠다고 나서는 사람이
없었던 것이었다.
  한참 선거 유세가 절정에 달하던 10월 23일에도 평화당의 김상헌,
한하갑 두 부총재와 민주한국당의 김덕용 부총재, 박철원 특보가 함께

시청 앞의 프라자호텔에서 세시간에 걸친 마라톤협상을 한 적이 있었다. 그 때에도 양측의 주장은 역시 일반 대중들이 예상했던 바를 크게 뛰어넘지 못했다. 평화당 측에서는 김대정 후보가 나이가 많으니 이번에는 김대정 후보가 단일후보로 나오고 다음 5년 후에는 김영산 후보를 단일후보로 하자는 주장이었고, 반면 민주한국당 측에서는 지금까지의 여론조사 결과를 놓고 볼 때, 김영산 후보가 1위, 김종팔 후보가 2위, 그리고 김대정 후보가 3위이니까 이번에는 여론조사의 결과대로 김대정 후보가 사퇴를 하고 김영산 후보에게 표를 몰아 줘야 한다는 주장이었다. 결국 세시간 동안 똑같은 얘기만 되풀이하다가 아무런 결론을 맺지 못하고 다시 11월 초에 만나기로 약속하고 헤어졌는데, 사실상 그것이 두 후보 진영의 마지막협상이 되었던 것이었다. 그러나 막상 선거를 치르고보니 그 결과는 예상을 뒤엎고, 김종팔 후보가 호남을 제외한 전국 곳곳에서 선전하면서 득표율 1위가 되었고 김영산 후보는 3위로 밀렸다. 만약 여론조사기관들의 예측대로 두 후보가 단일화에 성공했더라면 여당 1000만표 대 야당 1,500만표로 야당후보가 압도적인 표 차이로 승리를 할 수 있었을 선거였다. 역사에 '만약'이라는 가정이 존재한다면…

선거가 끝난 후 김종팔 당선자는 곧바로 청와대로 박정희 대통령을 찾아왔다. 청와대 2층 서재에서 박 대통령은 잔잔한 미소로 김종팔 총재를 맞이하며 축하의 덕담을 잊지 않았다.

"임자, 이번에 참 수고 많았어. 무척 힘들었지?"

"아닙니다, 각하. 그래도 제가 예상했던 것보다 결과가 좋게 나와서 얼마나 다행인지 모르겠습니다."

"이런, 목이 아주 잠겼군. 그래 임자는 몇 표 차이로 이길 것으로 예상했나?"

"네, 저희 참모들은 많으면 10만표에서 20만표 정도의 차이가 날 것으로 보았습니다. 자칫하면 그 반대로 김영산 후보 쪽이 승리할지도 모른다는 예측도 했었지요."

"아, 그러면 김대정 후보가 2위가 되리라고는 예측을 못했단 말이로군?"

"네, 그렇습니다. 호남 사람들이 그렇게까지 몰표를 줄지는 몰랐습니다. 저희들도 최소한 호남지역에서 15% 정도는 얻을 줄로 생각했거든요."

"그래, 호남지역에 우리가 좀 등한시한 것도 사실이야. 모든 공업단지들이 영남지역에만 몰려있고 호남지역은 많이 낙후돼 있으니까. 그런데 이번에 사실은 새만금사업을 완공하느라고 우리가 정말 있는 돈 없는 돈 다 끌어다가 최선을 다했는데, 그것이 선거결과에는 영향을 주지 못한 모양이네?"

"각하, 새만금사업을 준공한 게 꼭 1년 전이지 않습니까? 그러니까 호남사람들은 우리가 얼마 남지 않은 선거를 의식하여 서둘러서 이 사업을 준공했다고 오해를 한 것 같습니다."

박 대통령은 멀리 창밖의 인왕산을 바라보며 담배를 찾아 입에 물었다. 창 밖을 물끄러미 바라보던 박 대통령은 깊은 한숨을 내쉬면서 말을 계속했다.

"임자가 앞으로 잘 해 주어야 하겠어. 특히 영남과 호남의 갈라진 민심을 수습하기 위해서 최선을 다해주게. 이 좁은 땅덩어리에 무슨 영남이 있고 호남이 있나? 임자도 잘 알지만 우리가 영남지역에 공업단지를 집중적으로 배치한 것은 호남의 곡창지대를 건드리지 않으려는 큰 구상에서 시작된 것 아닌가? 그래서 오늘날 호남지역의 넓은 평야는 전혀 손상되지 않고 그대로 있는 것 아닌가 말이야."

박 대통령의 원망어린 말에 김종팔 당선자는 잠시 할말을 잃었다.

"이제 새만금사업이 준공되었으니까 새만금을 중심으로 해서 중국, 일본과 항공노선이 본격적으로 개통되면 관광객들도 많아지고 그러면 호남지역 사람들 생각도 달라질 게야. 어쨌든 호남은 농업, 어업, 관광 위주로 가는 것이 바람직해. 공장을 짓더라도 무공해 공장을 지어야하고. 우리의 곡창지대를 우리가 보전하지 않으면 어떻게 하나?"

"각하. 현재 우리 당에서 선거결과를 분석하고 있는데 대략적인 의견은 우리 국민들이 공화당의 지난 30년간의 업적을 좋게 평가해 주는 것 같습니다. 물론 그 중심에는 각하께서 계셨고요. 그래서 이번 선거를 통해서 앞으로 5년 동안 저희들에게 더 열심히 해서 그 과업을 완수하라고 명령을 한 것 같습니다. 이제는 대통령선거법이 개정되어서 어느 누구도 5년 이상 대통령을 할 수 없지 않습니까?"

김종팔 총재는 목이 마른지 물을 한 컵 마신 후 박 대통령을 물끄러미 바라보았다.

"그래요, 대통령을 5년 이상 못하게 한 것은 일면 좋은 점도 있지만 또 다른 면으로는 사업의 계속성이 없어지지 않을까 걱정도 돼. 사실 내 생각은 미국처럼 4년 중임제(重任制)가 제일 좋은 것 같은데. 그래서 잘하는 것 같으면 4년 더하게 하고, 막상 뽑아놓고 보니까 이 사람은 정말 아니다 싶으면 그냥 4년만 하게 하는 거야. 한번 대통령 뽑아놓으면 중간에 어떻게 해 볼 도리도 없지 않은가 말이야. 어쨌든 이번에 선거법개정은 내 뜻과는 다르게 됐어. 할 수 없지 뭐. 해보는 수밖에."

"저도 그 점은 걱정입니다. 처음 1년은 대통령직 인수하면서 어수선하고 한 3년 정도 일하면 벌써 다음 대통령선거 준비하느라고 들떠서 일이 손에 잡히지 않는다고들 할 텐데… 특히 공무원사회가 걱정입니다.

과연 이 5년 단임제가 앞으로 어떻게 영향을 미칠지 모르겠습니다."

"그래, 이제는 쉴 새 없이 더 바빠지겠구먼, 각료들 인선하랴… 다른 후보들의 반응은 어때요?"

"네, 아까 오면서 전화로 들으니 김영산 후보와 김대정 후보가 축하 화환을 보냈다고 들었습니다. 또 오늘 새벽에는 김영산 후보가 제게 축하 전화를 해 주었고요."

"오, 대산이? 과연 그 사람 호탕한 사람이군그래."

청와대 동쪽 뜰에 은행나무와 단풍나무들이 이제는 잎이 다 떨어져서 나뭇가지만 앙상하게 서있었다. 김종팔 당선자는 갑자기 쓸쓸한 생각이 들었다.

"각하, 이제는 좀 쉬셔야지요?"

"그래, 나도 몸이 말이 아니야. 너무 무겁고 힘들어. 이제는 쉬고 싶은 생각이 정말 간절해. 마침 임자가 앞으로 우리나라를 이끌어 갈 수 있게 돼서 미덥기도 하구. 자, 임자, 축하하네."

박 대통령이 불쑥 손을 내밀자 김종팔 당선자는 벌떡 일어나서 두 손으로 대통령의 손을 잡았다. 앙상한 뼈만 남은 손이 더욱 애처로웠다.

뒤뜰로 내려와서 막 차를 타려는데 저쪽을 보니 양지바른 곳에서 육영수 여사가 휠체어에 앉아 남산 쪽을 바라보고 있었다. 얼른 그 쪽으로 발걸음을 옮기며 김종팔 당선자는 육 여사에게 웃으며 인사를 건넸다.

"여사님, 안녕하세요?"

"아, 어서오세요. 당선을 축하드려요."

육 여사가 무릎 위에 놓여 있던 숄에서 손을 꺼내더니 내밀었다. 육 여사의 하얀 머리를 보면서 김종팔 당선자는 다시금 감회에 젖었다.

'참 우리 인간들은 다 이렇게 늙어가는구나…'

"여사님, 햇볕을 쪼이고 계셨나요?"

"네, 바람도 없고 얼마나 날씨가 따뜻한지. 이번 선거 참 힘드셨지요?"

김종팔 당선자를 바라보는 눈빛에 다정한 미소가 배어 있었다.

"네, 힘들었습니다. 그래도 이렇게 선거결과가 좋게나오고 또 깨끗하게 치러져서 너무 기분이 좋습니다. 이제 앞으로 책임감도 무겁고요."

옆에서 휠체어를 밀어주던 유희송 비서가 저만큼 물러가자 김종팔 당선자가 휠체어를 조금 옆으로 옮기면서 한마디 했다.

"여사님, 시골로 가신다면서요?"

"네, 옥천에다 작고 아담한 기와집을 짓고 있어요. 집 뒤에는 절벽과 바위도 있고 또 집 앞으로는 작은 실개천이 흐르고 있지요. 저는 늘 그런 집을 꿈꾸고 있었거든요. 어서 가보고 싶은데 요즘은 몸이 너무 불편하니까 멀리 가는 게 힘들어요."

순간 김종팔 당선자의 눈에는 눈물이 맺혔다.

'불쌍한 분들. 평생 호의호식 한번 못 해보고 고생고생 하시다가. 참 책임감이라는 게 무언지…'

"참, 바쁘시지 않으면 차라도 한 잔 대접하고 싶은데 이제 대통령에 당선 되셨으니 오죽이나 바쁘시겠어요. 어서 가보세요. 나중에 언제라도 다시 뵙지요."

"말씀대로입니다. 오늘 몇 명을 만나야 할지도 모르겠습니다. 여사님, 앞으로 자주자주 뵙겠습니다. 그럼 이만."

인사를 하면서 다시 한번 육 여사의 손을 살며시 쥐어주었다.

육 여사는 김종팔 당선자의 차가 청와대 뒤뜰을 빠져 나갈 때까지 손을 흔들며 그쪽을 바라보고 있었다.

정 회장의 소떼 방북사건 ::

1993년 5월의 어느 날 청와대, 이제 막 신록이 우거지고 바야흐로 봄의 기운이 온 산하(山河)에 울려 퍼져나가는 그 때에, 돌연히 정주영 회장에게서 면담 신청이 왔다. 정주영 회장, 그가 누구인가? 종업원 20만 명을 먹여 살리는 현재그룹의 총수이자 우리나라 국가발전에 관한 일이라면 자기 회사의 이익이나 손해에 아랑곳하지 않고, 헌신적으로 투신해 온 우리나라 경제계의 거목이 아닌가? 지금은 또 북한과의 사업에 제일 앞장서있는 인물이기도 하였다.

"그래, 정 회장이 무슨 일로 오신다는 거죠?"

김종팔 대통령은 보고서를 들고 서있는 홍정철 비서실장을 바라보면서 물어 보았다.

"꼭 만나 뵙고 긴히 드릴 말씀이 있답니다. 그 양반 원래 밑에 사람들하고 얘기 안 하는 스타일 잘 아시잖아요. 제가 무슨 내용인지 알아야면담 스케줄을 잡겠다고 하니까 그냥 막 역정을 내면서… 허, 참!"

홍정철 비서실장은 기가 막히는지 시선을 창밖으로 향하고 있었다.

"원래 그렇게 직선적인 사람이니까. 연락해서 만나자고 하고 도착하는 대로 안내해 주세요."

두어 시간 후 정주영 회장이 가쁜 숨을 몰아쉬며 청와대 접견실로 들어섰다. 원래가 그는 단 1초라도 아끼기 위해서 항상 뛰어다니듯이 바쁘게 걸어 다녔다.

"대통령님, 안녕하셨습니까?"

김종팔 대통령은 금년초 취임사에서 앞으로 대통령의 호칭을 각하가 아닌 '대통령님' 으로 하자고 국민들에게 제안했던 것이었다.

"오랜만입니다. 정 회장님, 건강은 여전하시지요?"

김 대통령이 손을 내밀자 정 회장은 힘 있게 악수를 했다. 마치 대통령의 손을 으스러뜨리겠다는 듯이 그의 손에는 힘이 넘쳐났다. 도저히 80을 바라보는 나이라고 볼 수가 없었다.

"대통령님, 어디 좀 은밀한 데서 말씀드리면 안 될까요?"

정 회장이 접견실을 둘러보면서 조심스레 하는 말이었다.

"왜요? 여기가 맘에 안 드십니까?"

"아니요, 원체 비밀스런 얘기라…"

"그러면 2층으로 가시지요."

김 대통령은 2층의 서재로 정 회장을 안내했다. 청와대 동쪽 뜰이 내려다 보이는 이곳은 박정희 전대통령이 항상 일을 보던 곳이었다. 김 대통령은 박정희 전대통령이 가지고 간 서가와 책상 대신 집에서 쓰던 서가 세 칸과 책상을 이곳으로 가지고 와서 사용 중에 있었다.

"이 방에는 여러 번 와 봤는데 전보다 훨씬 아늑하게 느껴지는군요."

정 회장이 박 대통령과의 친분을 과시하면서 하는 말이었다.

"자, 자리에 앉으세요. 우선 차라도 한 잔 하시면서 천천히 얘기 하시지요."

잠시 후 김종필 대통령이 손수 끓인 녹차를 들고 오더니 소파에 앉았다.

'이 얘기를 꺼내야 하나…?'

정 회장은 일순간 망설이지 않을 수 없었다.

"그래 정 회장님, 현재그룹은 요즘 별 일 없지요?"

"네, 덕분에 모두 다 열심히 하고 있습니다."

"계열사 중에서 어디가 제일 잘 되고 있나요?"

"요즘 아무래도 조선분야가 제일 활발하지요. 지금까지 주문받은 것만도 앞으로 10년치 일감은 충분히 됩니다. 건설도 잘 되고 있고요."

정 회장이 자신 있게 배를 쑥 내밀면서 대답하였다.

"10년 치나요? 정말 대단하군요. 그래 정 회장님 건강은 여전하시지요?"

"네, 저야 뭐, 타고 난 강골이니까요. 그런데 대통령님…"

정 회장은 잠시 망설이더니 곧바로 결심한 듯 불쑥 한 마디 던졌다.

"저 북한에 좀 다녀오면 안 되겠습니까?"

드디어 본론이 나왔다고 생각한 김 대통령은 짐짓 느긋한 표정으로 정 회장을 바라보았다.

"사실은 김정일 군사위원장이 저를 만났으면 한다고 해서요."

"무슨 일이랍니까?"

"절 보고 휴전선을 넘어서 와 줄 수 없겠느냐고 합디다. 그것도 매스컴에 대대적으로 보도되게요."

"그래서요?"

"그래서 제 생각인데 제가 우리 서산목장에서 기르는 비육(肥肉)이 10,000마리쯤 되거든요. 그 중 500마리 정도를 끌고 북한을 다녀오면 어떨까 하는데요."

이 때 김종팔 대통령의 얼굴이 붉어지는 듯하더니 곧바로 언성이 높아졌다.

"아니, 정 회장님, 지금 제 정신으로 하시는 말씀이십니까? 지금이 어느 땐데 북한을 다녀오시겠다고? 더군다나 소떼를 몰고 휴전선을 넘어서? 전 세계 매스컴이 보도하는 중에? 내, 원 참… 김정일이 살려 줄 일 있습니까? 아, 정 회장님도 잘 아시지 않습니까? 작년 광복절에 박 대통령께서 북한에 일체의 원조물자나 구호품을 보내지 않겠다고 선언하신 것. 북한에서 지금껏 아무런 화답(和答)이 없는데 어째서 우리만 이렇게 계속 퍼부어 주느냐 이겁니다. 저도 박 대통령의 그런 결정이 잘못됐다고 생각하지 않습니다. 이쪽에서 가면 저쪽에서도 오는, 뭔가 서로 화답하는 게 있어야지, 지금까지 우리는 일방적으로 퍼주기만 하고, 저들은 서해에서 우리 군인들 죽이고 또 핵무기까지 개발하지 않았습니까? 저는 사실 현재그룹의 개성공단인가, 금강산 관광인가 하는 것도 못마땅해요."

김 대통령의 목소리 톤이 높아지면서 감정이 자꾸 격해지는 것만 같아 정 회장은 내심 불안해졌다.

'참, 이거 나 위해서 하는 일도 아닌데, 내가 왜 이리 고생을 하여야 하나?'

대통령의 흥분을 가라앉혀야 되겠다고 생각한 정주영 회장은 잠시 생각에 잠긴 후 차분한 목소리로 김 대통령에게 더욱 간절히 매어 달렸다.

"대통령님, 이럴 때일수록 어느 한군데만이라도 대화의 통로가 열려 있어야 합니다. 김정일 위원장이 제게 아주 큰 선물을 준비해 놓는다고 했어요. 한번 두고 보시지요."

김종팔 대통령이 더는 참지 못하겠다는 듯이 탁자를 손바닥으로 두드리며 소리쳤다.

"우리가 하루 이틀 속아 본 것이 아니지 않습니까? 저는 승낙 못 합니다."

정 회장은 잠시 창 밖을 내다보더니 이내 녹차를 단숨에 벌컥벌컥 마시고는 다시 김 대통령을 바라보며 참을성있게 말을 해나갔다.

"제가 나름대로 생각하기에 분명 우리나라가 깜짝 놀랄 큰 선물임에 틀림이 없습니다. 저도 장사로만 60년을 살아온 사람 아닙니까? 장사꾼의 직감이라는 게 있습니다. 한 번만 기회를 주시지요."

"뭐 집히는 데라도 있으십니까?"

김 대통령이 격한 감정이 약간 누그러졌는지 정 회장을 바라보며 물었다.

"네, 아마도 국가안보(國家安保)에 관한 일일 것입니다. 저의 그룹과 관련된 거래 따위의 사소한 일이 아닌 듯 합니다."

"각하는 최근에 뵌 적이 있습니까?"

"최근은 아니고요, 지난 3월에 퇴임하시면서 잠시 여기 청와대에서 재계 인사들 초청했을 때 뵌 적은 있었지만, 그 후에 병원에 입원하시고 난 후로는 외부손님의 방문을 사절한다고 해서 아직까지 못 뵙고 있습니다. 요즘 어떠신가요?"

"각하를 한번 만나보세요. 제가 조만간 전화를 넣어서 찾아뵙도록 주선해 보겠습니다."

"네, 감사합니다. 무슨 말씀인지 알겠습니다."

이때에 인터폰에서 홍정철 비서실장의 음성이 들려왔다.

"대통령님, 대장 진급자들 접견준비 다 됐습니다."

"네, 곧 내려가지요."

짤막하게 대답하고는 정 회장에게 양해를 구하였다.

"정 회장님, 오늘 너무 바쁜 관계로 오래 말씀을 나누지 못했습니다. 다음에 제가 한가할 때 전화 드려서 말씀 더 깊이 나누도록 하겠습니다."

김 대통령은 악수를 하더니 곧 바로 강창진 수행비서관을 불러서 정 회장을 밖까지 배웅해드리라고 지시하고는 자리를 떴다.

김종팔 대통령으로부터 연락이 온 것은 그로부터 일주일쯤 후인 5월 20일이었다. 그날은 금요일로 날씨도 청명하고 바람도 잔잔하게 부는 아주 쾌청한 초여름의 날씨였다.

"정 회장님, 제가 오후 2시로 각하의 병실 방문 시간을 잡아 놓았으니까, 그때 가서 문안인사 겸, 그 얘기 적당히 해 보세요. 각하께서 별 반대 없으시면 저도 그 일이 추진되는 쪽으로 밀어드리겠습니다."

김종팔 대통령의 친절한 전화에 정 회장은 안심이 되는 한 편, 김 대통령의 일처리 솜씨에 감탄했다.

'그러니까 박 대통령께서 그렇게 신신당부(申申當付)해서 북한과의 거래를 일체 중단하라고 엄명을 내리셨으니까, 김 대통령 스스로 그 지시를 어기는 것 같은 모양새는 만들지 말자는 것이지. 날보고 박 대통령을 직접 설득하라는 거로군. 그분 참 윗사람을 섬기는 자세는 본받을 만하구만.'

차는 어느 덧 한강중심대학의 용산병원에 도착하였다. 운전기사와 비서가 얼른 차에서 내려 정 회장을 입구로 안내했다. 미리 연락을 받았는지 박 대통령의 경호원들이 병원 로비에서 정 회장을 맞이하였다. 엘리베이터는 다른 승객들을 타지 못하게 잠시 제지한 후, 이 병원의 제일 꼭대기 층인 55층으로 향했다. 곧 바로 엘리베이터의 문이 열리면서 시야가 확 트이고 55층의 옥상특실이 나타났다. 사방이 두꺼운 유리창으로 막혀 있는 300평 정도의 옥상정원에는 각종 정원수가 심겨져 있었다. 마치 하늘에 떠 있는 별장을 연상케 했다. 80평쯤 될까하는 특실로 경호원들이 정 회장을 안내하자 육 여사가 휠체어에 앉아서 정 회장을 맞이하였다.

"어서 오세요, 정 회장님, 참 오랜만이네요."

"여사님, 별고 없으세요? 그 동안 찾아뵙지 못해 죄송합니다."

"아니에요. 얼마나 바쁘시겠어요. 그 큰 그룹을 다 운영하시려면."

이 때 병실 안에서 박 대통령이 왼손을 지팡이에 의지한 채 접견실로 걸어 나왔다.

"정주영 회장이라고? 아이고, 어서 오세요. 정 회장, 참 오랜만이군."

박 대통령이 반갑게 오른손을 내밀며 악수를 청하자 정 회장은 두 손으로 박 대통령의 손을 잡았다.

"각하, 제가 참 무심했습니다. 벌써 입원하신 지가 꽤 오래라고 들었는데도 진작 찾아뵙지 못하고."

"아니야, 아니야, 사실 나도 그 동안 여러 가지 검사다, 수술이다 해서 사람들 만날 처지가 못 됐지. 이봐요, 임자, 우리 저쪽 나무 밑에 가서 얘기하고 있을 테니까 차 한 잔 보내 줘요."

자그마한 단풍나무와 은행나무가 양 옆에 있는 사이로 작은 테이블과 의자들이 놓여있었다. 박 대통령은 의자 하나를 당겨서 앉으며 정 회장에게 앞에 앉으라고 손짓을 했다.

"벌써 몇 달 되셨지요?"

"응, 그러니까 3월 중순쯤 이 병원에 입원한 것 같아. 그리고 지금이 5월 20일이니까 벌써 두 달이 넘었네그려. 뭐 이 병원이 노인성질환에는 우리나라에서 제일 우수하다더군. 그래서 김 대통령이 이 병원에 이렇게 좋은 병실로 나를 입원시켜 주었어. 얼마나 고마운지."

"수술하셨다고 하는데 무슨…"

정 회장이 조심스레 묻자 박 대통령은 잠시 먼 산을 바라본 후 천천히 대답했다.

"말도 말게. 처음 와서 진찰을 3일간 계속 받았는데 5일후에 결과가 나왔더군. 그런데 뭐 날 보고 '걸어 다니는 종합병원'이래. 온 몸이 성한 데가 없다는 거지. 좀 과장된 말이겠지만."

잠시 후 육 여사가 휠체어에 앉아서 따뜻한 차 두 잔을 쟁반에 받쳐 들고 있었고 뒤에서 여 비서가 육 여사의 휠체어를 밀면서 이쪽으로 오고 있었다.

정 회장이 벌떡 일어서면서 쟁반을 받았다.

"아이고 여사님, 손수 이러시면 제가 송구해서…"

"아니에요, 정 회장님, 아무려면 제가 차 한 잔 못 드리겠어요?"

육 여사가 잔잔한 미소를 지으면서 대답했다.

"임자, 고맙구려."

박 대통령의 짤막한 감사를 뒤로 하고 육 여사는 휠체어를 돌려서 내실 쪽으로 향했다.

"그래 요즘 그룹은 잘 돌아가나요?"

"네, 얼마 전에 아랍 에미레이트에서 아주 큰 공사를 두 건이나 수주했습니다. 두바이와 카타르를 연결하는 고속도로 공사하고요, 두바이에 종합전시장을 짓는 건축공사지요. 두 건 합쳐서 20억불이나 됩니다."

"그래 요즘에 다시 중동건설 바람이 불고 있다더군. 참 옛날에 그때가 80년대 초였나? 70년대 말이었나? 하여튼 그때 참 대단했지. 우리 건설회사들 하고 근로자들이 중동에 나가서 오일달러를 무척이나 벌어 왔었지. 그래서 그 돈 가지고 우리가 공장도 짓고 발전소도 짓고 했지. 이제 다시 중동 붐이 일어나고 있군 그래."

"네, 요즘 아주 대단합니다."

"임자, 생각나나? 옛날에 우리가 경부고속도로 건설할 때, 그때 참 무서운 줄 모르고 일했지. 그때가 우리들의 전성시대(全盛時代)였어. 그때 현재건설에서 제일 어려운 구간을 맡아서 해주겠다고 해서 얼마나 고마웠는지. 추풍령 구간이었던가?"

"네, 그때 참 반대하는 사람들도 많이 있었지요. 특히 정치인들이 어깨에 띠를 두르고 결사반대를 외칠 때 참 힘들었습니다. 지금까지 살아오면서 보면, 무슨 일을 할 때든지 일이 힘든 게 아니라 그 일을 하기까지 반대하는 의견들을 잠재우는 게 더 힘들었던 것 같습니다."

"맞아요. 임자 말이."

"그래 어떤 수술을 하셨습니까?

정 회장이 조심스레 묻자 박 대통령은 너털웃음을 웃었다.

"하하하, 뭐 그리 대단한 수술도 못 돼. 괜히 호들갑들을 떨어서 그렇지. 쓸개에 돌이 많이 들어 있다는 거야. 그래서 담석제거 수술을 했고, 또 그게 끝나자 이번에는 백내장 수술을 해야 한다고 해서 그 수술했고, 그리고 또 전립선에 이상이 있다나 해서 그 수술을 했지. 그 전립선 종양제거 수술이라는 걸 할 때 고생 좀 많이 했어. 세 번이나 수술을 했으니까."

"요즘엔 좀 어떠십니까?"

"거 왜 일 하던 사람이 일손 놓으면 여러 가지 병 생기잖아? 바로 그런 거지 뭐. 무릎도 좀 불편하고…"

박 대통령은 옆에 세워 놓은 지팡이를 손가락으로 톡톡 쳤다.

"그래, 오늘 무슨 특별한 용건은 없고?"

박 대통령이 생각하기에 이렇게 바쁜 사람이 필시 나의 안부 때문에만 찾아 왔을 것 같지는 않다는 생각에서 물은 것이었다.

"네, 각하. 실은 좀 중요한 말씀을 드려야겠는데…"

정 회장이 뜸을 들이자 박 대통령이 안심하라는 듯 주위를 둘러보며 이야기했다.

"괜찮아. 여긴 나와 임자만 있는데. 그리고 이제 우리 사이에 뭐 그리 비밀스런 얘기가 있을라고?"

"실은 북한의 김정일 위원장으로부터 중대한 제안을 받았습니다."

"무슨… 직접?"

박 대통령이 정 회장의 눈을 빤히 들여다보면서 묻자 정 회장이 침을 꿀꺽 삼킨 후 고개를 옆으로 저으면서 대답했다.

"아닙니다, 각하. 저희 현재종합상사 북경지사를 통해서 제안받은 건데요. 그쪽의 조평통 책임자가 직접 와서 면담을 했답니다. 저보고 수행원들을 데리고 휴전선을 차로 넘어와 달라는 겁니다. 내외신 기자들에게 다 공개하고요."

"그러면?…"

"그러면 자기가 우리 대한민국에게 아주 큰 선물을 주겠다나요. 온 세상이 깜짝 놀랄 큰 선물이랍니다."

박 대통령은 잠자코 있었다. 건너편으로 보이는 남산 쪽을 응시하고 한 참을 골똘히 생각하더니 곧바로 일어서서 지팡이를 짚고 사방을 쭉 둘러보면서 천천히 말했다.

"정 회장, 여기서는 사방이 너무 잘 보여. 날이 좋은 날은 개성까지도 보인다고 하는데 그건 눈 좋은 사람들 얘기고, 어쨌든 북한산도 보이고 한강도 보이고 남산도 보이고 관악산도 보이지. 임자, 저 쪽에 보이는 산이 무슨 산인지 알지?"

박 대통령이 가리키는 곳은 송파 쪽의 남한산성이었다.

"네, 남한산성 아닙니까?"

"응, 산 이름은 남한산이라고 해. 난 여기서 저 쪽을 바라볼 때마다 그 옛날의 병자호란(丙子胡亂)이 생각 나. 그 때에 인조대왕께서 청나라의 태종에게 무릎을 꿇고 이마를 땅에 찧으며 절을 했다고 하지 않아?"

"네, 삼배구고두(三拜九叩頭)라고 하지요."

"그래, 세 번 절하고 아홉 번 머리를 땅에 댄다는 말이지. 조선왕조실록을 보니 그 때에 인조대왕의 머리에서 선혈(鮮血)이 낭자했다는 거야. 머리를 땅에 찧는다는 말이 그냥 땅에 대는 게 아니라 돌에 머리를 쿵쿵 박아서 그 소리가 요란하게 날수록 충성을 뜻한다지 않아? 그러니 힘없는 나라의 임금으로 어떻게 하겠어. 그네들이 시키는 대로 할 수밖에는. 그렇지 않으면 항복이 되지 않는데. 그렇게 피가 흐르는 채로 저녁때까지 그 자리에 그대로 앉아 있었다는 게야. 청 태종이 일어나라고 해야 일어나니까. 거기가 삼전도라는 자갈밭이었대."

박 대통령이 비통한 표정을 짓자 정 회장도 고개를 끄덕여 동감을 표하였다.

"나는 우리나라가 강해져야 하겠다고 늘 '부국강병'을 입버릇처럼 주장한 거고. 그래서 경제개발과 자주국방에 온 몸을 다 바친 거야. 그래서 작년에 북한에게도 강력한 메시지를 보낸 거고. 북쪽에서 눈에 띠는 행동을 보여주지 않으면 일체의 대북중단을 끊겠다고 했고, 또 실제로 그렇게 해서 지금까지 거의 일년 가까이 흘렀지. 지금 아마 북한은 붕괴(崩壞) 일보직전일거야. 정 회장을 보자고 하는 것도 그런 맥락일 것이고…"

박 대통령이 자리에 앉자 정 회장도 따라 앉으며 속으로 생각했다.

'아, 각하는 벌써 김정일 위원장이 왜 오라고 한 것까지도 다 알고 계시는구나!'

"그렇다면 각하는 김정일 위원장이 저에게 준다는 선물이 무엇인지도 알고 계십니까?"

정색을 하며 물어보는 정 회장의 질문에 박 대통령은 짐짓 모른 체하며 대답했다.

"내가 그것을 어떻게 알겠어. 이 지구상에서 가장 속마음을 알기 힘들다는 김정일이의 마음을. 하지만 내가 대북지원조치를 중단해 놓았으니까 그것을 풀어 달라거나, 아니면 휴전선을 후방으로 옮기자고 했으니까 뭐 그런 것과 관련이 있겠지. 그래 김 대통령과는 의논을 해 보았나?"

"네, 김 대통령께서는 먼저 각하께 말씀드려 보라고 하셨습니다."

정 회장이 두 손을 공손히 하면서 대답하였다.

"김 대통령께서 그렇게 말씀하시는 것은 옛날에 대북지원중단조치를 취한 장본인이 나니까 내 체면을 세워 주시려고 그러는 거지."

이 때 유희송 비서가 과일을 든 접시를 가지고 왔다. 딸기가 아주 탐스러웠다.

"임자, 이 딸기 좀 들고 애기 계속하지."

딸기를 한 개 집으며 박 대통령이 정 회장에게 물었다.

"그래서 임자는 가기로 했어? 정부의 방북허가가 나오면?"

"네, 돈 버는 일과는 관계가 없는 일이지만 나라를 위하는 일이라면 무슨 일이든 못 하겠습니까? 가야지요."

정 회장의 대답에는 굳은 결의와 기백(氣魄)이 서려 있었다. 이미 79세의 나이에도 불구하고 아직까지 신입사원 씨름대회에서 젊은이들과 겨루어도 져 본 적이 없다는 정 회장 아닌가?

"그래요. 남과 북이 서로 사이좋게 잘 지내면 좋겠어. 그래야 쓸데없이 국방에 많은 돈 들이지 않고, 그 돈으로 국민들 더 배불리 먹이고 잘 살수 있지. 나도 힘닿는 데까지 열심히 도울 테니까 정 회장이 앞장서서 수고해 줘요. 우리 함께 그 옛날 경부고속도로 건설할 때의 마음으로 돌아가서 말이야."

"네, 여부가 있겠습니까, 각하!"

정 회장은 그 후에도 박 대통령과 30분 정도를 더 이야기꽃을 피우다 오후 3시가 지나서 병실을 나왔다. 박 대통령과 육영수 여사가 엘리베이터 앞까지 따라 나오면서 정 회장과의 작별을 아쉬워했다.

1993년 6월 1일, 바람이 살랑살랑 불어오는 초여름의 아침 서울과 평양을 잇는 1번 국도의 문산 – 임진각 구간에서는 일대장관이 펼쳐졌다. 정주영 회장이 소떼 500마리를 싣고 북한을 방문한다는 뉴스가 국내의 매스컴을 타고 생방송으로 전국에 중계되고 있는 것이었다. 이른 아침부터 길가에 늘어서서 이 광경을 지켜보는 국민들의 마음은 착잡하기만 하였다.

'과연 무슨 효과가 있을까? 또 쓸데없이 퍼주기만 하는 것은 아닐까?'

그러나 이런 근심걱정에는 아랑곳없다는 듯이 정 회장은 500마리의 소 떼를 트럭 100대에 나누어싣고 임진각을 향하여 천천히 나아가고 있었다. 맨 앞에는 정 회장이 반바지에 밀짚모자를 쓰고 목에 꽃다발을 건 소 한 마리를 몰면서 가고 있었다. 조금 전에 문산 초입에서 어느 실향민노인 한분이 걸어준 꽃다발이었다. 간절한 남북통일의 염원과 함께… 정주영 회장 일행이 충남의 서산목장을 출발한 것은 오늘 새벽 세시였다. 현재그룹의 서산목장에서 기르고 있는 10,000마리의 소 가운데 가장 튼튼하고 살진 소 500마리를 엄선(嚴選)하여 목장에서 문산까지 한국통운의 주황색 12톤 트럭 100대에 소떼를 싣고 밤새 달려온 것이었다. 원래 이 트럭에는 한 대당 열 마리씩을 싣고 운반하는 것이 관례였지만 특별히 이번 경우는 한 대에 다섯 마리씩만 싣기로 하였다. 문산부터 임진각까지의 도로변에는 미국의 CNN이 전 세계로 생중계하는 가운데 한국의 KGS에서도 전국에 생방송으로 이 실황을 중계하고 있었다. 그래서 지금 10시에 이 대한민국의 '소떼 방북 사건'은 국내는 물론 전 세계로 중계되고 있는 중이었다.

"세계에서 유일하게(Only One Country in the World) 분단된 나라의 최대 재벌인 현재그룹의 정주영 회장이 지금 자신의 목장에서 기른 소 500마리를 끌고 북한을 향해가고 있습니다. 앞으로 남과 북에는 어떤 변화가 있을까요?"

CNN 방송의 앵커가 목소리를 높여가며 옆자리에 앉아 있는 해설가에게 하는 말이었다. 오늘 해설을 맡고 있는 사람은 경남제1대학의 북한학과 교수인 고승헌 박사로 대한민국에서 북한에 관한 한 최고의 권위자라고 일컬어지는 사람이었다. 어제 밤에 정주영 회장이 소떼를 몰고 판문점을 거쳐 북한을 방문할 예정이라는 뉴스를 접하고 오늘 아침 부랴부랴 CNN 뉴스 팀에 합류하였다.

"글쎄요, 원체 예측하기 어려운 일인지라 답변도 참 힘이 듭니다. 그렇지만 무언가 확실한 보장이 있지 않고서야 거대그룹의 총수가 저런 큰 모험을 감행할 리가 없겠지요. 그 소 값이야 20억원 내외가 되겠지만, 이 상황이 전 세계로 중계된다는 사실을 모를 리 없는 분이 말씀입니다. 제 생각으로는 뭔가 북한 고위층에서 확실한 언질을 주지 않았나 싶습니다. 가령 남북불가침(南北不可侵) 선언이라든가. 그렇지 않았다면 정부에서도 이런 행사를 허가해 주었을 리도 없겠지요. 아마도 제가 단언하건대 북한 측에서 약속한 그 모종의 딜(Deal)이라는 것이, 현재그룹과 북한간의 거래에 관한 문제는 아닐 듯 보여집니다. 다시 말씀드리면 남측과 북측간의 거래를 정주영이라는 중간 매개체(媒介體)를 이용하여 성사시키려한다고 보시면 무리가 없지 않을까 여겨집니다."

임진각에 도착한 정 회장 일행은 임진각 1층과 2층에 마련된 임시식당에서 직원들과 함께 아침 식사를 하고 잠시 휴식을 취한 후 다시 한 시에 임진각을 출발하여 자유의 다리를 건너 오후 세시에 개성에 도착한다는 계획이었다.

식당에 도착한 현재그룹 직원들은 모두 밤샘 준비작업과 소떼 운송작업에 지쳤는지 허겁지겁 식사를 했다. 이 행사에 현재그룹의 서산목장 직원들 200명을 포함한 그룹직원 500명이 동원되었다. 차량행렬이 출발하려고하자, 한국통운의 운송차량에 탑승한 서산목장 소속직원 200명을 제외한 나머지 현재그룹의 직원들은 이들 떠나는 일행들을 향하여 손을 흔들어 전송하고는, 그룹에서 준비한 관광버스에 탑승하여 각자의 일터로 복귀했다.

자유의 다리!
30년 전만 해도 이 다리를 민간인이 건넌다는 것은 불가능했었다. 그 후로 다리 건너에 '통일촌'이라는 마을이 건설되면서 민간인들이 약간씩 거주하게 되었지만, 그래도 아직은 군인들과 통일촌에 거주하는 사람들 외에는 통과가 허용되지 않는 우리나라 안보의 최전선이었다. 아래로 굽이치는 임진강을 내려다보면서 정주영 회장은 깊은 감회에 빠져들었다. 정 회장의 고향은 강원도 통천, 금강산 근처의 마을로 바로 휴전선과 맞닿은 곳이었다.

'언젠가 통일이 되면 내 고향을 우리 회사에서 만든 차를 타고 가리라. 동해안을 따라 나있는 7번 도로를 타고서.'

지금까지 정 회장이 마음속에 품고 살아왔던 간절한 소망이었다. 지금 정 회장은 그 소원을 다시 한 번 되새기면서 임진강을 건너는 것이었다. 이번 일이 어떤 결과를 가져올지는 아무도 모른다. 또 500마리의 소 값을 어디서 보상받게 될지, 아니면 허공에 날려 버리게 될지 자신도 모른다.

'그래, 그냥 500마리를 북한에 준다고 치자. 그래도 그중 다만 몇 마리만이라도 주민들에게 배급되지 않을까? 나머지는 북한에서 어떤 용도로 쓰든지, 최소한 몇 마리만이라도 우리 동포들에게 돌아간다면 됐지, 더 이상 무엇을 바라겠는가? 내 나이 벌써 79세, 내가 앞으로 더 산다고 한 들 몇 년을 더 살 것인가? 내게 재산이 1조원이면 무엇하고 또 10조원인들 무엇하랴? 정말 이번 일이 잘 되어서 우리나라와 북한 간의 사이가 좋아진다면 나는 그것으로 만족하리라. 이보다 더 많은 것을 바친다 해도 결코 아깝지 않으리라.'

이런 저런 생각을 하는 중에 차량행렬은 벌써 6.25 전쟁때 폭탄에 맞아 파괴돼 있는 기관차 옆을 통과하고 있었다. 옆에 붙어있는 표지판이 애처롭게 보인다.

'철마는 달리고 싶다!'

기관차는 이제 거의 다 녹슬어서 형체만 앙상할 뿐이었다. 벌써 40

년 넘는 세월이 흘렀으니 왜 안 그렇겠는가. 조금 더 지나자 장단의 옛 시가지가 나타났다. 전쟁 전에 장단면사무소로 쓰이던 건물도 뼈대만 남아있었다. 사방에는 나무가 울창하고 또 잡초도 무성했다. 100여m 쯤 떨어진 숲 속에서 노루가족 서너 마리가 이쪽을 바라보고 있었다. 이곳 비무장지대는 노루, 사슴, 멧돼지, 고라니 등 그야말로 야생동물의 천국이었다.

'옛날에는 장단평야에서 나는 장단 쌀이 아주 맛있고 유명했다고 들었는데, 이게 바로 전쟁의 상처로구나. 다시는 이 땅에 전쟁이 없어야 할 텐데…'

:: 북에서 날아온 폭탄선언

"본인은 1992년 8월 15일에 대한민국 정부의 박정희 대통령께서 제안하신 바 있는 '휴전선 20km 후방으로 옮기기' 제안에 적극 찬성하며, 앞으로 1년 이내에 우리 측의 군사 분계선을 현 위치에서 20km 후방으로 옮기기로 결정하였습네다. 본인의 이 결정은 대한민국 측에게 아무런 요구조건을 달지 않을 것입네다. 본인은 이의 실천을 위해서 양측에서 책임 있는 실무자들이 만나도록 주선할 것이며, 또한 이 약속이 반드시 이루어지도록 우리 조선민주주의인민공화국을 대표하여 모든 가능한 노력을 기울일 것입네다. 이상입네다."

정주영 회장은 개성에서 북한 측에 소 500마리를 넘겨주었다. 북한에서는 김정일 위원장 다음의 제2인자라고 하는 김형남 최고인민회의 상임위원장이 마중을 나왔다. 김 상임위원장과 정 회장은 이번이세 번째 만남이었다. 첫 번째는 서울올림픽을 유치하기 위하여 9년 전에 스위스의 로잔에서 올림픽 유치대회(誘致大會)가 있었을 때, 그곳에서 만난 적이 있었다. 그 때에 김형남 위원장은 북한올림픽위원회의부위원장 자격으로 참가했었다. 두 번째는 3년 전에 평양에서 개성공단과 금강산관광문제로 북한측과 현재그룹이 회담을 했을 때도, 북한측의 실무자들을 이끌고 대표의 자격으로 참가하여 또 만난 적이 있었다. 이번에 다시 만난 김형남 위원장은 지난 번보다 많이 야위었고 늙어보였다. 개성에서 현재그룹의 서산목장 직원 200명을 모두 돌려보낸 후, 정 회장 일행은 북한 측에서 제공한 벤츠 승용차 두 대에 나누어 타고 평양의 백화원 초대소에 여장을 풀었다. 이제 이곳에 남은 사람은 정 회장과 김운구 서산목장 대표이사, 그리고 아들 정몽헌 현재건설 사장, 이렇게 세 명뿐이었다. 백화원초대소는 주로 외국의 국빈들을 맞이하기 위하여 북한에서 세운 최고급호텔이었다. 정 회장은 일행 두 명과 함께 간단하게 목욕을 한 후 초대소의 5층에 자리잡은 식당에서 저녁식사를 했다. 식사에 초대해 준 사람은 조평통 부위원장인 조운갑, 당 역사연구소장 오진호, 그리고 황해남도 도당위원장인 김철남, 이렇게 모두 세 명이었다. 이들은 북한 측에서 제공한 불고기와 백두산 호랑이술이라는 붉은 병에 담긴 고량주 비슷한 것으로 저녁식사를 마친 후 곧바로 방으로 돌아와서 각자 깊은 잠에 떨어 졌다.

다음 날 북한 측에서는 아무런 연락이 없었다. 오후 무렵이 돼서야 어제 왔던 사람들 중에서 황해남도 도당위원장이라는 사람이 봉고차 같은 밴을 한 대 몰고 와서 시내관광을 가자는 것이었다. 정주영 회장은 내심 불안했다.

'이제 내일이면 토요일인데 이 사람들이 나에게 또 속임수를 쓴 것인가? 내가 이렇게 한가하게 평양구경이나 하자고 이곳에 고생고생하면서 소 500마리를 끌고 왔단 말인가?'

이렇게 생각하니 일순간 화도 났지만 그래도 지금껏 살아오면서 이루었던 많은 일들은, 대개 큰 고난과 시련 다음에 얻어진 것이라고 마음속으로 위안을 하면서 그냥 시내관광에 따르기로 했다. 밖은 비가 부슬부슬 내리고 있었다. 평양 시내에는 사람도 별로 없고 차도 몇 대

안 다니고 있었다. 너무나도 쓸쓸해서 마치 1950년대의 대한민국으로 되돌아 온 듯한 느낌이었다. 사람들의 표정에도 밝은 구석은 없고 모두 어깨가 축 늘어져서 걷고 있었다. 비가 오는데도 사거리에서 교통정리를 하고 있는 여자군인의 모습이 참 어색하게 보였다. 저녁식사를 마치고 밤에 호텔 방에 돌아온 정 회장 일행은 내일 하루만 더 기다려보기로 했다. 만약에 내일도 아무런 연락이 없으면 김정일 주석을 면담하겠다고 신청을 해보고, 그도 저도 안 되면, 이번에도 또 다시 속은 것으로 치고, 그냥 한국으로 돌아갈 요량에서였다. 그렇지만 막상 침대에 누워서 잠을 청하는 정 회장의 마음은 편할 리가 없었다.

'어떻게 해서 이곳까지 왔는데… 그런데도 아직 북한 측에서는 이렇다 저렇다 말도 없으니 이 일을 어쩐다? 그래도 첫날에 김형남 상임위원장이 개성까지 마중 나온 것으로 보면 굉장히 신경을 써 준 것 같기도 한데, 그냥 간다는 것도 체면이 말이 아니고…'

잠이 오지 않아서 밤새 몸을 뒤척이다가 새벽쯤에야 깜빡 잠이 들었다. 다음날은 토요일, 이른 아침부터 빗줄기가 세차게 몰아쳤다. 아마도 여름을 재촉하는 비인 것 같았다. 오전 9시가 조금 넘어서 김형남 상임위원장이 정 회장 일행을 데리러 왔다. 반갑게 악수를 한 김형남 위원장은 정 회장 일행을 두 대의 벤츠에 태우더니 평양시내의 칠성문거리와 승리거리를 지나서 모란봉구역으로 향했다. 차 안에서 김형남 상임위원장은 오늘 아침에 주석궁에서 김정일 위원장과의 면담이 있다고 말해주었다. 모란봉구역을 지나서부터는 군인들이 삼엄한 경계를 하고 있는 모습이 보이기 시작하더니 잠시 후 차의 앞자리와 옆 창문의 커튼이 스르르 내려와서는 차량 내부를 완전히 밀폐된 공간으로 만들어 버렸다. 이 차량은 벤츠 600 확장형의 리무진으로 앞좌석과 뒷좌석이 완전 분리되어 언제라도 커튼만 치면 밀폐된 공간을 만들 수 있는 승용차였다. 정 회장은 속으로 '요인 납치용으로 만들었나?' 라는 생각을 해보았다. 잠시 후 지하 주차장에서 내린 정 회장은 깜짝 놀랐다. 당연히 함께 왔을 것으로 생각했는데 김운구 사장과 정몽헌 사장 일행이 보이지 않았던 것이었다. 곧바로 눈치를 챈 김형남 상임위원장이 정 회장에게 친절히 설명해 주었다.

"두 분 동지들은 다른 곳으로 여행을 떠나셨습네다. 이따 저녁에 만나시게 될 것이외다."

정 회장은 엘리베이터를 타고 3층으로 향했다. 3층 문이 열리면서 북한군 고위장성들 일곱 명이 엘리베이터 앞에서 거수경례를 하면서 정 회장을 맞이하였다.

"어서 오시라요. 정 회장 동지!"

이들은 일사불란(一絲不亂)하게 마치 구호를 열심히 연습이라도 한 듯, 한 목소리로 정주영 회장을 환영하였다. 그들의 가슴에 주렁주렁 달린 훈장이 그들의 지위가 범상치 않음을 말해주고 있었다. 그들이 안내해 준 큰 방으로 들어가니 잠시 후에 방 반대편에서 문이 열리고 김정일 위원장이 두 팔을 잔뜩 벌린 채로 걸어 나오면서 환한 웃음으로 정 회장을 끌어안았다.

"반갑습네다. 정 회장 동지!"

"네, 반갑습니다."

정 회장도 얼떨결에 대답하고는 김정일 위원장이 자리를 권하자 함께 자리에 앉았다.

"이제 피로는 좀 풀리셨습네까?"

"네, 저야 뭐 원체 강골이니까 이 정도쯤은 아무 것도 아닙니다."

정 회장이 대답을 마치자 김 위원장은 정 회장에게 함께 자리한 사람들을 소개하기 시작하였다.

"정 회장 동지, 인사하시라요. 이 쪽이 김영출 조선인민군 총참모장 동지, 이쪽은 김일천 인민무력부장 동지, 이쪽이 조병록 조선중앙당 총정치국장 동지, 그리고 이쪽은 오극열 조선중앙당 작전부장 동지입네다."

그들 네 명이 차례로 자리에서 일어나면서 인사를 하자 정 회장도 앉아있을 수 없어서 함께 일어나 허리를 숙여 인사하였다.

"그리고 우리 김형남 상임위원장 동지는 벌써 몇 차례 보셨드랬지요?"

김 위원장이 정 회장을 올려다보면서 묻는 말이었다.

"아, 네. 여러 차례 만났지요."

그리고는 나머지 세 명의 고위 인사들도 소개하였다. 김정일 위원장이 한발 한발 옮기면서 정 회장에게 인사시킬 때마다 이들은 모두 부동자세로 거수경례를 하였다. 북한의 거수경례 모습이 한국과 달라 좀 어색하다는 느낌을 받았다. 정 회장은 자리에 앉으면서 이렇게 고위급들을 모두 소개하는 의도가 무엇일까 하는 생각에 속으로 부쩍 의심이 들었다. 김정일 위원장은 이런 정 회장의 속마음을 읽기라도 한 듯이 너털웃음을 터뜨리면서 한마디 했다.

"아, 정 회장 동지, 안심하시라요. 이제 잠시 후면 제가 정 회장 동지에게 드리겠다던 그 '깜짝 놀랄 선물' 의 보따리를 풀어 보여드리갔습네다, 하하하!"

정 회장은 속으로 이 사람이 역시 보통은 아니라는 느낌을 받았다. 그러면서 다른 한편으로는 참 북한이 한심하다는 생각과 함께 주민들이 불쌍하다는 생각이 들었다. 김 위원장은 얼마나 잘 먹었는지 이마에서 개기름이 반질반질 흐르고 있었다. 주민들은 굶어서 죽어간다는데…

"자, 시간이 됐습네다. 우선 할 일을 하고 우리 다시 한가하게 애기를 하십시다."

김 위원장이 일어서면서 정 회장을 데리고 들어간 곳은 그 다음 방이었다. 방문을 열자, 바로 엊그제 소 떼를 몰고 올 때 동행 취재했던 CNN의 취재팀이 방송장비를 갖추어 놓고 이들을 기다리고 있는 것이 아닌가? 정 회장은 반가운 김에 앞에서 인사하는 CNN의 마이클 포터 앵커의 손을 덥석 잡았다. 그 방은 약 100평쯤 될까? 꽤 큰 방인데 방송사는 북한의 북조선 TV와 미국의 CNN 뿐이었다. 일행을 모두 자리에 앉게 한 김정일 위원장은 곧바로 발표 테이블 쪽으로 뚜벅뚜벅 걸어갔다. 두 TV 방송국의 조명이 눈부셨다. 잠시 자리배치를 점검하고 카메라 상태를 확인하고 모든 것이 완벽한 듯하자 카메라 기사가 손으로 OK 사인을 보냈다. 이어서 왼쪽에서는 평양의 북조선 TV 아나운서가, 그리고 오른 쪽에서는 미국의 CNN 앵커가 각각 마이크를 잡더니 오늘의 특별방송을 소개하기 시작했다.

"I am Michel Porter of CNN, USA. It's my great honour that I can report this historical event to all over the world…"

동시에 북조선 TV 방송국 여자 아나운서의 앙칼진 음성이 흘러나왔다.

"친애하는 북조선인민여러분, 오늘 우리의 위대한 령도자 김정일 위원장 동지께서는 이제 전 세계가 깜짝 놀랄 평화선언을 하십니다."

잠시 후에 이들의 멘트가 끝나기를 기다려서 김정일 위원장이 천천히 발표문을 읽기 시작하였다.

"본인은 1992년 8월 15일에 대한민국 정부의 박정희 대통령께서 제안하신 바 있는 '휴전선 20km 후방으로 옮기기' 제안에 적극 찬성하며, 앞으로 1년 이내에 우리 측의 군사 분계선을 현 위치에서 20km 후방으로 옮기기로 결정하였습네다. 본인의 이 결정은 대한민국 측에게 아무런 요구조건을 달지 않을 것입네다. 본인은 이의 실천을 위해서 양측에서 책임 있는 실무자들이 만나도록 주선할 것이며, 또한 이 약속이 반드시 이루어지도록 우리 조선민주주의인민공화국을 대표하여 모든 가능한 노력을 기울일 것입네다. 이상입네다."

이렇게 모두가 이동하고, 자리를 잡고, 발표하기까지에는 단 3분이 걸렸다. 카메라는 발표대에서 땀을 닦고 뒤돌아서는 김정일 위원장을 찍고 난 후에 뒤에 앉아 있는 여덟 명의 북한 고위층을 한명, 한명 렌즈에 담았다. 그리고는 가운데 앉아있는 정주영 회장을 찍고 그 다음에는 마지막으로 발표장의 내부를 빙 둘러가며 찍었다. 벽 뒤에 크게 붙어있는 '조선민주주의인민공화국' 이라는 글자와 그 위에 망치와 낫을 들고 소리치는 여성과 남성의 그림이 보였다. 왼쪽 벽에는 붉은 깃발을 붙들고 서있는 세 명의 북한 청년들의 모습을 그린 그림이 보였고, 오른쪽 벽에는 '당에서 결정하면 우리는 따른다' 라는 대형포스터가 붙어 있었다. 순간 정주영 회장은 '당했구나!' 하는 탄식(歎息)소리가 자신도 모르는 사이에 나온 것 같아서 얼른 옆자리를 둘러보았다. 다행히 실제로 그 말을 입 밖에 내지는 않았는지, 일행은 모두 굳은 얼굴을 한 채로 무표정하게 앉아있었다.

'어떻게 해야 하나?'

단순히 김정일 위원장에게 인사차 방문하는 줄 알았는데 이렇게 전광석화(電光石火)처럼 일을 해치우니, 미처 자리를 박차고 떠날 수도 없는 짧은 순간에 모든 일이 끝나버리고 말았다. 김 위원장은 자랑스러운 듯이 정 회장을 돌아다보면서 너털웃음을 웃어댔다.

"정 회장 동지, 이 방송이 전 세계에 쏜살같이 중계됐습네다, 하하하."

순간 정 회장은 정신을 차려야 하겠다는 생각을 했다. 어차피 터진 일인데 여기서 당황하는 모습을 보여서는 안 되겠다고 다짐을 하고는 이내 침착한 모습으로 김 위원장의 말을 받아넘겼다.

"과연 김 위원장님께서는 모든 일이 척척 빠르십니다그려, 허허허."

그 방에서는 방송요원들이 방송장비를 챙기느라 부산한 모습들이었다.

"자, 우리 옆방으로 갑세다."

김 위원장의 인도로 일행은 조금 전의 그 대기실로 돌아 왔다.

미국 CNN의 이 방송은 전 세계 120여개 국가로 위성을 통하여 생방송되었다. 한국에서도 TV 방송 5사가 이 방송을 보도하기에 여념이 없었다. KGS에서는 이강재 사장이 직접 마이크를 잡고 홍순형 안보외교연구원장과 대담프로그램을 진행하고 있었다.

"이번에 김정일 위원장이 이렇게 파격적으로 박 대통령의 제안을 수락한 배경을 어떻게 생각하십니까?"

"네, 매우 조심스러운 예측이지만 아마도 북한내부의 사정이 매우 어렵지 않나 하는 생각을 해봅니다. 벌써 북한에 식량과 구호품을 중단한 지가 일년 가까이 되지 않았습니까? 그 조치가 취해질 당시에 우리 측의 추산(推算)으로는 북한에 들어가는 구호품의 80% 정도가 남한에서 제공되는 것이란 주장이 있었거든요? 그러니까 북한은 아마도 지금 더 이상 자력으로는 버티기가 어렵게 되지 않았나 하고 생각합니다. 그래서 대한민국 측의 제안을 받아들이고 남한으로부터 경제원조도 받고, 또 자유세계와도 교류를 해서 국민들을 기아상태(飢餓狀態)에서 회복시켜 줌으로써 자신의 입지도 살리고, 결과적으로 북한도 살고 남한도 사는, 이른바 윈-윈 전략을 택한 것이 아닌가 하고 생각합니다."

MDC에서도 서둘러서 대담프로그램을 마련하였다. MDC에서 긴급 초청한 사람은 인천선인대학교의 백선협 총장이었다. 6.25 때 4성 장군으로 혁혁한 전공을 세우고 현재는 본인이 설립한 인천선인대학교에서 이사장직을 맡고 있는 분이었다.

"아, 이사장님, 먼 길에 오시느라고 수고 많으셨습니다. 이번에 북한의 김정일 위원장의 이 발표, 국민들은 '폭탄선언'이라고도 하던데, 이 발표를 하면서 뒤에 배석시킨 많은 인물들이 도대체 누구이며, 또 무슨 뜻이 있는지 궁금해 하고 있는데요. 이사장님께서 자세히 설명해 주실 수 없을까요?"

엄귀영 보도본부장의 질문에 백선협 이사장은 잠시 헛기침을 한두 번 한 후 마이크를 받았다.

"에, 우선 한 사람씩 인물을 보면서 설명을 드리는 것이 좋겠습니다. 그 발표 당시의 배경화면 좀 다시 정지시켜서 보여 주시겠습니까? 네, 그 화면. 제일 왼 쪽에 앉은 사람은 김영출 북한군총참모장이고요, 그 다음이 김일천 인민무력부장, 그리고 세 번째 인물이 조병록 당 정치국장이지요. 이 사람은 우리나라 매스컴에도 여러 번 소개가 된 인물입니다. 그리고 네 번째가 오극열 당 작전부장이고요, 그리고 다섯 번째가 108 기계화군단장입니다. 그리고 여섯 번째 인물은 이미 한국에도 여러 번 소개된 바 있는 김형남 최고인민회의 상임위원장입니다. 그리고 일곱 번째 인물은 이을선 호위사령관이고요, 그리고 마지막 그러니까 가장 오른쪽에 앉아있는 사람이 박기순 평양방위사령관입니다."

백선협 총장은 80을 넘긴 나이에도 불구하고 아직도 건강하고 목소리도 젊은이만큼이나 우렁찼다. 나이 먹은 사람에게서 나타나는 어눌한 발음도 전혀 들리지 않았다.

"아마도 김정일 위원장의 의도는 이렇게 전 세계에 생중계되는 큰 자리에서 자신이 결정한 엄청난 결정이 '나 혼자만의 결정이 아니라 모든 당과 군의 실세들도 동의했다'라는 것을 내외에 과시하고자 하는 의도가 있었을 것이고, 또 '나는 아직도 이렇게 건재하다' 라는 의미에서 그런 책임자들을 모두 배석시켰다고 봅니다. 그 화면에 나타나 있는 108기계화군단장이라든가 호위사령관, 평양방위사령관, 이런 사람들이 모두 김정일의 호위부대(護衛部隊) 책임자들이거든요."

같은 시각 SDS는 박종새 부사장이 인기방송인인 봉두한 해설위원장과 함께 이번 사태를 분석하고 있었다.

"에, 봉 위원장님, 저는 정주영 회장을 그 자리에 앉혀 놓고 발표를 했다는 사실이 도저히 이해가 되지 않습니다. 그 자리는 모두 북한의 최고실세들의 자리인데, 그 가운데 정 회장을 떡하니 앉혀 놓고 이런 발표를 하면, 앞으로 현재그룹도 경우에 따라서는 많은 시련에 부딪히게 될 텐데요."

박종새 부사장의 질문에 봉두한 위원장은 차분한 어조로 답변을 했다.

"그럴 수도 있겠지요. 제가 보는 김정일 위원장의 의도는 세 가지입니다. 첫째는 '내가 북한을 완전히 장악하고 있다' 는 사인을 전 세계에 보내는 것이고, 둘째는 '남한과 우리는 적대관계가 아니다' 라는 제스처로 정 회장을 가운데 앉혀놓은 것이고, 셋째로는 '이 약속은 반드시 지키겠다' 라는 뜻으로 전 세계로 생중계하도록 CNN을 불러들인 것입니다."

그는 잠시 물을 마신 후 해설을 계속해나갔다.

"네, 물론 경우에 따라서는 현재그룹이 위험할 수도 있겠지요. 그러나 아마도 제가 추측컨대는, 앞으로 현재그룹의 입지(立地)는 더욱 튼튼해 질 것으로 봅니다. 왜냐하면 이 약속은 아까 말씀드린 대로 절대로 깨어질 수가 없는 약속이지요. 또 민간의 신분으로 정부가 해야 할 큰 일을 해 냈다는데 따른 국민들의 지지가 있을 것입니다. 물론 이 큰 제안이야 박 대통령께서 하셨고, 또 그 제안이 효과를 발휘하게끔

집안단속도 박 대통령께서 철저히 하신 건 사실입니다만, 그 결실(結
實)을 정주영이라는 거대그룹의 총수를 통해서 전하려는 김정일 위원
장의 의도는 상당히 계획적입니다. 이번 일로 정 회장의 체면을 살려
주어 앞으로 현재그룹을 통하여 더 많은 것을 얻어 내겠다는 복안(腹
案)까지도 깔려있는, 아주 고도의 전략을 쓴 것이지요."

"네, 말씀 감사 합니다."

한반도 평화공원 조성계획 ::

"이곳 6.25 전쟁의 포성이 가장 요란했던 철원에서 한반도평화공원 조성사업(韓半島平和公園 造成事業) 착공식을 거행하게 됨을 무한히 기쁘게 생각합니다. 돌이켜 보면 지난 3년 전, 박정희 전대통령께서 북한에 대하여 일체의 원조를 중단한다고 선언하신 후 국민 모두가 일 치단결하여 노력한 결과, 마침내 2년 전에 북한 측으로부터 휴전선을 20km 후방으로 옮기겠다는 약속을 받아냈던 그날의 감격을 저는 지 금도 잊을 수가 없습니다."

1993년 7월, 더위가 한창 기승을 부리고 있을 때 김종팔 대통령은 청와대 집무실에서 남득우 국무총리를 비롯한 몇 명의 각료들과 마주 앉아 있었다. 김 대통령은 밖의 햇빛이 너무 부신지 커튼을 친 후 에어 컨을 틀었다. 집무실 한 쪽 모퉁이에 세워져 있는 에이지 에어컨에서 뿜어져 나오는 바람이 시원했다. 남득우 총리가 먼저 말을 꺼냈다.

"옛날에 박 대통령 각하가 계실 때는 에어컨을 일체 쓰지 못하게 하 셨는데 이렇게 설치해 놓고 보니 아주 시원하고 좋습니다."

남득우 국무총리는 박정희 대통령 시절에 재무부장관을 하면서 불균 형성장론(不均衡成長論)을 주장하여 우리나라 수출을 본 궤도에 올려놓은 인물이었다. 박 대통령의 퇴임과 함께 본인도 이제 그만 쉬겠다고 하는 것을, 김 대통령이 몇 번씩 간청하여 간신히 국무총리 자리에 붙들어 놓았던 것이다. 김 대통령의 구상은 대통령 자신은 외교와 국방문제에 전념을 하고, 경제문제는 남득우 총리에게 다 맡긴다는 계산이었다. 자신은 아무래도 박 대통령처럼 모든 일을 일일이 다 챙길 만큼 유능한 사람이 아니라는 판단에서였다.

"그렇지요. 그분께서 원체 완고하셨지요. 그렇지만 이제는 시대도 변했고, 또 외국에서 손님들이 오실 때에도 선풍기를 틀어드리기는 좀 민망하지요. 벌써 우리나라가 에어컨 수출도 세계1위라고 하는데, 정작 그 나라 대통령의 방에 갔더니 선풍기를 쓰고 있더라, 이게 말이 됩니까? 다 시대의 조류(潮流)에 따라 가야지요."

"네, 맞습니다. 그렇지만 하여튼 박 대통령의 근검절약 정신은 참 본받을 만합니다."

강영운 통일부장관이 한마디 거들었다.

"강 장관께서도 아주 검소하게 살고 계시다고 들었습니다만. 현재 사시는 수색 집에서 벌써 몇 십 년 동안 살고계신다고 하던데 지금도 그대로이신가요?"

김 대통령이 강 장관을 바라보며 묻자 강 장관이 부끄러운지 약간 얼굴을 붉히면서 대답했다.

"네, 전 그게 좋습니다. 또 뭐 집을 어떻게 팔고 사는지도 모르고. 그냥 살던 집에서 일 끝나면 책 읽고, 그게 편합니다."

"지난달 초, 북한에서 선언한 휴전선 20km 후방으로 옮기겠다고 한 성명(聲明) 이후로 현재까지의 진척은 어떻게 되어가고 있나요?"

"그 이후로 북한 실무자급과 우리 측 실무자들 사이에 한 차례 회의가 있었습니다. 그 때에 저쪽에서는 예상했던 대로 우리 측에 먼저 어떤 보상을 해 줄 것인가를 물어왔고, 우리 측에서는 이미 박 대통령 당시에 준비해 두었던 목록에서 비누와 세제(洗劑)공장, 그리고 라디오 조립 공장만을 제시했지요."

강 장관의 대답에 김 대통령은 다음 질문을 서둘렀다.

"네, 나도 거기까지는 보고를 받았지요."

"그런데 북측에서는 그것 가지고는 안 되겠다는 겁니다. 현금을 내놓으라고 해요. 현금 5억 달러를. 그래서 우리가 절대로 현금으로 지원하는 일은 없을 것이라고 했더니 곧바로 회의장을 박차고 나가고는 아직 2차 회담을 열지 못하고 있습니다. 그리고는 이달 24일에 2차 회담을 하자고 하는 겁니다. 바로 어제 연락을 받았지요."

"그러면 앞으로 2주 남았네요?"

"네, 그렇습니다."

김 대통령은 잠시 녹차를 한 모금 마시더니 천천히 입을 떼었다.

"우리가 더 지원할 수 있는 것은 그러니까 100만kw급 화력발전소가 하나 있고, 비료공장이 하나 있고, 또 완제품 TV 수상기가 10만대? 이것만 해도 사실은 너무 파격인데. 일단 이번 2차 회담에서는 TV 수상기 10만대까지만 제시해 보는 것이 어떨까요?"

강영운 통일부장관도 그렇게 생각하고 있었다는 듯이 얼른 말을 받았다.

"네, 알겠습니다."

"우리 측 대표단은 누구누구지요?"

김 대통령이 남 총리에게 물어보았다.

"네, 단장에 여기 강영운 장관이고요, 부단장 세 명은 손학기 경기도지사하고 김진성 강원도지사 그리고 서종갑 준장입니다. 서 준장은 육군 군비축소국(軍備縮小局)의 국장입니다. 그 밑에 실무요원들 30명이 일하고 있지요. 또 지만운 박사가 싱크 탱크(Think Tank)로 이 작업에 참여하고 있습니다."

"그래요, 원체 큰 사업이니까 철저히 준비를 해야지요. 그 사람들 다 잘 해 낼 겁니다. 믿음이 가는 사람들이에요."

김 대통령이 잠시 생각하는 듯하더니 다음 말을 계속해 나갔다.

"그런데, 그 돈 문제 말입니다. 돈을 안 주고 과연 이 작업이 순탄하게 추진될까요?"

김 대통령의 말에 정성화 국방장관이 펄쩍 뛰면서 강력하게 주장했다.

"절대로 돈을 줘서는 안 되지요. 그 돈이 필경 북한의 무기개발에 쓰일 터인데요. 또 군대 훈련하는 데도 쓰일 것이고요."

옆에서 남 총리도 가세하였다.

"맞습니다. 우리가 좀 손해를 보더라도 현물로 줘야 합니다. 돈은 절대로 안 됩니다."

김 대통령도 고개를 끄덕이면서 동의한다는 표정을 지었다.

"나도 동감인데, 문제는 어떻게 하면 그들을 더 이상 질질 끌지 못하게 하고 우리측 의도대로 합의를 도출해 내느냐 하는 게 관건(關鍵)이지요. 우리가 지난 몇 십년간 북한 측과 이런저런 협상을 해 보았잖아요? 그들의 주특기가 질질 끄는 것이라니까요. 이런저런 핑계대면서. 아, 강 장관께서는 적십자사 총재를 해보셔서 잘 아시겠네요."

이때까지 옆에서 묵묵히 듣기만 하던 오운철 상공부장관이 가방에서 자료를 꺼내더니 그 자료를 꼼꼼히 살핀 후 김 대통령에게 말을 건넸다.

"대통령님, 저쪽에서 필요한 것은 물론 돈이지요. 그렇지만 우리가 끝까지 고집하면 결국은 따라올 겁니다. 그러니까 우리도 좀 손해를 보는 척하면서, 가령 옷 공장을 몇 개쯤 크게 지어 준다고 하면 어떻겠습니까?"

"옷 공장이요?"

"네, 개성공단에 대규모 메리야쓰공장과 겨울철에 많이 입는 오리털 점퍼공장, 그리고 양말공장도 하나 지어주면 어떨까요? 지금 현재그룹에서 개성공단을 닦고 있으니까 우리가 마음만 먹으면 가능하거든요."

김 대통령이 고개를 끄덕이며 대답하였다.

"그러면 애당초 박 대통령께서 구상하셨던 것보다는 훨씬 많이 양보하는 게 되는 거지만, 그렇게 해서라도 이번 일이 성사가 된다면 좋겠지요. 군 쪽에서도 이 문제를 심각하게 논의해 보셨지요?"

김 대통령이 마주 앉아 있는 정성화 국방장관을 보면서 물어보았다. 정성화 장관은 14년 전에 박 대통령 암살미수사건 당시에 계엄사령관을 맡았던 인물이었다.

"네, 우리 군의 요구사항은 여러 가지가 있습니다. 그러나 이 자리에서 그것들을 다 말씀드리기는 어렵고요. 제일 중요한 것은 서해의 백령도와 연평도를 이번 협상범주(協商範疇)에 포함시켜서는 안 된다는 것입니다. 그렇게 되면 우리 국방에 아주 큰 문제가 발생합니다. 어떻게 해서든지 이 문제가 관철되어야지요."

"자, 그럼 우리 나온 얘기를 정리해 봅시다. 우선 군 쪽에서는 백령도와 연평도를 제외해야 한다. 그러면 우리가 그 대가로 더해 줄 수 있는 것은 메리야쓰공장 하나, 양말공장 하나, 오리털파카공장 하나, 100만 kw급 화력발전소 하나, 비료공장 하나, 또 칼라TV 10만대, 이렇게 되겠군요. 야, 이거 너무 많은데?"

김 대통령이 너무 많다는 뜻으로 사인펜을 내려놓고 손을 벌리자 남득우 총리가 별거 아니라는 듯이 말했다.

"대통령님, 그렇지만 우리가 연간 부담하는 국방비나 또 4,800만 국민이 항상 느끼는 불안감을 생각하면 충분히 그 값어치가 있는 것입니다."

"그래도 2조원은 되겠는걸."

김 대통령의 말에 오운철 상공이 얼른 답변했다.

"네, 벌써 발전소와 비료공장만 해도 1조원 정도 됩니다. 아마 정확히는 계산을 해 보아야 하겠지만 대략 2조원 정도쯤 되지 않을까 싶습니다."

"그러면 이것들을 어떻게 제공할지 자금 문제들은 다 협의가 됐나요?"

"네, 대통령님, 다행히도 여기저기서 서로 자발적으로 공장을 짓고 또 부담하겠다고 나서 주어서 일이 손쉽게 풀리는 듯합니다."

잠시 물을 한 모금 마신 오운철 상공부장관은 신이 나서 설명을 계속해나갔다.

"우선 메리야쓰공장은 평화문산업에서 지어주겠다고 했고요, 양말공장은 무동양말이 짓겠다고 했고요, 오리털파카공장은 영운무역에서 건설하겠다고 자원했습니다. 완제품 TV 수상기 10만대는 산성전자에서 기꺼이 담당하겠다고 했습니다. 그리고 라디오 조립공장은 근성사에서 지어주겠다고 했습니다. 또 비누와 세제공장은 무궁화꽃산업이 자원했습니다. 다만, 발전소와 비료공장은 우리정부에서 지어 주어야 할 것 같습니다."

김 대통령은 5분만 쉬었다가 계속 회의를 하자면서 집무실 밖으로 나갔다.

잠시 후 다시 자리에 앉은 김종팔 대통령은 이제 새로운 것을 토의하자면서 비무장지대의 운영방안에 대해서 이야기를 꺼냈다.

"애당초 이 계획은 박 대통령께서 벌써 몇 년 전에 그곳을 평화공원으로 구상해 놓으셨어요. 나도 그 계획은 좋은 것 같은데. 문제는 어떻게 북한을 설득해서 그 땅을 우리가 다 이용하느냐하는 것입니다. 여러분들의 좋은 의견을 듣고 싶습니다."

이어서 여러 의견들이 나왔다. 북한과 합작회사를 설립해서 운영하자는 의견, 북한에 매월 일정액의 사용료를 내고 남한이 단독으로 개발해서 운영하자는 의견, 또 외국 유명호텔이나 리조트체인에 임대형식으로 빌려주고 남북한 모두 임차료를 받아내자는 의견 등, 약 한 시간정도를 토의 했는데도 의견의 일치를 보지 못하자 김 대통령은 결론을 맺으며 회의를 끝냈다.

"자, 이렇게들 하세요. 우선 오늘 각 부처로 돌아가서 실무자들과 다시 한 번 충분한 의견 개진을 하신 후, 거기서 도출된 합의점을 가지고 오십시오. 그때 가서 저와 다시 한 번 상의를 하십시다."

그로부터 3개월간에 걸친 밀고 당기는 협상과정을 통하여 마침내 북한과의 모든 문제가 타결되었다. 예상했던 대로 북한 측은 우리에게 남북 20km, 동서 260km의 비무장지대 땅을 얼마정도의 임차료를 찔끔찔끔 받고 빌려주기보다는, 차라리 우리 측에서 제안한 공장들을 조속히 건설해 주는 쪽을 원했다. 그렇게 함으로써 북한도 본격적으로 중국처럼 경제개방 쪽으로 나가서 주민들의 먹고 사는 문제를 해결하려 했던 것이었다. 이 협상 과정에서 제일 크게 애를 먹었던 부분은 서해5도 지역을 20km 범주에서 제외시키는 일이었다. 모두 여섯 차례의 협상을 통하여 우리측 협상단이 하나씩, 하나씩 공장건설을 제안해서 마지막 협상단계까지 와서야 100만kw급 화력발전소를 무상으로 지어주겠다고 제안하자, 이제 북한도 더 이상 받아내는 것은 무리라고 판단했던지 마침내 '협상타결'을 선언하였던 것이다. 이번 협상에서의 또 다른 성과는 서부전선의 김포, 일산, 고양 등 인구밀집지역을 20km 범위에서 상당부분 제외시킨 점이었다. 대신 동부전선쪽에서는 비무장지대로 편입된 지역이 어떤 곳은 35km나 되는 곳도 있었다. 그러나 우리 측은 이번 협상에서 많은 실리를 취했다. 협상단의 핵심멤버였던 서종갑 육군준장, 손학기 경기도지사, 김진성 강원도지사 등은 우리측의 의사를 협상에 반영하느라고 엄청난 고생을 했다. 서종갑 준장은 협상이 끝나자 몸무게가 무려 15kg이나 빠졌다는 소문이었다. 다행히도 이번 협상과정 내내 북한이 군부측의 입김보다는 오히려 당과 민간 쪽에서의 발언권이 더 강했던 것이 협상에 많은 도움이 되었다. 이 점은 우리 측에서도 이상하게 여기다가 나중에야 그 배경을 알게 되었는데, 김정일 위원장이 작년에 중국과 동유럽 나라들을 방문하고 나서부터는 점점 군사보다는 경제 쪽으로 더 많은 관심을 갖게 되었다는 사실이었다. 결과적으로 북한은 일체의 비무장지대 관리권한을 남한측에 넘겨주는 대가로 무려 2조원에 달하는 공장과 물품을 무상으로 받게 된 셈이었다.

국방부도 이번 휴전선을 후방으로 옮기는 작업을 놓고 그 동안 여러 차례의 내부회의가 있었다. 그래서 최종적으로 대통령에게 보고하기로 하고 다음과 같은 보고서를 작성하였다.

첫째, 현재의 육군병력 52만 명을 12만 명이 줄어 든 40만 명으로 감축하되, 이들 병력의 감축은 앞으로 점차적으로 실시한다.

둘째, 전방의 병력 수는 현재의 절반으로 하고 대신 후방지역에 3개 사단을 신설 배치하되, 강원도 평창에 1개 헬기 대전차강습사단(對戰車强襲師團), 경기도 여주에 1개 헬기 대전차강습사단, 그리고 경상북도 상주에 1개 항공전차사단(航空戰車師團)을 배치하여, 전 후방 어디든지 완전 무장한 병력 1만 5천명과 장비를 24시간 이내에 이동시킬 수 있도록 한다.

셋째, 1개 헬기 대전차 강습사단의 편제는 최신형 코브라II 공격용 헬기 120대와 그 지원장비로 하며, 1개 항공전차사단의 편제는 최신형 '흑표' 전차 120대와 장갑차 120대, 그리고 이들을 운반할 수송용 항공기를 위주로 한다.

넷째, 휴전선 일대에 배치된 통신시설의 철거에 대응하여 백령도(서북부), 강화도 마니산(서부), 포천 왕방산(중서부), 철원군 복계산(중부), 양구군 대암산(중동부), 그리고 울릉도(동부), 이상 여섯 군데에 최신형 X-Band 레이더기지 및 통신시설을 건설한다. 이와 병행하여 최첨단 조기경보기 E-3C 개량형 세 대를 추가로 도입한다.

다섯째, 여기에 필요한 헬기, 전차, 장갑차, 수송기 및 조기경보기는 금년 내로 발주를 완료한다. 단 통신시설의 공사는 주한미군과 협력사업으로 착수한다.

여섯째, 위의 계획은 앞으로 3년 이내에 실전배치완료를 목표로 한다.

이상과 같은 보고서를 채택하기까지 많은 장성들과 국방학자들 간에 갑론을박(甲論乙駁)이 있었으나 결국은 '이제는 전쟁의 위협이 많이 감소되었다'는 데 견해의 일치를 보았다. 미국 측에서도 우리의 계획이 합리적이라는 의견을 보내왔을 뿐더러, 그 계획이 제대로 이행되도록 최대한의 지원을 아끼지 않겠다고 확약까지 해 주었다.

정부는 그 해 11월에 서종갑 육군군축국장을 대표로 하는 장비 구매팀을 이스라엘에 보냈다. 이 팀의 주된 임무는 휴전선 일대에 배치돼 있는 지뢰제거작업을 위해 필요한 장비를 이스라엘로부터 구입하는 것이었다. 국방연구소 등 군관계기관이 그 동안 다각도로 알아본 결과, 지뢰제거기술 분야에서는 이스라엘의 기술력이 세계 최고이며 또 신뢰도가 높다는 평가가 나온 것이다. 12월까지 이스라엘 측과 모든 협상을 마친 이들 장비 구매 팀은 총 3억 달러에 달하는 지뢰탐지와 제거장비를 구입하기로 하고, 또 그러한 기계와 장비의 효율적인 사용을 위해서 군사기술지원단 30명을 내년 2월까지 한국에 파견해 준다는 약속을 받고 귀국하였다. 이제 이들 이스라엘 군사고문단으로부터 두 달간의 집중교육과 훈련을 받고나면 5월초부터는 본격적인 지뢰 제거 작업에 착수하여 그 다음해인 1995년 여름까지는 모든 지뢰제거 작업을 완료하고, 1995년 광복 50주년을 기념하는 날에는 '한반도 평화공원 조성사업'에 착수한다는 것이 정부측의 계산이었다. 북한측에서도 휴전선 인근에 배치된 군시설을 옮기는 데에 최소한 1년 반 정도가 소요된다고 제안하여 왔기 때문에, 이 일은 양측의 이해관계가 자연스레 맞아 떨어지면서 1995년 여름까지 모든 철거공사와 지뢰제거 작업을 마무리 짓는 것으로 합의를 보게 되었던 것이었다.

드디어 1995년 8월 15일, 광복 50주년 기념식장, 이날의 기념식은 강원도 철원군 갈말읍 독바위골 앞의 너른 평지에서 거행되었다. 단상의 마이크 앞에 선 김종팔 대통령은 긴장된 표정으로 천천히 기념사를 읽어 나갔다.

"사랑하는 대한민국 국민여러분, 본인은 대한민국의 대통령으로서 국민들의 생명과 재산을 지킬 막중한 임무가 있다는 사실을 단 한 시도 잊은 적이 없으며, 이를 위한 각고의 노력을 지금까지 일관되게 기울여 왔습니다. 오늘 광복 50주년을 맞이하는 이 뜻깊은 날에, 이곳 6.25 전쟁의 포성이 가장 요란했던 철원에서 한반도평화공원 조성사업 착공식을 거행하게 됨을 무한히 기쁘게 생각합니다. 돌이켜 보면 3년 전, 박정희 전대통령께서 북한에 대하여 일체의 원조를 중단한다고 선언하신 후 국민 모두가 일치단결하여 노력한 결과, 마침내 2년 전에 북한측으로부터 휴전선을 20km 후방으로 옮기겠다는 약속을 받아냈던 그날의 감격을 저는 지금도 잊을 수가 없습니다. 그 후 북한측과 밀고 당기는 여러 차례의 협상과정을 통하여 휴전선의 위치를 새로 확정하였습니다. 또 지난 12개월 동안의 지뢰제거작업에서 사망 7명, 중경상 84명이라는 엄청난 희생을 치르고서야 마침내 비무장지대의 곳곳에 매설되어있던 지뢰를 모두 제거하기에 이른 것입니다. 다시 한 번 기억해야 할 것은 오늘이 있기까지 이스라엘 군사고문단 한 명, 공군폭발물처리반원 두 명, 육군공병단과 수색대원 네 명 등 총 일곱 명의 고귀한 희생이 있었다는 사실입니다. 더 거슬러 올라가면 오늘의 이 한반도평화공원 착공식은, 3년 전의 서해교전과 원산폭파작전에서 희생된 아홉 명의 순국(殉國)이 있었기 때문에 가능했던 것입니다.

국민여러분, 우리정부는 앞으로 2년간에 걸쳐 남북 40km, 동서 260km에 달하는 이 광활한 땅에 웨스턴파크, 센트럴파크, 이스턴파크 등 세 개의 휴양공원을 만들 것입니다. 이곳에서는 일체의 화석연료 사용이 금지되며 오직 말과 자전거, 전기자동차만이 교통수단이 될 것입니다. 모든 관광객들은 이 중세의 원시림(原始林) 속에서 승마와 낚시, 골프, 사냥을 즐기게 될 것입니다. 국민여러분, 본인은 확신합니다. 전 세계 그 어느 곳도 이 한반도평화공원만큼 자연이 그대로 보존된 곳은 없으며 또 사람의 손길이 미치지 않은 곳도 없습니다."

김종팔 대통령은 너무나도 감격스러운 듯 철원 땅에 운집한 1만 여 명의 군중들을 잠시 둘러본 후 계속하여 기념사를 읽어 나갔다.

"이제 자랑스러운 이 땅, 우리의 선배들이 목숨을 바쳐 지켜낸 이 땅, 유네스코에서도 세계문화유산(世界文化遺産)으로 지정한 이 땅을, 드디어 한반도 평화공원으로 조성하여 전 세계 평화와 자유를 사랑하는 모든 자유민들에게 공개하고자 하는 것입니다. 끝으로 본인은 우리 정부와 국민을 대표하여 이 한반도 평화공원이 남과 북의 진정한 화해와 협력의 산 증거의 장이 되기를 다시 한 번 간절히 바라며, 이 공원이 착공되기까지 모든 양보를 아끼지 않은 강원도와 경기도 북부지역 주민들에게 깊은 감사를 드립니다. 조상대대로 살던 땅을 평화공원조성계획이라는 큰 뜻에 순종하시고 스스로 삶의 터전을 떠나 20km 후방으로 옮겨와서 새로운 터전을 잡으시고 다시 삶의 의지를 불태우고 있는 접경지역주민들에게, 앞으로 우리 정부와 국민은 온 힘을 다하여 지원해 드릴 것입니다.

끝으로 이미 3년 전에 이런 구상을 하시고 또 이 구상이 실현될 수 있도록 밑거름을 뿌려 놓으신, 박정희 전임 대통령 각하께 오늘의 이 모든 영광을 돌립니다. 아울러 오늘 이 자리를 빛내주시기 위하여 힘든 여정도 마다하지 않으시고 멀리서부터 찾아주신 교황 요한 바오로 2세 성하(聖下), 지미 카터 전 미국대통령 각하, 세계 모든 나라의 화합과 단결의 영도자이신 우 탄트 유엔사무총장 각하, 헌신과 봉사의 산 증인이신 마더 데레사 수녀님, 그리고 우리 대한민국의 불사조(不死鳥), 조창호 육군소위께 무한한 감사를 드립니다.

대한민국 국민 여러분, 그리고 전 세계 자유시민 여러분 대단히 감사합니다."

기념사가 끝나자 모두 단 아래로 내려와서 '한반도 평화공원 탑'의 제막식(除幕式)에 참석하였다. 김 대통령을 포함한 여섯 명의 귀빈들이 테이프를 끊고 기념탑에 얹혀 있던 하얀 천을 벗기자, 젊은 부부가 아이들의 손을 잡고 있는 조각물 위에 두 마리의 비둘기가 하늘을 향해 날아가는 조형물이 나타났다. 이 때에 철원중학생과 갈말초등학생

3백여 명이 손에 들고 있던 오색풍선을 하늘로 날려 보내자 동시에 수백 마리의 비둘기가 날아올라갔다. 기념식이 끝나고 김종필 대통령은 박정희 전대통령과 함께 교황 요한 바오로 2세 앞에 가서 무릎을 꿇고는 손을 잡았다. 교황은 그 자애로운 웃음을 입가에 지으면서 두 명의 전,현직 대통령들의 머리에 손을 얹고 축사를 해 주었다. 자리에서 일어난 박 대통령은 지미 카터 전 미국 대통령과도 반가운지 어깨를 끌어안고 한참 동안 귓속말을 주고받았다. 옛날에 주한미군을 모두 철군한다고 해서 서로 상당히 불편한 관계에 있었으나, 지금은 모두 퇴임한 전직 대통령으로서 각기 자기나라의 평화와 발전을 위하여 조력(助力)하는 위치에 있는 것이다. 다음으로 박 전대통령은 조창호 소위에게 다가가더니 손을 부여잡고는 조 소위를 뜨겁게 격려해 주었다. 조창호 소위는 1950년 6.25 전쟁이 터지자 연수대학교 1학년의 학생으로 군에 자원하여 전투 중 북한군에게 포로가 되었다. 그는 그 후 탈출을 시도하고 잡히고를 세 번이나 반복한 끝에, 드디어 최종적으로 북한을 탈출하는 데 성공하여 마침내 재작년에 자유대한의 품에 안긴 사람이었다. 함경북도의 그 험하다는 아오지 탄광을 전전(輾轉) 하면서도 죽지 않고 살아남아 자유가 얼마나 소중하다는 것을 온 국민에게 일깨워 준, 한국판 '빠삐용'이요 인간승리의 산 증인이었다.

육영수 여사가 혜화동에 있는 천주교수련관에서 마더 데레사 수녀님을 다시 만난 것은 그 다음 날 저녁 무렵이었다. 수녀님이 이곳에서 할 일이 많고 또 만날 사람도 많다면서 여사님께서 이쪽으로 와 주시면 어떻겠느냐고 제안해서, 멀리 충청도 옥천에서부터 이곳 혜화동 천주교회까지 오게 된 것이었다. 정문을 들어서서 마당에 차를 세운 육 여사는 휠체어에 탄 채로 마더 데레사 수녀가 있다는 식당으로 안내되었다. 데레사 수녀는 육 여사를 보자마자 한참을 끌어안고는 서로 얼굴을 맞대며 반갑게 인사하였다. 마치 수십 년만에 떨어졌다 다시 만난 자매들의 재회 장면 같았다. 식탁에 마주앉은 두 사람에게 잠시 후 식사가 나왔다. 식사라야 빵 한 조각에 야채수프 하나가 전부였다.

"수녀님, 꼭 다시 한 번 뵙고 싶었어요. 그런데 이렇게 한국에 와 주시니 우리 국민들에게도 얼마나 큰 위안이 되는지 몰라요."

"여사님은 그때나 지금이나 참 여전히 고우시네요. 여사님처럼 그런 미소는 아무나 지을 수 있는 게 아니에요."

"그런데 식사는 너무 조촐하지 않나요?"

"사실은 이 식사도 제게는 너무 과분하답니다. 우리 인도에서는 쓰레기통에서 죽어가는 아이들이 얼마나 많은지 몰라요. 개와 경쟁을 해요. 쓰레기통에서 음식 찌꺼기를 내가 먹느냐, 아니면 개에게 빼앗기느냐 하는 싸움이지요. 저는 지금도 하느님께서 왜 이렇게 세상을 불공평하게 만드셨는지 잘 모르겠어요. 왜 한 쪽에서는 먹을 것이 남아돌아 쓰레기통에 버리고, 왜 또 다른 한 쪽에서는 쓰레기통 속에서 음식찌꺼기를 찾아 헤매야 하는지."

순간 육 여사는 데레사 수녀의 얼굴에 잡혀있는 주름이 참 아름답다고 느끼면서, 역시 노벨평화상은 아무나 받을 수 있는 게 아니라는 생각을 했다.

"여사님께서 한국의 헐벗고 굶주린 사람들, 소외된 사람들을 위해서 참 많이 봉사하신다고 들었어요. 저도 언젠가 여사님을 다시 한 번 뵐 날이 있었으면 좋겠다고 했는데, 이번에 한국에서 초청해 주신다고해서 얼마나 기뻤는지 몰라요."

두 분은 밤늦게까지 이런저런 이야기로 시간가는 줄을 몰랐다. 나환자들을 돕는 일, 빈민들을 구제하는 일, 함께 일하다가 죽어간 수녀들의 이야기 등 끝이 없이 이어지는 두 사람의 이야기는 밤 10시가 넘기까지 계속되었다. 육 여사는 한국 국민들에게 하시고 싶은 말씀이 있으시면 해 달라고 부탁했다. 80세의 노(老)수녀는 잠시 생각하더니 조용히 입을 열었다.

"예수님을 말구유 안에서만이 아니라, 코를 막지 않고는 다가갈 수 없는 그런 사람들에게서 발견해야 합니다. 이 세상 모든 사람들에게 버림 받은 비참하고 병든 환자들 안에서 예수님을 발견해야 합니다. 절단되고 일그러진 나환자에게서 예수님을 발견해야 합니다. 길가에 웅크리고 누워서 피를 토해가며 죽어가는 결핵 환자에게서 예수님을 발견해야 합니다. 그런 사람들이 바로 성경에서 말씀하시는 '가난한 네 이웃'이기 때문입니다."

김영산 대통령

:: 공권력 확립

김영산 대통령이 제15대 대한민국 대통령에 취임한 지도 벌써 1년이 지났다. 1999년 2월, 연두기자회견이 끝나고 나서 한 숨 돌렸다고 생각한 김영산 대통령은 어느 날 오후에 청와대에 장관들을 불러 모았다. 청와대본관 대회의실의 중앙에 앉은 김 대통령은 국무위원들을 돌아보면서 천천히 말문을 열었다.

"에, 본인이 작년에 대통령으로 취임하면서 우리나라의 경쟁력을 획기적으로 끌어 올리겠다고 국민 앞에 발표했습니다. 그래서 오늘은 그 실천방향의 하나로 기름값인하와 고속도로통행료 폐지문제를 여러분들과 의논해 보고자 이렇게 회의를 소집하였습니다. 내가 선거공약으로 내세우기도 한 것이지만 꼭 선거공약이라서가 아니고, 이 문제는 우리나라의 백년대계(百年大計)를 위해서도 반드시 짚고 넘어가야 할 사안이라고 봅니다. 여러 연구기관에서 조사한 바로는 우리나라의 기름값이 세계에서 가장 비싼 축에 속한다는 게 정론(正論)이고, 미국과 비교해도 세 배의 차이가 난다는 것은 이미 모든 국민들도 다 알고 있는 사실입니다. 그 원인은 물론 우리나라가 기름 한 방울 나지 않는 나라라는 데 근본적인 원인이 있다 할 것이나, 내용면으로 자세히 파고 들어가 보면 실상은 기름값에 붙어있는 이런저런 명목의 세금이 우리나라의 기름값을 세계에서 제일 비싸게 만든 주범이라는 것을 알 수 있는 것입니다. 다시 말하면 정부의 각 부처에서 필요할 때마다 이런저런 명목으로 특별세를 만들어서 기름값에 붙인 것이 기름값을 그렇게 비싸게 만들어 놓았다는 말입니다. 그 세금들은 너무 많아서 일일이 열거하기조차 힘든 상황인데, 폐일언하고 본인은 차제(此際)에 모든 세금을 다 없애버리고 부가세 한 가지만 허용하도록 하면 어떻겠느냐 하는 생각입니다. 그리고 또 고속도로의 통행료 문제인데, 이것도 이 참에 아예 없애고 우리나라의 육상운송 비용을 대폭 절감토록 해주어서 우리 수출업체들의 경쟁력에 날개를 달아주자는 생각입니다. 물론 본인의 생각에 대하여 반대의견이 많이 있을 줄 압니다만, 이 자리에서 그동안 여러분들이 연구하고 생각했던 내용들을 기탄(忌憚)없이 말씀해 주시기를 바랍니다."

김 대통령의 발언에 잠시 아무도 선뜻 먼저 나서서 마이크를 잡으려 하는 사람이 없었다. 일순간 긴장된 분위기였는데 이경석 경제부총리가 먼저 발언을 신청하였다.

"다 좋으신 말씀입니다. 그러나 기름값에 붙어 있는 세금을 모두 없앤다고 할 경우, 연간 20조원이라는 세수차질이 빚어집니다. 또 고속도로 통행료 문제는 그 통행료로서 고속도로의 유지보수를 다 감당하는데, 그에 따른 대책이 현재로서는 전혀 마련되어 있지 않아서 이역시 문제가 될 수밖에 없습니다."

홍재영 재무부장관의 발언이 그 다음을 이었다.

"지금 부총리께서 지적하신 그대로입니다. 그 20조원의 결손을 메울 방법이 현재로선 딱히 없습니다. 경쟁력강화도 좋지만 이 일은 자칫하면 우리나라의 재정집행에 막대한 지장을 초래하는 중대 사안입니다."

이때 김 대통령과 반대 방향에 앉아있던 김철순 상공부장관이 발언을 신청하였다.

"사실 저희 상공부에는 진작부터 이러한 애로(隘路)를 해소해 달라는 진정이나 의견이 수도 없이 많이 접수되었습니다. 서울서부터 부산까지 콘테이너 하나 수송하는데 드는 비용이 부산에서부터 미국까지 가는 해상운임이나 거의 비슷하다면야 어떻게 수출을 할 수 있겠느냐는 등, 그런 내용들이 주종을 이루고 있었지요. 이번에 대통령께서 이런 과감성 있는 결심을 하셨으니 저희 상공부로서는 정말 쌍수를 들고 환영하는 바입니다."

이어서 이인재 노동부 장관이 마이크를 잡았다.

"지금까지 세수감소에 따른 문제들을 지적해 주셨습니다만, 저는 그보다도 오히려 통행료징수폐지를 강행할 경우, 그 징수요원들의 생계에 대하여 먼저 어떤 대책이 마련되어야 된다고 봅니다. 무조건적으로 '폐쇄하니까 그만 두어라' 하면 그들의 반발을 불러일으킬 것이고, 자칫하면 운동권이나 노동계와 합세하여 정국불안으로 이어질까 걱정됩니다. 이 점도 감안해 주시면 감사하겠습니다."

이어서 약 30분 동안 서로 다른 의견들이 여기저기서 쏟아져 나왔다. 대개 의견들은 '불가' 쪽으로 기우는 양상이었다. 이 때까지 듣고만 있던 김영산 대통령은 다시 마이크를 잡더니 차분하게 장내를 설득해나가기 시작했다.

"우선 기름값 인하에 관해서 먼저 얘기를 해봅시다. 지금 20조원의 세수부족이라고 했지만 부가세는 계속 받으니까 결국은 약 15조원 정도의 차질이 예상되는 것입니다. 나는 이 부족분의 재원을 공기업을 민영화하면서 얻어지는 매각대금만 가지고도 충분히 상쇄할 수 있다고 생각합니다. 그리고 앞으로 공무원들의 숫자를 서서히 줄여 나감으로써 적자부분의 상당 폭을 충분히 소화해 낼 수 있다고 확신합니다. 또 고속도로 통행료 폐지 문제에 있어서는 국가경쟁력제고 차원에서 일대 과감한 결단이 필요하다고 봅니다. 한국도로관리공사라는 곳도 결국은 올해 안에 민영화가 되고 나면 예산의 30%는 충분히 절약이 된다는 의견입니다. 이것은 나 개인의 생각이 아니고 지난 번 도로교통연구원과 산업경쟁력연구소에 용역을 주어서 나온 연구결과라는 점을 밝힙니다. 따라서 이제 이 두 가지 사안은 더 이상 우리가 주춤거리거나 망설일 수가 없는 문제라는 점을 다시 한 번 강조합니다. 그리고 이미 여러 차례 여러분들에게 당부드렸지만 우리의 임기동안에 우리 정부가 인기가 있고 없고는 생각하지 맙시다. 좀 욕을 먹더라도 그것이 후일에 나라발전에 도움이 되겠다고 생각하면 하는 것이고, 그렇지 않으면 하지 않는 것입니다. 당장 눈앞에 있는 인기만 좇다가는 나라발전은 없습니다."

여기까지 김 대통령이 말을 마치자 왼쪽에서 듣고만 있던 황인상 국무총리가 대통령의 의견에 가세하였다.

"저도 동감입니다. 기름값에 붙어 있는 세금을 없앤다고 하면 당장은 세수가 줄어들겠지만 결국은 수출이 늘고 물동량이 많아지면서 어느 정도까지는 국고수입(國庫收入)이 늘어 날 것으로 생각됩니다. 그러므로 실제로 세수감소 분은 1 ~ 2년 내로 10조원 이내로 줄어 들 것입니다. 그리고 또 이번 조치가 우리 수출업체들의 수출활동이나 국내의 산업활동 전반에 활력을 불어넣어서 국가 전체적인 생산활동이 더욱 왕성하게 될 것입니다. 그러니까 결론적으로는, 우선 힘들어도 일단 저질러 놓고 보면 결국은 다 좋은 쪽으로 해결될 것이라는 말씀입니다. 왜 우리나라의 수출업체들이 그렇게 열악한 환경에서 경쟁을 해야만 합니까? 우리가 그들을 돕지 않으면 누가 돕겠습니까? 왜 우리나라는 세계 최초의 '고속도로 무료통행 국가' 라는 명성을 얻으면 안 되는 것입니까?"

이 때 이인재 노동부 장관이 또다시 마이크를 잡으면서 반론을 제기하였다.

"어쨌든 고속도로 매표원들의 생계문제가 먼저 검증되지 않은 상태에서 이 문제를 섣불리 해결하려 해서는 안 될 것입니다. 저는 그래서 두 가지에 다 반대합니다."

또 다시 팽팽한 긴장이 흘렀다. 이때까지 침묵을 지키고 있던 김덕용 정무장관이 김 대통령의 의견에 적극찬성하면서 분위기는 찬성쪽으로 가닥을 잡아가는 양상이 되었다.

"대통령께서 하시겠다고 하는 것이 어느 한 개인의 이익을 위한 것이 아니고 국가의 백년대계를 위해서 제안하신 것인데, 되는 쪽으로 생각해 보시는 게 좋지 않겠습니까? 아, 그렇게 해서 정말 우리나라의 경쟁력이 살아난다면 이보다 더 좋은 일이 어디 있겠습니까? 우리나라가 세계 5위의 경제대국 아닙니까? 저는 우리나라가 이 정도는 충분히 감내(堪耐)할 만 한 능력이 있다고 자신합니다."

아까 발언을 했던 김철순 상공부장관이 다시 마이크를 잡았다.

"이미 수차례 지적된 것이지만 기름값과 관계없는 세금들이 너무 많아요. 다시 한 번 확인해 보겠습니다. 교통세는 무엇이며 지방주행세는 또 무엇입니까? 교육세만 해도 그렇습니다. 기름을 사용하는 것하고 교육하는 것하고 무슨 관계가 있습니까? 여기에다가 또 부가가치세, 관세, 수입부담금, 특소세 등등 정말 '해도 해도 너무한다'는 말이 딱 맞는 표현입니다. 제가 알기로는 특별소비세는 사치성물품이나 불요불급한 물품에만 부과한다고 알고 있는데, 이제 자동차는 모든 사람들의 필수품입니다. 사치품이 아닙니다. 온 국민의 발입니다. 승용차, 택시, 버스, 트럭, 항공기, 선박 모든 것이 기름 없이는 못 가고요. 왜 기름에다가 특별소비세를 부과해야 하는지 의문입니다. 건교부장관께서 하셔야 할 발언을 제가 하고 있네요."

김철순 장관이 이명복 건교부장관을 바라보면서 의미심장(意味深長)한 웃음을 지었다. 김영산 대통령이 이 날의 회의를 마감하면서 결론을 내렸다.

"이 문제는 지난번에도 한 차례 회의를 했지만 그 때도 우리가 결론을 내지 못했어요. 오늘 또 좋은 의견들이 많이 나왔으니까 다음 주에 관계부처에서 더 깊이있게 의논을 한 후에 다시 한 번 모입시다. 그래서 최종 결론을 내립시다. 그게 좋겠어요."

1999년 5월 5일 어린이날 아침, 판교 톨게이트를 서쪽으로 바라보면서 더 프라우, 파크뷰, 미켈란세르빌 등, 35층이 넘는 고급 주상복합 아파트들이 마치 고속도로를 압도하려는 듯 서 있었다. 그 가운데, 그러니까 바로 톨게이트의 옆에 위치한 현재하이파크 30층, 3004호, 정근무 교수는 아까부터 시위대와 경찰의 대치장면을 내려다보고 있었다. 그는 천안의 호수대학교에서 지난 10년간 총장으로 봉사한 후 지금은 평교수로 물리학을 가르치고 있었다. 모처럼 오랜간만에 분당 집에 와서 가족들과 지내고 오늘 이른 새벽에 속리산으로 야생화 사진을 찍으러 가기로 했는데, 갑자기 고속도로 폐쇄 소식이 전해져서 집에서 쉬고 있는 중이었다. 정 교수는 톨게이트 앞에 운집해 있는 시위대와 경찰들을 보면서 뭔가 아주 큰일이 벌어질 것만 같다는 예감에 가방에서 카메라를 꺼내어 망원렌즈로 바꿔 끼웠다. 옆에서는 아들 정치우 군이 무비카메라로 열심히 오늘의 대치장면(對峙場面)을 찍고 있었다. 판교톨게이트의 바로 옆에 있는 도로관리공사 사무실 3층 옥상에서 농성중인 시위대들이 큰 드럼통 두 개를 옥상으로 옮겨 놓더니 아까부터 흰 플라스틱 통에서 무엇인가를 계속 드럼통 속으로 쏟아 붓고 있는 중이었다.

'저것이 혹시 휘발유일까? 아니면 시너?'

그런 불안한 마음이 들었지만 '설마' 하는 마음에 약간 안심은 하면서도, 만약에 무슨 일이 벌어지면 사진으로 기록해두어야 하겠다고 생각하고 카메라의 렌즈를 조정하여 한 컷 '찰칵' 찍었다. 뒤이어 두 사람이 무거운지 낑낑대며 무슨 장비를 옥상으로 옮기고 있었다. 그것을 망원렌즈로 자세히 보니 바로 가뭄 때에 자주 쓰는 한일자동펌프가 아닌가?

'아니, 저것을 가지고 무얼 하려고?'

정 교수는 다급하게 아들에게 소리쳤다.

"애, 치우야, 너 무비카메라 잘 찍고 있니?"

"네, 아버지!"

아들이 시위대와 경찰의 대치장면에서 눈을 떼지 않은 채로 대답했다. 바로 그때 시위대의 청년 둘이서 그 자동펌프를 드럼통에 연결하더니 진압경찰을 향하여 마치 물을 뿌리듯 그 액체를 뿌리고 있는 것이 아닌가? 밑에서 경찰은 아마도 건물 내로 진입을 시도하려고 하는지 사다리를 운반하고 건물 밑에 매트리스를 깔고 하면서 바쁘게 돌아다녔다. 그 액체는 바로 그들의 머리위로 뿌려졌다.

"아니?"

순간 정 교수는 자기 눈을 의심하였다. 시위대 사람들 둘이서 하나는 화염병을 들고 쪼그린 채 앉아있고 다른 하나는 화염병에 불을 붙여주고 있는 것이었다. 그리고는 눈 깜짝할 사이에 밑을 내려다보면서 뭐라고 소리를 지르는 듯 하더니 화염병을 집어던졌다. 순간 전경대원들 머리위로 붉은 불기둥이 솟구치더니 경찰진영은 일대 불바다가 되었다.

"어머나, 저걸 어째, 저걸 어째!"

옆에서 남편의 옷소매를 잡으면서 시위장면을 함께 구경하던 아내가 울부짖으면서 하는 말이었다. 정 교수는 순간적으로 카메라의 셔터를 누르는 손이 부들부들 떨리는 것을 느꼈다.

"아버지, 이건 살인행위야, 말도 안돼!"

옆에 있던 아들이 아버지 쪽으로 얼굴을 돌리며 절규하였다.

'오늘 야생화 사진 찍는다고 했는데 이게 뭔가…'

정 교수는 자기가 왜 아침 일찍 떠나지 않고 여기 남아서 이 장면을 보고 있는지 자신이 원망스러워졌다.

확~, 불과 몇 초 사이에 일어난 일이었다. 판교의 경부고속도로 톨게이트 앞은 순식간에 불바다로 변하고 전경들 50여명이 불길 속에서 나뒹굴었다. 이들의 부르짖는 소리, 소화기를 가지고 오라는 고함소리, 동료전경들이 다급하게 도움을 요청하는 소리, 서로 불길을 피하려고 밀치고 넘어지고 밟히는 소리 등등, 도로관리공사 판교출장소 앞마당은 아비규환(阿鼻叫喚), 바로 그것이었다. 이 때에 더욱 놀랄만한 사건이 터졌으니 바로 도로관리공사의 건물 3층 옥상에서 농성 중이던 시위대들이 LPG 통을 번쩍 들어서 밑에서 불길 속을 헤매고 있는 전경대원들을 향해 집어던진 것이었다. 그들이 던진 네 개의 가스통 중에서 두 개는 전경들이 재빨리 피해서 그냥 땅에 떨어졌지만 나머지 두 개중 하나는 동료의 불을 꺼주기 위해 소화기를 들고 있던 전경의 머리통에 내려 꽂혔으며, 또 다른 하나는 바닥에 나뒹굴고 있던 전경의 가슴에 정면으로 떨어졌다. 순간적으로 이들은 머리와 입에서 피를 뿜으며 쓰러졌고 곧 바로 동료들에 의해서 구급차로 후송되었다. 순식간에 전쟁터가 된 판교톨게이트 앞은 환자를 옮겨 실으려는 앰뷸런스의 사이렌 소리, 악에 바친 전경들의 돌진하는 소리, 위에서 돌과 화염병을 던지는 시위대의 맞고함 소리, 그리고 현장취재를 하는 각 언론사의 헬리콥터의 굉음(轟音)으로, 그야말로 생지옥을 방불케 했다.

며칠 전에 정부에서 발표한 고속도로 톨게이트 폐쇄방침에 맞서서 고속도로 통행료 징수원들이 파업을 벌일 것이라는 첩보를 입수하고 경찰당국에서는 전경 10개 중대 1,200명을 이곳에 배치하였다. 이 날의 시위는 어느 정도 과격하리라고 예상을 했지만 막상 현장에서 맞닥뜨린 상황은 경찰의 예상을 훨씬 뛰어넘는 것이었다. 전국에서 몰려온 고속도로 매표원 400여명과 이에 가세한 한청동(한국청년동맹), 전대련(전국대학생연맹), 민노동(민주노동자동맹), 전노조(전국직장인노동조합) 등, 재야(在野) 운동권단체들이 대거 참여하여 이날의 시위대는 5,000명을 넘어섰다. 밤새 판교톨게이트 사무소를 기습 점거하여 장악한 이들 시위대는 이른 아침부터 경찰과 대치하면서 '직장사수' 등의 구호를 외치며 격렬한 시위를 벌이고 있었다. 애당초 이번 사태는 올 3월에 있었던 김영산 정부의 기름값 인하와 고속도로통행료 폐지 조치가 그 발단이었다. 필요한 입법과 행정절차를 마치자마자 전국의 모든 주유소에서는 휘발유값을 종전의 리터 당 1,500원에서 800원으로 내려받아서 일반 국민들은 모두들 환영을 하였지만, 막상 고속도로의 통행료를 폐지하는 문제는 징수원들의 생계가 걸려있는 만큼 그리 쉽게 해결될 조짐을 보이지 않고 있었다. 이 조치가 발표되자마자 전국에서 고속도로요금 징수업무에 종사하고 있는 도로관리공사 산하 2,000 여명의 직원들이 '생존권을 보장하라' 면서 일제히 들고일어났다. 이들은 불도저와 크레인을 동원하여 고속도로 톨게이트를 강제철거하려는 건설업체 직원들과 곳곳에서 부딪쳤다. 그래서 통행료폐지 조치가 취해진 후 2개월이 지난 지금까지도, 전국의 100 여개 톨게이트에서 무료로 고속도로를 진출입 할 수 있는 곳은 천안, 대전, 홍천, 원주 등 20여 군데 뿐이었다. 나머지 80여개의 톨게이트에서는 아직도 매표원들과 시위대 지원세력들이 한 편을 이루고, 그리고 톨게이트를 철거하려는 건설업체 직원들과 경찰이 또 다른 한 편을 이루어서, 서로 치고받고 하면서 격렬한 전쟁과도 같은 싸움을 벌이고 있는 것이었다.

같은 시간 인텔리지 주상복합 36층, 3609호, 이 장면을 열심히 찍고 있던 홍익인간대학 시각디자인과 4학년 박범희 군의 머릿속은 보통 혼란스러운 게 아니었다.

'내가 전방에서 근무할 때도 이런 전투는 없었는데 이게 무슨 일인가? 더군다나 같은 민족끼리. 저들도 다 나같은 학생들이 아닌가, 어쩌면 나보다 2년쯤 후배일 텐데.'

아버지와 어머니는 3일전에 중국관광을 간다고 떠나셨고, 여동생은 대학교 기숙사에 나가 있어서 집에는 자기 혼자만 있는데, 오늘 아침에 뜻하지 않게 이런 비극적인 장면을 목격하게 된 것이었다. 이 때 헬기의 굉음이 바로 지척(咫尺)에서 일어나더니 고속도로에 경찰헬기 한 대가 내려앉았다. 부상자 두 명이 들것에 실려서 황급히 실려 가고, 그 뒤를 따라서 전경들 몇 명이 울면서 그들의 것으로 보이는 헬멧, 진압봉 등 소지품을 챙겨서 따라오는 모습이 보였다. 잠시 후 또 다른 헬기가 도착하였다. 이번에는 헬기의 옆 문짝에 SDS라는 방송국이름이 씌어있었다. 경찰 현장간부인 듯한 사람이 헬기 앞으로 뛰어가더니 뭔가 조종사에게 이야기하고는 곧바로 또 다른 들것이 실리고 그 헬기도 떠났다. 고속도로의 서울방향으로는 앰뷸런스들이 연신 환자들을 실어 나르고 있었다. 2대, 3대 6대, 8대, 모두 12대의 앰뷸런스가 환자를 싣고 떠나자 현장은 다시 변화를 맞았다. 경찰병력이 도로관리공사의 3층 건물을 거의 다 점령한 것 같았다. 시위대 몇 명은 수갑을 채워서 데리고 내려오는 장면도 보였다. 그렇게 두 시간 정도가 지난 오전 11시 30분경 상황은 모두 끝났다. 시위대들은 모두 해산되거나 연행되어 갔고, 경찰들도 질서를 되찾은 것 같았다. 박범희 군은 TV 리모콘의 스위치를 눌렀다. 화면 밑으로 긴급뉴스속보 자막이 흘러나오고 있었다. '판교 시위대-경찰 충돌 현재 경찰 6명 사망, 중경상 50여명, 중상자 중에서 사망자 더 나올 듯…' 이어서 사망자들의 시신은 분당 수도서울대학병원에 2명, 분당재생병원에 2명, 서울산성의료원에 1명, 서울화산중앙병원에 1명이 있다고 했다. 자막은 계속 되었다. '천안부터 서울까지 고속도로 교통 완전마비, 우회도로나 국도 이용 바람…'

흘러가는 자막을 보면서 박범희 군은 가슴 뛰는 소리가 자기 자신에게도 들리는 것을 느꼈다. 가슴에 손을 대어서 흥분을 진정시켜 보려 하였다. 방음과 밀폐(密閉)가 잘 되어있다는 주상복합 아파트인데도 휘발유냄새, 고무 타는 냄새, 그리고 고기 굽는 냄새 같은 노린내가 창문을 통해서 들어왔다.

다음 날 오후 4시 30분, 경찰청 대회의실, 중앙에 김영산 대통령이 침통한 표정으로 앉아 있고 좌우 양 옆에는 황인상 국무총리, 최형오 내무부장관, 박철원 특보와 박희대 법무장관이 앉았고, 그 옆줄에는 김승구 안기부장을 비롯한 검찰, 안기부의 간부들이, 그리고 그 맞은 편에는 허준형 경찰청장과 경찰청의 치안감 이상 고위간부들 10여명이 앉아있었다. 김 대통령이 얼굴이 벌겋게 상기되어서 허준형 경찰청장을 바라보면서 질책했다.

"여섯 명의 경찰이 죽었다고요? 도대체 시위대에게 경찰이 맞아 죽는 나라가 이 지구상에 대한민국 말고 또 어느 나라가 있답니까? 여섯 명이 죽다니, 도저히 안 되겠어요. 공권력에 맞서는 시위는 절대 안 됩니다. 허 청장이 강력하게 밀고 나가세요. 경찰관이 생명에 위협을 느끼는 상황이 온다면 발포라도 하세요. 모든 책임은 대통령인 내가 집니다."

김영산 대통령은 자리에서 벌떡 일어나면서 가슴을 탕탕 치고는 다시 자리에 앉았다.

"경찰청장, 보고해 보시오!"

"네!"

황인상 국무총리의 지시에 허 청장이 떨리는 음성으로 대답하더니, 일어나서 상황판을 가리키면서 보고를 시작하였다.

"어제의 시위는 서울 대학로, 판교 톨게이트, 부산도로관리공사 앞, 그리고 대전의 민주노동자동맹 대전지부 건물 등 전국 네 군데에서 일어났습니다. 다른 곳들은 큰 충돌이 없었지만, 판교의 시위진압현장에서는 대형사고가 발생하여 현재까지 경찰관 6명이 숨지고 50여명이 중상을 입었습니다. 중상자 중에서 상태가 나쁜 환자 2, 3명은 더 사망할 듯 합니다. 지금까지 연행자들을 조사해 본 결과, 이번 시위는 민주노동자동맹 간부들이 북괴의 인터넷 암호지령(暗號指令)에 따라 사전에 철저히 계획하고 준비하여 젊은 좌경(左傾) 청년대학생들을 대거 동원하여 그들의 주도로 이루어졌다는 것이 밝혀졌습니다. 대다수 경미한 혐의자들은 모두 귀가시켰고 현재 핵심인물들 30여명만 긴급 구속해서 계속 조사 중입니다."

"확실한 겁니까? 그 북괴의 지령을 받았다는 부분?"

김 대통령의 차가운 질문에 이번에는 김승구 안기부장이 대답하였다.

"네, 저희 안기부 팀이 경찰과 합동으로 조사를 벌였습니다. 그들이 북한으로부터 받은 암호해독표를 입수했고요, 이번 거사에 주고받은 이메일을 모두 확보했습니다."

"어떤 내용이 있습디까?"

"예를 들면 잡목(경찰)을 제거할 때는 제초제(기름, 휘발유)를 잔뜩 뿌려라. 쓸모없는 잡목은 몇 개쯤(몇 명쯤) 제거해도(죽여도) 좋다. 이러한 내용들입니다. 아주 섬뜩합니다."

"또 그들이 북한을 방북할 때는 '저 별장(북한)에 가도 되겠습니까?' 라는 암호도 사용했습니다."

"결국 이번 사태는 경찰과의 대치 중 시위대가 과격해져서 우연히 발생한 게 아니고 사전에 치밀하게 준비된 것이군요?"

"네, 그렇습니다. 대통령님."

"내일 아침 10시에 대국민담화를 발표할 겁니다. 오늘 비서실하고 경찰, 검찰, 안기부 모두 모여서 발표문안을 만들어 보세요. 오늘 저녁에 가지고 와서 다시 상의합시다."

"자유와 평화를 사랑하는 대한민국 국민여러분, 오늘 본인은 말할 수 없이 비통한 심정으로 여러분 앞에 섰습니다. 바로 엊그제 아침에 우리들의 사랑하는 아들들 중 네 명이 불에 타 숨지고 두 명은 시위대들이 던지는 가스통에 맞아서 현장에서 즉사하는 엄청난 사고가 발생하였습니다. 일국의 대통령으로서 국민의 소중한 생명을 지키지 못한 마음에 저는 이 자리에 서 있다는 사실마저도 너무나 부끄럽습니다. 그러나 이번 일은 어느 모로 보나 도저히 용서될 수 없는 국가공권력에 대한 도전이며, 또한 자유민주주의의 근간을 뿌리채 흔드는 엄청난 폭거(暴擧)인 것입니다. 설령 2,000여명의 통행료징수 요원들의 생계가 일순간에 끊긴다고 해서, 그들이 섭섭한 마음을 시위로 풀려고 했다고 치더라도, 그 대가로 여섯 명의 젊은이들이 꽃다운 나이에 피어보지도 못하고 목숨을 빼앗겼다는 사실은 도저히 용납될 수 없는 사안입니다. 더군다나 아직 병원에 있는 중상자들의 목숨이 경각(頃刻)에 달려 있는 사실을 감안하면, 이번 사건의 희생자가 앞으로 또 몇 명이 더 늘어날지도 모르는 상황입니다. 우리 정부에서는 분명히 합법적으로 우리나라의 국가경쟁력 제고 차원에서, 이번 기름값인하와 고속도로통행료 폐지결정을 하였으며, 또한 2,000여명의 생계문제에 대하여는 현재 다각도로 그 피해를 최소화 할 수 있는 방안을 연구 중에 있다는 사실도 이미 수차례 언론을 통하여 발표한 바 있습니다. 그럼에도 불구하고 작금에 이러한 무자비한 폭력사태로 이렇게 큰 피해를 발생시킨 데는 전적으로 시위대 측에 그 책임을 묻지 않을 수 없습니다. 현재까지의 수사결과, 이번 사태는 인터넷으로 북한의 지령을 받은 이적단체들이 사건을 배후에서 조종하여 더욱 과격하게 만들었다는 것이 하나하나 밝혀지고 있다는 사실에 대통령으로서 더욱 경악(驚愕)을 금치 못하는 것입니다. 이에 본인은 국민 앞에 엄숙히 선언합니다. 이번 사태의 주동자와 적극가담자는 엄중히 그 책임을 물을 것이며, 앞으로는 어떠한 시위든지 폭력으로 변할 우려가 있다면 치안 책임자에게 즉시 현장에서 발포까지도 할 수 있는 권한을 부여할 것입니다. 우리 정부는 공권력이 무너지고 경찰관이 폭도들에게 맞아죽는 이런 무정부상태를 결코 좌시하지 않을 것입니다. 이것이 선량한 우리 4,800만 국민을 불순세력으로부터 보호하는 최선의 길임을 본인은 확실히 믿으며, 끝으로 이번 사태로 인하여 숨지거나 다친 우리 경찰관들과 그 유가족들에게 심심한 위로의 말씀을 드리는 바입니다."

대통령의 대국민담화(對國民談話)를 지켜 본 일부 과격파 운동권과 시민단체에서는 곧바로 반박성명을 냈다. 그들은 대통령의 담화가 국민을 총칼로 협박하려는 전근대적(前近代的)인 처사라고 규정하고, '발포 운운'하며 국민의 목숨을 우습게 보는 사람은 대통령의 자리에 앉아 있을 자격이 없다고 주장하였다. 또 그들은 정권퇴진운동 등 할 수 있는 모든 조치를 다 취하겠다고 다짐하였다. 반면 대다수의 시민들은 더 이상 폭력시위로 인하여 소중한 생명이 희생되는 불상사는 없어야 한다는 데 동감하는 분위기였다.

그로부터 열흘 후, 다시 재야단체와 운동권에서 주도하는 대규모 반정부집회가 있었다. 서울 대학로와 광화문에서 있은 이날 집회의 주제는 '고속도로 요금징수원 생계보장', 그리고 '김영산 정권퇴진'이었다. 시위주최 측에서는 당초 10만 명이 이번 시위에 참가할 것이라고 하였는데, 막상 시위에 참가한 사람들은 3만 명 정도로 집계되었다. 대학로에 1만 명, 광화문에 2만 명. 그나마도 애당초 이번 집회의 핵심에 있던 고속도로 요금징수원들은 채 100명도 되지 않았다. 그 이유는 지난 번 시위로 너무나 많은 사람들이 죽거나 다친데 따른 놀라움이 컸고, 또 정부의 '국가경쟁력강화'라는 더 큰 목표를 위해서 어쩌면 자기들이 희생양이 될 수도 있겠다는 데 내부의 의견이 모아진 것이었다. 이에 맞서는 경찰병력은 모두 3,000여명. 경찰은 미리 사전에 안내방송을 통하여 평화적인 시위만을 보장할 뿐, 경찰저지선을 이탈한 시위자에게는 가차 없는 폭행과 연행이 이어질 것이라는 점을 분명히 했다. 또한 쇠파이프, 화염병, 죽창 등 인명을 해칠 우려가 있는 시위용품을 휴대한 시위자에게는 최악의 경우 발포도 불사한다는 점을 주최측에 통보했다. 경찰측에서는 이번에도 또 다시 경찰이 당한다면, 앞으로 영원히 우리나라의 공권력 확보는 포기해야한다는 절박감이 있었고, 노동계와 과격학생들이 주축이 된 시위대측에서도, 이번에야말로 시위대의 힘을 보여주지 않으면 앞으로 노동운동에서 자기네들의 입지가 약화될 것이라는 우려 때문에, 강경파들이 주동이 되어서 이번 시위를 철저히 준비하는 양상이었다.

오전 11시 10분 대학로, 경찰은 동쪽 도로변 쪽의 차선 3개를 시위대에게 허용했다. 잠시 피켓을 들고 징과 꽹과리 등을 치면서 구호를 외치며 폴리스라인을 따라 행진하던 평화시위는 곧 바로 시위대 중간쯤에서 '경찰 죽여라'라는 과격한 구호와 동시에 미리 준비해 온 화염병을 도로의 반대편에 있던 경찰 측에 던지면서 깨어졌다. 경찰이 철저하게 소지품을 검사했음에도 불구하고 어느 사이에 시위대의 핵심 멤버들은 죽창과 화염병을 준비해 온 것이었다. 그들이 숨겨온 100여개의 화염병과 돌멩이들이 어지럽게 경찰 쪽을 향하여 날아들자 진압경찰의 선봉에 섰던 대원들은 누가 먼저랄 것도 없이 모두 미친 듯이 방패도 팽개치고 곤봉을 들고 시위대의 가운데로 뛰어들었다. 정말 눈 깜짝할 사이에 일어난 일이었다. 107 기동대, 그들은 바로 열흘 전

판교톨게이트 사건에서 동료 세 명을 잃은 진압부대였다. 두 명은 화상을 입어 분당수도서울대학 병원에 후송되었으나 치료도중에 숨졌으며, 한 명은 시위대가 던진 프로판가스 통에 머리를 맞아 현장에서 즉사한 것이었다. 그리고 다른 동료들 12명은 병원에서 화상치료를 받고 있었다. 그들 중에 또 몇 명이 더 죽을지 모른다고 했다. 이들은 그래서 오늘이 오기를 기다렸다. 이번 시위진압 작전에서 자기네 부대가 제외된다는 소식에 은근히 마음 졸이고 걱정했는데, 다행히 오늘 진압작전에 참가하게 된 것이었다. 이들은 사전에 서로 모의를 하지는 않았지만 마음속에서는 시위대에 대한 적개심(敵愾心)이 활활 불타오르고 있었다. 박기중 상경은 마음속으로 며칠 전까지 함께 부대에서 생활을 했던, 그러나 이제는 이미 고인이 된 친구를 회상하였다.

'왜, 우리가 죽어야 해? 유인천이 그 놈, 분자생물학 너무 재미있다고 나에게 쉬는 시간이면 늘 생물학 강의를 해 주던 놈인데. 올 12월에 제대하니까 내년 3월에 복학하고, 후년에는 취직할 수 있을 거라고, 제대할 날만 손꼽아 기다리던 놈인데. 취직하면 제일 먼저 서산에 계신 부모님 속옷 한 벌씩 사가지고 찾아가겠다고 하던 놈인데. 왜, 우리가 죽어야 하는데?'

애당초 107기동대와 판교진압작전에서 인명피해가 컸던 215기동대는 이번 작전에서 제외하기로 하였었다. 혹시나 적개심(敵愾心) 때문에 강경진압이 되지 않을 까하는 경찰수뇌부의 배려에서 나온 결정이었다. 그러나 시위대의 숫자가 너무 많고 경찰병력은 상대적으로 모자라다보니 어쩔 수 없이 결국 모든 가용병력을 총동원하기로 계획을 바꾸었고, 그래서 이들이 이번 진압작전에 참가하게 된 것이었다. 이들 107기동대원들이 날뛰는 곳에서는 사방으로 피가 튀고, 시위대들의 전열이 무너지기 시작하였다. 마치 지난번에 죽은 동료들의 원수를 갚으려는지 이들은 이리 뛰고 저리 뛰며 닥치는 대로 시위대를 헤집고 다녔다. 죽창을 들고 이들과 대항하던 시위대들도 전경대원들의 광기에 기가 질렸는지 모두 죽창을 팽개치고 도망하기에 급급했다. 100여 명의 경찰들이 투구도 벗어버리고 죽기를 각오하고 시위대를 마구 유린(蹂躪)하자 시위대들은 이리저리 뿔뿔이 흩어지기 시작했다. 이들은 시위대의 중간쯤에서 확성기를 들고 시위를 독려하던 청년들 20명에게 총공세를 가했다. 뒤에서 다급한 기동대장의 명령소리가 차량 위에 설치된 확성기를 통해 울려 퍼졌다.

"107기동대, 107기동대, 대원들은 빨리 제 자리로 복귀하라. 나 기동대장이다. 107기동대원들, 즉시 본 대열로 합류하라. 대장의 명령이다."

그러나 대장의 명령도 들리지 않는 듯, 이들은 화염병을 들었건, 죽창을 들었건, 맨손이건 가리지 않고 무차별로 폭행을 하며 시위대를 휘젓고 다녔다. 잠시 후 도저히 수습이 되지 않자 앞뒤에 있던 121기동대와 129기동대의 병력이 이들 속에 합류하여 이들과 시위대 사이에서 완충(緩衝) 역할을 해서 겨우 이번 사태는 수습되었다. 불과 한 시간 만에 시위대는 모두 뿔뿔이 흩어지고 화염병, 죽창 등 무기소지자 200여명만 피를 흘린 채로 진압경찰에 체포되어 인근의 종로경찰서로 연행되고 이곳 대학로에서의 시위는 모든 상황이 종료되었다.

같은 시각 광화문 사거리, 2만여 명의 시위대와 2천명의 경찰이 운집한 광화문 일대는 일촉즉발(一觸卽發)의 팽팽한 긴장감이 이어지고 있었다.

"생존권을 보장하라."

"김영산 정권 퇴진하라."

시위대의 구호가 울려 퍼질 때마다 광화문 일대는 건물이 들썩이는 것 같았다. 이윽고 광화문 정면의 경찰저지선을 뚫고 청와대 쪽으로 향하려는 시위대와 경찰이 정면충돌했다. 경찰이 쳐 놓은 '경찰저지선'이라는 테이프를 가볍게 넘은 시위대는 징과 꽹가리를 치고 북을 울리며 '단결' '쟁취' 등의 구호가 적힌 피켓을 앞세우고 경찰을 밀어붙이기 시작했다. 뒤따르던 시위대 십여 명이 길옆에 세워 놓은 경찰짚차에 달려들더니 순식간에 짚차를 전복시켜놓았다. 경찰차는 바퀴와 밑바닥을 드러낸 채 흉물스럽게 길옆으로 나뒹굴었다. 이어서 화염병을 들고 있던 시위대원 50여명이 주위에서 지시하는 청년의 구호에 맞추어서 경찰을 향해, 하나, 둘, 셋 일제히 화염병을 집어 던졌다. 순간 검은 연기와 함께 불길이 치솟으면서 이 일대는 다시금 아비규환의 전쟁터로 변했다. 날아드는 화염병, 불을 끄려는 전경들, 이곳저곳에서 돌에 맞는 전경들. 또 다른 20여명의 시위대는 버스에 달라붙었다. 버스를 뒤집으려는 듯, 함께 힘을 써 보았다. 그러나 버스는 꿈쩍도 하지 않았다. 이 때 시위대 중에서 한 명이 망치 같은 것을 가지고 오더니 경찰버스의 바퀴를 쾅 내리쳤다. 그러자 픽~ 소리와 함께 경찰차가 스르르 주저앉았다. 펑크가 난 것이었다. 망치에 뾰족한 송곳같은 것이 박혀 있어서 한 번씩 칠 때마다 바퀴 하나씩이 펑크가 났다. 그럴 때 마다 시위대는 재미있다는 듯이 박수를 치며 함성을 질러댔다. 또 다른 시위대원 두 명이 차바퀴 밑에 걸레 같은 것을 쑤셔 넣더니 그 위에 휘발유를 붓고 불을 지르자 버스는 곧 바로 화염에 휩싸였다. 그러자 시위대는 더욱 기세가 올랐다. 이 때까지도 경찰은 아무런 대항도 하지 않고 시위대에게 밀리면서 방패로 시위대를 막기에만 여념이 없었다. 잠시 후 경찰차량에서 일제히 방송이 시작되었다.

"경찰청장입니다. 여러분, 폭력시위를 자제하십시오. 경고합니다. 경찰저지선을 침범하지 마십시오. 계속 이러시면 발포합니다. 시민여러분은 건물 내부로 몸을 숨기시기 바랍니다. 발포합니다."

"개지랄 마라!"

"겁주지 마라!"

주동자의 핸드마이크 선창에 따라 시위대도 일사불란하게 구호를 외치면서 경찰을 계속 밀어붙이고 있었다. 잠시 후 전경들의 뒤 선에 도열해 있던 80여명의 경찰오토바이 부대에서 일제히 권총을 빼어 들었다. 약 1초 간격으로 허공에 공포를 쏘기 시작했다. 광화문일대는 귀를 찢는 듯한 총성으로 마치 총격전이 벌어진 듯한 착각이 들 지경이었다. 총소리에 놀랐는지 세종문화회관 쪽에서 비둘기 떼들이 하늘로 날아올랐다. 시위대가 잠시 주춤하는 사이, 대기하고 있던 체포조 200여명이 일제히 쏟아져 나오더니 가운데에서 시위를 주동하던 50여명을 목표로 하고 달려들기 시작하였다. 체포조들이 손에 지닌 것은 곤봉 하나와 수갑 한 개가 전부였다. 이들이 좌충우돌하며 시위대를 헤집고 들어가자 뒤의 전경 지원부대들이 몽둥이를 휘두르며 시위대를 무차별로 구타하기 시작했다. 특히 차량을 전복하고 차량에 불을 지른 자들을 집중적으로 폭행하였다. 바로 이때 길 옆 문화관광부 건물 8층에서 연락을 취하고 있던 감시팀에서 경찰지휘본부로 긴급한 무전연락이 왔다.

"시위대 선두의 후미(後尾)지점, 정확히 문화관광부 앞 20m 지점에 두 명의 시위대가 지금 총을 꺼내서 경찰 쪽을 향하고 있습니다."

정말로 시위대 한 가운데 쯤 두 명이 무슨 단상에 올라 간 듯이 불쑥 튀어나와 긴 장총을 광화문 쪽의 경찰을 향해 겨누고 있었다. 광화문 근처에 있는 경찰수뇌부 차량을 겨냥하고 있는 것 같았다. 곧바로 시위대의 중앙에서 주동자들을 색출하고 있던 체포조에게 지휘부의 명령이 떨어졌다. 명령을 받자마자 이들은 재빨리 이쪽으로 방향을 틀더니 마치 매가 새를 낚아채듯이 순식간에 달려들어 이들 두 명과 그 주변에서 이들을 돕던 또 다른 여섯 명을 체포했다.

이날 저녁 SDS 8시 뉴스, 앵커가 자못 상기된 표정으로 오늘의 시위 장면을 보도하였다. 경찰차를 전복시키고 불을 지르는 장면, 시위대원 두 명이 경찰을 향해 총을 겨누고 있는 장면, 경찰이 공포탄을 발사하는 장면 등등. 또 며칠 전에 판교에서 있었던 장면도 다시 재방송되었다. 바로 정근무 교수와 박범희 군 등 주민들이 찍어서 보내 준 영상자료였다. 이어서 이번 강경진압을 바라보는 국민들의 시각이 여론조사 기관의 데이터를 근거로 발표되었다. 오늘 여론조사 전문기관인 '국민생각 21'에서 전국의 성인남녀 1,500명을 대상으로 긴급 실시한 전화응답에서 '경찰의 진압이 과격했다고 보느냐?'는 질문에 '그렇다'고 생각하는 국민은 18%인 반면, '적절했다고 생각한다'라고 대답한 응답자는 무려 68%, 나머지 14%의 국민은 '모름 또는 무응답'으로 조사됐다는 것이었다. 또한 김영산 대통령의 단호한 조치에 찬성하는 국민이 72%로 김 대통령의 이번 신속하고 확고한 조치가 국민들로부터 절대적인 지지를 받고 있음을 알 수 있었다. 뉴스 해설자의 해설을 들으면 이번 사태로 인하여 과격, 폭력시위에 대해 일대 종지부를 찍어야 한다는 게 대다수 국민의 생각이라는 것이었다. 뉴스에서는 오늘 시위에서 장총으로 경찰수뇌부를 저격하려고 했던 사람들은 모두 북괴의 지령을 받고 암약 중인 민주노동자동맹 소속의 조직원이며, 이들은 모두 네 차례에 걸쳐 북한을 왕래하며 북으로부터 철저한 사상교육을 받고 국내에 들어와서 활약 중인 간첩임이 밝혀졌다는 수사결과발표도 있었다. 오늘 사용하려고 준비했던 장총은 러시아제로 주로 곰이나 멧돼지 등을 사냥할 때 쓰이는 엽총으로 위력은 국산 K2 소총보다 두 배 이상 강하다는 발표와 함께 실제로 철판을 관통하는 사격실험도 있었다. 이어서 앞으로 모든 경찰관들은 권총을 휴대할 것이며 어떠한 폭력시위도 현장에서 즉시 강력하게 응징할 것이라는 경찰청장의 담화 내용도 추가되었다. 또한 서울 산성의료원에서 치료 중이던 화상환자 한 명과 분당 재생병원에서 치료 중이던 중상자 한 명이 추가로 숨짐으로 해서 이번 판교 시위 사건으로 인한 경찰관 사망자 수는 모두 여덟 명으로 늘어났다는 뉴스도 보도되었다. 이번 사건을 통하여서 이제 우리나라에도 폭력시위는 절대로 발을 붙이게 해선 안 된다는 공감대(共感帶)가 점차 형성되어가고 있었다.

그 해 여름부터 시작된 직장노조원들의 노조탈퇴는 서울의 큰숲건설산업 그룹과 코롱그룹 노조원 2,000명이 노조를 탈퇴하고 '노조폐쇄' 방침을 밝히자 전국적으로 번져나가기 시작했다. 이제 대한민국도 과거와 같은 '시위공화국' 또는 '노조천국'이라는 비아냥 소리를 듣지 않게 되었다. 그러나 이렇게 되기까지는 지난 5월의 시위사태로 숨진 경찰관 여덟 명과 부상자 오십 여 명의 희생(犧牲)이 그 밑거름이 된 것이다. 정말 값비싼 대가를 치르고 얻어낸 소중한 결실이었다.

:: 경부운하공사 완공

> "이제 우리나라는 이 경부운하를 통하여 내륙운송 비용을 획기적으로 줄일 수 있게 됨으로써, 우리나라를 따라잡고자 하는 프랑스, 영국, 러시아, 인도, 브라질, 캐나다, 호주 등을 멀찌감치 따돌릴 수 있게 되었습니다."

2000년 1월 25일, 경기도 여주군 당남리의 이포대교 밑에 있는 이포나루터에서 드디어 역사적인 '경부운하준공식'이 거행되었다. 앞에는 넓은 모래사장이 펼쳐져 있고 남한강의 푸른 물이 넘실대며 흐르고 있었다. 오늘 기념식에 참석하기 위하여 김영산 대통령 일행은 여의도에서 이곳까지를 6,000톤급 유람선인 Miracle Han River호를 타고 도착하였다. 승객 240명과 승무원 120명을 태울 수 있는 이 배는 이번 경부운하의 준공에 맞추어서 대호옥포조선소에서 건조하였다. 지난달에 진수를 완료하여 벌써 한강부터 낙동강까지의 전 구간을 여섯 차례나 시험 운항을 하였고, 오늘은 대통령일행을 태우고 이곳까지 오는 영광을 얻게 되었다. 이 배의 일등실에는 더블침대와 욕실이 마련돼 있으며 TV와 오디오, 노래방 기기가 설치돼 있었다. 또 이 배에

는 공용시설로서 극장, 온천장, 대회의장이 각각 하나씩, 그리고 갑판
위에는 일광욕을 즐길 수 있게끔 야외용 침대와 파라솔 40개가 준비
되어 있었다. 가히 유럽에서 운행되고 있는 10만 톤급 호화유람선의
축소판이라고 불러도 손색이 없을 정도였다. 경부운하에는 이런 배 두
대가 하루 한 차례씩 왕복하며, 이보다 규모가 작은 3,000톤급 여객선
은 현재 네 척이 운항 중에 있었다. 개통식은 오늘이지만 사실은 이미
금년 1월 1일부터 운항을 시작하고 있는 것이다. 엊그제 내린 눈으로
이곳 경기도 여주의 산하는 온통 흰색으로 색칠을 해 놓은 듯한, 눈의
천국이었다. 이런 대형 유람선 말고도 승객 40명을 태우고 물 위를 나
는 듯 달리는 호버 크래프트(Hover Craft)가 지금 시험운행 중에 있
었다. 수도권에서 운행되는 이 배는 양평-팔당-송파-여의도를 50
분만에 주파하는 쾌속선이었다. 주로 전원생활(田園生活)을 즐기면
서 서울로 출퇴근하려는 사람들에게 큰 인기를 얻고 있었는데, 아직은
운항편수가 많지 않아 조금 불편하지만, 경부운하운영단에서는 앞으
로 6개월간의 시험운항결과를 보고 편수를 더 늘리겠다는 계획으로
있었다.

검은 색 코트에 크리스마스 분위기가 나는 붉은색과 초록색 줄무늬
가 있는 머플러를 한 김영산 대통령은 감회가 새로운 듯, 눈에 뒤덮인
산과 들을 바라보며 자부심에 가득 찬 얼굴로 입을 열었다.
"사랑하는 국민여러분, 본인은 오늘 이 자리가 너무나 감격스럽습니
다. 사실은 우리나라가 세계 5위의 경제대국이라고 하면서, 또 산 좋
고 물 맑은 나라라고 말들은 하면서도, 아직까지 천혜(天惠)의 자원인
강과 물을 제대로 활용하지 못하고 있었다는 사실에 많은 부끄러움을
느끼고 있었습니다. 그러나 오늘 이렇게 훌륭한 경부운하를 완공하고

보니, 이제는 우리도 정말 대한민국의 국민이라는 것을 자랑스러워해도 되겠구나 하는 자부심을 갖게 되었습니다."

이 때 강 한가운데로 8,000톤급 컨테이너 운반선이 지나가면서 선원들이 모두 밖으로 나와서 오색연막과 폭죽을 터뜨렸다. 순간 모든 사람들의 시선이 그곳으로 쏠리자 김영산 대통령도 컨테이너 운반선을 바라보며 손을 흔들어 주었다. 이 배는 서울의 마포에서 80개, 또 양평 화물기지에서 42개 도합 122개의 40피트 컨테이너를 싣고 부산으로 향하고 있는 중이었다. 앞으로도 충주와 상주 등 여러 곳의 화물 기지를 거치면서 최종목적지인 부산의 광양만 컨테이너기지까지 수출화물을 실어 나르게 되는 것이다. 이 컨테이너 운반선 한 척에 40피트 컨테이너 200개를 실을 수 있으니까, 이 배 한 척이 12톤 트럭 200대분의 운송을 한꺼번에 도맡아 해내는 셈이었다. 김 대통령은 계속하여 기념사를 이어갔다.

"이제 우리나라는 이 경부운하를 통하여 내륙운송 비용을 획기적으로 줄일 수 있게 됨으로써, 우리나라를 따라잡고자 하는 프랑스, 영국, 러시아, 인도, 브라질, 캐나다, 호주 등을 멀찌감치 따돌릴 수 있게 되었습니다. 이 운하가 완공됨으로써, 인천공항에 들어온 외국의 관광객들은 동서고속열차를 타고 강원도 쪽으로 관광을 갈 수도 있고, 또는 이 운하를 따라서 내륙관광에 나설 수도 있습니다. 결국은 우리나라를 찾는 외국관광객들의 선택 폭이 그만큼 더 넓어졌다는 뜻이 되는 것입니다. 더욱 기쁜 일은, 이 경부운하를 따라 양 옆으로 내륙고속도로가 동시에 완공됨으로써, 내륙지방의 교통개선에 획기적인 기여를 하게 되었다는 사실입니다."

1월의 매서운 날씨로 인하여 김영산 대통령이 발표문을 읽어나갈 때마다 입에서 하얀 입김이 나왔다.

"사랑하는 국민여러분, 저 앞에 씽씽 달리는 저 차들을 보십시오. 이제 여러분들은 대한민국 국민이라는 사실을 마음껏 자랑하셔도 좋습니다. 경제는 탄탄대로(坦坦大路)를 달리고 있으며, 삶의 질도 한층 더 높아졌고, 또 소외계층에 대한 배려도 어느 선진국보다 못하지 않습니다. 게다가 이제는 정치의 선진화까지 이루어내고 보니, 이렇게 모든 면에서 훌륭한 나라가 이 지구상에 대한민국 말고 또 어느 나라가 있을까 하는 생각마저 드는 것입니다. 불과 50년 전에 6.25라는 엄청난 전쟁을 치러서 온 나라가 잿더미가 된 상태에서, 이렇게 오늘날 세계 속의 한국으로 우뚝 솟은 대한민국은 정말, 기적(奇蹟)이라는 말로밖에 표현할 길이 달리 없는 것입니다."

김영산 대통령은 만여 명이나 운집한 축하객들이 자랑스러운 듯이 그들을 죽 둘러보고 난 후 다시 연설을 이어 나갔다.

"이는 실로 우리나라의 국부(國父)이신 이승만 전대통령께서 이 땅에 자유민주주의의 기본이념 아래 대한민국이라는 나라를 세우셨고, 그 뒤를 이어 박정희라는 걸출한 영웅이 지난 30년간 나라의 경제발전과 자주국방의 기틀을 잡아놓은 결과라 할 것입니다. 그 이후로 김종팔 대통령의 통치기간을 거치면서 박정희 전대통령이 벌여 놓았던 많은 사업들을 완성하였습니다. 오늘 이 자리를 빌어서 나는 우리의 자랑스러운 선배들께 오늘의 모든 영광을 돌려드리고자 합니다."

이 때 또 한 척의 배가 지나가고 있었다. 배 옆에는 'XK'라는 붉은 색 표시가 선명한 여천 석유화학단지에서 서울까지 가는 석유운반선이었다. 배 옆으로 길게 '경 경부운하준공 축'이라고 씌어진 현수막이 겨울 바람에 나부꼈다. 김 대통령의 기념사가 이제 거의 끝나가고 있었다.

"오늘 이 자리를 빌어서 그 동안 이 운하건설과 고속도로건설에 혼신의 힘을 기울여 준 모든 건설인 여러분들에게 깊은 감사를 드립니다. 그리고 이 운하와 고속도로가 완공되기까지 모든 불편을 참아주신 국민여러분께 다시 한 번 깊은 감사를 드리며 이만 기념사를 마치겠습니다."

김영산 대통령의 기념사에 이어서 공로자 표창이 있었다. 이명복 건교부장관과 주명군 운하사업단장 그리고 심현영 현재건설사장 등 50여명이 상장과 부상을 받았다.

돌아오는 길에 김영산 대통령은 박태중 국무총리, 이명복 건교부장관과 함께 대통령전용차에 승차했다. 원래 경호문제와 국가안보를 위해서 대통령과 국무총리는 따로 차를 타도록 엄격히 규정되어 있었으나, 오늘은 김영산 대통령의 요청에 따라서 세 사람이 함께 서울로 오면서 이야기를 나누고 있었다.

"총리, 옛날에 포항강철 준공 때의 감회가 생각나지 않으십니까?"

박태중 총리는 작년가을부터 건강상의 이유로 물러난 황인상 총리의 후임으로 임명되었다.

"참 그 때 힘들었지요. 허허벌판에 공장을 짓겠다고는 했는데 막막하더라고요. 군화발로 걸어 다녀도 질퍽질퍽한 벌판을 창설요원이라고 39명의 동지들과 함께 시작했는데, 정말 눈물로 밤을 지새운 날들이 많았지요."

"포항강철의 성공비결은 뭐니 뭐니 해도 공정한 인사와 부패방지 그리고 불도저식 밀어붙이기 공사의 덕이었다고 합디다. 나도 그 부분은 상당히 공감해요. 부정부패가 근절되지 않고는 10억에 할 수 있는 공사를 20억, 30억에 하는 결과를 낳지요. 또 공사 자체도 부실하고…"

"이 고속도로 구상 참 잘했어요. 이렇게 강을 따라가니까 도로의 굴곡이 심하지도 않고 또 경치도 아름다워 참 좋네요. 제가 옛날에 포항강철 있을 때 경험 하나 말씀드리지요. 그 때 공장건물 하나가 골조공사(骨彫工事)가 거의 다 됐어요. 공사 진척도로 보면 한 80% 쯤 됐을까? 그런데 검사를 하면서 보니까 이게 부실공사인 거예요. 그래서 제가 결심을 했지요. 이럴 때 한번 본때를 보여주지 않으면 앞으로도 이런 부실공사가 끝이 없겠구나. 그래서 현장관리책임자를 불러놓고 사람들이 보는 앞에서 정강이를 군화발로 찼지요. 군대말로 조인트를 깐다는 거죠. 그리고서는 현장직원들에게 다이너마이트를 가져오라고 해서 그 건물을 폭파해 버렸어요. 그 소문이 포항강철 짓는 내내 현장에 퍼져서 아예 그 다음부터는 부실공사라는 단어 자체가 없어졌답니다."

박 총리가 자못 감회가 새로운 듯이 말하자, 김영산 대통령도 이명복 장관을 추켜세우면서 자랑스러운 듯이 말했다.

"여기 이 공사 하는데 총 8년이 걸렸는데, 그런 비리나 부실이 하나도 없었다니 참 대단하지요. 더군다나 각 회사의 양심에 따라 공사하고 그 공사비에다가 이윤을 붙여서 청구하는… 이 장관, 그 무슨 제도라고 하더라?"

"네, Cost Plus Fee라고 선진국에선 많이 사용하는 제도입니다."

이명복 장관이 재빨리 대답했다.

"그래요. 그런 새로운 제도로 했는데 아주 깨끗하게 했대요. 아 참, 딱한 군데 비리가 적발되어서 퇴출시켰다고 하더군요. 그게 어디였지?"

"네, 한국보물그룹이었습니다."

김영산 대통령이 의자에 몸을 한껏 파묻은 채 본인의 경험담을 이야기했다.

"포항강철의 성공신화는 미국의 하버드대학이나 스탠포드대학에서도 MBA 과정에서 가르칠 정도라고 하더군요. 내가 야당시절 하버드대학에 갔을 때 거기 총장이 그 때 그 얘기를 꺼냈어요. 얼마나 가슴

뿌듯했던지…"

"그게 다 박정희 전대통령께서 전폭적으로 밀어주셨기 때문이지요."

이 말을 한 박 총리는 생각났다는 듯이 박 전대통령의 안부를 물었다.

"각하께서는 많이 안 좋으신가 봅니다. 오늘 행사에도 못 오신 걸 보면?"

김 대통령은 얼른 그 말을 받아 박 총리를 안심시켜 주었다.

"너무 걱정마세요. 어제 내가 전화드렸는데 감기가 좀 심하시다고 해서 그냥 푹 쉬시라고 했지요. 나이 드신 분들께는 감기가 제일 무섭지 않아요? 오늘 김종필 전대통령께서 아까 행사 끝마치고 옥천에 내려가 보신다고 했으니까, 오시면 용태를 알 수 있겠지요."

차는 어느 덧 양평 근처까지 왔다. 이곳에서부터 고속도로는 강을 마주보고 달리던 편도 2차선에서 도로가 하나로 합쳐진 왕복 6차선 도로로 폭도 더 커졌고 차량통행도 훨씬 많아졌다. 잠시 후 굉장히 긴 터널을 빠져 나가는가 싶더니 이내 새로운 터널에 진입하였다.

"여기가 무슨 터널이지요?"

김 대통령이 동승한 이명복 건교부장관에게 물었다.

"네, 조금 전에 통과한 터널은 왕창터널이고요 지금 통과하는 이 터널은 해협터널입니다. 경기도 양평군 강하면이지요. 이제 조금만 더 가면 하남을 지나서 서울 쪽으로 들어가게 됩니다."

"나는 이 장관을 보면 도대체 저런 에너지가 어디서 나올까하고 의문이 생긴단 말입니다. 총리는 어떠세요?"

"아 저도 젊었을 때 참 열심히 했지요. 그렇지만 이 장관에는 못 따라가는 것 같아요, 하하하."

"두 분께서야 저보다 훨씬 더 많이 하셨지요. 어떻게 제가 두 분과 비교가 되겠습니까?"

두 사람의 칭찬에 민망했던지 이명복 장관이 머리를 손으로 만지면서 하는 말이었다. 터널을 빠져나오자 머리위에서 경호헬리콥터가 요란한 프로펠러 소리를 내면서 앞서 날아갔다. 대통령의 차량 행렬은 어느 덧 높이 50m의 교각 위에 세워진 남종대교를 지나서 하남을 거쳐서 송파로 진입했다. 남종대교 끝부분에 가로로 긴 현수막 두개가 이들 일행을 환영하고 있었다.

'내륙고속도로 개통', '감사합니다'

그날 저녁 SDS 8시 뉴스, 오늘 첫 뉴스로 김주화 앵커가 경부운하의 준공소식을 전하고 있었다. 김영산 대통령과 김종팔 전대통령이 Miracle Han River호에서 나란히 걸어 내려오는 장면, 기념식장에 운집한 1만 여명의 군중들이 환호하는 장면, 김 대통령의 기념사 도중 자동차운반선, 석유운반선, 컨테이너화물선, 여객선 등이 운항하는 장면이 차례로 나왔다. TV 화면에는 경부운하의 12개의 갑문(閘門) 중 제일 규모가 큰 월악산 제1갑문에서 배가 정지하고 있는 장면이 나타나더니 곧 이어서 김주화 앵커가 주명군 운하건설단장을 소개하였다.

"오늘은 경부운하공사에서 지대(至大)한 공헌을 하신 주명군 운하건설단장을 이 자리에 모시고 그간의 공사과정과 갑문의 기술적인 작동 등에 관하여 알아보겠습니다. 주 단장님, 참 이번에 수고가 많으셨다고 들었는데, 총 몇 년간 이 일을 맡아하셨습니까?"

"에, 제가 그러니까 경부운하기획단에서 기획과 준비업무로 보낸 것이 3년, 또 경부운하 건설단에서 건설실무를 지휘하면서 보낸 것이 8년, 그러니까 총 11년의 세월이 흘렀군요."

"참 오랜 기간동안 대단한 일을 하셨습니다. 우선 시청자 여러분들이 제일 궁금해 하고 계시는, 갑문의 작동과 관련된 기술적인 문제들을 설명해주시면 감사하겠습니다."

"네, 경부운하에는 지금 화면에서 보시는 바와 같은 갑문이 총 12개가 있습니다. 그 중 제일 큰 것이 지금 보시는 월악산 제1갑문입니다. 이 갑문은 쉽게 생각하시면 직사각형의 통속에 배를 가두어 놓고 물을 채우는 시설이라고 보시면 됩니다. 그래서 물이 인공적인 방법으로 다 채워지고 나면 배 앞 쪽에 자리 잡고 있는 물막이 칸을 제거해서 배가 있는 곳과 앞의 강물이 수위가 같아져서 배가 나아갈 수 있도록 고안(考案)된 장치라고 보시면 이해가 빠르실 것 같습니다."

"그러면 이 갑문을 통과할 때 보통 어느 정도나 시간이 걸립니까?"

"옛날에는 보통 한 시간 씩도 걸렸지요. 그러나 요즘은 갑문기술이 원체 발달해서 12분 정도면 물이 다 채워집니다. 그러니까 갑문 하나에 10,000톤급 배는 한 대, 5,000톤급 배는 2대, 그리고 소형선박인 1,000톤급 배는 보통 4대를 한꺼번에 집어넣고 물을 채우는 것이지요. 그러면 12분이면 물이 다 차고 배가 다음 목적지를 향해서 움직일 수 있게 되는 것입니다. 이 경부운하에는 이런 갑문이 총 12개가 있습니다."

"그러면 영종도에서 시작해서 부산까지 가는데 총소요시간은 얼마나 걸리게 되나요?"

"갑문에서 소요되는 시간이, 물 채우는 시간만 12분이지만, 보통 배가 진입하고, 자리잡고 하는 시간을 계산하면 20분 정도로 보는 것이 무리가 없습니다. 그러니까 갑문통과에만 240분, 즉 6시간이 걸리고요, 인천부터 부산까지를 총 560km라고 본다면 시속 40km씩 14시간, 그래서 인천공항에서부터 출발하여 부산까지 한 번도 쉬지 않고 운항한다고 봤을 때는 대략 20시간만에 도착할 수 있다는 계산이지요. 그러나 중간기착지에서 화물이나 사람들을 싣고 내리고 하기 때문에 한 번 운항에 보통 저희들은 서울에서 부산까지를 24시간, 즉 하루가 걸리는 것으로 잡고 있습니다."

"갑문시설이 세계 최첨단이라고 하던데요…"

"저희들이 설치한 갑문시스템은 세계에서 가장 빠른 시간 안에 물을 채우고 배를 움직일 수 있는 시설입니다. 지금 세계에서 제일 빠르다고 하는 미국 세인트루이스 강의 갑문들이 보통 16분 정도니까요. 아마 앞으로는 외국에서 우리의 기술을 배우러 오지 않을까 생각됩니다."

"경부운하의 폭과 수심은 어느 정도나 됩니까? 그리고 또 오늘 동시에 개통된 내륙고속도로에 관해서도 말씀해 주시지요."

"저희들이 그동안 준설을 대대적으로 해 놓아서 경부운하의 전 구간을 폭 100m, 깊이 15m로 만들어 놓았습니다. 물론 넓은 곳은 300m가 넘는 곳도 있지요. 이 정도면 최대 15,000톤 급의 배가 다녀도 충분합니다. 또 운하 양 옆에는 일방통행 식 2차선 고속도로가 있는데 이 내륙고속도로는 매 10km 구간마다 다리가 있어서 차선을 상행선에서 하행선, 또는 하행선에서 상행선으로 바꿀 수 있도록 되어있습니다. 쉽게 말씀드리면 U턴이나 교차를 할 수 있는 사거리인 셈이지요."

"혹시 공사 중에 제일 어려웠던 일이 있으시면 어떤 일이었는지도 말씀해 주실 수 있겠습니까?"

"네, 저희가 이번 8년 공사를 하면서 제일 어려웠던 것 중의 하나가 한강에 있는 25개의 다리 중 무려 17개를 다시 설치하는 공사였습니다. 강물에서부터 다리상판까지의 높이가 30m를 넘는 것은 청담대교를 포함한 8개뿐이었거든요. 그래서 나머지 17개의 다리를 배가 안전하게 통과할 수 있는 수준인 30m 이상으로 하다보니까 결국은 모두 헐어버리고 다시 건설한 것이지요. 그 때에 시민들을 설득하는 작업이 참 힘들었습니다. '왜 멀쩡한 다리를 헐고서 다시 짓느냐' 또는 '우리나라가 그렇게도 돈 쓸 곳이 없느냐?' 는 등. 그러나 오늘 이렇게 모든 공사가 완공되어서 준공식을 하고나니까, 참 그동안 고생했던 보람이 있다는 생각을 다시 한 번 하게 됐습니다."

"네, 말씀 잘 들었습니다. 오늘 아침 준공행사에도 참석하시고, 여러 가지로 피곤하실 텐데 이렇게 귀중한 시간 내주셔서 감사합니다."

화폐개혁 ::

질문 : "신권 화폐는 모두 몇 종입니까?"
답변 : "500한, 100한, 50한, 10한, 5한, 1한의 모두 6 종류입니다.
또한 50센, 10센, 1센의 동전들도 있습니다. 여기에 샘플들
이 있으니 모두들 보시지요."

　2002년 2월 1일 청와대춘추관 브리핑 룸, 국내 7대 메이저방송국과
5대 신문사기자들이 모두 모였다. 뉴스전문 YDN(5), 민간종합방송
SDS(6), 경제전문방송 MSN(7), 민간종합방송 TBS(8), 국영종합방
송 KGS(9), 국영교육방송 EDS(10), 민간종합방송 MDC(11). 그리
고 국내 최대의 일간신문 아침일보, 구독율 2위 중심일보, 3위 동남아
일보, 4위 날마다 경제신문, 그리고 4위와 치열한 독자확보경쟁을 벌
이고 있는 5위 한국신문의 청와대 출입기자들도 모였다. 또 해외 20
여개의 언론사특파원들도 모두 자리를 같이했다. 미국의 워싱턴포스
트, 뉴욕타임스, CNN 방송, 일본의 마이니찌, 요미우리신문, 후지 TV,
중국의 신화사통신과 인민일보, 영국의 The Times, 프랑스의 르몽드,
독일의 슈피겔, 러시아의 타스통신 등, 모두 30여개의 신문사, 방송국

요원들이 내뿜는 뜨거운 취재열기와 장비에서 나오는 기계음으로 가득 찬 청와대 브리핑 룸은 마치 한여름의 한증막을 연상케 했다. 기자들은 연신 손수건으로 땀을 닦기에 바빴다. 단상에는 '청와대'라는 로고가 걸려있고, 발표데스크에는 방송국들의 마이크가 10여개 몰려 있지만, 아직까지 단상에는 아무도 도착하지 않고 오직 장내를 안내하고 정돈하는 비서실 직원들 5, 6명만이 있을 뿐이었다. 드디어 9시 25분, 박관영 비서실장을 시작으로 김영산 대통령과 박태중 국무총리를 비롯한 국무위원들과 박승은 대한은행 총재 등 10여명이 단상에 올라와서 자리를 잡고 앉았다. 김영산 대통령이 마이크 앞으로 나아오자 브리핑 룸은 마치 폭탄이 터진 것 같은 섬광이 여기저기서 번쩍였다. 백열등 수십 개를 동시에 켜놓은 것 같아 김영산 대통령은 손을 들어 눈을 잠시 가렸다. 원고를 들고 있는 손이 순간적으로 파르르 떨린다.

"대한민국 국민여러분, 그리고 해외에 계신 동포여러분, 본인은 2002년 2월 1일 아침 9시 30분을 기해, 대한민국의 행정부를 대표하여 우리나라의 공식통화인 '원'화를 폐지하고 새로운 화폐인 '한'화를 사용하기로 결정하였습니다. 새로운 화폐인 '한'화는 구 화폐인 '원'화에 대하여 1,000대 1의 비율로 교환될 것입니다. 즉 1한은 1,000원에 교환됨을 알려드립니다. 구화폐는 앞으로 2월 28일까지 우리나라, 또는 해외의 모든 대한민국 금융기관에서 신화폐로 교환해 드릴 것이며, 그 기간 이후에는 일체의 구화폐 사용이 금지되오니 국민여러분께서는 이 점을 각별히 유념(留念)하시어 여러분의 소중한 재산권 행사에 착오 없으시기 바랍니다."

김영산 대통령은 잠시 손수건으로 땀을 닦고 나서 물을 마신 뒤, 내외신 기자들을 둘러보면서 다시 담화를 읽어나갔다.

"사랑하는 국민여러분, 그동안 저희 행정부는 많은 고민을 거듭해왔습니다. 우리나라가 세계 5위의 경제대국이라고 하면서도 과연 미국의 달러화에 대하여 1,000분의 1 밖에 되지 않는 구매력을 가진 화폐를 계속 사용할 것인지에 대해서 말입니다. 그리고 이제는 그 단위가 너무나 커 '억'도 뛰어넘고, '조'라는 단위를 가지고도 모자라서, '경'이라는, 세계 어느 나라에서도 사용한 전력(前歷)이 없는, 동그라미를 무려 16개나 그려 넣어야하는 단위를 써야할 지경에 이르게 된 현실을 여러 측면에서 검토해 보았습니다. 그 결과, 우리나라가 현재의 원화를 계속 사용할 경우, 국민들이 알게 모르게 입는 손실은 가히 금액으로 환산할 수 없을 정도라는 결론에 도달하였던 것입니다. 돌이켜보면 과거의 전임정권 때에도 여러 번 화폐개혁의 필요성이 강조되고 또 논의되었지만, 지금껏 이런저런 사정으로 인하여 시행치 못하던 것을 본인이, 비록 일시적인 혼동이 있더라도, 이를 무릅쓰고 결단케 된 것은 또한 역사가 저에게 내리신 책무(責務)라고 생각합니다."

내외신 기자들을 죽 둘러 본 김영산 대통령은 더욱 확신에 차서 발표문을 계속 읽어나갔다.

"끝으로 본인과 행정부의 이러한 결단이 오직 나라를 생각하고 우리나라의 경제적 기반을 더욱 튼튼히 하기 위하여 취한 불가피한 조치였음을 이해해 주시기 바라며, 혹시라도 지하경제나 많이 가진 사람들을 핍박하기 위한 조치가 아닌가 하는 의심을 품지 마시기를 간절히 바랍니다. 우리 대한민국 행정부는 최대한의 노력을 경주하여 이 화폐개혁(貨幣改革)에 따른 금융혼란을 아주 빠른 시일 내에 극복할 각오이오니, 국민여러분께서도 적극적이고 자발적으로 정부의 결정에 따라주시기 바랍니다. 다시 한번 본의 아니게 국민여러분의 경제활동에 피해를 드림을 용서하시기 바라며, 이만 화폐개혁에 즈음한 저의 담화를 마치겠습니다. 감사합니다."

여기저기서 손을 들고 질문공세가 쏟아졌다. 김영산 대통령은 자리로 와서 앉고 비서실 직원들이 재빠르게 단상을 치우고 그 자리에 테이블을 놓아 질문과 답변이 용이하도록 좌석배치를 새로 했다. 다음은 질문자들과 응답자들 간에 오고간 대화의 속기록이다.

질문: "신권 화폐는 모두 몇 종입니까?"

답변: "500한, 100한, 50한, 10한, 5한, 1한의 모두 6 종류입니다. 또한 50센, 10센, 1센의 동전들도 있습니다. 여기에 샘플들이 있으니 모두들 보시지요."

질문: "우리나라뿐 아니라 외국에도 일대 금융혼란이 일어날 텐데 그 혼란에 대한 대비책은 강구가 된 것입니까?"

답변: "한달 정도의 혼란은 어쩔 수 없다고 봅니다. 그러나 금융기관과 국민들이 잘 협조해 준다면, 약 2주 정도면 어느 정도 혼란을 잠재우고 정상적인 경제활동이 가능하리라고 봅니다."

질문: "이런 중대한 문제를 한국의 가장 큰 경제파트너인 미국과 사전에 협의했습니까?"

답변: "이 일은 원체 보안을 요하는 작업이라 어느 누구와도 협의할수 없었습니다. 30여명의 실무자 외에는 극비로 진행했으니까요. 그렇지만 우리가 무슨 나쁜 뜻이 있어서 그런 게 아니니까, 미국뿐 아니라 해외 모든 나라들도 다 이해해 주실 것으로 믿어 의심치 않습니다."

질문: "우리 중국에서 3년 전에 위안화를 절상했을 때에도 그 후유증이 1년을 넘어 갔습니다. 한국에서 이번 화폐개혁의 후유증(後遺症)이 예상하신 것보다 훨씬 더 클 것으로 봅니다만…"

답변: "우리 국민은 저력이 있는 국민입니다. 이번 일도 충분히 잘 감당

해낼 것으로 봅니다. 저희 행정부에서는 이번의 화폐개혁이 우리나라 경제발전에 큰 밑거름이 될 것으로 확신하고 있습니다."

질문: "지금은 모든 거래가 다 컴퓨터로 이루어지기 때문에 전산시스템이 정상적으로 작동하려면 상당한 시일이 소요될 텐데요. 각종 프로그램도 개발해야 되고. 그 기간 동안 경제의 마비가 심히 우려스럽습니다.

답변: "우리나라에는 세계적으로 뛰어난 전산요원들이 많이 있습니다. 틀림없이 이들은 최단시간 내에 모든 전산망을 다시 완벽하게 만들어 줄것 입니다.

11:30분, 인터넷포탈사이트인 네이버에는 '화폐개혁' 이라는 검색어 (檢索語)가 폭주하기 시작하였다. 불과 두 시간만에 750만 건의 검색기록을 세웠으니, 이는 지금까지의 모든 검색어 기록을 순식간에 갈아치운 것이었다. 또 카페 토론방에서는 화폐개혁의 찬반을 논하는 열띤 토론이 이어졌으며 정부의 '깜짝 행정'을 비판하는 글들이 봇물처럼 쏟아져 들어왔다.

같은 날 11시 15분 대통령집무실. 김영산 대통령이 박태중 국무총리, 박관영 비서실장, 그리고 박승은 대한은행 총재와 심각한 표정으로 원탁을 가운데 두고 둘러앉아 있었다.

"대통령님, 이번 화폐개혁은 우리가 아무래도 악수(惡手)를 둔 것 같습니다."

박관영 비서실장이 조심스럽게 말문을 열었다.

"와요? 뭐가 잘못 됐능교?"

김영산 대통령은 사석에서 보통 경상도 말을 쓴다. 부산사투리였다.

"한국갤럽에서 긴급여론조사를 했다는데, 대통령님과 우리 새한국당에 대한 지지도가 12%로 역대최하위로 떨어졌다는 소식입니다."

"내는 그깟 여론조사 별 신경 안 쓴데이. 마, 누군가는 이런 악역(惡役)을 해야 되지 않겠나?"

"그렇지요. 전임정부에서도 몇 번을 해보려고 하다가 결국은 못한 것을 우리가 해냈습니다. 잠시 동안의 혼란기만 넘어가면 분명히 역사에 큰일을 한 정부로 평가될 것입니다."

옆에서 박태중 국무총리가 아주 단호(斷乎)한 어조로 말했다.

"맞십니다. 박 총리님 말씀이 맞십니다."

김 대통령이 환한 웃음을 지으면서 동감을 표시했다.

"그렇지만 외국자본이 계속 이탈해가고 있는데… 오늘 증권시장은 개장하자마자 문을 닫았다고 합니다."

"비서실장님, 조금만 참아보시지요. 곧 진정될 겁니다."

박승은 대한은행 총재의 자신감에 찬 설득에 박관영 비서실장도 더 이상 이견(異見)을 제기할 수가 없었다.

여의도 대호트럼프 빌딩 1층의 대호증권여의도지점. 3개 층을 개방형의 로비로 만들고 커다란 야자나무를 군데군데 심어놓아서 마치 열대지방의 호텔로 들어선 것 같은 착각이 들 정도다. 오늘 대호증권의 객장에서도 아침 9시 30분, 개장하자마자 단 10분 만에 '서키트브레이크'가 걸렸다. 모든 종목이 일제히 하한가로 떨어지면서 일일 10% 이상 떨어지면 자동으로 거래가 중단되는 시스템이 발동된 것이었다. 순간 객장내의 모든 고객들과 지점의 직원들이 멍하니 전광판을 쳐다보았다. 아마 말은 안 해도 똑같은 심정일 것이었다.

'아주 파랗군, 파래. 오늘도 끝났네…'

오전 10시, 대호트럼프빌딩 70층 대표이사실. 총 75층 중 전망대와 식당가로 사용되는 5개 층을 제외하면, 이 방은 이 건물 내에서도 제일 좋은 위치에 있는 방이다. 스티브 강 상황실장은 조금 전에 사장으로부터 호출을 받았다.

"음, 잠시 앉지 그래."

금년 65세의 조상현 사장이 미소를 지으면서 자리를 권했다. 언제 와서 보아도 이 방은 분위기가 아늑하였다. 멀리 서쪽으로는 인천 앞의 서해바다가 보일락 말락 하고, 또 북쪽으로는 북한산의 비봉, 도봉산의 인수봉이 한 눈에 들어오는, 서울에서도 몇 안 되는 최고의 전망을 자랑하는 방이었다. 어제 밤에 내린 눈으로 산의 높은 봉우리들이 하얗게 보였다.

"그래, 지금 서키트 발동됐지?"

"네, 사장님."

"강 실장은 이번 사태가 얼마나 갈 것 같나?"

"한 2, 3일 정도면 끝날 겁니다."

"그렇게 빨리?"

"네, 뭐 별다른 실수가 없지 않습니까? 정부에서 더 경쟁력을 높이자고 한 일인데요. 일시적인 혼란만 가라앉으면 모든 것이 더 좋아질 겁니다."

"그렇지만 외국자본들이 대거 이탈한다고 조금 전에 부룸버그통신이 보도했다던데… 이 정부는 너무 큰 메가톤급 폭탄을 자주 터트려서 안심하고 투자할 수가 없다고 말이지."

"일시적입니다. 곧 돌아올 겁니다."

"지금 우리가 가장 시급하게 해야 할 일은 무엇이라고 생각하나?"

"사장님, 전산개발팀 회의는 하셨습니까?"

"음, 지금 아마 올라오고들 있을 거야. 역시 그게 제일 급하지? 며칠

내에 끝내야 할까?"

조상현 사장. 현재종합상사에서 10년간 대표이사로 있다가 3년 전에 대호증권에 스카우트돼 온 사람이었다. 수도서울대학 경제학과를 수석졸업하고, 무역 분야에서만 30년 넘게 근무하다가 전혀 생소한 증권사의 최고경영자로 온 지 3년, 증권업계에서 몇 달 못 버틸 것이라는 세상 사람들의 우려를 말끔히 씻어내고, 작년에는 2위와의 격차를 무려 2배로 벌리고 엄청난 순이익을 기록하여서 대호증권을 부동의 1위 증권사로 성장시킨, 그야말로 증권업계의 입지전(立志傳)적인 인물이었다.

"3일 내에 끝내면 확실하게 한 발 더 앞서 갈 수 있지요. 그렇지만 개발팀에서는 못한다고 할 겁니다. 사실 물리적으로도 72시간 꼬박 밤을 새운다고 해도 불가능하고요. 그렇지만 우선 현재의 시스템에 접목해서 병행할 수 있는 시스템으로 간다면 전혀 불가능한 일만도 아닙니다. 그래서 우선 '원'과 '한'이 동시에 사용되는 시스템으로 개발하고, 한 달 내에 '한'으로만 통용되는 완벽한 시스템을 구축하면 됩니다."

"그래야겠어. 내가 자체개발팀을 책임지고 부사장이 외주개발팀을 책임지고, 그래서 72시간 내에 한번 해보는 거야. 오늘이 목요일이니까 목, 금 개발해서 토요일에 시운전하고 일요일에 다시 수정보완하면 돼. 밀어 붙이는 거야."

멀리 청와대 쪽을 바라보면서 조 사장이 자신있게 하는 말이었다.

순간 강 실장은 전산실 직원들이 참 측은하다는 생각이 떠올랐다.

"자네 뉴욕대학에서 금융공학으로 박사학위 받았다고 했나?"

조 사장의 질문에 강 실장은 잠시 마시던 커피 잔을 테이블에 내려놓더니 공손히 대답했다.

"네, 금융공학만 6년 공부했습니다. 카이스트에서 2년, 뉴욕에서 4

년…"

"강 실장, 이번 사태에서 정신 바짝 차리고 상황실 잘 운영해 주게. 아주 중요한 때이니까."

'네, 알겠습니다. 그러면 저는 이만 내려가 보겠습니다."

"음, 그래, 고마워. 자넨 역시 상황 판단력이 뛰어나군. 참으로 대단해!"

악수를 하는 손에 단단한 힘이 들어 있었다.

강 실장은 자리에서 일어서면서 헤드셋을 머리에 썼다.

"응? 워렌버펫 쪽이 우리 뉴욕 구좌에서 640만 불 빼내서 중국으로 돌렸다고? 알았어. 나 지금 내려가!"

과연 강 실장의 말대로 화폐개혁 발표가 있은 그 다음 주부터 모든 금융거래는 서서히 안정을 되찾아 가고 있었다. 그 동안 모든 은행의 직원들은 은행 바닥에 스티로폼을 깔고 잠을 자거나, 근처의 여관에서 잠시 눈을 붙이고 다시 출근하며, 과거엔 30초면 할 수 있었던 일을 지금은 모두 수기(手記)로 하다 보니 2, 3분씩 걸리는 작업도 불평 않고 잘 처리해 나갔다. 창구직원들 중에는 손가락이 마비되는 증세를 호소하는 직원들이 많이 나왔고, 그럴 때면 다른 직원들이 교대를 해 주곤 했다. 증권사에도 떠나갔던 외국자본들이 다시 대량으로 유입되기 시작하였다. 이번 화폐개혁으로 인하여 대호증권은 다시 한 번 일대 도약을 하는 계기가 됐다. 대한민국에서 가장 빨리 시스템을 정상화해서 전 금융기관에 모델케이스가 된 것이었다. 화폐개혁일 다음 주 월요일부터 대호증권은 모든 시스템이 정상으로 돌아가기 시작했으며, 이로 인하여 외국자본들이 대호증권의 전 지점망을 통하여 쏟아져 들어오기 시작한 것이었다. 3일간 밤샘작업을 하던 전산 팀의 직원 하나가 심장박동에 이상이 생겨서 근처병원으로 후송돼 갔다는 소식이

외신을 타면서 전파되었고, 이를 계기로 대호증권에 관한 소문은 더욱 좋게 퍼져나갔다.

'회사를 위해서라면 목숨까지도 아끼지 않는, 그런 사람들이 있는 기업!'

다행히 그 직원은 36시간 안정을 취한 후에 회사로 돌아와서 다시 업무에 복귀할 수 있었다. 그러나 대호증권의 이런 쾌속항진(快速航進)과는 달리 다른 증권사들과 금융기관들은 그 다음주 금요일이 돼서야 전산시스템이 다시, 그나마도 부분적으로 가동되기 시작하였던 것이다.

축구대표팀 월드컵 우승 ::

2002년 7월 첫 번째 월요일. 여기는 충청남도 옥천군 청성면 궁촌리의 박 대통령 별장. 말이 좋아 별장이지 사실은 시골에 지은 50평짜리 작은 기와집이었다. 1993년 2월에 김종필 대통령에게 자리를 넘겨 준후, 곧 바로 이곳에 와서 살기 시작했으니까, 벌써 이곳에 내려온 지도 10년이 다 되었다. 아침에 일어나자마자 박 대통령은 우선 잔뜩 쌓여 있는 조간신문을 들고 집 옆의 정자로 향했다. 박 대통령이 일어나 지팡이를 짚고 나서자 아름이가 꼬리를 흔들면서 박 대통령의 앞길을 인도하였다. 그동안 애지중지 키웠던 진돗개 '방울이'는 2년 전에 세상을 떠났고, 박 대통령이 방울이를 잃고 적적해 하신다는 소식이 전해지자 전라도 진도의 노인 한분이 박 대통령을 직접 찾아와서 전해주고 간 강아지였다. 육 여사가 강아지의 얼굴이 너무나 예쁘다고 해서 '아름이'라는 이름을 지어주었는데, 아름이는 특별히 박 대통령을 더 많이 따랐다. 정자 앞에서 쭈그리고 앉아 있는 아름이를 안아주고 나서 박 대통령은 정자위에 올라 신문을 읽기 시작하였다. 이렇게 하루에 여섯개의 신문을 찬찬히 읽으면서 박 대통령의 하루 일과가 시작되는 것이다. 오늘도 날씨는 쾌청하려는지 이른 아침부터 산새들의 노래 소리가 요란하고 마당의 나무에서는 매미들이 열심히 합창을 해댔다.

신문은 온통 월드컵우승에 관한 기사뿐이었다. 온 나라가 '붉은 악마' 응원복 차림이라고 했다. 사무실에서 근무하는 사람들도, 학교에 등교하는 학생들도, 지하철의 시민들도, 심지어 농촌의 일꾼들까지도…

'우리가 월드컵에서 우승했단 말이지? 또 그 아이들이 오늘 여기를 온다고 했단 말이지?'

박 대통령은 기쁜 마음을 속으로 감추려고 해도 도저히 숨길 수가 없었다. 사실은 오늘이 바로 월드컵대표팀이 이곳을 방문한다고 한 날이기 때문이었다. 그저께 한국축구협회의 정몽준 회장이 연락을 해 왔는데 오늘 월드컵대표팀 선수 23명 전원과 히딩구 감독, 차붐 축구협회 전무를 비롯한 스태프 7명 등, 모두 30여명의 대식구가 이곳을 방문한다고 했으니 박 대통령의 마음이 어린애처럼 들뜰 수밖에 더 있겠는가?

정자 옆으로 아담하게 마련되어 있는 작은 꽃밭에 피어있는 꽃들이 아름다웠다. 육영수 여사와 유희송 비서가 올봄 내내 정성들여 가꾸어온 꽃 들이었다. 채송화며 봉숭아, 맨드라미, 백일홍, 나팔꽃 등 우리나라의 재래종 꽃들, 자세히 보니 그 꽃 위를 열심히 날아다니는 벌들도 있었고 땅바닥에는 개미들이 줄지어가는 모습도 보였다. 아름이가 왱

왱거리며 날아다니는 꿀벌들을 따라 이리저리 눈을 돌리고 있었다.

"안녕히 주무셨습니까?"

인사를 하면서 오는 사람은 안재송 경호팀장, 이광영 비서관, 그리고 전영상 주방장이었다.

"어? 다들 잘 잤나? 그래, 오늘은 축구대표팀이 내려온다고 했단 말이지?"

"네, 각하. 아마도 12시쯤 해서 도착할 것 같습니다."

"그래, 다들 잘 대접해서 보내도록 해줘요."

"네, 각하. 그러지 않아도 어제 시장을 다 보아왔습니다. 어제 오전부터 갈비를 양념해서 두었기 때문에 이따가 오면 상추와 쑥갓, 깻잎하고 먹으면 아주 별미일 것입니다. 우리 부속실 아주머니들이 너무나도 열심히 준비하고 있으니까 별다른 걱정은 하지 않으셔도 됩니다. 모두들 들떠 있어요. 각하 덕분에 월드컵대표선수들 볼 수 있게 됐다고요."

"그래, 고기는 얼마나 준비했나?"

"각하, 놀라지 마세요? 소고기만 100근을 준비했습니다. 30명이 온다고 보고 한 사람당 세 근 정도씩 준비했지요."

안재송 경호팀장의 말에 박 대통령이 입을 벌린 채 어이없어 하자 전영상 주방장이 얼른 설명을 했다. 전영상 주방장은 박 대통령이 청와대에 계실 때부터 주방에서 일을 했다. 벌써 박 대통령을 모셔 온 지가 15년이 넘었다.

"그것 많지 않습니다. 이따가 보십시오. 아마도 남지 않을 겁니다. 운동선수들이 얼마나 잘 먹는데요."

"그래, 하긴 그렇게 많이들 먹으니까 전후반 90분씩을 뛸 수 있겠지. 그게 보통 체력 가지고 할 수 있는 거냐 말이지. 더군다나 한참 힘쓸 20대의 청년들인데. 그래, 우리 여기 식구들도 먹을 것을 준비했나?"

박 대통령은 이곳에서 수고하는 사람들이 늘 안쓰러워 마음에 걸려했다. 당신 때문에 이런 시골에 내려와서 경비를 서고 심부름을 하는 사람들이 너무 고맙고 해서 무슨 맛있는 것이 있으면 항상 그들이 먼저 생각나는 것이었다.

"네, 각하. 우리들 먹을 것은 별도로 준비했습니다. 걱정 안 하셔도 됩니다."

이 때 본채에서 육 여사가 휠체어를 타고 유희송 비서의 도움을 받으면서 밖으로 나왔다.

"안녕하세요, 여사님?"

"네, 모두 안녕하세요? 오늘은 아주 날씨가 좋네요? 오늘 축구대표팀 온다고 했지요?"

"음, 그래요. 사실은 지금 우리도 그 얘기들 하고 있었어요. 아 글쎄 고기를 한 사람당 세 근씩 준비했대요? 세 근씩이나…"

박 대통령이 믿어지지 않는다는 표정으로 말하자 육 여사가 살짝 웃으면서 대답했다.

"그럼요. 제가 좀 많이 준비하라고 했어요. 그 정도는 충분히 먹을 거예요. 더군다나 월드컵에서 우승을 한 자랑스러운 우리 청년들인데 많이 먹도록 해 줘야지요."

오전 11시 50분, 월드컵 대표팀이 탄 대형버스 한 대와 취재차량 두 대가 들어왔다. 이곳 부속실 앞의 넓은 공터에는 이들을 구경하기 위해서 모여든 부속실 직원들, 경비병력 중에서 비번인 친구들로 벌써 가득 차 있었다. 차에서 내린 정몽중 회장 일행은 박 대통령과 육 여사에게 먼저 인사를 한 후 히동구 감독을 소개하였다.

"저, 이.동.구. 입.니.다."

더듬더듬 한국말로 자신을 소개하는 히동구 감독에게 박 대통령은 반갑게 악수를 청하였다. 히동구 감독은 '히'자가 발음이 잘 안 되는지 '이'동구라고 했다.

"히동구 감독, 참 대단한 일 했어요. 우리 대한민국에게 이런 큰 선물을 안겨주다니 너무나도 고맙군요."

다음으로 소개한 사람은 차붐 한국축구협회 전무와 이영수 기술위원장이었다. 히동구 감독과 더불어서 이번에 월드컵 대회에서 우승하기까지 많은 공을 세운 한국축구의 핵심 멤버들이었다.

"각하, 저 알아 보시겠습니까? 차붐입니다."

차붐 전무가 머리를 숙이면서 인사하자 박 대통령은 너무나 반가운지 얼싸안으면서 등을 두드려댔다. 마치 늙은 아버지가 장성한 아들을 격려하는 모습이었다.

"그래, 차붐. 알다마다 이 사람아. 자네 정말 힘들었지? 잘 했어. 아주 잘 했어. 우리 국민들 모두가 얼마나 기뻐하는지. 정말 자랑스럽네. 자네도 이젠 좀 늙었군 그래? 하하하."

박 대통령은 차붐 전무와는 지금껏 서너 번 만났기 때문에 마치 옛날 친구를 본 듯 반가워했다. 이어서 정몽중 회장이 선수들 모두를 일일이 소개하고 나자 박 대통령이 이들을 자리에 앉으라고 한 후 격려사를 했다.

"여러분들 멀리까지 오느라고 정말 수고 많이 했어요. 별로 좋지도 않은 곳인데 이렇게 찾아주니 나로서는 더할 나위 없이 기쁩니다. 이번에 우리가 월드컵에서 우승한 것은 온 국민의 성원과 또 여러분들같이 '하면 된다'는 생각을 가진 훌륭한 선수들이 있었기 때문에 가능했던 것입니다. 그리고 그런 힘을 하나로 결집시킬 수 있도록 노력한 여기 정몽중 회장, 히동구 감독과 모든 코칭스태프들의 공이 또한 절대적이었지요. 나는 이번 우승을 지켜보면서 우리 대한민국 앞에는 어떠한 불가능도 없다는 생각을 했어요. 온 국민이 일치단결한다면 세상에 못 이룰 꿈이 어디 있을까하는 자신감을 갖게 됐지요. 여러분들은 그런 의미에서 너무나 값진 쾌거(快擧)를 이루어 낸 거예요. 정말 장하고 훌륭한 대한민국의 젊은이들입니다. 이제 우리가 준비한 고기들 실컷 먹으면서 더 이야기합시다."

듣는 선수들 모두가 놀랐다. 차 안에서 듣기로는 박 대통령은 이미 80대 중반을 넘기셨다고 했는데, 아직도 말씀에 힘이 들어가 있었고 또 말씀도 또렷했기 때문이었다.

이제 본격적인 불갈비 파티가 시작되었다. 마당 앞에는 여러 개의 차일이 드리워져 있고 바닥은 돗자리가 깔려 있었다. 한 쪽에서는 갈비를 굽는 손길들이 바쁘게 돌아가고 있었다. 박 대통령은 정몽준 회장과 히딩크 감독, 차붐 전무, 이영수 기술위원장, 아드보카트 트레이너, 박항수 코치와 함께 자리를 잡았다. 7월초의 더위에도 불구하고 위로 쳐진 차일 속으로 불어오는 여름바람이 여간 시원하지 않았다. 드디어 박 대통령의 자리에도 잘 익은 갈비가 배달되어 왔다.

"차붐 선생은 요즘도 갈비를 10인분씩 먹나?"

"아닙니다. 각하. 요즘은 저도 나이가 들어서 이젠 옛날처럼 그렇게 많이 먹지 못합니다."

"그 때가 언제였나? 말레이시아에서 무슨 대회를 치르고 왔다고 했었지?"

"네, 세계 청소년 축구대회입니다, 각하."

"그래, 맞았어. 거기서 4강 하고 왔다고 해서 청와대에서 한 번 불고기파티를 한 적이 있었지. 그때는 세계 4강만 해도 꿈같은 성과였는데, 이번에 월드컵우승은 정말 너무나도 장한 결과지. 다 여기 있는 히동구 감독 덕분이야."

박 대통령은 그러면서 히동구 감독에게 맥주를 한 잔 가득 부어주었다. 히동구 감독이 상추와 쑥갓에 고기를 싸더니 한 입 크게 넣고는 말을 받았다.

"네, 각하. 선수들이 참 잘 따라주었습니다. 여기 코칭스태프들도 정말 열심히 했고요."

옆에서 정몽중 회장이 통역을 해주었다. 이어서 박항수 코치가 큰 소리로 건배를 제의하자 모든 선수들이 마당이 떠나갈 듯이 힘차게 '건배!'를 외치면서 맥주잔을 들이켰다.

"각하, 저희들 술 한 잔 받으십시오!"

박 대통령이 눈을 들어 쳐다보니 선수 팀의 제일 맏형이라는 홍명부 선수와 유상칠 선수가 함께 와서 무릎을 꿇고 맥주병을 들고 있었다. 박 대통령이 얼른 자리를 만들어주어 그들을 곁에 앉게 한 후에 맥주잔을 내밀면서 한마디 격려를 잊지 않았다.

"그래, 유상칠 선수. 그때 언제더라? 머리에 피를 흘리면서 붕대감고 싸울 때, 나와 우리 내자도 얼마나 가슴 아팠던지. 홍명부 선수는 모든 게임 내내 정말 운동장 안에서 뛰는 코치더라니까? 참 고마우이. 이렇게 내려와 주어서."

이들이 자리로 돌아가자 박 대통령은 정몽중 회장을 마주보며 옛날 일을 회상(回想)하였다.

"그래, 자네 아버님과 나는 참 많은 일을 같이 했었지. 지금은 또 자네가 나라를 위해서 큰일을 하는군. 참 고맙네, 고마워. 그래 어떻게 히동구 감독같이 훌륭한 분을 모셔오게 됐나?"

정몽중 회장이 자세히 설명하자 박 대통령은 열심히 들으면서 연신 이해가 간다는 뜻으로 고개를 끄떡였다. 이 때 또 다른 청년 두 명이 찾아와서는 박 대통령과 히동구 감독에게 술을 권하였다.

"아, 이게 누구야? 차돌이 선수하고 박치성 선수구만 그래? 이 친구들 정말 대단한 젊은이들이야. 그래, 암 내가 한 잔 받아야지, 받고말고. 그래, 내가 차돌이 선수 축구하는 것 보면서 우리 직원들하고 별명을 하나 붙여주었지. '돌격대장'이라고. 그런데 돌격은 참 잘하는데 실속이 없었단 말이지 실속이. 그게 좀 아쉬워, 하하하!"

박치성 선수는 히동구 감독이 따라주는 맥주를 한 입에 마시더니 갈비를 한 입 덥석 먹었다. 그런 박치성 선수를 기특하다는 듯이 히동구 감독이 등을 두드려주고 있었다.

"그래, 히동구 감독님이 박치성 선수에게는 아버지 같을 거야. 앞으로도 계속 잘 해. 유럽 프리미어 리그에서 살아 남으려면 보통 노력 가지고는 안돼."

차붐 전무가 덕담을 하자 박치성 선수가 얼른 말을 받았다.

"저, 옛날에 초등학교 6학년 때 '차붐 축구상' 받은 거 아시죠? 제가 5회 수상자입니다. 4회 수상자는 저기 있는 이동극 형이고요, 제 다음 수상자는 최대욱이지요. 지금도 저의 방에는 그 때 선생님과 함께 찍은 사진 잘 모셔놓고 있어요."

차붐 전무가 감동스러운지 눈에 눈물이 글썽이자 박 대통령이 얼른 화제를 다른 데로 돌렸다.

"그래, 여기 박치성 선수 그 어느 나라하고 할 때던가? 가슴으로 볼을 이렇게 받아서 오른발 왼발로 옮기더니 차 넣어서 우리가 다음 경기에 올라 간 경기 말이야. 정말 두고두고 봐도 싫지 않은 명장면이었지?"

박 대통령이 몸을 열심히 움직이며 그 당시 장면을 흉내 내려고 하자 옆에 있던 박항수 코치가 거들고 나섰다.

"네, 각하. 포르투갈하고 8강전 할 땐데 그때가 가장 힘들 때였습니다. 그런데 이상하게도 그 경기를 이기고 나서부터는 다시 힘이 솟기 시작하는데, 그 다음부터 마주친 이태리, 심지어는 독일까지도 충분히 해 볼만하다고 자신감이 붙었다는 거지요. 월드컵 우승을 세 번이나 했다는 전차군단 독일조차도 말입니다. 저는 지금도 그게 참 이상해요."

"그게 다 국민들의 응원 덕분입니다. 응원의 힘."

정몽중 회장이 엄지손가락을 치켜세우면서 하는 말이었다.

"브라질과 결승전을 했더라면 우리가 우승하지 못할 뻔했어요. 운 좋게도 독일이 브라질을 꺾는 바람에 브라질이 프랑스와 3.4위전으로 밀려나고 우리와 독일이 우승을 다투게 된 거지요."

차붐 전무의 말에 이영수 기술위원장이 추가설명을 하였다.

"브라질과는 정말 개인기에서 많이 차이가 나더군요. 특히 호나우디뉴 선수나 주장을 맡고 있는 둥가 선수의 개인기는 정말 신의 경지(境地)에까지 도달한 것 같아요. 우리가 그런 팀들과 대결해서 이기려면 더 많이 연습하고 또 우리 선수들의 저변(低邊)을 더 넓혀야 하겠어요. 해외원정도 더 많이 보내 주어야 하겠고요. 무엇보다도 K리그를 국민들이 더 많이 성원해 주어야 하겠지요."

"그 때 준결승에서 프랑스를 승부차기로 꺾고 우리가 독일과 결승에서 맞붙었을 때 말입니다. 그 한 골은 정말 벼락같이 빠른 골이었지요. 0대0인 상태에서 독일이 후반전으로 들어가니까 초조해 하더라고요. 그래서 전원이 공격으로 나왔는데 그 때 우리 골대 앞에서 고종술 선수가 공을 가로챘지요. 그리고는 바로 독일진영 깊숙하게 들어가 있던 이동극 선수에게 한번에 찔러 준 겁니다. 이동극 선수가 받자마자 그냥 골 문 앞으로 쏘아주고 그것을 최용술 선수가 날아서 헤딩으로 성공시킨 것이지요.”

차붐 전무가 당시 상황을 다시 설명해주자 일동은 감동어린 표정을 지으며 연신 고개를 끄덕였다.

“8.초.걸.렸.어.요. 8초!”

히동구 감독이 시계를 보면서 소리치자 이영수 기술위원장이 그 다음 말을 이어갔다.

“네, 그 때 후방에서 공 잡을 때부터 골 넣을 때까지 걸린 시간이 딱 8초 였습니다. 정말 엄청 빨랐지요.”

“히동구 감독님이 우리가 수비할 때에도 최용술 선수하고 이동극 선수 두 명만은 적진에 깊이 남겨 두었던 바로 그 작전이 성공한 겁니다.”

박항수 코치가 히동구 감독에게 모든 공을 돌렸다.

“참 대단했어요. 세계 언론에서는 ‘한국의 스마트 폭탄 한 방에 독일 전차군단이 괴멸됐다’고 기사가 났으니까요.”

이 때에 다시 선수들이 찾아왔다. 안정훈 선수와 이은재 선수였다. 이들은 이영수 기술위원장과 아드보가트 트레이너에게 한 잔씩을 권했다.

“기술위원장님, 제 잔 받으십시오.”

안정훈 선수가 맥주잔을 넘치게 따라주자 이영수 기술위원장은 얼른 마신 후 안정훈 선수에게 잔을 되돌려 주었다.

“안정훈 선수는 참 머리가 좋은가 봐. 그 축구를 하는 걸 봐도 아주 지혜롭게 한단 말이지.”

박 대통령이 칭찬하자 안정훈 선수는 쑥스러운지 머리를 긁더니 들릴 듯 말듯한 목소리로 대답했다.

“아닙니다. 저 머리 나쁩니다.”

일행은 모두가 한바탕 폭소를 터뜨렸다.

이은재 선수가 아드보가트 트레이너에게 술을 권하자 그는 이은재 선수의 등을 어루만지며 건강상태를 물었다.

"몸 좋아졌어요?"

"네, 선생님!"

"각하, 여기 이은재 선수, 이번 월드컵 내내 몸으로 축구를 한 사람입니다."

아드보가트 트레이너의 말에 박 대통령은 이은재 선수의 어깨를 다정하게 쓰다듬어 주었다.

육영수 여사는 이쪽저쪽 자리를 돌아다니면서 선수들에게 과일을 날라다 주고 있었다.

"여기 내가 좋아하는 선수들 다 모였네? 설기훈 선수, 이형표 선수, 김남이 선수, 이을영 선수, 이천술 선수."

"어서 오세요. 여사님!"

일행이 모두 자리에서 일어나려고 하자 육 여사는 손으로 그들을 제지한 후 카트에 담아가지고 온 과일을 가리키며 선수들에게 한마디 하였다.

"이거 여기 밭에다 우리가 심은 수박하고 참외인데 우리 선수들 온다고 해서 어제 땄어요. 나도 조금 먹어 보니까 정말 싱싱하고 맛이 있네. 많이들 먹어요."

"감사합니다."

일동이 합창을 하듯이 대답했다.

두 시 가까이 되었다. 선수들도 어지간히 먹었는지 자리에 누워 있는 선수들, 왔다 갔다 하며 소화를 시키려고 하는 선수들, 또 집안으로 들어가서 구경을 하는 사람들, 모두모두 제각각이었다. 잠시 후 이형표 선수와 김남이 선수가 버스에서 기타를 꺼내오더니 선수들을 한 자리로 불러 모았다. 정몽중 회장이 박 대통령에게 조용히 말을 건넸다.

"각하, 저희 선수들이 작은 선물을 하나 준비했습니다. 여사님도 이곳 자리로 모셔 오겠습니다."

이어서 박항수 코치와 아드보가트 트레이너가 함께 신을 신고 일어나더니 잠시 후 육 여사를 모시고 왔다. 선수들 23명이 모두 이쪽 자리를 보고 서자, 졸지에 박 대통령이 앉은 자리가 본부석처럼 돼 버렸다. 저쪽에서 고기를 먹고 있던 경비소대 병력들과 부속실 직원들과 일하는 아주머니들도 이쪽 자리로 몰려오고 있었다. 모두가 월드컵 응원복인 '붉은 악마' 유니폼을 입고 있었다. 대표팀의 부주장인 김도운 선수가 모든 선수들을 줄을 맞춰 세운 후 홍명부 선수에게 눈으로 사인을 했다.

"에, 오늘 박 대통령 내외분께 저희들이 월드컵 우승의 기쁨을 안겨 드리려고 내려왔는데, 감격스럽게도 이렇게 푸짐한 점심을 마련해 주시어서 정말 너무나 감사합니다. 이제부터 저희들의 작은 답례(答禮)의 정성을 보여 드리겠습니다."

맨 앞자리에 선수들을 향하여 앉아있던 이형표 선수와 김남이 선수가 기타를 치기 시작하였다.

"엄마가 섬 그늘에 굴 따러 가면, 아기는 혼자남아 집을 보다가, 파도가 불러주는 자장노래에…"

한 곡이 끝나자마자 다시 두 번째 곡이 이어졌다.

"보일 듯이 보일 듯이 보이지 않는, 따옥따옥 따옥 소리 처량한 소리…"

세 번째 곡은 '겨울나무' 였다.

"나무야 나무야 겨울나무야…"

마지막 곡은 '고향의 봄' 이다.

"나의 살던 고향은 꽃피는 산골, 복숭아꽃 살구꽃 아기진달래~"

이렇게 네 곡의 동요메들리가 끝나자 두 선수는 서로를 마주보더니 고개를 끄덕이면서 곧 바로 기타의 박자를 빠르고 힘차게 쳐나갔고.

곧이어 선수들의 힘찬 합창이 울려 퍼졌다.

"동해물과 백두산이 마르고 닳도록 하나님이 보우하사 우리나라 만세…"

이제는 이들 선수들뿐만이 아니라 경비를 서는 경비소대 병력들과 부속실 직원들 모두가 다 한 목소리로 떠나갈 듯이 노래했다.

"대한사람 대한으로 길이 보전하세~"

홍명보 선수가 손으로 2를 표시하자 모두는 애국가의 2절을 부르기 시작하였다. 이들은 애국가를 4절까지 다 부르고 나서, 한 목소리로 골짜기가 떠나가도록 만세를 불렀다. 이들이 떠나려고 버스에 올라갈 때, 뒤에 처져있던 히딩크 감독이 박 대통령을 향해 천천히 돌아서더니 박 대통령을 꼭 껴안은 채 인사를 하였다.

"안녕히 계십시오."

마치 어른이 어린아이를 껴안고 있는 모습 같았다.

"그래요, 히딩크 감독, 정말 우리나라에 큰 선물을 안겨주었어요. 우리 대한민국 국민들은 히딩크 감독을 영원히 기억할 것입니다."

이어서 정몽준 회장과 차붐 전무 등 모든 사람들이 차례로 박 대통령에게 인사하고 차에 올랐다. 박 대통령이 손을 흔들자 모두가 버스 안에서 손을 흔들어 주었다. 이 때 꽁지머리를 한 김병재 선수가 느닷없이 버스에서 뛰어내려오더니 휠체어에 앉아있던 육영수 여사에게 다가가서는 뒤에서 목을 감싸 안고 얼굴을 비비며 인사를 하였다.

"안녕히 계세요, 어머니. 건강하셔야 합니다. 여사님은 우리들 모두의 어머니이십니다."

육 여사가 옷소매 속에서 손수건을 꺼내더니 눈물을 닦았다.

'그래, 잘 가거라. 나의 사랑하는 아들들아. 언제 다시 볼까…'

이들이 떠난 차가 멀리 길에서 보이지 않을 때까지 여사님의 손수건은 계속 하늘하늘 흔들리고 있었다.

:: 해안선순환 자기부상철도 준공

"제가 꿈에도 잊지 못하는 우리 호남인 여러분, 그리고 대한민국 국민여러분, 오늘 본인은 이 자리에 선 것이 마치 꿈만 같습니다. 제16대 대한민국 대통령에 취임한 지도 만 일년이 지났습니다만, 오늘은 제 일생에 있어서 가장 기쁜 날이 될 것입니다. 왜냐하면 그 동안 소외되어 왔던 목포시가 이제 바야흐로 목포광역시로 승격됨과 아울러서, 우리나라 바닷가를 따라서 일주(一周)하는 자기부상철도 준공기념식을 이곳 역사의 고장, 눈물의 고장 목포에서 거행하기 때문입니다."

2004년 3월 1일 전라남도 목포, 지난 10년간 추진해 오던 우리나라 해안을 순환하는 자기부상철도(磁氣浮上鐵道)가 마침내 준공되는 날이었다. 목포 공설운동장에는 5만 명이나 되는 많은 인파가 몰렸다. 역사적인 자기부상철도의 준공을 축하하기 위해서, 그리고 그동안 소외(疎外)되어 왔다고 느꼈던 그런 암울한 기분에서 해방된 기쁨에 목포와 호남사람들이 이렇게나 많이 모인 것이다. 이 인파는 지난 16대 대통령선거유세 때 광주에서 모인 것을 빼고는 가장 대규모의 군중이었다. 목포시내에 군데군데 떠 있는 애드벌룬이나 현수막이 오늘의 축

제분위기를 잘 설명해 주고 있었다. '축 해안순환선 철도 준공', '경축 목포광역시 승격' 등 목포시민들에게 있어서 이 날은 정말로 경사가 겹친 기쁜 날이었다. 이 자기부상열차의 중간 기착지가 목포로 정해진 것도 큰 의미가 있었지만, 바로 오늘 2004년 3월 1일을 기하여 목포시가 광역시(廣域市)로 승격된 것이다.

목포에는 김영산 정부가 집권초기부터 매우 의욕적으로 대규모의 민간조선소를 유치하여 국내 최초의 여객조선회사를 설립하였다. 국내의 대형조선 3사인 현재중공업, 대호조선 그리고 산성조선이 합작투자하여 설립한 이 회사는 목포 앞의 외달도 일대를 매립(埋立)하여서 조성된 200만평의 거대한 산업단지 위에 세워져 있었다. 이 조선소는 주로 요트와 소형선박을 제조하는 제1공장과, 1만 톤급에서부터 20만 톤급까지의 호화유람선을 제작하는 제2공장으로 되어 있었는데, 목포시는 여기에서 필요한 인력을 양성하기 위하여 목포1대학교에 국내최초로 조선대학(Shipbuilding College)을 개설하였다. 여기에는 조선설계학과, 조선기계공학과, 조선전자공학과, 조선자동화과, 그리고 조선경영학과의 5개과가 있었다. 4년 전부터 신입생을 모집하기 시작하여 바로 이번 달에 제1회 졸업생을 배출하기로 예정돼 있었는데, 벌써 졸업생 전원이 100% 이곳 목포여객조선주식회사에 취업이 확정되어 근무 중에 있다는 것이었다. 4년간 학비전액을 장학금으로 해결해 줄 뿐만 아니라 매월 지급되는 용돈의 혜택까지 있다보니, 이 대학에는 서울과 수도권에서도 우수한 학생들이 대거 몰려들었다. 그 결과 목포1대학교는 벌써 서울과 수도권에 있는 대학들과 어깨를 나란히 하는 신흥명문대학교의 반열에 올라서게 된 것이다. 목포시에서는 이 여객조선주식회사의 원활한 운영을 위해서 시의 모든 행정력을 총동원하고 있었다. 그도 그럴 것이 목포여객조선회사는 총 고용인원이 2차, 3차 협력업체까지 합칠 경우, 무려 20만 명이나 되었던 것이다. 여기에다가 그 가족들을 모두 포함하면, 전체 목포인구 100만 명 중 절반 가까운 45만 명이 직접 또는 간접으로 이 여객조선주식회사와 연관을 맺고 살아가고 있었다. 그러니 목포로서는 광역시의 생존에 결정적인 기여를 하는 기업을 등한시할 수가 없는 것이었다. 국내에는 이러한 기업도시(企業都市)가 이곳 목포의 외달 신도시를 비롯하여 파주의 에이지필립스 신도시, 아산의 산성탕정 신도시, 거제도의 거제 신도시, 그리고 인천의 송도신도시 등, 모두 다섯 개가 있었다. 목포광역시에서는 이곳에서 근무하는 10만 명의 미숙련 노동자들을 멀리 중국에서 직수입하여서 쓸 수 있도록 중국의 산동성(山東省)과 장기 인력 공급 계약을 체결해 놓았다. 이들 중국인부들의 임금은 국내임금의 20% 선밖에는 되지 않았지만, 이들의 임금을 중국 내륙지방의 노임과 비교하여 보면 무려 열배 이상의 차이가 났던 것이다. 그래서 이들 중국 인력이 목포에서 2년만 근무하고 중국 땅에 돌아가면 평생 먹을 것 걱정 없이 산다는 소문이 중국 전역에 퍼지면서, 중국인들이 한국에 오기 위하여 혈안이 되어 있다는 사실은 벌써 여러 번 언론에 보도된 바 있었다.

김대정 대통령은 자못 감개가 무량한지 공설운동장을 가득 메우고 김대정! 김대정!을 연호하는 많은 호남시민들을 향하여 연신 미소를 지으면서 중절모를 벗어서 인사로 화답했다.

"제가 꿈에도 잊지 못하는 우리 호남인 여러분, 그리고 대한민국 국민 여러분, 오늘 본인은 이 자리에 선 것이 마치 꿈만 같습니다. 제16대 대한민국 대통령에 취임한 지도 만 일년이 지났습니다만, 오늘은 제 일생에 있어서 가장 기쁜 날이 될 것입니다. 왜냐하면 그동안 소외되어 왔던 목포시가 이제 바야흐로 목포광역시로 승격됨과 아울러서, 우리나라 바닷가를 따라서 일주(一周)하는 자기부상철도의 준공기념식을 이곳 역사의 고장, 눈물의 고장, 목포에서 거행하기 때문입니다."

순간 관중석에서 와!~하는 함성이 울려 퍼졌다. 시끄러운 환호소리에 잠시 연설을 중단했던 김대정 대통령은 다음 말을 계속해 나갔다.

"돌이켜 보면 우리 목포는 1950년대만 하더라도 전국에서 열손가락 안에 드는 큰 도시였는데, 그 이후로 이렇다할 발전을 하지 못하고 퇴락(頹落)을 거듭해 왔던 것입니다. 그러나 목포시민 여러분, 기뻐하십시오. 오늘의 이 해안선순환 자기부상철도 준공식을 계기로 목포는 이제 새롭게 태어날 것입니다. 지난 10년간 온 국민들이 열과 성을 다하여서 준공한 이 자기부상열차가 목포를 출발해서 급행은 40분이면 서울에 도착하고, 역시 같은 40분이면 부산에 도착하는 것입니다, 여러분!"

김대정 대통령은 마치 대통령 유세 때로 되돌아간 듯한 착각을 일으키는 연설 스타일로 호남 사람들의 마음을 사로잡았다. 다시 운동장을 가득 메운 사람들이 '목포!' '목포!'를 소리 높여 외치자 김대정 대통령은 감회가 새로운지 잠시 손수건으로 눈물을 닦아 내고는, 멀리 유달산에 둥실 떠 있는 애드벌룬을 바라보았다. 그 밑으로 길게 매달려 있는 현수막에 '목포의 눈물이여 안녕!'이라는 글귀가 눈에 또렷이 들어왔다.

"친애하는 국민여러분, 저는 이 자리를 빌어서 다시 한 번 전임이신 김영산 대통령의 과감한 결단에 크나큰 경의를 표합니다. 목포시민 여러분이 이미 피부로 느끼고 계시듯이, 이곳 목포에는 김영산 대통령의 집권시절에 대규모의 여객조선 산업단지가 개발되어서 2년 전부터

가동에 들어갔고, 지금은 벌써 전 세계 고급여객선 발주량의 절반 가까운 물량을 이곳에서 건조하고 있다는 보고입니다. 또한 요트는 세계 시장의 60%에 해당하는 물량을 이곳 목포에서 생산한다는 것입니다. 여러분들이 이미 알고 계시듯이 고급 크루즈 여객선은 일반선박보다 그 수익성이 7배나 더 좋다고 하는, 아주 고부가가치의 산업인 것입니다. 더욱 고무적(鼓舞的)인 사실은 목포와 중국의 산동성간에 직항여객선과 셔틀항공편이 개통됨으로 해서 우리나라에서 필요한 중국과 동남아 인력이 이곳 목포를 통하여 유입되는, 인력수송의 거점도시로서의 기능도 다 할 수 있게 된 것입니다. 다시 한 번 이 자리를 빌어서 이곳 목포에 거대한 자금을 투입하여 목포를 산업도시로 탈바꿈시켜 주시고, 오늘의 '목포광역시'의 영광을 안겨 준 3개 조선회사의 주주와 임직원 여러분들께 심심한 사의를 표합니다. 저는 오늘 이 행사를 통하여, 우리 정부는 호남이건 충청이건 경상도건 강원이건 가리지 않고 골고루 국민들을 배려한다는 사실을 우리 국민들이 알아주시기를 간절히 기대합니다."

김대정 대통령은 여기까지 말을 마치고는, 목이 타는지 물을 한 모금 마신 후 그 다음 말을 계속 이어 나갔다.

"대한민국 국민여러분, 실제로 자기부상열차를 한 번 타 보십시오. 정말 이 열차가 달려가고 있는 것인지 전혀 느낌이 없습니다. 바퀴도 없고 철로에 닿지도 않으면서 어떻게 선로 위를 미끄러지듯이 달리는지, 정말 저의 아둔한 머리로는 도저히 이해가 되지 않는 것입니다. 이러한 기술적인 쾌거를 이룩한 우리 기술진들은 세계 어느 곳에 내놓아도 전혀 손색이 없는 사람들입니다. 이제는 이 기술을 우리만 갖고 있을 것이 아니라 세계에서 필요로 하는 곳에 수출하여 외화도 벌어들이고, 또 한 편으로는 우리나라의 우수한 기술력을 유감없이 과시(誇示)

하여야 할 것입니다. 벌써 이태리와는 로마와 나폴리를 잇는 200km 구간에 우리나라의 자기부상철도 시스템을 건설하기로 지난 달에 본 계약을 체결한 바 있습니다. 또한 러시아에서도 블라디보스토크를 출발하여 모스크바를 경유하고 상트 페테스부르그까지 연결하는 대륙 횡단 철도(TSR)를 우리나라의 자기부상철도기술로 건설해 줄 수 없겠느냐고 제의가 들어와서, 우리가 지금 타당성검토 작업에 들어가 있는 것입니다."

지난 긴 세월 동안 정말 호남 쪽에는 이렇다할 사회간접자본의 투자가 없었다. 그런데 김영산 정부 때부터 이곳에 대규모의 여객조선소 건설공사가 시작되어서 2년 전에 그 공장이 완공되고 나더니 이곳 경제가 서서히 살아나면서 활력을 되찾기 시작하였던 것이다. 그 결과 오늘은 목포광역시로 승격(昇格)되는 영광을 얻게 되었고 이제 그 기념도 할 겸, 자기부상철도의 준공식을 이곳에서 하게 된 것이었다. 물론 이 자기부상열차가 통과하는 곳은 목포뿐만은 아니다. 영종도공항역을 출발한 자기부상열차는 인천을 거쳐서 서울로 오게 되어 있다. 서울을 출발하면 당진, 태안, 보령, 군산, 영광, 목포 이렇게 서해안 여섯 개 역에 정차하고, 이어서 해남, 고흥, 남해, 통영, 진해, 부산 이렇게 남해안 여섯 개 역에 정차하고 그리고 울산, 포항, 평해, 삼척, 양양, 고성 이렇게 동해안 여섯 개의 역에 정차하도록 설계되었다. 이 자기부상열차의 최고속도는 시속 550km로 지금까지 상용화에 성공한 중국의 상해 푸동공항과 도심을 잇는 50km 간에 설치된 중국 시범선로에 비하여 무려 100km나 더 빠른 것이다. 떼제베(TGV)로 유명했던 프랑스는 한때 세계고속철시장을 석권하며 그 명성을 날렸으나, 계속되는 노조의 파업투쟁으로 기술력이나 경영능력이 끝없이 추락하여,

이제는 아주 기술후진국으로 도태(淘汰)되어 버렸다. 독일은 3년 전에 시범선로를 만들었으나 시속 200km로 시험운행을 하던 중 충돌사고가 발생하여 23명이 죽은 적이 있었는데, 그 후로는 국민들 간에 의견이 분분하여 더 이상 기술적인 진전을 이루지 못하고 있었다. 일본도 이제 겨우 미야자키에 100km 정도의 시범선로만 만들고 시험 중인 상태에 있었고, 미국은 아직도 걸음마 단계에 불과한 형편이었다. 이렇게 전국적으로 1,200km에 달하는 자기부상열차 선로를 만들고 열차를 운행하는 것은 세계에서 대한민국이 처음이었다. 그런 의미에서 본다면 대한민국이 세계 5위의 나라가 아니라, 자기부상열차에 관해서만큼은 세계 제1위의 기술대국이라는 김대정 대통령의 경축사가 결코 과장된 말도 아니었다. 벌써 우리나라는 이 해안선순환철도에서 3개월간의 시험운행을 마쳤고 모든 시스템이 완전히 작동된다는 것을 여러 차례 확인한 터였다. 오늘도 목포에서 준공식을 하기 위해서 서울에서 김대정 대통령을 비롯한 500여명의 관계자들이 모두 자기부상열차를 타고 내려왔던 것이다. 자기부상열차는 초고속이라는 PE급(Prime Expresss)과 NE급(Normal Express) 두 종류가 운행되고 있었는데 PE는 중간의 정차 역을 과감히 줄여서 서울에서 출발하면 충남 태안, 전남 목포, 경남 여수를 거쳐서 부산까지 단 4개의 역에만 정차하며, 평균시속 500km의 안전속도로 1시간 20분 만에 주파하도록 설계되었다. NE급 자기부상열차는 모든 역을 다 정차하기는 하지만 그래도 부산까지 소요되는 시간은 1시간 40분밖에는 걸리지 않는, 그야말로 초고속인 셈이었다. 이 철도는 운영 면에서도 독특했는데, 바닷가 쪽의 좌석은 그 반대편 좌석보다 평균 10% 정도 요금이 더 비싸게 책정되었다. 그래도 대다수의 관광객들은 10% 더 비싼 요금을 지불하더라도 거의가 다 바닷가 쪽 좌석을 선호했다.

이 자기부상철도가 갖는 정치적인 의미 또한 컸다. 1992년 박정희 대통령의 통치 말기에, 서해교전으로 인하여 우리 해군장병들 여섯 명이 숨지는 사건이 있었고, 이에 대한 보복작전으로 북한해역 원산 앞바다에서 우리해군이 폐항공모함 노브로시스코 호를 폭파하고 올 때에, 중국 측과 협상한 것이 바로 이 자기부상철도였다. 그때, 지금은 야당대표로 있는 박근화 대표가 박정희 대통령의 밀사로 중국 측에 파견되어 장쩌민 주석과 이 자기부상철도 공사에 중국 인력을 정책적으로 활용하겠다고 제시하여, 중국 측으로부터 그 작전에 암묵적(暗默的)인 동의를 얻어냈던 것이었다. 물론 그것만 가지고 중국 측에서 우리 입장을 지지해 준 것은 아니었지만, 결과적으로 그때에 한 약속으로 인하여 후일 우리가 10년간 공사를 하면서 중국 인력을 연 2만 명씩 20만 명을 수입하여 활용하였고, 결과적으로 한국과 중국 간에 더 많은 교류가 이루어졌던 것이었다. 지금 중국은 15억의 인구에다가 엄연한 세계 제2위의 경제대국인데, 중국과의 관계가 이 공사를 통하여 더욱 공고하게 되었다는 사실은, 어떻게 보더라도 당시의 판단이 적중했음을 보여주는 사례임이 분명했다.

그날 저녁 MDC의 9시 뉴스데스크에서는 삼일절 관련 뉴스 다음으로, 오늘 개통된 자기부상열차에 관한 특집 대담 프로그램이 진행되었다. 백지현 앵커와 마주 한 사람은 대한철도연구소(로템)의 김국준 박사로 지난 12년간 이 자기부상열차에 모든 정성을 다 바쳐서 오늘이 있게 한 장본인이다.

"김 박사님, 참 감개무량(感慨無量)하시겠습니다. 먼저 소감을 좀 말씀해 주실까요?"

"무엇보다도 오늘 이렇게 큰 선물을 우리 대한민국에 바칠 수 있게 되어서 정말 너무 기쁩니다. 지난 12년간 집사람으로부터 '미친 사람'이라는 소리까지 들어가면서 연구소에서 살다시피 하며 밤샘작업을 했었는데, 오늘 영광스럽게도 기술보국훈장까지도 받게 되니 정말 그동안의 힘들었던 기억이 일순간에 모두 사라지는 느낌입니다."

"우리나라가 개발한 자기부상열차의 기술적인 부분에 대해서 일반 국민들이 잘 모르고 계시는데 그 부분을 좀 설명해 주시면 감사하겠습니다."

"우리가 채택한 시스템은 '유도전류 반발식'이라고 해서 차량에 부착된 자석의 운동으로 코일의 유도전류에 자장(磁場)이 발생하여, 그 자장의 반발력으로 열차가 공중에 10mm 정도 뜨고 또 앞으로 나아가게 되는 시스템이지요. 이 시스템은 초전도자석을 사용하며 초전도(超傳導)를 위하여 극저온(極低溫)이 요구되므로 기술적인 어려움이 있어서 다른 경쟁국들, 예를 들면 중국, 일본, 독일, 그리고 프랑스 등이 모두 포기했던 기술입니다. 10mm의 추진력을 얻어 열차가 선로에서 뜨게 만드는데 초당 4,000번의 전기를 넣었다 뺐다 하는 기술이 그 핵심이지요. 그러나 우리는 이 시스템이 일단 성공만 하면 하중(荷重)의 변화에 민감하지 않기 때문에, 화물수송이나 인력수송에 아주 적합한 기술이라고 판단하고 초기부터 이 쪽을 선택하여 결국 완성품에 이르게까지 된 것입니다."

"왜 이렇게 10년이라는 긴 세월이 걸렸는지 국민들이 의아해 하고 있는데 이에 대한 설명도 좀 해 주시지요."

"네, 착공에서부터 오늘 준공에 이르기까지 총 공사기간이 10년이 걸렸지요. 김종팔 대통령 때에 4년, 김영산 대통령 때에 5년, 그리고 김대정 정부에 들어와서 다시 1년. 그러나 사실 선로공사는 우리가 시간을 일부러 조절한 것이고요, 실제는 차량의 기술적인 문제를 보완하고 속도를 더 높이려고 하다 보니 그렇게 오랜 기간이 걸린 것입니다. 시속 450km 정도로 달리도록 했으면 5년 쯤 전에도 준공이 가능했지요. 그렇지만 우리 기술진은 세계 어느 나라도 앞으로 쉽게 따라오지 못하도록 속도를 최고 550km 까지 높였고, 또 그 시험운행에만 3년이라는 긴 세월이 소요됐지요. 무려 15,000 회나 시험구간에서 운행을 했으니까요."

"이 자기부상열차가 소도시에 적합하다고 하던데요."

"네, 벌써 경기도 송추에서부터 북한산을 관통해서 서울 종로 구기동, 장충동, 강남, 분당, 용인, 이천을 잇는 자기부상열차가 운행 중에 있고요, 대구와 청주와 인천에서도 선로공사가 거의 다 끝나서 내년부터는 운행이 가능합니다. 평균시속 350km를 달리는 열차지요."

"이 자기부상 열차가 친환경적이라고 하던데 그 설명도 해 주실까요?"

"자기부상열차는 열차의 바닥이 선로에 닿지 않고 운행되기 때문에 소음이나 진동이 없습니다. 또 고무, 철가루 등 분진(粉塵)의 발생도 적고 탈선의 위험도 없습니다. 또 바퀴나 베어링 등이 없어서 유지보수비용도 적게 들지요. 그런 의미에서 이 자기부상열차가 도심에 적합한 운송수단이라는 이야기가 나오는 것입니다."

"끝으로 하시고 싶으신 말씀이 있다면 해 주시지요."

"오늘의 이 기쁨을 우리 로템의 연구진들과 또 그동안 공사에서 피땀 흘리며 고생하신 모든 분들과 함께 나누고 싶습니다. 지난 12년간 밤잠 자지 않으면서 연구하고 또 시험한 것이 오늘 이렇게 결실을 맺어 우리국민들께서 기뻐하시는 모습을 보니 저희들도 기쁘기 한량없습니다. 우리 연구진들 정말 고생 많이 하셨습니다."

:: 공공부문 축소

> "사랑하고 존경하는 대한민국 국민여러분, 본인은 오늘 기쁜 마음으로 국민 여러분에게 이 보고를 드립니다. 제가 취임초부터 공무원 숫자 줄이기와 공기업 민영화에 박차(拍車)를 가한 결과 이제 퇴임을 불과 1년 4개월 앞둔 오늘까지, 공무원은 10%의 인원을 감원하였으며, 공기업은 모두 298개 중에서 52개를 민영화 하였습니다."

2002년 11월 16일, 17일 양일간 제주도 서귀포 하얏트호텔의 '공공부문 이대로 좋은가?' 세미나 현장. 11월이라고는 하지만 국제자유도시, 서귀포는 아직도 한여름 날씨였다. 한낮의 태양은 따가울 정도였고 아직도 거리에는 반팔을 입고 다니는 사람들이 많이 보였다. 이 세미나에는 22명의 국내 석학(碩學) 및 6명의 외국 초빙(招聘)학자들이 참석하였으며 또 전국에서 초청되어 온 공무원, 공공기관 근무자, 일반기업체 관계자 등 방청객 120명이 자리를 함께하였다. 먼저 사회를 맡은 '올바른 길' 재단의 안병식 이사장이 오늘과 내일의 세미나 취지 및 일정과 진행요령에 대한 안내가 있었다. 안병식 이사장은 국립수도서울대학의 경제학과 명예교수이다.

"우리나라의 공공부문이나 공무원사회의 비중이 너무 크다는 지적은 일찍부터 있었습니다만, 그러한 주장들이 대부분 중구난방(衆口難防) 식으로 있어 왔지요. 오늘처럼 1박2일의 세미나형식으로 제시되는 것은 아마도 이번이 처음이 아닌가 싶습니다. 더군다나 이번 세미나는 민간과 학계뿐만 아니라 정부측과 공공부문에서도 많이 참석해 주시었고, 또 외국에서도 여러분의 석학들이 참석하여 주셨습니다. 제가 이런 큰 행사에 사회를 맡게 된 것을 무한히 기쁘게 생각합니다. 먼저 오늘과 내일의 일정에 대해서 말씀드리겠습니다. 오늘은 모두 열여섯 분의 발표자가 나와서 발표를 하시게 됩니다. 오전에 여덟 분, 오후에 여덟 분입니다. 발표자 한 분이 쓰실 수 있는 시간은 25분씩이며, 오후 6시까지 모든 발표가 끝날 수 있도록 발표자들께서는 주어진 시간을 반드시 엄수(嚴修)하여 주실 것을 부탁드립니다. 그리고 내일은 오늘의 발표에 대한 질의응답(質疑應答)이 이어질 것입니다. 오늘 참석하신 분들은 한 분도 빠짐없이 모두 내일의 토론회에도 참석하여 주실 것을 간곡히 당부드립니다."

배꽃대학 공공정책학과 송의준 교수가 첫 번째 연사로 나섰다.
"우리나라는 공기업의 숫자나 공기업이 GDP에서 차지하는 비중이 거의 사회주의 국가들과 비슷한 수준입니다. 즉, 공기업에 관한 한 우리나라는 자유시장 경제체제가 아닌 사회주의식 경제구조라는 말씀입니다. 이 발표는 본인이 자체 조사한 것도 있고, 또 캐나다의 프레져 연구소에서 나온 자료도 인용하였음을 밝혀 둡니다."
송 교수의 발표가 20분간 진행되었고, 이어서 캐나다 프레져연구소의 데이비드 칸 수석연구원의 발표가 있었다. 일행은 모두 귀에 이어폰을 꽂은 채로 동시통역을 들으면서, 중앙에 마련된 대형스크린을 바라보거나 앞에 놓여있는 노트북을 보면서 열심히 자료를 확인하는 모습이었다.

세 번째 발표자로 나온 인천2대학의 옥동성 교수는 '국가부채를 통하여 추정한 공기업의 규모'라는 연구논문의 발표에서 우리나라의 공기업 규모가 정부 규모와 비교해 볼 때 150:200의 정도로 방대하다고 주장했다.

"우리나라의 정부 총 부채는 지난해 말 현재로 203조원입니다. 이와는 별도로 정부투자기관 및 출연기관의 부채는 151조원입니다. 이를 단순 계산하여 추정하면 정부규모가 200이면 국영기업의 규모는 150이라는 결론이 나옵니다. 다시 말씀드리면 정부투자기관이나 정부출연기관의 규모가 거의 정부 규모의 70%에 해당된다는 결론이지요. 우리가 오늘 이 자리에서 공공부문을 축소해야만 한다고 목소리 높여 주장하는 이유가 바로 여기에 있는 것입니다."

그는 미리 나누어 준 30쪽 짜리의 연구논문을 인용하면서 20분에 걸쳐서 우리나라 공공부문의 규모가 어떻게 큰지, 또 얼마나 큰지를 자세하게 설명하였다.

다음 발표자로 나선 홍익인간대학 경제학과의 김종서 교수는 '공기업은 주인이 없는 기업'이라는 주제로 발표를 했다.

"교육, 에너지, 대중교통, 금융, 통신 등은 모두 공공성이 있는 분야입니다. 그러나 이런 부문도 민간에게 맡기면 더 잘하게 됩니다. 저희 연구팀이 자체 시뮬레이션을 가지고 분석한 바에 따르면, 민간에게 이 사업들을 맡길 경우 최대 40%에서 최소 20% 정도의 효율증가 또는 비용감소 효과가 있는 것으로 나타났습니다. 즉, 공기업에서는 100명이 할 일을 민간에서는 70명만 해도 훨씬 더 잘할 수 있다는 이야기입니다."

다섯 번째 발표자로 나선 수도서울대학 사회윤리학과의 김중기 교수는 공기업 근로자들의 도덕적 해이(解弛)를 지적했다.

　"공기업은 구조상 사장이 노조의 눈치를 볼 수밖에 없습니다. 노조에서 좋은 평가를 해 주어야만 오래 버틴다는 말입니다. 개인 기업은 반대로 수익을 내느냐 못 내느냐에 따라 최고경영자에 대한 평가가 달라집니다. 즉, 수익을 낸 CEO는 살아남고 손실을 끼친 CEO는 퇴출을 당하는 구조지요. 물론 정부투자기관도 경영평가를 하긴 하지만 돈을 번다 못 번다 하는 것이 민간기업만큼 그렇게 절박하지 않다는 말입니다. 또 대부분의 공기업이 거의 시장에서 독점적 지위를 갖고 있기 때문에 수익을 내기도 쉽고, 수익이 많이 나더라도 그것을 주주들에게 배당하는 시스템이 아니기 때문에 사원들에게 나누어 주어 '좋은 게 좋은' 식의 나눠먹기 관계가 성립할 수 있다는 말씀입니다."

　뒤이어 그런 사례가 화면에 등장하였다. 대부분 급여에 당연히 넣어야 할 항목들을 이런저런 명목으로 돌려서 지급하는 방법들이었다. 예시된 방법으로는 민방위 날 행사비, 식목일 식목수당, 생일 축하금, 자녀 상급학교 진학 기념품, 배우자 생일 기념품, 손수운전비, 명절기념품, 아침저녁 식비 등등 그야말로 '종합선물세트' 라고 해도 과언이 아닐 정도였다.

　다음 발표자로 나선 강동대학 통계학과의 김상오 교수는 공무원들이 민간기업체 근무자들보다 일생동안 평균 10% 정도의 급여를 더 받는 것으로 조사 됐다고 주장했다. 그에 따르면 공무원과 일반회사의 직원이 똑같이 대학졸업 후 직장에서 근무한다고 했을 때, 공무원은 보통 60세까지 근무가 가능한 데 비해 일반회사의 경우는 53세가 평균 퇴직연령이라는 것이다. 또한 공무원들의 급여체계는 이런 저런 명목의 수당이 많이 붙는 반면, 일반기업체들은 대부분 연봉계약이므로 그런

수당이 들어갈 여지가 없다는 점도 지적하였다. 그 외에도 공무원들은 사회에서 신분보장 등 우대를 받는 반면에 일반회사원들은 그런 메리트(Merit)가 없다는 점을 고려한다면, 실제로 그 차이는 10%를 훨씬 넘을 것이라고 주장하였다.

그 다음 발표자는 국제언어대학의 최강 교수. 그는 '큰 정부−작은 시장으로 갈 것이냐? 작은 정부−큰 시장으로 갈 것이냐?' 라는 주제로 강연을 했다.

"세금이란 '정부에서 제공한 서비스에 대한 대가' 입니다. 정부에서 좋은 서비스를 제공하면 더 많은 세금을 내도 좋지만, 서비스의 질이 나쁘면 서비스를 구매하는 입장에서는 불만이 있을 수밖에 없지요. 그러면 '큰 정부−작은 시장, 작은 정부−큰 시장', 이 가운데 어느 쪽이 더 바람직할까요? 결론부터 말씀드리면, 역사적 사실을 바탕으로 판단해 볼 때, 후자가 더 바람직하다는 것을 쉽게 알 수 있습니다. 즉, 동서고금(東西古今)을 통하여 큰 정부가 국민을 잘 살게 해 준 경우란 없었다는 것을 확실하게 말씀드립니다."

그는 통계를 인용하면서 '큰 정부'를 바탕으로 분배−복지 정책을 최우선 목표로 둔 나라치고 선진국이 된 경우가 없다고 주장하였다.

"시장에서 투자자의 운명은 생산적 투자를 선택하느냐, 또는 낭비적 투자를 선택하느냐에 따라서 크게 달라지기 때문에 정말 최선을 다하지요. 그렇지만 관료사회에서는 관료(官僚)의 운명과 예산운영의 효율성은 크게 상관이 없는 것이 보통입니다. 그 대표적인 예로 농업, 건설, 교육, 국방 관련 예산에서 보이는 엄청난 낭비나 비효율을 들 수 있습니다."

오전 마지막 발표자로 나선 '바른 사람들의 모임' 신종일 상임위원은 '준조세, 이대로 둘 수 없다' 라는 발표를 통하여 우리나라의 준조세(準租稅) 총액은 세금의 50%에 해당한다고 주장했다. 그는 법정 준조세로서 특별부담금, 사회보험료, 행정제재금, 행정요금 등 수십 가지를 언급한 다음, 기타 각종 기부금, 성금, 협회비 등을 합치면 소득의 1/3인 33%가 각종 세금과 준조세로 나간다고 하였다. 준조세가 늘어나는 이유로 정부산하기관이 거의 다 준조세로 운영되기 때문이라고 주장하면서, 현재 40만 명 수준인 정부산하기관의 인원을 획기적으로 줄이지 않으면 '준조세 인상 및 신설 → 공공부문 비대화 → 재정효율성 저하 → 재원확보를 위한 준조세 인상'의 악순환이 계속될 것이라고 경고하였다.

12시 30분이 되자 일행은 모두 옆방에 차려놓은 뷔페로 간단하게 식사를 마친 후 커피를 함께하면서 발표자들에게 개인적인 질문을 하는 등, 짧은 시간이지만 열띤 토론을 하면서 점심시간과 휴식시간을 마쳤다.

오후 첫 번째 발표자는 정부 측에서 나온 최종창 건교부장관이었다. 그는 '정부는 왜 비효율적인가?' 라는 주제로 발표를 해서 참석자들을 깜짝 놀라게 했다.

"기업의 오너는 봉급에 비해서 수익이 낮은 직원은 감원을 하여 비용감소를 통한 이익증대를 꾀하려고 합니다. 여기에서 오너(Owner)는 사장일 수도 있고 또는 중역이나 상사일 수도 있습니다. 어느 한 부서를 책임지는 사람을 말하지요. 민간기업에서는 좀 박절(迫切)하더라도 그렇게 하지 않으면 기업이 살아남지를 못합니다. 왜냐하면 기업의 첫 번째 목표가 바로 '이윤창출'이기 때문입니다. 그러나 공무원사회는 다릅니다. 공무원사회에서는 우선 '오너'라는 개념이 없습니다. 그렇기 때문에 다소 한가한 직원이 있더라도 상사가 이를 정리하거나 해고할 이유가 없지요. 그렇게 한다고 본인의 봉급이 올라가는 것도 아니고 오히려 정리하는 과정에서 주변 사람들로부터 인심만 잃게 되기 때문입니다."

그는 공공부문이 비효율적(非效率的)인 이유를 다음 세 가지로 정리하였다.

첫째, 목표가 평가하기에 복잡하다. 민간은 이익만 많이 내면 된다. 그러나 정부나 공기업은 목표가 다양하다.

둘째, 여러 기관이 관여되어 있기 때문에 책임소재를 가리기가 어렵다.

셋째, 잦은 인사이동으로 그 잘잘못의 원인규명을 하기가 어렵다.

결론으로 그는 민간이 잘 하는 부분은 민간에게 맡겨야 한다고 주장한 후 발표를 마쳤다. 현 정부의 건교부장관이라는 자리에 있으면서도 그런 부조리(不條理)를 과감히 말할 수 있는 그의 용기에 모든 참석자들이 감탄하는 눈치였다.

오후 두 번째 발표자는 전라1대학의 김영용 교수. 그는 미국 시카고대학의 밀턴 프리드만 교수의 제자로 철저한 시장주의자였다.

"자유시장경제야말로 자원배분은 물론 소득분배를 가장 효율적으로 수행하기 때문에, 정부의 시장개입은 최소한으로 그쳐야 한다는 게 우리 시카고경제학파 학자들의 일관된 주장입니다. 소비자와 노동자를 가장 잘 보호하는 것은 시장이며, 정부는 '세금 도둑'입니다. 그러므로 우리의 결론은 '작은 정부-큰 시장'입니다."

다음 발표자로 나선 사람은 자유기업대학의 최승노 교수로 그는 '부자에 대한 세금은 늘 정의로운가?'라는 주제로 강연을 했는데, 그 주장의 핵심은 '큰 정부는 결국 세금부담으로 이어진다'는 것이었다.

"한 번 헤퍼진 살림을 다시 졸라매는 것은 쉬운 일이 아닙니다. 왜냐하면 정부의 살림은 한 번 늘어나면 다시 줄어들지 않는 속성(俗性)을 갖고 있기 때문이지요. 한번 수혜자(受惠者)가 생기면 그 수혜자는 정부의 지출을 당연한 것으로 여기고, 그 기득권을 절대 빼앗기지 않으려는 이익단체로 변모하려고 하는 경향이 있습니다. 자신의 이익을 사수하려는 이익단체에 맞서 이를 빼앗는 것은 소위 생존권을 뺏는 것처럼 사회에 비춰질 것이고, 이를 정치적으로 해결하기는 사실상 불가능합니다."

이어서 네 명의 발표자가 더 나왔고 이제 마지막 발표자의 순서가 되었다. 마지막 발표자는 제주도대학 행정학과의 김영석 교수였다. 그는 어느 국영기업체의 예를 들었는데, 그곳은 전 직원의 평균연봉이 1억 2천만원 (한화로 120,000한)이라는 자료를 내놓아 사람들을 놀라게 했다. 그는 또 정부투자기관에서 사용하는 일인당 사무실 면적이 일반 기업체의 그것보다 최대 4배(면적기준)에서 8배(임대료 기준) 정도나 된다고 하여서 이들의 도덕적 해이(解弛)수준이 어느 정도인지 듣는 사람들로 하여금 입을 다물지 못하게 했다. 우스갯소리로, 그 직장에서는 개도 10만원(100한)짜리를 물고 다닌다는 말을 하여 청중들을 한바탕 웃기기도 하였다. 그래서 우리나라 취업준비생들의 절반정도가 공무원시험이나 국영기업체 입사시험에 목숨을 걸고 매달린다는 것이었다.

다음 날 오전에는 전날의 발표에 대한 검토와 질의응답 순서가 있었다. 어제 참석자들 중 개인적 사정으로 먼저 떠난 사람들 10여명을 제외한 전원이 모였는데, 이들의 반응은 어제의 발표가 상당히 유익했으며, 일부 중복발표가 있긴 했지만 나름대로 다 설득력이 있다는 데 동의하였다. 열띤 질문, 답변 순서가 한창 진행되고 있을 때 여덟 번째 질문자로 나선 LE 멤버스 고정완 대표는 정부의 세금폭탄정책을 강도 높게 비판했다.

"어제 발표하신 분 중에서 '세금은 국가공권력이 국민에 대한 봉사의 대가'라는 말씀을 하셨습니다. 만약 이 말씀이 사실이라면, 저는 도대체 정부가 무슨 근거로 집을 팔고 살 때 그렇게 많은 돈을 세금이라는 명목으로 빼앗아 가는지 의문을 제기하고 싶습니다. 집을 살 때 등록세 같은 것이 그 대표적인 예입니다. 등록세라는 것은 집을 법원의 등기부(登記簿)라는 장부에 기재하고 그 장부를 보존하는 행위에 대한 대가입니다. 단지 몇 줄 적거나 고치는 것이 전부인 그런 행위에 대하여 왜 우리 국민들이 집값의 1.5%나 되는 엄청난 돈을 내야하느냐는 겁니다. 이 업무를 일반에게 맡긴다고 가정해 봅시다. 그러면 10억원(100만한) 짜리 집이라도 건당 10만원(100한)이면 족할 것을 무려 10억원의 1.5%인 1,500만원(1만5천한)이나 부과하니 이것이야말로 '세금도둑'이 아니고 무엇이겠습니까?"

한참 흥분하여 발언을 하고 있을 때 사회자가 잠시 발언을 중단시키고 흥분을 가라앉히려고 하였다.

"에, 잠깐. 지금 발언자께서 말씀하시는 것은 우리의 토론 주제인 '공공부문 이대로 좋은가?'라는 주제에서 약간 벗어난 것 같습니다. 발언을 자제해 주시면 감사하겠습니다."

이 때 저 옆자리에서 듣고 있던 40대 남자가 발언권을 얻어 한마디했다.

"아닙니다, 사회자님. 지금 저분께서 지적하신 것도 분명히 공공부문의 비대화(肥大化)문제와 관련이 있는 발언이라고 생각합니다. 그래서 저는 의사진행 발언으로서 저분께서 계속 발언할 수 있게 되기를 희망합니다."

이어서 여기저기서 '계속하세요!'라는 요청이 쇄도(殺到)하자 고정완 대표는 정부의 정책을 더 강하게 비난했다.

"아니, 우리나라가 사회주의국가냐고요? 왜 개인의 사유재산을 팔고 사는데 그 행위를 못하게끔 취득세다, 등록세다, 양도세다 하면서 세금을 무겁게 때리느냐는 겁니다. 원 세상에, '세금폭탄 아직 멀었다'는 말은 무엇이고 '강남에서 못살겠으면 분당으로 이사 가라'는 말은 또 무슨 말입니까? 도대체 이런 말이 정부 고위관료들의 입에서 나올 수 있는 말입니까? 국민의 심부름꾼이라는 공무원이라면 국민을 무섭게 알고, 세금 쓰는 것을 정말 내 돈 쓰는 것처럼 아까워 할 줄 알아야지요."

발언이 끝나자 여기저기서 '옳소, 잘한다!' 하면서 박수세례가 이어졌다.

어제와 오늘 이틀간에 있었던 이번 세미나는 일부 과격한 발언도 있었고 문제가 될 만한 주장도 제기되었지만, 대체적으로 유익하고 심도(深度)있는 토의였다는 것이 참석자들의 공통된 견해였다. 특히 어제의 발표자 중에서 정부의 현직 건교부장관이 이런 세미나에 나와서 스스로 자기네 조직이 비효율적이라고 주장하는 데 큰 감명을 받았다는 사람들이 많이 있었으며, 어서 빨리 우리도 '작은 정부-큰 시장'으로 가서 국민 모두가 다 잘 사는 나라를 만들어야 하겠다는 데 공감하는 분위기였다. 주최측인 '공공부문 축소를 위한 시민들의 모임'에서는 이번 세미나의 발표와 질문, 응답의 전 과정을 한 권의 책자로 만들어서 정부당국에 제출하기로 결의하였으며, 이런 결의를 지지하는 참석자전원의 서명이 있었다.

2003년 출범한 김대정 정부는 공무원 10% 감축과 공기업 민영화를 공약사항 중 하나로 내걸었다. 그리고 그 해부터 철저한 실태조사(實態調査)에 들어가서 다음 해인 2004년 1월부터는 공기업을 민간에 매각하기 시작했다. 연일 계속되는 공무원 감축, 공기업 민영화 반대 집회에 전국이 데모장을 방불케 했다. 그러나 옛날처럼 과격한 시위는 자취를 감추었고 플랭카드를 들거나 피켓을 든 온건한 시위가 대부분 이었다. 김영산 대통령 시절에 공권력이 확립된 이후로는, 어느 누구 도 경찰에 무력으로 대항하려는 단체나 사람이 없어졌고, 이제 우리나라도 거의 미국처럼 '주어진 법의 테두리 안에서' 자기주장을 관철시키려 하는 관행이 자리를 잡은 것이다. 2004년부터 2006년까지 거의 3년간 이 민영화 작업은 꾸준히 진행되었는데, 그 중에서 주목할 만한 공기업민영화의 사례로는, 대한전력이 두타그룹(원자력발전소 운영 부분), 통일공업그룹(화력발전소 운영부분) 그리고 현재그룹(수력발전소 운영부분)에게 나뉘어 매각되었으며, 이들 회사들은 인수협상이 마무리 되자마자 전력요금을 평균 15% 인하(引下)하겠다고 발표하였다. 더욱 놀라운 것은 인수 2년차에 이르자, 3개 발전회사의 모든 인력의 총 합계는 30,000명으로 인수 당시의 45,000명에 비하여 무려 15,000명이나 줄어들었다는 사실이었다. 그 비결을 그들은 한결같이 '업무강도의 변화'로 꼽았다. 인수초기의 느슨했던 조직구조를 아주 타이트(Tight)하게 가져감으로써 업무효율을 높였고, 결과적으로 이러한 인력감축이 가능했다는 설명이었다. 국영방송도 모두 민간으로 넘어갔는데, 이들 민간방송국들은 인수하자마자 그동안 온 국민들이 못마땅해 하던 TV 수신료를 그 즉시로 폐지하였다. 우편사업은 한국 항공그룹의 한신택배로 넘어갔으며, 농어촌 유통공사는 제이제당 식품그룹으로 낙찰되었다. 소싸움을 시키는 한국우사회는 산성그룹의 용인해피랜드가 인수하였다. 인수 2년차인 해피랜드는 인수당시의 인력 1,800명을 그 절반의 인력인 900명으로 충분히 운영하면서도 더 좋은 서비스를 제공한다는 평가를 받고 있었다. 또 대한가스공사는 삼

천리반도가스가 인수하였다. 이 밖에 민간에 넘어간 곳이 아닌 국가기관으로 흡수합병된 사례도 많이 있었는데, 그 대표적인 곳이 한국산업지원은행으로 이곳은 조선은행의 산업국으로 축소 흡수되었으며 또 대한수출입은행도 조선은행의 무역국으로 흡수되었다. 국민들의 큰 관심 대상이었던 한국주택공사 입찰에서는 산성건설-큰숲산업 컨소시움이 최저가낙찰자로 선정되었는데, 이들은 인수시점의 부채 22조 원을 앞으로 5년 내로 모두 갚아 버리겠다고 공언(公言)하여 세상 사람들을 놀라게 했다. 그것도 그룹의 지원이 아닌 기업의 이윤을 통하여서 갚겠다는 것이었다. 또한 토지개발공사와 고속도로공사는 모두 건교부의 토지정책국과 도로국에 흡수합병되었다. 그러나 아직도 대한철도공사를 비롯한 많은 수의 공기업들이 미해결인 상태로 남아있었지만 이제 그들의 근무태도는 몇 년 전과는 확연히 달라졌다. 무엇보다도 공기업으로 살아남으려면 국민들에게 이익이 된다는 점을 입증해야만 하기 때문이었다. 그래서 이제 이들 공무원들이나 국영기업체 직원들의 관심은 자연히 '어떻게 하면 더 적은 비용으로 더 많은 서비스를 국민들에게 제공하느냐?'로 집중되었다.

2006년 10월 24일 화요일, 김대정 대통령은 청와대에서 '공공부문 축소 결과 보고' 담화문을 발표했다. 김 대통령은 그 동안 자신이 이룬 업적을 이렇게 담화문형식으로 한 달에 한 번씩 발표하곤 하였다.

"사랑하고 존경하는 대한민국 국민여러분, 본인은 오늘 기쁜 마음으로 국민 여러분에게 이 보고를 드립니다. 제가 취임초부터 공무원 숫자 줄이기와 공기업 민영화에 박차(拍車)를 가한 결과 이제 퇴임을 불과 1년 4개월 앞둔 오늘까지, 공무원은 10%의 인원을 감원하였으며, 공기업은 모두 298개 중에서 52개를 민영화 하였습니다. 이는 정말 본인의 뼈와 살을 깎는 각오와 노력의 결과인 것을 우리 국민들이 이해하여 주신다면 저에게는 더할 나위 없는 기쁨이 될 것입니다. 돌이켜 보면 지난 3년 8개월, 참으로 어려운 시기였습니다. 어느 누구가 자기상사가 부임하자마자 자기네들을 감원시킨다고 하는데 좋다고 손뼉을 칠 사람이 있겠습니까? 그러나 저는 저의 재임기간 동안 본인의 인기에 연연하지 않고 이 일을 일관되게 추진하여 왔으며, 그 결과 오늘 아주 100% 만족스러운 것은 아니지만, 나름대로 이러한 결과보고를 국민들 앞에 올릴 수 있게 된 것을 정말 큰 기쁨으로 생각합니다."

김 대통령은 발표 내내 감회가 새로운지 얼굴이 붉게 상기되어서 발표장에 있는 기자들을 바라보며 말을 하곤 했다. 정말 참으로 어려운 일이었다. 특히 공무원노조와 공기업노조의 연합전선에는 아무리 대통령이라도 손을 들 수밖에 없는 형편이었다. 그러나 대통령은 그 특유의 인내심으로 이 일을 끈질기게 밀고나가서 마침내 오늘의 결실을 이루어 낸 것이었다. 김 대통령이 이 '공공부문 축소'라는 일에 그토록 매진(邁進)한 이유는 물론 대통령 공약사항이기도 하였지만, 그보다는 바로 4년 전에 제주도에서 있었던 '공공부문 축소를 위한 시민들의 모임'의 세미나 결과보고서를 읽어보고 나서부터였다. 그래서 우선 착수한 것이 대통령이 데리고 있는 청와대 직원들의 감원 조치였다. 취임초기 총 531명이던 청와대 조직을 2006년 10월 현재, 400명으로 대폭 줄였다. 무려 24%라는 엄청난 감원율인 셈이었다. 김대정 대통령은 반발하는 참모들에게 청와대가 모범을 보이지 않으면 아무도 따라오지 않을 것이라고 하면서 끈질기게 이 일을 추진하였다. 대표적으로 폐쇄되거나 축소된 정부기관들로는 청와대 내에 산재(散在)해 있던 32개의 각종 위원회를 모두 폐쇄하였고, 장관이 맡던 부처인 공정거래위원회를 재정경제부 소속의 공정거래국으로 축소하였고, 역시 장관이 맡던 통일부를 외교부의 통일국으로 축소개편하였고, 보건복지부의 인력은 30%나 감축하였다. 그 결과 취임초 90만 명이던 공무원의 숫자를 80만 명으로 줄일 수 있었다. 김대정 대통령은 그동안 국민들이 간절히 염원하던 '작은 정부'를 향하여 한 발짝 앞으로 전진한 후, 이제 내후년 2월이면 그 임무를 다음 대통령에게 넘기게 되는 것이다.

:: 황오석 박사 노벨의학상 수상

　2006년 12월 22일, 옥천의 박정희 전대통령 거처에 느닷없이 김대정 대통령이 방문하겠다는 전갈이 왔다. 전화를 받는 이광영 비서에게 청와대 의전수석은 이번에 내려가는 분이 박 대통령께서 만나면 아주 반가워 할 분이라고만 소개하면서 김 대통령께서 직접 동행하여 내려오실 것이라고 전했다.

　"음, 그래, 김대정 대통령께서 직접 내려오시겠다고 했단 말이지? 그래, 하긴 나도 김 대통령 본 지가 벌써 1년은 지난 것 같군. 반가운 손님이라… 누굴까?"

　박 대통령은 90세의 나이에도 불구하고 아직도 정정한 편이었다. 걷는 것이 조금 불편해서 지팡이에 의지하고 걷는 것 빼고는 아직 치아도 건강하고 시력도 좋아서 하루에 6개 ~ 7개의 신문을 빼놓지 않고 모두 읽으신다.

"어머, 이 비서님 오셨네. 무슨 일이 있어요?"

육영수 여사가 활달한 웃음을 지으면서 이광영 비서에게 묻는 말이었다.

"아 글쎄, 김대정 대통령께서 내일 여기를 내려오시겠다는 전화가 왔대요."

박 대통령이 대신 대답하자 육 여사가 반가운 듯 말을 받았다.

"그럼 이희오 여사님도 함께 오시겠군요. 저도 그분들 뵌 지 꽤 오래되었는데 잘 됐군요."

다음 날 아침부터 이곳 옥천군 청성면 궁촌리, 삼락별장은 외부손님들을 맞을 준비에 들떠 있었다. 박 대통령내외는 이곳으로 이사 오자마자 이곳의 이름을 '삼락별장'이라고 불렀다. 세 가지의 낙(樂)이 있다는 뜻이었다. 그 이유를 물어보는 측근들에게 첫째는 하늘과 벗하는 낙이요, 둘째는 나무와 꽃들과 흐르는 물을 보는 낙이요, 셋째는 사람들 간에 정을 나누는 낙이라 했다. 그래서 다른 사람들도 다 박 대통령과 육 여사의 은퇴 후 주거지를 삼락별장이라고 불렀다. 삼락별장은 전통한옥 기와집으로 집 뒤의 기암괴석(奇巖怪石)을 그대로 살리고 앞으로 흐르는 냇물도 아주 자연스럽게 정원과 조화를 이루도록 꾸민, 50평정도 되는 작고 아담한 집이었다. 200평 쯤 되는 정원에는 육 여사가 좋아하는 목련, 진달래, 철쭉, 장미꽃뿐만이 아니라 우리 전통가옥에서 흔히 볼 수 있는 맨드라미, 채송화, 백일홍 등을 아주 정성들여 심었다. 또 양옆으로는 소나무 20여 그루가 심겨 있어서 사시사철 언제나 진한 솔향기를 뿜어댔다. 봄에는 노란 개나리와 진달래, 철쭉이 한바탕 어우러져서 그야말로 꽃의 천국이라고도 할 만했다. 집은 정남향으로 하루 종일 햇볕이 들도록 지어졌으며 집 옆 정자에 앉아 책을 읽는 것은 벌써 박 대통령의 오랜 일과 중 하나가 되었다. 벌써 이곳에서 자리잡고 산 지도 어언 13년이나 되었다. 집에서 80m 쯤 떨어진 곳에는 부속실이라고 하는 건물 두 채가 있는데, 한 건물은 120평짜리 3개 층으로 돼 있고 또 다른 건물은 90평짜리 2개 층으로 되어 있었다. 이 건물들은 비서진, 의료팀, 경호팀, 경비병력, 그리고 이들의 취사나 생활을 뒷바라지 해주는 사람들의 숙소 겸, 외부에서 방문한 손님들을 위한 접견장소로도 사용되고 있었다. 이 건물에서 기거하는 사람들은 경호요원들이 4명, 경비 병력이 36명, 비서실 직원이 4명, 의료진이 2명, 그리고 청소나 식사를 담당하는 사람들이 4명 등 총 50명이었다.

오전 11시 40분, 경호차를 선두로 김대통령과 이희오 여사가 탄 차가 도착하고 뒤따라서 또 다른 승용차 한대와 후속 경호차 한 대, 이렇게 모두 4대의 차량이 도착했다. 1분 정도가 지나자 취재차량 8대가 도착하였다. 부속실 앞 너른 광장은 이들이 타고 온 차량으로 금세 꽉 차버렸다. 김대정 대통령과 이희오 여사가 차에서 내리자 이곳 삼락의 경호책임자인 안재송 경호팀장과 이광영 비서실장이 차 앞으로 다가가서 정중히 인사를 하였다.

"어서 오십시오, 대통령님. 영광입니다."

이들의 인사에 김 대통령이 반갑게 악수를 하면서 인사로 화답했다.

"음, 그래요. 이곳에서 각하 모시고 지내느라 고생들이 많지요? 그래, 각하는 어디 계신가?"

"네, 저 안쪽에서 기다리고 계십니다."

안재승 경호팀장이 이들을 안내하여 박 대통령에게로 인도했다. 김 대통령은 다리를 약간 저는 것 말고는 건강이 아주 좋은 듯 보였다.

"아이구, 어서 오세요. 김 대통령님!"

박 대통령이 김대정 대통령의 손을 반갑게 잡아주며 먼저 인사하자 김 대통령이 고개를 숙여서 박 대통령에게 인사했다.

"각하, 요즘 건강은 괜찮으십니까?"

"나야 뭐 늘 여전하지요. 여기 우리 아내."

박 대통령이 육 여사를 소개하자 육 여사가 휠체어에 앉은 채로 김 대통령을 올려다보면서 말을 건넸다.

"오시는데 많이 힘드셨지요? 여기가 좀 산골이라서…"

"아, 아닙니다. 여사님, 고속도로에서 여기까지 한 30분 정도밖에 안 걸리던 걸요? 작년에 왔을 때보다 훨씬 더 빨리 온 것 같습니다."

"육 여사님, 안녕하세요?"

인사를 하는 사람은 이희오 여사였다.

"어서오세요. 여사님. 바쁘실 텐데 이렇게 찾아 주셔서 너무 감사해요."

육 여사가 반갑게 이 여사의 손을 잡으며 인사하자, 이내 김 대통령이 기다렸다는 듯이 뒤에 서 있는 사람을 소개했다.

"각하, 매스컴 통해서 많이 보셨지요? 바로 황오석 박사입니다. 지난 주에 스웨덴에서 노벨의학상 받고 귀국했습니다. 황 박사님, 각하께 인사하세요."

"각하 영광입니다. 이렇게 건강하시니 너무 좋습니다."

"오, 어서 오세요. 황 박사. 우리나라가 노벨의학상을 받게 되다니 정말 꿈만 같습니다. 나도 며칠 전에 테레비 통해서 소식 듣고 있었지요. 언젠가 한번 볼 수 있으려나 했는데 이렇게 찾아와 주시다니, 정말 수고 많이 했어요."

순간 취재차량에서 몰려나온 20여명의 카메라기자들과 취재기자들이 일시에 후래쉬를 터트리고 오늘의 이 장면을 카메라에 담느라고 여념이 없었다.

"자, 자, 우리 이러고만 있을게 아니라 집안에 들어가십시다. 지금이 겨울이라 이곳 밖에는 꽃도 없고 별로 볼만한 게 없어요. 그래도 봄부터 가을까지 계속해서 꽃이 피고지기를 쉬지 않는 곳인데."

집안에 들어가자 박 대통령이 김대정 대통령과 이희오 여사, 그리고 황오석 교수를 자리에 앉도록 권했다. 잠시 마주앉아 차를 마시며 덕담(德談)을 나누던 이희오 여사가 살며시 자리에서 일어나더니 육 여사와 함께 내실로 들어갔다. 이를 본 박 대통령이 싱긋 웃으면서 한 마디 했다.

"그래요, 여자들은 또 따로 하고 싶으신 말씀들이 많이 있겠지요."

50평쯤 되는 집이라고는 하지만 방이 2개, 마루 겸 부엌이 하나인 아주 간단한 구조라서 응접실은 보통 다른 집보다 훨씬 넓어 보였다. 벽에는 큰 산수화 그림이 하나 걸려있고, 사진액자가 여럿 걸려있었다. 마치 사진전시회를 온 것 같은 착각이 들 정도였다. 사진은 1960년대에 독일을 방문해서 광부들과 함께 찍은 사진에서부터 시작하여, 경부고속도로 준공식, 소양강댐 준공식, 포항강철 준공식, 월남에서 부대장병들을 위로하는 장면, 그리고 새마을운동을 하면서 찍은 사진 등, 수십 개가 넘었다. 그 중 제일 큰 사진은 벼 베기 작업을 하면서 밀짚모자를 쓰고 땀을 닦고 있는 대통령의 소탈한 모습을 찍은 사진이었다. 육 여사와 찍은 사진도 있고 가족들 사진도 몇 장이 눈에 띄었다.

"그래, 요즘 근화님과 가족들은 자주 내려오십니까?"

"예, 가끔씩 오는 편이지요. 근화는 한달에 한 번 정도 오고 치만이와 근형이는 두 달에 한 번 정도? 뭐 다들 서울생활이 바쁘니까."

"치만 도련님 하시는 사업은 이제 안정궤도에 접어들었다고 하던데요."

김 대통령의 말에 박 대통령은 뽐내듯이 한마디 했다.

"얼마 전에 왔었는데 이제는 제법 매출액도 커지고 또 직원도 100명 정도 된다고 하더군요. 그래서 너무 욕심내지 말고 항상 자신을 돌아보면서 열심히 하라고 했지요. 그래, 황 박사, 지난주에 노벨상을 받았지요?"

"네, 스톡홀름에서 시상식이 있었습니다. 수상자로 선정되었다는 소식은 그 전 주에 들었고요. 사실 너무 뜻밖이었습니다. 제가 노벨의학상을 받는다는 건 상상도 못 했지요."

황 박사의 조심스런 대답에 박 대통령은 아니라는 듯 큰 소리로 격려했다.

"왜요? 우리나라에서 황 박사 같은 분이 노벨상을 받는 것이 무엇이 이상합니까? 이제 우리나라도 이번 일을 계기로 앞으로 물리학상, 문학상 많이 나와야 해요. 벌써 일본은 몇 명이나 나왔습니까? 그래, 수상하게 된 연구업적은 결국 그 줄기세포 건인가요?"

"네, 정식 제목은 '인간배아 복제에 의한 줄기세포 추출 기초단계과정 완성'이라는 좀 길고 장황합니다."

"그래, 난 뭔지는 잘 모르지만 하여튼 우리나라 과학계를 위해서도 그렇고 또 고통받고 있는 환자들을 위해서도 그렇고, 참 큰일을 했어요. 대통령께서도 뒷바라지 하시느라고 고생하셨겠습니다그려."

김대정 대통령이 몇 가지 추가설명을 해 주었다.

"사실 이번에 우리나라가 노벨의학상을 받기까지 몇 번의 어려운 단계가 있었습니다. 복제 양 돌리를 탄생시킨 영국의 로젤란 연구소에서도 그랬고, 줄기세포기술에 앞서 있다는 미국 피츠버그대학측에서도 공작이 심했지요. 그러나 스웨덴 한림원에서는 원칙대로 심사를 한 모양입니다. 주변의 흑색선전(黑色宣傳)은 전혀 고려하지 않고요. 그래서 최종적으로 미국 하버드대학의 더글러스 밀턴 교수 팀과 이스라엘 히브류대학의 니심 벤베니티 교수팀, 그리고 우리나라의 황오석 박사 팀이 삼파전을 치렀다는 후문(後聞)입니다."

황 박사가 눈물이 나는지 양복의 호주머니에서 손수건을 꺼내더니 눈물을 닦았다.

"울지 말아요, 황 교수. 원래 큰일을 하려면 다 그런 어려움이 있는 거예요. 이제 여기서 만족하지 말고 앞으로 더 큰 일을 해야지요."

박 대통령이 위로를 하면서 계속 말을 이어나갔다.

"내가 황 박사에게 해주고 싶은 말이 있어요. 그 왜 나폴레옹 황제 잘 알지요? 나는 그 분을 좀 존경하는 편인데, 그 분이 당시에 전장에 나가면 벌써 상대방에서 그 진영의 기운을 보고 '여기에 나폴레옹이 와 있다'고 알아 차렸다는 거야. 무슨 말이냐 하면 황제가 어느 전투사단을 방문하면 그 사단의 전투력이 배가(倍加)가 되었다는 거지. 온 군인들의 사기가 충천(衝天)해서 멀리서도 그 군부대의 진지를 바라보면 그 왕성한 기운을 느낄 수 있었다는 게야. 그래서 상대편에서는 '아, 이번 전투는 또 틀렸구나!' 하고 포기하게 되곤 했다는 말이지. 그만큼 나폴레옹의 있고 없고가 그 부대의 사기에 크게 영향을 미쳤다는 얘기야. 우리 황 박사야 군대지휘관이 아니니까 부대를 독려(督勵)할 일은 없겠지만, 그 연구실이라는 것도 결국은 다 사람들이 모인 집단 아닙니까? 그러니까 황 박사가 그곳에서 그런 나폴레옹 같은 존재가 되어달라는 거지. 황 박사가 있음으로써 모든 연구원들의 사기가 두 배, 세 배로 오르는 그런 절대적으로 꼭 필요한 사람 말이야. 내 말 알아듣겠지요?"

"네, 각하, 명심하겠습니다."

박 대통령이 잘 모르겠다는 표정을 지으며 황 박사에게 질문을 했다.

"그래, 나는 잘 모르는데 줄기세포라는 걸 개발해서는 어떤 병을 고칠 수 있다는 겁니까?"

"네, 아직도 넘어야 할 산이 첩첩산중이긴 하지만요, 기본적으로 줄기세포 치료법을 만들려면 '휴먼게놈프로젝트'에 거의 맞먹는 엄청난 예산과 인력이 들어가야 합니다. 또 시일도 장기간이 소요되고요. 우선은 줄기세포를 가지고 동물에 적용하는 동물실험을 해보아야 하지요. 아직까지도 동물실험에서 성공하는 확률이 50% 정도밖에 되지 않기 때문에 더 많은 연구가 필요합니다. 줄기세포가 암세포로 전이(轉移)되지 않도록 하는 연구나, 줄기세포를 배양했을 때 나타나는 염색체의 이상(異常) 문제도 해결해야 할 과제고요, 그러나 열심히 희망을 갖고 하다보면 언젠가는 불치병 치료에 큰 획을 그을 날이 오리라고 확신합니다."

이 때 김대정 대통령이 옆에서 거들었다.

"우리나라가 난자제공이나 실험 같은 데서는 미국보다 좀 유리하다지요?"

"네, 그렇습니다. 미국은 원체 사회윤리나 규범이 강해서 이쪽의 연구를 제대로 수행할 수가 없지요. 그러나 반면 우리나라는 서로 난자를 제공하겠다는 사람들이 줄을 서있고 또 자기를 실험대상으로 써 달라는 사람도 수없이 많아요. 그러나 안전성이 확보되지 않은 상태에서 함부로 할 수는 없는 문제지요. 이제 줄기세포 연구는 겨우 걸음마를 뗀 단계라고 보시면 됩니다. 앞으로 연구해야 할 과제가 너무나도 많이 있습니다."

박 대통령이 재차 모르겠다는 표정으로 황 교수를 쳐다보면서 물어보았다.

"어떤 병을 치료할 수 있는 건가?"

"네, 우선 제일 큰 효과를 볼 수 있는 분야는 파킨슨씨 병을 들 수 있지요. 그리고 당뇨병과 심장병치료 분야에서도 큰 성과를 낼 수 있습니다."

황 교수의 설명에 박 대통령은 호기심어린 질문을 계속하였다.

"그러면 한 3, 4년 후에는 치료제가 개발될까?

박 대통령의 질문에 황 교수는 손사래를 치면서 정색을 하고 부정했다.

"아, 아닙니다. 각하. 최소한 10년 정도는 더 연구해야 어느 정도 윤곽(輪廓)이 잡힐 것입니다. 제가 다 못하면 저의 후배들이 계속해서라도 꼭 난치병 환자들을 치료할 수 있는 좋은 방법을 개발하도록 하겠습니다. 저 말고도 안유리 교수, 김성종 연구원, 그 밖에 많은 팀원들이 함께 밤새워가면서 고생을 해 주었어요. 상은 제가 대표해서 받았지만 결국은 우리 연구팀원들 모두의 결실이라고 보아야 하겠지요. 더 크게는 국민들의 협조와 기도 덕분이고요."

김대정 대통령이 황 박사의 등을 두드리면서 격려했다.

"그래요. 벌써 이번에 노벨상을 받았다는 사실 하나만 해도 난치병 환자들은 말할 것도 없고 온 국민들에게 좋은 소식을 준 것이 틀림없어요. '우리도 할 수 있다'는 정신을 심어준 것이지요."

이때 안방 내실 쪽에서 이희오 여사가 육 여사의 휠체어를 밀어주면서 마루로 나왔다.

"어머나, 벌써 한 시가 넘었네요. 이를 어째? 제가 우리 유희송 비서하고 시원한 멸치국물에 국수 끓일 테니까 함께 국수 드시면 어때요?"

"여사님께서 차려주시는 점심이라면 영광이지요. 당신도 함께 거들구려."

김 대통령이 두 손을 맞잡으면서 감사하다는 표현과 함께 옆에 서있는 이희오 여사에게 하는 말이었다.

 이들은 식사 후 이런저런 이야기로 꽃을 피우던 중, 밖에서 소란스러운 소리가 들리자 이희오 여사가 밖을 내다보고는 김 대통령에게 말을 건넸다.

"밖에 좀 보세요. 사람들이 많이 와 있어요."

 과연 이 여사의 말대로 밖에는 '아이러브 황오석' 회원들과 그 외에 많은 불치병환자 가족들이 몰려와 있었다. 족히 300여명은 될 것 같은 인파였다.

"자, 우리가 황 박사를 너무 오랫동안 독점하고 있었군그래. 어서 밖으로 나갑시다."

 박 대통령의 제안에 모두 밖으로 나왔다. 황 박사는 나오자마자 이들에게 둘러싸여서 사인을 해준다, 인터뷰에 응한다 하면서 정신을 못 차릴 지경이 되었다. 한 시간쯤 지나서 황 박사가 모든 일을 다 마치고 나자, 이들 일행은 기념촬영을 했다. 많은 사람들이 박 대통령 내외와 황오석 박사, 그리고 김 대통령 내외를 가운데 두고, 그 앞의 바닥에 누운 사람, 그 뒤에 쪼그리고 앉은 사람, 머리와 머리사이로 얼굴만 내민 사람, 그리고 맨 뒷줄에 의자를 놓고 위에 올라선 사람, 이렇게 해서 멋진 기념사진촬영이 끝났다. 취재진도 몇 시간을 열심히 따라와서 건져가는 것이 없으면 어쩌나 하고 걱정했는데 좋은 사진을 찍어서 무척 기뻐하는 눈치들이었다. 전체적인 사진 말고도 황 박사는 몇몇 팀과 함께 사진을 찍어 주었다. 뒤로 보이는 팻말과 프랭카드들이 눈길을 끌었다. '황오석, 당신은 우리의 꿈', '난치병 극복의 희망', '노벨상 한 번 더!' 등등. 그러한 구호만을 보아도 온 국민들이 황 박사에게 거는 기대가 보통이 아님을 실감할 수 있었다.

 이들은 함께 즐거운 시간을 보내다가 오후 4시가 훨씬 넘어서야 삼락별장을 떠나 서울로 향했다. 차안에서 김대정 대통령은 이희호 여사에게 조용히 한마디 했다.

"우리도 은퇴하고 나서 이렇게 시골에 가서 살면 좋겠어요. 전라도 신안 앞바다의 섬도 좋고…"

이희오 여사는 말없이 고개를 끄덕여 동감을 표시했다. 저 멀리 서쪽 하늘로는 벌써 겨울해가 지려는지 노을이 아름답게 물들어가고 있었다.

제4부 아! 님 떠나네!

:: 박 대통령 서거

> "2007년 5월 16일, 대한민국의 박정희 전대통령께서 서거하신 이날
> 은 온 지구상의 인류에게 크나큰 슬픔의 날로 기억될 것입니다."
>
> – 미국 CNN

그날도 영수는 옥천의 집 뒷산에서 밤을 줍고 있었다. 땅에 떨어진
반짝반짝 빛나는 알밤을 줍는 재미는 여간 즐거운 게 아니었다. 알밤
을 주어서는 신발주머니에 집어넣는데 자꾸 밤에 흙이 묻어있었다. 그
래서 닦고 집어넣고 또 닦고 집어넣고 하기를 반복했다.

'왜 이럴까? 간밤에 비가 왔었나? 온통 진흙길이네.'

발걸음은 옮기면 옮길수록 더욱더 진창에 빠져 들어가고, 이제 고무
신 한 짝이 아예 진흙 속에 빠져서 나오지 않았다.

'이상해, 아무래도 우리 동네가 아닌가봐…'

"오빠, 오빠!"

영수는 옆에서 같이 밤 줍기를 하던 인수오빠를 불렀으나 인수오빠
도 어디를 갔는지 대답이 없었다.

"정열아, 정열아, 어디 있어?"

친구 정열이를 애타게 불러도 역시 대답이 없기는 마찬가지였다. 발은 자꾸만 진창에 빠져 들어가서 이제 치마 자락도 모두 흙투성이가 됐다.

'여긴 어딜까?'

밤나무를 쳐다보니 항상 푸르던 잎들이 언제 변했는지 모두 검은색으로 변해 버렸다. 평소의 그 다정스럽던 밤나무들이 아니고 마치 무슨 괴물들이 팔을 벌리고 서있는 것 같았다. 영수는 덜컥 겁이 났다.

'아니야, 여긴 우리 동네가 아니야. 나 집으로 돌아 갈 테야.'

"오빠, 정열아!"

계속 오빠와 친구를 부르며 뛰어가도 발걸음은 전혀 움직이지 않고 있었다. 누가 옆에서 몸을 마구 흔드는 것 같기도 했다. 숲은 점점 캄캄해지고 진흙은 이제 허벅지까지 차 들어갔다. 문득 그녀는 생각했다.

'어쩌면 이것은 꿈일지도 몰라.'

그 순간 퍼뜩 정신을 차려보니 침대 위였다. 잠옷은 온통 땀으로 축축하게 젖어 있었다.

'내가 악몽을 꾸었나 봐.'

목덜미를 만져보니 손에 땀이 흠뻑 묻어나왔다. 순간 뭔가가 이상했다. 옆 자리에 계신 그분의 몸이 이상하게 차갑게 느껴졌다. 항상 따사로운 온기가 있었는데 오늘 아침에는 뭔가 싸늘하다는 느낌이 들었다.

"저 좀 보세요!"

그러나 박 대통령은 말이 없었다.

"이것 보세요. 저 좀 봐요!"

더욱 세차게 흔들었지만 흔들면 흔드는 대로 그냥 움직일 뿐이었다. 마치 나무토막을 흔들고 있는 것 같았다.

'돌아가셨다!'

순간 육여사의 머리에는 번뜩 이 분이 돌아가셨을지도 모르겠다는 생각이 들었다. 가슴에 손을 대보았다. 심장의 박동은 없고 덜덜 떨고 있는 자신의 손만이 느껴질 뿐이었다.

'어머나, 정말 돌아가셨나 봐. 어쩜 좋아'

머리가 텅 빈 듯한 느낌이 들면서 눈앞에 온통 하얀 벽이 가득한 것 같았다.

'아니야, 정신을 차려야 돼. 돌아가신 게 아닐지도 몰라. 의사를 불러야하나? 아니야, 그래, 이광영 비서관을 부를까? 아니야, 유희송 비서를 먼저 불러서 옷을 입어야지. 침착해야 하는데…'

침대 옆에 있는 스탠드에 불을 켜고 인터폰을 들었다. 비서실과 직접 연결돼 있는 인터폰이었다. 육 여사는 덜덜 떨리는 손을 수습하기 위해 두 손으로 수화기를 들고 힘을 내어 말했다.

"응, 유희송 비서? 여기 좀 와주세요."

육영수 여사는 우선 자신이 잠옷 바람이라는 것을 알고는 먼저 여비서를 부른 것이었다. 평상시에는 박 대통령과 각기 다른 방을 썼지만 어제는 이상하게 그분의 곁에서 잠을 자고 싶었다. 그래서 밤 10시가 넘어 지팡이에 의지해서 겨우겨우 이 방으로 건너 온 것이었다. 그 때 박 대통령께서는 성경책을 읽고 계셨다. 육 여사는 요즘 그이가 부쩍 성경책을 읽는 시간이 많아졌다고 생각했다.

"여사님, 웬 일이세요?"

유희송 비서가 들어왔다. 옆에 박 대통령이 누워 계신 것을 알고는 무척 어려워하는 눈치였다.

"응, 유 비서, 우선 나 옷 입는 것 좀 거들어줘요."

20여 년 전 8.15 경축식장에서 총에 맞은 허벅지를 수술한 후 한두 걸음 움직이는 것 말고는 모든 게 힘들고 불편해서, 언제나 그림자처럼 붙어 다니는 유희송 비서의 존재는 그야말로 육 여사에게 있어서는 너무나 큰 행복이었다. 유희송 비서는 아직도 박 대통령께서 주무시는 것으로 알고 조용히 나직한 말로 물었다.

"어떤 옷으로 입혀드릴까요?"

"응, 아무거나, 어제 입었던 것 저기 걸려 있지요? 그 옷 주세요."

작년 11월 29일 생일날에 딸 근화가 내려오면서 생일선물로 사온 보라색 개량한복이었다. 어머니가 너무 만족해하는 모습을 보자 근화가 '씨실과 날실'이라는 유명한 회사의 옷이라고 자랑하던 생각이 떠올랐다. 육영수 여사는 옷을 다 입자 곧 도움을 받아 휠체어에 앉았다.

"전화해서 이광영 비서관님 좀 바꿔줘요."

유희송 비서가 전화를 하자마자 상대방의 음성이 수화기를 타고 흘러 나왔다.

"네, 이광영입니다."

"저예요"

"아, 네, 여사님, 웬 일이세요?"

"여기 좀 와 보세요. 이 분이 이상해요."

전화를 끊자마자 이광영 비서관과 안재송 경호팀장이 들이닥쳤다.

"무슨 일 있으십니까, 여사님?"

"이이가, 이이가 아무래도…"

말을 마치고 육 여사는 휠체어에 목이 꺾이듯이 젖혀져서 축 늘어졌다. 당황한 유희송 비서가 '여사님! 여사님!' 하고 부르짖었다.

이광영 비서관이 얼른 박 대통령의 손목을 만져보았다. 그리고는 무전기로 정 비서를 불렀다. 정 비서는 재작년에 공무원시험에 합격하여 이곳으로 배치된 아직 신참내기 비서였다.

"정 비서, 김병주 박사님 좀 빨리 연락해서 즉시 오시라고 해. 각하에게 이상이 있으시다고, 빨리!"

10분쯤 지났을까? 백발이 성성한 김병주 박사가 앞장서서 박 대통령의 침실로 안내되었고 간호사가 따라 들어왔다. 김병주 박사는 수도국군통합병원의 원장을 오랫동안 역임한 후 작년에 퇴임하고는, 박 대통령께서 돌아가실 때까지 곁에서 지켜드리겠다고 삼락별장에서의 근무를 자청하여 이곳으로 혼자만 내려와 있는 사람이었다. 우리나라 내과분야에서는 두세 번째 가는 베테랑 원로 의사였다. 뒤이어 부속실에서 박 대통령과 육 여사를 돕는 사람들이 서너 명 더 모여들었다. 이광영 비서관은 안재송 경호팀장과 김병주 박사, 그리고 간호사만 침실로 인도하고 나머지 사람들은 모두 응접실에서 대기하도록 하였다. 김 박사가 먼저 박 대통령의 손목에 손을 대어보고는 청진기로 심장의 박동(搏動)을 확인하고 나서 마지막으로 눈 속을 들여다보며 동공(瞳孔)을 확인하였다. 박 대통령의 모습은 살아 계셨을 때의 모습 그대로였다. 아주 편안한 모습으로 담담하게 죽음을 맞이하신 것 같았다.

"운명하셨습니다."

유희송 비서가 얼른 눈물을 닦으면서 밖으로 나왔고 사태를 짐작한 부속실 직원들도 모두들 눈시울을 붉혔다.

"아마도 사망시간은 대략 두 시간쯤 전인 것 같습니다. 사망원인은 정확히 진단을 해보아야 하겠지만 심근경색에 따른 심장마비가 아닐까 생각합니다."

"이렇게 나를 두고 먼저가시면 어떻게 해요. 어제 밤에도 제 손을 꼭 잡고 주무시더니…"

육 여사의 절규가 이어졌다. 통곡하는 육 여사의 가냘픈 어깨가 더욱 애처로와 유희송 비서는 휠체어 뒤에서 조용히 여사의 어깨를 감싸 안아주었다. 김병주 박사는 침대 곁에 놓여있는 박 대통령의 세이코 시계를 손에 들고 살펴보았다. 30년은 됐는지 손목시계는 가장자리의 도금이 다 벗겨졌고, 옆에 가지런히 말아져 있는 가죽허리띠도 가죽이 다 닳고 허리를 조이는 구멍은 손가락이 드나들 만큼이나 커져있었다.

'이것이 대통령의 유품이라니…'

이광영 비서관은 손등으로 눈물을 훔치며 방을 나서는 김병주 박사를 따라 나오면서 조용히 물었다.

"돌아가신 것으로 연락을 해야겠지요?"

"음, 그래야겠군."

"서거(逝去)하신 시간은 몇 시로 할까요?"

"정확한 시간은 천안 단국대병원에서 윤 박사와 조 박사가 오면 합동으로 검사해 보고 공식적으로 발표하겠지만, 우선 급한 대로 이곳저곳 알려야할 테니까, 새벽 4시경이라고 해요."

"돌아가신 것은 확실합니까?"

"음, 그래요."

"그러면 그렇게 연락을 하겠습니다."

이광영 비서관은 건너편에 있는 안재송 경호팀장에게 다가가더니 서로의 역할분담을 이야기했다.

"청와대 쪽에는 경호팀장님께서 연락을 해 주십시오. 저는 가족들과 김종팔 총재님께 연락하겠습니다."

"음, 그렇게 하지."

일행은 모든 것이 너무나도 갑작스런 일인지라 경황이 없었다. 안재송 경호팀장은 이곳저곳 연락을 취하기 위해서 부속건물 쪽으로 급히 뛰어나갔고 김병주 박사도 직접 전화를 걸어 천안 단국대병원의 의료팀에게 최대한 빨리 내려와 줄 것을 부탁했다.

새벽 6시 10분, 김종팔 총재집의 응접실에서 전화가 요란하게 울려 댔다. 박 대통령의 뒤를 이어 우리나라 제14대 대통령으로 5년간 봉직(奉職)한 후 현재는 한일친선협회 고문역을 맡고 있었다. 그러나 사람들은 아직도 그를 과거에 새공화당의 총재직을 오래했다고 해서 예우상 그냥 '총재님'이라고 부르고 있었다.

　'이 새벽에?'

　우리나라 최대의 일간신문인 아침일보를 들고 막 읽어 내려가던 김종팔 총재는 뭔가 좋지 않은 일일 것 같은 예감에 수화기를 들려다 말고 잠시 멈칫했다.

　"여보세요."

　"총재님, 저 이광영입니다."

　"아, 이 비서관, 웬일인가, 이 새벽에?"

　"각하께서 운명하셨습니다."

　"뭐야, 각하께서? 언제?"

　"오늘 새벽 4시경인 것 같습니다. 아직 정확한 시간은 모르고요, 사망원인은 심근경색인 것 같습니다."

　"그래? 확실한가?"

　"네, 조금 전에 김병주 박사님이 와서 확인했고요. 더 정확한 사인규명(死因糾明)과 사망 시간 확인을 위해서 천안병원 관계자들이 지금 오고 있는 중입니다."

　"그러면 지금 어디어디에 알렸나?"

　"총재님이 처음이고요, 청와대 쪽으로는 안재송 경호팀장님이 연락 중입니다."

　"그러면 근화님과 근형, 치만 도련님한테 빨리 연락을 해야지."

　"네, 지금 그러려고 생각 중입니다."

"그래, 여사님은 어떠신가?"

"네, 무척 애통해 하십니다. 얼마나 슬피 통곡을 하시는지…"

"여사님의 건강에 각별히 신경 쓰세요. 잘못하면 두 분을 동시에 보내게 될지도 몰라."

"네, 알겠습니다."

"내가 장례일정을 청와대 쪽과 협의할 테니까 이광영 비서관도 그리 알고 그곳에서 수고해 주세요. 오늘 중으로 내려갈 테니까 이따가 봐요."

"네, 알겠습니다."

청와대로 향하는 차 안에서 박근화 대표는 하염없이 눈물을 흘렸다.

'아버지, 제가 잘못했어요. 아버지 곁에 더 많이 있었어야 하는 건데. 정치를 한답시고 이곳저곳 정신없이 다니다 보니 아버지를 그렇게 보내드리고 마는군요. 얼마나 외로우셨어요?'

어느새 손수건이 눈물로 흥건히 젖었다. 다시 옆에 있는 휴지를 꺼내서 눈물을 닦았다. 박 대표가 이광영 비서관으로부터 연락을 받은 것은 30분쯤 전이었다. 연세가 있으시니까 언젠가는 돌아가시리라 생각했지만 막상 임종(臨終)도 지켜드리지 못했다는 생각을 하자, 전화를 받는 순간부터 눈물이 걷잡을 수 없이 흘러나오는 것이었다. 동생들과 통화를 하고 막 옷을 차려입고 나오려고 하는데 김종팔 총재로부터 전화가 왔다. 청와대로 와서 헬기편으로 함께 가자는 것이었다. 그리고 동생들에게도 모두 청와대로 오라고 연락을 했다고 하였다. 청와대에 도착하니 헬기장에는 두 대의 헬리콥터가 요란하게 프로펠러 소리를 내며 이륙준비 중에 있었고, 헬기장 옆의 대기실로 가니 먼저 와 있던 김종팔 총재와 청와대 측 비서관들이 바쁘게 움직이고 있었다. 이어서 10분쯤 후에 근형과 치만 두 동생이 도착했다. 동생 근형은 언니를 보자마자 와락 끌어안으면서 어깨가 들먹일 정도로 심하게 통곡을 했다.

"언니, 내가 나빴지, 아빠를 그렇게 외롭게 떠나 보내다니…"

박근화 대표는 아무 말 없이 동생을 끌어안은 손에 더욱 힘을 주었다.

"누나!"

동생 박치만 사장도 우두커니 곁에 서서 눈물만 줄줄 흘리고 있었다. 그는 동생의 손을 살며시 잡아주었다. 그 동안 아버지가 대통령이라는 중압감(重壓感) 때문에, 그리고 가족들에게는 더 엄격한 아버지 때문에 오히려 많은 불이익과 심한 정신적 압박을 받아오던 그였다. 그러나 이제는 그런 방황도 모두 끝내고 지금은 중견 철강회사의 사장이 되어 종업원 100여명의 생계를 책임지고 있는 경영인으로 열심히 살아가고 있는 동생이었다.

'아버지, 이 동생 치만이가 손녀딸을 낳았을 때 얼마나 기뻐하셨어요? 다음에는 꼭 아들을 낳으라고 하셨는데, 그 손자를 결국은 못 보고 가셨군요.'

옆에서 들려오는 헬기의 소음(騷音) 때문에 사람들의 말소리도 그냥 하나의 소음 덩어리가 돼서 들렸다. 잠시 후 비서실 직원들이 들어오면서 정동연 의전수석비서관이 큰소리로 외쳤다.

"김대정 대통령께서 들어오십니다."

김 대통령은 검은 색 양복에 중절모를 쓰고 지팡이를 든 모습으로 대기실에 들어섰다. 곧바로 유가족들에게 다가가 손을 잡아주면서 위로의 말을 했다.

"박 대표님, 먼저 내려가세요. 나도 오늘 중으로 따라 내려가겠습니다. 이곳에서 우선 장례절차와 더불어 협의해야 할 일들이 많습니다."

곧바로 뒤에 있던 김종팔 총재에게 다가가더니 악수를 했다. 이어서 손을 입에 대고 손나팔을 만들어서 큰 소리로 이야기했다. 헬기소리가 워낙 커서 작은 목소리로는 들리지 않기 때문이었다.

"운정, 먼저 내려가세요. 나 조금 전에 국무총리하고 대산을 청와대로 오시라고 했어요. 장례절차를 협의하고 내려갈 테니 운정께서 그곳에서 수고 좀 해 주세요."

"네, 그렇게 하겠습니다."

"의전수석이 동행할 겁니다."

곧 이어 헬기장에서 두 대의 헬리콥터에 분승한 일행은 곧바로 옥천의 삼락별장을 향하여 떠났다. 헬기가 5월의 눈부신 아침 햇살을 받으며 서울 상공을 빠져나와 경기도 분당을 지날 때까지도 박근화 대표는 계속 울고만 있었다. 이 헬기에는 조종사와 부조종사 이외에 근화, 근형, 치만 등 세 명의 가족과 김종팔 총재, 그리고 '큰 나라 당'에서 나온 박근화 대표의 수행비서와 김종팔 총재를 전임 대통령 차원에서 보좌하는 비서가 함께 동승하고 있었다. 박근화 대표는 눈 아래 펼쳐진 아름다운 산하(山河)를 바라보면서 깊은 생각에 잠겼다.

'아버지, 보세요. 아버지께서 그렇게도 사랑하시던 조국입니다. 가난이 너무나 서러워 가난과 싸운 지난 46년, 이제 우리나라는 이 지구상에서 가장 잘 사는 다섯 번째 나라가 되었습니다. 아버지의 헌신(獻身)과 희생이 결코 값없는 것은 아니었지요. 저도 이제 아버지를 따라서 열심히 국민들을 사랑해 보겠다고 다짐하고 나섰지만, 왠지 아버지 생각만하면 제자신이 너무나 작게 느껴지는군요. 아버지, 제게 힘을 주세요. 저도 아버지와 어머니께서 사랑하셨던 우리 대한민국을 더 많이 사랑하고 싶어요.'

정신을 차리고 옆을 보니 박치만 사장이 어깨를 들먹이며 울고 있었다.

'그래, 울어라 치만아. 그 동안 얼마나 힘든 일이 많았니. 아버지에게 잘못해 드렸다고? 그건 나도 마찬가지야. 더 따뜻한 말로 대해 드렸어

야 하는 건데 그렇게 못했지.'

헬기는 착륙을 하려는지 바로 밑으로 지나가는 차량이나 밭에서 일
하는 농부들의 모습이 한손에 잡힐 듯이 지척으로 보이기 시작했다.

이날 아침 9시를 기해서 박정희 전대통령의 서거(逝去)는 국정홍보
처를 통하여 온 국민들에게 알려졌고, 곧바로 이 사실은 CNN을 비롯
한 외신을 타고 전 세계로 전파되었다.

"2007년 5월 16일, 대한민국의 박정희 전대통령께서 서거하신 이날
은 온 지구상의 인류에게 큰 슬픔의 날로 기억될 것입니다."

포스트 박정희 신드롬 ::

> "밤 9시 30분부터 1시간 동안 방송되는 KGS의 '박정희 시대'는 지금까지 평균시청율 62%로 역대 드라마 시청률 최고였다는 SDS의 '모래시계'를 추월했다는 평을 받고 있었다."

박정희 전대통령이 돌아가시자마자 긴급 소집된 내각회의에서는 다음 몇 가지 사항을 의결했다.

첫째, 장례는 국민장으로 하며 장례일정은 9일장으로 해서 5월 24일에 발인한다는 것.

둘째, 장례위원장은 김대정 대통령, 김영산 전대통령, 김종팔 전대통령, 이렇게 3인으로 하고, 부위원장은 각계의 덕망있는 인사 12명으로 한다는 것.

셋째, 장례는 온 국민의 정성이 담긴 예식으로 최대한 성대하게 치른다는 것.

청와대의 의전수석실에서는 정부 각 부처에서 추천을 받아 올라온 사람들의 명단을 모두 취합하여, 그 중 추천이 많이 된 순서로 12명의 장례준비부위원장 명단을 발표하였는데, 그 명단과 추천된 사유는 다음과 같았다.

(1) 고권 국무총리: 행정부를 대표한 당연직.

(2) 이해창 대법원장: '대쪽판사'라는 별명을 받을 정도로 강직한 법관으로 국민의 양심을 대변하는 사법부의 수장(首長).

(3) 조순행 국회의장: '미스터 쓴소리'라는 별명을 들을 만큼 여야를 가리지 않고 바른 말을 하여 입법부의 중심을 잡아가는 인물.

(4) 조영기 여의도 참복음교회 담임목사: 전 세계에서 제일 큰 교회의 당회장으로 70만 성도를 섬기는 한국교회의 상징.

(5) 김수한 추기경: 우리나라 '행동하는 지성'의 상징으로 박정희 전대통령에게 많은 충고를 하여 국정을 바로 잡아준 훌륭한 조언자.

(6) 법장 한국불교총무원장: 불교계대표로 좋은 법어를 설파(說破)하여 국민들의 마음에 평화와 위안을 주신 큰 스님.

(7) 이건휘 산성그룹 회장: 우리나라 경제계를 이끌 뿐 아니라 세계 5위의 다국적기업인 산성전자 그룹을 총괄하는 기업인.

(8) 정창순 전국 중소기업협동조합 이사장: 중소기업의 발전을 위해 지난 30년 동안 온갖 정성을 다 기울인 중소기업육성의 산 증인.

(9) 김성은 전국방장관: 우리나라 60만 군과 250만 재향군인들을 대표한 군의 원로로서 국가안보의 상징적 존재.

(10) 봉두한 MDC 사장: 평생을 언론계에 투신하여 우리나라 언론 발전에 크게 기여하였으며 개인적으로도 박 전대통령과 친밀했던 분.

(11) 정은찬 수도서울대학 총장: 학계를 대표하여 모든 학자들로부터 존경을 받으며 수도서울대학을 세계 9위의 훌륭한 대학으로 발전시킨 인물.

(12) 황장업 '북한인권 바로 알리기 운동본부' 회장: 북한을 탈출한 최고위 인사로 국내외에 북한의 인권실정을 널리 알리는 데 크게 기여한 분.

박 대통령의 서거소식이 전해지자 전국은 온통 추모(追慕)의 물결로 뒤덮였다. 특히 옥천의 삼락별장은 이른 아침부터 모여든 사람들로 인산인해를 이루었다. 오전 10시쯤에는 1시간만 기다려도 조문을 할 수 있었던 것이 오후가 되면서부터는 인파가 더욱 늘어나서, 이제는 3시간을 기다려야 겨우 조문을 할 수 있게 된 것이었다. 삼락별장에 마련된 영정은 박 대통령의 평소의 근엄한 모습 대신, 입가에 웃음을 잔뜩 지은 웃는 얼굴의 사진으로 비치하였으며, 이번 장례식 때 쓸 대형 영정을 위하여 우리나라 최고의 인물화가라는 정영모 화백이 지금 밤을 새워가면서 영정그림을 그리고 있다는 소문이었다. 조문객들을 안내하는 비서실 직원들과 정부관계자들은 일일이 조문객들이 분향소에 들어가기 전에 간곡히 당부를 했다.

"각하의 영전에 꽃을 바치고 박치만 도련님께는 고개를 숙여서 그냥 목례만 하고 나오십시오. 절대로 상주에게 큰 절을 하지 마십시오. 상주 혼자서 수만명의 문상객들을 다 맞이해야 합니다."

전국에 수백 군데의 분향소가 설치되었음에도 불구하고 국민들은 유독 이곳 옥천의 궁촌리 삼락별장을 찾아왔다. 특히 아낙네들은 꼭 육영수 여사님을 만나서 위로를 해드려야겠다고 이곳을 고집했던 것이다. 육 여사는 파리해진 얼굴로 이들을 맞이했다.

"우째 고래 폭삭 늙으셨노? 참말로 시골 할머니 맹키로…"

"누가 아이라카나… 기래도 맴을 추스르셔야 할긴데…"
문상을 마치고 돌아가는 경상도 아주머니들의 말이었다.

천안의 독립기념관에 마련된 분향소에는 박근화님과 김영산 전대통령이 문상객들을 맞이하고 있었다. 첫째 날, 둘째 날까지는 주로 국내의 문상객들이 많았지만 이제 3일째로 접어들면서는 외국의 조문사절들이 자주 눈에 띄었다. 벌써 중국의 장쩌민 전 국가주석과 조문사절 8명이 다녀갔으며 5월 23일에는 중국을 대표하여 원자바오 총리가 50명에 이르는 대규모 조문사절단을 이끌고 찾아오겠다는 말도 전하고 갔다. 또 조금 전에는 러시아의 옐친 전대통령이 6명의 수행원과 함께 독립기념관 분향소를 방문하였다. 박근화 님을 위로한 옐친 전대통령은 김영산 전대통령과 반갑게 악수를 하면서 그간의 우정을 과시하였다. 세 사람은 한 자리에 모여서 20여 분간 이런저런 담소를 나누었으며, 영결식 하루 전인 23일에는 푸틴 러시아 대통령이 40명의 수행원들과 함께 직접 서울에 올 것이라는 말도 전해 주었다. 외국의 국빈들이 참석하여 그들과 시간을 보낼 때를 제외하고는, 박근화님은 전국 각지에서 찾아오는 모든 문상객들을 반갑게 맞이해 주었다. 일일이 그들에게 '찾아 주셔서 감사하다'는 인사를 잊지 않았으며 한 사람 한 사람에게 온 정성을 다하는 모습이었다. 이른 아침부터 밤 12시까지 정말 초인적인 힘을 발휘하며 문상객들을 맞이하는 박근화 대표를 보면서 김영산 전대통령은 '당찬 여걸'이라는 생각을 하였다. 이곳 천안의 독립기념관에는 미국의 CNN 방송 팀이 상주하면서 이곳을 방문하는 외국사절들과 국민들의 동정을 전 세계에 중계방송하고 있었다.

서울의 광화문 앞에 마련된 빈소에도 그동안 많은 서울시민들이 다녀갔으며 지금도 조문객들은 끝을 모르고 찾아오고 있었다. 광화문 앞 일대의 교통은 완전히 통제되고, 오늘부터는 주말로 이어지는 관계로 조문객들이 점점 더 불어날 전망이었다. 오늘 오전에는 지미 카터 미국 전대통령이 이곳 서울분향소를 찾아 분향했다. 그는 이곳 광화문 분향소에서 김종팔 전대통령을 만나본 후, 곧바로 천안으로 내려가서 박근화님을 만난다고 했다. 대통령재임시절에는 별로 큰 인기를 누리지 못했던 지미 카터 전대통령은 오히려 퇴임 후의 생활이 더욱 바쁜 사람이었다. 지금은 전 세계에 집 없는 사람들을 위한 '해비타트 운동'의 국제본부 총재로서, 전 세계 어느 곳이든 봉사할 곳이 있으면 달려가는 '평화의 사도'로 변신하였다. 프랑스의 미테랑 전대통령도 노구(老軀)를 이끌고 어제 도착하여 오늘 서울에서 문상을 마치고 오후 비행기 편으로 프랑스로 돌아갈 예정으로 있었다.

이제 박 대통령의 서거를 맞이하여 방송이나 신문등 언론매체에서도 박정희 재조명 작업이 한창 진행 중이었다. 지금은 민영방송으로 넘어간 KGS에서는 '박정희 시대'를 9부작으로 긴급 편성하여 5월 16일부터 어제까지 벌써 3부를 마쳤다. 오늘 밤에는 4부가 방송된다고 했다. 밤 9시 30분부터 1시간 동안 방송되는 KGS의 '박정희 시대'는 지금까지 평균시청율 62%로 역대드라마시청률 최고였다는 SDS의 '모래시계'를 추월했다는 평을 받고 있었다. 첫째 날의 시청률은 35%, 둘째 날은 42%로 기대치를 밑돌았으나, 어제 저녁에는 무려 75%라는 놀라운 시청률을 기록하였다고 하였다. 이는 TV를 보는 국민 4명 중 3명이 KGS의 '박정희 시대'를 보았다는 셈으로 정말 경이적인 시청률(視聽率)이 아닐 수 없었다. 특히 1부와 2부에서는 박 대통령의 어린시절과 5.16 혁명에 관한 내용들이 주류를 이루었기 때문에 국민들 대다수가 익히 알고 있는 사건들인지라 그다지 관심이 없었으나, 어제의 3부에서는 1964년 12월의 박 대통령 독일 방문 필름이 방영되면서 많은 사람들을 눈물바다로 만들었다는 이야기였다.

우리나라에는 변변한 비행기도 없어서 독일측에서 제공해 준 루프트한자 비행기를 타고 독일을 찾아간 가난한 나라의 대통령, 멀리 이역만리(異域萬里) 독일 땅에서 달러를 벌기위해, 독일 간호사들이 기피한다는 시체를 닦는 일도 마다않고 열심히 일하던 어린 간호사들, 그들이 육 여사를 둘러싸고 '어머니'를 외치면서 우는 장면, 육 여사의 치마를 잡고 놓아주지 않는 간호사를 보면서 온 국민이 함께 오열했다는 것이었다. 박정희 대통령과 육영수 여사가 탄광에 가서 광부들을 위로할 때 광부들이 뤼브케 독일 대통령에게 큰 절을 하면서,

"우리 대통령님을 도와주세요."

"우리들이 열심히 일하겠습니다."

라고 절규하는 모습은 정말 온 국민을 감동의 도가니로 밀어넣기에 충분했던 것이다. 왜 그들이 이렇게 먼 곳 독일에 와서 1,000m 가 넘는 지하막장까지 들어가서 힘든 일을 해야만 했는가? 그 대답은 박 대통령의 현장연설에 고스란히 담겨 나왔다.

"광부여러분, 모국의 가족이나 고향땅 생각에 괴로움이 많을 줄 생각되지만, 우리 모두 자신이 무엇 때문에 이 먼 이국땅에 찾아왔던가를 명심하여 조국의 명예를 걸고 열심히 일합시다. 비록 우리 생전에는 이룩하지 못하더라도 후손을 위해 남들과 같은 번영(繁榮)의 터전이라도 닦아 놓읍시다."

연설이 끝나고 계속 흐느끼며 우는 광부들의 손을 잡고 등을 두드려주는 박 대통령의 모습에 눈시울을 붉히던 시청자들도, 박 대통령 내외가 탄 차가 광산을 떠나려 하자 차를 가로막고 울부짖는 광부들의

모습을 보면서는, 함께 통곡을 하며 울었다고 했다.

"각하, 우릴 두고 어디로 가세요?"

"고향에 가고 싶어요. 부모님이 보고 싶어요."

박 대통령이 차 안에서 울고 있는 모습을 독일의 취재기자들이 다큐멘타리 필름으로 모두 담았다. 옆자리에 앉아서 함께 울면서 자신의 손수건을 건네주는 뤼브케 대통령의 모습도 TV 화면에 나타났다. 한국에서 모두들 대학교육을 받은 최고의 엘리트들. 그 당시 전 국민의 1%도 되지 않았던 대학교 졸업생들인 이들이 국내에는 변변한 일자리가 없어서 이곳 서독의 간호사로 또는 광부로 파견 나왔던 1960년대의 비참한 현실. 세계 150개 국가에서 135위의 가난한 나라의 국민들. 이제 43년이 지난 지금 그들의 꿈은 이루어졌다. 그들의 후손들이 미국, 중국, 일본, 그리고 독일에 이어 이 지구상에서 다섯 번째로 부강(富強)한 나라의 국민이 되었으니까.

간호사출신으로 독일에서 가정을 꾸려가는 프랑크프루트 거주 60대 후반 여성과의 인터뷰가 이어졌다.

"네, 제가 보낸 그 돈으로 동생들 대학교도 모두 보냈어요. 그래서 큰동생은 지금 대기업체 대표이사 사장을 하고 있고, 작은 동생은 작년에 육군소장으로 진급했어요. 그리고 그 돈으로 우리나라가 고속도로도 놓고 경제발전도 이룩하여서 이렇게 세계 5위의 경제대국이 된 것 아닙니까? 우리 시댁도 저이가 탄광에서 고생하며 보낸 돈으로 시동생들과 시누이들 모두 훌륭하게 성장했지요. 우리 모두 고생은 했지만 결코 후회는 하지 않아요. 우리나라가 자랑스러워요. 그리고 우리들도 그런 발전에 조금이나마 보탬이 됐다는데 자부심을 느끼면서 살고 있지요."

인터뷰 내내 밝은 표정을 짓고 있던 이들 부부는 인터뷰가 끝날 무렵에 가서는 결국 울음을 참지 못하였다.

 KGS의 높은 시청률에 자극 받은 SDS와 MDC에서도 박 대통령서거 특별프로그램을 제작 중에 있다고 했다. SDS는 "인간 박정희와 그 아내 육영수'라는 감성에 호소하는 프로그램을 준비 중이며, 오는 5월 24일 장례식 날 저녁에 8시 뉴스가 끝난 다음, 9시부터 12시까지 세 시간 동안 방송할 계획이라고 했고, MDC도 '한강의 기적'을 3부작으로 제작하여 5월 22, 23, 24일 동안에 밤 10시부터 매일 두 시간씩 여섯 시간에 걸쳐 방송할 예정이라는 것이었다. 이제 박정희 대통령이라는 큰 영웅은 떠났지만, 그를 추모하는 많은 행사들이 전국을 '포스트 박정희 신드롬'이라고 부르기에 충분할 만큼 뜨겁게 달구고 있는 것이다.

영결식장에서 생긴 일 ::

　드디어 박정희 전대통령의 발인일인 2007년 5월 24일이 되었다. 이른 새벽부터 충청북도 옥천군 청성면 궁촌리의 삼락별장은 전국각지에서 몰려온 많은 조문객들과 차량들로 앞마당은 물론이고 주변도로까지도 북새통을 이루었다. 아침 7시, 박 전대통령의 영정을 실은 검정색 리무진에는 지난 30년간 대통령의 차량을 운전했던 이대관 기사가 운전석에 앉았고, 옆의 자리에는 박치만 사장이 상주를 대표해서 혼자 앉아있었다. 육영수 여사는 박 대통령의 운구를 실은 영구차가 움직이자 차량의 둘레를 치장한 꽃을 어루만지며 하염없이 눈물을 흘리고 있었다. 지난 9일간 너무나도 울어서 이제는 눈물이 마르기도 했으련만,

육 여사의 눈에서는 끝이 없이 눈물이 흘러내리고 있는 것이었다. 큰 따님인 박근화 대표는 어머니를 모셔서 승용차에 타는 것을 도와드린 다음 삼락별장 주변에 몰려 있는 조문객들을 보면서 빙 돌아가며 목례를 한 후 천천히 버스에 올랐다.

 버스 안에 앉은 김종팔 전대통령은 착잡한 심정을 가눌 길이 없었다. 그래서 아까부터 계속 먼 산만 바라보고 있는 것이었다. 그는 조용히 눈을 감고 각하와의 인연을 생각해 보았다. 6.25 전쟁이 터지기 바로 1주일 전에도 그렇게 자세하게 북한의 남침가능성을 알렸건만 당시의 군지도부에서는 그들의 보고를 무시했었다. 전쟁이 바로 코앞에 닥쳤는데도 군 수뇌부들은 육군본부의 장교클럽 개관식에 참석하여 파티를 즐기고 있었던 게 당시의 상황이었다. 그 때 박정희 전대통령은 소령이었고 자신은 중위로 있었다. 이름하여 육군본부 군사정보국. 1961년에 젊은 장교들이 주축이 되어서 목숨을 건 혁명을 일으켰을 때, 죽음을 각오했던 그때의 심정, 누가 그런 뜨거운 마음으로 이 나라를 사랑했단 말인가? 그리고 1965년에 일본과 국교정상화회담(國交正常化會談)을 하는 과정에서 많은 학생들이 자신을 매국노(賣國奴)라고 몰아세울 때는 참으로 서러워서 죽고만 싶었다. 그 돈이 없었더라면 어떻게 우리가 경제발전이라는 발걸음을 옮길 수 있었을까? 필리핀도 그때 일본으로부터 청구권자금(請求權資金)이라는 똑같은 돈을 받아가지 않았던가? 그러나 필리핀은 인기에 영합하여 그 돈을 태평양 전쟁에 피해를 본 위안부들이나 전쟁미망인들에게 모두 나누어 주었고, 반면에 한국은 그 돈을 모두 생산적인 자금으로 활용하였다. 그래서 46년이 지난 지금, 필리핀은 어디에 있는가? 여전히, 아니 오히려 전보다 더 못사는 나라가 되었고, 한국은 세계에서 제일 못살던

나라에서 이제 당당한 세계 5위의 부유한 나라가 되었다. 지금 생각해 보면 박정희 전대통령, 그는 참으로 앞을 내다 볼 줄 아는 선견지명(先見之明)과 통찰력이 있었던 분이었다. 그런 걸출한 영웅을 모시고 반백년을 함께 살아왔던 자신이 또한 자랑스러웠다.

'나도 언젠가는 떠나가겠지…'

드디어 차량행렬은 궁촌리의 삼락별장을 출발하여서 어느 덧 천안의 독립기념관에 도착하였다.

커다란 대형태극기 밑에 박정희 전대통령의 영정사진이 놓여 있고 그 앞에는 오늘의 발인예배를 위하여 3천명이 넘는 많은 사람들과 내외신 신문과 방송사들의 관계자들이 모여서 북적이고 있었다. 박정희 전대통령 발인예배에는 먼저 천주교계를 대표한 김수한 추기경의 기도가 있었다.

"인자하신 주여, 이분의 영혼을 받아 주십시오. 죄와 죽음의 사슬을 끊고 생명과 광명의 나라로 인도하여 주십시오…"

방송사의 카메라 돌아가는 소리, 카메라 기자들의 사진 찍는 소리와 발걸음 소리, 이런 소음들과 뒤섞여서 여인들의 흐느끼는 소리가 점차 커지더니 휠체어에 앉은 육영수 여사의 어깨가 들먹이자 운집해 있던 여인들은 누가 먼저랄 것도 없이 통곡을 해댔다. 다음으로 단위에 올라온 새문안교회의 강신영 목사의 기도가 이어지지만 여인들의 울음소리에 묻혀서 거의 들리지 않았다.

"저 공중을 나는 참새 한 마리도 당신의 허락 없이는 땅에 떨어지지 않는다고 하셨기에, 우리는 지금 이분을 편안한 마음으로 주님나라로 보내드립니다."

옆에서는 불교계에서 나온 많은 승려들이 목탁을 치면서 독경을 하고 있었다. 오늘의 이 발인예배는 대한민국의 모든 종교, 교파를 초월하여 온 국민이 우리의 국부이신 박정희 전대통령을 보내드리는, 그야말로 국민장(國民葬)인 것이었다. 30여분간의 예배의식이 끝나자 곧 단이 치워지고 모든 사람들이 영정을 중심으로 빙 둘러 서있고 그 앞줄에는 피리, 해금, 징, 장구 등을 가지고 앉은 삼현육각(三絃六角)의 반주자들이 자리를 잡았다. 그 가운데로 하얀 소복을 입은 가녀린 처녀가 나왔는데 바로 오늘 살풀이춤을 시연(試演)할 25살의 이선화 양이었다. 작년에 국립예술학교를 졸업하고 임애방류의 전통춤인 중요무형문화재 97호 살풀이춤의 맥을 이어가는 재인(才人)으로 오늘의 큰 행사에서 춤으로 박정희 전대통령의 마지막 가시는 길을 편안케 해 드리겠다는 갸륵한 마음의 청년. 전 세계의 모든 유명한 방송사가 거의 다 집결된 천안의 독립기념관 특별무대에는 이제 흰 옷과 흰 수건 그리고 부드러운 춤사위가 4/6박, 4/4박의 살풀이장단에 맞추어서 3천여 조문객들을 압도하고 있었다. 처음에는 흐느끼는 듯하게 춤사위가 시작되더니 이어서 점점 빠른 자진모리장단으로 넘어가면서는, 마치 이승에서의 못다한 한풀이를 하려는 듯한 격렬한 몸짓으로 이어져 나갔다. 장구와 징의 빠른 장단이 구경하는 모든 사람들의 몸을 공중으로 붕 떠오르게 하는 것 같았다. 그렇게 휘몰아치기를 얼마나 했을까, 춤꾼은 지친 듯한 모습으로 다시 살풀이장단에 맞추어서 춤사위를 이어갔다. 애잔한 피리와 해금의 울림을 마지막으로 이제 춤꾼은 바닥에 주저앉더니 흰 수건을 거두어들였다. 춤에 매료됐는지 무아지경(無我地境)에 빠진 이선화 양의 두 볼을 타고 흐르는 눈물을 각 TV 방송사의 카메라들이 서로 앞다투어 잡았다.

이 때 정말 전혀 예상치 못한 놀라운 광경이 벌어졌다. 영정 앞에 의자가 하나 놓여지더니 할머니 한 분이 부축을 받으며 의자에 앉았다. 얼굴에 고생한 흔적이 역력한 81세의 강무자 할머니! 그가 누구였던가? 바로 태평양 전쟁 당시 14세 어린아이의 몸으로 일본군에 강제로 끌려가 태평양의 여러 섬에서 그들의 성적인 노리개가 되어서 삼 년을 지내다가 살아 돌아온 정신대 할머니. 태평양의 사이판에서 그리고 파라오 섬에서 하루 동안에 무려 20명에서 많은 날은 50명이 넘는 일본 병사들의 몸을 받아들이며 배설구(排泄口) 노릇을 하고서도 꿋꿋이 살아 돌아온 할머니. 본인의 그 부끄러운 과거를 숨기지 않고 일본 사람들의 잔학상(殘虐像)을 전 세계에 고발하고 있는 우리들의 장한 할머니로, 지금은 '정신대 할머니들의 모임'의 회장을 맡고 있는 분이었다. 할머니가 의자에 앉자 그 앞으로 더벅더벅 걸어 나온 사람은 일본의 고이즈미 총리! 사람들은 모두 다음에 어떤 상황이 벌어질까 놀라는 표정들이 역력했다. 검정색 조문복을 입은 고이즈미 총리가 강무자 할머니 앞에 무릎을 덥석 꿇고는 고개를 숙였다. 고이즈미 총리는 그렇게 무릎을 꿇은 자세로 2분 정도를 조용히 앉아 있었다. 주변에서는 TV 카메라 소리, 중계방송 요원들의 속삭이는 듯 나직한 목소리, 카메라 셔터 소리, 헛기침 소리만이 들릴 뿐이었다. 그렇게 한 동안을 침묵한 후 고이즈미 총리는 조문복의 안주머니에서 발표문을 꺼내더니 떨리는 목소리로 읽어 내려가기 시작했다. 주변에서 행사를 돕는 요원들이 얼른 고이즈미 총리에게 마이크를 대주었다.

"본인은 모든 일본국민들을 대표하여 이번 대한민국의 고 박정희 전 대통령의 서거를 진심으로 조문하는 바입니다. 그리고 오늘 이 자리를 빌어서 우리 일본이 과거에 한국을 강제로 합병하고 통치하였으며, 또한 조선의 국모를 살해한 사실이 있다는 것을 만천하에 알리면서, 그러한 잘못을 깊이 뉘우칩니다. 더 나아가 만주사변과 태평양전쟁 중에 많은 한국여성들을 강제로 전쟁터에 끌고 가서 비인간적으로 그들의 인권을 유린(蹂躪)했던 사실을 부끄럽게 생각하고, 이제 이 자리를 빌어서 대한민국 국민들 앞에 그리고 전 세계의 모든 자유를 사랑하는 민족들 앞에 엄숙히 사죄합니다."

미국의 CNN, ABC, NBC, 중국의 신화사통신 등 외국의 방송사들이 흥분된 어조로 이 역사적인 장면을 앞다투어 보도하고 있었다.

"아! 지금 일본의 고이즈미 총리가 한국의 정신대 대표 할머니에게 무릎 꿇고 사죄를 하고 있습니다."

일본의 후지TV와 NHK는 아나운서의 아무런 언급 없이 화면만을 내보내고 있었다. 그들에게 오늘의 이 장면은 너무나도 큰 충격이었을 것이었다. 사진기자들은 이 장면을 찍기 위해 서로 밀치고 앞으로 나오려고 아우성이었다. 이 때 고이즈미 총리의 옆으로 다가가서 양팔을 붙들고 일으켜 세워주는 사람들은 다름 아닌 김종필 전대통령과 김영산 전대통령이었다.

이제 사람들의 웅성거림과 놀라움을 뒤로하고 장례행렬은 다시 서울을 향하여 출발하였다. 육군헌병대의 오토바이 40대가 선두를 맡았고 또 다른 40대의 오토바이부대가 후미를 맡았다. 대한민국 육군! 우리나라의 최고의 엘리트 집단. 6.25 전쟁에서는 목숨을 바쳐서 이 나라를 구했고 춘천전투, 다부동전투, 평양입성 등 혁혁한 전공을 세운 우리 대한민국의 기둥. 5.16 혁명으로 우리나라의 발전에 초석(礎石)을 놓았으며 월남전에서의 실전경험으로 다져진 60만 현역과 250만 재향군인을 대표하여 이들 80명의 오토바이부대가 박정희 전대통령 각하의 마지막 가시는 길을 인도하고 있는 것이다. 뒤의 무전기 안테나에는 태극기를 매달고 검정색 가죽옷에 흰색 망토를 바람에 펄럭이며 장례행렬을 호위하는 이들 오토바이부대는 일대 장관을 이루며 서울을 향하여 앞으로 나아가고 있었다. 차량행렬은 어느덧 평택-안성 톨게이트 근처에 이르렀다.

'박대통령기념도로, 평택-안성 2km'라고 씌어진 고속도로 안내표지판을 바라보는 김종팔 전대통령의 눈에는 이슬이 맺혀 있었다. 박대통령 서거 다음 날, 각료회의에서 경부고속도로를 박대통령기념도로로 명칭을 바꾸기로 했다는 소식과 함께, 김대정 대통령이 자신을 불러서 이 일을 책임지고 장례식 전날까지 마무리하여 줄 수 없겠느냐고 물었을 때, 정말 얼마나 기뻤는지 몰랐다. 그 후 5일간, 82세의 노구를 이끌고 자신이 각하의 영전에 바치는 마지막 정성이라고 생각하고, 고속도로표지판 교체작업에 매달리는 모든 근로자들에게 사비(私費)를 들여가며 고기를 사주고 했던 것이 과연 보람이 있었다는 생각을 했다. 이제 오늘 발인일을 맞이하여 예상하지도 않았던 고이즈미 일본총리의 큰 선물을 받았으니 돌아가신 각하께서도 얼마나 흡족해 하셨을까? 그 동안 한일간에 항상 응어리처럼 고여 있던 과거사 문제는 정말 해결하기 어려운 난제(難題) 중의 난제였다. 그런 의미에서 오늘 고이즈미 총리의 '과거사 사과' 발언은 정말 예상치 못했던 일이요, 또 그의 그러한 대담함 역시 역사에 길이 남을 큰 업적인 것이었다. 김종팔 전대통령은 어떻게 하면 곧 일본으로 돌아가게 될 고이즈미 총리의 체면을 살려줄까를 생각하며 고민에 빠져있는 것이었다. 이렇게 일본총리가 무릎 꿇고 사과까지 한 마당에, 앞으로도 계속해서 우리가 한일간의 과거사 문제를 거론한다면 그의 입지만 좁혀주는 것 외에 아무것도 아니기 때문이었다.

한남대교를 건너는 버스 안에 앉아있는 박근화 대표의 마음도 여간 착잡한 게 아니었다. 남들은 한강의 기적이라고 하지만 그것은 기적이 아니었다. 돌아가신 아버지의 피와 땀의 결실이었으며 근검절약의 소산이었다. 그렇게 최고통치자의 자리에 있으면서도 한 여름에 에어컨도 한 번 틀지 못하게 하고 화장실 변기에는 벽돌을 집어넣어 수돗물을 절약하셨던 아버지. 아들과 딸들에게도 해어진 옷을 기어입고 다니라고 하셨던 아버지. 그래서 웨스트리버대학교에서 전자공학을 공부할 때도 다른 학생들처럼 멋있는 옷을 입어보지도 못했고, 명품 핸드백을 가져보지도 못했던 자신의 지난날들. 프랑스 파리에서 정치학석사 학위를 받을 때도 그랬고 미국 하버드 대학에서 국제관계학 박사과정을 공부할 때도 그랬다. 근검절약(勤儉節約)은 지난 50년간 아버지가 가르쳐 준 가장 큰 교육이었으며, '나라사랑 정신'은 아버지가 자신에게 물려준 최대의 유산이었다. 옆자리에 앉은 클린턴 전대통령과는 서울로 오는 동안 내내 많은 이야기를 나누었다. 앞으로 한국과 미국의 유대관계를 강화하는 문제에서부터, 미국 비자를 빠른 시일 내에 면제해 달라는 부탁도 했고, 또 이번에 화성에 공장을 세운 '3메타 주식회사' 처럼 그런 대기업의 공장이나 R&D 센터를 한국에 많이 보내달라는 이야기도 했다. 또 한국의 자주국방을 위해서 사정거리 1,000km 이내의 미사일을 개발하는데 미국의 첨단기술을 지원해달라는 부탁까지도 했다. 박근화 대표는 오랜 미국에서의 정치연수를 통하여, 미국에서는 퇴임 후의 대통령도 상당히 많은 부분 국정에 조언을 해 줄 수 있다는 사실을 잘 알고 있었던 것이다. 클린턴 전대통령은 8년 전에 자신이 한국을 방문했을 때보다 대한민국이 놀랄 만큼 더 발전하였다는 사실에 상당히 충격을 받는 모습이었다. 특별히 천안에서부터 서울까지 오는 동안 도로 양 옆에 서서 태극기를 흔들며 박정희 전대통령의 마지막 행렬을 지켜보는 한국 국민들로부터 큰 감명을 받았다는 말을 몇 차례씩이나 하였다.

  오전 11시, 운구행렬은 장충동을 지나 마침내 광화문의 영결식장에 도착하였다. 광화문 앞 일대는 이미 모든 행사준비가 완료되어 박 전 대통령의 운구행렬이 도착하기만을 기다리고 있는 상태였다. 1961년 에 5.16 혁명을 거사(擧事)한 후 그 다음해인 1962년부터 1992년까지 30년간 정들었던 청와대, 이제 박 대통령은 청와대를 떠난 지 15년 만에 다시 돌아온 것이다. 온 국민의 애도 속에, 그리고 전 세계 지도 자들의 조문 속에⋯
  박정희 전대통령의 운구가 도착하자 해군의장대 병사들 여덟 명이 정중히 시신을 담은 관을 꺼내어서 단 앞으로 운반해 왔다. 냉동설비 가 되어있는 관을 영정 바로 밑에 안치해 놓고 그 위에는 태극기를 덮 었다. 이어서 김대정 대통령을 위시하여 이곳에서 도착을 기다리던 외 국의 국빈들이 차례차례로 헌화를 했다. 헌화(獻花)를 하고 단위로 올 라가는 김대정 대통령에게 김종팔 전대통령이 뒤따라가면서 무어라 고 귓속 말을 했다. 김대정 대통령이 알아들었다는 듯이 고개를 끄덕 이면서 단 위로 함께 올라가고 있었다. 한 20여분이 지나자 관은 어느 새 하얀 국화로 가득 쌓였다. 국내외 국빈들의 헌화 순서가 끝나자 곧 장내 아나운서의 방송이 광화문일대에 울려 퍼졌다.
  "지금으로부터 고 박정희 전대통령 각하의 국민장 영결식을 거행하 겠습니다. 먼저 고인에 대한 약력 소개가 있겠습니다."
  약력을 소개하는 사람은 이번에 장례준비부위원장을 맡은 12명 중 의 한 명인 정은찬 수도서울대학 총장이었다. 약 3분간에 걸쳐 고인의 약력을 읽고 있는 정 총장의 목소리가 간간히 떨렸다. 박정희 전대통 령과 육영수 여사가 세운 정수장학회의 1기 수혜자로서 지금은 세계

9대 명문대학으로 발돋움한 수도서울대학의 총장을 3년째 맡고 있는 사람이었다. 그에게 과거 그 힘들던 시절에 정수장학회(正修奬學會)의 장학지원이 없었다면 과연 오늘과 같은 영광이 있었을까? 고인의 약력소개가 끝나자 곧 이어서 불교계를 대표한 법장 스님의 고인을 기리는 법어낭독이 있었다.

"산은 산이고 물은 물인 것을, 우리가 헛된 속세에서 헛된 욕심으로 저 극락을 보지 못하는도다."

성철스님의 유명한 법어를 인용하면서 운을 뗀 법장스님은 그 다음 말을 계속해 나갔다.

"이제 이 불쌍한 중생을 떠나보내오니 대자대비하신 부처님이시여, 이 분의 영혼을 극락세계로 인도하소서…"

이때 단 밑에서 도열하고 있던 108명의 전국사찰을 대표하는 승려들이 금강경을 외우며 목탁을 두드리고 고인의 마지막 가는 길을 축원하고 있었다. 이 예식이 끝난 후 무대 앞에 마련된 오케스트라의 조가(弔歌) 순서가 있었다. 장엄한 전주가 울려 퍼지자 일순간 장내는 물을 뿌린 듯 잠잠해 졌다. 가끔씩 비둘기 날아가는 소리만이 들릴 뿐이었다. 지휘를 맡은 사람은 세계적인 지휘자로 이름을 날리고 있는 정명운이었다. 그의 지휘에 맞추어서 80명의 코리안 남성합창단이 검은 예복으로 단장한 채 엄숙하고 장엄한 노래를 불렀다.

곡명은 '순례자의 노래'.

"이 세상 마지막 길을 떠나는 순례자, 인생의 거친 들에서 하룻밤 지새며…'

이어서 코러스가 교차하면서 마치 거친 폭풍우가 몰아치는 듯한 격정(激情)이 광화문일대를 엄습했다.

"환란의 모진 비바람 세차게 불어도… 이 세상, 이 세상 떠나갈 때에…”

장내에는 울음이 섞여 나오기 시작하더니 오케스트라의 반주와 노래
가 잔잔하게 될 때쯤에는 이곳저곳에서 통곡소리가 들리기 시작했다.

“… 외로운 순례자 본향을 향하네.”

이제 박정희 전대통령의 길고긴 여정이 순례자의 길을 마치고 본향(本
鄕)을 향하여 떠나는 것이었다. 영원한 안식만이 있는 본향을 향하여.

이어서 단 위의 마이크 앞에선 김대정 대통령, 옷깃을 바로잡더니 차
분한 음성으로 조사를 낭독해 갔다.

“사랑하는 대한민국 국민여러분, 해외동포여러분, 그리고 이 자리에
참석하시어서 이 영결식장을 빛내주고 계신 전 세계의 지도자여러분,
이제 우리는 하나님의 섭리에 따라 우리들이 사랑하고 존경했던 박정
희 전대통령을 하늘나라로 보내드리는 마지막 행사를 하고 있습니다.
그 분은 진정한 한국인으로 어느 누구보다도 더 우리나라 조국의 가난
을 가슴 아파하셨고, 또 마음속 뜨거운 열정으로 대한민국을 사랑하시
다 돌아가신 분이셨습니다.”

잠시 숙연하게 멀리 남대문 쪽을 응시하던 김대정 대통령은 조사를
이어 나갔다.

“본인은 오늘 대한민국의 모든 국민들을 대표하여 고인의 피와 땀의
결실이요, 대한민국 근대화의 시발점인 경부고속도로를 ‘박정희기념
도로’로 명칭을 변경하여 고인의 나라사랑정신을 기리고자 합니다.
아울러 이 자리를 빛내주신 미국의 조지 부시 대통령, 중국의 후진타
오 주석, 영국의 토니블레어 수상, 러시아의 푸틴 대통령 그 밖에 많은
외국의 조문사절께도 삼가 머리 숙여 감사를 표하는 바입니다.”

긴장 때문에 말이 잘 나오지 않는지 김대정 대통령은 물을 한 모금

먹은 후 나머지 조사를 계속 읽어 내려갔다.

"특별히 일본의 고이즈미 총리 각하께 우리 대한민국의 모든 국민을 대표하여 심심한 감사의 말씀을 전하고자 합니다. 실로 지난 수십 년 동안 두 나라 사이에 쌓여있던 모든 원한과 불편했던 관계가 오늘아침 고이즈미 총리각하의 위대한 결단으로 모두 해소(解消)됐기에 저는 온 세계 자유만방을 향하여, 우리 대한민국과 일본국은 이제 서로 영원한 동반자의 길을 가게 되었다고 엄숙히 천명하는 바입니다. 실로 고 박정희 전대통령께서는 죽어서까지도 이 나라를 사랑하신 분이셨습니다."

영결식행사가 끝나자 박정희 전대통령의 운구는 다시 국화꽃으로 치장된 차량에 옮겨지고 이제 동작동 국립 현충원을 향해 떠날 채비를 하고 있었다. 교육문고와 세종문화회관 앞의 광장에 운집해 있던 3만여 명의 조문객들은 장례행렬이 떠나갈 수 있도록 가운데 길을 터 주었다. 과거에 중앙에 있던 중앙분리대와 화단을 모두 없애고 지금은 양 옆과 광화문 바로 앞에 큰 녹지대와 숲을 만들었다. 자연스레 사람들은 박정희 전대통령의 장례행렬을 양 옆에서 지켜보는 모습이 되었다. 이 때 장례행렬의 맨 앞에는 대형태극기가 여섯 명 주자들의 손에 잡혀서 펼쳐져 나아가고 있었다. 광화문부터 국립 현충원까지 이 대형태극기를 들고 뛰어가게 될 사람들은 마라톤의 황영주 선수, 이봉조 선수, 야구의 박창호 선수, 골프의 최경조 선수, 축구의 홍명부 선수 그리고 농구의 허제 선수였다. 해병대 의장대에서 40대의 오토바이부대가 대열의 선두를 이끌고, 맨 뒤 후미는 공군 헌병대의 오토바이부대가 빨간 마후라를 나부끼면서 장례 행렬을 호위하고 있는 가운데, 대형태극기, 새마을 기, 영정차량, 뒤이어서 약 50여대의 차량행렬이 뒤를 따랐다. 이들이 가는 연도에는 시민들이 흰 소복 또는 검은 색 상복을 입고 태극기를 흔들면서 작별을 아쉬워하고 있었다. 또 빌딩의 창문에서도 많은 회사원들이 우리나라 경제발전의 견인차였던 박정희 전대통령의 마지막 떠나는 길에 꽃비를 뿌려주고 있었다.

12시 30분, 동작동 국립 현충원, 한낮의 따사로운 햇볕을 받으며 이제 이곳에서 마지막 입관예배를 여의도 참복음교회의 조영기 목사가 집전 중이었다.

"창조주이신 하나님 아버지시여, 우리 인간은 모두 죽으면 재가 되고 티끌이 되고 흙으로 돌아간다고 하셨습니다. 그것이 하나님께서 정하여 놓으신 이치이건만 오늘 우리가 이분을 보내면서 왜 이다지도 서글픈 마음이 드는 것일까요? 이제 우리들이 이 세상에서 이분께 못다 해드린 사랑을 아쉬워하면서 하나님 곁으로 보내드립니다. 하나님께서 하늘나라에서 안아주시고 어루만져 주시면서 이분의 영혼을 거두어 주시기를 기도드립니다. 그리고 이곳에 남겨 놓은 유가족들과 5,000만 대한민국 국민들도 하나님께서 지켜주시고 보호하여 주시기를 간절히 기도합니다."

이어서 답사에 나선 박근화 대표가 가족들을 대신하여 감사의 말을 전했다.

"국민여러분, 대단히 감사합니다. 그리고 김대정 대통령님을 비롯한 장례준비위원들, 전 세계에서 아버지의 마지막 가시는 길을 보내드리기 위하여 이렇게 먼 곳까지 찾아주신 지도자여러분께 삼가 머리 숙여 감사를 표 합니다. 멀리 천안에서부터 이곳까지 동행해주신 지미카터 전 미국대통령, 장쩌민 전 중국 국가주석, 옐친 전 러시아 대통령, 리콴유 전 싱가폴 수상, 마하티르 전 말레이시아 수상, 라빈 전 이스라엘 수

상께도 심심한 감사의 말씀을 드립니다. 특별히 일본을 대표하여 오신 고이즈미 총리께 말로 할 수 없는 무한한 감사를 드립니다. 그렇게 어려운 결정을 해주시고 정말 우리국민들 앞에 무릎꿇고 사죄하시는 모습은 모든 대한민국 국민들을 감동시키기에 충분했습니다. 옛말에도 '상가(喪家) 집에서는 100년 묵은 원한도 풀린다'고 하였으니 앞으로 한국과 일본이 과거의 원한은 깨끗이 잊어버리고, 손을 맞잡고 서로의 발전과 더 좋은 미래를 향하여 협력하며 나아가야 하겠습니다."

입관예배의 마지막 순서로 '영전에 바치는 노래' 순서가 있었다. 해군 군악대의 반주에 맞추어서 앞에 나와서 노래를 하는 사람은 국민가수 조영필씨.

"황성옛터에 밤이 되니 월색만 고요해. 폐허의 서린 회포를 말하여 주노라. 아 가엾다 이 내 몸은 그 무엇 찾으려고, 끝없는 꿈의 거리를 헤매어 왔노라."

생전에 박정희 전대통령이 즐겨 부르시던 노래였다. 해군 의장대 여덟 명이 하관(下官)을 도왔다. 무덤 주위로 인도된 육영수 여사가 먼저 치마폭에 담은 흙을 한 줌 관위에 뿌리고는 국화꽃 한 송이를 던져 넣으면서 오열하자 옆에 서 있던 가족들뿐만이 아니라 모든 사람들이 울음을 참지 못하고 통곡을 했다. 함께 왔던 외국의 조문사절들과 국내의 장례준비위원들도 한 줌씩 흙을 뿌렸다. 이들 틈에 지난 30년간 박 전대통령의 머리를 깎아 주던 박수운 씨의 모습도 눈에 띄었다. 얼마나 울었는지 붉게 충혈된 눈이 퉁퉁 부어있었다. 이 때 하늘에는 공군비행대의 T50 고등훈련기 24대가 창공을 가르며 흰색 연막을 뿌리고 날아갔다.

장례식이 모두 끝나고 헤어져서 밖으로 걸어 나오는 조문객들 틈에서 진한 사투리가 들려왔다. 50대의 전라도 아주머니들이었다.

"워째코롬 그다시 삐쩍 말라 뿌렀을까, 잉?"

"아따, 두 부부가 잉꼬 맹키로 오순도순 사시다가 한 분이 먼저 떠나 뿌렀응게 맴이 상해서 그런 거 아니라고?"

"을매 못 사시겄구만그려…"

"워메? 누가 들으면 워쩔려구 그랴!"

:: 하얀 목련도 지고

　남편을 그렇게 떠나보내고 궁촌리의 삼락별장으로 내려와 지내는 육영수 여사는 허탈(虛脫)한 마음을 달랠 길이 없었다. 이럴 줄 미리 짐작하고 딸 근화는 서울에서 한두 달만이라도 함께 지내자고 했지만, 그럴수록 더욱 박정희 전대통령에 대한 생각이 간절할 것 같아서, 차라리 그럴 바에야 시골에서 조용히 지내는 게 더 좋겠다 싶어 장례식이 끝나자마자 이곳 시골집으로 내려온 것이었다. 장례식이 끝난 지도 벌써 보름이나 지났건만, 요즘도 하루 100여명이 넘는 조문객들이 찾아와서는 조의를 표하고 돌아가곤 하였다.

집 앞뒤로 피어있는 온갖 꽃들도 요즘은 별로 좋은 줄 모르겠고, 무엇보다도 '아름이'가 식음을 전폐한 사실이 육영수 여사의 가슴을 너무나 아프게 했다. 박 대통령을 그렇게도 따르던 아름이는 박 대통령이 돌아가시고 나서부터는 벌써 보름동안을 아무것도 먹지 않고 계속 굶어 지내는 것이었다. 아무리 육 여사가 귀여워 해주어도 소용이 없고 날마다 정자 밑에 쭈그리고 앉아서 눈만 껌벅일 뿐이었다. 그래서 지난 주에도 수의사(獸醫師)가 다녀갔고 어제도 수의사가 와서는 주사를 두 대나 놓아주고 갔다.

"얼마 못 살겠는데요?"

수의사가 돌아가면서 던진 말이었다.

'그래, 모두들 그렇게 떠나간단 말이지. 내 나이 벌써 83세, 살 만큼 살지 않았나? 죽기 전에 무슨 뜻깊은 일을 해야 할 텐데…'

2007년 6월 11일 월요일의 아침은 어느 날보다도 맑고 청명했다. 산들바람이 살랑살랑 불어오는 초여름의 날씨, 육 여사는 속으로 생각해 보았다. 일년 중에 이만큼 좋은 날이 며칠이나 될까 하고. 그러나 이제는 이런 좋은 날씨도 아무 소용없고 모든 것이 귀찮기만 했다. 옛날에는 하루 24시간이 모자라서 하루가 너무 짧다고 불평했는데, 남편이 가고 없는 지금은 세상이 너무나도 공허하고, 하루가 마치 48시간도 넘는 것처럼 지루하게만 느껴졌다.

육영수 여사는 오늘 오전 10시에 전체직원들 모임을 갖자고 미리 얘기해 놓았다.

"모두들 자리에 앉으세요."

육 여사가 잔디 위에 깔아놓은 돗자리를 가리키면서 하는 말이었다.

30여 명의 직원들이 주섬주섬 자리에 앉기 시작했다. 원래 삼락별장에는 모두 50명이 있었으나 지난 5월에 박 대통령이 돌아가시자 경비인력들과 경호원들 중 일부가 먼저 철수하고 현재 남아있는 인원은 모두 32명이었다. 불과 보름 사이에 너무나 수척해지신 육 여사님을 볼 때마다 직원들의 가슴은 미어지는 듯했다. 그러나 아무리 자신들이 애를 써도 그 마음의 슬픔만큼은 어떻게 해 볼 도리가 없는 일이었다.

"제가 여러분들께 오늘 중요한 말씀을 드리려고 해요."

파리해진 얼굴로 직원들을 돌아보면서 육 여사가 말을 계속해 나갔다.

"저 여기 여러분들이 이렇게 많이 계실 필요가 없다고 생각해요. 그래서 드리는 말씀인데, 이제 모두들 본래의 위치로 복귀(復歸)하세요. 그리고 이곳에는 저와 아주 소수의 인원, 대여섯 분만 계시면 좋겠어요. 그이도 생존해 계시지 않는데 이곳에서 저를 지키고 있을 필요도 없고요. 또 그 대여섯 분이라는 것도 꼭 이분은 있어 주었으면 좋겠다 하는 것도 아니에요. 그러니까 모두들 홀가분한 마음으로 떠나도록 하세요."

말을 하면서 육 여사가 눈물을 비치자 이곳저곳에서 훌쩍이는 소리가 들려왔다. 30분에 걸쳐서 서로 남겠다는 사람, 떠나겠다는 사람들 간에 의견교류이 이루어졌다. 그래서 최종적으로 잔류를 하겠다고 한 사람들은 유희송 비서, 박수운 이발기사, 이광영 비서관, 이대관 운전기사, 전영상 주방장과 식당 아줌마들 세 명 이렇게 모두 여덟 명이었다. 박수운 이발사는 박 대통령도 계시지 않는데 더 이상 할 일이 없다고 떠나라고 하자, 부득부득 자기는 남아서 풀도 뽑고 꽃도 가꾸고 하면서 궂은 일을 도맡아 하겠노라고 하면서 고집을 부리는 통에, 그대로 잔류(殘留)하기로 했다.

이별하는 날 아침, 삼락별장은 난데없는 울음바다로 변해 버렸다. 김병주 박사는 앞으로도 일주일에 한 번씩 꼬박꼬박 내려 와서 여사님의 건강을 체크해 드리겠다고 했고, 다른 직원들도 모두들 이별을 서운해하면서 눈물을 짓고 있는 것이었다. 육 여사는 떠나는 이들에게 작별인사로 봉투를 하나씩 건네주었다. 한사코 거절하는 그들에게 육 여사가 손수 손을 꼭 잡아 주면서 쥐어주자 이들도 더 이상 거절을 하지 못하고 모두 눈물을 흘리면서 봉투를 받아서 주머니에 넣었다. 그 돈이 얼마면 어떠하랴? 이들에게는 그 돈의 많고 적음이 문제가 아니었다. 평소에 박 대통령의 월급에서 불우한 이웃을 도와주고 생활비에 쓰고 남은 돈을 육 여사가 소중히 모아 왔다는 사실을 너무나 잘 알고 있는 이들이었기에, 그들이 금일봉을 받아 든 순간 모두가 다 감격의 눈물을 흘렸던 것이다. 여자들은 여사님의 어깨를 꼭 끌어안고 하염없이 눈물을 흘리면서 울며 헤어졌고, 또 남자들은 그 앞에서 무릎을 꿇고 인사를 하는 사람, 엎드려서 큰 절을 하고 떠나는 사람 등 가지각색이었다.

다음 날 점심에 육 여사는 이들 남아있는 사람들과 함께 점심으로 수제비를 해먹었다. 오랜만에 먹는 수제비는 그 맛이 일품이었다. 호박을 숭숭 썰어 넣은 수제비를 맛있게 먹고 난 육 여사는 아주 활달한 모습으로 일행을 밖의 잔디밭으로 나오라고 했다. 모두들 근래에 드물게 여사님이 너무나도 활발하고 명랑해지셔서 기쁜 마음으로 밖의 잔디밭으로 모였다. 딸기를 먹으면서 육 여사는 앞으로의 계획을 밝히는 것이었다.
"앞으로 이 곳 부속실, 저 큰 건물 말이에요. 그것을 우리가 지금 쓸 일이 없잖아요? 우리 식구들이라야 전부 열명도 되지 않으니까 그 옆에 있는 작은 건물만 해도 충분할 것이고, 또 요즘 하루에 100명 정도씩 찾아오시는 조문객들도 여기 본채에서 맞으면 될 것 같아요. 그래서 그 건물을 도서관으로 꾸미고 싶어요. 이곳 옥천군 내에서 가장 훌륭한 도서관으로요. 여기 옥천군 관내 학교를 우리가 날마다 두 차례 정도씩 순회하는 거예요. 뭐 누가 꼭 그 일을 한다고 할 것도 없고 운전할 줄 아는 분들은 하루 두 차례 씩 저 중형버스를 끌면서 아이들이나 어른들을 태워서 데려오고 데려가면 되겠고요, 그리고 여기서 책 정리와 대출업무 맡아서 해줄 수 있는 사람들은 그 일을 하고요. 당분간은 제 돈 가지고 하다가 만약에 모자라면 치만이 보고도 좀 대라고 하지요. 제가 지금 구상은 다 해놓았어요. 책은 우리 돈으로 사기도 하고 또 이곳저곳에 부탁하면 많이 기증(寄贈)받을 수도 있을 거예요."

원래 남몰래 하려고 했던 일인데 이런 저런 경로(徑路)로 육 여사의 이러한 방침이 알려지자, 옥천군에서도 적극적으로 돕겠다고 나왔고, 인근의 부대에서도 장병들이 나와서 시설 변경하는 작업을 도와주겠다고 하였다. 서가를 제작하는 곳에서는 도서실에서 필요한 모든 서가를 무료로 제작해주겠다고 했고, 또 인근의 단국대, 상명대와 호수대 등에서도 학생들이 자발적으로 와서 도서관리에 필요한 업무를 지원해 주겠다고 하였다. 이대관 운전기사와 박수운 이발사는 날마다 인근의 옥천군 관내를 다니면서 아이들이건 어른들이건 삼락별장의 도서관으로 사람들을 실어 나르는 일을 맡겠다고 했다.

6월 25일, 드디어 보름 간에 걸친 개보수공사가 모두 끝이 나고 오늘은 삼락도서관 개관식이 거행되는 날이었다. 그동안 각계 각층에서 많은 도서가 기증되어 왔다. 어린이들이 좋아하는 문고판과 세계명작동화에서부터 어른들이 좋아하는 소설책까지. 인근의 주민들과 학생들이 모두 모인 자리에서 육영수 여사는 오늘의 소감을 밝은 표정으로 다음과 같이 말했다.

"오늘 이곳의 이름을 삼락도서관(三樂圖書館)이라고 이름 달고 보니 너무나 아름답네요. 제가 생각한 삼락이란, 첫째로 모르는 것을 배우는 즐거움, 둘째로 책 속에서 작가의 생각이나 마음을 만나는 즐거움, 그리고 셋째로 우리가 이곳에서 만나서 우리의 지식과 경험을 나누는 즐거움, 이렇게 세 가지입니다. 앞으로 이 도서관이 이곳 옥천군뿐만이 아니라 더 넓은 지역에서도 많이 찾아오는 명소(名所)가 되었으면 좋겠다는 생각입니다."

날마다 한 차례에 열 명씩 또는 열다섯 명씩 실어오는 중형버스를 기다리는 시간만큼은 육 여사가 가장 기쁨에 들떠 있는 시간이었다. 육 여사는 특히 어린아이들을 좋아했다. 버스에서 내리는 아이들을 일일이 맞아 주면서, 머리를 쓰다듬어 주기도 하고 또 이런저런 것들을 물어보곤 하시었다. 그러나 그러한 기쁨도 잠시, 8월에 접어들자 육영수 여사의 건강은 눈에 띄게 나빠져 갔다. 특히 요즘 들어서는 식사를 거르는 일이 많아졌고 잠시만 시간이 나면 먼 산을 바라보는 모습이 자주 눈에 띄었다. 휠체어를 밀어주고 있는 유희송 비서는 속으로 여사님이 얼마 못 사실 것 같다고 생각했다. 어려서 외할머니께서 가끔씩 해주시던 말씀이 생각났기 때문이었다.

"희송아, 사람이 죽을 때가 가까워지면 먼 산을 바라보곤 한단다. 또 옛날 것을 자꾸자꾸 들여다보고 회상(回想)하게 되는 법이지."

그 때는 너무 어려서 그 말뜻을 잘 이해하지 못했었다. 그러나 지금 육 여사님을 보니까 문득 옛날 외할머니의 말씀이 생각났던 것이었다. 지금이 바로 그런 상황이라고…

찌는 듯한 무더위도 잠시 물러가고 아침 저녁으로 제법 선선한 가을 바람이 불어오던 8월 15일 새벽, 육영수 여사님은 홀연히 그렇게 우리 곁을 떠나가셨다. 아침 6시에 평소처럼 여사님의 옷을 입혀드리려고 방에 들어갔던 유희송 비서는 흔들어 깨워도 일어나지 않는 여사님의 손목을 잡아 보았다. 맥박이 뛰는 것 같기도 했고 그냥 서 있는 것 같기도 했다. 여사님! 여사님! 하면서 아무리 큰 소리로 불러보아도 일어나시지 않자 곧 바로 이광영 비서관을 불렀다. 이 비서는 여사님의 눈까풀을 위로 치켜 올려보더니 돌아가신 것 같다고 하면서 즉시 서울에 있는 김병주 박사에게 전화를 했다. 이때 침대 맡에서 육 여사님의 손을 잡고 처량하게 울어대는 사람은 다름 아닌 박수운 이발사였다. 박정희 대통령을 큰형님처럼, 그리고 육영수 여사님을 큰누님처럼 따르면서 살아 온 지 벌써 22년, 얼마 전에 박 대통령을 그렇게 보내드렸는데 이제는 또 여사님을 떠나 보내드리는 것이었다. 그것도 불과 석 달 만에. 그의 통곡소리를 듣고 주방에서 일하던 전영상 주방장과 아줌마들이 들어왔다. 또 버스를 닦고 있던 이대관 운전기사도 손을 씻고는 방안으로 뛰어 들어왔다. 30여분이 지나자 천안 단국대병원에서 응급차가 들이닥쳤고, 곧 바로 육 여사의 진맥을 해본 의료진들은 고개를 가로저었다. 여사님의 머리맡에는 박정희 전대통령의 자작(自作)시집이 펼쳐진 채로 놓여있었다.

「밤은 깊어만 갈수록 고요해 지는군.
　대리석 같이 하얀 피부
　복욱한 백합과도 같이
　향훈을 뿜는 듯한 그 얼굴
　사랑하는 나의 아내
　잠든 얼굴 더욱 예쁘고…」

육영수 여사의 장례식은 이곳 충청북도 옥천군 청성면 궁촌리의 삼락별장에서 국민장으로 거행되었다. 7일장을 치르는 기간동안 전국은 온통 하얀 소복의 물결이라고 했다. 하루에도 이곳을 몇 만 명이 찾아오는지, 이곳 옥천군 일대는 오백여 명의 교통경찰관들이 배치되어서 날마다 밀어 닥치는 문상객들을 정리하느라고 정신을 못 차릴 지경이었다. 조문객 한 사람이 한 송이씩 올려놓은 하얀 국화꽃은 점심때가 되면 관을 가득 덮어서 웬만한 어른 키만큼이나 높이 쌓였다. 그러면 오후가 되면서 한 번 치우고, 저녁 6시쯤에도 다시 한 번 말끔하게 치우고, 또 밤 11시가 될 때쯤이면 다시 한 번 가득찼다. 무덤에 묻히기 전에 육 여사의 시신은 벌써 국화로 수십 차례 뒤덮였던 것이다. 온 국민의 애통해하는 마음이 국화꽃으로 표현되는 아름다운 나날이었다.

마침내 7일장이 거행되는 8월 21일 아침, 정부의 고위관료들과 외국의 국빈(國賓)들, 그리고 국내 여러 곳에서 찾아 온 조문객들로 발디딜 틈조차 없이 꽉 들어찬 이곳 삼락별장 장례식장에는 이제 고인을 떠나보내는 애석한 마음을 노래로 표현하는 조가(弔歌) 순서가 있었다. 오늘 노래를 부를 사람은 세계적인 소프라노 가수 조수민 씨. 그가 준비한 곡은 뮤지컬 명성황후(明星皇后)의 주제곡으로 유명한 '나 가거든'이었다.

"나 슬퍼도 살아야 하네, 나 슬퍼도 살아야 하네…"

울부짖으며 부르는 노래가 마치 우리 국민들에게 당부하는 육영수 여사님의 한 맺힌 목소리 같았다. 내가 떠나가더라도, 슬프더라도 꿋꿋하게 잘 살아달라는. 뒤에서 대전시립교향악단의 애절한 오케스트라 반주에 맞추어서 백 코러스(Back Chorus)를 불러주는 합창단은 서울의 성동여자실업고등학교와 배화여자고등학교 학생들. 조가가 끝나자 육 여사의 시신은 꽃상여에 실려서 만장(輓章)을 나부끼면서 서서히 앞으로 나아가고 있었다. 여사님의 장례행렬은 삼락별장으로부터 2km 거리에 있는 궁촌초등학교까지는 꽃상여에 실려서 가게 되고, 그곳에서 간단한 노제(路祭)를 치른 후에는 영구차에 옮겨져서 서울의 동작동 국립현충원으로 향한다는 계획이었다. 지난 5월에 박 대통령의 장례식을 치른 후에 온 가족이 다 모인 자리에서 여사님께서 가족들에게 간곡히 부탁했다는 것이다. 무덤에 묻히기 전에 꽃상여를 한 번 태워 달라고, 그리고 그 상여를 타고 아이들이 뛰놀던 초등학교를 한 바퀴 돌아보았으면 좋겠다고. 살아생전에 좋은 옷 한번 못 입어 보셨으니까 이제 죽어서나마 꽃상여를 타고 싶으셨을까? 그래서 궁촌초등학교까지를 이렇게 꽃상여로 이동하는 것이었다. 이 장례행렬을 구슬피 울면서 따라오는 사람들이 있었으니, 바로 전국각지에서 몰려든 장애인들, 나환자들, 무의탁 노인들 그리고 각종 수용시설에 있는 사람들이었다. 이들 소외된 사람들의 어머니요, 할머니였던 육영수 여사가 이제 이 세상을 마지막으로 떠나는 날, 이들은 불편한 몸을 마다 않고 혼신의 힘을 다하여 육 여사님의 마지막 길에 동행해 주고 있는 것이다. 국내외의 많은 방송국들이 앞다투어 이 장례 행렬을 중계방송하는 가운데, 장례행렬의 바로 뒤에서 오늘 장례식의 전 과정을 다큐멘터리(Documentary)로 제작하고 있는 영국의 BBC 방송, 제임스 딘 앵커의 목소리가 더욱 처량하게 들려왔다.

"눈에 보이는 것은 온통 흰색의 물결입니다. 하얀 소복을 입은 대한민국의 국민들, 여기에는 남녀노소가 따로 없습니다. 아, 저 자신이 지난 15년간 한국에서 특파원 생활을 해 오면서도 이렇게까지 대한민국 국민들이 박정희 전 대통령과 육영수 여사님을 사랑하는 줄은 미처 몰랐습니다. 저 앞을 보십시오. 뒤를 보십시오. 끝이 없이 펼쳐진 조문행렬입니다. 우리는 지금 금세기(今世紀)에서 가장 장엄한 장례식을 여기 대한민국 땅에서 보고 있는 것입니다."

선소리꾼과 24명 상두꾼들의 긴소리가 구슬프게 들려오고 있었다.
"이제가면 언제 오나. 에헤이야 넘자 넘어.
인생일장 춘몽이드냐. 에헤이야 넘자 넘어!"
이제 꽃상여의 행렬은 야트막한 야산을 넘어서 저 멀리 궁촌교를 건너 아스라이 시야에서 사라져가고 있었다. 상여꾼들의 구슬픈 노랫소리와 딸랑거리는 요령소리만을 뒤에 남긴 채로.
"이 다리는 웬 다린가. 어허이 어허.
속세번민 인생팔고(人生八苦). 어허이 어허.
벗어나는 해탈곤(解脫橋)가. 어허이 어허.
이 다리를 건너가면. 어허이 어허.
이젠 다시 못 올 텐데. 어허이 어허.
애닳고도 설운지고. 어허이 어허…"

〈끝〉

■■■ 책을 쓰고 나서

작년에 미국과 캐나다를 40여 일간 여행하면서 워싱턴 DC 인근의 죠지 워싱턴 대통령의 생가(生家)를 방문한 적이 있었다. Vernon House라고 하는 약 100만평 쯤 되는 넓은 땅위에 있는 대저택(大邸宅)으로, 포토맥 강이 한 눈에 내려다보이는 아주 빼어난 풍경을 자랑하는 아름다운 곳이었다. 내가 이곳에서 크게 감명을 받은 것은, 이곳 안내원 중 한 사람이 죠지 워싱턴 대통령의 생애(生涯)를 설명하던 중 눈물을 지으며 목메어하는 장면이었다. 그래서 곰곰이 생각해 보았다. 백만 평이 넘는 넓은 땅을 소유하고 수백 명이나 되는 노예들을 부리면서 살던 사람이, 나라를 건국하였다고 저렇게 후손들이 눈물까지도 흘려가면서 아직도 존경하고 있는데, 우리 한국에선 그보다 더 어려운 여건 속에서 더 뜨거운 가슴으로 우리 민족을 사랑하면서 살다간 분들이 있는데, 왜 우리는 그런 분들을 '내가 이분을 존경합니다' 라고 떳떳하게 이야기하지 못하는 것일까? 그 중에서도 가장 대표적인 분이 바로 박정희 전대통령이 아닐까? 육영수 여사, 그 분은 또 어떠하셨던가?

그래서 그 두 분의 삶을 한 권의 소설책으로 쓰기로 작정하였다. 그분들이 그렇게 비운(悲運)에 돌아가시지 않고 천수(天壽)를 다하셨다면, 우리나라가 어떻게 변했을까하는 가정 위에서… 국내와 외국에서 출판된 많은 책을 참고하고, 또 동아일보와 조선일보의 옛날 데이터베이스를 뒤지고, 그렇게 모은 자료를 가지고 밤새워가며 씨름하기를 1년이 지난 오늘에서야 드디어 440페이지의 소설로 세상에 태어난 것이다.

막상 책을 쓰기 시작하자 이런 고민에 빠져들었다.

'세계 제5위의 경제대국이라는 상상이 과연 합당한가? 너무 허무맹랑(虛無孟浪)한 얘기는 아닌가?'

그러나 나는 박정희 전대통령께서 살아 계셨다면 분명히 그렇게 되었을 것이라는 확신이 들었다. 그분에 관한 국내외에서 출판된 많은 책들을 보면서, 그리고 옛날의 자료를 보면서 더욱 그런 믿음이 가기 시작했던 것이었다. 그런데 이 책을 다 쓰고 난 2007년 3월, 나는 신문에서 아주 특이한 기사를 발견했다. 바로 세계적인 투자은행, 골드만 삭스에서 내놓은 2050년의 세계 경제순위 예측보고서로, 그 보고서에 따르면 한국은 2050년이 되면 미국에 이어 세계 제2위의 경쟁력을 가진 국가가 된다는 것이었다. 미국은 국민 1인당 소득이 $91,683로 1위가 되고, 한국은 그와 거의 비슷한 $90,294로 2위, 그 뒤를 이어 영국, 러시아, 캐나다, 프랑스, 독일, 일본이 따라 온다는 보고서였다.

그 바로 한 달 쯤 전에도 비슷한 신문기사를 읽었다. 우리나라의 비무장지대를 평화공원으로 만들자고 하는 내용이었다. 그 때는 이미 이 책의 초벌내용을 거의 다 썼을 때였다. 그래서 내가 이 책을 만들어도 많은 사람들로부터 공감을 얻겠다는 확신이 들었다.

나는 이 책을 통해서 몇 가지 그려보고 싶은 그림이 있었다.

첫째는 북한에도 사람이 살고 있고, 그들도 우리와 같은 동포라는 사실이었다. 그래서 그들의 일상을 상상하며 그려보았다. 그들에게 더 많은 자유가 찾아오게 될 날을 생각하면서. 제1부의 도입부분이다.

둘째는 박정희 대통령과 육영수 여사를 우리들과 똑같은 보통사람으로 그려보고 싶었다. 우리가 회사에 다니면서 월급을 받고 아내와 자식들을 사랑하듯이, 박 대통령도 똑같이 일을 하며 월급을 받고 한 가정을 이끌어가는 가장으로. 단지 차이가 있다면 우리보다 더 중요한 직책인 대통령이라는 자리에 있으면서 나라를 위해서 봉사한다는 것이겠거니 하고. 우리들이 자식이 다치면 가슴아파하고, 죽는다면 땅을 치며 통곡을 하듯이, 그러한 상식적인 대통령을 그려보고 싶었던 것이다. 서해교전에서 죽어간 젊은이들의 장례식에 대통령이건 국방장관이건 아무도 참석하지 않았다는 보도를 접하고는 울분을 가둘 길이 없었기 때문이다. 그래서 박정희 대통령과 육영수 여사라면 그렇지 않았을 것이라는 가정에서 이 책을 써 내려갔다. 바로 제1부 서해교전이다.

세 번째로 그려보고 싶었던 모습은 서로서로 존경하는 지도자 상이었다. 전임자는 후임자를 배려해주고 후임자는 전임자를 떠받드는, 이런 모습을 우리는 언제쯤이나 볼 수 있을까하는 마음에서, 책으로나마 그런 모습을 상상하며 그려보았다. 왜 우리는 미국처럼 그렇게 전임 대통령과 후임 대통령이 얼굴을 맞대고 화기애애(和氣靄靄)하게 웃으면서 국정을 논의하는 모습을 국민들에게 보여줄 수 없는 것일까?
나는 김대중 대통령이 김영삼 대통령을 전임자로서 존경했는지 어떤지 잘 모른다. 김영삼 대통령이 박 대통령을 예의를 다하여 모셨는지 어떤지도 모른다. 또는 박정희 대통령이 JP, YS, DJ들을 정말 동반자로 생각하고 대우해 줬는지 어떤지도 모른다. 단지 그분들이 그런 마음들을 가

졌더라면 우리 자라나는 세대들에게도 좋은 영향을 주지 않았을까하는 생각에서 그런 모습들을 그려본 것 뿐이다. 이것이 제3부, '그 다음 대통령들'이다.

마지막으로 우리가 다른 사람들을 평가할 때 좋은 점만을 보았으면 좋겠다는 생각을 해 보았다. 그래서 제4부에 많은 국민들이 박 대통령과 육여사의 죽음을 슬퍼한다는 내용을 감동어린 글로 꾸며 보았다.

이 책을 두고 어떤 사람들은 말할 것이다. 박정희 대통령이 얼마나 많은 독재를 했고 인권을 탄압했는지 모른다고. 물론 그런 부분도 있을 것이다. 그 또한 세상 사람들이 이미 다 알고 있는 사실이다. 그러나 우리들이 남의 잘못만을 파헤쳐 내려 한다면 도대체 누가 이 세상에 떳떳이 설 수 있을까? 그러면 우리 대한민국은 앞으로 또다시 천년이 흐른다 해도 온전한 지도자를, 훌륭한 조상을 단 한 사람도 갖지 못하게 될 것이다. 그 때에 가서도 우리 학생들에게 '너는 선조들 중에서 누구를 제일 존경하느냐?' 하고 어느 외국인이 물어 온다면, 역시 지금처럼 똑같은 대답이 나오지 않을까?

"네, 링컨이요."

"나폴레옹입니다."

"아니, 너의 나라, 대한민국에서 말이야."

"저기… 단군인가? 을지문덕 장군인가? 에이, 잘 몰라요!"

맨 처음 박 대통령께서 돌아가셨을 때, 스위스 은행에 무슨 비밀구좌가 있다느니, 또는 수억 달러의 돈을 숨겨 놓았다느니 하면서 온갖 무책임한 유언비어(流言蜚語)가 난무하였었다. 이제 그분의 서거 어언 30여년. 모든 것이 다 명명백백하게 밝혀지지 않았나 싶다. 그래서 무엇이 나왔는가? 그렇게 무책임한 말을 한 사람들은 이제라도 자기네들이 한 말에 대하여 스스로 책임을 져야 할 것이다.

이 책을 쓰면서 어느 외국의 지도자가 박정희 전대통령을 평가한 말, '300년 만에 한 번 나올까 말까 하는 세계적인 지도자'라는 찬사를 떠올렸다. 그런 분을 그의 공적(功績)에 합당하게 대접해 드리는 것, 진심으로 존경해 드리는 것이야말로 대한민국에서 살고 있는 후배로서의 마땅한 책무일 것이리라. 바로 그러한 사명감(使命感)이 나로 하여금 이 책을 쓰게 만든 가장 근본적인 동기가 되었다는 점을 다시 한 번 밝혀두는 바이다.

한가지 아쉬웠던 점은 지면관계상 서해교전의 당시 상황을 좀더 자세하게 묘사하지 못했다는 점이다. 2002년 6월, 당시 북한측의 선제공격을 당하여 조타실과 기관실이 모두 제 기능을 하지 못하는 상황에서 악전고투했던 참수리 357호 고속정의 승무원들을 생각하면 지금도 가슴이 저미는 듯이 아프다. 정전(停電)이 된 상태에서 포의 사격도 한발 한발씩 조준사격을 해야만 했던, 삶과 죽음 사이를 오고가는 긴박한 상황에서도 최선을 다 했던 우리 젊은이들의 투혼! 그러나 이런 전투상황을 모두 제대로 표현하려면 '해군은 바다에서…' 부분만도 이 책의 절반 정도는 할애해야만 했을 것이다. 이점 독자들께서 너그럽게 이해하여 주시기를 바란다.

끝으로 꼭 밝히고 싶은 말이 있다. 바로 이 책의 끝 부분에 나오는 고이즈미 총리의 사과장면에 관해서이다. 나는 이 부분을 쓰면서는 정말 많이 망설였고, 더군다나 삽화를 넣는 문제는 바로 어제까지도 고민을 했던 문제였다. 그것은 매우 민감한 사안일 뿐더러 또 개인적으로는 신변의 위험도 감수해야만 하는 어려운 결정이었다. 그러나 나는 결국 우리 한국과 일본이 서로의 잘못을 사과하고 용서하고 화해하는 쪽을 택했다. 그래서 한일 두 나라가 앞으로 서로서로 사이좋게 지내게 된다면 얼마나 좋을까 하는 바람을 글과 그림으로 표현해 보았다.

아무쪼록 이 책이 많은 독자들로부터 사랑을 받고 또 널리 읽혀져서 나의 그러한 꿈과 바람들이 모두 공유되고 이루어지기를 간절히 소망해 본다.

2007년 4월 19일

다니엘 최

■■■ 감사의 글

이 책을 만드는 과정에서 많은 분들의 도움이 있었다. 기도와 격려로 힘을 주신 예닮교회의 김창주 목사님을 비롯한 많은 성도들, 특히 수요일마다 심야기도로 함께 해준 청년부의 정원재 목사님과 기도의 용사들, 밤새워가며 본문삽화를 그려주신 임영규 교수님, 또 몇 번씩이나 읽어주고 교정과 충고를 아끼지 않았던 한글학자 오정세 님과, 모 증권사의 김명선 상무님을 비롯한 20여명의 Pre-Publication Reader들, 표지디자인을 맡아준 홍문기 군 등… 지면을 통하여나마 이분들의 수고에 감사를 드린다.

그러나 가장 큰 감사를 해야 할 사람들은 역시 나의 가족과 친척들이리라. 힘든 삶 속에서도 불만 없이 묵묵히 내조해 준 나의 사랑하는 아내, 김영숙 집사에게 감사한다. 또 자기의 앞길을 스스로 잘 개척해 나가고 있는 자랑스러운 아들 우수(카이스트 금융대학원)에게도 사랑한다는 말을 전하고 싶다. 그리고 형님 두 분과 형수님들, 어머니와도 같은 누님, 처형들과 동서들, 처남들, 그리고 처제에게 사랑한다는 말과 함께 뜨거운 감사를 드리고 싶다. 이 모든 분들이 오늘의 나를 있게 해주신 고마운 분들이다.

아무쪼록 이 책이 많이 읽혀져서 함께 수고한 모든 분들의 땀방울이 헛되지 않기를 바란다. 또 박정희 대통령과 육영수 여사의 나라사랑, 헌신과 희생이 다시 한 번 우리 후손들에게 기억되기를 바란다.